MW01481984

LES FILLES DU FEU
PETITS CHÂTEAUX DE BOHÊME
PROMENADES ET SOUVENIRS

Paru dans Le Livre de Poche :

AURÉLIA / LES ILLUMINÉS / PANDORA

Classiques d'aujourd'hui :

AURÉLIA
SYLVIE

Collection dirigée par Michel Zink et Michel Jarrety

GÉRARD DE NERVAL

Les Filles du Feu

Petits Châteaux de Bohême
Promenades et Souvenirs

INTRODUCTION, NOTES ET DOSSIER
PAR MICHEL BRIX

LE LIVRE DE POCHE
classique

La liste des abréviations utilisées dans cette édition se trouve en page 415.

Les notes appelées par un astérisque (*) sont de Gérard de Nerval.

Maître de conférences à l'Université de Namur, Michel Brix a publié aux Presses Universitaires de Namur un essai sur *Nerval journaliste* et un *Manuel bibliographique des œuvres de Gérard de Nerval* (1997). Il a également signé avec Claude Pichois une biographie de Nerval, parue chez Fayard en 1995. Enfin, il est l'auteur de *Les Déesses absentes. Vérité et simulacre dans l'œuvre de Gérard de Nerval* (Klincksieck 1997).

© Librairie Générale Française 1999 pour la présente édition.

INTRODUCTION

Errance, amour, souvenir : les thèmes majeurs des œuvres qui se trouvent ici réunies dessinent le visage du Nerval que Proust reconnaîtra, au début du XXe siècle, dans le *Contre Sainte-Beuve*, comme l'un de ses parrains littéraires. Ce Nerval, c'est celui de « Sylvie », des « Chimères » et des odelettes. Les pages du *Contre Sainte-Beuve* qui gardent le témoignage de l'admiration proustienne ne traitent pas d'*Aurélia*, texte qui devra attendre les surréalistes pour sortir de l'ombre.

Petits Châteaux de Bohême, Les Filles du Feu ainsi que *Promenades et Souvenirs* appartiennent aux dernières années, voire aux dernières semaines de la vie de Nerval. Les points communs qui unissent ces trois œuvres sont multiples. Ainsi, *Les Filles du Feu* empruntent aux *Petits Châteaux de Bohême* le texte de « Corilla » et des sonnets de « Mysticisme ». Les recoupements thématiques sont également importants : *Petits Châteaux* annonce le pôle italien, napolitain, des *Filles du Feu* (« Octavie », « Isis », « Corilla »), tandis que *Promenades et Souvenirs* fait écho au pôle valoisien du même recueil (« Angélique », « Sylvie »).

Un autre point commun entre les trois œuvres apparaît dans leur structure même, où l'auteur n'a pas hésité à mêler prose et poésie (*Promenades et Souvenirs*), voire prose, théâtre et poésie (*Petits Châteaux, Les Filles du Feu*). Ces équilibres subtils, souvent mal compris ou même mal acceptés, ont eu après la mort de l'écrivain à souffrir des éditeurs, qui n'ont pas hésité à séparer les parties en prose de leurs contrepoints lyriques ou dramatiques. Ainsi, au XXe siècle, les amateurs de Nerval ont dû souvent se contenter d'éditions des *Filles du Feu* où manquaient « Les Chimères », de *Promenades et Souvenirs* sans la mélodie imitée de Moore, et de *Petits Châteaux* où l'on cherchait en vain les odelettes, « Corilla », « Mysticisme » et « Vers d'opéra ». Par surcroît, ces ruptures de la fragile économie des textes nervaliens se doublaient d'interventions tout aussi malencontreuses dans les nouvelles des *Filles du Feu*, où maints éditeurs se sont crus autorisés à retrancher « Jemmy », récit adapté de l'allemand, ou « Émilie », coupable d'avoir sans doute été rédigée par Auguste Maquet sur un canevas de Gérard. L'actuel renouveau des études nervaliennes, inspiré par les travaux de Jean Guillaume et de Claude Pichois, est d'abord un retour aux textes originaux. Ce renouveau se fonde sur le pari de la lucidité du poète, rend aux ouvrages de l'auteur la forme qu'il leur avait donnée et bannit du *corpus* nervalien les textes douteux : toutes options critiques capitales si l'on ne veut point perdre d'emblée toute chance de percevoir le caractère novateur, éminemment moderne, de la création littéraire de Nerval.

Petits Châteaux de Bohême

Le mince in-32 des *Petits Châteaux* — 96 pages dans l'édition originale — sort des presses de l'éditeur Eugène Didier à la fin de l'année 1852 (la *Bibliographie de la France* enregistre la mise en vente du livre le 1er janvier 1853), clôturant une année particulièrement riche qui a vu notamment la publication de *Lorely*, des *Illuminés*, des *Nuits d'octobre*, de *Contes et Facéties* et enfin de *La Bohême galante* — œuvre à laquelle les *Petits Châteaux* empruntent une partie de leur contenu. De nombreux éditeurs ont du reste allègrement confondu *La Bohême galante* et les *Petits Châteaux*. Pourtant, même si les deux œuvres présentent des parties communes, elles sont loin d'être identiques.

La Bohême galante a été publiée dans les fascicules du journal *L'Artiste*, entre le 1er juillet et le 15 décembre 1852. L'œuvre — dédiée à Arsène Houssaye, directeur de *L'Artiste* (il avait acheté la revue en 1843) et lui-même auteur de recueils poétiques — commence en ces termes (repris en tête des *Petits Châteaux*) : « Mon ami, vous me demandez si je pourrais retrouver quelques-uns de mes anciens vers, et vous vous inquiétez même d'apprendre comment j'ai été poëte, longtemps avant de devenir un humble prosateur [1]. » La critique n'ignore plus que Houssaye a non seulement proposé le sujet de l'ouvrage mais qu'il est sans doute intervenu dans la rédaction même de *La Bohême galante* : un manuscrit correspondant aux premières pages [2] porte en effet des additions et des modifications de la main de Houssaye. À celui-ci paraissent revenir, au moins, le titre du récit ainsi que la fin de la dédicace, où le directeur de *L'Artiste* a inséré huit vers de ses *Poésies*. Lesquelles *Poésies* se trouvent d'ailleurs largement représentées dans un texte qui, à l'origine, devait permettre à Nerval de conter ses propres souvenirs de poète : au total, *La Bohême galante* ne renferme pas moins de vingt-quatre vers de Houssaye. Les interventions d'un directeur, ou d'un rédacteur en chef, dans les articles qu'il faisait publier n'étaient, à l'époque, pas exceptionnelles. On peut penser cependant qu'elles furent peu appréciées de Gérard : enfin seul, dans les *Petits Châteaux*, il modifie le titre du récit, remplace la dédicace « À Arsène Houssaye » par la formule plus sobre « À un ami » et fait disparaître de l'œuvre les huit vers insérés par Houssaye au début du texte.

Pareils changements, dans *Petits Châteaux*, ont sans doute contribué à la tradition éditoriale qui, dès la mort de Gérard, a fait prévaloir le texte de *L'Artiste* sur l'ouvrage en volume. En 1855, Théophile Gautier et Arsène Houssaye, précisément, publient chez Michel Lévy un recueil de textes nervaliens où se trouvait reproduite celle des deux œuvres qui faisait la part la plus belle au direc-

---

1. Voir ici même, p. 55, pour *Petits Châteaux de Bohême*, et G. de Nerval, *Œuvres complètes*, éd. dirigée par Jean Guillaume et Claude Pichois, Paris, Gallimard / « Bibliothèque de la Pléiade », t. III, 1993 [abr. : *NPl* III], p. 235, pour *La Bohême galante*. Les tomes I [abr. : *NPl* I] et II [abr. : *NPl* II] de l'édition des *Œuvres complètes* de la « Pléiade » ont respectivement paru en 1989 et en 1984. **2.** Il est conservé dans le fonds Spoelberch de Lovenjoul de l'Institut (cote : D. 741, folios 36-43).

teur de *L'Artiste*. Le petit volume paru chez Didier se trouvait ainsi rejeté dans l'ombre, où il attendit très long-temps une réhabilitation définitive : le texte de *Petits Châteaux de Bohême* fut en effet rarement publié dans son intégralité, beaucoup moins souvent en tout cas que celui de *La Bohême galante*.

Mais la réduction de la présence de Houssaye ne constitue pas la seule différence entre les deux œuvres. *La Bohême galante* s'ouvrait largement à la digression et le propos initial se trouvait comme dilué, voire éteint, au fur et à mesure que progressait le texte : ainsi, Nerval reproduisait, complètement, une sienne étude sur « Les Poètes du XVIᵉ siècle », il insérait dans le récit des réflexions sur la musique et les chansons populaires, citait la légende de « La Reine des poissons » et enfin ajoutait des souvenirs de promenades dans le Valois, déjà publiés deux ans plus tôt dans *Les Faux Saulniers*. Cet effet de disparité, sinon de dispersion, est gommé dans *Petits Châteaux*, où Gérard a resserré le propos sur la question de son itinéraire de poète et autour des trois « châteaux » qui marquent la progression du récit. Et les *Petits Châteaux* innovent même en proposant le texte complet des « Papillons » (*L'Artiste* ne citait qu'une strophe de ce poème), « Corilla » ainsi que les sept sonnets regroupés sous l'intitulé « Mysticisme ».

Le titre du petit recueil fait allusion à un roman de Charles Nodier paru en 1830, l'*Histoire du roi de Bohême et de ses sept châteaux*. L'ouvrage n'était pas passé ina-perçu lors de sa publication : il s'agissait, plutôt que d'un roman, d'un anti-roman, d'une sorte de pastiche littéraire. Théodore (l'imagination), don Pic de Fanferluchio (la mémoire, l'érudition) et Breloque (le jugement) énon-çaient leur intention de se rendre en Bohême, mais le texte de Nodier progressait sans que le trio, accompagné par une certaine Victorine, se rapproche véritablement du but fixé. Des sept châteaux annoncés par le titre, seul apparaît à la fin du livre « le plus triste », celui de Kœnigsgratz. Et l'on ne conte jamais l'histoire du roi de Bohême.

Voisine, dans l'intention, du roman de Nodier, l'œuvre de Nerval propose des variations sur le thème de ces châteaux dont on se demande si on les verra un jour, et même s'ils existent vraiment. Le poète — lequel dit vouloir retrouver le château de l'enfance, « ce fameux château de briques et de pierres, rêvé dans la jeunesse » (p. 104) — est un errant qui, contrairement à Ulysse, ne réussira jamais à regagner son Ithaque. Mais cette Ithaque existe-t-elle encore ? Le lecteur du petit recueil est amené à en douter : les châteaux nervaliens ont la fâcheuse habitude de disparaître, parfois même très concrètement, sous la pioche des démolisseurs (qu'on pense à l'appartement du Doyenné). Ou de laisser la place à d'autres, incomparablement plus sinistres que ceux dont on a rêvé : ainsi ce « château du diable » (p. 104), qui semble bien cacher l'une ou l'autre maison de santé parisienne. Ce sont ces châteaux-là — et non celui de l'enfance — qui inlassablement reparaissent au bout des chemins du poète.

Lorsqu'il est invité à jeter les yeux sur son passé d'écrivain, Nerval n'y perçoit point la ligne de l'épanouissement progressif d'une vocation, mais seulement les zigzags d'une errance qui semble vouée à ne jamais aboutir. L'image toute formelle de la poésie qui devient de la prose confirme cette impossibilité ressentie par l'auteur d'atteindre les objectifs que, jeune, il s'était fixés. Le présent nervalien ne peut être le temps où l'on concrétise les espoirs nourris dans le passé. A cet égard, le terme « Bohême », dans le titre, apparaît comme un mot clé de l'œuvre. Lorsque *La Bohême galante* parut dans *L'Artiste*, le lecteur du périodique avait vu son attention attirée par l'accent circonflexe de « Bohême », que presque tous les éditeurs, se conformant à l'usage moderne, ont transformé en accent grave. À tort, semble-t-il, puisqu'une telle modification annule la polysémie du mot et paraît même affecter le sens de l'œuvre. Gérard tenait manifestement à la richesse sémantique que représentait le substantif « bohême », ainsi graphié[1] : nom commun, ce terme désignait certains artistes jeunes (ou leur mode de vie) ; nom propre, il renvoyait à une région d'Europe et

---

1. On notera que Houssaye avait écrit sur le manuscrit « Bohême » et que *L'Artiste* a imprimé (à la demande de Nerval ?) « Bohême ». L'usage, au milieu du XIXe siècle, était encore fluctuant.

à ses habitants, les Bohêmes, ou les bohémiens, puisque l'on disait originaires de Bohême les membres de tribus vagabondes.

La « bohême » correspond à l'époque de la jeunesse : elle précède l'entrée de l'artiste ou de l'écrivain dans le monde officiel, dans les contraintes sociales, dans la carrière. Mais il existe aussi une autre « bohême », moins souriante, tragique même : elle évoque la pauvreté et la destinée erratique du poète plus âgé qui n'a jamais réussi à trouver une place stable dans la société littéraire, ni dans la société tout court. Cette bohème prolongée transforme le « bohême » en « bohémien » : le 23 juin 1854, Nerval se décrit lui-même, dans une lettre au musicien Franz Liszt, comme le « poète bohémien que vous avez si fraternellement accueilli[1] ». Le double récit de *La Bohême galante* et des *Petits Châteaux de Bohême* montre comment l'auteur, de bohême, est devenu bohémien. La bohème des premières années ne constituait dans son cas que la préface d'une recherche ininterrompue de la stabilité ; la carrière, ou les honneurs, ne sont jamais venus mettre un point final à l'existence fantasque des jeunes années. Celle-ci dure encore, au moment de *Petits Châteaux de Bohême*, mais la marginalité nervalienne est devenue, avec l'âge, nettement moins souriante. « Nous étions jeunes, toujours gais, souvent riches » (p. 59), se souvient l'auteur lorsqu'il évoque la bohème du Doyenné, le premier de ses « châteaux ». Le contraire eût mieux valu : être d'abord sans ressources, puis riche.

La tristesse, la maladie, la pauvreté sont venues lentement gangrener les espoirs du jeune poète. Au reste, dès le Doyenné, le malheur guettait — Théophile Gautier mourant, la disparition de la Cydalise — et le ton enjoué des odelettes ne trompe pas sur leur ambivalence : elles parlent du deuil (« La Grand-Mère »), de l'amour perdu (« Les Cydalises[2] »), de l'impossibilité de trouver le bonheur (« Le Point noir ») et même — tristes augures qui se verront confirmer — de l'emprisonnement (« Politique. 1832 »). En outre elles appellent, comme en écho, le « Troisième château », où se trouvent évoquées les

---

1. *NPl* III, p. 871.   **2.** Sur ce nom, voir la n. 1, p. 58.

amours perdues, encore, la maladie — cette fois la maladie mentale —, et la mort d'une jeune fille (« La Sérénade »). À la comédie, trop tôt envolée, de la bohème, a succédé la tragédie du bohémien.

Les Filles du Feu

À l'époque où il prépare *Les Filles du Feu*, l'auteur est à nouveau prisonnier d'un « château du diable ». Le recueil majeur de Nerval paraît en effet en janvier 1854, au cours d'une période particulièrement troublée de l'existence de l'écrivain qui, depuis la fin du mois d'août 1853, est assigné à résidence dans la clinique du docteur Émile Blanche, à Passy. Cet internement — qui se prolongera jusqu'à la fin de mai 1854 — est notamment marqué par le déclenchement d'une nouvelle crise, en octobre 1853 (c'est la « bizarre exaltation nerveuse[1] » que l'auteur évoque dans une lettre à son père, le docteur Étienne Labrunie). C'est donc de Passy que Gérard donna à son éditeur, Daniel Giraud, les directives nécessaires à la composition des *Filles du Feu*.

À travers la correspondance de ces semaines agitées, on voit s'esquisser les étapes d'une genèse complexe, au cours de laquelle le titre et le contenu du recueil furent plusieurs fois modifiés. Le 23 octobre 1853, Nerval demande à Giraud de « mettre en train » l'impression d'un volume intitulé « Mélusine, ou les Filles du Feu », où prendront place cinq « histoires » : « Jemmy », « Angélique », « Rosalie » — cette mention semble correspondre à un titre provisoire d'« Octavie », dont l'édition préoriginale paraîtra le 17 décembre 1853 — et deux textes non cités[2]. À ce moment, « Sylvie » — qui avait paru dans *La Revue des Deux Mondes* du 15 août précédent — ne devait pas faire partie du recueil : Nerval réservait ce récit pour une publication séparée, avec des illustrations[3].

La matière se révèle bientôt trop mince. À la fin du

1. Voir la lettre au docteur Labrunie du 7 octobre 1853 (*NPl* III, p. 812). **2.** *NPl* III, p. 818-819. **3.** Voir la lettre du 5 novembre 1853 à Maurice Sand (*NPl* III, p. 819-821).

mois de novembre, l'auteur affirme sa volonté de voir
« La Pandora » s'adjoindre au volume [1]. Le 7 décembre,
l'imprimeur Gustave Gratiot déclare à la Direction de la
Librairie qu'il a l'intention d'imprimer, pour le compte
de Daniel Giraud, un ouvrage intitulé « Mélusine, ou les
Filles du Feu, par Gérard de Nerval ». Sans doute vers la
même date, Nerval avertit son éditeur qu'il s'est résolu à
insérer « Sylvie » dans le recueil — recueil auquel vient
encore s'ajouter le récit du « Fort de Bitche », publié dans
Le Messager en 1839 et rebaptisé maintenant « Émilie ».
En outre, vers cette époque encore, Gérard semble revenir
sur « Mélusine, ou les Filles du Feu » et propose à Giraud
d'intituler le volume « Les Amours perdues » ou « Les
Amours passées » ; c'est sous ce dernier titre que se
trouve d'ailleurs désigné le livre, le 16 janvier 1854, dans
une deuxième déclaration de Gratiot à la Direction de la
Librairie [2].

La page de titre du livre, qui paraît quelques jours plus
tard, porte toutefois *« Les Filles du Feu »*. Et le contenu
définitif du volume offre d'autres surprises : le recueil,
où manque une table des matières, comprend non pas six,
mais sept nouvelles, introduites de surcroît par une lettre-
préface : à « Angélique », à « Sylvie » (suivie de « Chansons et légendes du Valois »), à « Jemmy », à « Octavie »,
à « Émilie », déjà citées, « Isis » et « Corilla » sont
venues se joindre. « La Pandora », quant à elle, a été
abandonnée. « Les Chimères » — douze sonnets — terminent le volume, mais, à la différence des nouvelles,
ne se trouvent pas mentionnées sur la page de titre du
recueil.

Faut-il voir dans pareille absence une preuve de l'ajout
tardif des poèmes aux *Filles du Feu* ? La décision de
joindre « Les Chimères » au recueil de 1854 semble en
tout cas postérieure au 10 décembre 1853 et témoigne que,
dans cette difficile période d'internement, certains événements extérieurs ont influencé la composition des *Filles
du Feu* : le 10 décembre 1853, le journal *Le Mousquetaire*

---

1. *NPl* III, p. 830. Sur « La Pandora » et *Pandora*, voir Le Livre de
Poche n° 9631.   **2.** Document révélé par Claude Pichois. Voir aussi
la lettre à Giraud du début de janvier 1854 (*NPl* III, p. 843).

publiait une « Causerie » d'Alexandre Dumas où celui-ci évoquait longuement la folie nervalienne ; dans l'article figurait en outre le texte d'« El Desdichado », poème alors inédit, dont l'auteur aurait laissé le texte au bureau du journal. L'article du *Mousquetaire* détermina Gérard à introduire son recueil par une lettre-réponse à Dumas, lequel, pour avoir révélé « El Desdichado », se voit prié d'entendre, ou de lire, tous les sonnets des « Chimères ».

Mais les questions soulevées par le recueil de 1854 ne ressortissent pas seulement à sa genèse. Quel sens, d'abord, attribuer au titre, *Les Filles du Feu* ? Rendant compte pour *L'Athenæum français* de la récente publication des *Filles du Feu*, Charles Asselineau avouait à ses lecteurs qu'il ne pouvait leur donner l'explication du titre du recueil[1]. On aurait quelque raison d'imiter la réserve des contemporains de Nerval. L'hypothèse la plus séduisante, à ce jour, rapproche le mystérieux intitulé d'un passage de l'*Histoire de France* de Jules Michelet, relatif au feu allumé par les anciens Irlandais en l'honneur du dieu Beal : « Ce feu était entretenu par des vierges, souvent de qualité, appelées "filles du feu" *(inghean an dagha)*, ou "gardiennes du feu" *(breochuidh)*, ce qui fait les confondre avec les nonnes de sainte Brigitte[2]. »

Les « filles du feu » irlandaises ressemblent donc fort aux vestales romaines, mentionnées dans « Isis », tandis qu'« Octavie » cite la déesse Vesta. Reste — et l'on ne peut négliger cette donnée — que le titre n'a peut-être pas été choisi par Nerval lui-même. C'est en tout cas ce que laisse entendre la lettre du début de janvier 1854 à Giraud, déjà évoquée :

> J'ai réfléchi sur le titre nouveau, je le trouve bien frou-frou ; cela a un air de féerie et je ne vois pas trop que cela réponde au contenu, j'ai peur aussi que cela n'ait l'air d'un livre dangereux. Enfin voyez si le titre suivant ne conviendrait pas mieux.

---

1. « *Les Filles du Feu* (que le lecteur me dispense de lui donner l'explication de ce titre) [...] » (*L'Athenæum français*, 8 avril 1854). **2.** *Histoire de France*, Paris, Hachette, t. I, 1833, p. 452 (passage découvert par Marthe Dachet).

LES
AMOURS PERDUES
Nouvelles
ou *Les Amours passées*. Cela me semble rendre bien mieux
le sentiment doux du livre et c'est plus littéraire, [...] [1].

Le « titre nouveau », trop « frou-frou » au goût de l'auteur, se confond avec « *Les Filles du Feu* ». A-t-il été
suggéré, voire finalement imposé, par l'éditeur [2] ? On
retiendra en tout cas que Nerval ne le trouve pas en har-
monie avec le « sentiment » du livre. Nous aurons à revenir sur ce point.

On peut s'interroger aussi sur le sous-titre du recueil,
Nouvelles, qui paraît devoir s'appliquer, non seulement à
des textes en prose, mais aussi à un dialogue dramatique
(« Corilla ») et aux vers des « Chimères ». Quant au
volume lui-même, il semble à première vue manquer de
cohérence : même en limitant la réflexion aux textes en
prose, on trouve à la fois des écrits autobiographiques, un
texte traduit de l'allemand (« Jemmy ») et un récit qui
aurait été composé par Auguste Maquet sur un canevas
de Gérard (« Émilie »). Au demeurant, nous l'avons déjà
évoqué, les éditeurs successifs des *Filles du Feu* n'ont
guère parié sur la cohérence de l'ouvrage : après la mort
de l'écrivain, le recueil a été bien souvent démembré et
présenté non seulement sans « Les Chimères » mais aussi
sans « Jemmy » et « Émilie », voire sans « Angélique »
et « Isis ». Les éditions incomplètes des *Filles du Feu* se
justifient pourtant d'autant moins que le sens des récits
se trouve peut-être déterminé par leurs relations internes.
Certes, l'ouvrage rassemble des éléments qui étaient pour
la plupart connus en 1854 [3], mais des variantes marquent
les textes retenus et, surtout, ils figurent dans un environ-
nement nouveau. Par exemple, « Le Roman tragique »,

---

1. *NPl* III, p. 843.   2. C'est l'hypothèse de Monique Streiff-
Moretti (voir son article « Réflexions sur un faux titre : "*Les Filles du
Feu*" », *Nerval. Actes du colloque de la Sorbonne du 15 novembre
1997*, éd. A. Guyaux, Presses de l'Université de Paris-Sorbonne, 1997,
p. 23-39).   3. Se trouvaient seuls inédits, avant la publication des
Filles du Feu, le texte de la lettre-préface encadrant « Le Roman tragique » et quatre sonnets des « Chimères » (« Myrtho », « Horus », « Antéros » et « Artémis »).

tiré de *L'Artiste* de 1844, est inséré dans la lettre-préface à Dumas ; *Les Faux Saulniers*, que publia *Le National* d'octobre à décembre 1850, perdent l'« Histoire de l'abbé de Bucquoy » et deviennent « Angélique » ; à l'inverse, « Sylvie », parue en 1853 dans *La Revue des Deux Mondes*, s'augmente en 1854 de « Chansons et légendes du Valois » ; « Isis » abandonne dans *Les Filles du Feu* une grande partie de son noyau originel, qui était composé par la traduction d'un article allemand ; enfin, les textes en prose et « Corilla » trouvent dans le groupe des « Chimères » une sorte de contrepoint lyrique.

« *Les Chimères* »

Une grande part de la fascination exercée depuis près d'un siècle et demi par *Les Filles du Feu* tient d'ailleurs à la présence des douze sonnets à la fin du recueil. « Les Chimères » représentent l'étape ultime d'un parcours entamé treize ans plus tôt derrière les murs d'une autre clinique parisienne, celle d'Esprit Blanche — le père d'Émile —, à Montmartre, où l'auteur passa une grande partie de l'année 1841 (internement consécutif au déclenchement de la première crise avérée de folie). De cette époque datent en effet deux documents essentiels sur les sonnets : le manuscrit Dumesnil de Gramont α et la lettre à Loubens [1].

À l'instar du recueil où elles prirent place, « Les Chimères » suscitent des interrogations multiples : elles furent jointes tardivement, nous l'avons dit, aux *Filles du Feu*, dont la page de titre ne fait par surcroît aucune allusion à la présence de textes poétiques. De plus, si l'intitulé « Les Chimères » ne désigne que le groupe de douze sonnets parus dans *Les Filles du Feu*, la documentation relative à ceux-ci inclut des versions préoriginales et des états manuscrits présentant des variantes qui viennent enrichir le dossier et aussi redoubler la complexité de l'analyse. On observe par exemple que des sonnets de

---

1. Voir la description des manuscrits dans l'« Histoire des textes », p. 435-437. La lettre à Loubens a été retrouvée par Claude Pichois.

facture très proche des « Chimères » n'ont pas été repris en 1854 et n'ont même jamais été publiés par l'auteur (ainsi trois des six poèmes du manuscrit Dumesnil de Gramont α, ou encore l'« Érythrea » du manuscrit Éluard, ou enfin « La Tête armée » qui figure sur un manuscrit du fonds Spoelberch de Lovenjoul). On note également que certains sonnets ont non seulement été inlassablement remodelés, mais qu'en outre ils ont parfois échangé leurs quatrains, leurs tercets, voire leurs titres. Ainsi « Delfica » s'est intitulé en 1845 « Vers dorés » (titre attribué en 1854 à un autre sonnet) puis en 1853 — dans la section « Mysticisme » des *Petits Châteaux de Bohême* — « Daphné » ; et la « Delfica » des « Chimères » reprend les quatrains de « À J-Y Colonna » et le dernier tercet de « À Mad⁀ᵉ Aguado » (deux sonnets du manuscrit Dumesnil de Gramont α). « À J-Y Colonna » est constitué des quatrains de « Delfica » et des tercets de « Myrtho ». Quant à l'autre « Myrtho », celle qui figure sur le manuscrit Dumesnil de Gramont ß, elle comprend les quatrains de la « Myrtho » des « Chimères », suivis des tercets de « Delfica ».

Pareille combinatoire hypothèque, on en conviendra, la recherche du sens : quelle signification en effet accorder à des textes qui varient sans cesse ? Peut-on se risquer à interpréter une œuvre ainsi mouvante ? Le critique n'est pas moins piégé que l'éditeur, d'autant que le poète semble avoir pris lui-même le parti d'un certain défaut de clarté, ou d'intelligibilité : la lettre-préface des *Filles du Feu* affirme en effet que les vers des « Chimères », qui attendent le lecteur à la fin du volume, « ne sont guère plus obscurs que la métaphysique d'Hegel ou les *Mémorables* de Swedenborg, et perdraient de leur charme à être expliqués, si la chose était possible, [...] » (p. 128). Un siècle et demi de poésie moderne nous a sans doute accoutumés aux déclarations fracassantes. Celle de Nerval, en 1854, en constituait pourtant bien une et, qui plus est, la première de ce type. Dans un genre littéraire — la poésie — soumis jusque-là à l'exigence du sens, de l'idée, du discours raisonnable, Nerval revendiquait la possibilité du non-sens, de la pluralité des sens et même le droit d'abolir la signification dans un vertige où la combinatoire des éléments variants l'empêche de se fixer. En 1854, « Les Chimères » faisaient éclater les carcans sémantiques où se trouvaient enfermés les vers français : c'est dire l'importance de la révolution provoquée par les douze sonnets dans l'histoire de la poésie.

La poétique des *Chimères* ne peut être envisagée sans que l'on fasse référence à ses origines, que l'auteur a plusieurs fois indiquées et qui se trouvent rappelées par le titre même choisi pour le recueil majeur. Ce titre évoque — non les illusions de la jeunesse auxquelles l'adulte doit renoncer (c'est le premier sens de « chimère ») — mais bien les visions de la folie. Le terme « chimères » renvoie en effet à l'article de Dumas paru dans *Le Mousquetaire* du 10 décembre 1853 et que reproduit partiellement la lettre-préface des *Filles du Feu* ; consacré à la maladie de Gérard, l'article décrivait le poète en ces termes : « Un autre jour il se croit fou, et il raconte comment il l'est devenu, et avec un si joyeux entrain, en passant par des péripéties si amusantes, que chacun désire le devenir pour suivre ce guide entraînant dans le pays des chimères et des hallucinations, [...] [1]. » D'où la réplique nervalienne, quelques semaines plus tard dans *Les Filles du Feu*, et la révélation de ces fameuses « Chimères ».

Plusieurs éléments nous invitent à mettre en relation les périodes de folie et d'internement avec la rédaction des sonnets. Le manuscrit Dumesnil de Gramont α se présente comme une sorte de vaste « ballade de l'appel [2] », où six destinataires féminines se voient adresser chacune un poème. Rédigé lors du premier internement, en 1841 — sans doute peu de temps après le déclenchement de la crise, en février —, le manuscrit devait, selon l'auteur, contribuer à faire « révoquer [sa] lettre de cachet [3] », c'est-à-dire lui permettre de sortir libre de la maison de santé où il était retenu. Trois des six sonnets sont liés aux « Chimères » : « À Mad^e Aguado » (dont le deuxième tercet passe, avec des variantes, dans « Delfica »), « À J-Y Colonna » (quatrains de « Delfica » et ter-

---

1. P. 116-117 ; voir aussi Jean Guillaume, *Nerval. Masques et visage*, Namur, Presses Universitaires, 1988 (« Études nervaliennes et romantiques IX »), p. 47. **2.** Voir *NPl* I, p. 1764. **3.** *NPl* I, p. 1368.

cets de « Myrtho ») et « À Louise d'Or Reine » (version antérieure d'« Horus »). À la fin de l'année 1841, la lettre de Gérard à Victor Loubens cite deux sonnets du « Christ aux Oliviers », ainsi qu'« Antéros » et « Tarascon » (sonnet « À Mad^e Sand » du manuscrit Dumesnil de Gramont α), — tous textes qui au dire de l'auteur, dans la même lettre à Loubens, « ont été faits non au plus fort de ma maladie, mais au milieu même de mes hallucinations [1] ». Enfin, lorsque sept des douze futurs sonnets des « Chimères » paraissent à la fin de 1852 dans *Petits Châteaux de Bohême*, sous le titre « Mysticisme », l'auteur note : « [...] les vers suivants [ont été] conçus dans la fièvre et dans l'insomnie » (p. 104).

« Le Christ aux Oliviers » paraît aussi, dans son contenu même, évoquer les événements douloureux liés à la crise de 1841. Les cinq sonnets, qui apparaissent à la fois dans *Petits Châteaux de Bohême* et dans *Les Filles du Feu*, représentent le Seigneur comme un poète (« [...], levant au ciel ses maigres bras, / Sous les arbres sacrés, comme font les Poëtes, / [...] ») et un « fou », un « insensé sublime » ; « perdu dans ses douleurs muettes », « trahi par des amis ingrats » et pour l'heure endormis, le Seigneur nervalien révèle le scandale dont il est victime ; la conscience d'avoir été rejeté par son père l'a conduit à découvrir que ce père n'existe pas. Voilà un « Christ aux Oliviers » qui doit beaucoup moins, assurément, aux dogmes de la théologie catholique qu'au drame vécu en 1841 par le fils du docteur Labrunie — qui lui aussi s'était trouvé abandonné, aux mains des médecins, par son père et par ceux qu'il croyait ses « amis ».

On a déjà souligné l'importance, dans l'histoire de Nerval sonnettiste, de l'héritage de la Renaissance [2]. L'âge classique français a rejeté, avec la folie, la part d'ombre contenue dans la personnalité humaine. Porteuse de vérité, cette part d'ombre était familière aux écrivains antérieurs au classicisme. C'est quand Lady Macbeth

---

1. *NPl* III, p. 1488.   2. Voir la notice de Jean-Luc Steinmetz, dans *NPl* I, p. 1764-1768.

devient folle qu'elle commence à dire la vérité[1]. De même, rapportant dans les *Essais* la visite rendue au Tasse, enfermé à l'hôpital de Ferrare, Montaigne a constaté que, là où elle atteignait des sommets, la raison se trouvait infiniment proche de la folie. On sait, depuis l'ouvrage essentiel de Michel Foucault, que l'âge classique a banni ce scepticisme du champ de sa pensée, comme il a rejeté, dans son ensemble, toute la littérature du XVIe siècle ; du *cogito* de Descartes sont exclus la folie et ses périls.

De là le désir exprimé par Nerval de renouer avec un siècle qui n'a pas connu le rejet de la déraison. Il est très significatif que, dès 1830, le jeune Gérard ait fait paraître un volume d'anthologie des poètes du XVIe siècle, écrivains antérieurs à Henri IV et condamnés, sous Louis XIII et sous Louis XIV, par les régents de la littérature officielle (c'est l'introduction à ce volume qui est reproduite par l'auteur, en 1852, dans *La Bohême galante*). Le même intérêt pousse Nerval vers La Fontaine, qui fut rebelle aux codifications de l'esthétique classique et que Boileau oublie d'ailleurs dans son *Art poétique* : les pérégrinations d'« Angélique » conduisent le narrateur jusqu'à « la statue rêveuse du bon La Fontaine » (p. 225), à Château-Thierry. Par surcroît, en 1841, un des sonnets du manuscrit Dumesnil de Gramont α (« À Made Sand ») reproduit quatre vers d'un poème de Guillaume Du Bartas puis proclame : « Ô seigneur Du Bartas ! Je suis de ton lignage / Moi qui soude mon vers à ton vers d'autrefois ; [...][2]. » Les poètes du XVIe siècle ont montré à Nerval le chemin vers une langue qui ne soit pas celle du discours médical ou de la raison triomphant de la folie. Cette langue nouvelle se situe au-delà — ou en deçà, comme on voudra — des catégories de pensée du classicisme bourbonien, et elle rend à la folie son pouvoir de révélation, de vérité. C'est ce pouvoir de révélation que Nerval a découvert

---

1. Voir James Miller, *La Passion Foucault*, traduit de l'anglais par Hugues Leroy, Paris, Plon, 1995, p. 126, ainsi que la thèse de Foucault lui-même, *Folie et déraison. Histoire de la folie à l'âge classique*, Paris, Plon, 1961. Sur ces questions, on se reportera aussi à l'introduction du tome qui contient *Les Illuminés, Aurélia* et *Pandora*, Le Livre de Poche n° 9631. **2.** *NPl* I, p. 735.

pendant ses époques de crise et dont témoigne par exemple la lettre à Loubens, déjà évoquée, de la fin de 1841. Avec « Les Chimères », la Nuit, l'étrange, l'ombre, réapparaissent dans la poésie française après un long refoulement.

L'accent porté par « Les Chimères » sur la folie semait en outre le désordre au sein de l'esthétique classique, à laquelle les sonnets, par leur forme, semblaient pourtant rester fidèles : l'auteur démontrait que le sentiment du Beau pouvait être suscité par un discours ignorant les exigences du Vrai et de la raison. On ne peut, dans une telle perspective, s'empêcher de mettre en relation « Les Chimères » et *Les Fleurs du mal*, recueil qui — trois ans plus tard seulement — illustrait que la Beauté — les fleurs — pouvait aussi naître du Mal. Comme Nerval, Baudelaire a ouvert la porte du langage à l'impensé. Le bouquet réuni en 1857 lui vaudra les honneurs, non de la clinique d'Émile Blanche, mais de la sixième chambre correctionnelle du Tribunal de la Seine. L'esprit français se défendait à nouveau par le rejet, mais le cheval de Troie était déjà en ses murs.

Promenades et Souvenirs

Après la publication des *Filles du Feu*, les activités littéraires de Nerval semblent se réduire : dix mois passent avant que ne paraisse *Pandora*, incomplète (dans *Le Mousquetaire* du 31 octobre 1854), suivie quelques semaines plus tard par *Aurélia* et *Promenades et Souvenirs*. Nerval meurt dans la nuit du 25 au 26 janvier 1855, alors que les six premiers chapitres des *Promenades* ont été publiés par le journal *L'Illustration*. Le périodique donne encore, le 3 février, les chapitres VII et VIII du récit, sous le titre « Dernière page de Gérard de Nerval », puis l'œuvre s'interrompt sans que l'on puisse savoir si elle se trouvait effectivement, dans l'esprit de l'auteur, achevée.

Alors que la correspondance de Gérard garde les traces des difficultés rencontrées par l'auteur à la même époque pour écrire *Aurélia*, nous ne savons rien de la genèse de

Promenades et Souvenirs, qui remonte pourtant aussi à l'année 1854. Des *Promenades* nervaliennes se dégage une magie sereine et maîtrisée, qui paraît bien loin des pages tumultueuses d'*Aurélia*. On s'explique mal ce contraste, qui n'est pas sans rappeler la fin du parcours littéraire de Jean-Jacques Rousseau : les *Promenades et Souvenirs* évoquent au reste, à la fois par leur titre et par leur contenu, les *Rêveries du promeneur solitaire*, inachevées et qui succédaient à une œuvre au ton beaucoup moins apaisé, les *Dialogues, ou Rousseau juge de Jean-Jacques*, dans lesquels la paranoïa de l'auteur semblait se donner libre cours.

Les *Petits Châteaux de Bohême* traitaient, on s'en souvient, de la disparition d'un ancien domicile de l'auteur (l'appartement du Doyenné) et de l'entrée de celui-ci dans la Bohême — celle des bohémiens et non des gens de lettres. *Les Filles du Feu* enchérissaient sur le thème de l'errance, notamment dans « Angélique » et dans « Sylvie ». Ce thème, à nouveau, est au cœur de *Promenades et Souvenirs*, qui s'ouvre sur la recherche d'un logement parisien et se termine — tout au moins dans le texte publié — par l'évocation de la maison itinérante de saltimbanques rencontrés à Senlis. Les pérégrinations relatées dans les *Promenades* mènent encore une fois le narrateur sur les chemins du Valois de son enfance — on vient de mentionner Senlis — mais aussi à Saint-Germain — ville qui paraît comme émerger de l'oubli en ces derniers mois de la vie de Nerval. *Pandora*, déjà, mentionnait les « belles cousines » dont la présence enchantait les séjours du narrateur dans la « ville des Stuarts [1] ». *Promenades et Souvenirs* prolonge ces confidences et signale que l'auteur aurait même habité Saint-Germain, en 1827, sans doute chez Gérard Dublanc, parrain du futur écrivain et oncle maternel du docteur Labrunie. À Saint-Germain, les Dublanc étaient liés à la famille Paris de Lamaury par le mariage de Joseph, fils de Gérard Dublanc, et d'Henriette Paris. Les jeunes cousines d'Henriette, Justine (née en 1804) et Sophie (née en 1806), connurent Gérard enfant et sont sans doute les « belles

---

1. Voir Le Livre de Poche n° 9631, p. 398-399.

cousines » que s'attribue le narrateur de *Pandora* : c'est
au reste le souvenir chéri de Sophie (la figure de la jeune
fille se devine derrière l'image de « l'autre..., rêve de mes
jeunes amours ») qui protège un temps le narrateur contre
« les charmes de l'artificieuse Pandora [1] ».

Conformément à leur titre, les pages de *Promenades et
Souvenirs* sont placées sous le double signe de l'errance
et de la mémoire : l'auteur y ressuscite son passé personnel et familial (le mariage de son grand-père maternel, les
relations difficiles avec le docteur Labrunie, le deuil de
la mère, les premiers vers, les épisodes sentimentaux de
la jeunesse...) mais aussi le passé collectif : il voudrait
voir restaurer le château de Saint-Germain, rappelle les
événements qui ont marqué la fin de l'Empire, s'intéresse
aux sociétés chantantes — qui ont disparu — et aux travaux paléontologiques de Cuvier, évoque enfin des traditions et des légendes populaires.

Le passé ramène à la mémoire des images qui sont
— majoritairement — liées au déracinement : l'exil des
Stuarts, les troupes dramatiques itinérantes, la mère enter-
rée loin de France, le grand-père qui doit quitter la maison
de ses parents, l'enfant arraché au Valois par un père qu'il
ne connaît pas... On pourrait multiplier les exemples, qui
se présentent en grand nombre dans un texte pourtant
bref. La réflexion entamée par *La Bohême galante* et les
Petits Châteaux de Bohême trouve ici son aboutissement.
Les métaphores de l'exil, dont le texte de *Promenades et
Souvenirs* est si prodigue, font davantage que révéler les
origines profondes de l'errance nervalienne : elles semblent plus encore s'attacher à l'inscrire dans une sorte de
déracinement éternel, qui serait comme la marque de la
destinée humaine.

Nerval et la création littéraire

Une donnée esthétique essentielle apparaît dans les
textes ici réunis, comme du reste dans *Pandora* et *Aurélia* : la prépondérance du « je », qui se révèle central, y

---

1. *Ibid.*, p. 404.

compris là où on l'attendrait le moins, c'est-à-dire dans
« Les Chimères ». Sous cet aspect, la rupture nervalienne
avec la poétique classique — réceptacle de la généralisa-
tion, de l'enseignement moral et des aspirations à l'uni-
versalité — est ici encore complète. Les sonnets s'ouvrent
à des interrogations relatives à l'identité de l'auteur ; le
sujet se morcelle en ses avatars multiples, la poésie laisse
éclater le moi dans une symphonie de voix qui disent
« je » (« Suis-je Amour ou Phébus ?... Lusignan ou
Biron ? »), le rend aux passions qui le traversent (« Je
suis le ténébreux, — le veuf, — l'inconsolé, / [...] »), aux
énergies et aux pulsions souterraines qui se croisent en
lui (ainsi l'évocation des combats des divinités féminines
contre les dieux masculins, qui offrent autant d'échos des
tensions ressenties par l'auteur lui-même). Certes, le
lexique utilisé par le poète est emprunté à l'histoire de
l'humanité, mais ce qui est représenté — à l'image du
drame mis en scène dans « Le Christ aux Oliviers » —
n'est pas l'histoire de l'humanité. On assiste seulement
aux conflits intérieurs d'un Moi ; les vers de 1854 donnent à voir — sinon à comprendre — ce que la conscience
nervalienne du monde et de soi-même a de singulier, de
particulier et parfois même d'inexplicable.

Au milieu des années 1840 déjà, Nerval était regardé
comme le chef de file d'un groupe d'écrivains se réclamant notamment de Sterne, de Hoffmann et de Nodier, et
que l'on taxait tour à tour de fantaisistes, d'excentriques
et d'humoristes. Ces trois termes possédaient à l'époque
des sens voisins et ils évoquaient tous le choix d'une écriture qui s'attache à rendre compte des sentiments et de
l'intériorité de l'auteur. Ainsi que le remarque Claude
Pichois : « "Fantaisie" a presque le sens d'"humour". Un
humoriste — à l'époque, le mot a encore en grande partie
son sens ancien — est celui qui se laisse aller au gré de
son humeur, des impulsions de son tempérament[1]. » Ce
parti pris d'auto-analyse ira toujours chez Nerval en s'approfondissant, jusqu'aux « Chimères » et à *Aurélia*. Ainsi
« Angélique » met en scène un narrateur que l'amendement Riancey voudrait empêcher de dire « je » mais qui

---

1. *NPl* III, p. 1112.

imagine toutes sortes de subterfuges pour continuer à parler de ses impressions personnelles, notamment par le biais de la description du Valois.

Tous les écrits autobiographiques de Nerval répondent à l'ambition de traduire, dans sa radicale singularité, la vision du monde de l'auteur. Ce qui caractérise la vision du monde d'un individu, c'est l'association — à nulle autre pareille — qu'elle opère entre le monde physique et la sphère des idées morales. Or pourquoi la conscience inscrit-elle, spontanément, des sentiments dans la nature ? Ils ne s'y trouvent point par eux-mêmes : c'est l'âme humaine qui les y dépose par la grâce d'une alchimie qui est tout entière l'œuvre de la mémoire. D'où le rôle majeur joué, au cœur de la création littéraire, par le souvenir. Les émotions que nous éprouvons à un moment donné se répandent dans les objets qui nous entourent et y restent comme gravées ; et, lorsque ces choses se présentent à nouveau devant nous, la mémoire nous fait éprouver une seconde fois les émotions qui étaient les nôtres jadis. Ainsi, dans *Le Temps retrouvé*, Proust est conduit à définir la réalité comme le produit d'un rapport entre les sensations et les souvenirs — rapport qu'il revient aux écrivains d'exprimer, pour en « enchaîner à jamais dans [leur] phrase les deux termes différents[1] ». Les écrivains présentés dans le *Contre Sainte-Beuve* comme les modèles de la future *Recherche du temps perdu* sont précisément ceux dont les œuvres procèdent d'un phénomène de mémoire — dû au gazouillement d'une grive, dans les *Mémoires d'outre-tombe*, ou à la lecture d'un journal, dans « Sylvie ». L'admiration de Proust pour « Sylvie » trouve son origine dans cette dialectique de l'écriture et du souvenir ; la construction de la nouvelle se fonde tout entière sur une série de phénomènes de mémoire :

> [...] la première partie de *Sylvie* se passe devant une scène et décrit l'amour de Gérard de Nerval pour une comédienne. Tout à coup ses yeux tombent sur une annonce : « Demain les archers de Loisy », etc. Ces mots évoquent un souvenir,

---

1. *À la recherche du temps perdu*, éd. J.-Y. Tadié, Paris, Gallimard, « Bibliothèque de la Pléiade », t. IV, 1989, p. 468.

ou plutôt deux amours d'enfance : aussitôt le lieu de la nouvelle est déplacé. Ce phénomène de mémoire a servi de transition à Gérard, à ce grand génie [...][1].

Le point de départ de la nouvelle est constitué par une impression que produit, au hasard, la lecture d'un journal ; une évocation de la « *Fête du bouquet provincial* » (p. 233), dans le Valois, rappelle au narrateur les fêtes qui ont enchanté sa jeunesse et rend présent le souvenir des jeunes filles aimées autrefois :

> Gérard essaie de définir une sensation bizarre qu'il a éprouvée au théâtre, tout d'un coup il comprend ce que c'est, c'est le souvenir d'une femme qu'il aimait en même temps qu'une autre, qui domine ainsi certaines heures de sa vie et qui tous les soirs le reprend à une certaine heure. Et en évoquant ce temps dans un tableau de rêve, il est pris du désir de partir pour ce pays, il descend de chez lui, se fait rouvrir la porte, prend une voiture, et tout en allant en cahotant vers Loisy, [il] se rappelle et raconte. Il arrive après cette nuit d'insomnie, et ce qu'il voit alors, pour ainsi dire détaché de la réalité par cette nuit d'insomnie, par ce retour dans un pays qui est plutôt pour lui un passé qui existe au moins autant dans son cœur que sur la carte, est entremêlé si étroitement aux souvenirs qu'il continue à évoquer, qu'on est obligé à tout moment de tourner les pages qui précèdent pour voir où on se trouve, si c'est présent ou rappel du passé[2].

Du retour sur soi-même qui suit la lecture du journal émergent les figures de Sylvie et surtout d'Adrienne. Les épisodes de la madeleine et des pavés inégaux, dans la *Recherche*, procèdent de la même démarche : une sensation frappe la conscience du narrateur comme pour l'avertir que gît en elle une signification qu'il ne soupçonnait pas. S'abandonnant à cette sensation, approfondissant les échos qu'elle éveille en lui, le narrateur retrouve les émotions autrefois ressenties qui s'étaient conservées dans l'objet, préservées de toute corruption, comme une perle sous la coquille d'une huître.

---

1. Passage extrait de l'article « À propos du "style" de Flaubert », publié dans la *Nouvelle Revue française* de janvier 1920 (texte recueilli dans le volume *Contre Sainte-Beuve [...]*, éd. P. Clarac, Paris, Gallimard / « Bibliothèque de la Pléiade », 1971, p. 599 pour la citation).
2. *Contre Sainte-Beuve*, éd. citée, p. 237-238.

Proust aurait pu trouver dans « Angélique », sœur de
« Sylvie », une autre illustration magistrale des liens qui
unissent la mémoire et le processus de la création littéraire. De passage à Francfort, le narrateur d'« Angélique » a feuilleté un livre consacré à l'abbé de Bucquoy,
mais il a renoncé à l'acheter, alors qu'il a pourtant fait
l'acquisition d'autres ouvrages. Rentré à Paris, il ne parvient pas à trouver un exemplaire du volume, qui semble
aussi insaisissable que l'abbé de Bucquoy lui-même, éternel fugitif. Les investigations menées par le narrateur le
conduisent à s'intéresser à l'histoire d'Angélique de Longueval (qu'il présente comme une grand'tante de l'abbé),
puis à entreprendre un voyage dans le Valois, terre familiale des Longueval de Bucquoy mais aussi — faut-il le
rappeler ? — région d'origine de la famille maternelle de
l'auteur lui-même. À lire attentivement « Angélique », un
curieux soupçon se fait progressivement jour : Gérard ne
veut pas retrouver l'ouvrage, qu'il aurait pu facilement
acquérir à Francfort (il a d'ailleurs acheté là-bas d'autres
livres — beaucoup moins importants pour lui, semble-t-il, puisqu'il ne les cite même pas). De plus, pour des
motifs que l'on comprend mal (il dit avoir connu trois
anciens conservateurs de la bibliothèque et se raidit à un
tel souvenir), il refuse de se rendre à l'Arsenal, où il sait
pertinemment que l'ouvrage est conservé. Il connaît
l'existence des *Lettres galantes* de Mme Dunoyer, où se
trouve « un second récit des aventures de l'abbé de Bucquoy » (p. 132) mais le narrateur n'y a point recours alors
qu'il s'agit, sous un autre titre, du même texte que celui
qui figure dans le volume découvert à Francfort. Il avoue
enfin ne s'être rendu chez aucun bibliophile, lesquels sont
pourtant nombreux à Paris. Les choses se passent comme
si le narrateur ne voulait surtout pas remettre la main sur
l'ouvrage, et on semble ainsi autorisé à affirmer qu'« Angélique » ne s'apparente point à l'histoire d'un livre
qu'on ne peut retrouver, mais bien plutôt à l'histoire d'un
livre qu'on ne veut pas retrouver et au récit de ce qu'accomplit le narrateur au lieu de chercher sérieusement
l'objet de ses désirs — qu'il a peu de chances, au reste,
de trouver au bord d'un chemin, près de Compiègne ou de
Senlis. L'aboutissement de la quête est perpétuellement

repoussé dans le temps : d'abord annoncée pour le 11 novembre, la vente publique où passera le « Bucquoy » commence le 20, et le livre n'y sera présenté que le 30. Comme bien l'on imagine, l'achat du « Bucquoy » coïncide avec la fin d'« Angélique » : c'était à la condition de ne pas revoir le livre que l'auteur a pu composer son propre récit.

En réalité, l'auteur d'« Angélique » ne cherche pas le livre vu à Francfort, il cherche à savoir pourquoi ce livre lui a semblé alors « plein d'intérêt » (p. 131), pour reprendre ses propres termes. Certes, le volume fait le compte rendu des évasions de l'abbé, mais le narrateur ne se satisfait pas de cet unique rapport avec sa propre existence. Il y a au-delà encore une signification cachée, voilée, encore non formulée même si sa présence a été devinée, et qui ne figure pas entre les pages du volume, mais dans la mémoire nervalienne elle-même. Le récit ne se termine donc pas quand on est parvenu à remettre la main sur le « Bucquoy » mais quand, semblable à une noix qu'on aurait complètement dépouillée de son écorce, celui-ci a enfin révélé par quelles connexions profondes il se reliait à l'expérience du narrateur. La solution de l'énigme se trouve dans la mémoire : il faut donc détourner les yeux de l'objet « plein d'intérêt » découvert à Francfort et le laisser se transformer lui-même en souvenir ; restera alors pour le narrateur à susciter en son for intérieur une sorte de théâtre de la mémoire, qui lui apprendra ultimement le sens profond que portait le livre. Il trouve par hasard aux Archives nationales le manuscrit d'Angélique de Longueval, dont l'existence s'apparente par de nombreux côtés à l'histoire de la mère de Nerval, elle aussi entraînée par un homme dans des pérégrinations à l'issue fatale ; et peu après la découverte du manuscrit d'Angélique vient l'affirmation que « le nom [de Bucquoy] a toujours résonné dans [son] esprit comme un souvenir d'enfance » (p. 162).

Le récit d'« Angélique » nous fait ainsi assister au libre travail de la mémoire, c'est-à-dire à la mise en œuvre et au fonctionnement des mécanismes de la création littéraire. Le narrateur se laisse conduire là où le portent ses souvenirs, il respecte tous les méandres et les brusques changements de direction de l'anamnèse, se laisse mener par le hasard (composante majeure du fonctionnement de la mémoire), dans une région, le Valois, où — il se plaît à le souligner — dominent les paysages de brumes et de brouillards. Le « Bucquoy » est ainsi, avant la lettre, une sorte d'équivalent de la madeleine du *Temps perdu*. Confronté aux mêmes interrogations, Proust cherchera comme Nerval à sortir de son ignorance, à comprendre les causes profondes de l'émotion ressentie par la média-tion d'un objet extérieur, livre ou biscuit. Ces causes pro-fondes appartiennent à la sphère de la mémoire et seul le travail de l'anamnèse est en mesure de les faire apparaître.

« Inventer au fond c'est se ressouvenir » (p. 118), déclare la lettre-préface des *Filles du Feu* : l'auteur ne pouvait mieux exprimer que la création littéraire se confond avec le travail de la mémoire. On peut également observer que le terme de souvenir revient comme un *leit-motiv* dans les sous-titres nervaliens[1] ou encore s'intéres-ser à la rédaction même d'une œuvre comme le *Voyage en Orient* : à la fin de 1843 Nerval n'est pas rentré de Constantinople avec, dans ses valises, le manuscrit des deux volumes qui porteront ce titre ; certes, il ramenait des carnets abondamment remplis de notes mais la rédac-tion de l'œuvre — entamée en 1844, elle ne s'est achevée qu'en 1851 — a commencé une fois que l'auteur, revenu en France, n'avait plus l'Orient devant lui. Paradoxe ? On voit bien que non. Comme « Angélique » n'a pu être écrite qu'en l'absence du « Bucquoy », de même la rédac-tion du *Voyage en Orient* n'a pu être entamée qu'une fois l'auteur loin du Caire, de Beyrouth et de Constantinople.

Du rôle joué par la mémoire dans la création littéraire dérive une autre thématique majeure, celle de l'oubli. Le passage par l'oubli garantit que la sensation des choses passées sera réveillée par la mémoire involontaire et se trouvera, donc, pure de toute intervention de l'intelli-gence. Cette perle attendant sous la coquille de l'huître le

---

1. « Le Temple d'Isis. Souvenir de Pompéï » (premier titre de la nouvelle « Isis » des *Filles du Feu*), *Al-Kahira. Souvenirs d'Orient* (titre d'une préoriginale du *Voyage en Orient*), *Lorely. Souvenirs d'Allemagne*, « Sylvie. Souvenirs du Valois ».

moment propice pour remplir sa mission de catalyseur de mémoire n'est pas sans rappeler le *topos* littéraire du palimpseste ou du manuscrit trouvé, régulièrement utilisé au XIXe siècle. Ainsi, dans l'« Angélique » nervalienne, l'épisode de l'affaire Le Pileur. En quête de renseignements sur le mystérieux abbé de Bucquoy, le narrateur d'« Angélique » consulte, au Département des manuscrits de la Bibliothèque nationale, un gros in-folio réunissant des dossiers de police de 1709. Parmi ces dossiers figure celui de l'affaire Le Pileur. Abandonnant pour un temps l'objet initial de sa recherche, le narrateur lit ces pages et expose l'affaire, dont les éléments sommeillaient là depuis près d'un siècle et demi. « Tout déjà, pour moi, vit et se recompose » (p. 146), déclare l'auteur, qui aperçoit comment s'organise le « tableau » du récit, avec des silhouettes historiques au fond, et surtout voit apparaître la « moralité » (p. 145) des événements. L'affaire est ainsi dégagée des contingences de son temps, les faits sont ressaisis dans leur pureté et leur signification émerge, comme naturellement, des pages empoussiérées.

Il faut également évoquer ici les pages consacrées par Nerval à la collecte des chansons populaires du Valois, que l'auteur affirme avoir entendues jadis et qui seraient en train de se perdre « de jour en jour avec la mémoire et la vie des bonnes gens du temps passé » (p. 285). Michel Zink [1] a montré que des affirmations semblables apparaissent dès le Moyen Âge, lorsqu'il est question de légendes et de chansons folkloriques : d'après les écrivains qui les recueillent, celles-ci seraient toujours sur le point de disparaître. On se trouve sans doute ici en présence d'un motif littéraire majeur, par lequel la littérature se donne à connaître comme telle : parce qu'elle dérive du travail du souvenir, l'œuvre naît toujours au moment où l'oubli menace, à l'instant où les traces du passé sont guettées par l'ensevelissement. La même thématique anime *Petits Châteaux de Bohême*, avec la double évocation de l'appartement du Doyenné livré aux démolisseurs et du sauvetage des boiseries peintes qui en ornaient le salon ;

---

1. Voir son ouvrage *Le Moyen Âge et ses chansons ou Un passé en trompe-l'œil*, Paris, de Fallois, 1996.

l'écrivain recompose ses souvenirs de jeunesse quand ceux-ci se trouvent sur le point de disparaître. Certes, l'oubli constitue parfois une menace bien réelle, mais, plus souvent encore, une telle perspective semble se révéler imaginaire : ainsi, cent trente ans après « Les Vieilles Ballades françaises » (première version des « Chansons et Légendes du Valois ») et cent vingt ans après « Sylvie », Paul Bénichou a pu reconstituer le texte exact de ces chansons qui, au dire de Nerval, étaient en train de se perdre [1].

La mention de l'oubli qui menace fonctionne dans l'œuvre de Nerval comme une sorte de signal, qui donne à comprendre que la création littéraire se trouve foncièrement liée au travail de la mémoire. Dans une telle perspective, l'accent porte moins sur la vérité historique des œuvres ou des événements soi-disant sauvés de l'oubli que sur la subjectivité de celui qui les évoque et les fait entrer dans une sorte d'autobiographie morale. Dans « Sylvie », encore, le personnage d'Adrienne se trouve à peine évoqué que l'auteur signifie aussitôt sa perte (« [...] ; nous ne devions plus la revoir, car le lendemain elle repartit pour un couvent où elle était pensionnaire » [p. 236]) ; et, quelques lignes plus haut, lorsqu'il posait sur la tête d'Adrienne une couronne de lauriers, le narrateur comparait la jeune fille « à la Béatrice de Dante qui sourit au poète errant sur la lisière des saintes demeures ». Autant dire à nouveau que c'est la disparition d'une figure aimée qui fait accéder l'auteur à l'écriture, qui le révèle à lui-même comme poète, enfin qui lui donne le désir de créer, c'est-à-dire de recréer. — Pour être retrouvé, le temps doit d'abord être perdu.

La thématique amoureuse

Au cœur des *Petits Châteaux de Bohême*, des *Filles du Feu* et de *Promenades et Souvenirs*, Nerval a inscrit la thématique amoureuse. L'auto-analyse à laquelle se livre

---

1. Voir *Nerval et la chanson folklorique*, Paris, José Corti, 1970.

l'auteur associe clairement le mal dont il souffre à la difficulté, voire à l'impossibilité, d'aimer.

La divinisation, ou l'idéalisation, de la Femme constitue une dimension capitale de la mythologie personnelle
du poète. « [L]'éternelle Isis, la mère et l'épouse
sacrée[1] » a fait l'objet de la quête narrée dans le *Voyage
en Orient* avant de rayonner comme une étoile au firma-
ment d'*Aurélia*, rappelant ainsi l'unité — soulignée par
Nerval comme par de nombreux romantiques — existant
entre la grande déesse et la Nature. La déesse qui apparaît
au narrateur d'*Aurélia* se donne pour « la même que
Marie, la même que [sa mère], la même aussi que sous
toutes les formes [il a] toujours aimée[2] ». Reine du ciel
au masque et aux attributs nombreux, s'incarnant dans
des figures diverses selon les lieux et les époques,
réunissant en elle tous les cultes, Isis a donné une part
d'elle-même à toutes les bien-aimées nervaliennes. Sur
le site de Pompéi, devant le temple de la déesse, Octavie
joue le rôle d'Isis ; et la même nouvelle assimile une brodeuse rencontrée dans les rues de Naples à une prêtresse
de la divinité égyptienne. Quant au récit de « Sylvie », il
est présenté comme une quête isiaque ; on apprend par
exemple que l'homme matériel « aspirait au bouquet de
roses qui devait le régénérer par les mains de la belle
Isis », « la déesse éternellement jeune et pure » (p. 231) :
allusion à *L'Âne d'or* d'Apulée — le narrateur compare
du reste l'époque où est censée se passer l'action à celle
« de Pérégrinus et d'Apulée » (p. 231) —, ouvrage dans
lequel Lucius est délivré de sa folie par Isis et retrouve
sa forme humaine en mangeant un bouquet de roses. Les
élans nervaliens dirigés vers la bien-aimée — « éternellement jeune et pure » — sont des élans chastes, pour un
objet qui appartient au Ciel plutôt qu'à la terre : le narrateur des *Petits Châteaux de Bohême* aime le « fantôme
éclatant » (p. 65) de la reine de Saba ; celui d'« Octavie »,
une femme non nommée qui ne le connaît pas et qui se
trouve au reste absente de Naples ; celui de « Sylvie »,
Adrienne, rencontrée au cours de l'enfance et perdue de
vue depuis, inaccessible derrière les murs d'un couvent,

---

1. Voir *Aurélia*, Le Livre de Poche n° 9631, p. 469.   2. *Ibid.*, p. 463.

morte en fait au moment où se déroule l'action, ainsi qu'on l'apprendra à la fin de la nouvelle. Le narrateur de « Sylvie » reconnaît en Adrienne la source lointaine de son attirance pour la figure d'Isis : lors de sa réapparition à Châalis, la tête nimbée d'un cercle de lumière, la jeune fille ressemblait à une déesse sortie quelques instants du monde des esprits.

Le modèle, dans une telle perspective, ce sont les amours pétrarquisantes, celles par exemple « du peintre Colonna pour la belle Laura, que ses parents firent religieuse, et qu'il aima jusqu'à sa mort » (p. 265). Le *Voyage en Orient* n'a pas manqué non plus d'évoquer les relations épurées qui unirent Francesco Colonna et sa bien-aimée, enfermés tous deux dans leurs couvents respectifs et s'envolant toutes les nuits, en rêve, pour se retrouver et offrir le sacrifice de leurs chastes émois sur l'autel de la Vénus antique.

La femme ne restera divine, idéale, que si elle se trouve hors des prises du désir masculin. Isis exigeait d'ailleurs que ses adeptes observassent, pour mériter la régénération, une « inviolable chasteté » (p. 335). Approcher la femme aimée reviendrait souvent à la briser — l'« histoire éternelle des mariages humains » (p. 121) est remplie d'épisodes tragiques, dont Nerval se fait dans *Les Filles du Feu* le scrupuleux rapporteur —, en tout cas à la faire disparaître comme idéal. Le héros nervalien poursuit des divinités inaccessibles, des images, ainsi que le souligne ce distique d'« Horus », à propos d'Isis, la déesse essentielle :

La Déesse avait fui sur sa conque dorée,
La mer nous renvoyait son image adorée,
[...] (P. 367.)

Ainsi, le narrateur de « Sylvie » se montre peu soucieux de ses rivaux auprès de la comédienne Aurélie et déclare : « C'est une image que je poursuis, rien de plus » (P. 233.) Ces images se superposent : quand l'une risque de devenir accessible, une autre prend sa place, pour que la femme aimée demeure insaisissable. On comprend ici l'intérêt du motif — capital chez Gérard — de l'actrice : médiatrice de la déesse, réalisation du « rêve idéal et divin » (p. 66) du poète, aimée pour ce qu'elle représente et non pour ce qu'elle est, l'actrice reste hors d'atteinte du désir puisqu'elle ne se confond pas avec l'objet ultime de ce désir. Fabio ne s'intéresse plus à la cantatrice Corilla lorsqu'il la rencontre vêtue en simple bouquetière : sans la « distance » et « la rampe allumée » (p. 102), elle a perdu son aura divine. Autre type d'aimée hors d'atteinte de l'homme : la morte. Nous aurons à reparler d'Adrienne et de la mère, et on se contentera de rappeler ici le distique initial des « Cydalises » (« Où sont nos amoureuses ?/ Elles sont au tombeau : / [...] » [p. 79]) ainsi que le vers de Goethe cité dans *Les Nuits du Ramazan* (« Tu souris sur des tombes, immortel Amour[1] »).

« Paradoxes platoniques », « rêves renouvelés » (p. 232) de l'Alexandrie des néo-platoniciens, les doctrines induites par la pensée du philosophe grec se trouvent, au dire de Nerval, à la source de ces conceptions épurées des relations amoureuses. Or ces mêmes doctrines font l'objet, dans *Les Illuminés*, d'une présentation pour le moins défavorable. L'avant-propos du recueil de 1852, « La Bibliothèque de mon oncle », parle d'elles comme d'une « nourriture indigeste ou malsaine pour l'âme[2] », qui embarrasse l'esprit. Il est tout aussi manifeste que les implications amoureuses de cet ésotérisme n'échappent pas non plus, dans les œuvres autobiographiques, à la critique nervalienne.

Après avoir longuement décrit les obsessions platoniciennes du narrateur en matière amoureuse, « Sylvie » qualifie — en son « Dernier feuillet » — ces idées de « chimères qui charment et égarent au matin de la vie » (p. 268). L'entraînement dans l'errance, ou dans l'erreur, n'est assurément pas une vertu. Il suffit de songer aux navigateurs. On rapprochera d'ailleurs la formule du « Dernier feuillet » d'un passage de la préface de *Lorely*, où Nerval explique que la fée du Rhin renouvelle à ses yeux les prestiges et les chants de « l'antique syrène » :

---

1. *NPl* II, p. 622. Sur « Cydalise », voir n. 1, p. 58. 2. Voir Le Livre de Poche n° 9631, p. 56, ainsi que l'Introduction, p. 46-50.

[...], cette fée radieuse des brouillards, cette ondine fatale comme toutes les *nixes* du Nord qu'a chantées Henri Heine, elle me fait signe toujours : elle m'attire encore une fois ! / Je devrais me méfier pourtant de sa grâce trompeuse, — car son nom même signifie en même temps charme et mensonge ; et une fois déjà je me suis trouvé jeté sur la rive, brisé dans mes espoirs et dans mes amours, et bien tristement réveillé d'un songe heureux qui promettait d'être éternel[1].

À l'image de la fée du Rhin, les déités féminines chez Nerval marquées par l'ambivalence : elles charment, mais ce charme menteur — puisque inaccessible — égare et mène parfois à la mort. Lorely ressemble aux jeunes filles fallacieuses dont les indications énigmatiques provoquent l'errance du narrateur dans les forêts valoisiennes, mais aussi à toutes les actrices des récits nervaliens :

Rien n'est plus dangereux pour les gens d'un naturel rêveur qu'un amour sérieux pour une personne de théâtre ; c'est un mensonge perpétuel, c'est le rêve d'un malade, c'est l'illusion d'un fou[2].

L'amour pour une actrice est encore dénoncé, dans les mêmes « Confidences de Nicolas », comme un « bonheur stérile » et un « enfantillage[3] ». Ces caractères négatifs s'attachent aussi, d'évidence, aux sentiments nourris à l'égard d'Isis et d'Adrienne. Le sourire qu'adresse celle-ci au narrateur de « Sylvie », avant de plonger dans la nuit, est en quelque sorte maléfique, car il déterminera le jeune homme à préférer « un mirage de la gloire et de la beauté », un « idéal sublime » mais vain et illusoire, en fait un « spectre funeste », à la « douce réalité[4] » représentée par Sylvie, son amie d'enfance. Aveuglé par l'esprit de son temps et les aspirations mystiques de sa génération, soumis à d'absurdes préjugés platoniciens (« la femme réelle révoltait notre ingénuité » [p. 322]), le narrateur ne s'est pas intéressé quand il l'aurait fallu à la « douce réalité » et il est trop tard quand il implore Sylvie : « Sauvez-

---

1. *NPl* III, p. 4.   **2.** Voir Le Livre de Poche n° 9631, p. 136. C'est dans « Angélique » que sont évoquées les « jeunes filles fallacieuses [qui] nous firent faire une route bien étrange » (p. 216).   **3.** Voir Le Livre de Poche n° 9631, p. 137.   **4.** Voir p. 236, 253 et 268.

moi ! » (P. 253.) « Là était le bonheur peut-être »
(p. 270). Sans doute. Mais la jeune femme se mariera
avec un autre et — une fois qu'elle sera devenue mère de
famille — il ne restera plus au narrateur qu'à jouer auprès
d'elle les « Werther, moins les pistolets » (p. 270) et à
apprendre qu'Adrienne était en fait morte depuis longtemps. Quant à l'amour éprouvé pour cette dernière
(« Amour, hélas ! des formes vagues, des teintes roses et
bleues, des fantômes métaphysiques ! » [p. 231]), il
donne après coup au narrateur « l'amère tristesse que
laisse un songe évanoui » (p. 232) et surtout la conscience
qu'il s'est leurré lui-même dans sa quête du bonheur.
Rien ne sert de manifester une fidélité absolue à une image,
sauf à ruiner tous ses espoirs de mariage à cause de théories
incompatibles avec une vie amoureuse normale.

La tentation du suicide — évoquée par le narrateur de
« Sylvie » — est présente aussi dans « Octavie », nouvelle qui témoigne également des effets insidieux des
rêveries platoniciennes. Avant un rendez-vous à Portici
où il doit retrouver la jeune anglaise Octavie, prend place
une soirée passée par le narrateur chez le marquis Gargallo : là, les femmes ont l'air de déesses et la conversation roule sur des questions mystico-platoniciennes. Le
narrateur sort du palais « la tête étourdie de cette discussion philosophique » (p. 317). Suit la rencontre de la brodeuse, décrite comme une sorte de prêtresse isiaque, la
révélation que cette jeune femme ressemble à la femme
aimée, puis la tentation du suicide, que le héros explique
à la fois par le chagrin d'aimer une femme « qui ignor[e]
jusqu'à [son] existence » et par la conscience de « [n]'être
pas aimé et [de] n'avoir pas l'espoir de l'être jamais »
(p. 321). Une fois le jour venu, le protagoniste gagne le
lieu du rendez-vous avec la jeune Anglaise mais ne trouve
rien de mieux à lui proposer que de jouer le rôle d'Isis
dans le temple même de la déesse, à Pompéi. Toutefois
— à l'instar de Sylvie à Châalis ou d'Aurélie sur la
pelouse du château —, Octavie est impuissante à conjurer
les illusions funestes et à ramener le narrateur à la
conscience de la « douce réalité ». Il est contraint de lui
avouer qu'il ne l'aime pas. De même que l'image
d'Adrienne s'est interposée entre l'auteur et Sylvie, des

fantômes tout aussi métaphysiques se sont glissés entre le narrateur et Octavie, interdisant la concrétisation de ce qui aurait pu — et aurait dû — être une idylle. On se quitte donc, et il ne reste plus au héros que l'impression — il est lucide au moins sur ce point — d'avoir peut-être « laissé là le bonheur » (p. 323).

Les *Petits Châteaux de Bohême* présentent un épisode analogue. Le narrateur évoque son amour pour le « fantôme éclatant » de la reine de Saba, qui tourmente ses nuits. Une cantatrice d'un théâtre parisien « réalisait vivante [son] rêve idéal et divin » (p. 66). Ce double amour se trouve à l'origine d'un scénario que l'auteur destine à Dumas et Meyerbeer et qui devait permettre à l'actrice aimée de débuter à l'Opéra. Pendant un bal donné à l'appartement du Doyenné (on est au temps de la fameuse bohème), le narrateur ne pense qu'à son projet de scénario — il doit voir Dumas et Meyerbeer le lendemain matin, très tôt — et il montre un air « académique » (au témoignage d'un poème de Houssaye évoquant la scène) ou « préoccupé » (selon Nerval lui-même)[1]. Au cours de la soirée, le héros rencontre une « belle éplorée » (p. 67)... et libre puisque son amoureux vient de la quitter pour une autre (d'où les larmes) ; à l'écart des chants et des danses, il s'entretient toute la nuit avec la jeune femme. Mais l'aventure n'aura pas plus de suite que dans « Sylvie » ou dans « Octavie ». Au petit matin, le narrateur renonce en effet à accompagner sa « belle éplorée » — à présent consolée — et quelques joyeux drilles, qui s'en vont déjeuner dans un restaurant du bois de Boulogne : il doit sans tarder gagner le lieu du rendez-vous avec Dumas et Meyerbeer. Piquée, la jeune femme prend le bras que lui tend Camille Rogier et salue « d'un petit air moqueur » le héros, qui était en train de quitter « la proie pour l'ombre... comme toujours ! » (P. 69.) Et pour cause : on apprend que l'opéra projeté ne se fit jamais, et ne fut même pas complètement écrit, la collaboration entre Dumas et Meyerbeer ayant pris fin peu après. À nouveau, les illusions générées par les fantômes métaphysiques — dans les *Petits Châteaux*, c'est celui de la reine

---

1. Voir p. 65 et 67.

de Saba qui est en cause — ont empêché l'auteur, sinon peut-être de se marier, en tout cas de mener jusqu'à son terme une relation avec une femme.

D'où la structure constante des récits amoureux, chez Nerval : le héros ne peut trouver son destin, encore moins se marier, toutes ses tentatives se trouvent marquées du sceau de l'inachèvement. On observera que le « je » qui parle dans les *Petits Châteaux de Bohême* et dans *Les Filles du Feu* — surtout dans « Sylvie » — n'est pas sans rapport avec Frédéric Moreau, le personnage central de *L'Éducation sentimentale*. Frédéric néglige l'amour de Louise Roque, jugée trop provinciale et à laquelle il préfère — tout aussi vainement qu'un héros nervalien — une Mme Arnoux. Comme le narrateur de « Sylvie », Frédéric se rendra compte trop tard de son erreur :

> « Elle [Louise] m'aimait, celle-là ! J'ai eu tort de ne pas saisir ce bonheur. [...]. Elle était naïve, une paysanne, presque une sauvage, mais si bonne[1] ! »

Louise Roque rappelle la Sylvie des *Filles du Feu*, et la figure de Mme Arnoux — ressortissant comme Adrienne au monde de la Mort et de la mère — aveugle le héros et lui cache le chemin qui mène au bonheur. À l'image de Frédéric Moreau, le narrateur nervalien a toujours lâché la proie pour l'ombre — expression d'autant plus heureuse que les ombres en question sont précisément apparentées aux fantômes.

Lorsqu'il s'est agi de donner un titre à son dernier recueil, Nerval a hésité — on l'a vu — entre « *Les Filles du Feu* » — titre qui fut peut-être conseillé, ou même imposé, par l'éditeur —, « *Les Amours passées* » et « *Les Amours perdues* »[2]. « Sylvie » et « Octavie » racontent bien l'histoire de deux « amours perdues » par le héros. Et on observe que ce dernier intitulé rappelle les nombreuses

---

1. *L'Éducation sentimentale*, éd. P.M. Wetherill, Paris, Garnier, 1984, p. 417 (passage cité par Jeanne Bem, « Gérard de Nerval et la jeune fille. Essai de lecture mythocritique », *Gérard de Nerval*. « *Les Filles du Feu* ». « *Aurélia* ». *Soleil noir*, éd. José-Luis Diaz, Paris, Sedes, 1997, p. 172). Sur le lien entre Mme Arnoux et la Mort, voir le même article, p. 173.   **2.** On note aussi qu'un des premiers titres de « Sylvie » a peut-être été « L'Amour qui passe ».

mentions, chez Nerval, de nuits et d'heures « perdues »,
c'est-à-dire gaspillées à poursuivre des ombres vaines et
qui laissent le héros seul, triste et désemparé, en proie à
la tentation du suicide. Quelques mois après la publication du recueil qui s'intitula finalement *Les Filles du Feu*,
le récit de *Promenades et Souvenirs* dressera le constat
amer que, pour être devenu l'otage de ses rêves platoniciens, l'auteur s'est retrouvé irrémédiablement seul dans
la vie (« Héloïse est mariée aujourd'hui ; Fanchette, Sylvie et Adrienne sont à jamais perdues pour moi : — le
monde est désert » [p. 401]) et qu'il n'est même plus
temps de se consoler en suivant une troupe de comédiens,
pour se reprendre aux illusoires « fantaisies de la verte
Bohême » (p. 409).

Les déités féminines sont funestes, maléfiques. Elles
présentent toutes plus d'un rapport avec la « goule affamée de sang » (p. 405) de la chanson du roi Loys, évoquée dans « Chansons et Légendes du Valois » et dans
Promenades et Souvenirs : Lautrec se rebelle lorsqu'il
apprend que sa bien-aimée est morte, il enlève le cercueil
où elle repose, la délivre et la fait revenir à la vie. Mais
la chanson ne se termine pas là : au lieu de vivre paisiblement avec son sauveur, la jeune femme se révèle être
« une sorte de femme vampire » (p. 277) et elle provoque
la noyade de l'époux. Voilà où mène l'amour des belles
mortes. Ainsi que Nerval en exprime la crainte dans *Les
Filles du Feu*, Isis n'offre sous son voile que l'image de
la Mort à l'adepte qui a sacrifié sa vie pour elle[1]. De
même, le narrateur d'« Octavie » fait état de l'identification, essentielle dans son psychisme, entre l'amour et la
Mort : « couronnée de roses pâles » (p. 319) — image
qui rappelle l'aboutissement de la quête isiaque —, la
Mort attend l'amant au chevet du lit nuptial. La même
confusion apparaît dans un passage particulièrement saisis-
sant — et emblématique — du *Voyage en Orient* : au Caire,
décrivant « Une noce aux flambeaux », le héros parle à
deux reprises de la mariée comme d'un « fantôme rou-

---

1. « [...], levant ton voile sacré, déesse de Saïs ! le plus hardi de tes
adeptes s'est-il donc trouvé face à face avec l'image de la Mort ? »
(p. 333).

ge[1] », s'avançant lentement dans un décor sépulcral, éclairé par des torches, des candélabres et des pots à feu. On note aussi que, juste avant d'assister à la scène, le voyageur dormait et était en train de rêver « qu'on le port[ait] en terre ». Et s'éveillant, il a cette remarque absurde en apparence — un enterrement ne ressemble ni en tout ni en partie à un mariage — mais terriblement significative de ses habitudes mentales : « [...] Ce que j'avais cru rêver se réalisait en partie[2] ». L'aimée est toujours, chez Gérard, semblable à une morte.

Les implications du platonisme dans le domaine amoureux sont donc fondamentalement mortifères, comme du reste le platonisme tout entier, qui incite à toujours préférer le Ciel, à tendre vers une réalité différente, plus belle, et donc à mépriser la finitude du monde. Le désir de la mort — regardée comme la porte de l'univers céleste — se trouve logiquement au terme de ces doctrines prônant la déshumanisation. Dans *Les Filles du Feu*, le portrait d'Angélique de Longueval illustre aussi les liens qui unissent étroitement le platonisme amoureux et la mort. La Corbinière, l'homme pour qui la jeune femme a quitté le château familial et fui la France, se révèle rapidement dépensier, paresseux et jaloux. La fidélité d'Angélique ne trouve que la brutalité et la ruine pour toute récompense : son époux lui tire dans le pied, essaie de l'étrangler, la roue de coups. Néanmoins, elle le suit partout, même « demi-morte » (p. 188), après une fausse couche, pour l'accompagner à l'armée. Plus tard elle obtient même sa libération lorsque, sans doute pour avoir déserté, il est emprisonné dans une forteresse. La nécessité les contraint à gagner leur vie comme taverniers et La Corbinière devient débauché, et de plus en plus jaloux. Après la mort de son mari, il ne reste plus à Angélique d'autre issue que de rentrer en France, malade et presque morte de faim, pour implorer le pardon de sa famille. La destinée d'Angélique renouvelle l'« histoire éternelle — éternellement tragique — des mariages humains ». Mais où se cache ici le platonisme ? Il n'est pas loin. En réalité, Angélique n'aime pas son mari, le récit nous apprend

---

1. *NPl* II, p. 264 et 265.   2. *Ibid.*, p. 263.

qu'elle est restée fidèle en esprit à son premier fiancé, « mort éternel » (p. 156) dont La Corbinière a pris la place. « [É]pouse platonicienne et soumise à son sort par le raisonnement » (p. 187), la jeune femme se laisse battre par son mari, à l'instar de Cazotte que *Les Illuminés* montrent résigné entre les mains de ses juges ou de Lautrec — dans la chanson du roi Loys —, « heureux de mourir par [la] volonté [de sa femme] » (p. 277) ; au reste, indifférente au monde, Angélique ne rêvait depuis le temps de sa jeunesse « *que la mort pour guérir son esprit* » (p. 155). Rien d'étonnant, donc, à ce que son mariage eût conduit à la catastrophe : pour être heureux sur la terre, il faut — condition indispensable — aimer, ou tout au moins accepter, la vie terrestre.

Comment l'auteur des *Filles du Feu* s'est-il lui-même laissé déshumaniser, au point de privilégier, comme Angélique, la mort aux dépens de la vie, et d'échouer complètement dans sa recherche du bonheur terrestre ? La réponse se trouve dans un passage d'*Aurélia* :

> Quelle folie, me disais-je, d'aimer ainsi d'un amour platonique une femme qui ne vous aime plus. Ceci est la faute de mes lectures ; j'ai pris au sérieux les inventions des poètes, et je me suis fait une Laure ou une Béatrix d'une personne ordinaire de notre siècle [1]...

« [J]'ai pris au sérieux les inventions des poètes. » Il faut à nouveau évoquer Flaubert : l'attitude ici décrite par Nerval, c'est exactement celle qu'on appellera, après 1857, le « bovarysme ». Le mal dont souffre l'héroïne de Flaubert consiste à chercher la vérité dans les livres, en dehors de soi, à se laisser de la sorte habiter par la personnalité d'autrui et à perdre toute sincérité. La suite du passage cité d'*Aurélia* explique que le narrateur a écrit à une femme — distincte de sa « Laure » — une lettre d'amour où il n'a pas craint d'utiliser les formules mêmes avec lesquelles il avait peint auparavant son amour platonique. Après la réception de la lettre, la dame manifeste son étonnement ; le narrateur ne parvient pas à la convaincre

---

1. Voir Le Livre de Poche n° 9631, p. 414-415.

— et pour cause — de l'authenticité de ses propos, puis il doit lui avouer qu'il s'est trompé lui-même en l'abusant.

Nerval a réuni les traits majeurs de son « bovarysme » dans le personnage de Brisacier, héros du « Roman tragique », publié en 1844 puis repris au début de 1854 dans la préface des *Filles du Feu*. Il est intéressant de rapprocher Brisacier de Cazotte, que *Les Illuminés* décrivent comme « le poète qui croit à sa fable, le narrateur qui croit à sa légende, l'inventeur qui prend au sérieux le rêve éclos de sa pensée » — tendance périlleuse, souligne Nerval, puisque le plus grand danger de la vie littéraire consiste à « prendre au sérieux ses propres inventions[1] ». Or Brisacier représente un stade ultérieur, quasi borgésien, de cette maladie d'identification : comédien, il prend au sérieux, non point ses propres personnages, mais ceux des autres, et il en devient le prisonnier. Il ne joue pas Achille, ou Néron, il *est* Achille, ou Néron (« ma folie est de me croire un Romain, un empereur »), et ressent les actions de ses camarades ou des spectateurs « avec tout le cœur d'un César » (p. 125). Pris au piège de ces identifications, Brisacier s'isole complètement de son entourage et échafaude des rêves puérils (on retrouve ici l'« enfantillage » dénoncé dans « Les Confidences de Nicolas ») : sabrer toute la cour d'Agamemnon, quand il joue Achille ; brûler le théâtre et emporter la femme qu'il aime, quand il joue Néron. Aurélie, qui est l'objet de ses élans amoureux, peut-elle le comprendre ?

> Ne m'as-tu pas aimé un instant, froide Étoile ! à force de me voir souffrir, combattre, ou pleurer pour toi ! (p. 123).

Mais ces souffrances, ces combats, voire ces pleurs appartiennent aux rôles interprétés par Brisacier ! On nage en plein absurde. Comment Aurélie pourrait-elle deviner que l'acteur qui lui donne la réplique s'attribue à lui-même les paroles du Néron racinien, en leur accordant un sens qui va au-delà de l'œuvre qu'ils sont tous deux en train de représenter ? L'amour naît d'un sentiment personnel, tandis que tout montre chez Brisacier que, dépos-

---

1. Voir Le Livre de Poche n° 9631, p. 288 et 297 (« Jacques Cazotte »).

sédé de lui-même, il est devenu une marionnette s'agitant
dans l'imaginaire racinien. L'Aurélie du « Roman tragique » ne peut pas plus pénétrer les sentiments véritables
de Brisacier que l'Aurélie de « Sylvie » ne peut prendre
pour une déclaration d'amour les propos du narrateur de
la nouvelle :

> J'avais projeté de conduire Aurélie au château, près
> d'Orry, sur la même place verte où pour la première fois
> j'avais vu Adrienne. Nulle émotion ne parut en elle. Alors je
> lui racontai tout ; je lui dis la source de cet amour entrevu
> dans les nuits, rêvé plus tard, réalisé en elle. Elle m'écoutait
> sérieusement et me dit : « Vous ne m'aimez pas ! Vous atten-
> dez que je vous dise : "La comédienne est la même que la
> religieuse" ; vous cherchez un drame, voilà tout, et le
> dénouement vous échappe. Allez, je ne vous crois plus ! »
>
> Cette parole fut un éclair. Ces enthousiasmes bizarres que
> j'avais ressentis si longtemps, ces rêves, ces pleurs, ces
> désespoirs et ces tendresses, ... ce n'était donc pas l'amour ?
> Mais où donc est-il ? (P. 267.)

Les sentiments manifestés par le héros ressortissent,
non à l'amour, mais à la littérature — il cherche un
« drame » et non une femme — ou à la religion : Brisacier
est un comédien qui de son propre aveu a « de la religion » (p. 120) ; le narrateur de *Pandora* prétend que
l'amour et la religion, « c'est la même chose, en vérité[1] » ;
le protagoniste d'*Aurélia* attache à quelques paroles de la
femme aimée « une valeur inexprimable, comme si
quelque chose de la religion se mêlait aux douceurs d'un
amour jusque-là profane, et lui imprimait le caractère de
l'éternité[2] ».

Pourtant, l'amour ne se confond point avec quelque
forme de mysticisme platonique que ce soit. Ses aspirations à rejoindre — plutôt qu'une femme réelle — Isis,
la reine de Saba ou Adrienne attestent que Nerval est
devenu, pour son malheur, le personnage des récits platoniciens lus dans sa jeunesse : sous l'influence de ces
inventions poétiques — admirables, certes, mais maléfiques pour qui en fait son *credo* —, il s'est mis à pour-

---

1. Voir Le Livre de Poche n° 9631, p. 400 (*Pandora*).   **2.** Voir
Le Livre de Poche n° 9631, p. 416 (*Aurélia*).

suivre un idéal qui, n'étant pas le sien, l'a aveuglé sur ses désirs propres, dépouillé de toute expression authentique et empêché d'établir des relations normales avec les femmes de sa génération. S'excluant de leur compagnie, il a développé une monomanie délirante, où elles n'avaient aucune place et qu'elles ne pouvaient du reste comprendre : en témoignent par exemple les explications ineptes fournies par le narrateur à Octavie, pour justifier sa dérobade finale[1].

L'amour, non point des femmes, mais des livres, ainsi que le « triste métier d'écrivain », ont laissé le héros nervalien seul au monde. Les réminiscences de ce douloureux passé, ainsi que la conscience de s'être laissé empoisonner par une certaine littérature, se sont parfois traduites chez Nerval sous forme d'un dégoût des livres, en général. Ainsi Franck Laurent a montré qu'« Angélique » stigmatisait l'antinomie existant entre la littérature et les relations humaines (le narrateur refuse de s'enquérir de la présence du « Bucquoy » dans les bibliothèques dont il a connu les conservateurs ; l'amitié liant deux bibliophiles est gâchée par un « Anacréon » que l'un possède et que l'autre désire ; etc.)[2]. L'histoire du *Perceforest*, dans la même nouvelle, illustre une thématique analogue : au plus fort des journées de février 1848, indifférent à la tourmente révolutionnaire qui ensanglante Paris, un personnage bizarre ne craint pas de s'enquérir de la présence d'une édition du *Perceforest* à la bibliothèque du Palais-National. Le plus étonnant est qu'il trouve des oreilles accueillantes à sa réclamation. Comme le proclame l'admirateur non nommé du *Perceforest*, les révolutions sont « épouvantables » (p. 200), mais il faut au moins ajouter

---

1. On peut notamment se perdre en conjectures sur le sens à accorder à la phrase suivante : « Je lui contai [à Octavie] le mystère de cette apparition [la brodeuse ?] qui avait réveillé un ancien amour dans mon cœur, et toute la tristesse qui avait succédé à cette nuit fatale où le fantôme du bonheur n'avait été que le reproche d'un parjure » (p. 322-323). On ne doit pas s'étonner qu'Octavie ait préféré prendre un autre époux ! **2.** Voir « Lieux de culture, lieux d'écriture. Sur l'opposition Paris / Valois dans *Angélique* de Gérard de Nerval », *Gérard de Nerval. « Les Filles du Feu », « Aurélia ». Soleil noir*, ouvrage cité, p. 65-80.

une précision : elles sont épouvantables non point — et au rebours de ce qu'affirme le personnage nervalien — parce qu'elles s'accompagnent de la perte de livres, mais bien parce qu'elles provoquent la mort d'êtres humains. On voit jusqu'à quels égarements peut mener l'amour exclusif de la littérature. L'épisode du *Perceforest* — narré pour la première fois en 1850 dans *Les Faux Saulniers* — inspira peut-être à Baudelaire une anecdote similaire, rapportée dans « L'École païenne » et située elle aussi pendant une journée d'émeutes :

> La ville est sens dessus dessous. Les boutiques se ferment. Les femmes font à la hâte leurs provisions, les rues se dépavent, tous les cœurs sont serrés par l'angoisse d'un grand événement. Le pavé sera prochainement inondé de sang. — Vous rencontrez un animal plein de béatitude ; il a sous le bras des bouquins étranges et hiéroglyphiques. — Et vous, lui dites-vous, quel parti prenez-vous ? — Mon cher, répond-il d'une voix douce, je viens de découvrir de nouveaux renseignements très curieux sur le mariage d'Isis et d'Osiris. — Que le diable vous emporte ! Qu'Isis et Osiris fassent beaucoup d'enfants et qu'ils nous f... la paix ![1]

L'article de Baudelaire dénonce les amants modernes du paganisme, c'est-à-dire ceux qui, ayant perdu leur âme, courent « à travers le passé comme des corps vides pour en ramasser une de rencontre dans les détritus anciens[2] ». Le passé fournit à qui le veut une âme d'emprunt, mais elle éloigne son nouveau possesseur des préoccupations communes et, lui donnant l'apparence d'un égoïste monstrueux voire d'un fou, étouffe en lui la fraîcheur et la sincérité.

Dans un cabaret, la voix pure et ignorante d'une jeune chanteuse ravit le narrateur des *Nuits d'octobre* ; elle chante cependant « au bord de l'abîme » car le narrateur pressent qu'elle sera bientôt livrée à un « maître de chant ». L'étude, les livres, l'enseignement, les « leçons

---

1. Ch. Baudelaire, *Œuvres complètes*, éd. Claude Pichois, Paris, Gallimard / « Bibliothèque de la Pléiade », t. II, 1976, p. 46. « L'École païenne » a paru dans la *Semaine théâtrale* du 22 janvier 1852. **2.** *Ibid.*, p. 47.

du Conservatoire [1] » et les fourches Caudines de la critique musicale auront alors raison de cette merveilleuse authenticité. De même dans « Sylvie » : Adrienne est liée au monde des livres et de l'étude [2] ; Sylvie, à celui des jeux de l'enfance. Mais, pour avoir donné à cette dernière l'envie de lire des romans, le narrateur éprouve amèrement qu'il l'a en quelque sorte contaminée. Alors qu'il tâche lui-même « d'oublier les livres », c'est Sylvie qui lui rappelle leur existence. Et comment oser lui faire une déclaration d'amour, qui ne serait jamais que « quelque phrase pompeuse de roman, — que Sylvie pouvait avoir lue » (p. 260). Instruite, la jeune paysanne a perdu — au grand dam du héros — toute spontanéité : « [elle] ne voulut pas chanter, malgré nos prières, disant qu'on ne chantait plus à table » (p. 263). Il faudrait parvenir à se refaire ignorant, à oublier la littérature, mais rien ne sert d'envier la grâce accordée aux simples ; selon la formule capitale d'*Aurélia*, « l'ignorance ne s'apprend pas [3] ». C'est le frère de lait du narrateur qui épousera Sylvie : au contraire du héros, le premier nommé n'a point ingurgité, jeune, le fatras ésotérique qui a empoisonné le second. Ne reste plus alors à celui-ci que son dernier rôle, celui de Werther sans — et bientôt avec — les pistolets.

Les grandes œuvres de Nerval tentent toutes de répondre à la question : comment et pourquoi l'auteur s'est-il laissé aussi facilement habiter par les rêves mortifères « renouvelés d'Alexandrie » ?

Une première série de causes appartient à l'histoire de France : les descendants des gaulois païens ne pouvaient, selon Nerval, qu'accueillir favorablement les doctrines mystiques des néo-platoniciens. D'autre part, *Les Illuminés* rappellent qu'Isis fut la première divinité tutélaire des Parisiens et qu'au Ve siècle, ceux-ci combattirent en Asie aux côtés de l'empereur Julien [4]. Les similitudes entre les théories platoniciennes et certains dogmes

---

1. *NPl* III, p. 325 et 326. 2. « La figure d'Adrienne resta seule triomphante, — mirage de la gloire et de la beauté, adoucissant ou partageant les heures des sévères études » (p. 236). 3. Voir Le Livre de Poche n° 9631, p. 446. 4. Voir Le Livre de Poche n° 9631, les p. 342 (« Cagliostro ») et 388 (« Quintus Aucler »).

chrétiens expliquent aussi, en partie, le succès recueilli en France par les premières, concurremment au catholicisme. Mais l'inscription historique et géographique de Nerval, né peu après la Révolution et éduqué dans le Valois, doit aussi être prise en compte. *Les Filles du Feu*, ainsi que le premier chapitre de « Quintus Aucler », comparent le Valois du XIXe siècle à la Florence néo-platonicienne des Médicis (à la basilique de Saint-Denis, le gisant sur la tombe de Catherine de Médicis ressemble à Cythérée ; la décoration de l'abbaye de Châalis laisse apparaître « des airs d'allégorie païenne qui font songer [...] au mysticisme fabuleux de Francesco Colonna » [p. 249] ;...) et même à la réunion d'une multitude de villes antiques ressuscitées (Saint-Médard, près de Soissons, est un « *Pompéi* carlovingien » [p. 224]). Quant à l'époque où naquit l'auteur — dominée par le scepticisme officiel régnant après « [ces] jours de révolutions et d'orages, où toutes les croyances [avaient] été brisées [1] » —, elle ne justifie pas moins les égarements nervaliens : les esprits réclamant, malgré tout, une religion et une foi, ne valait-il pas mieux essayer « de se reprendre aux illusions du passé » (p. 333) et croire aux doctrines les plus farfelues, plutôt que de ne rien croire du tout ? C'est le sens de la remarque d'*Isis* :

> Enfant d'un siècle sceptique plutôt qu'incrédule, flottant entre deux éducations contraires, celle de la révolution, qui niait tout, et celle de la réaction sociale, qui prétend ramener l'ensemble des croyances chrétiennes, me verrais-je entraîné à tout croire, comme nos pères les philosophes l'avaient été à tout nier ? (P. 333.)

Mais les causes profondes de l'attirance de l'auteur pour les conceptions platoniciennes appartiennent à son histoire personnelle : alors qu'il n'avait que deux ans, sa mère partit avec son époux, le docteur Labrunie, médecin-chef dans les armées de Napoléon, pour l'Allemagne et la Russie ; la jeune femme ne revint pas, laissant son fils orphelin. La quête d'une insaisissable déesse, les rêves où domine l'image d'une femme morte, le besoin de croire que

---

1. Voir Le Livre de Poche n° 9631, p. 446 (*Aurélia*).

« celle-ci exist[e] toujours [1] », procèdent à l'évidence de la perte initiale, celle de la mère. Ce constat s'impose progressivement à l'auteur, reléguant au second plan les considérations sur l'histoire, l'époque ou les lieux, et lui fait avouer, dans *Promenades et Souvenirs* et dans *Aurélia* :

> Toujours, [...], je me suis senti l'esprit frappé des images de deuil et de désolation qui ont entouré mon berceau. Les lettres qu'écrivait ma mère des bords de la Baltique ou des rives de la Sprée ou du Danube, m'avaient été lues tant de fois ! Le sentiment du merveilleux, le goût des voyages lointains ont été sans doute pour moi le résultat de ces impressions premières, ainsi que du séjour que j'ai fait longtemps dans une campagne isolée au milieu des bois. Livré souvent aux soins des domestiques et des paysans, j'avais nourri mon esprit de croyances bizarres, de légendes et de vieilles chansons (P. 393-394.)
>
> Je n'ai jamais connu ma mère, qui avait voulu suivre mon père aux armées, comme les femmes des anciens Germains ; elle mourut de fièvre et de fatigue dans une froide contrée de l'Allemagne, et mon père lui-même ne put diriger là-dessus mes premières idées. Le pays où je fus élevé était plein de légendes étranges et de superstitions bizarres [2].

Les chansons du Valois, qui racontent précisément des histoires de femmes mortes qui ressuscitent, n'ont fait que renforcer la tendance naturelle de l'enfant à accréditer les fictions platoniciennes. On note aussi, à la suite du passage cité d'*Aurélia*, l'évocation de l'oncle, personnage qui eut « la plus grande influence sur [la] première éducation [de l'auteur] [3] ». Inspiré sans doute par la figure du grand'oncle maternel Antoine Boucher, cet « oncle » maternel (cette dernière précision n'est bien sûr pas innocente) a fourni — plus encore que les traditions populaires du Valois — la nourriture platonicienne à laquelle aspirait le jeune esprit de l'auteur. *Aurélia* nous apprend qu'il s'intéressait au paganisme et aux antiquités gréco-romaines ; *Les Illuminés*, qu'il a laissé lire sa bibliothèque au jeune enfant ; « Sylvie », qu'il a soufflé au héros que

---

1. *Ibid*, p. 456 (*Aurélia*).   **2.** *Ibid*, p. 455 (*Aurélia*).   **3.** *Ibid*.

les actrices « n'étaient pas des femmes, et que la nature avait oublié de leur faire un cœur » (p. 230).

Promenades et Souvenirs accueillent le récit des progrès du « bovarysme » nervalien, à travers trois histoires d'amour remontant à l'enfance et qui témoignent déjà du mal qui rongera la vie sentimentale de l'auteur. Épris de Fanchette, l'enfant conçoit « l'idée singulière de la prendre pour épouse selon les rites des aïeux » (p. 396) ; la cérémonie qui suit tient moins du mariage que de la messe — indice que l'auteur confondit très tôt l'amour et la religion. Vient ensuite l'épisode de « la Créole » : amoureux de la jeune fille, le narrateur compose pour elle des traductions en vers d'Horace et de Byron, puis — voulant prouver son amour — il sort en « déclamant [s]es vers au milieu d'une pluie battante ». « [M]es vers », écrit-il, alors qu'il s'agit de ceux d'Horace et de Byron transposés en français. Brisacier était né — et l'échec, inévitable : « La cruelle se riait de mes amours errantes et de mes soupirs ! » (P. 398.) L'épisode d'Héloïse conclut cette triple évocation : se prenant pour le Tasse ou pour Ovide, le narrateur préfère se jeter à genoux aux pieds du tableau représentant Héloïse plutôt que de baiser la main de la jeune fille.

La confusion entre l'amour et la religion — symbolisée par le désir de mariage mystique qu'espère pouvoir atteindre le narrateur, au terme d'une sorte d'initiation isiaque — se trouve également au cœur d'*Aurélia*, récit des « hallucinations » platoniciennes de l'auteur (« [...] j'arrivai à me persuader que tout était vrai [dans les ouvrages mystiques] [...] [1] »). — Le platonisme a séduit le jeune Nerval beaucoup plus qu'il n'a séduit aucun de ses contemporains, au XIXe siècle. Davantage encore que sur son œuvre, cette séduction a agi sur la vie de l'auteur, et notamment sur sa vie amoureuse, qui s'en est selon lui trouvée irrémédiablement gâchée. L'ésotérisme nervalien n'est pas la conséquence de la folie du poète. C'est l'inverse qui s'est passé et que dénoncent les œuvres maîtresses du poète. Le « bovarysme » de Gérard a dissocié l'être de ses aspirations propres, et la folie a trouvé son

---

1. *Ibid.*, p. 447 (*Aurélia*).

origine dans pareille dissociation dont elle s'est ensuite nourrie. Les plus grands textes de Nerval, et notamment ceux qui suivent, offrent le témoignage du retour de l'auteur sur lui-même et l'analyse — tâtonnante, puis lucide — des causes de son mal. Un tel mouvement a permis à Gérard de Nerval de trouver l'authenticité et d'ouvrir, par cet accès au « je », la voie à la modernité littéraire.

Michel Brix.

PETITS CHÂTEAUX
DE BOHÊME
Prose et poésie

À UN AMI [1]

O primavera, gioventù de l'anno,
Bella madre di fiori
D'herbe novelle e di novelli amori...

Pastor fido [2].

Mon ami, vous me demandez si je pourrais retrouver quelques-uns de mes anciens vers, et vous vous inquiétez même d'apprendre comment j'ai été poète, longtemps avant de devenir un humble prosateur.

Je vous envoie les trois âges du poète — il n'y a plus en moi qu'un prosateur obstiné. J'ai fait les premiers vers par enthousiasme de jeunesse, les seconds par amour, les derniers par désespoir. La Muse est entrée dans mon cœur comme une déesse aux paroles dorées ; elle s'en est échappée comme une pythie en jetant des cris de douleur. Seulement, ses derniers accents se sont adoucis à mesure qu'elle s'éloignait. Elle s'est détournée un instant, et j'ai revu comme en un mirage les traits adorés d'autrefois !

La vie d'un poète est celle de tous. Il est inutile d'en définir toutes les phases. Et maintenant :

---

1. Le dédicataire de *La Bohême galante* était Arsène Houssaye, celui de *Petits Châteaux*, « un ami » (voir l'Introduction, p. 9). On note cependant que les « Odelettes », ici même (p. 71), sont dédicacées à Arsène Houssaye. **2.** Le *Pastor fido* (1590) est une tragi-comédie pastorale de Jean-Baptiste Guarini (1538-1612), écrivain de Ferrare. L'extrait cité (qui était plus long dans *La Bohême galante*) peut ainsi se traduire : « Ô printemps, jeunesse de l'année / Jolie mère des fleurs / Des herbes nouvelles et des nouvelles amours... »

Rebâtissons, ami, ce château périssable
Que le souffle du monde a jeté sur le sable.
Replaçons le sopha sous les tableaux flamands[1]...

---

1. Vers d'Arsène Houssaye parus pour la première fois en septembre 1839, dans une livraison du recueil *Les Belles Femmes de Paris et de la province*, sous le titre « Les Belles Amoureuses ». Le texte cite encore plus loin d'autres extraits de ce long poème (voir p. 58 et 65), que Houssaye reprit et remania souvent, et qui changea plusieurs fois de titre (« Le Beau Temps des poètes », « Vingt ans »). C'est sous le titre « Vingt ans » qu'il figurait notamment dans l'édition, alors récente, des *Poésies complètes* de Houssaye (Paris, Victor Lecou, 1852, p. 84-88).

Premier château

I

LA RUE DU DOYENNÉ[1]

C'était dans notre logement commun de la rue du Doyenné, que nous nous étions reconnus frères — *Arcades ambo*[2] —, dans un coin du vieux Louvre des Médicis, — bien près de l'endroit où exista l'ancien hôtel de Rambouillet.

Le vieux salon du doyen, aux quatre portes à deux battants, au plafond historié de rocailles et de guivres[3], — restauré par les soins de tant de peintres, nos amis, qui sont depuis devenus célèbres, retentissait de nos rimes galantes, traversées souvent par les rires joyeux ou les folles chansons des Cydalises[4].

Le bon Rogier souriait dans sa barbe, du haut d'une

---

1. Nerval évoque un quartier proche du Louvre, qui était en cours de démolition au début des années 1850. Il y avait une rue et une impasse du Doyenné. Pendant un peu plus d'une année, du printemps de 1835 à l'été de 1836, Gérard a occupé un appartement situé au 3 de l'impasse du Doyenné. Arsène Houssaye et le peintre Camille Rogier (1810-1896) résidaient dans le même appartement. Leur voisin de palier était Eugène Piot. Quant à Théophile Gautier, il était locataire d'un deux-pièces dans la rue du Doyenné mais on le trouvait plus souvent, semble-t-il, chez ses amis que chez lui. La topographie ancienne du quartier (évoqué aussi par Balzac dans *La Cousine Bette*) a été reconstituée par Henri Boucher, « Un petit coin de topographie romantique », *Bulletin du bibliophile*, janvier-février 1918. **2.** « Arcadiens tous les deux » (Virgile, *Bucoliques*, VII, 4). **3.** Guivre, ou givre : serpent, dans la langue des blasons. **4.** Voir le poème des « Odelettes », p. 78-80, et la n. 1, p. 58.

échelle, où il peignait sur un des trois dessus de glace un
Neptune — qui lui ressemblait ! Puis, les deux battants
d'une porte s'ouvraient avec fracas : c'était Théophile.
— On s'empressait de lui offrir un fauteuil Louis XIII, et
il lisait, à son tour, ses premiers vers, pendant que Cydalise Ire, ou Lorry, ou Victorine, se balançaient nonchalam-
ment dans le hamac de Sarah la Blonde[1], tendu à travers
l'immense salon.

Quelqu'un de nous se levait parfois, et rêvait à des
vers nouveaux en contemplant, des fenêtres, les façades
sculptées de la galerie du Musée, égayée de ce côté par
les arbres du manège.

Vous l'avez bien dit :

Théo, te souviens-tu de ces vertes saisons
Qui s'effeuillaient si vite en ces vieilles maisons,
Dont le front s'abritait sous une aile du Louvre[2] ?

Ou bien, par les fenêtres opposées, qui donnaient sur
l'impasse, on adressait de vagues provocations aux yeux
espagnols de la femme du commissaire[3], qui apparais-
saient assez souvent au-dessus de la lanterne municipale.

---

1. Bien que l'on conserve un portrait de la « Cydalise » par Rogier,
l'identité de tous ces personnages féminins est restée mystérieuse, de même
que le nom de Cydalise que Nerval utilise comme un nom commun (voir
p. 79). Le 31 décembre 1872, prenant note des confidences de Houssaye sur
les liaisons de Gautier, Edmond de Goncourt écrit : « Il y eut d'abord *Cydalise*, créature à l'indolence orientale et légèrement phtisique, maîtresse que
Gautier reçut des mains de Rogier. » Entre Cydalise et Victorine, il y aurait
eu Eugénie Fort, la mère de Théophile Gautier fils. Victorine était « une bou-
gresse aux beaux bras ronds qui échangèrent plus d'une gifle et d'un coup
de poing avec le seigneur et maître. » (*Journal*, éd. R. Ricatte, Éd. de l'Impr.
de Monaco, t. X, p. 120.) — Lorry aurait appartenu à l'Académie royale de
musique. Enfin, les éditeurs de la « Pléiade » ont proposé de voir dans le
« hamac de Sarah la Blonde » une allusion au poème de Hugo « Sara la bai-
gneuse » : « Sara, belle d'indolence, / Se balance / Dans un hamac, au-dessus
/ Du bassin d'une fontaine / Toute pleine / D'eau puisée à l'Ilyssus » (*Les
Orientales*, XIX ; *Œuvres poétiques*, « Bibliothèque de la Pléiade », t. I,
p. 638 ; *NPl* III, p. 1149).   **2.** Premiers vers des « Belles Amoureuses »
de Houssaye. Le « manège » évoqué plus haut est le manège des écuries du
roi.   **3.** En face du 3 de l'impasse du Doyenné, au 6, habitait le commissaire de police du quartier des Tuileries, M. Marut de Lombre. Gérard et ses
amis se trompaient : la jolie dame qu'ils se désespéraient d'attendrir était
l'épouse non du commissaire, mais de son secrétaire, Joseph Prunaire. Leur
fils, Alfred Prunaire, deviendra graveur et, s'aidant de ses souvenirs d'en-

Quels temps heureux ! On donnait des bals, des soupers, des fêtes costumées, — on jouait de vieilles comédies, où Mlle Plessy, étant encore débutante, ne dédaigna
pas d'accepter un rôle : — c'était celui de Béatrice dans
Jodelet. — Et que notre pauvre Édouard était comique
dans les rôles d'Arlequin*[1] !

Nous étions jeunes, toujours gais, souvent riches...
Mais je viens de faire vibrer la corde sombre : notre palais
est rasé. J'en ai foulé les débris l'automne passé. Les
ruines mêmes de la chapelle[2], qui se découpaient si gracieusement sur le vert des arbres, et dont le dôme s'était
écroulé un jour, au XVIIIe siècle, sur six malheureux chanoines réunis pour dire un office, n'ont pas été respectées.
Le jour où l'on coupera les arbres du manège, j'irai relire
sur la place la « Forêt coupée » de Ronsard :

Écoute, bûcheron, arreste un peu le bras :
Ce ne sont pas des bois que tu jettes à bas ;
Ne vois-tu pas le sang, lequel dégoutte à force,
Des nymphes, qui vivaient dessous la dure écorce ?

---

* Notamment dans le *Courrier de Naples*, du théâtre des grands
boulevards.

---

fant qui avait grandi dans ce quartier, il illustrera en 1912 l'édition des
Petits Châteaux de Bohême et *Promenades et Souvenirs*, établie par Maurice Tourneux et préfacée par Anatole France. — À signaler également
qu'en 1851, Jules Janin reçut un exemplaire du *Voyage en Orient* portant
cet envoi : « À Jules Janin, mon vieil ami de la rue du Doyenné, / Histoire
de lui rappeler l'incident de la femme du commissaire / Gérard ».
    1. Jeanne Sylvanie Sophie Plessy (1819-1897) était entrée au
Théâtre-Français en 1834. « *Jodelet* » évoque la comédie de Scarron,
Jodelet ou le Maître valet (1681), où « Beatrix » (et non Béatrice) est
une servante. À l'époque où il publie les *Petits Châteaux de Bohême*,
Nerval travaillait précisément à une adaptation — jamais représentée — de cette pièce. Le « pauvre Édouard » est Édouard Ourliac, mort
en 1848. Jacques Bony a observé que la note de Nerval faisait difficulté : le seul *Courrier de Naples* répertorié est un mélodrame représenté en 1822, sans le moindre rôle d'Arlequin. **2.** L'église
collégiale Saint-Thomas-du-Louvre. Elle avait été construite à la fin du
XIIe siècle. En 1739, le clocher s'écroula, tuant six chanoines. L'église
reconstruite en 1744 fut dédiée à Saint-Louis-du-Louvre et abritait le
corps du cardinal Fleury. Fermée à la Révolution, elle devint temple
protestant en 1801, puis fut démolie en partie en 1811, le reste vers
1852.

Cela finit ainsi, vous le savez :

La matière demeure et la forme se perd[1] !

Vers cette époque, je me suis trouvé, un jour encore, assez riche pour enlever aux démolisseurs et racheter deux lots de boiseries du salon, peintes par nos amis[2]. J'ai les deux dessus de porte de Nanteuil, le *Watteau* de Wattier, signé ; les deux panneaux longs de Corot, représentant deux *Paysages* de Provence ; le *Moine rouge*, de Châtillon, lisant la Bible sur la hanche cambrée d'une femme nue, qui dort* ; les *Bacchantes*, de Chassériau, qui tiennent des tigres en laisse comme des chiens ; les deux trumeaux de Rogier, où la Cydalise, en costume Régence, — en robe de taffetas feuille morte, — triste présage, — sourit, de ses yeux chinois, en respirant une rose, en face du portrait en pied de Théophile, vêtu à l'espagnole. L'*affreux* propriétaire, qui demeurait au rez-de-chaussée, mais sur la tête duquel nous dansions trop souvent, après deux

---

* Même sujet que le tableau qui se trouvait chez Victor Hugo.

---

1. On trouvera ces vers, avec quelques variantes d'orthographe et de ponctuation, aux pages 408 et 409 du t. II des *Œuvres complètes* de Ronsard (éd. J. Céard, D. Ménager et M. Simonin, Paris, Gallimard / « Bibliothèque de la Pléiade », 1994). Ils appartiennent à l'« Élégie XXIII », publiée pour la première fois en 1584 et qui s'est trouvée dotée, à partir de 1623, d'un titre apocryphe, « Contre les bucherons de la forest de Gastine ». Le titre « La Forêt coupée » est de l'invention de Nerval.   **2.** À noter cette variante, dans *La Bohême galante* : « [...] racheter *en deux lots* les boiseries du salon » (nous soulignons). Le passage qui suit est particulièrement malaisé à commenter. Tout ce qui concerne la décoration de l'appartement du Doyenné semble ressortir, en partie au moins, du domaine de la légende : ceux qui ont évoqué les tableaux qui ornaient le salon (Nerval, mais aussi Gautier, Houssaye, Philippe Burty et Charles Monselet) ont proposé des témoignages divergents, souvent inconciliables et qui en rajoutent les uns sur les autres. On serait bien en peine de prouver que tous ces tableaux ont bien existé. Nous avons étudié ce problème dans « Le Musée imaginaire de Gérard de Nerval », article à paraître dans *French Studies*. Nous nous permettons d'y renvoyer le lecteur. Les artistes évoqués ci-après sont Célestin Nanteuil (1813-1873), Charles Émile Wattier (1808-1868), Camille Corot (1796-1875), Auguste de Châtillon (1813-1881), Théodore Chassériau (1819-1856), Alcide Joseph Lorentz (1813- ?), Théodore Rousseau (1812-1867). Enfin « *Ribeira* » fait sans doute allusion à Jusepe de Ribera, dit l'Espagnolet.

ans de souffrances qui l'avaient conduit à nous donner
congé, a fait couvrir depuis toutes ces peintures d'une
couche à la détrempe, parce qu'il prétendait que les
nudités l'empêchaient de louer à des bourgeois. — Je
bénis le sentiment d'économie qui l'a porté à ne pas
employer la peinture à l'huile.

De sorte que tout cela est à peu près sauvé. Je n'ai
pas retrouvé le *Siège de Lérida*, de Lorentz, où l'armée
française monte à l'assaut, précédée par des violons ; ni
les deux petits *Paysages* de Rousseau, qu'on aura sans
doute coupés d'avance ; mais j'ai, de Lorentz, une *maré-
chale* poudrée, en uniforme Louis XV. — Quant au lit
Renaissance, à la console Médicis, aux deux buffets*, au
*Ribeira***, aux tapisseries des quatre éléments, il y a
longtemps que tout cela s'était dispersé. « Où avez-vous
perdu tant de belles choses ? me dit un jour Balzac.
— Dans les malheurs[1] ! » lui répondis-je en citant un de
ses mots favoris.

II

PORTRAITS

Reparlons de la Cydalise, ou plutôt, n'en disons qu'un
mot : — Elle est embaumée et conservée à jamais, dans

---

* Heureusement, Alphonse Karr[2] possède le buffet aux trois femmes et
aux trois Satyres, avec des ovales de peintures du temps sur les portes.
** La *Mort de saint Joseph* est à Londres, chez Gavarni[3].

---

1. Ce mot n'a pas existé que dans la conversation de Balzac. Au début
du *Père Goriot*, on peut lire, à propos de Mme Veuve Vauquer : « Âgée
d'environ cinquante ans, Mme Vauquer ressemble à toutes *les femmes qui
ont eu des malheurs*. [...]. Qu'avait été M. Vauquer ? Elle ne s'expliquait
jamais sur le défunt. Comment avait-il perdu sa fortune ? Dans les malheurs, répondait-elle. » (*La Comédie humaine*, éd. P.-G. Castex, « Bibliothèque de la Pléiade », t. III, 1976, p. 55.)   2. Alphonse Karr (1808-
1890), romancier, journaliste et pamphlétaire.   3. Sulpice-Guillaume
Chevalier, dit Gavarni (1804-1866), auteur de dessins spirituels et mor-
dants sur la société française.

le pur cristal d'un sonnet de Théophile[1], — du Théo, comme nous disions.

Théophile a toujours passé pour solide ; il n'a jamais cependant pris de ventre, et s'est conservé tel encore que nous le connaissions. Nos vêtements étriqués sont si absurdes, que l'Antinoüs[2], habillé d'un habit, semblerait énorme, comme la Vénus, habillée d'une robe moderne : l'un aurait l'air d'un fort de la halle endimanché, l'autre d'une marchande de poisson. L'armature colossale du corps de notre ami (on peut le dire, puisqu'il voyage en Grèce aujourd'hui[3]), lui fait souvent du tort près des dames abonnées aux journaux de modes ; une connaissance plus parfaite lui a maintenu la faveur du sexe le plus faible et le plus intelligent ; il jouissait d'une grande réputation dans notre cercle, et ne se mourait pas toujours aux pieds chinois de la Cydalise.

En remontant plus haut dans mes souvenirs, je retrouve un Théophile maigre... Vous ne l'avez pas connu. Je l'ai vu, un jour, étendu sur un lit, — long et vert, — la poitrine chargée de ventouses. Il s'en allait rejoindre, peu à peu, son pseudonyme, Théophile de Viau[4], dont vous avez décrit les amours panthéistes, — par le chemin ombragé de l'*Allée de*

---

1. Il s'agit sans doute du sonnet sans titre qui commence par « Pour veiner de son front la pâleur délicate, / Le Japon a donné son plus limpide azur ; [...] ». On lit au vers 12 : « Ses mouvements sont pleins d'une grâce chinoise » (voir ci-après, l'évocation des « pieds chinois » de la Cydalise et, p. 60, ses « yeux chinois »). Le sonnet a paru dans le recueil *L'Abeille* (enregistré par la *Bibliographie de la France* du 26 décembre 1835) puis dans *La Comédie de la Mort*, en 1838. On le trouvera au tome III de l'édition Jasinski des *Poésies complètes* de Gautier (Paris, Nizet, 1970, p. 194). **2.** Jeune Grec de Bithynie d'une grande beauté, esclave puis favori de l'empereur Adrien. **3.** Quand ce passage est paru dans *La Bohême galante* (*L'Artiste* du 1er juillet 1852), Gautier était effectivement en voyage en Orient (il séjourna à Syra, à Constantinople, à Athènes et revint par Venise). On note que Nerval n'a pas modifié le texte des *Petits Châteaux* ; Gautier était pourtant de retour à Paris depuis le 4 octobre 1852. **4.** En 1834, Gautier avait consacré à Théophile de Viau (1590-1626), auteur de *La Maison de Sylvie* (et non *L'Allée de Sylvie*), une étude (*La France littéraire* ; étude reprise en 1844 dans *Les Grotesques*). Houssaye a évoqué Théophile de Viau dans « Le Ciel et la Terre, histoire panthéiste » (in *Romans, contes et voyages*, Paris, Sartorius, 1847). Voir, dans « Angélique », une autre allusion à Théophile de Viau (p. 196 et note 1).

Sylvie. Ces deux poètes, séparés par deux siècles, se seraient serré la main, aux Champs Élysées de Virgile, beaucoup trop tôt.

Voici ce qui s'est passé à ce sujet :

Nous étions plusieurs amis, d'une société antérieure, qui menions gaiement une existence de mode alors, même pour les gens sérieux. Le Théophile mourant nous faisait peine, et nous avions des idées nouvelles d'hygiène, que nous communiquâmes aux parents. Les parents comprirent, chose rare ; mais ils aimaient leur fils. On renvoya le médecin, et nous dîmes à Théo : « Lève-toi... et viens souper. » La faiblesse de son estomac nous inquiéta d'abord. Il s'était endormi et senti malade à la première représentation de *Robert le Diable*[1].

On rappela le médecin. Ce dernier se mit à réfléchir, et, le voyant plein de santé au réveil, dit aux parents : « Ses amis ont peut-être raison. »

Depuis ce temps-là, le Théophile refleurit. — On ne parla plus de ventouses, et on nous l'abandonna. La nature l'avait fait poète, nos soins le firent presque immortel. Ce qui réussissait le plus sur son tempérament, c'était une certaine préparation de cassis sans sucre, que ses sœurs lui servaient dans d'énormes amphores en grès de la fabrique de Beauvais ; Ziégler[2] a donné depuis des formes capricieuses à ce qui n'était alors que de simples cruches au ventre lourd. Lorsque nous nous communiquions nos inspirations poétiques, on faisait, par précaution, garnir la chambre de matelas, afin que le *paroxysme*, dû quelquefois au Bacchus du cassis, ne compromît pas nos têtes avec les angles des meubles.

Théophile, sauvé, n'a plus bu que de l'eau rougie, et un doigt de champagne dans les petits soupers.

---

1. Opéra de Meyerbeer, livret de Scribe et Germain Delavigne ; création à l'Académie royale de musique le 21 novembre 1831. La « société antérieure » évoquée plus haut désigne sans doute le Petit Cénacle réuni autour du sculpteur Jean (ou Jehan) Duseigneur (voir la lettre à Sainte-Beuve de l'été de 1832 ; *NPl* I, p. 1285). 2. Le peintre, céramiste et théoricien de l'art Claude Jules Ziégler (1804-1856).

III

LA REINE DE SABA

Revenons-y. — Nous avions désespéré d'attendrir la femme du commissaire[1]. — Son mari, moins farouche qu'elle, avait répondu, par une lettre fort polie, à l'invitation collective que nous leur avions adressée. Comme il était impossible de dormir dans ces vieilles maisons, à cause des suites chorégraphiques de nos soupers, — munis du silence complaisant des autorités voisines, — nous invitions tous les locataires distingués de l'impasse, et nous avions une collection d'attachés d'ambassades, en habits bleus à boutons d'or, de jeunes conseillers d'État*, de référendaires en herbe, dont la nichée d'hommes déjà sérieux, mais encore aimables, se développait dans ce pâté de maisons, en vue des Tuileries et des ministères voisins. Ils n'étaient reçus qu'à condition d'amener des femmes du monde, protégées, si elles y tenaient, par des dominos et des loups.

Les propriétaires et les concierges étaient seuls condamnés à un sommeil troublé — par les accords d'un orchestre de guinguette choisi à dessein, et par les bonds éperdus d'un galop monstre, qui, de la salle aux escaliers et des escaliers à l'impasse, allait aboutir nécessairement à une petite place entourée d'arbres, — où un cabaret s'était abrité sous les ruines imposantes de la chapelle du Doyenné. Au clair de lune, on admirait encore les restes de la vaste coupole italienne qui s'était écroulée, au XVIIIe siècle, sur les six malheureux chanoines, — accident duquel le cardinal Dubois fut un instant soupçonné[2].

---

* L'un d'eux s'appelait Van Daël[3], jeune homme charmant, mais dont le nom a porté malheur à notre château.

---

1. En fait, la femme du secrétaire du commissaire (voir ci-dessus). **2.** Voir ci-dessus. L'accident eut lieu en 1739. Nerval confond-il le cardinal Dubois, mort en 1723, et le cardinal Fleury, qui était ministre de Louis XV à l'époque de l'accident, et qui fut, quelques années plus tard, enterré dans cette même église ? À noter encore que l'auteur avait écrit « le cardinal Mazarin » dans le passage correspon-

Mais vous me demanderez d'expliquer encore, en pâle prose, ces quatre vers de votre pièce intitulée : *Vingt ans*.

> *D'où vous vient, ô Gérard, cet air académique ?*
> *Est-ce que les beaux yeux de l'Opéra-Comique*
> *S'allumeraient ailleurs ? La* reine du Sabbat,
> *Qui, depuis deux hivers, dans vos bras se débat,*
> *Vous échapperait-elle ainsi qu'une chimère ?*
> *Et Gérard répondait : « Que la femme est amère* [1] *! »*

Pourquoi *du Sabbat...* mon cher ami ? et pourquoi jeter maintenant de l'absinthe dans cette coupe d'or, moulée sur un beau sein ?

Ne vous souvenez-vous plus des vers de ce *Cantique des Cantiques*, où l'Ecclésiaste nouveau s'adresse à cette même reine du matin :

> *La grenade qui s'ouvre au soleil d'Italie*
> *N'est pas si gaie encore, à mes yeux enchantés,*
> *Que ta lèvre entrouverte, ô ma belle folie,*
> *Où je bois à longs flots le vin des voluptés* [2].

La reine de Saba, c'était bien celle, en effet, qui me préoccupait alors, — et doublement. — Le fantôme éclatant de la fille des Hémiarites [3] tourmentait mes nuits sous les hautes colonnes de ce grand lit sculpté, acheté en Touraine [4], et qui n'était pas encore garni de sa brocatelle

---

dant de *La Bohême galante*.   **3.** Van Daël / vandale. On ne sait rien de ce soi-disant conseiller d'État.
1. En 1839, ces vers constituaient la première évocation publique de l'existence d'une liaison entre Nerval et la cantatrice Jenny Colon (« les beaux yeux de l'Opéra-Comique »). En 1839, ainsi que dans les publications du poème antérieures à 1852, on lisait au vers 3 « la *Reine de Saba* » ; par contre, dans l'édition alors récente de ses *Poésies complètes*, Houssaye avait innové en faisant imprimer à cet endroit : « La *reine du Sabbat* ».   **2.** Le « Cantique des Cantiques » fait allusion à un poème de Houssaye qui porte ce titre (d'où « l'Ecclésiaste nouveau »). On le trouvait aux pages 9-35 de l'édition de 1852 des *Poésies complètes* (les vers cités sont à la p. 15). Le texte original porte : « aux soleils d'Italie ».   **3.** Tribu arabe descendant d'Hémiar (ou Himyar, ou Homaïr), un des fils de Saba. On trouve aussi « Himyarites » ou « Homérites ».   **4.** L'anecdote du lit a été prétexte, si l'on ose dire, à de nombreuses broderies. Les romantiques cultivaient le « private joke », et plus d'un historien de la littérature a eu le tort de prendre pour argent comptant ces fadaises. Racontant le premier internement de Nerval, Jules Janin

rouge à ramages. Les salamandres de François Ier me ver-
saient leur flamme du haut des corniches, où se jouaient
des amours imprudents. ELLE m'apparaissait radieuse,
comme au jour où Salomon l'admira s'avançant vers lui
dans les splendeurs pourprées du matin. Elle venait me
proposer l'éternelle énigme que le Sage ne put résoudre,
et ses yeux, que la malice animait plus que l'amour, tem-
péraient seuls la majesté de son visage oriental.
— Qu'elle était belle ! non pas plus belle cependant
qu'une autre reine du matin, dont l'image tourmentait
mes journées.

Cette dernière réalisait vivante mon rêve idéal et divin.
Elle avait, comme l'immortelle Balkis, le don communiqué par la huppe miraculeuse[1]. Les oiseaux se taisaient
en entendant ses chants, — et l'auraient certainement suivie à travers les airs.

La question était de la faire débuter à l'Opéra. Le
triomphe de Meyerbeer devenait le garant d'un nouveau
succès. J'osai en entreprendre le poème[2]. J'aurais réuni

prétendit dans le *Journal des Débats* du 1er mars 1841 que Nerval avait
un jour acheté un grand lit de chêne mais que, n'ayant plus assez d'argent
pour le garnir, il avait dormi à côté, sur un matelas d'emprunt. Janin voulait ainsi montrer quel pauvre diable était Nerval. En 1843, dans *Hono-
rine*, Balzac associe le lit à la passion supposée de Gérard pour Jenny
Colon et il évoque « un poète qui, devenu presque fou d'amour pour une
cantatrice, avait, au début de sa passion, acheté le plus beau lit de Paris,
sans savoir le résultat que l'actrice réservait à sa passion ». Eugène de
Mirecourt, premier biographe de Nerval — en 1854 —, a lu les *Petits
Châteaux de Bohême* ; chez lui, ce meuble devient « le lit où Marguerite
de Valois couchait en 1519, au château de Tours » (*Gérard de Nerval*,
J.-P. Roret, 1854, p. 54). On lit aussi dans les pages de Mirecourt qu'on
dut élargir les portes de l'appartement pour faire entrer le fameux lit ; et
que le poète ne dormait point à côté du lit par impécuniosité, mais par
respect pour celle qu'il comptait y accueillir. On pourrait citer beaucoup
d'autres amplifications. Nerval n'était pas le dernier à s'y prêter.
   1. Balkis, la reine de Saba, et son oiseau magique sont longuement
évoqués dans le *Voyage en Orient*, dont l'édition définitive avait paru
au printemps de 1851. La cantatrice parisienne évoquée dans ce passage se confond sans doute avec Jenny Colon, qui n'a jamais appartenu
à la troupe de l'Opéra. **2.** Nerval semble avoir effectivement tra-
vaillé à un opéra sur ce thème, dont il aurait composé le livret avec
Dumas et dont Meyerbeer aurait écrit la partition. Ainsi on pouvait lire
dans la chronique du *Monde dramatique*, le 21 mai 1835 : « Les bien
informés des coulisses prétendent que l'ouvrage nouveau dont s'occupe
M. Dumas se nomme *Caligula* ; les autres assurent que cette fois le

ainsi dans un trait de flamme les deux moitiés de mon double amour. — C'est pourquoi, mon ami, vous m'avez vu si préoccupé dans une de ces nuits splendides où notre Louvre était en fête. — Un mot de Dumas m'avait averti que Meyerbeer nous attendait à sept heures du matin.

IV

UNE FEMME EN PLEURS

Je ne songeais qu'à cela au milieu du bal. Une femme, que vous vous rappelez sans doute, pleurait à chaudes larmes dans un coin du salon, et ne voulait, pas plus que moi, se résoudre à danser. Cette belle éplorée ne pouvait parvenir à cacher ses peines. Tout à coup, elle me prit le bras et me dit : « Ramenez-moi, je ne puis rester ici. »

Je sortis en lui donnant le bras. Il n'y avait pas de voiture sur la place. Je lui conseillai de se calmer et de sécher ses yeux, puis de rentrer ensuite dans le bal ; elle consentit seulement à se promener sur la petite place.

Je savais ouvrir une certaine porte en planches qui donnait sur le manège, et nous causâmes longtemps au clair de la lune, sous les tilleuls. Elle me raconta longuement tous ses désespoirs.

Celui qui l'avait amenée s'était épris d'une autre ; de là une querelle intime ; puis elle avait menacé de s'en retourner seule, ou accompagnée ; il lui avait répondu qu'elle pouvait bien agir à son gré. De là les soupirs, de là les larmes.

Le jour ne devait pas tarder à poindre. La grande sarabande commençait. Trois ou quatre peintres d'histoire, peu danseurs de leur nature, avaient fait ouvrir le petit cabaret et chantaient à gorge déployée : *Il était un rabou-*

---

poète s'est emparé de la parole de Salomon, pour allumer dans le cœur de la *Reine de Saba* un amour incommensurable [...] ». Voir aussi les chapitres VII (« Gérard de Nerval ») et VIII (« Le Carton vert ») de l'*Histoire du romantisme* de Gautier.

reur, ou bien : *C'était un calonnier qui revenait de Flandre*, souvenir des réunions joyeuses de la mère Saguet[1]. — Notre asile fut bientôt troublé par quelques masques qui avaient trouvé ouverte la petite porte. On parlait d'aller déjeuner à Madrid — au Madrid du bois de Boulogne[2] — ce qui se faisait quelquefois. Bientôt le signal fut donné, on nous entraîna, et nous partîmes à pied, escortés par trois gardes françaises, dont deux étaient simplement MM. d'Egmont et de Beauvoir ; — le troisième, c'était Giraud[3], le peintre ordinaire des gardes françaises.

Les sentinelles des Tuileries ne pouvaient comprendre cette apparition inattendue qui semblait le fantôme d'une scène d'il y a cent ans, où des gardes françaises auraient mené au violon une troupe de masques tapageurs. De plus, l'une des deux petites marchandes de tabac si jolies, qui faisaient l'ornement de nos bals, n'osa se laisser emmener à Madrid sans prévenir son mari, qui gardait la maison.

Nous l'accompagnâmes à travers les rues. Elle frappa à sa porte. Le mari parut à une fenêtre de l'entresol. Elle lui cria : « Je vais déjeuner avec ces messieurs. » Il répondit : « Va-t'en au diable !... C'était bien la peine de me réveiller pour cela ! »

La belle désolée faisait une résistance assez faible pour se laisser entraîner à Madrid, et moi je faisais mes adieux à Rogier en lui expliquant que je voulais aller travailler à mon *scenario*. « Comment ! tu ne nous suis pas ; cette dame n'a plus d'autre cavalier que toi... et elle t'avait choisi pour la reconduire. — Mais j'ai rendez-vous à 7 heures chez Meyerbeer, entends-tu bien ? »

---

1. Cabaret situé à la barrière du Maine. *La Bohême galante* ajoutait ici, en note : « Les soirées chez la mère Saguet seront publiées sous ce titre : *La Vieille Bohême* ». Promesse non tenue.   **2.** Le château de Madrid est situé à la lisière du bois de Boulogne. Un restaurant avait été installé dans l'orangerie.   **3.** Henry Egmont, ou Henry Massé d'Egmont, auteur en 1836 d'une traduction des *Contes fantastiques* de Hoffmann illustrée par Rogier ; Édouard Roger de Bully, dit Roger de Beauvoir, était lui aussi déjà connu, pour *L'Écolier de Cluny* (1832), roman conforme à la mode de Walter Scott ; Eugène Pierre François Giraud, peintre (il exposa au Salon de 1831 à 1866).

Rogier fut pris d'un fou rire. Un de ses bras appartenait à la Cydalise ; il offrit l'autre à la belle dame, qui me salua d'un petit air moqueur. J'avais servi du moins à faire succéder un sourire à ses larmes.

J'avais quitté la proie pour l'ombre... comme toujours !

V

PRIMAVERA

En ce temps, je ronsardisais — pour me servir d'un mot de Malherbe [1]. Il s'agissait alors pour nous, jeunes gens, de rehausser la vieille versification française, affaiblie par les langueurs du XVIIIe siècle, troublée par les brutalités des novateurs trop ardents ; mais il fallait aussi maintenir le droit antérieur de la littérature nationale dans ce qui se rapporte à l'invention et aux formes générales.

Mais, me direz-vous, il faut enfin montrer ces premiers vers, ces *juvenilia*. « Sonnez-moi ces sonnets [2] », comme disait Du Bellay.

Eh bien ! étant admise l'étude assidue de ces vieux poètes, croyez bien que je n'ai nullement cherché à en faire le pastiche, mais que leurs formes de style m'impressionnaient malgré moi, comme il est arrivé à beaucoup de poètes de notre temps.

Les *odelettes*, ou petites odes de Ronsard, m'avaient servi de modèle. C'était encore une forme classique, imitée par lui d'Anacréon, de Bion, et, jusqu'à un certain point, d'Horace [3]. La force concentrée de l'odelette ne me paraissait pas moins précieuse à conserver que celle du

---

1. Sous la plume de François de Malherbe (1555-1628), le terme avait une valeur péjorative.   **2.** Cette formule de Joachim Du Bellay (1522-1560) était citée dans l'introduction de Nerval aux *Poètes du* XVIe *siècle* (voir *La Bohême galante*, in *NPl* III, p. 253).   **3.** Anacréon, poète lyrique grec (seconde moitié du VIe siècle avant J.-C.) ; Bion de Smyrne, ou de Phlossa, poète grec du IIIe ou du IIe siècle avant J.-C. (il ne reste de lui que des fragments) ; Horace (65-8 avant J.-C.), poète latin, contemporain de Virgile.

sonnet, où Ronsard s'est inspiré si heureusement de Pétrarque, de même que, dans ses élégies, il a suivi les traces d'Ovide[1] ; toutefois, Ronsard a été généralement plutôt grec que latin : c'est là ce qui distingue son école de celle de Malherbe.

Vous verrez, mon ami, si ces poésies déjà vieilles ont encore conservé quelque parfum. — J'en ai écrit de tous les rythmes, imitant plus ou moins, comme l'on fait quand on commence.

L'ode sur les papillons est encore une coupe à la Ronsard, et cela peut se chanter sur l'air du cantique de Joseph[2]. Remarquez une chose, c'est que les odelettes se chantaient et devenaient même populaires, témoin cette phrase du *Roman comique* : « Nous entendîmes la servante, qui, d'une bouche imprégnée d'ail, chantait l'ode du vieux Ronsard :

> *Allons de nos voix*
> *Et de nos luths d'ivoire*
> *Ravir les esprits*[3] *!*

Ce n'était, du reste, que renouvelé des odes antiques, lesquelles se chantaient aussi. J'avais écrit les premières sans songer à cela, de sorte qu'elles ne sont nullement lyriques. La dernière : « Où sont nos amoureuses ? » est venue malgré moi, sous forme de chant ; j'en avais trouvé en même temps les vers et la mélodie, que j'ai été obligé de faire noter, et qui a été trouvée très concordante aux paroles.

---

1. Francesco Petrarca (1304-1374), poète et humaniste italien ; Ovide (43 avant J.-C.-env. 17 après J.-C.), écrivain latin, auteur de poésies amoureuses.   **2.** Allusion à une romance célèbre du *Joseph* de Méhul, opéra représenté en 1807 et dont le succès se maintint jusqu'au XXᵉ siècle. La romance de Joseph était chantée comme un cantique dans les églises. Mais on ne voit guère comment chanter « Les Papillons » sur l'air de ce cantique. (Note de Jean-Luc Steinmetz.)   **3.** Allusion au quinzième chapitre de la première partie du *Roman comique* de Scarron (sur lui, voir la note 1 de la p. 119). Mais, dans l'original, on parle de deux voix d'homme, et le nom de Ronsard n'est pas cité.

ODELETTES [1]

À Arsène Houssaye.

AVRIL

Déjà les beaux jours, la poussière,
Un ciel d'azur et de lumière,
Les murs enflammés, les longs soirs ;
Et rien de vert : à peine encore
Un reflet rougeâtre décore
Les grands arbres aux rameaux noirs !

Ce beau temps me pèse et m'ennuie,
Ce n'est qu'après des jours de pluie
Que doit surgir, en un tableau,
Le printemps verdissant et rose ;
Comme une nymphe fraîche éclose,
Qui, souriante, sort de l'eau.

FANTAISIE

Il est un air pour qui je donnerais
Tout Rossini, tout Mozart et tout Weber [2] ;
Un air très vieux, languissant et funèbre,
Qui pour moi seul a des charmes secrets.

Or, chaque fois que je viens à l'entendre,
De deux cents ans mon âme rajeunit :
C'est sous Louis treize... Et je crois voir s'étendre
Un coteau vert que le couchant jaunit,

Puis un château de brique à coins de pierre,
Aux vitraux teints de rougeâtres couleurs,

---

   1. Sur les manuscrits et les publications antérieures de ces poèmes, voir l'« Histoire des textes », p. 419-433.   **2.** Certaines publications antérieures de « Fantaisie » portent ici « Wèbre ». Carl Maria von Weber (1786-1826), compositeur et chef d'orchestre, un des créateurs de l'opéra national allemand.

Ceint de grands parcs, avec une rivière
Baignant ses pieds, qui coule entre des fleurs.

Puis une dame, à sa haute fenêtre,
Blonde aux yeux noirs, en ses habits anciens...
Que, dans une autre existence peut-être,
J'ai déjà vue ! — et dont je me souviens !

LA GRAND-MÈRE

Voici trois ans qu'est morte ma grand-mère [1],
— La bonne femme, — et, quand on l'enterra,
Parents, amis, tout le monde pleura
D'une douleur bien vraie et bien amère.

Moi seul j'errais dans la maison, surpris
Plus que chagrin ; et, comme j'étais proche
De son cercueil, — quelqu'un me fit reproche
De voir cela sans larmes et sans cris.

Douleur bruyante est bien vite passée
Depuis trois ans, d'autres émotions,
Des biens, des maux, — des révolutions, —
Ont dans les cœurs sa mémoire effacée.

Moi seul j'y songe, et la pleure souvent ;
Depuis trois ans, par le temps prenant force,
Ainsi qu'un nom gravé dans une écorce,
Son souvenir se creuse plus avant !

---

1. Nerval n'a pas connu sa grand-mère paternelle, morte en 1812 dans le Lot-et-Garonne. Par contre, Marguerite Boucher, sa grand-mère maternelle, est morte à Paris en 1828 (le poème de Gérard est paru pour la première fois en 1834). Marguerite était la sœur d'Antoine Boucher, grand-oncle de l'auteur et qui est sans doute le modèle de l'« oncle » évoqué dans la préface des *Illuminés*, dans « Sylvie » (voir p. 230) et dans *Aurélia*.

LA COUSINE[1]

L'hiver a ses plaisirs ; et souvent, le dimanche,
Quand un peu de soleil jaunit la terre blanche,
Avec une cousine on sort se promener...
« Et ne vous faites pas attendre pour dîner »,

Dit la mère. Et quand on a bien, aux Tuileries
Vu sous les arbres noirs les toilettes fleuries,
La jeune fille a froid... et vous fait observer
Que le brouillard du soir commence à se lever.

Et l'on revient, parlant du beau jour qu'on regrette ;
Qui s'est passé si vite... et de flamme discrète :
Et l'on sent en rentrant, avec grand appétit,
Du bas de l'escalier, — le dindon qui rôtit.

PENSÉE DE BYRON

Par mon amour et ma constance
J'avais cru fléchir ta rigueur,
Et le souffle de l'espérance
Avait pénétré dans mon cœur ;
Mais le temps qu'en vain je prolonge
M'a découvert la vérité,
L'espérance a fui comme un songe...
Et mon amour seul m'est resté !

Il est resté comme un abîme
Entre ma vie et le bonheur,
Comme un mal dont je suis victime,
Comme un poids jeté sur mon cœur !
Dans le chagrin qui me dévore,
Je vois mes beaux jours s'envoler...

---

1. Dans *Pandora*, Nerval évoquera sa « cousine » préférée (à laquelle toutefois aucune parenté ne le liait), Sophie de Lamaury, « rêve de mes jeunes amours, pour qui j'ai si souvent franchi l'espace qui séparait mon toit natal de la ville des Stuarts ! » (Voir Le Livre de Poche, n° 9631, p. 398.) La « ville des Stuarts » est Saint-Germain. On note que le présent poème a pour cadre Paris.

Si mon œil étincelle encore
C'est qu'une larme en va couler !

GAIETÉ

Petit *piqueton* de Mareuil[1],
Plus clairet qu'un vin d'Argenteuil,
Que ta saveur est souveraine !
Les Romains ne t'ont pas compris
Lorsqu'habitant l'ancien Paris
Ils te préféraient le Surêne.

Ta liqueur rose, ô joli vin !
Semble faite du sang divin
De quelque nymphe bocagère ;
Tu perles au bord désiré
D'un verre à côtes, coloré
Par les teintes de la fougère.

Tu me guéris pendant l'été
De la soif qu'un vin plus vanté
M'avait laissé depuis la veille* ;
Ton goût suret, mais doux aussi,
Happant mon palais épaissi,
Me rafraîchit quand je m'éveille.

Eh quoi ! si gai dès le matin,
Je foule d'un pied incertain
Le sentier où verdit ton pampre !...
— Et je n'ai pas de Richelet

---

* Il y a une faute[2], mais dans le goût *du temps*.

---

1. Notant qu'il n'existait pas, dans la proche banlieue parisienne, de Mareuil qui ait produit du vin, Jacques Bony a proposé de voir ici une allusion à Mareil-Marly (localité évoquée dans *Pandora* ; voir Le Livre de Poche n° 9631, p. 399), autrefois appelé Mareuil. C'est le vin de Suresnes qui est évoqué au v. 6. **2.** Le participe passé « laissé » devrait s'accorder avec l'objet direct « soif ». Le « temps » désigne le XVIe siècle.

Pour finir ce docte couplet...
Et trouver une rime en *ampre**.

POLITIQUE

1832 [1]

Dans Sainte-Pélagie,
Sous ce règne élargie,
Où, rêveur et pensif,
   Je vis captif,

Pas une herbe ne pousse
Et pas un brin de mousse
Le long des murs grillés
   Et frais taillés.

Oiseau qui fends l'espace...
Et toi, brise, qui passe
Sur l'étroit horizon
   De la prison,

Dans votre vol superbe
Apportez-moi quelque herbe,
Quelque gramen, mouvant
   Sa tête au vent !

Qu'à mes pieds tourbillonne
Une feuille d'automne

---

* Richelet [2] : « AMPRE : pampre — pas de rime ».

---

1. La date intrigue. Et pour cause : ce poème a été publié pour la première fois dans *Le Cabinet de lecture* du 4 décembre 1831. En fait, Nerval a sans doute été incarcéré deux fois, vers la même époque, à la prison de Sainte-Pélagie (située rue de la Clef, dans le cinquième arrondissement) : d'abord au cours de l'automne 1831, ensuite en février 1832, après la découverte du complot légitimiste de la rue des Prouvaires. Voir Cl. Pichois et M. Brix, *Gérard de Nerval*, Fayard, 1995, p. 82-83. **2.** C'est effectivement ce qu'on peut lire dans les nombreuses éditions du *Dictionnaire de rimes* de Pierre Richelet, retouché en 1751 par Berthelin.

Peinte de cent couleurs
        Comme les fleurs !

Pour que mon âme triste
Sache encor qu'il existe
Une nature, un Dieu
        Dehors ce lieu.

Faites-moi cette joie,
Qu'un instant je revoie
Quelque chose de vert
        Avant l'hiver !

LE POINT NOIR[1]

Quiconque a regardé le soleil fixement
Croit voir devant ses yeux voler obstinément
Autour de lui, dans l'air, une tache livide.

Ainsi tout jeune encore et plus audacieux,
Sur la gloire un instant j'osai fixer les yeux :
Un point noir est resté dans mon regard avide.

Depuis, mêlée à tout comme un signe de deuil,
Partout, sur quelque endroit que s'arrête mon œil,
Je la vois se poser aussi, la tache noire !

Quoi, toujours ? Entre moi sans cesse et le bonheur !
Oh ! c'est que l'aigle seul — malheur à nous, malheur ! —
Contemple impunément le Soleil et la Gloire.

---

1. « Le Point noir » constitue la réécriture, en vers, de la traduction
en prose d'un « Sonnet » du poète allemand Bürger — traduction qui
figure dans le recueil de *Poésies allemandes* publié par Nerval en 1830.
Or l'original de ce « Sonnet » n'a pas été retrouvé dans l'œuvre de
Bürger. En une autre occasion encore, Nerval a déguisé une de ses
créations en traduction : comme l'a montré Claude Pichois, « Le Bonheur de la maison », publié par *Le Mercure de France* du 30 avril
1831 et prétendument traduit de Jean-Paul Richter, est aussi une œuvre
nervalienne originale.

LES PAPILLONS

I

Le papillon ! fleur sans tige,
        Qui voltige,
Que l'on cueille en un réseau ;
Dans la nature infinie
        Harmonie
Entre la plante et l'oiseau !...

Quand revient l'été superbe,
Je m'en vais au bois tout seul ;
Je m'étends dans la grande herbe,
Perdu dans ce vert linceul.
Sur ma tête renversée,
Là, chacun d'eux à son tour,
Passe, comme une pensée
De poésie ou d'amour !

Voici le papillon *Faune*,
        Noir et jaune :
Voici le *Mars* azuré,
Agitant des étincelles
        Sur ses ailes,
D'un velours riche et moiré.

Voici le *Vulcain* rapide,
Qui vole comme un oiseau :
Son aile noire et splendide
Porte un grand ruban ponceau
Dieux ! le *Soufré*, dans l'espace,
Comme un éclair a relui...
Mais le joyeux *Nacré* passe,
Et je ne vois plus que lui !

II

Comme un éventail de soie
        Il déploie

Son manteau semé d'argent ;
Et sa robe bigarrée
    Est dorée
D'un or verdâtre et changeant.

Voici le *Machaon-Zèbre*,
De fauve et de noir rayé ;
Le *Deuil*, en habit funèbre,
Et le *Miroir* bleu strié ;
Voici l'*Argus*, feuille-morte,
Le *Morio*, le *Grand-Bleu*,
Et le *Paon-de-Jour* qui porte
Sur chaque aile un œil de feu !

Mais le soir brunit nos plaines ;
    Les *Phalènes*
Prennent leur essor bruyant,
Et les *Sphinx* aux couleurs sombres
    Dans les ombres
Voltigent en tournoyant.

C'est le *Grand-Paon*, à l'œil rose
Dessiné sur un fond gris,
Qui ne vole qu'à nuit close,
Comme les chauves-souris ;
Le *Bombice* du troène,
Rayé de jaune et de vert,
Et le papillon du chêne,
Qui ne meurt pas en hiver !...

III

Malheur, papillons que j'aime,
    Doux emblème,
À vous pour votre beauté !...
Un doigt de votre corsage,
    Au passage,
Froisse, hélas ! le velouté !...

Une toute jeune fille,
Au cœur tendre, au doux souris,

Perçant vos cœurs d'une aiguille,
Vous contemple, l'œil surpris :
Et vos pattes sont coupées
Par l'ongle blanc qui les mord,
Et vos antennes crispées
Dans les douleurs de la mort !...

NI BONJOUR, NI BONSOIR [1]

Sur un air grec

Νὴ καλιμερα, νὴ ωρα καλὶ.

Le matin n'est plus ! le soir pas encore :
Pourtant de nos yeux l'éclair a pâli.

Νὴ καλιμερα, νὴ ωρα καλὶ.

Mais le soir vermeil ressemble à l'aurore,
Et la nuit, plus tard, amène l'oubli !

LES CYDALISES [2]

Où sont nos amoureuses ?
Elles sont au tombeau :
Elles sont plus heureuses
Dans un séjour plus beau !

Elles sont près des anges,
Dans le fond du ciel bleu,
Et chantent les louanges
De la Mère de Dieu !

_____

1. La formule grecque (« Nè kalimera, ne ora kalì ») ne comporte
aucune négation et signifie « Bonjour ! Que tout aille bien ! ». Nerval
commet la même faute de traduction dans le *Voyage en Orient*, où cette
formule est citée pour la première fois. — La présence de ce texte au
sein des « Odelettes » montre que les correspondances entre les poèmes
sont à rechercher plutôt dans les thèmes que dans la forme. **2.** Sur
ce mot, voir n. 1, p. 58.

Ô blanche fiancée !
Ô jeune vierge en fleur !
Amante délaissée,
Que flétrit la douleur :

L'éternité profonde
Souriait dans vos yeux...
Flambeaux éteints du monde
Rallumez-vous aux cieux !

SECOND CHÂTEAU

Celui-là fut un château d'Espagne, construit avec des châssis, des *fermes* et des praticables[1]... Vous en dirai-je la radieuse histoire, poétique et lyrique à la fois ? Revenons d'abord au rendez-vous donné par Dumas, et qui m'en avait fait manquer un autre.

J'avais écrit avec tout le feu de la jeunesse un scenario fort compliqué, qui parut faire plaisir à Meyerbeer. J'emportai avec effusion l'espérance qu'il me donnait, seulement un autre opéra, *Les Frères Corses*[2], lui était déjà destiné par Dumas, et le mien n'avait qu'un avenir assez lointain. J'en avais écrit un acte lorsque j'apprends, tout d'un coup, que le traité fait entre le grand poète et le grand compositeur se trouve rompu, je ne sais pourquoi.

— Dumas partait pour son voyage de la Méditerranée, Meyerbeer avait déjà repris la route de l'Allemagne. La pauvre *Reine de Saba*, abandonnée de tous, est devenue

---

1. Au théâtre, la ferme est une décoration montée sur un châssis et qui se détache de la toile du fond. On appelle aussi « ferme » une décoration qui s'élève de dessous, au lieu de descendre du cintre ou de rouler par les coulisses. Le « praticable » est une porte ou une fenêtre qui n'est pas seulement figurée, mais par laquelle les acteurs ou les danseurs peuvent passer réellement. (Littré.)   2. Nerval semble ici mêler les époques et les titres. *Les Frères corses* est un roman de Dumas, publié en 1844 (sous le titre *Une famille corse* ; le titre définitif apparaîtra l'année suivante) ; un drame en fut tiré en 1850, dont Nerval fit le compte rendu (voir *NPl* II, p. 1168-1172). Selon Claude Schopp, Dumas et Meyerbeer avaient bien en 1836 un projet commun, qui n'aboutit pas, mais ce projet portait comme titre *Le Carnaval de Rome*. Quant au voyage de Dumas en Méditerranée, il date de 1835 et paraît antérieur à la brouille avec Meyerbeer.

depuis un simple conte oriental qui fait partie des *Nuits du Rhamazan* [1].

C'est ainsi que la poésie tomba dans la prose et mon château théâtral dans le *troisième* dessous [2]. — Toutefois, les idées scéniques et lyriques s'étaient éveillées en moi, j'écrivis en prose un acte d'opéra-comique, me réservant d'y intercaler, plus tard, des morceaux. Je viens d'en retrouver le manuscrit primitif, qui n'a jamais tenté les musiciens auxquels je l'ai soumis. Ce n'est donc qu'un simple proverbe que je n'insère ici qu'à titre d'épisode de ces petits mémoires littéraires.

---

1. L'« Histoire de la Reine du Matin et de Soliman, prince des Génies », dans le *Voyage en Orient* (où on trouve « Ramazan », sans *h*).   **2.** Au XIXᵉ siècle, dans les théâtres, il y avait jusqu'à trois « dessous ». Les dessous sont les étages à planches mobiles qui sont sous la scène.

CORILLA [1]

FABIO.
MARCELLI.
MAZETTO, garçon de théâtre.
CORILLA, prima donna.

*Le boulevard de Sainte-Lucie, près de l'opéra [2], à
Naples.*

FABIO, MAZETTO

FABIO : Si tu me trompes, Mazetto, c'est un triste
métier que tu fais là...

MAZETTO : Le métier n'en est pas meilleur ; mais je
vous sers fidèlement. Elle viendra ce soir, vous dis-je ;
elle a reçu vos lettres et vos bouquets.

FABIO : Et la chaîne d'or, et l'agrafe de pierres fines ?

MAZETTO : Vous ne devez pas douter qu'elles ne lui
soient parvenues aussi, et vous les reconnaîtrez peut-être à
son cou et à sa ceinture ; seulement, la façon de ces bijoux
est si moderne, qu'elle n'a trouvé encore aucun rôle où elle
pût les porter comme faisant partie de son costume.

FABIO : Mais, m'a-t-elle vu seulement ? m'a-t-elle
remarqué à la place où je suis assis tous les soirs pour
l'admirer et l'applaudir, et puis-je penser que mes présents ne seront pas la seule cause de sa démarche ?

MAZETTO : Fi, monsieur ! ce que vous avez donné n'est
rien pour une personne de cette volée ; et, dès que vous
vous connaîtrez mieux, elle vous répondra par quelque
portrait entouré de perles qui vaudra le double. Il en est
de même des dix ducats que vous m'avez remis déjà, et

---

1. Dans les publications antérieures (qui portent le titre « Les Deux
Rendez-vous ») de ce dialogue dramatique, la cantatrice s'appelle « Mercédès ». Elle était — et reste dans *Petits Châteaux de Bohême* et dans
Les Filles du Feu — espagnole (voir p. 89-90), ce qu'en 1853 son nom
ne suggérait plus. — Nerval indique certaines des sources qu'il a utilisées pour « Corilla » dans la lettre à Michel Carré du 7 mars 1854 (voir
NPl III, p. 845-846). **2.** C'est-à-dire le Théâtre de San Carlo.

des vingt autres que vous m'avez promis dès que vous aurez l'assurance de votre premier rendez-vous ; ce n'est qu'argent prêté, je vous l'ai dit, et ils vous reviendront un jour avec de gros intérêts.

FABIO : Va, je n'en attends rien.

MAZETTO : Non, monsieur, il faut que vous sachiez à quels gens vous avez affaire, et que, loin de vous ruiner, vous êtes ici sur le vrai chemin de votre fortune ; veuillez donc me compter la somme convenue, car je suis forcé de me rendre au théâtre pour y remplir mes fonctions de chaque soir.

FABIO : Mais pourquoi n'a-t-elle pas fait de réponse, et n'a-t-elle pas marqué de rendez-vous ?

MAZETTO : Parce que, ne vous ayant encore vu que de loin, c'est-à-dire de la scène aux loges, comme vous ne l'avez vue vous-même que des loges à la scène, elle veut connaître avant tout votre tenue et vos manières, entendez-vous ? votre son de voix, que sais-je ! Voudriez-vous que la première cantatrice de San Carlo acceptât les hommages du premier venu sans plus d'information ?

FABIO : Mais l'oserai-je aborder seulement ? et dois-je m'exposer, sur ta parole, à l'affront d'être rebuté, ou d'avoir, à ses yeux, la mine d'un galant de carrefour ?

MAZETTO : Je vous répète que vous n'avez rien à faire qu'à vous promener le long de ce quai, presque désert à cette heure ; elle passera, cachant son visage baissé sous la frange de sa mantille ; elle vous adressera la parole elle-même, et vous indiquera un rendez-vous pour ce soir, car l'endroit est peu propre à une conversation suivie. Serez-vous content ?

FABIO : Ô Mazetto ! si tu dis vrai, tu me sauves la vie !

MAZETTO : Et, par reconnaissance, vous me prêtez les vingt louis convenus.

FABIO : Tu les recevras quand je lui aurai parlé.

MAZETTO : Vous êtes méfiant ; mais votre amour m'intéresse, et je l'aurais servi par pure amitié, si je n'avais à nourrir ma famille. Tenez-vous là comme rêvant en vous-même et composant quelque sonnet ; je vais rôder aux environs pour prévenir toute surprise.

Il sort.

FABIO, *seul.*

FABIO : Je vais la voir ! la voir pour la première fois à la lumière du ciel, entendre, pour la première fois, des paroles qu'elle aura pensées ! Un mot d'elle va réaliser mon rêve, ou le faire envoler pour toujours ! Ah ! j'ai peur de risquer ici plus que je ne puis gagner ; ma passion était grande et pure, et rasait le monde sans le toucher, elle n'habitait que des palais radieux et des rives enchantées ; la voici ramenée à la terre et contrainte à cheminer comme toutes les autres. Ainsi que Pygmalion [1], j'adorais la forme extérieure d'une femme ; seulement la statue se mouvait tous les soirs sous mes yeux avec une grâce divine, et, de sa bouche, il ne tombait que des perles de mélodie. Et maintenant voici qu'elle descend à moi. Mais l'amour qui a fait ce miracle est un honteux valet de comédie, et le rayon qui fait vivre pour moi cette idole adorée est de ceux que Jupiter versait au sein de Danaé [2] !... Elle vient, c'est bien elle ; oh ! le cœur me manque, et je serais tenté de m'enfuir si elle ne m'avait aperçu déjà !

FABIO, UNE DAME *en mantille.*

LA DAME, *passant près de lui* : Seigneur cavalier, donnez-moi le bras, je vous prie, de peur qu'on ne nous observe, et marchons naturellement. Vous m'avez écrit...

FABIO : Et je n'ai reçu de vous aucune réponse...

LA DAME : Tiendriez-vous plus à mon écriture qu'à mes paroles ?

FABIO : Votre bouche ou votre main m'en voudrait si j'osais choisir.

LA DAME : Que l'une soit le garant de l'autre : vos lettres m'ont touchée, et je consens à l'entrevue que vous me demandez. Vous savez pourquoi je ne puis vous recevoir chez moi ?

---

1. Sculpteur légendaire, Pygmalion s'éprit de la statue de Galatée, qui était son propre ouvrage, obtint d'Aphrodite qu'elle vive, et l'épousa. **2.** Danaé avait été enfermée dans une tour par son père Acrisius, qui ne voulait pas qu'elle pût se trouver en contact avec un homme. Jupiter s'introduisit près d'elle sous la forme d'une pluie d'or.

FABIO : On me l'a dit.

LA DAME : Je suis très entourée, très gênée dans toutes mes démarches. Ce soir, à cinq heures de la nuit, attendez-moi au rond-point de la Villa Reale[1], j'y viendrai sous un déguisement, et nous pourrons avoir quelques instants d'entretien.

FABIO : J'y serai.

LA DAME : Maintenant, quittez mon bras, et ne me suivez pas, je me rends au théâtre. Ne paraissez pas dans la salle ce soir. Soyez discret et confiant.

Elle sort.

FABIO, *seul* : C'était bien elle !... En me quittant, elle s'est toute révélée dans un mouvement, comme la Vénus de Virgile[2]. J'avais à peine reconnu son visage, et pourtant l'éclair de ses yeux me traversait le cœur, de même qu'au théâtre, lorsque son regard vient croiser le mien dans la foule. Sa voix ne perd pas de son charme en prononçant de simples paroles ; et, cependant, je croyais jusqu'ici qu'elle ne devait avoir que le chant, comme les oiseaux ! Mais ce qu'elle m'a dit vaut tous les vers de Métastase, et ce timbre si pur, et cet accent si doux, n'empruntent rien pour séduire aux mélodies de Paesiello[3] ou de Cimarosa. Ah ! toutes ces héroïnes que j'adorais en elle, Sophonisbe, Alcime, Herminie, et même cette blonde Molinara[4], qu'elle joue à ravir avec des habits

---

1. Ce jardin public (aujourd'hui « Villa Communale ») est aussi évoqué dans « Octavie » (voir p. 319).   2. Allusion à l'*Énéide* (I, 402-405) : « Elle [Vénus] se détourne à ses mots, et son cou brille de l'éclat d'une rose ; du haut de sa tête ses cheveux parfumés d'ambroisie exhalent une odeur divine ; les plis de sa robe coulent jusqu'à ses pieds, et sa démarche a révélé la déesse. » (Trad. A. Bellessort, Paris, Les Belles Lettres, 1938, p. 21.)   3. Giovanni Paisiello, ou Paesiello (1740-1816), musicien italien et auteur d'opéras, comme Domenico Cimarosa (1749-1801). — Métastase (Pietro Trapassi, dit Metastasio ; 1698-1782) a laissé des oratorios et des mélodrames ; il est le créateur de l'*arietta*.   4. Jacques Bony a relevé, parmi les opéras de Paisiello, *La Molinara, o l'Amor contrastato*, créé en 1788. L'identification des autres personnages est plus hasardeuse — ces noms apparaissent dans plus d'un ouvrage. Sophonisbe était une reine de Numidie ; le roi son époux la fit s'empoisonner pour lui épargner de figurer à Rome dans le triomphe de Scipion. Il faut peut-être lire « Alcine » (*Alcina* est un opéra de Haendel, d'après l'Arioste) et non « Alcime ».

moins splendides, je les voyais toutes enfermées à la fois sous cette mantille coquette, sous cette coiffe de satin... Encore Mazetto !

FABIO, MAZETTO

MAZETTO : Eh bien ! seigneur, suis-je un fourbe, un homme sans parole, un homme sans honneur ?

FABIO : Tu es le plus vertueux des mortels ! Mais, tiens, prends cette bourse, et laisse-moi seul.

MAZETTO : Vous avez l'air contrarié.

FABIO : C'est que le bonheur me rend triste ; il me force à penser au malheur qui le suit toujours de près.

MAZETTO : Peut-être avez-vous besoin de votre argent pour jouer au lansquenet [1] cette nuit ? Je puis vous le rendre, et même vous en prêter d'autre.

FABIO : Cela n'est point nécessaire. Adieu.

MAZETTO : Prenez garde à la *jettatura* [2], seigneur Fabio !

Il sort.

FABIO, *seul.*

FABIO : Je suis fatigué de voir la tête de ce coquin faire ombre sur mon amour ; mais, Dieu merci, ce messager va me devenir inutile. Qu'a-t-il fait, d'ailleurs, que de remettre adroitement mes billets et mes fleurs, qu'on avait longtemps repoussés ? Allons, allons, l'affaire a été habilement conduite et touche à son dénouement... Mais pourquoi suis-je donc si morose ce soir, moi qui devrais nager dans la joie et frapper ces dalles d'un pied triomphant ? N'a-t-elle pas cédé un peu vite, et surtout depuis l'envoi de mes présents ?... Bon, je vois les choses trop en noir,

---

1. Sorte de jeu de hasard qui se joue avec des cartes (Littré).
2. Naples est, par excellence, la terre de la *jettatura*, c'est-à-dire le « mauvais œil ». En 1856, Gautier publiera sur ce thème le meilleur de ses contes fantastiques.

et je ne devrais songer plutôt qu'à préparer ma rhétorique amoureuse. Il est clair que nous ne nous contenterons pas de causer amoureusement sous les arbres, et que je parviendrai bien à l'emmener souper dans quelque hôtellerie de Chiaia[1] ; mais il faudra être brillant, passionné, fou d'amour, monter ma conversation au ton de mon style, réaliser l'idéal que lui ont présenté mes lettres et mes vers... et c'est à quoi je ne me sens nulle chaleur et nulle énergie... J'ai envie d'aller me remonter l'imagination avec quelques verres de vin d'Espagne.

FABIO, MARCELLI

MARCELLI : C'est un triste moyen, seigneur Fabio ; le vin est le plus traître des compagnons ; il vous prend dans un palais et vous laisse dans un ruisseau.

FABIO : Ah ! c'est vous, seigneur Marcelli ; vous m'écoutiez ?

MARCELLI : Non, mais je vous entendais.

FABIO : Ai-je rien dit qui vous ait déplu ?

MARCELLI : Au contraire ; vous vous disiez triste et vous vouliez boire, c'est tout ce que j'ai surpris de votre monologue. Moi, je suis plus gai qu'on ne peut dire. Je marche le long de ce quai comme un oiseau ; je pense à des choses folles, je ne puis demeurer en place, et j'ai peur de me fatiguer. Tenons-nous compagnie l'un à l'autre un instant ; je vaux bien une bouteille pour l'ivresse, et cependant je ne suis rempli que de joie ; j'ai besoin de m'épancher comme un flacon de sillery[2], et je veux jeter dans votre oreille un secret étourdissant.

FABIO : De grâce, choisissez un confident moins préoccupé de ses propres affaires. J'ai la tête prise, mon cher ; je ne suis bon à rien ce soir, et, eussiez-vous à me confier que le roi Midas a des oreilles d'âne, je vous jure que je serais incapable de m'en souvenir demain pour le répéter.

---

1. Quartier de Naples, également évoqué dans « Octavie » (p. 321).   **2.** Commune proche de Reims, qui a donné son nom à un vin blanc de Champagne.

MARCELLI : Et c'est ce qu'il me faut, vrai Dieu ! un confident muet comme une tombe.

FABIO : Bon ! ne sais-je pas vos façons ?... Vous voulez publier une bonne fortune, et vous m'avez choisi pour le héraut de votre gloire.

MARCELLI : Au contraire, je veux prévenir une indiscrétion, en vous confiant bénévolement certaines choses que vous n'avez pas manqué de soupçonner.

FABIO : Je ne sais ce que vous voulez dire.

MARCELLI : On ne garde pas un secret surpris, au lieu qu'une confidence engage.

FABIO : Mais je ne soupçonne rien qui vous puisse concerner.

MARCELLI : Il convient alors que je vous dise tout.

FABIO : Vous n'allez donc pas au théâtre ?

MARCELLI : Non, pas ce soir ; et vous ?

FABIO : Moi, j'ai quelque affaire en tête, j'ai besoin de me promener seul.

MARCELLI : Je gage que vous composez un opéra ?

FABIO : Vous avez deviné.

MARCELLI : Et qui s'y tromperait ? Vous ne manquez pas une seule des représentations de San-Carlo ; vous arrivez dès l'ouverture, ce que ne fait aucune personne du bel air ; vous ne vous retirez pas au milieu du dernier acte, et vous restez seul dans la salle avec le public du parquet. Il est clair que vous étudiez votre art avec soin et persévérance. Mais une seule chose m'inquiète : êtes-vous poète ou musicien ?

FABIO : L'un et l'autre.

MARCELLI : Pour moi, je ne suis qu'amateur et n'ai fait que des chansonnettes. Vous savez donc très bien que mon assiduité dans cette salle, où nous nous rencontrons continuellement depuis quelques semaines, ne peut avoir d'autre motif qu'une intrigue amoureuse...

FABIO : Dont je n'ai nulle envie d'être informé.

MARCELLI : Oh ! vous ne m'échapperez point par ces faux-fuyants, et ce n'est que quand vous saurez tout que je me croirai certain du mystère dont mon amour a besoin.

FABIO : Il s'agit donc de quelque actrice... de la Borsella ?

MARCELLI : Non, de la nouvelle cantatrice espagnole,

de la divine Corilla !... Par Bacchus ! vous avez bien remarqué les furieux clins d'œil que nous nous lançons ?

FABIO, *avec humeur* : Jamais !

MARCELLI : Les signes convenus entre nous à de certains instants où l'attention du public se porte ailleurs ?

FABIO : Je n'ai rien vu de pareil.

MARCELLI : Quoi ! vous êtes distrait à ce point ? J'ai donc eu tort de vous croire informé d'une partie de mon secret ; mais la confidence étant commencée...

FABIO, *vivement* : Oui, certes ! vous me voyez maintenant curieux d'en connaître la fin.

MARCELLI : Peut-être n'avez-vous jamais fait grande attention à la signora Corilla ? Vous êtes plus occupé, n'est-ce pas, de sa voix que de sa figure ? Eh bien ! regardez-la, elle est charmante !

FABIO : J'en conviens.

MARCELLI : Une blonde d'Italie ou d'Espagne, c'est toujours une espèce de beauté fort singulière et qui a du prix par sa rareté.

FABIO : C'est également mon avis.

MARCELLI : Ne trouvez-vous pas qu'elle ressemble à la *Judith* de Caravaggio, qui est dans le Musée royal [1] ?

FABIO : Eh ! monsieur, finissez. En deux mots, vous êtes son amant, n'est-ce pas ?

MARCELLI : Pardon ; je ne suis encore que son amoureux.

FABIO : Vous m'étonnez.

MARCELLI : Je dois vous dire qu'elle est fort sévère.

FABIO : On le prétend.

MARCELLI : Que c'est une tigresse, une Bradamante...

---

1. Nerval avait remarqué ce tableau lors de son premier voyage en Italie, ainsi qu'en témoigne sa lettre de novembre 1834 à Nanteuil, Gautier ou Duseigneur : « Oh ! la belle *Judith* de Caravage que j'ai vue au musée de Naples ! » (*NPl* I, p. 1296.) En fait, cette toile — *Giudetta e Oloferne* — n'est pas l'œuvre du Caravage (1573-1610), mais de la peintre Artemisia Gentileschi (1593-1652), à qui l'œuvre a été rendue au début du xxe siècle. Voir la reproduction dans J. Bony, « Nerval et la peinture italienne », *L'Imaginaire nervalien. L'espace de l'Italie*, éd. Monique Streiff-Moretti, Naples, Edizioni Scientifiche Italiane, 1988, p. 335-351. On observe que la Judith de Gentileschi a les cheveux bruns.

FABIO : Une Alcimadure[1].

MARCELLI : Sa porte demeurant fermée à mes bouquets, sa fenêtre à mes sérénades, j'en ai conclu qu'elle avait des raisons pour être insensible... chez elle, mais que sa vertu devait tenir pied moins solidement sur les planches d'une scène d'opéra... Je sondai le terrain, j'appris qu'un certain drôle nommé Mazetto avait accès près d'elle, en raison de son service au théâtre...

FABIO : Vous confiâtes vos fleurs et vos billets à ce coquin.

MARCELLI : Vous le saviez donc ?

FABIO : Et aussi quelques présents qu'il vous conseilla de faire.

MARCELLI : Ne disais-je pas bien que vous étiez informé de tout ?

FABIO : Vous n'avez pas reçu de lettres d'elle ?

MARCELLI : Aucune.

FABIO : Il serait trop singulier que la dame elle-même, passant près de vous dans la rue, vous eût, à voix basse, indiqué un rendez-vous...

MARCELLI : Vous êtes le diable, ou moi-même !

FABIO : Pour demain ?

MARCELLI : Non, pour aujourd'hui.

FABIO : À cinq heures de la nuit ?

MARCELLI : À cinq heures.

FABIO : Alors, c'est au rond-point de la Villa-Reale ?

MARCELLI : Non ! devant les bains de Neptune.

FABIO : Je n'y comprends plus rien.

MARCELLI : Pardieu ! vous voulez tout deviner, tout savoir mieux que moi. C'est particulier. Maintenant que j'ai tout dit, il est de votre honneur d'être discret.

FABIO : Bien. Écoutez-moi, mon ami... nous sommes joués l'un ou l'autre.

MARCELLI : Que dites-vous ?

FABIO : Ou l'un et l'autre, si vous voulez. Nous avons

---

1. Bradamante est une guerrière du *Roland furieux* de l'Arioste ; elle est aussi l'héroïne éponyme d'une tragi-comédie de Robert Garnier, en 1582. Quant à Alcimadure, Jacques Bony et Jean Céard ont retrouvé sa trace dans une fable de La Fontaine : « Égalant les plus belles. / Et surpassant les plus cruelles, [...] cœur inhumain, [...] la cruelle Alcimadure. » (XII, 24.)

rendez-vous de la même personne, à la même heure : vous, devant les bains de Neptune ; moi, à la Villa-Reale !

MARCELLI : Je n'ai pas le temps d'être stupéfait ; mais je vous demande raison de cette lourde plaisanterie.

FABIO : Si c'est la raison qui vous manque, je ne me charge pas de vous en donner ; si c'est un coup d'épée qu'il vous faut, dégaînez la vôtre.

MARCELLI : Je fais une réflexion : vous avez sur moi tout avantage en ce moment.

FABIO : Vous en convenez ?

MARCELLI : Pardieu ! vous êtes un amant malheureux, c'est clair ; vous alliez vous jeter du haut de cette rampe, ou vous pendre aux branches de ces tilleuls, si je ne vous eusse rencontré. Moi, au contraire, je suis reçu, favorisé, presque vainqueur ; je soupe ce soir avec l'objet de mes vœux. Je vous rendrais service en vous tuant ; mais, si c'est moi qui suis tué, vous conviendrez qu'il serait dommage que ce fût avant, et non après. Les choses ne sont pas égales ; remettons l'affaire à demain.

FABIO : Je fais exactement la même réflexion que vous, et pourrais vous répéter vos propres paroles. Ainsi, je consens à ne vous punir que demain de votre folle vanterie. Je ne vous croyais qu'indiscret.

MARCELLI : Bon ! séparons-nous sans un mot de plus. Je ne veux point vous contraindre à des aveux humiliants, ni compromettre davantage une dame qui n'a pour moi que des bontés. Je compte sur votre réserve et vous donnerai demain matin des nouvelles de ma soirée.

FABIO : Je vous en promets autant ; mais ensuite nous ferraillerons de bon cœur. À demain donc.

MARCELLI : À demain, seigneur Fabio.

FABIO, *seul*.

FABIO : Je ne sais quelle inquiétude m'a porté à le suivre de loin, au lieu d'aller de mon côté. Retournons ! *(Il fait quelques pas.)* Il est impossible de porter plus loin l'assurance, mais aussi ne pouvait-il guère revenir sur sa prétention et me confesser son mensonge. Voilà de nos jeunes fous à la mode ; rien ne leur fait obstacle, ils sont les vainqueurs et les préférés de toutes les femmes, et la liste de don Juan ne leur coûterait que la peine de l'écrire. Certainement, d'ailleurs, si cette beauté nous trompait l'un pour l'autre, ce ne serait pas à la même heure. Allons, je crois que l'instant approche, et que je ferais bien de me diriger du côté de la Villa-Reale, qui doit être déjà débarrassée de ses promeneurs et rendue à la solitude. Mais en vérité n'aperçois-je pas là-bas Marcelli qui donne le bras à une femme ?... Je suis fou véritablement ; si c'est lui, ce ne peut être elle... Que faire ? Si je vais de leur côté, je manque l'heure de mon rendez-vous... et, si je n'éclaircis pas le soupçon qui me vient, je risque, en me rendant là-bas, de jouer le rôle d'un sot. C'est là une cruelle incertitude. L'heure se passe, je vais et reviens, et ma position est la plus bizarre du monde. Pourquoi faut-il que j'aie rencontré cet étourdi, qui s'est joué de moi peut-être ? Il aura su mon amour par Mazetto, et tout ce qu'il m'est venu conter tient à quelque obscure fourberie que je saurai bien démêler. Décidément, je prends mon parti, je cours à la Villa-Reale. *(Il revient.)* Sur mon âme, ils approchent ; c'est la même mantille garnie de longues dentelles ; c'est la même robe de soie grise... en deux pas ils vont être ici. Oh ! si c'est elle, si je suis trompé... je n'attendrai pas à demain pour me venger de tous les deux !... Que vais-je faire ? un éclat ridicule... retirons-nous derrière ce treillis pour mieux nous assurer que ce sont bien eux-mêmes.

FABIO, *caché* ; MARCELLI ; *la signora* CORILLA, *lui donnant le bras.*

MARCELLI : Oui, belle dame, vous voyez jusqu'où va la suffisance de certaines gens. Il y a par la ville un cavalier qui se vante d'avoir aussi obtenu de vous une entrevue pour ce soir. Et, si je n'étais sûr de vous avoir maintenant à mon bras, fidèle à une douce promesse trop longtemps différée...

CORILLA : Allons, vous plaisantez, seigneur Marcelli. Et ce cavalier si avantageux... le connaissez-vous ?

MARCELLI : C'est à moi justement qu'il a fait des confidences...

FABIO, *se montrant* : Vous vous trompez, seigneur, c'est vous qui me faisiez les vôtres... Madame, il est inutile d'aller plus loin ; je suis décidé à ne point supporter un pareil manège de coquetterie. Le seigneur Marcelli peut vous reconduire chez vous, puisque vous lui avez donné le bras ; mais ensuite, qu'il se souvienne bien que je l'attends, moi.

MARCELLI : Écoutez, mon cher, tâchez, dans cette affaire-ci, de n'être que ridicule.

FABIO : Ridicule, dites-vous ?

MARCELLI : Je le dis. S'il vous plaît de faire du bruit, attendez que le jour se lève ; je ne me bats pas sous les lanternes, et je ne me soucie point de me faire arrêter par la garde de nuit.

CORILLA : Cet homme est fou ; ne le voyez-vous pas ? Éloignons-nous.

FABIO : Ah ! madame ! il suffit... ne brisez pas entièrement cette belle image que je portais pure et sainte au fond de mon cœur. Hélas ! content de vous aimer de loin, de vous écrire... j'avais peu d'espérance, et je demandais moins que vous ne m'avez promis !

CORILLA : Vous m'avez écrit ? à moi !...

MARCELLI : Eh ! qu'importe ? ce n'est pas ici le lieu d'une telle explication...

CORILLA : Et que vous ai-je promis, monsieur ?... je ne vous connais pas et ne vous ai jamais parlé.

MARCELLI : Bon ! quand vous lui auriez dit quelques paroles en l'air, le grand mal ! Pensez-vous que mon amour s'en inquiète ?

CORILLA : Mais quelle idée avez-vous aussi, seigneur ? Puisque les choses sont allées si loin, je veux que tout s'explique à l'instant. Ce cavalier croit avoir à se plaindre de moi : qu'il parle et qu'il se nomme avant tout ; car j'ignore ce qu'il est et ce qu'il veut.

FABIO : Rassurez-vous, madame ! j'ai honte d'avoir fait cet éclat et d'avoir cédé à un premier mouvement de surprise. Vous m'accusez d'imposture, et votre belle bouche ne peut mentir. Vous l'avez dit, je suis fou, j'ai rêvé. Ici même, il y a une heure, quelque chose comme votre fantôme passait, m'adressait de douces paroles et promettait de revenir... Il y avait de la magie, sans doute, et cependant tous les détails restent présents à ma pensée. J'étais là, je venais de voir le soleil se coucher derrière le Pausilippe[1], en jetant sur Ischia le bord de son manteau rougeâtre, la mer noircissait dans le golfe, et les voiles blanches se hâtaient vers la terre comme des colombes attardées... Vous voyez, je suis un triste rêveur, mes lettres ont dû vous l'apprendre, mais vous n'entendrez plus parler de moi, je le jure, et vous dis adieu.

CORILLA : Vos lettres... Tenez, tout cela a l'air d'un imbroglio de comédie, permettez-moi de ne m'y point arrêter davantage ; seigneur Marcelli, veuillez reprendre mon bras et me reconduire en toute hâte chez moi.

Fabio salue et s'éloigne.

MARCELLI : Chez vous, madame ?

CORILLA : Oui, cette scène m'a bouleversée !... Vit-on jamais rien de plus bizarre ? Si la place du Palais n'est pas encore déserte, nous trouverons bien une chaise, ou tout au moins un falot[2]. Voici justement les valets du théâtre qui sortent ; appelez un d'entre eux...

MARCELLI : Holà ! quelqu'un ! par ici... Mais, en vérité, vous sentez-vous malade ?

CORILLA : À ne pouvoir marcher plus loin...

FABIO, MAZETTO, LES PRÉCÉDENTS

FABIO, *entraînant Mazetto* : Tenez, c'est le ciel qui nous l'amène ; voilà le traître qui s'est joué de moi.

MARCELLI : C'est Mazetto ! le plus grand fripon des Deux-Siciles[3]. Quoi ! c'était aussi votre messager ?

MAZETTO : Au diable ! vous m'étouffez.

FABIO : Tu vas nous expliquer...

---

1. Montagne de Naples où est enterré Virgile. L'île d'Ischia se trouve en face de la ville. **2.** Une lanterne. **3.** Royaume formé de 1442 à 1558 par la réunion de Naples, de la Sicile et du duché de Pouille ; il fut reconstitué de 1816 à 1861.

MAZETTO : Et que faites-vous ici, seigneur ? Je vous croyais en bonne fortune ?

FABIO : C'est la tienne qui ne vaut rien. Tu vas mourir si tu ne confesses pas toute ta fourberie.

MARCELLI : Attendez, seigneur Fabio, j'ai aussi des droits à faire valoir sur ses épaules. À nous deux, maintenant.

MAZETTO : Messieurs, si vous voulez que je comprenne, ne frappez pas tous les deux à la fois. De quoi s'agit-il ?

FABIO : Et de quoi peut-il être question, misérable ? Mes lettres, qu'en as-tu fait ?

MARCELLI : Et de quelle façon as-tu compromis l'honneur de la signora Corilla ?

MAZETTO : Messieurs, l'on pourrait nous entendre.

MARCELLI : Il n'y a ici que la signora elle-même et nous deux, c'est-à-dire deux hommes qui vont s'entre-tuer demain à cause d'elle ou à cause de toi.

MAZETTO : Permettez : ceci dès lors est grave, et mon humanité me défend de dissimuler davantage...

FABIO : Parle.

MAZETTO : Au moins, remettez vos épées.

FABIO : Alors nous prendrons des bâtons.

MARCELLI : Non ; nous devons le ménager s'il dit la vérité tout entière, mais à ce prix-là seulement.

CORILLA : Son insolence m'indigne au dernier point.

MARCELLI : Le faut-il assommer avant qu'il ait parlé ?

CORILLA : Non ; je veux tout savoir, et que, dans une si noire aventure, il ne reste du moins aucun doute sur ma loyauté.

MAZETTO : Ma confession est votre panégyrique, mada-me ; tout Naples connaît l'austérité de votre vie. Or, le seigneur Marcelli, que voilà, était passionnément épris de vous ; il allait jusqu'à promettre de vous offrir son nom si vous vouliez quitter le théâtre ; mais il fallait qu'il pût du moins mettre à vos genoux l'hommage de son cœur, je ne dis pas de sa fortune ; mais vous en avez bien pour deux, on le sait, et lui aussi.

MARCELLI : Faquin !...

FABIO : Laissez-le finir.

MAZETTO : La délicatesse du motif m'engagea dans son

parti. Comme valet du théâtre, il m'était aisé de mettre ses billets sur votre toilette. Les premiers furent brûlés ; d'autres, laissés ouverts, reçurent un meilleur accueil. Le dernier vous décida à accorder un rendez-vous au seigneur Marcelli, lequel m'en a fort bien récompensé !...

MARCELLI : Mais qui te demande tout ce récit ?

FABIO : Et moi, traître ! âme à double face ! comment m'as-tu servi ? Mes lettres, les as-tu remises ? Quelle est cette femme voilée que tu m'as envoyée tantôt, et que tu m'as dit être la signora Corilla elle-même ?

MAZETTO : Ah ! seigneurs, qu'eussiez-vous dit de moi et quelle idée madame en eût-elle pu concevoir, si je lui avais remis des lettres de deux écritures différentes et des bouquets de deux amoureux ? Il faut de l'ordre en toute chose, et je respecte trop madame pour lui avoir supposé la fantaisie de mener de front deux amours. Cependant le désespoir du seigneur Fabio, à mon premier refus de le servir, m'avait singulièrement touché. Je le laissai d'abord épancher sa verve en lettres et en sonnets que je feignis de remettre à la signora, supposant que son amour pourrait bien être de ceux qui viennent si fréquemment se brûler les ailes aux flammes de la rampe ; passions d'écoliers et de poètes, comme nous en voyons tant... Mais c'était plus sérieux, car la bourse du seigneur Fabio s'épuisait à fléchir ma résolution vertueuse...

MARCELLI : En voilà assez ! Signora, nous n'avons point affaire, n'est-ce pas, de ces divagations...

CORILLA : Laissez-le dire, rien ne nous presse, monsieur.

MAZETTO : Enfin, j'imaginai que le seigneur Fabio étant épris par les yeux seulement, puisqu'il n'avait jamais pu réussir à s'approcher de madame et n'avait jamais entendu sa voix qu'en musique, il suffirait de lui procurer la satisfaction d'un entretien avec quelque créature de la taille et de l'air de la signora Corilla... Il faut dire que j'avais déjà remarqué une petite bouquetière qui vend ses fleurs le long de la rue de Tolède ou devant les cafés de la place du Môle. Quelquefois elle s'arrête un instant, et chante des chansonnettes espagnoles avec une voix d'un timbre fort clair...

MARCELLI : Une bouquetière qui ressemble à la signo-ra ; allons donc ! ne l'aurais-je point aussi remarquée ?

MAZETTO : Seigneur, elle arrive tout fraîchement par le galion de Sicile, et porte encore le costume de son pays.

CORILLA : Cela n'est pas vraisemblable, assurément.

MAZETTO : Demandez au seigneur Fabio si, le costume aidant, il n'a pas cru tantôt voir passer madame elle-même ?

FABIO : Eh bien ! cette femme...

MAZETTO : Cette femme, seigneur, est celle qui vous attend à la Villa-Reale, ou plutôt qui ne vous attend plus, l'heure étant de beaucoup passée.

FABIO : Peut-on imaginer une plus noire complication d'intrigues ?

MARCELLI : Mais non ; l'aventure est plaisante. Et, voyez, la signora elle-même ne peut s'empêcher d'en rire... Allons, beau cavalier, séparons-nous sans rancune, et corrigez-moi ce drôle d'importance... Ou plutôt, tenez, profitez de son idée : la nuée qu'embrassait Ixion[1] valait bien pour lui la divinité dont elle était l'image, et je vous crois assez poète pour vous soucier peu des réalités.
— Bonsoir, seigneur Fabio !

FABIO, MAZETTO

FABIO, *à lui-même* : Elle était là ! et pas un mot de pitié, pas un signe d'attention ! Elle assistait, froide et morne, à ce débat qui me couvrait de ridicule, et elle est partie dédaigneusement sans dire une parole, riant seule-ment, sans doute, de ma maladresse et de ma simplici-té !... Oh ! tu peux te retirer, va, pauvre diable si inventif, je ne maudis plus ma mauvaise étoile, et je vais rêver le long de la mer à mon infortune, car je n'ai plus même l'énergie d'être furieux.

MAZETTO : Seigneur, vous feriez bien d'aller rêver du côté de la Villa-Reale. La bouquetière vous attend peut-être encore...

---

1. Amoureux de Junon, Ixion croyait la posséder parce que Jupiter avait suscité devant lui un nuage qui avait l'apparence de la déesse.

Fabio, *seul.*

FABIO : En vérité, j'aurais été curieux de rencontrer cette créature et de la traiter comme elle le mérite. Quelle femme est-ce donc que celle qui se prête à une telle manœuvre ? Est-ce une niaise enfant à qui l'on fait la leçon, ou quelque effrontée qu'on n'a eu que la peine de payer et de mettre en campagne ? Mais il faut l'âme d'un plat valet pour m'avoir jugé digne de donner dans ce piège un instant. Et pourtant elle ressemble à celle que j'aime... et moi-même quand je la rencontrai voilée, je crus reconnaître et sa démarche et le son si pur de sa voix... Allons, il est bientôt six heures de nuit, les derniers promeneurs s'éloignent vers Sainte-Lucie et vers Chiaia, et les terrasses des maisons se garnissent de monde... À l'heure qu'il est, Marcelli soupe gaiement avec sa conquête facile. Les femmes n'ont d'amour que pour ces débauchés sans cœur.

Fabio, une Bouquetière

FABIO : Que me veux-tu, petite ?

LA BOUQUETIÈRE : Seigneur, je vends des roses, je vends des fleurs du printemps. Voulez-vous acheter tout ce qui me reste pour parer la chambre de votre amoureuse ? On va bientôt fermer le jardin, et je ne puis remporter cela chez mon père ; je serais battue. Prenez le tout pour trois carlins.

FABIO : Crois-tu donc que je sois attendu ce soir, et me trouves-tu la mine d'un amant favorisé ?

LA BOUQUETIÈRE : Venez ici à la lumière. Vous m'avez l'air d'un beau cavalier, et, si vous n'êtes pas attendu, c'est que vous attendez... Ah ! mon dieu !

FABIO : Qu'as-tu, ma petite ? Mais vraiment, cette figure... Ah ! je comprends tout maintenant : tu es la fausse Corilla !... À ton âge, mon enfant, tu entames un vilain métier !

LA BOUQUETIÈRE : En vérité, seigneur, je suis une honnête fille, et vous allez me mieux juger. On m'a déguisée en grande dame, on m'a fait apprendre des mots par cœur ; mais, quand j'ai vu que c'était une comédie pour tromper un honnête gentilhomme, je me suis échappée et j'ai repris mes habits de pauvre fille, et je suis allée, comme tous les soirs, vendre mes fleurs sur la place du Môle et dans les allées du jardin royal.

FABIO : Cela est-il bien vrai ?

LA BOUQUETIÈRE : Si vrai, que je vous dis adieu, seigneur ; et puisque vous ne voulez pas de mes fleurs, je les jetterai dans la mer en passant ; demain elles seraient fanées.

FABIO : Pauvre fille, cet habit te sied mieux que l'autre, et je te conseille de ne plus le quitter. Tu es, toi, la fleur sauvage des champs ; mais qui pourrait se tromper entre vous deux ? Tu me rappelles sans doute quelques-uns de ses traits, et ton cœur vaut mieux que le sien, peut-être. Mais qui peut remplacer dans l'âme d'un amant la belle image qu'il s'est plu tous les jours à parer d'un nouveau prestige ? Celle-là n'existe plus en réalité sur la terre ; elle est gravée seulement au fond du fond du cœur fidèle, et nul portrait ne pourra jamais rendre son impérissable beauté.

LA BOUQUETIÈRE : Pourtant on m'a dit que je la valais bien, et, sans coquetterie, je pense qu'étant parée comme la signora Corilla, aux feux des bougies, avec l'aide du spectacle et de la musique, je pourrais bien vous plaire autant qu'elle, et cela sans blanc de perle et sans carmin.

FABIO : Si ta vanité se pique, petite fille, tu m'ôteras même le plaisir que je trouve à te regarder un instant. Mais, vraiment, tu oublies qu'elle est la perle de l'Espagne et de l'Italie, que son pied est le plus fin et sa main la plus royale du monde. Pauvre enfant ! la misère n'est pas la culture qu'il faut à des beautés si accomplies, dont le luxe et l'art prennent soin tour à tour.

LA BOUQUETIÈRE : Regardez mon pied sur ce banc de marbre ; il se découpe encore assez bien dans sa chaussure brune. Et ma main, l'avez-vous seulement touchée ?

FABIO : Il est vrai que ton pied est charmant, et ta main... Dieu ! qu'elle est douce !... Mais, écoute, je ne veux pas te tromper, mon enfant, c'est bien elle seule que j'aime, et le charme qui m'a séduit n'est pas né dans une soirée. Depuis trois mois que je suis à Naples, je n'ai pas manqué de la voir un seul jour d'opéra. Trop pauvre pour briller près d'elle, comme tous les beaux cavaliers qui l'entourent aux promenades, n'ayant ni le génie des musiciens, ni la renommée des poètes qui l'inspirent et qui la servent dans son talent, j'allais sans espérance m'enivrer de sa vue et de ses chants, et prendre ma part dans ce plaisir de tous, qui pour moi seul était le bonheur et la vie. Oh ! tu la vaux bien peut-être, en effet... mais as-tu cette grâce divine qui se révèle sous tant d'aspects ? As-tu ces pleurs et ce sourire ? As-tu ce chant divin, sans lequel une divinité n'est qu'une belle idole ? Mais alors tu serais à sa place, et tu ne vendrais pas des fleurs aux promeneurs de la Villa-Reale...

LA BOUQUETIÈRE : Pourquoi donc la nature, en me donnant son apparence, aurait-elle oublié la voix ? Je chante fort bien, je vous jure ; mais les directeurs de San-Carlo n'auraient jamais l'idée d'aller ramasser une prima donna sur la place publique... Écoutez ces vers d'opéra que j'ai retenus pour les avoir entendus seulement au petit théâtre de la Fenice [1]. *(Elle chante.)*

AIR ITALIEN

Qu'il m'est doux de conserver la paix du cœur, le calme de la pensée. Il est sage d'aimer dans la belle saison de l'âge ; plus sage de n'aimer pas.

FABIO, *tombant à ses pieds* : Oh ! madame, qui vous méconnaîtrait maintenant ? Mais cela ne peut être... Vous êtes une déesse véritable, et vous allez vous envoler ! Mon Dieu ! qu'ai-je à répondre à tant de bontés ? Je suis indigne de vous aimer, pour ne vous avoir point d'abord reconnue !

CORILLA : Je ne suis donc plus la bouquetière ?... Eh bien ! je vous remercie ; j'ai étudié ce soir un nouveau rôle, et vous m'avez donné la réplique admirablement.

FABIO : Et Marcelli ?

CORILLA : Tenez, n'est-ce pas lui que je vois errer tris-

---

1. À Venise.

tement le long de ces berceaux [1], comme vous faisiez tout
à l'heure ?

FABIO : Évitons-le, prenons une allée.

CORILLA : Il nous a vus, il vient à nous.

FABIO, CORILLA, MARCELLI

MARCELLI : Hé ! seigneur Fabio, vous avez donc trouvé
la bouquetière ? Ma foi, vous avez bien fait, et vous êtes
plus heureux que moi ce soir.

FABIO : Eh bien ! qu'avez-vous donc fait de la signora
Corilla ? Vous alliez souper ensemble gaiement.

MARCELLI : Ma foi, l'on ne comprend rien aux caprices
des femmes. Elle s'est dite malade, et je n'ai pu que la
reconduire chez elle ; mais demain...

FABIO : Demain ne vaut pas ce soir, seigneur Marcelli.

MARCELLI : Voyons donc cette ressemblance tant van-
tée... Elle n'est pas mal, ma foi !... mais ce n'est rien ; pas
de distinction, pas de grâce. Allons, faites-vous illusion à
votre aise... Moi, je vais penser à la prima donna de San-
Carlo, que j'épouserai dans huit jours.

CORILLA, *reprenant son ton naturel* : Il faudra réfléchir
là-dessus, seigneur Marcelli. Tenez, moi, j'hésite beaucoup à m'engager. J'ai de la fortune, je veux choisir. Pardonnez-moi d'avoir été comédienne en amour comme au
théâtre, et de vous avoir mis à l'épreuve tous deux. Maintenant, je vous l'avouerai, je ne sais trop si aucun de vous
m'aime, et j'ai besoin de vous connaître davantage. Le
seigneur Fabio n'adore en moi que l'actrice peut-être, et
son amour a besoin de la distance et de la rampe allumée ;
et vous, seigneur Marcelli, vous me paraissez vous aimer
avant tout le monde, et vous émouvoir difficilement dans
l'occasion. Vous êtes trop mondain, et lui trop poète. Et
maintenant, veuillez tous deux m'accompagner. Chacun
de vous avait gagé de souper avec moi : j'en avais fait la
promesse à chacun de vous ; nous souperons tous ensemble ; Mazetto nous servira.

MAZETTO, *paraissant et s'adressant au public* : Sur

---

1. Treillages en voûtes garnis de verdure (Littré).

quoi, messieurs, vous voyez que cette aventure scabreuse va se terminer le plus moralement du monde. Excusez les fautes de l'auteur[1].

---

1. On trouve cette formule à la fin de nombreuses pièces espagnoles.

Troisième château

Château de cartes, château de Bohême, château en Espagne, — telles sont les premières stations à parcourir pour tout poète. Comme ce fameux roi dont Charles Nodier a raconté l'histoire[1], nous en possédons au moins sept de ceux-là pendant le cours de notre vie errante, — et peu d'entre nous arrivent à ce fameux château de briques et de pierre, rêvé dans la jeunesse, — d'où quelque belle aux longs cheveux nous sourit amoureusement à la seule fenêtre ouverte, tandis que les vitrages treillissés reflètent les splendeurs du soir.

En attendant, je crois bien que j'ai passé une fois par le château du diable[2]. Ma cydalise, à moi, perdue, à jamais perdue !... Une longue histoire, qui s'est dénouée dans un pays du Nord[3], — et qui ressemble à tant d'autres ! Je ne veux ici que donner le motif des vers suivants, conçus dans la fièvre et dans l'insomnie[4]. Cela commence par le désespoir et cela finit par la résignation.

Puis, revient un souffle épuré de la première jeunesse, et quelques fleurs poétiques s'entrouvrent encore, dans la forme de l'odelette aimée, — sur le rythme sautillant d'un orchestre d'opéra.

---

1. L'*Histoire du roi de Bohême et de ses sept châteaux* parut en 1830 chez Delangle frères, éditeurs-libraires parisiens. Sur cet ouvrage, voir l'Introduction, p. 10.   **2.** « Le Château du diable » est aussi le titre du premier chapitre du « Monstre vert », dans le recueil *Contes et Facéties* (1852). Cette formule désigne peut-être telle ou telle maison de santé parisienne où l'auteur fut interné.   **3.** On pense ici à *Pandora*, récit qui se termine à Bruxelles (voir Le Livre de Poche n° 9631, p. 409). Sur « cydalise », voir n. 1, p. 58.   **4.** Voir l'Introduction, p. 20. Nerval a plusieurs fois évoqué le rôle joué par la folie dans la rédaction de ses sonnets.

MYSTICISME[1]

LE CHRIST AUX OLIVIERS

> *Dieu est mort ! le ciel est vide...*
> *Pleurez ! enfants, vous n'avez plus de père*[2] *!*
>
> JEAN PAUL.

I

Quand le Seigneur, levant au ciel ses maigres bras,
Sous les arbres sacrés, comme font les poètes,
Se fut longtemps perdu dans ses douleurs muettes,
Et se jugea trahi par des amis ingrats ;

Il se tourna vers ceux qui l'attendaient en bas
Rêvant d'être des rois, des sages, des prophètes...
Mais engourdis, perdus dans le sommeil des bêtes,
Et se prit à crier : « Non, Dieu n'existe pas ! »

Ils dormaient. « Mes amis, savez-vous *la nouvelle* ?
J'ai touché de mon front à la voûte éternelle ;
Je suis sanglant, brisé, souffrant pour bien des jours !

Frères, je vous trompais : Abîme ! abîme ! abîme !
Le dieu manque à l'autel, où je suis la victime...
Dieu n'est pas ! Dieu n'est plus ! » Mais ils dormaient
[toujours !

---

1. On se reportera, pour toutes les allusions historiques et mythologiques, au « Lexique de "Mysticisme" et des "Chimères" », p. 411-
414.   **2.** Dans *L'Artiste*, le 31 mars 1844, « Le Christ aux Oliviers »
était présenté comme une « Imitation de Jean-Paul ». Le passage dont
s'inspirent les vers nervaliens était connu du public français grâce à
Mme de Staël, qui l'avait traduit sous le titre « Un songe » (*De l'Allemagne*, Deuxième Partie, chap. XXVIII). Nerval remplace — ici et
dans « Les Chimères » — la mention « Imitation de Jean-Paul » par
une citation (approximative) de l'auteur allemand.

II

Il reprit : « Tout est mort ! J'ai parcouru les mondes ;
Et j'ai perdu mon vol dans leurs chemins lactés,
Aussi loin que la vie, en ses veines fécondes,
Répand des sables d'or et des flots argentés :

Partout le sol désert côtoyé par des ondes,
Des tourbillons confus d'océans agités...
Un souffle vague émeut les sphères vagabondes,
Mais nul esprit n'existe en ces immensités.

En cherchant l'œil de Dieu, je n'ai vu qu'un orbite
Vaste, noir et sans fond ; d'où la nuit qui l'habite
Rayonne sur le monde et s'épaissit toujours ;

Un arc-en-ciel étrange entoure ce puits sombre,
Seuil de l'ancien chaos dont le néant est l'ombre,
Spirale, engloutissant les Mondes et les Jours !

III

« Immobile Destin, muette sentinelle,
Froide Nécessité !... Hasard qui t'avançant,
Parmi les mondes morts sous la neige éternelle,
Refroidis, par degrés l'univers pâlissant,

Sais-tu ce que tu fais, puissance originelle,
De tes soleils éteints, l'un l'autre se froissant...
Es-tu sûr de transmettre une haleine immortelle,
Entre un monde qui meurt et l'autre renaissant ?...

Ô mon père ! est-ce toi que je sens en moi-même ?
As-tu pouvoir de vivre et de vaincre la mort ?
Aurais-tu succombé sous un dernier effort

De cet ange des nuits que frappa l'anathème...
Car je me sens tout seul à pleurer et souffrir,
Hélas ! et si je meurs, c'est que tout va mourir ! »

IV

Nul n'entendait gémir l'éternelle victime,
Livrant au monde en vain tout son cœur épanché ;
Mais prêt à défaillir et sans force penché,
Il appela le *seul* — éveillé dans Solyme :

« Judas ! lui cria-t-il, tu sais ce qu'on m'estime,
Hâte-toi de me vendre, et finis ce marché :
Je suis souffrant, ami ! sur la terre couché...
Viens ! ô toi qui, du moins, as la force du crime ! »

Mais Judas s'en allait, mécontent et pensif,
Se trouvant mal payé, plein d'un remords si vif
Qu'il lisait ses noirceurs sur tous les murs écrites...

Enfin Pilate seul, qui veillait pour César,
Sentant quelque pitié, se tourna par hasard :
« Allez chercher ce fou ! » dit-il aux satellites.

V

C'était bien lui, ce fou, cet insensé sublime...
Cet Icare oublié qui remontait les cieux,
Ce Phaéton perdu sous la foudre des dieux,
Ce bel Atys meurtri que Cybèle ranime !

L'augure interrogeait le flanc de la victime.
La terre s'enivrait de ce sang précieux...
L'univers étourdi penchait sur ses essieux,
Et l'Olympe un instant chancela vers l'abîme :

« Réponds ! criait César à Jupiter Ammon,
Quel est ce nouveau dieu qu'on impose à la terre ?
Et si ce n'est un dieu, c'est au moins un démon... »

Mais l'oracle invoqué pour jamais dut se taire ;
Un seul pouvait au monde expliquer ce mystère :
— Celui qui donna l'âme aux enfants du limon.

DAPHNÉ[1]

Jam redit et virgo...

La connais-tu, Daphné, cette ancienne romance,
Au pied du sycomore, ou sous les mûriers blancs,
Sous l'olivier, le myrthe, ou les saules tremblants,

Cette chanson d'amour, qui toujours recommence !
Reconnais-tu le Temple au péristyle immense,
Et les citrons amers où s'imprimaient tes dents,
Et la grotte, fatale aux hôtes imprudents,
Où du dragon vaincu dort l'antique semence ?...

Ils reviendront, ces Dieux, que tu pleures toujours...
Le temps va ramener l'ordre des anciens jours,
La terre a tressailli d'un souffle prophétique :

Cependant la sibylle, au visage latin,
Est endormie encor sous l'arc de Constantin...
Et rien n'a dérangé le sévère Portique.

VERS DORÉS[2]

Eh quoi ! tout est sensible !

PYTHAGORE.

Homme, libre penseur ! te crois-tu seul pensant
Dans ce monde où la vie éclate en toute chose ?
Des forces que tu tiens ta liberté dispose,
Mais de tous tes conseils l'univers est absent.

----

1. Ce poème avait pour titre « Vers dorés » dans *L'Artiste* du 28 décembre 1845. Il portait en épigraphe : « *Ultima Cumæi venit jam carminis ætas* » et était daté de « Tivoli, 1843 ». Le même sonnet s'intitulera « Delfica » dans « Les Chimères » (voir ci-dessous, p. 367-368). Les épigraphes de 1845 et de 1853 (on peut les traduire respectivement par « Le voici venu, le dernier âge prédit par la prophétie de Cumes » et par « Voici que revient aussi la Vierge ») appartiennent au début de la quatrième *Bucolique* de Virgile, qui annonce que va recommencer une nouvelle série de siècles, puis triompher un nouvel âge d'or.   2. Même titre dans « Les Chimères ». Ce sonnet était intitulé « Pensée antique » dans *L'Artiste* du 16 mai 1845. L'épigraphe est empruntée à *La Philosophie de la nature* de Delisle de Sales (1777).

Respecte dans la bête un esprit agissant :
Chaque fleur est une âme à la Nature éclose ;
Un mystère d'amour dans le métal repose ;
« Tout est sensible ! » Et tout sur ton être est puissant.

Crains, dans le mur aveugle, un regard qui t'épie :
À la matière même un verbe est attaché...
Ne la fais pas servir à quelque usage impie !

Souvent dans l'être obscur habite un Dieu caché ;
Et comme un œil naissant couvert par ses paupières,
Un pur esprit s'accroît sous l'écorce des pierres !

LYRISME[1]

ESPAGNE

Mon doux pays des Espagnes
Qui voudrait fuir ton beau ciel,
Tes cités et tes montagnes,
Et ton printemps éternel ?

Ton air pur qui nous enivre,
Tes jours, moins beaux que tes nuits,
Tes champs, où Dieu voudrait vivre
S'il quittait son paradis.

Autrefois ta souveraine,
L'Arabie, en te fuyant,
Laissa sur ton front de reine
Sa couronne d'Orient !

Un écho redit encore
À ton rivage enchanté
L'antique refrain du Maure :
Gloire, amour et liberté !

CHŒUR D'AMOUR

Ici l'on passe
Des jours enchantés !
L'ennui s'efface
Aux cœurs attristés

---

1. Le terme évoque ici l'union de la poésie et de la musique. Les deux premiers chants sont extraits de l'opéra-comique *Piquillo* (1837 ; musique d'Hippolyte Monpou) ; le troisième vient des *Monténégrins* (1849 ; musique d'Armand Limnander). On ne sait rien de la mise en musique de « La Sérénade (d'Uhland) », poème qui s'est aussi appelé « La Malade » et qui s'inspire d'un original allemand intitulé « *Das Ständchen* » (la sérénade). Le prince Joseph-Michel Poniatowski (1816-1873) vécut en Toscane et en France ; il a composé plusieurs opéras.

Comme la trace
Des flots agités.

Heure frivole
Et qu'il faut saisir,
    Passion folle
Qui n'est qu'un désir,
    Et qui s'envole
Après le plaisir !

Piquillo (avec Dumas).
Musique de Monpou.

CHANSON GOTHIQUE

Belle épousée,
J'aime tes pleurs !
C'est la rosée
Qui sied aux fleurs.

Les belles choses
N'ont qu'un printemps,
Semons de roses
Les pas du Temps !

Soit brune ou blonde
Faut-il choisir ?
Le Dieu du monde,
C'est le plaisir.

Les Monténégrins.
Musique de Limnander.

LA SÉRÉNADE
(D'UHLAND)

— Oh ! quel doux chant m'éveille ?
— Près de ton lit je veille,
Ma fille ! et n'entends rien...
Rendors-toi, c'est chimère !

— J'entends dehors, ma mère,
Un chœur aérien !...

— Ta fièvre va renaître.
— Ces chants de la fenêtre
Semblent s'être approchés.
— Dors, pauvre enfant malade,
Qui rêves sérénade...
Les galants sont couchés !

— Les hommes ! que m'importe ?
Un nuage m'emporte...
Adieu le monde, adieu !
Mère, ces sons étranges
C'est le concert des anges
Qui m'appellent à Dieu !

Musique du prince Poniatowski.

LES FILLES DU FEU
Nouvelles

À ALEXANDRE DUMAS

Je vous dédie ce livre, mon cher maître, comme j'ai dédié *Lorely* à Jules Janin[1]. J'avais à le remercier au même titre que vous. Il y a quelques années, on m'avait cru mort et il avait écrit ma biographie. Il y a quelques jours, on m'a cru fou, et vous avez consacré quelques-unes de vos lignes des plus charmantes à l'épitaphe de mon esprit. Voilà bien de la gloire qui m'est échue en avancement d'hoirie. Comment oser, de mon vivant, porter au front ces brillantes couronnes ? Je dois afficher un air modeste et prier le public de rabattre beaucoup de tant d'éloges accordés à mes cendres, ou au vague contenu de cette bouteille que je suis allé chercher dans la lune à l'imitation d'Astolfe, et que j'ai fait rentrer, j'espère, au siège habituel de la pensée[2].

Or, maintenant que je ne suis plus sur l'hippogriffe et qu'aux yeux des mortels j'ai recouvré ce qu'on appelle vulgairement la raison, — raisonnons.

---

1. Jules Janin (dans le *Journal des Débats* du 1er mars 1841) et Alexandre Dumas (dans une « Causerie » du *Mousquetaire*, le 10 décembre 1853) avaient tous deux fait état publiquement de la folie de Nerval. La lettre-préface de *Lorely* (1852) répond à Janin ; celle des *Filles du Feu*, à Dumas. **2.** Les écrits de Nerval font plusieurs allusions à cet épisode du *Roland furieux* du poète italien l'Arioste (1474-1533). On notera cependant que, dans l'œuvre originale, Astolfe n'utilise pas l'hippogriffe (animal fabuleux, moitié cheval, moitié griffon) pour se rendre sur la lune, et qu'il va y chercher la raison de Roland (enfermée dans une bouteille), et non la sienne ; sur place, il découvre qu'une autre bouteille, à moitié pleine, est marquée de son nom.

Voici un fragment de ce que vous écriviez sur moi le 10 décembre dernier[1] :

« C'est un esprit charmant et distingué, comme vous avez pu en juger, — chez lequel, de temps en temps, un certain phénomène se produit, qui, par bonheur, nous l'espérons, n'est sérieusement inquiétant ni pour lui, ni pour ses amis ; — de temps en temps, lorsqu'un travail quelconque l'a fort préoccupé, l'imagination, cette folle du logis, en chasse momentanément la raison, qui n'en est que la maîtresse ; alors la première reste seule, toute puissante, dans ce cerveau nourri de rêves et d'hallucinations, ni plus ni moins qu'un fumeur d'opium du Caire, ou qu'un mangeur de hachisch d'Alger, et alors, la vagabonde qu'elle est, le jette dans les théories impossibles, dans les livres infaisables. Tantôt il est le roi d'Orient Salomon, il a retrouvé le sceau qui évoque les esprits, il attend la reine de Saba ; et alors, croyez-le bien, il n'est conte de fée, ou des *Mille et Une Nuits*, qui vaille ce qu'il raconte à ses amis, qui ne savent s'ils doivent le plaindre ou l'envier, de l'agilité et de la puissance de ces esprits, de la beauté et de la richesse de cette reine ; tantôt il est sultan de Crimée, comte d'Abyssinie, duc d'Égypte, baron de Smyrne[2]. Un autre jour il se croit fou, et il raconte comment il l'est devenu, et avec un si joyeux entrain, en passant par des péripéties si amusantes, que chacun désire le devenir pour suivre ce guide entraînant

---

1. Voir la note 1, p. 115. Nerval omet le début de l'article, qui concerne le Théâtre-Français. En outre, ses citations ne reproduisent pas toujours exactement le texte du *Mousquetaire*.   2. Nerval a supprimé une allusion du texte original à sa maladie (« alors notre pauvre Gérard, pour les hommes de science, est malade et a besoin de traitement ») ; en outre, Dumas n'avait évoqué ni les « *Mille et Une Nuits* » ni « le sultan de Crimée », mais « *La Jeunesse de Pierrot* » (que *Le Mousquetaire* venait de publier sous la signature « Aramis », pseudonyme de Dumas) et « le sultan Ghera-Gherai ». La famille des Gherai régnait sur la Crimée. Cette dernière modification rapprochait l'article du *Mousquetaire* du récit de « L'Illustre Brisacier », où le héros est présenté par La Rancune comme « le propre fils du grand khan de Crimée » (voir p. 120). — On notera aussi que la mention du « duc d'Égypte » pourrait renvoyer au roman *Notre-Dame de Paris* de Hugo, où apparaît ce personnage et où les « Égyptiens » équivalent aux « Bohémiens » (sur l'importance de ce dernier terme chez Nerval, voir l'Introduction).

dans le pays des chimères et des hallucinations, plein d'oasis plus fraîches et plus ombreuses que celles qui s'élèvent sur la route brûlée d'Alexandrie à Ammon[1] ; tantôt, enfin, c'est la mélancolie qui devient sa muse, et alors retenez vos larmes si vous pouvez, car jamais Werther, jamais René, jamais Antony[2], n'ont eu plaintes plus poignantes, sanglots plus douloureux, paroles plus tendres[3], cris plus poétiques !... »

Je vais essayer de vous expliquer, mon cher Dumas, le phénomène dont vous avez parlé plus haut. Il est, vous le savez, certains conteurs qui ne peuvent inventer sans s'identifier aux personnages de leur imagination. Vous savez avec quelle conviction notre vieil ami Nodier racontait comment il avait eu le malheur d'être guillotiné à l'époque de la Révolution ; on en devenait tellement persuadé que l'on se demandait comment il était parvenu à se faire recoller la tête...

Hé bien, comprenez-vous que l'entraînement d'un récit puisse produire un effet semblable ; que l'on arrive pour ainsi dire à s'incarner dans le héros de son imagination, si bien que sa vie devienne la vôtre et qu'on brûle des flammes factices de ses ambitions et de ses amours ! C'est pourtant ce qui m'est arrivé en entreprenant l'histoire d'un personnage qui a figuré, je crois bien, vers l'époque de Louis XV, sous le pseudonyme de Brisacier[4]. Où ai-je lu la biographie fatale de cet aventurier ? J'ai retrouvé celle de l'abbé de Bucquoy[5] ; mais je me sens bien incapable de renouer la moindre preuve historique à l'existence de cet illustre inconnu ! Ce qui n'eût été qu'un jeu pour vous, maître, — qui avez su si bien vous jouer

---

1. Oasis du désert de Libye.   **2.** Dumas n'avait pas craint de citer « son » Antony (personnage éponyme du drame en cinq actes créé le 3 mai 1831 au théâtre de la Porte-Saint-Martin) aux côtés de René et de Werther, personnages qui appartiennent respectivement à Chateaubriand et à Goethe.   **3.** « [P]aroles plus tendres » remplace « paroles plus sombres » dans le texte original. La « Causerie » du *Mousquetaire* ne s'arrêtait pas là. Dumas poursuivait en citant « El Desdichado » (laissé par Nerval « en manière de carte de visite ») et en revenant à la question du Théâtre-Français.   **4.** Ce personnage (dont le modèle historique appartient au règne de Louis XIV et non de Louis XV) apparaît plusieurs fois sous la plume de Nerval.   **5.** Voir ci-après « Angélique ».

avec nos chroniques et nos mémoires, que la postérité ne
saura plus démêler le vrai du faux, et chargera de vos
inventions tous les personnages historiques que vous avez
appelés à figurer dans vos romans, — était devenu pour
moi une obsession, un vertige. Inventer au fond c'est se
ressouvenir, a dit un moraliste[1] ; ne pouvant trouver les
preuves de l'existence matérielle de mon héros, j'ai cru
tout à coup à la transmigration des âmes non moins fermement que Pythagore ou Pierre Leroux[2]. Le xviiie siècle
même, où je m'imaginais avoir vécu, était plein de ces
illusions. Voisenon, Moncrif et Crébillon fils en ont écrit
mille aventures[3]. Rappelez-vous ce courtisan qui se sou-
venait d'avoir été sopha ; sur quoi Schahabaham s'écrie
avec enthousiasme : « Quoi ! vous avez été sopha ! mais
c'est fort galant... Et, dites-moi, étiez-vous brodé ? »

   Moi, je m'étais brodé sur toutes les coutures. — Du
moment que j'avais cru saisir la série de toutes mes exis-
tences antérieures, il ne m'en coûtait pas plus d'avoir été
prince, roi, mage, génie et même Dieu, la chaîne était
brisée et marquait les heures pour des minutes. Ce serait
le songe de Scipion[4], la vision du Tasse, ou *La Divine
Comédie* du Dante, si j'étais parvenu à concentrer mes

---

   1. Dans la préface de *Cromwell* (1827), Victor Hugo attribue une
formule très semblable à Jean-François de La Harpe (1739-1803), l'auteur du *Lycée, ou Cours de littérature ancienne et moderne*. La citation
n'a pas été retrouvée. Il n'est pas sûr d'ailleurs que La Harpe se
confonde avec le « moraliste » visé par Gérard.   **2.** Pythagore, philosophe et mathématicien grec du vie siècle avant J.-C., théoricien de
la métempsycose ; Pierre Leroux, penseur socialiste français (1797-
1871).   **3.** Parler de « mille aventures » est peut-être excessif. On se
reportera aux *Contes* de Voisenon (1708-1775 ; l'éd. originale porte
« Moncriff ») — particulièrement « Le Sultan Misapouf », dont l'âme
a passé dans le corps de plusieurs animaux —, aux *Âmes rivales* de
Moncrif (1687-1770) — l'intrigue de ce roman s'inspire du système
de la métempsycose — et au *Sopha* de Crébillon fils (1707-1777),
— récit qui inspire l'anecdote suivante.   **4.** Dans le sixième et dernier livre du traité *De la République* de Cicéron, Scipion découvre en
rêve les espaces célestes. La « vision du Tasse » renvoie sans doute au
songe de Godefroy de Bouillon, dans le XIVe chant de *La Jérusalem
délivrée* (le Tasse vécut de 1544 à 1595). *La Divine Comédie*, poème
en trois parties de Dante Alighieri (1265-1321), raconte une vision que
l'auteur eut pendant la semaine sainte de l'année 1300 ; la femme
aimée (Béatrice, ou Béatrix) joue dans l'œuvre un rôle d'intermédiaire
entre le poète et Dieu.

souvenirs en un chef-d'œuvre. Renonçant désormais à la renommée d'inspiré, d'illuminé ou de prophète, je n'ai à vous offrir que ce que vous appelez si justement des théories impossibles, un *livre infaisable*, dont voici le premier chapitre, qui semble faire suite au *Roman comique* de Scarron... jugez-en[1] :

« Me voici encore dans ma prison, madame ; toujours imprudent, toujours coupable à ce qu'il semble, et toujours confiant, hélas ! dans cette belle *étoile* de comédie, qui a bien voulu m'appeler un instant son destin. L'Étoile et le Destin : quel couple aimable dans le roman du poète Scarron ! mais qu'il est difficile de jouer convenablement ces deux rôles aujourd'hui. La lourde charrette qui nous cahotait jadis sur l'inégal pavé du Mans, a été remplacée par des carrosses, par des chaises de poste et autres inventions nouvelles. Où sont les aventures, désormais ? où est la charmante misère qui nous faisait vos égaux et vos camarades, mesdames les comédiennes, nous les pauvres poètes toujours et les poètes pauvres bien souvent ? Vous nous avez trahis, reniés ! et vous vous plaigniez de notre orgueil ! Vous avez commencé par suivre de riches seigneurs, chamarrés, galants et hardis, et vous nous avez abandonnés dans quelque misérable auberge pour payer la dépense de vos folles orgies. Ainsi, moi, le brillant comédien naguère, le prince ignoré, l'amant mystérieux, le déshérité, le banni de liesse, le beau ténébreux, adoré des marquises comme des présidentes, moi, le favori bien indigne de Mme Bouvillon[2], je n'ai pas été mieux traité

---

1. Le texte qui suit fut publié pour la première fois par Nerval dans *L'Artiste* du 10 mars 1844, sous le titre « Le Roman tragique. I », accompagné de la mention « Avril 1692 » et d'une note ainsi rédigée : « Cette lettre est l'entrée en matière d'un conte qui fera suite au *Roman comique*, en cherchant à peindre les mœurs des comédiens du temps de Louis XIV. » *Le Roman comique* de Paul Scarron (1610-1660), publié en deux parties (1651 et 1657), est de peu antérieur au début du règne de Louis XIV. L'œuvre raconte l'histoire de deux jeunes gens qui, pour échapper aux poursuites d'un rival dangereux, s'engagent dans une troupe de comédiens ambulants. 2. Dans *Le Roman comique*, Mme Bouvillon veut séduire Destin et s'enferme avec lui dans une chambre d'hôtel. Le jeune homme est sauvé par l'arrivée de Ragotin. La Rancune et La Caverne sont aussi des personnages du récit de Scarron.

que ce pauvre Ragotin, un poétereau de province, un robin !... Ma bonne mine, défigurée d'un vaste emplâtre, n'a servi même qu'à me perdre plus sûrement. L'hôte, séduit par les discours de La Rancune, a bien voulu se contenter de tenir en gage le propre fils du grand khan de Crimée envoyé ici pour faire ses études, et avantageusement connu dans toute l'Europe chrétienne sous le pseudonyme de Brisacier. Encore si ce misérable, si cet intrigant suranné m'eût laissé quelques vieux louis, quelques carolus, ou même une pauvre montre entourée de faux brillants, j'eusse pu sans doute imposer le respect à mes accusateurs et éviter la triste péripétie d'une aussi sotte combinaison. Bien mieux, vous ne m'aviez laissé pour tout costume qu'une méchante souquenille puce, un justaucorps rayé de noir et de bleu, et des chausses d'une conservation équivoque. Si bien, qu'en soulevant ma valise après votre départ, l'aubergiste inquiet a soupçonné une partie de la triste vérité, et m'est venu dire tout net que j'étais *un prince de contrebande*. À ces mots, j'ai voulu sauter sur mon épée, mais La Rancune l'avait enlevée, prétextant qu'il fallait m'empêcher de m'en percer le cœur sous les yeux de l'ingrate qui m'avait trahi ! Cette dernière supposition était inutile, ô La Rancune ! on ne se perce pas le cœur avec une épée de comédie, on n'imite pas le cuisinier Vatel [1], on n'essaie pas de parodier les héros de roman, quand on est un héros de tragédie : et je prends tous nos camarades à témoin qu'un tel trépas est impossible à mettre en scène un peu noblement. Je sais bien qu'on peut piquer l'épée en terre et se jeter dessus les bras ouverts ; mais nous sommes ici dans une chambre parquetée, où le tapis manque, nonobstant la froide saison. La fenêtre est d'ailleurs assez ouverte et assez haute sur la rue pour qu'il soit loisible à tout désespoir tragique de terminer par là son cours. Mais... mais, je vous l'ai dit mille fois, je suis un comédien qui a de la religion.

« Vous souvenez-vous de la façon dont je jouais Achille, quand par hasard passant dans une ville de troi-

---

1. *Pandora* (Le Livre de Poche n° 9631, p. 405) et *Promenades et Souvenirs* (p. 407) font également allusion au suicide de Vatel, le cuisinier du grand Condé.

sième ou de quatrième ordre, il nous prenait la fantaisie d'étendre le culte négligé des anciens tragiques français[1] ? J'étais noble et puissant, n'est-ce pas, sous le casque doré aux crins de pourpre, sous la cuirasse étincelante, et drapé d'un manteau d'azur ? Et quelle pitié c'était alors de voir un père aussi lâche qu'Agamemnon disputer au prêtre Calchas l'honneur de livrer plus vite au couteau la pauvre Iphigénie en larmes ! J'entrais comme la foudre au milieu de cette action forcée et cruelle ; je rendais l'espérance aux mères et le courage aux pauvres filles, sacrifiées toujours à un devoir, à un Dieu, à la vengeance d'un peuple, à l'honneur ou au profit d'une famille !... car on comprenait bien partout que c'était là l'histoire éternelle des mariages humains. Toujours le père livrera sa fille par ambition, et toujours la mère la vendra avec avidité ; mais l'amant ne sera pas toujours cet honnête Achille, si beau, si bien armé, si galant et si terrible, quoiqu'un peu rhéteur pour un homme d'épée ! Moi, je m'indignais parfois d'avoir à débiter de si longues tirades dans une cause aussi limpide et devant un auditoire aisément convaincu de mon droit. J'étais tenté de sabrer pour en finir toute la cour imbécile du roi des rois, avec son espalier de figurants endormis ! Le public en eût été charmé ; mais il aurait fini par trouver la pièce trop courte, et par réfléchir qu'il lui faut le temps de voir souffrir une princesse, un amant et une reine ; de les voir pleurer, s'emporter et répandre un torrent d'injures harmonieuses contre la vieille autorité du prêtre et du souverain. Tout cela vaut bien cinq actes et deux heures d'attente, et le public ne se contenterait pas à moins ; il lui faut sa revanche de cet éclat d'une famille unique, pompeusement assise sur le trône de la Grèce, et devant laquelle Achille lui-même ne peut s'emporter qu'en paroles ; il faut qu'il sache tout ce qu'il y a de misères sous

---

1. Dans *L'Artiste*, en 1844, on lisait ici : « le culte encore douteux des nouveaux tragiques français ». Rappelons que Nerval a transporté l'intrigue de l'époque de Louis XIV à celle de Louis XV. Le passage fait allusion à l'*Iphigénie* de Racine : faute de vent, la flotte grecque ne peut faire voile vers Troie ; le devin Calchas révèle à Agamemnon que les dieux réclament le sacrifice d'Iphigénie, sa fille, qui est fiancée au guerrier Achille.

cette pourpre, et pourtant d'irrésistible majesté ! Ces
pleurs tombés des plus beaux yeux du monde sur le sein
rayonnant d'Iphigénie, n'enivrent pas moins la foule que
sa beauté, ses grâces et l'éclat de son costume royal !
Cette voix si douce, qui demande la vie en rappelant
qu'elle n'a pas encore vécu ; le doux sourire de cet œil,
qui fait trêve aux larmes pour caresser les faiblesses d'un
père, première agacerie, hélas ! qui ne sera pas pour
l'amant !... Oh ! comme chacun est attentif pour en
recueillir quelque chose ! La tuer ? elle ! qui donc y songe ? Grands dieux ! personne peut-être ?... Au contraire ;
chacun s'est dit déjà qu'il fallait qu'elle mourût pour tous,
plutôt que de vivre pour un seul ; chacun a trouvé Achille
trop beau, trop grand, trop superbe ! Iphigénie sera-t-elle
emportée encore par ce vautour thessalien, comme
l'autre, la fille de Léda, l'a été naguère par un prince
berger de la voluptueuse côte d'Asie [1] ? Là est la question
pour tous les Grecs, et là est aussi la question pour le
public qui nous juge dans ces rôles de héros ! Et moi, je
me sentais haï des hommes autant qu'admiré des femmes
quand je jouais un de ces rôles d'amant superbe et victo-
rieux. C'est qu'à la place d'une froide princesse de coulisse, élevée à psalmodier tristement ces vers immortels,
j'avais à défendre, à éblouir, à conserver une véritable
fille de la Grèce, une perle de grâce, d'amour et de pureté,
digne en effet d'être disputée par les hommes aux dieux
jaloux ! Était-ce Iphigénie seulement ? Non, c'était
Monime, c'était Junie, c'était Bérénice, c'étaient toutes
les héroïnes inspirées par les beaux yeux d'azur de
Mlle Champmeslé, ou par les grâces adorables des
vierges nobles de Saint-Cyr [2] ! Pauvre Aurélie [3] ! notre

---

1. L'enlèvement d'Hélène de Sparte (la fille de Léda) par Pâris est à
l'origine de la guerre de Troie. Le « vautour thessalien » est le devin Calchas.   2. Marie Desmares, dite Mademoiselle de Champmeslé (1642-
1689), créa les grands rôles féminins de Racine ; elle fut courtisée par le
tragique. Monime apparaît dans *Mithridate* (1673), Junie dans *Britannicus* (1669), Bérénice dans la pièce portant ce nom (1670). Saint-Cyr est
l'école où Mme de Maintenon avait établi ses protégées. Racine écrivit
pour elles ses deux dernières tragédies, *Esther* (1689) — d'où l'amour
était sévèrement banni — et *Athalie* (1691).   3. Ce prénom, qu'on
retrouve dans « Sylvie », n'appartient pas au *Roman comique*.

compagne, notre sœur, n'auras-tu point regret toi-même à ces temps d'ivresse et d'orgueil ? Ne m'as-tu pas aimé un instant, froide Étoile ! à force de me voir souffrir, combattre, ou pleurer pour toi ! L'éclat nouveau dont le monde t'environne aujourd'hui prévaudra-t-il sur l'image rayonnante de nos triomphes communs ? On se disait chaque soir : "Quelle est donc cette comédienne si au-dessus de tout ce que nous avons applaudi ? Ne nous trompons-nous pas ? Est-elle bien aussi jeune, aussi fraîche, aussi honnête qu'elle le paraît ? Sont-ce de vraies perles et de fines opales qui ruissellent parmi ses blonds cheveux cendrés, et ce voile de dentelle appartient-il bien légitimement à cette malheureuse enfant ? N'a-t-elle pas honte de ces satins brochés, de ces velours à gros plis, de ces peluches et de ces hermines ? Tout cela est d'un goût suranné qui accuse des fantaisies au-dessus de son âge." Ainsi parlaient les mères, en admirant toutefois un choix constant d'atours et d'ornements d'un autre siècle qui leur rappelaient de beaux souvenirs. Les jeunes femmes enviaient, critiquaient ou admiraient tristement. Mais moi, j'avais besoin de la voir à toute heure pour ne pas me sentir ébloui près d'elle, et pour pouvoir fixer mes yeux sur les siens autant que le voulaient nos rôles. C'est pourquoi celui d'Achille était mon triomphe ; mais que le choix des autres m'avait embarrassé souvent ! quel malheur de n'oser changer les situations à mon gré et sacrifier même les pensées du génie à mon respect et à mon amour ! Les Britannicus et les Bajazet[1], ces amants captifs et timides, n'étaient pas pour me convenir. La pourpre du jeune César me séduisait bien davantage ! mais quel malheur ensuite de ne rencontrer à dire que de froides perfidies ! Hé quoi ! ce fut là ce Néron, tant célébré de Rome ? ce beau lutteur, ce danseur, ce poète ardent, dont la seule envie était de plaire à tous ? Voilà donc ce que l'histoire en a fait, et ce que les poètes en ont rêvé d'après l'histoire ! Oh ! donnez-moi ses fureurs à rendre, mais son pouvoir, je craindrais de l'accepter. Néron ! je t'ai

---

1. Dans la tragédie portant ce titre (1672).

compris, hélas ! non pas d'après Racine, mais d'après mon cœur déchiré quand j'osais emprunter ton nom ! Oui, tu fus un dieu, toi qui voulais brûler Rome, et qui en avais le droit, peut-être, puisque Rome t'avait insulté !...

« Un sifflet, un sifflet indigne, *sous ses yeux*, près d'elle, à cause d'elle ! Un sifflet qu'elle s'attribue — par ma faute (comprenez bien !) Et vous demanderez ce qu'on fait quand on tient la foudre !... Oh ! tenez, mes amis ! j'ai eu un moment l'idée d'être vrai, d'être grand, de me faire immortel enfin, sur votre théâtre de planches et de toiles, et dans votre comédie d'oripeaux ! Au lieu de répondre à l'insulte par une insulte, qui m'a valu le *châtiment* dont je souffre encore, au lieu de provoquer tout un public vulgaire à se ruer sur les planches et à m'assommer lâchement..., j'ai eu un moment l'idée, l'idée sublime, et digne de César lui-même, l'idée que cette fois nul n'aurait osé mettre au-dessous de celle du grand Racine, l'idée auguste enfin de brûler le théâtre et le public, et vous tous ! et de l'emporter seule à travers les flammes, échevelée, à demi nue, selon son rôle, ou du moins selon le récit classique de Burrhus[1]. Et soyez sûrs alors que rien n'aurait pu me la ravir, depuis cet instant jusqu'à l'échafaud ! et de là dans l'éternité !

« Ô remords de mes nuits fiévreuses et de mes jours mouillés de larmes ! Quoi ! j'ai pu le faire et ne l'ai pas voulu ? Quoi ! vous m'insultez encore, vous qui devez la vie à ma pitié plus qu'à ma crainte ! Les brûler tous, je l'aurais fait ! jugez-en : Le théâtre de P*** n'a qu'une seule sortie ; la nôtre donnait bien sur une petite rue de derrière, mais le foyer où vous vous teniez tous est de l'autre côté de la scène. Moi, je n'avais qu'à détacher un quinquet pour incendier les toiles, et cela sans danger d'être surpris, car le surveillant ne pouvait me voir, et j'étais seul à écouter le fade dialogue de Britannicus et de Junie pour reparaître ensuite et faire tableau. Je luttai

---

1. En fait, dans la pièce de Racine, c'est Néron lui-même qui évoque Junie enlevée, arrivant « Belle, sans ornements, dans le simple appareil / D'une beauté qu'on vient d'arracher au sommeil » (*Britannicus*, acte II, scène 2). À l'acte V, Burrhus rapporte, non l'enlèvement de Junie, mais la mort de Britannicus.

avec moi-même pendant tout cet intervalle ; en rentrant,
je roulais dans mes doigts un gant que j'avais ramassé ;
j'attendais à me venger plus noblement que César lui-
même d'une injure que j'avais sentie avec tout le cœur
d'un César... Eh bien ! ces lâches n'osaient recommencer ! mon œil les foudroyait sans crainte, et j'allais pardonner au public, sinon à Junie, quand elle a osé... Dieux
immortels !... tenez, laissez-moi parler comme je veux !...
Oui, depuis cette soirée, ma folie est de me croire un
Romain, un empereur ; mon rôle s'est identifié à moi-
même, et la tunique de Néron s'est collée à mes membres
qu'elle brûle, comme celle du centaure dévorait Hercule
expirant[1]. Ne jouons plus avec les choses saintes, même
d'un peuple et d'un âge éteints depuis si longtemps, car
il y a peut-être quelque flamme encore sous les cendres
des dieux de Rome !... Mes amis ! comprenez surtout
qu'il ne s'agissait pas pour moi d'une froide traduction
de paroles compassées ; mais d'une scène où tout vivait,
où trois cœurs luttaient à chances égales, où comme au
jeu du cirque, c'était peut-être du vrai sang qui allait couler ! Et le public le savait bien, lui, ce public de petite
ville, si bien au courant de toutes nos affaires de coulisse ;
ces femmes dont plusieurs m'auraient aimé si j'avais
voulu trahir mon seul amour ! ces hommes tous jaloux de
moi à cause d'elle ; et l'autre, le Britannicus bien choisi,
le pauvre soupirant confus, qui tremblait devant moi et
devant elle, mais qui devait me vaincre à ce jeu terrible,
où le dernier venu a tout l'avantage et toute la gloire...
Ah ! le débutant d'amour savait son métier... mais il
n'avait rien à craindre, car je suis trop juste pour faire un
crime à quelqu'un d'aimer comme moi, et c'est en quoi
je m'éloigne du monstre idéal rêvé par le poète Racine :
je ferais brûler Rome sans hésiter, mais en sauvant Junie,
je sauverais aussi mon frère Britannicus.

« Oui, mon frère, oui, pauvre enfant comme moi de
l'art et de la fantaisie, tu l'as conquise, tu l'as méritée en
me la disputant seulement. Le ciel me garde d'abuser de
mon âge, de ma force et de cette humeur altière que la

---

1. Déjanire avait envoyé à Hercule une tunique trempée dans le sang
de Nessus ; Hercule l'eut à peine revêtue qu'il se sentit consumé.

santé m'a rendue, pour attaquer son choix ou son caprice à elle, la toute-puissante, l'équitable, la divinité de mes rêves comme de ma vie !... Seulement j'avais craint longtemps que mon malheur ne te profitât en rien, et que les beaux galants de la ville ne nous enlevassent à tous ce qui n'est perdu que pour moi.

« La lettre que je viens de recevoir de La Caverne me rassure pleinement sur ce point. Elle me conseille de renoncer à "un art qui n'est pas fait pour moi et dont je n'ai nul besoin..." Hélas ! cette plaisanterie est amère, car jamais je n'eus davantage besoin, sinon de l'art, du moins de ses produits brillants. Voilà ce que vous n'avez pas compris. Vous croyez avoir assez fait en me recommandant aux autorités de Soissons comme un personnage illustre que sa famille ne pouvait abandonner, mais que la violence de son mal vous obligeait à laisser en route[1]. Votre La Rancune s'est présenté à la maison de ville et chez mon hôte, avec des airs de grand d'Espagne de première classe forcé par un contre-temps de s'arrêter deux nuits dans un si triste endroit ; vous autres, forcés de partir précipitamment de P*** le lendemain de ma déconvenue, vous n'aviez, je le conçois, nulle raison de vous faire passer ici pour d'*infâmes histrions* : c'est bien assez de se laisser clouer ce masque au visage dans les endroits où l'on ne peut faire autrement. Mais, moi, que vais-je dire, et comment me dépêtrer de l'infernal réseau d'intrigues où les récits de La Rancune viennent de m'engager ? Le grand couplet du *Menteur* de Corneille[2] lui a servi assurément à composer son histoire, car la conception d'un faquin tel que lui ne pouvait s'élever si haut. Imaginez... Mais que vais-je vous dire que vous ne sachiez de reste et que vous n'ayez comploté ensemble pour me perdre ? L'ingrate qui est cause de mes malheurs n'y aura-t-elle pas mélangé tous les fils de satin les plus inextricables que ses doigts d'Arachné auront pu tendre autour d'une pauvre victime ?... Le beau chef-d'œuvre ! Hé bien ! je suis pris, je l'avoue ; je cède, je demande grâce. Vous

---

1. La réclusion du narrateur dans une chambre d'auberge évoque les internements subis par l'auteur lui-même.   2. La formule peut renvoyer à plusieurs passages de la pièce de Corneille (1644).

pouvez me reprendre avec vous sans crainte, et, si les rapides chaises de poste qui vous emportèrent sur la route de Flandre, il y a près de trois mois, ont déjà fait place à l'humble charrette de nos premières équipées, daignez me recevoir au moins en qualité de monstre, de phénomène, de *calot* [1] propre à faire amasser la foule, et je réponds de m'acquitter de ces divers emplois de manière à contenter les amateurs les plus sévères des provinces... Répondez-moi maintenant au bureau de poste, car je crains la curiosité de mon hôte, j'enverrai prendre votre épître par un homme de la maison, qui m'est dévoué...

L'ILLUSTRE BRISACIER. »

Que faire maintenant de ce héros abandonné de sa maîtresse et de ses compagnons ? N'est-ce en vérité qu'un comédien de hasard, justement puni de son irrévérence envers le public, de sa sotte jalousie, de ses folles prétentions ! Comment arrivera-t-il à prouver qu'il est le propre fils du khan de Crimée, ainsi que l'a proclamé l'astucieux récit de La Rancune ? Comment de cet abaissement inouï s'élancera-t-il aux plus hautes destinées ?... Voilà des points qui ne vous embarrasseraient nullement sans doute, mais qui m'ont jeté dans le plus étrange désordre d'esprit. Une fois persuadé que j'écrivais ma propre histoire, je me suis mis à traduire tous mes rêves, toutes mes émotions, je me suis attendri à cet amour pour une *étoile* fugitive qui m'abandonnait seul dans la nuit de ma destinée, j'ai pleuré, j'ai frémi des vaines apparitions de mon sommeil. Puis un rayon divin a lui dans mon enfer ; entouré de monstres contre lesquels je luttais obscurément, j'ai saisi le fil d'Ariane, et dès lors toutes mes visions sont devenues célestes. Quelque jour j'écrirai l'histoire de cette « descente aux enfers », et vous verrez qu'elle n'a pas été entiè-

---

1. Mot argotique désignant un teigneux, selon le *Trésor de la langue française (TLF)*. Jacques Bony a fait observer que le *Dictionnaire* de Napoléon Landais (1834) en fait un mot dérivé du nom du graveur Jacques Callot, avec le sens de « figure d'un grotesque ridicule », qui semble mieux convenir ici.

rement dépourvue de raisonnement si elle a toujours manqué de raison.

Et puisque vous avez eu l'imprudence de citer un des sonnets composés dans cet état de rêverie *supernaturaliste*, comme diraient les Allemands, il faut que vous les entendiez tous. — Vous les trouverez à la fin du volume. Ils ne sont guère plus obscurs que la métaphysique d'Hégel ou les *Mémorables* de Swedenborg[1], et perdraient de leur charme à être expliqués, si la chose était possible, concédez-moi du moins le mérite de l'expression ; — la dernière folie qui me restera probablement, ce sera de me croire poète : c'est à la critique de m'en guérir.

---

1. La difficulté, pour ne point dire l'obscurité, de la métaphysique de Hegel était proverbiale. Emmanuel Swedenborg (1688-1772) a consigné ses expériences mystiques dans de nombreux ouvrages, rédigés en latin ; *Aurélia* fera également allusion aux « *Memorabilia* » de l'écrivain suédois (voir Le Livre de Poche n° 9631, p. 413). Le mot apparaissait, au génitif pluriel, dans le titre d'un ouvrage posthume de Swedenborg, *Emanuelis Swedenborgii diarii majoris sive Memorabilium partis primæ volumen primum*, édité en 1844 à Tübingen et à Londres.

ANGÉLIQUE

PREMIÈRE LETTRE
À M.L.D. [1]

Voyage à la recherche d'un livre unique. — Francfort et
Paris. — L'abbé de Bucquoy. — Pilat à Vienne. — La bibliothèque Richelieu. — Personnalités. — La bibliothèque
d'Alexandrie.

En 1851, je passais à Francfort [2]. — Obligé de rester
deux jours dans cette ville, que je connaissais déjà, — je
n'eus d'autre ressource que de parcourir les rues principales, encombrées alors par les marchands forains. La
place du Rœmer, surtout, resplendissait d'un luxe inouï
d'étalages ; et près de là, le marché aux fourrures étalait
des dépouilles d'animaux sans nombre, venues soit de la
haute Sibérie, soit des bords de la mer Caspienne.
— L'ours blanc, le renard bleu, l'hermine, étaient les
moindres curiosités de cette incomparable exhibition ;
plus loin, les verres de Bohême aux mille couleurs écla-
tantes, montés, festonnés, gravés, incrustés d'or, s'éta-
laient sur des rayons de planches de cèdre, — comme les
fleurs coupées d'un paradis inconnu.
Une plus modeste série d'étalages régnait le long de
sombres boutiques, entourant les parties les moins
luxueuses du bazar, — consacrées à la mercerie, à la cor-
donnerie et aux divers objets d'habillement. C'étaient des
libraires, venus de divers points de l'Allemagne, et dont
la vente la plus productive paraissait être celle des alma-
nachs, des images peintes et des lithographies : le *Wolks-
Kalender* [3] (Almanach du peuple), avec ses gravures sur

---

1. « À Monsieur le Directeur. » Sous sa forme première, en 1850
(*Les Faux Saulniers*), le récit fut publié dans *Le National*, comme une
série de lettres au directeur du journal.   2. En fait, Nerval se trouvait
à Francfort à la fin d'août, puis en septembre 1850. Il connaissait déjà
la ville pour y avoir séjourné en 1838. *Lorely* (1852) contient des évocations de ces deux séjours. Le « Rœmer » est l'hôtel de ville de Francfort.   3. Il faudrait « *Volkskalender* ».

bois, — les chansons politiques, les lithographies de
Robert Blum et des héros de la guerre de Hongrie[1], voilà
ce qui attirait les yeux et les *kreutzers* de la foule[2]. Un
grand nombre de vieux livres, étalés sous ces nouveautés,
ne se recommandaient que par leurs prix modiques, — et
je fus étonné d'y trouver beaucoup de livres français.

C'est que Francfort, ville libre, a servi longtemps de
refuge aux protestants ; — et, comme les principales
villes des Pays-Bas, elle fut longtemps le siège d'impri-
meries qui commencèrent par répandre en Europe les
œuvres hardies des philosophes et des mécontents français, — et qui sont restées, sur certains points, des ateliers
de contrefaçon pure et simple, qu'on aura bien de la peine
à détruire.

Il est impossible, pour un Parisien, de résister au désir
de feuilleter de vieux ouvrages étalés par un bouquiniste.
Cette partie de la foire de Francfort me rappelait les quais,
— souvenir plein d'émotion et de charme. J'achetai
quelques vieux livres, — ce qui me donnait le droit de
parcourir longuement les autres. Dans le nombre, j'en
rencontrai un, imprimé moitié en français, moitié en allemand, et dont voici le titre, que j'ai pu vérifier depuis
dans le *Manuel du libraire* de Brunet[3] :

Événement des plus rares, ou Histoire du sieur abbé

---

1. Allusion aux récents événements de 1848 en Allemagne. Robert
Blum (1807-1848), littérateur et homme politique allemand, provoqua
en 1848 la retraite du ministère Könneritz et fut la grande figure du
« Parlement préliminaire » de Francfort et de l'éphémère « Assemblée
nationale ». Chargé en octobre 1848 de porter une adresse de félicita-
tions à Vienne aux partisans du révolutionnaire hongrois Kossuth, il
fut arrêté et exécuté en Autriche.   **2.** Les « kreutzers » (Nerval a
laissé imprimer « hreutzers ») avaient, en Allemagne et en Autriche,
des valeurs variables. Ils correspondaient plus ou moins aux centimes
français.   **3.** Répertoire bibliographique qui eut plusieurs éditions et
dans lequel étaient décrits les ouvrages rares, précieux ou singuliers.
P. 132, Nerval évoque *La France littéraire* de Joseph-Marie Quérard,
dictionnaire bibliographique mentionnant tous les ouvrages français
parus pendant le XVIIIe siècle (Firmin Didot, 1827-1839, 10 tomes). En
décrivant le livre découvert à Francfort, Nerval commet deux erreurs
(voir la note 1, p. 131) qui ne figuraient pas dans le *Manuel du libraire*.
À noter que les éditions du *Manuel* parues au cours de la deuxième
moitié du XIXe siècle signalent la vente de décembre 1850 et le prix
auquel cet ouvrage fut vendu : 63 fr. (voir p. 222).

comte de Bucquoy, *singulièrement son évasion du Fort-l'Évêque et de la Bastille, avec plusieurs ouvrages vers et prose, et particulièrement la* game *des femmes*, se vend chez Jean de la France, rue de la Réforme, à l'Espérance, à Bonnefoy. — 1749 [1].

Le libraire m'en demanda un florin et six kreutzers (on prononce *cruches*). Cela me parut cher pour l'endroit, et je me bornai à feuilleter le livre, — ce qui, grâce à la dépense que j'avais déjà faite, m'était gratuitement permis. Le récit des évasions de l'abbé de Bucquoy était plein d'intérêt ; mais je me dis enfin : je trouverai ce livre à Paris, aux bibliothèques, ou dans ces mille collections où sont réunis tous les mémoires possibles relatifs à l'histoire de France. Je pris seulement le titre exact, et j'allai me promener au *Meinlust*, sur le quai du Mein, en feuilletant les pages du *Wolks-Kalender*.

À mon retour à Paris, je trouvai la littérature dans un état de terreur inexprimable. Par suite de l'amendement Riancey à la loi sur la presse, il était défendu aux journaux d'insérer ce que l'Assemblée s'est plu à appeler le *feuilleton-roman* [2]. J'ai vu bien des écrivains, étrangers à toute couleur politique, désespérés de cette résolution qui les frappait cruellement dans leurs moyens d'existence.

Moi-même, qui ne suis pas un romancier, je tremblais en songeant à cette interprétation vague, qu'il serait pos-

---

1. Il faudrait « Jean de la Franchise » et « 1719 ». *La Game des femmes* est un pamphlet. « Game » est l'orthographe ancienne de « gamme » ; le mot est à entendre dans le sens de « conduite ». « Franchise », « Espérance », « Réforme » et « Bonnefoy » (bonne foi) sont bien sûr des mentions fantaisistes. **2.** L'amendement Riancey à la loi du 16 juillet 1850 concerne le cautionnement des journaux et le timbre des écrits périodiques et non périodiques. Cet amendement se trouve au paragraphe 14 du Titre II de la loi : « Tout roman feuilleton publié dans un journal ou dans son supplément sera soumis à un timbre d'un centime par numéro (un demi-centime pour les autres départements que Seine-et-Oise) ». Ainsi que le rappelle Jacques Bony, l'amendement avait un caractère prohibitif et visait à contraindre les journaux à renoncer à ce genre de publication. Les raisons invoquées étaient d'ordre moral. D'autres raisons, inavouées, étaient d'ordre politique : le pouvoir voulait lutter contre une forme d'écrits qui, depuis *Les Mystères de Paris* d'Eugène Sue, répandaient dans le public des idées subversives (on pensait qu'elles avaient joué un rôle dans le déclenchement des journées sanglantes de juin 1848).

sible de donner à ces deux mots bizarrement accouplés :
feuilleton-roman, et pressé de vous donner un titre, j'indi-
quai celui-ci : *L'Abbé de Bucquoy*, pensant bien que je
trouverais très vite à Paris les documents nécessaires pour
parler de ce personnage d'une façon historique et non
romanesque, — car il faut bien s'entendre sur les mots.

Je m'étais assuré de l'existence du livre en France, et
je l'avais vu classé non seulement dans le manuel de Brunet, mais aussi dans *La France littéraire* de Quérard. — Il
paraissait certain que cet ouvrage, noté, il est vrai, comme
rare, se rencontrerait facilement soit dans quelque bibliothèque publique, soit encore chez un amateur, soit chez
les libraires spéciaux.

Du reste, ayant parcouru le livre, — ayant même rencontré un second récit des aventures de l'abbé de Bucquoy dans les lettres si spirituelles et si curieuses de
Mme Dunoyer[1], — je ne me sentais pas embarrassé pour
donner le portrait de l'homme et pour écrire sa biographie
selon des données irréprochables.

Mais je commence à m'effrayer aujourd'hui des
condamnations suspendues sur les journaux pour la
moindre infraction au texte de la loi nouvelle. Cinquante
francs d'amende par exemplaire saisi, c'est de quoi faire
reculer les plus intrépides : car, pour les journaux qui
tirent seulement à vingt-cinq mille, — et il y en a plusieurs, — cela représenterait plus d'un million. On
comprend alors combien une *large* interprétation de la
loi donnerait au pouvoir de moyens pour éteindre toute
opposition. Le régime de la censure serait de beaucoup
préférable. Sous l'Ancien Régime, avec l'approbation
d'un censeur, — qu'il était permis de choisir, — on était
sûr de pouvoir sans danger produire ses idées, et la liberté
dont on jouissait était extraordinaire quelquefois. J'ai lu

---

1. Les *Lettres historiques et galantes de deux dames de condition*
eurent plusieurs éditions. La première est datée de « Cologne, 1713 ».
Il ne s'agit pas d'un « second récit », mais du même texte. Le Catalogue des Imprimés de la B.N. attribue d'ailleurs *Événement des plus
rares*, tout comme les *Lettres historiques*, à Anne-Marguerite Petit,
dame Dunoyer (env. 1663-1720), écrivain protestant, réfugiée en
Suisse, puis à Amsterdam.

des livres contresignés Louis et Phélippeaux[1] qui seraient saisis aujourd'hui incontestablement.

Le hasard m'a fait vivre à Vienne sous le régime de la censure. Me trouvant quelque peu gêné par suite de frais de voyage imprévus, et en raison de la difficulté de faire venir de l'argent de France, j'avais recouru au moyen bien simple d'écrire dans les journaux du pays. On payait cent cinquante francs la feuille de seize colonnes très courtes. Je donnai deux séries d'articles, qu'il fallut soumettre aux censeurs[2].

J'attendis d'abord plusieurs jours. On ne me rendait rien. — Je me vis forcé d'aller trouver M. Pilat, le directeur de cette institution, en lui exposant qu'on me faisait attendre trop longtemps le *visa*. — Il fut pour moi d'une complaisance rare, — et il ne voulut pas, comme son quasi-homonyme, se laver les mains de l'injustice que je lui signalais. J'étais privé, en outre, de la lecture des journaux français, car on ne recevait dans les cafés que le *Journal des Débats* et *La Quotidienne*. M. Pilat me dit : « Vous êtes ici dans l'endroit le plus libre de l'empire (les bureaux de la censure), et vous pouvez venir y lire, tous les jours, même *Le National* et *Le Charivari*[3]. »

Voilà des façons spirituelles et généreuses qu'on ne rencontre que chez les fonctionnaires allemands, et qui n'ont que cela de fâcheux qu'elles font supporter plus longtemps l'arbitraire.

Je n'ai jamais eu tant de bonheur avec la censure fran-

---

1. Le « Phélippeaux » (ou « Phélypeaux ») ici évoqué peut être Louis Phélypeaux, comte de Pontchartrain (1643-1727), qui fut ministre de Louis XIV de 1699 à 1714, ou son petit-neveu Jean Frédéric Phélypeaux, comte de Maurepas (1701-1781), ministre de Louis XV et de Louis XVI. La mention de « Louis », dans le texte de Nerval, évoque sans doute la double signature dont était revêtu tout ouvrage autorisé à paraître : celle du roi (le privilège royal) et celle du directeur de la censure. **2.** Une partie de ces articles ont été retrouvés dans les numéros de janvier et février 1840 de l'*Allgemeine Theaterzeitung* de Vienne. Ce n'est plus du pur Nerval : le traducteur a agencé les éléments fournis par Gérard en un petit récit de fiction. **3.** Le *Journal des Débats* était proche du gouvernement de Juillet ; *La Quotidienne* défendait les intérêts des légitimistes. De l'autre côté du spectre politique, *Le National* était un organe républicain, et *Le Charivari* un journal satirique.

çaise, — je veux parler de celle des théâtres[1], — et je doute que si l'on rétablissait celle des livres et des journaux, nous eussions plus à nous en louer. Dans le caractère de notre nation, il y a toujours une tendance à exercer la force, quand on la possède, ou les prétentions du pouvoir, quand on le tient en main.

Je parlais dernièrement de mon embarras à un savant, qu'il est inutile de désigner autrement qu'en l'appelant *bibliophile*. Il me dit : « Ne vous servez pas des *Lettres galantes* de Mme Dunoyer pour écrire l'histoire de l'abbé de Bucquoy. Le titre seul du livre empêchera qu'on le considère comme sérieux ; attendez la réouverture de la Bibliothèque (elle était alors en vacances), et vous ne pouvez manquer d'y trouver l'ouvrage que vous avez lu à Francfort. »

Je ne fis pas attention au malin sourire qui, probablement, pinçait alors la lèvre du bibliophile, — et, le 1er octobre, je me présentais l'un des premiers à la Bibliothèque nationale.

M. Pilon[2] est un homme plein de savoir et de complaisance. Il fit faire des recherches qui, au bout d'une demi-heure, n'amenèrent aucun résultat. Il feuilleta Brunet et Quérard, y trouva le livre parfaitement désigné, et me pria de revenir au bout de trois jours : — on n'avait pas pu le trouver. — « Peut-être cependant, me dit M. Pilon, avec l'obligeante patience qu'on lui connaît, — peut-être se trouve-t-il classé parmi les romans. »

Je frémis : « *Parmi les romans ?*... mais c'est un livre historique !... cela doit se trouver dans la collection des

---

1. Allusion aux difficultés rencontrées par Gérard en 1838-1839 pour faire représenter son drame *Léo Burckart*. **2.** Dans *Les Faux Saulniers*, Nerval appelait ce personnage « M. D*** ». Il s'agit d'Alexandre Pillon (et non Pilon), né à Amiens en 1799, conservateur adjoint à la Bibliothèque impériale de 1849 à 1859, puis conservateur de la bibliothèque du Louvre. Helléniste distingué, il a laissé une anthologie de harangues grecques, des éditions de Sophocle et de Thucydide ainsi qu'une traduction d'Eschyle. « M. Ravenel », évoqué plus loin (« M. R*** » dans *Les Faux Saulniers*), est Jules Ravenel, né à Paris en 1801 et qui fut à la B.N. conservateur et sous-directeur du département des Imprimés de 1848 à 1878. Jules Ravenel est l'auteur d'éditions de Voltaire, de Montesquieu, de Beaumarchais et des *Mémoires secrets* de Bachaumont.

mémoires relatifs au siècle de Louis XIV. Ce livre se rapporte à l'histoire spéciale de la Bastille : il donne des détails sur la révolte des camisards [1], sur l'exil des protestants, sur cette célèbre ligue des faux-saulniers de Lorraine, dont Mandrin se servit plus tard pour lever des troupes régulières qui furent capables de lutter contre des corps d'armée et de prendre d'assaut des villes telles que Beaune et Dijon !...

— Je le sais, me dit M. Pilon ; mais le classement des livres, fait à diverses époques, est souvent fautif. On ne peut en réparer les erreurs qu'à mesure que le public fait la demande des ouvrages. Il n'y a ici que M. Ravenel qui puisse vous tirer d'embarras... Malheureusement, il n'est pas *de semaine.* »

J'attendis la semaine de M. Ravenel. Par bonheur, je rencontrai, le lundi suivant, dans la salle de lecture, quelqu'un qui le connaissait, et qui m'offrit de me présenter à lui. M. Ravenel m'accueillit avec beaucoup de politesse, et me dit ensuite : « Monsieur, je suis charmé du hasard qui me procure votre connaissance, et je vous prie seulement de m'accorder quelques jours. Cette semaine, j'appartiens au public. La semaine prochaine, je serai tout à votre service. »

Comme j'avais été présenté à M. Ravenel, je ne faisais plus partie du public ! Je devenais une connaissance privée, — pour laquelle on ne pouvait se déranger du service ordinaire.

Cela était parfaitement juste d'ailleurs ; — mais admirez ma mauvaise chance !... Et je n'ai eu qu'elle à accuser.

On a souvent parlé des abus de la Bibliothèque. Ils tiennent en partie à l'insuffisance du personnel, en partie aussi à de vieilles traditions qui se perpétuent. Ce qui a été dit de plus juste, c'est qu'une grande partie du temps et de la fatigue des savants distingués qui remplissent là des fonctions peu lucratives de bibliothécaires, est dépensée à donner aux six cents lecteurs quotidiens des livres

---

1. Nom donné aux calvinistes insurgés des Cévennes, pendant la persécution qui suivit la révocation de l'Édit de Nantes. Le chef de brigands Louis Mandrin vient plus tard : il fut roué vif à Valence en 1755.

usuels, qu'on trouverait dans tous les cabinets de lecture ;
— ce qui ne fait pas moins de tort à ces derniers qu'aux
éditeurs et aux auteurs, dont il devient inutile dès lors
d'acheter ou de louer les livres.

On l'a dit encore avec raison, un établissement unique
au monde comme celui-là ne devrait pas être un chauffoir
public, une salle d'asile, — dont les hôtes sont, en majorité,
dangereux pour l'existence et la conservation des livres.
Cette quantité de désœuvrés vulgaires, de bourgeois retirés,
d'hommes veufs, de solliciteurs sans places, d'écoliers qui
viennent copier leur version, de vieillards maniaques,
— comme l'était ce pauvre *Carnaval*[1] qui venait tous les
jours avec un habit rouge, bleu clair, ou vert pomme, et un
chapeau orné de fleurs, — mérite sans doute considération,
mais n'existe-t-il pas d'autres bibliothèques, et même des
bibliothèques spéciales à leur ouvrir ?...

Il y avait aux imprimés dix-neuf éditions de *Don Qui-
chotte*. Aucune n'est restée complète. Les voyages, les
comédies, les histoires amusantes, comme celles de
M. Thiers et de M. Capefigue[2], l'*Almanach des adresses*,
sont ce que ce public demande invariablement, depuis que
les bibliothèques ne donnent plus de romans en lecture.

Puis, de temps en temps, une édition se dépareille, un
livre curieux disparaît, grâce au système trop large qui
consiste à ne pas même demander les noms des lecteurs.

La république des lettres est la seule qui doive être
quelque peu imprégnée d'aristocratie, — car on ne
contestera jamais celle de la science et du talent.

La célèbre bibliothèque d'Alexandrie n'était ouverte
qu'aux savants ou aux poètes connus par des ouvrages

---

1. Dans *L'Artiste* de janvier 1846, Champfleury avait fait le portrait
de cet original (né à Naples, il s'appelait en fait « Carnevale »), habitué
de la Bibliothèque royale, puis nationale. On trouve aussi ce texte dans
le recueil *Les Excentriques* publié par Champfleury en 1852 (Paris,
Michel Lévy ; 2ᵉ éd., 1855).   **2.** Jean-Baptiste Capefigue (1802-
1872) avait donné une *Histoire de la Restauration* (1831-1833, 10 vol.)
et *L'Europe pendant le Consulat et l'Empire de Napoléon* (1839-1841,
10 vol.). L'*Histoire du Consulat et de l'Empire* d'Adolphe Thiers
(1797-1877) était en cours de publication (1845-1862, 20 vol.) ; le
même auteur avait déjà publié une *Histoire de la Révolution française
de 1789 jusqu'au 18 brumaire* (1823-1830). Qu'il s'agisse de Thiers
ou de Capefigue, on comprend mal l'épithète « amusantes ».

d'un mérite quelconque. Mais aussi l'hospitalité y était complète, et ceux qui venaient y consulter les auteurs étaient logés et nourris gratuitement pendant tout le temps qu'il leur plaisait d'y séjourner.

Et à ce propos, — permettez à un voyageur qui en a foulé les débris et interrogé les souvenirs, de venger la mémoire de l'illustre calife Omar de cet éternel incendie de la bibliothèque d'Alexandrie, qu'on lui reproche communément. Omar n'a jamais mis le pied à Alexandrie, — quoi qu'en aient dit bien des académiciens. Il n'a pas même eu d'ordres à envoyer sur ce point à son lieutenant Amrou. — La bibliothèque d'Alexandrie et le *Serapéon*, ou maison de secours, qui en faisait partie, avaient été brûlés et détruits au IVᵉ siècle par les chrétiens, — qui, en outre, massacrèrent dans les rues la célèbre Hypatie, philosophe pythagoricienne [1]. Ce sont là, sans doute, des excès qu'on ne peut reprocher à la religion, mais il est bon de laver du reproche d'ignorance ces malheureux Arabes dont les traductions nous ont conservé les merveilles de la philosophie, de la médecine et des sciences grecques, en y ajoutant leurs propres travaux, — qui sans cesse perçaient de vifs rayons la brume obstinée des époques féodales.

Pardonnez-moi ces digressions, — et je vous tiendrai au courant du voyage que j'entreprends *à la recherche* de l'abbé de Bucquoy. Ce personnage excentrique et éternellement fugitif ne peut échapper toujours à une investigation rigoureuse.

DEUXIÈME LETTRE

Un paléographe. — Rapports de police en 1709. — Affaire Le Pileur. — Un drame domestique.

Il est certain que la plus grande complaisance règne à la Bibliothèque nationale. Aucun savant sérieux ne se

---

1. Nerval est passé à Alexandrie en 1843. Les incendies de la bibliothèque — il y en eut plusieurs — n'ont cependant rien à voir avec le meurtre en 415, par les chrétiens, de la philosophe néo-platonicienne.

plaindra de l'organisation actuelle ; — mais quand un feuilletoniste ou un romancier se présente, « tout le dedans des rayons tremble[1] ». Un bibliographe, un homme appartenant à la science régulière, savent juste ce qu'ils ont à demander. Mais l'écrivain fantaisiste, exposé à perpétrer un *roman-feuilleton*, fait tout déranger, et dérange tout le monde pour une idée biscornue qui lui passe par la tête.

C'est ici qu'il faut admirer la patience d'un conservateur, — l'employé secondaire est souvent trop jeune encore pour s'être fait à cette paternelle abnégation. Il vient parfois des gens grossiers qui se font une idée exagérée des droits que leur confère cet avantage de faire partie du *public*, — et qui parlent à un bibliothécaire avec le ton qu'on emploie pour se faire servir dans un café. — Eh bien, un savant illustre, un académicien, répondra à cet homme avec la résignation bienveillante d'un moine. Il supportera tout de lui de dix heures à deux heures et demie, inclusivement.

Prenant pitié de mon embarras, on avait feuilleté les catalogues, remué jusqu'à la *réserve*, jusqu'à l'amas indigeste des romans, — parmi lesquels avait pu se trouver classé par erreur l'abbé Bucquoy ; tout d'un coup un employé s'écria : « Nous l'avons en hollandais ! » Il me lut ce titre : « Jacques de Bucquoy : — *Événements remarquables*...

— Pardon, fis-je observer, le livre que je cherche commence par *Événement des plus rares*...

— Voyons encore, il peut y avoir une erreur de traduction : ... *d'un voyage de seize années fait aux Indes*. Haarlem, 1744.

— Ce n'est pas cela... et cependant le livre se rapporte à une époque où vivait l'abbé de Bucquoy ; le prénom Jacques est bien le sien. Mais qu'est-ce que cet abbé fantastique a pu aller faire dans les Indes ? »

---

1. Olivier Encrenaz a identifié la source de cette allusion dans la tirade de la Tisbe adressée au podestat Angelo, au début d'*Angelo, tyran de Padoue* de Victor Hugo (1835) : « quand vous passez dans une rue, monseigneur, les fenêtres se ferment, les passants s'esquivent, et tout le dedans des maisons tremble » (acte I, sc. 1).

Un autre employé arrive : on s'est trompé dans l'ortho-graphe du nom ; ce n'est pas *de Bucquoy* ; c'est *du Bucquoy*, et comme il peut avoir été écrit *Dubucquoy*, il faut recommencer toutes les recherches à la lettre *D*.

Il y avait véritablement de quoi maudire les particules des noms de famille ! Dubucquoy, disais-je, serait un roturier... et le titre du livre le qualifie comte de Bucquoy !

Un *paléographe* qui travaillait à la table voisine leva la tête et me dit : « La particule n'a jamais été une preuve de noblesse ; au contraire, le plus souvent, elle indique la bourgeoisie propriétaire, qui a commencé par ceux que l'on appelait les gens de *franc alleu*. On les désignait par le nom de leur terre, et l'on distinguait même les *branches diverses* par la désinence variée des noms d'une famille. Les grandes familles historiques s'appellent Bouchard (Montmorency), Bozon (Périgord), Beaupoil (Sainte-Aulaire), Capet (Bourbon), etc. Les *de* et les *du* sont pleins d'irrégularités et d'usurpations. Il y a plus : dans toute la Flandre et la Belgique, *de* est le même article que le *der* allemand, et signifie *le*. Ainsi, de Muller veut dire : "le meunier", etc. — Voilà un quart de la France rempli de faux gentilshommes. Béranger s'est raillé lui-même très gaiement sur le *de* qui précède son nom, et qui indique l'origine flamande [1]. »

On ne discute pas avec un paléographe ; on le laisse parler.

Cependant, l'examen de la lettre *D* dans les diverses séries de catalogues n'avait pas produit de résultat.

« D'après quoi supposez-vous que c'est *du Bucquoy* ? dis-je à l'obligeant bibliothécaire qui était venu en dernier lieu.

---

1. Pierre Jean de Béranger (1780-1857) a raillé sa particule dans sa chanson « Le Vilain » : « Hé quoi ! j'apprends que l'on critique / Le *de* qui précède mon nom. / Êtes-vous de noblesse antique ? / Moi, noble ! oh ! vraiment, messieurs, non. [...] / Je suis vilain et très vilain. » (Note de J. Bony.) L'un des premiers travaux littéraires de Nerval fut une *Couronne poétique de Béranger*, publiée à la fin de 1828.

— C'est que je viens de chercher ce nom aux manuscrits dans le catalogue des archives de la police : 1709, est-ce l'époque ?

— Sans doute ; c'est l'époque de la troisième évasion du comte de Bucquoy [1].

— Du Bucquoy !... c'est ainsi qu'il est porté au catalogue des manuscrits. Montez avec moi, vous consulterez le livre même. »

Je me suis vu bientôt maître de feuilleter un gros in-folio relié en maroquin rouge, et réunissant plusieurs dossiers de rapports de police de l'année 1709. Le second du volume portait ces noms : « Le Pileur, François Bouchard, dame de Boulanvilliers, Jeanne Massé, — Comte du Buquoy. »

Nous tenons le loup par les oreilles, — car il s'agit bien là d'une évasion de la Bastille, et voici ce qu'écrit M. d'Argenson dans un rapport à M. de Pontchartrain [2] :

« Je continue à faire chercher le *prétendu* comte du Buquoy dans tous les endroits qu'il vous a pleu de m'indiquer, mais on n'a peu en rien apprendre, et je ne pense pas qu'il soit à Paris. »

Il y a dans ce peu de lignes quelque chose de rassurant et quelque chose de désolant pour moi. — Le comte de Buquoy ou de Bucquoy, sur lequel je n'avais que des données vagues ou contestables, prend, grâce à cette pièce, une existence historique certaine. Aucun tribunal n'a plus le droit de le classer parmi les héros du roman-feuilleton.

D'un autre côté, pourquoi M. d'Argenson écrit-il : le *prétendu* comte de Bucquoy ?

Serait-ce un faux Bucquoy, — qui se serait fait passer

---

1. L'abbé s'évada de la Bastille dans la nuit du 4 au 5 mai 1709.
2. Marc René de Voyer de Paulmy, marquis d'Argenson (1652-1721), était en 1709 lieutenant général de police ; le comte de Pontchartrain (voir p. 133 et la note 1) était ministre de la maison du roi. Nicolas Popa a retrouvé au Cabinet des Manuscrits de la Bibliothèque nationale (cote : ms. fr. 8121) l'in-folio évoqué ici. On lira, dans *Le Dossier des « Faux Saulniers »* (Namur, Presses Universitaires / « Études nervaliennes et romantiques VII », 1984, p. 13-19), la transcription par Jacques Bony des textes auxquels Nerval fait allusion.

pour l'autre... dans un but qu'il est bien difficile aujourd'hui d'apprécier ?

Serait-ce le véritable, qui aurait caché son nom sous un pseudonyme ?

Réduit à cette seule preuve, la vérité m'échappe, — et il n'y a pas un légiste qui ne fût fondé à contester même l'existence matérielle de l'individu !

Que répondre à un substitut qui s'écrierait devant le tribunal : « Le comte de Bucquoy est un personnage fictif, créé par la *romanesque* imagination de l'auteur !... » et qui réclamerait l'application de la loi, c'est-à-dire, peut-être un million d'amende ! ce qui se multiplierait encore par la série quotidienne de numéros saisis, si on les laissait s'accumuler ?

Sans avoir droit au beau nom de savant, tout écrivain est forcé parfois d'employer la méthode scientifique, je me mis donc à examiner curieusement l'écriture jaunie sur papier de Hollande du rapport signé d'Argenson. À la hauteur de cette ligne : « Je continue de faire chercher le prétendu comte... » Il y avait sur la marge ces trois mots écrits au crayon, et tracés d'une main rapide et ferme : « L'on ne peut trop. » Qu'est-ce que l'on ne peut trop ? — Chercher l'abbé de Bucquoy, sans doute...

C'était aussi mon avis.

Toutefois, pour acquérir la certitude, en matière d'écritures, il faut comparer. Cette note se reproduisait sur une autre page à propos des lignes suivantes du même rapport :

« Les lanternes ont été posées sous les guichets du Louvre[1] suivant votre intention, et je tiendrai la main à ce qu'elles soient allumées tous les soirs. »

La phrase était terminée ainsi dans l'écriture du secrétaire, qui avait copié le rapport. Une autre main moins exercée avait ajouté à ces mots : « allumées tous les soirs », ceux-ci : « fort exactement ».

À la marge se retrouvaient ces mots de l'écriture évidemment du ministre Pontchartrain : « L'on ne peut trop. »

---

1. Les guichets du Louvre : les portes qui servent de passage aux voitures et aux gens à pied.

La même note que pour l'abbé de Bucquoy.

Cependant, il est probable que M. de Pontchartrain variait ses formules. Voici autre chose :

« J'ai fait dire aux marchands de la foire Saint-Germain qu'ils aient à se conformer aux ordres du roy, qui défendent de donner à manger durant les heures qui conviennent à l'observation du jeusne, suivant les règles de l'Église. »

Il y a seulement à la marge ce mot au crayon : « Bon ».

Plus loin il est question d'un *particulier*, arrêté pour avoir assassiné une religieuse d'Évreux. On a trouvé sur lui une tasse, un cachet d'argent, des linges ensanglantés et un *gand*[1]. — Il se trouve que cet homme est un abbé (encore un abbé !) ; mais les charges se sont dissipées, selon M. d'Argenson, qui dit que cet abbé est venu à Versailles pour y solliciter des affaires qui ne lui réussissent pas, puisqu'il est toujours dans le besoin. « Aincy, ajoute-t-il, je crois qu'on peut le regarder comme un visionnaire plus propre à renvoyer dans sa province qu'à tolérer à Paris, où il ne peut être qu'à charge au public. »

Le ministre a écrit au crayon : « Qu'il luy parle auparavant ». Terribles mots, qui ont peut-être changé la face de l'affaire du pauvre abbé.

Et si c'était l'abbé de Bucquoy lui-même ! Pas de nom ; seulement un mot : *Un particulier*. Il est question plus loin de la nommée Lebeau, femme du nommé Cardinal, connue pour une prostituée... Le sieur Pasquier s'intéresse à elle...

Au crayon, en marge : « À la maison de Force[2]. Bon pour six mois. »

Je ne sais si tout le monde prendrait le même intérêt que moi à dérouler ces pages terribles intitulées : *Pièces diverses de police*. Ce petit nombre de faits peint le point historique où se déroulera la vie de l'abbé fugitif. Et moi, qui le connais, ce pauvre abbé, — mieux peut-être que ne pourront le connaître mes lecteurs, — j'ai frémi en tournant les pages de ces rapports impitoyables qui avaient

---

1. Graphie fautive du rapport, que Nerval répète.   **2.** La prison des femmes de mauvaise vie.

passé sous la main de ces deux hommes, — d'Argenson et Pontchartrain*.

Il y a un endroit où le premier écrit, après quelques protestations de dévouement :

« Je saurais même comme je dois recevoir les reproches et les réprimandes qu'il vous plaira de me faire... »

Le ministre répond, à la troisième personne, et cette fois, en se servant d'une plume... « Il ne les méritera pas quand il voudra ; et je serais bien fâché de douter de son dévouement, ne pouvant douter de sa capacité. »

Il restait une pièce dans ce dossier. « Affaire Le Pileur. » Tout un drame effrayant se déroula sous mes yeux.

Ce n'est pas un *roman*.

UN DRAME DOMESTIQUE. — AFFAIRE LE PILEUR

L'action représente une de ces terribles scènes de famille qui se passent au chevet des morts, — dans ce moment, si bien rendu jadis sur une scène des boulevards, — où l'héritier, quittant son masque de componction et de tristesse, se lève fièrement et dit aux gens de la maison : « Les clefs ? »

Ici nous avons deux héritiers après la mort de Binet de Villiers : son frère Binet de Basse-Maison, légataire universel, et son beau-frère Le Pileur.

Deux procureurs, celui du défunt et celui de Le Pileur travaillaient à l'inventaire, assistés d'un notaire et d'un clerc. Le Pileur se plaignit de ce qu'on n'avait pas inventorié un certain nombre de papiers que Binet de Basse-Maison déclarait de peu d'importance. Ce dernier dit à Le Pileur qu'il ne devait pas soulever de mauvais incidents et pouvait s'en rapporter à ce que dirait Châtelain, son procureur.

---

* Voici à quoi rimait dans ce temps-là le nom de Pontchartrain :
  C'est un pont de planches pourries,
  Un char traîné par les furies
  Dont le diable emporte le train.

Mais Le Pileur répondit qu'il n'avait que faire de consulter son procureur ; qu'il savait ce qui était à faire, et que s'il formait de mauvais incidents, il était *assez gros seigneur* pour les soutenir.

Basse-Maison, irrité de ce discours, s'approcha de Le Pileur et lui dit, en le prenant par les deux boutonnières du haut de son justaucorps, qu'il l'en empêcherait bien ; — Le Pileur mit l'épée à la main, Basse-Maison en fit autant... Ils se portèrent d'abord quelques coups d'épée sans beaucoup s'approcher. La dame Le Pileur se jeta entre son mari et son père [1] ; les assistants s'en mêlèrent et l'on parvint à les pousser chacun dans une chambre différente, que l'on ferma à clef.

Un moment après l'on entendit s'ouvrir une fenêtre ; c'était Le Pileur qui criait à ses gens restés dans la cour « d'aller quérir ses deux neveux ».

Les hommes de loi commençaient un procès-verbal sur le désordre survenu, quand les deux neveux entrèrent le sabre à la main. — C'étaient deux officiers de la Maison du roi ; ils repoussèrent les valets, et présentèrent la pointe aux procureurs et au notaire, demandant où était Basse-Maison.

On refusait de leur dire, quand Le Pileur cria de sa chambre : « À moi, mes neveux ! »

Les neveux avaient déjà enfoncé la porte de la chambre de gauche, et accablaient de coups de plat de sabre l'infortuné Binet de Basse-Maison, lequel était, selon le rapport, *hasthmatique* [2].

Le notaire, qui s'appelait Dionis, crut alors que la colère de Le Pileur serait satisfaite et qu'il arrêterait ses neveux ; — il ouvrit donc la porte et lui fit ses remontrances. À peine dehors, Le Pileur s'écria : « On va voir beau jeu ! » Et arrivant derrière ses neveux, qui battaient toujours Basse-Maison, il lui porta un coup d'épée dans le ventre.

La pièce qui relate ces faits est suivie d'une autre plus détaillée, avec les dépositions de treize témoins, — dont

---

1. Coquille pour « son frère ».   **2.** On lit en fait « hasmatique » dans le rapport.

les plus considérables étaient les deux procureurs et le notaire.

Il est juste de dire que ces treize témoins avaient lâché pied au moment critique. Aussi, aucun ne rapporte qu'il soit absolument certain que Le Pileur ait donné le coup d'épée.

Le premier procureur dit qu'il n'est sûr que d'avoir entendu de loin les coups de plat de sabre.

Le second dépose comme son confrère.

Un laquais nommé Barry s'avance davantage : — il a vu le meurtre de loin par une fenêtre ; mais il ne sait si c'était Le Pileur ou *un habillé de gris blanc* qui a donné à Basse-Maison un coup d'épée dans le ventre. Louis Calot, autre laquais, dépose à peu près de même.

Le dernier de ces treize braves, qui est le moins considérable, le clerc du notaire, a *veu*[1] la dame Le Pileur faire main basse sur plusieurs des papiers du défunt. Il a ajouté qu'après la scène, Le Pileur est venu tranquillement chercher sa femme dans la salle où elle était, et qu'« il s'en alla dans son carrosse avec elle et les deux hommes qui avaient fait la violence ».

La moralité manquerait à ce récit instructif, touchant les mœurs du temps, si l'on ne lisait à la fin du rapport cette conclusion remarquable :

« Il y a peu d'exemples d'une violence aussi odieuse et aussi criminelle... Cependant, comme les héritiers des deux frères morts se trouvent aussi beaux-frères du meurtrier, on peut craindre avec beaucoup d'apparence que cet assassinat ne demeure impuni et ne produise d'autre effet que de rendre le sieur Le Pileur beaucoup plus traitable sur des propositions d'accommoder qui lui seront faites de la part de ses cohéritiers, par rapport à leurs intérêts communs. »

On a dit que dans le Grand Siècle, le plus petit commis écrivait aussi pompeusement que Bossuet[2]. Il est impossible de ne pas admirer ce beau détachement du *rapport*

---

1. Nerval a voulu créer ici un effet d'archaïsme. Le rapport montre « a vu ».　**2.** Jacques Bénigne Bossuet (1627-1704), auteur de sermons et d'ouvrages historiques, précepteur du Dauphin.

qui fait espérer que le meurtrier deviendra plus traitable
sur le règlement de ses intérêts... Quant au meurtre, à
l'enlèvement des papiers, aux coups mêmes, distribués
probablement aux hommes de loi, ils ne peuvent être
punis, parce que ni les parents ni d'autres n'en porteront
plainte, — M. Le Pileur étant *trop grand seigneur* pour
ne pas *soutenir* même ses *mauvais incidents*...

Il n'est plus question ensuite de cette histoire, — qui
m'a fait oublier un instant le pauvre abbé ; — mais, à
défaut d'enjolivements romanesques, on peut du moins
découper des silhouettes historiques pour le fond du
tableau. Tout déjà, pour moi, vit et se recompose. Je vois
d'Argenson dans son bureau, Pontchartrain dans son cabinet, le Pontchartrain de Saint-Simon[1], qui se rendit si
plaisant en se faisant appeler de Pontchartrain, et qui,
comme bien d'autres, se vengeait du ridicule par la
terreur.

Mais à quoi bon ces préparations ? Me sera-t-il permis
seulement de mettre en scène les faits, à la manière de
Froissard[2] ou de Monstrelet ? — On me dirait que c'est
le procédé de Walter Scott, un romancier, et je crains bien
qu'il ne faille me borner à une analyse pure et simple de
l'histoire de l'abbé de Bucquoy... quand je l'aurai
trouvée.

TROISIÈME LETTRE

Un conservateur de la bibliothèque Mazarine. — La souris
d'Athènes. — *La Sonnette enchantée.*

J'avais bon espoir : M. Ravenel devait s'en occuper ;
— ce n'était plus que huit jours à attendre. Et, du reste,

---

1. Louis de Rouvroy, duc de Saint-Simon (1675-1755), auteur de
Mémoires célèbres qui vont de 1694 à 1723, racontent la vie à la cour
et font le portrait des grands personnages du temps.   2. En fait
Froissart : Jean Froissart (env. 1335-après 1400), auteur de *Chroniques*
qui font la peinture du monde médiéval. Enguerrand de Monstrelet
(env. 1390-1453), auteur d'une *Chronique* qui va de 1400 à 1444. Walter Scott (1771-1832), écrivain écossais dont les romans historiques
exercèrent une profonde influence sur les romantiques français.

je pouvais, dans l'intervalle, trouver encore le livre dans quelque autre bibliothèque publique.

Malheureusement, toutes étaient fermées, — hors la Mazarine. J'allai donc troubler le silence de ces magnifiques et froides galeries. Il y a là un catalogue fort complet, que l'on peut consulter soi-même, et qui, en dix minutes, vous signale clairement le oui ou le non de toute question. Les garçons eux-mêmes sont si instruits qu'il est presque toujours inutile de déranger les employés et de feuilleter le catalogue. Je m'adressai à l'un d'eux, qui fut étonné, chercha dans sa tête et me dit : « Nous n'avons pas le livre... ; pourtant, j'en ai une vague idée. »

Le conservateur est un homme plein d'esprit, que tout le monde connaît, et de science sérieuse[1]. Il me reconnut. « Qu'avez-vous donc à faire de l'abbé de Bucquoy ? Est-ce pour un livret d'opéra ? J'en ai vu un charmant de vous il y a dix ans*, la musique était ravissante. Vous aviez là une actrice admirable[2]... Mais la censure, aujourd'hui, ne vous laissera pas mettre au théâtre *un abbé*.

— C'est pour un travail historique que j'ai besoin du livre. »

Il me regarda avec attention, comme on regarde ceux qui demandent des livres d'alchimie. « Je comprends, dit-il enfin ; c'est pour un roman historique, genre Dumas.

— Je n'en ai jamais fait ; je n'en veux pas faire : je ne veux pas grever les journaux où j'écris de quatre ou cinq cents francs par jour de timbre... Si je ne sais pas faire de l'histoire, j'imprimerai le livre tel qu'il est ! »

Il hocha la tête et me dit : « Nous l'avons.

— Ah !

— Je sais où il est. Il fait partie du fonds de livres qui

---

* *Piquillo*, musique de Monpou, en collaboration avec Alexandre Dumas.

---

1. Philarète Chasles (1798-1873), conservateur à la Bibliothèque Mazarine depuis 1837, était titulaire d'une chaire de littérature étrangère que Villemain créa pour lui au Collège de France en 1841. Les éloges de Nerval ne sont pas indus : on considère Chasles comme le fondateur de la littérature comparée. **2.** Jenny Colon.

nous est venu de Saint-Germain-des-Prés[1]. C'est pourquoi il n'est pas encore catalogué... Il est dans les caves.

— Ah ! si vous étiez assez bon...

— Je vous le chercherai : donnez-moi quelques jours.

— Je commence le travail après-demain.

— Ah ! c'est que tout cela est l'un sur l'autre : c'est
une maison à remuer. Mais le livre y est : je l'ai vu.

— Ah ! faites bien attention, dis-je, à ces livres du
fonds de Saint-Germain-des-Prés, — à cause des rats...
On en a signalé tant d'espèces nouvelles sans compter le
rat gris de Russie venu à la suite des Cosaques. Il est vrai
qu'il a servi à détruire le rat anglais ; mais on parle à
présent d'un nouveau *rongeur* arrivé depuis peu. C'est la
souris d'Athènes. Il paraît qu'elle peuple énormément, et
que la race en a été apportée dans des caisses envoyées
ici par l'université que la France entretient à Athènes[2]. »

Le conservateur sourit de ma crainte et me congédia
en me promettant tous ses soins.

LA SONNETTE ENCHANTÉE

Il m'est venu encore une idée : la bibliothèque de l'Arsenal est en vacances ; mais j'y connais un conservateur.
— Il est à Paris : il a les clefs. Il a été autrefois très
bienveillant pour moi, et voudra bien me communiquer
exceptionnellement ce livre, qui est de ceux que sa bibliothèque possède en grand nombre.

Je m'étais mis en route. Une pensée terrible m'arrêta.
C'était le souvenir d'un récit fantastique qui m'avait été
fait il y a longtemps.

Le conservateur que je connais avait succédé à un vieillard célèbre*[3], qui avait la passion des livres, et qui ne

_____

* M. de Saint-Martin.

1. Le fonds d'archives de l'abbaye de Saint-Germain-des-Prés,
confisqué en 1792 par la Révolution, avait été réparti entre la Mazarine
et la Bibliothèque nationale.   **2.** L'École française d'Athènes, fondée en 1846.   **3.** Charles Cayx est sans doute le « conservateur que
je connais », puisqu'il avait été professeur d'histoire au lycée Charlemagne (où Gérard avait fait ses études), avant d'être administrateur de

quitta que fort tard et avec grand regret ses chères éditions du XVIIe siècle ; il mourut cependant, et le nouveau conservateur prit possession de son appartement.

Il venait de se marier, et reposait en paix près de sa jeune épouse, lorsque tout à coup il se sent réveillé, à une heure du matin, par de violents coups de sonnette. La bonne couchait à un autre étage. Le conservateur se lève et va ouvrir.

Personne.

Il s'informe dans la maison : tout le monde dormait ; — le concierge n'avait rien vu.

Le lendemain, à la même heure, la sonnette retentit de la même manière avec une longue série de carillons.

Pas plus de visiteur que la veille. Le conservateur, qui avait été professeur quelque temps auparavant, suppose que c'est quelque écolier rancuneux, affligé de trop de *pensums*[1], qui se sera caché dans la maison, — ou qui aura même attaché un chat par la queue à un nœud coulant qui se serait relâché par l'effet de la traction...

Enfin, le troisième jour, il charge le concierge de se tenir sur le palier, avec une lumière, jusqu'au-delà de l'heure fatale, et lui promet une récompense si la sonnerie n'a pas lieu.

À une heure du matin, le concierge voit avec consternation le cordon de sonnette se mettre en branle de lui-même, le gland rouge danse avec frénésie le long du mur. Le conservateur ouvre, de son côté, et ne voit devant lui que le concierge faisant des signes de croix.

« C'est l'âme de votre prédécesseur qui revient.

— L'avez-vous vu ?

— Non ! mais des fantômes, cela ne se voit pas à la chandelle.

— Eh bien, nous essaierons demain sans lumière.

— Monsieur, vous pourrez bien essayer tout seul... »

Après mûre réflexion, le conservateur se décida à ne

l'Arsenal, de 1842 à 1851. Il fut ensuite recteur de l'Académie de Paris. Nerval mêle les fonctions de bibliothécaire en chef (Charles Nodier, mort en 1844), celles d'administrateur (l'orientaliste Antoine Jean Saint-Martin [de 1824 à 1830], Cayx) et celles de conservateur (Jean-Baptiste-Augustin Soulié [de 1828 à 1845]). (Note de Jacques Bony.)
1. Travaux supplémentaires imposés à un élève par punition.

pas essayer de voir le fantôme, et probablement on fit dire une messe pour le vieux bibliophile, car le fait ne se renouvela plus.

Et j'irais, moi, tirer cette même sonnette !... Qui sait si ce n'est pas le fantôme *qui m'ouvrira* ?

Cette bibliothèque est, d'ailleurs, pleine pour moi de tristes souvenirs : j'y ai connu trois conservateurs, — dont le premier était l'original du fantôme supposé ; le second, si spirituel et si bon... qui fut un de mes tuteurs littéraires* ; le dernier**, qui me révélait si complaisamment ses belles collections de gravures, et à qui j'ai fait présent d'un *Faust*, illustré de planches allemandes [1] !

Non, je ne me déciderai pas facilement à retourner à l'Arsenal.

D'ailleurs, nous avons encore à visiter les vieux libraires. Il y a France ; il y a Merlin ; il y a Techener [2]...

M. France me dit : « Je connais bien le livre ; je l'ai eu dans les mains dix fois... Vous pouvez le trouver par hasard sur les quais : je l'y ai trouvé pour dix sous. »

Courir les quais plusieurs jours pour chercher un livre noté comme rare... J'ai mieux aimé aller chez Merlin. « Le Bucquoy ? me dit son successeur ; nous ne connaissons que cela ; j'en ai même un sur ce rayon... »

Il est inutile d'exprimer ma joie. Le libraire m'apporta un livre in-12, du format indiqué ; seulement, il était un peu gros (649 pages). Je trouvai, en l'ouvrant, ce titre, en regard

---

* Nodier.   ** Soulié.

---

1. Il s'agit sans doute, non du *Faust* de Goethe, mais du *Faust* de Friedrich Maximilian von Klinger (1752-1831) : *Les Aventures de Faust et sa descente aux enfers*, traduit de l'allemand par de Saur et Saint-Geniès, Paris, Bertrand, 1825, 3 volumes, planches.   **2.** François-Noël Thibault, dit France, père d'Anatole, tenait une librairie spécialisée dans l'histoire de la Révolution française, place de l'Oratoire du Louvre, puis quai Malaquais. Jacques-Simon Merlin tenait une librairie d'ouvrages anciens, 49, quai des Augustins ; il vendit son fonds en 1844 (ainsi qu'il le signale, Gérard a affaire à son successeur). Jacques-Joseph Techener est le plus renommé des libraires de cette époque : il exerça pendant quarante ans, 18, place du Louvre ; il avait fondé le *Bulletin du bibliophile* et dirigeait le *Bulletin de l'ami des arts*. (Note de Jacques Bony.)

d'un portrait : « Éloge du comte de Bucquoy. » Autour du portrait, on retrouvait en latin : COMES. A. BVCQVOY [1].

Mon illusion ne dura pas longtemps ; c'était une histoire de la rébellion de Bohême, avec le portrait d'un Bucquoy en cuirasse, ayant barbe coupée à la mode de Louis XIII. C'est probablement l'aïeul du pauvre abbé. — Mais il n'était pas sans intérêt de posséder ce livre ; car souvent les goûts et les traits de famille se reproduisent. Voilà un Bucquoy né dans l'Artois qui fait la guerre de Bohême ; — sa figure révèle l'imagination et l'énergie, avec un grain de tendance au fantasque. L'abbé de Bucquoy a dû lui succéder comme les rêveurs succèdent aux hommes d'action.

LE CANARI

En me rendant chez Techener pour tenter une dernière chance, je m'arrêtai à la porte d'un oiselier. Une femme d'un certain âge, en chapeau, vêtue avec ce soin à demi luxueux qui révèle qu'on a vu de meilleurs jours, offrait au marchand de lui vendre un canari avec sa cage.

Le marchand répondit qu'il était bien embarrassé seulement de nourrir les siens. La vieille dame insistait d'une voix oppressée. L'oiselier lui dit que son oiseau n'avait pas de valeur. — La dame s'éloigna en soupirant.

J'avais donné tout mon argent pour les exploits en Bohême du comte de Bucquoy : sans cela, j'aurais dit au marchand : « Rappelez cette dame, et dites-lui que vous vous décidez à acheter l'oiseau... »

La fatalité qui me poursuit à propos des Bucquoy m'a laissé le remords de n'avoir pu le faire.

———

M. Techener m'a dit : « Je n'ai plus d'exemplaires du

———

1. Le latin *comes* signifie « comte ». Ce comte de Bucquoy est Charles Bonaventure de Longueval de Bucquoy (1561-1621) : entré de bonne heure au service de l'Espagne (c'est pour le roi d'Espagne, souverain des Pays-Bas, qu'il défendit Arras contre Henri IV, en 1597), il fut ensuite appelé par l'empereur d'Allemagne Ferdinand II de Habsbourg pour combattre le soulèvement protestant de la Bohême, qui fut à l'origine de la guerre de Trente Ans.

livre que vous cherchez ; mais je sais qu'il s'en vendra un prochainement dans la bibliothèque d'un amateur.

— Quel amateur ?...

— X., si vous voulez, le nom ne sera pas sur le catalogue.

— Mais, si je veux acheter l'exemplaire maintenant ?...

— On ne vend jamais d'avance les livres catalogués et classés dans les lots. La vente aura lieu le 11 novembre.

— Le 11 novembre ! »

Hier, j'ai reçu une note de M. Ravenel, conservateur de la Bibliothèque, à qui j'avais été présenté. Il ne m'avait pas oublié, et m'instruisait du même détail. Seulement il paraît que la vente a été remise au 20 novembre.

Que faire d'ici là ? — Et encore, à présent, le livre montera peut-être à un prix fabuleux...

QUATRIÈME LETTRE

Un manuscrit des Archives. — Angélique de Longueval. — Voyage à Compiègne. — Histoire de la grand-tante de l'abbé de Bucquoy.

J'ai eu l'idée d'aller aux Archives de France où l'on m'a communiqué la généalogie authentique des Bucquoy. Leur nom patronymique est *Longueval*. En compulsant les dossiers nombreux qui se rattachent à cette famille, j'ai fait une trouvaille des plus heureuses.

C'est un manuscrit d'environ cent pages, au papier jauni, à l'encre déteinte, dont les feuilles sont réunies avec des faveurs d'un rose passé, et qui contient l'histoire d'*Angélique de Longueval* ; j'en ai pris quelques extraits que je tâcherai de lier par une analyse fidèle[1]. Une foule

---

1. Ce manuscrit est toujours conservé aux Archives nationales (cote : M.422). Il avait été publié dans la *Revue rétrospective* de Taschereau (à laquelle collaborait Jules Ravenel), en décembre 1834. Nerval connaissait cette publication, qu'il utilise conjointement avec le manuscrit. Jacques Bony a reproduit le texte du manuscrit dans *Le Dossier des « Faux Saulniers »*, ouvrage cité, 1984, p. 21-68. Le lien de parenté établi par Gérard entre Angélique et l'abbé de Bucquoy est fantaisiste.

de pièces et de renseignements sur les Longueval et sur les Bucquoy m'ont renvoyé à d'autres pièces, qui doivent exister à la bibliothèque de Compiègne. — Le lendemain était le propre jour de la Toussaint ; je n'ai pas manqué cette occasion de distraction et d'étude.

La vieille France provinciale est à peine connue, — de ces côtés surtout, — qui cependant font partie des environs de Paris. Au point où l'Île-de-France, le Valois et la Picardie se rencontrent, — divisés par l'Oise et l'Aisne, au cours si lent et si paisible, — il est permis de rêver les plus belles bergeries du monde.

La langue des paysans eux-mêmes est du plus pur français, à peine modifié par une prononciation où les désinences des mots montent au ciel à la manière du chant de l'alouette... Chez les enfants cela forme comme un ramage. Il y a aussi dans les tournures de phrases quelque chose d'italien, — ce qui tient sans doute au long séjour qu'ont fait les Médicis et leur suite florentine dans ces contrées, divisées autrefois en apanages royaux et princiers.

Je suis arrivé hier au soir à Compiègne, poursuivant *les Bucquoy* sous toutes les formes, avec cette obstination lente qui m'est naturelle. Aussi bien les Archives de Paris, où je n'avais pu prendre encore que quelques notes, eussent été fermées aujourd'hui, jour de la Toussaint.

À l'hôtel de la Cloche, célébré par Alexandre Dumas, on menait grand bruit, ce matin. Les chiens aboyaient, les chasseurs préparaient leurs armes ; j'ai entendu un piqueur qui disait à son maître : « Voici le fusil de monsieur le marquis. »

Il y a donc encore des marquis !

J'étais préoccupé d'une tout autre chasse... Je m'informai de l'heure à laquelle ouvrait la bibliothèque.

« Le jour de la Toussaint, me dit-on, elle est naturellement fermée.

— Et les autres jours !

— Elle ouvre de 7 heures du soir à 11 heures. »

Je crains de me faire ici plus malheureux que je n'étais. J'avais une recommandation pour l'un des bibliothécaires, qui est en même temps un de nos bibliophiles les plus éminents[1]. Non seulement il a bien voulu me montrer les livres de la ville, mais encore les siens, — parmi lesquels se trouvent de précieux autographes, tels que ceux d'une correspondance *inédite* de Voltaire, et un recueil de chansons mises en musique par Rousseau et écrites de sa main, dont je n'ai pu voir sans attendrissement la belle et nette exécution, — avec ce titre : *Anciennes Chansons sur de nouveaux airs*. Voici la première dans le style marotique :

> *Celui plus je ne suis que j'ai jadis été,*
> *Et plus ne saurais jamais l'être :*
> *Mon doux printemps et mon été*
> *Ont fait le saut par la fenêtre, etc.*

Cela m'a donné l'idée de revenir à Paris par Ermenonville, — ce qui est la route la plus courte comme distance et la plus longue comme temps, bien que le chemin de fer fasse un coude énorme pour atteindre Compiègne.

On ne peut parvenir à Ermenonville, ni s'en éloigner, sans faire au moins trois lieues à pied. — Pas une voiture directe. Mais demain, jour des Morts, c'est un pèlerinage que j'accomplirai respectueusement, — tout en pensant à la belle Angélique de Longueval.

Je vous adresse tout ce que j'ai recueilli sur elle aux Archives et à Compiègne, rédigé sans trop de préparation d'après les documents manuscrits et surtout d'après ce cahier jauni, entièrement écrit de sa main, qui est peut-être plus hardi, étant d'une fille de grande maison, — que *Les Confessions* mêmes de Rousseau.

Angélique de Longueval était fille d'un des plus grands seigneurs de Picardie. Jacques de Longueval, comte de

---

1. Il s'agit de Louis-Nicolas de Cayrol (1775-1859) qui publiera en 1856 deux volumes de lettres inédites de Voltaire. Ce n'est pas à lui, mais à son fils Alexandre, que Nerval dédicaça un exemplaire des *Scènes de la vie orientale* (voir l'article de Jean Ziegler au t. III des « Études nervaliennes et romantiques », Presses Universitaires de Namur, 1981, p. 15-18). La chanson de Clément Marot (1496-1544) citée plus bas appartient à l'in-folio des *Consolations des misères de ma vie, ou Recueil d'airs, romances et duos* constitué par Jean-Jacques Rousseau (1781).

Haraucourt [1], son père, conseiller du roi en ses conseils, maréchal de ses camps et armées, avait le gouvernement du Châtelet et de Clermont-en-Beauvoisis. C'était dans le voisinage de cette dernière ville, au château de Saint-Rimbaut, qu'il laissait sa femme et sa fille, lorsque le devoir de ses charges l'appelait à la cour ou à l'armée.

Dès l'âge de treize ans, Angélique de Longueval, d'un caractère triste et rêveur, — n'ayant goût, comme elle le disait, *ni aux belles pierres, ni aux belles tapisseries, ni aux beaux habits, ne respirait que la mort pour guérir son esprit.* Un gentilhomme de la maison de son père en devint amoureux. Il jetait continuellement les yeux sur elle, l'entourait de ses soins, et bien qu'Angélique ne sût pas encore ce que c'était qu'Amour, elle trouvait un certain charme à la poursuite dont elle était l'objet.

La déclaration d'amour que lui fit ce gentilhomme resta même tellement gravée dans sa mémoire, que six ans plus tard, après avoir traversé les orages d'un autre amour, des malheurs de toute sorte, elle se rappelait encore cette première lettre et la retraçait mot pour mot. Qu'on me permette de citer ici ce curieux échantillon du style d'un amoureux de province au temps de Louis XIII.

Voici la lettre du premier amoureux de Mlle Angélique de Longueval :

« Je ne m'étonne plus de ce que les simples, sans la force des rayons du soleil, n'ont nulle vertu, puisque aujourd'hui j'ai été si malheureux que de sortir sans avoir vu cette belle aurore, laquelle m'a toujours mis en pleine lumière, et dans l'absence de laquelle je suis perpétuellement accompagné d'un cercle de ténèbres, dont le désir d'en sortir, et celui de vous revoir, ma belle, m'a obligé, comme ne pouvant vivre sans vous voir, de retourner avec tant de promptitude, afin de me ranger à l'ombre de vos

---

1. En réalité Jacques-Annibal de Longueval, marquis d'Haraucourt. Il avait épousé le 14 avril 1599 Suzanne d'Arquinvilliers. Les époux eurent dix-huit enfants, dont six filles mortes en bas âge. Angélique est née en 1609 et serait morte le 11 mars 1694 au château de Verneuil-sous-Coucy. — Dans les lignes qui suivent, il faut lire « Catelet » (et non « Châtelet »), près de Saint-Quentin, et « Saint-Rimault » (et non « Saint-Rimbaut »). Plus bas, Nerval écrit correctement « Saint-Rimault ».

belles perfections, l'aimant desquelles m'a entièrement dérobé le cœur et l'âme ; larcin toutefois que je révère, en ce qu'il m'a élevé en un lieu si saint et si redoutable, et lequel je veux adorer toute ma vie avec autant de zèle et de fidélité que vous êtes parfaite. »

Cette lettre ne porta pas bonheur au pauvre jeune homme qui l'avait écrite. En essayant de la glisser à Angélique, il fut surpris par le père, — et mourait à quatre jours de là, tué l'on ne dit pas comment.

Le déchirement que cette mort fit éprouver à Angélique lui révéla l'Amour. Deux ans entiers elle pleura. Au bout de ce temps, ne voyant, dit-elle, d'autre remède à sa douleur que la mort ou une autre affection, elle supplia son père de la mener dans le monde. Parmi tant de seigneurs qu'elle y rencontrerait elle trouverait bien, pensait-elle, quelqu'un à mettre en son esprit à la place de ce mort éternel.

Le comte d'Haraucourt ne se rendit pas, selon toute apparence, aux prières de sa fille, car parmi les personnes qui s'éprirent d'amour pour elle, nous ne voyons que des officiers domestiques de la maison paternelle. Deux, entre autres, M. de Saint-Georges, gentilhomme du comte, et Fargue, son valet de chambre, trouvèrent dans cette passion commune pour la fille de leur maître une occasion de rivalité qui eut un dénouement tragique. Fargue, jaloux de la supériorité de son rival, avait tenu quelques discours sur son compte. M. de Saint-Georges l'apprend, appelle Fargue, lui remontre sa faute, et lui donne, en fin de compte, tant de coups de plat d'épée, que son arme en reste tordue. Plein de fureur, Fargue parcourt l'hôtel, cherchant une épée. Il rencontre le baron d'Haraucourt, frère d'Angélique : lui arrachant son épée, il court la plonger dans la gorge de son rival, que l'on relève expirant. Le chirurgien n'arrive que pour dire à Saint-Georges : « Criez merci à Dieu, car vous êtes mort. » Pendant ce temps, Fargue s'était enfui.

Tels étaient les tragiques préambules de la grande passion qui devait précipiter la pauvre Angélique dans une série de malheurs.

HISTOIRE DE LA GRAND-TANTE DE L'ABBÉ DE BUCQUOY

Voici maintenant les premières lignes du manuscrit :

« Lorsque ma mauvaise fortune jura de continuer à ne plus me laisser en repos, ce fut un soir à Saint-Rimault[1], par un homme que j'avais connu il y avait plus de sept ans, et pratiqué deux ans entiers sans l'aimer. Ce garçon étant entré dans ma chambre sous prétexte du bien qu'il voulait à la demoiselle de ma mère nommée Beauregard, s'approcha de mon lit en me disant : "Vous plaît-il, madame ?" et en s'approchant de plus près me dit ces paroles : "Ah ! que je vous aime, il y a longtemps !" auxquelles paroles je répondis : "Je ne vous aime point, je ne vous hais point aussi ; seulement, allez-vous-en, de peur que mon papa ne sache que vous êtes ici à ces heures."

« Le jour étant venu, je cherchai incontinent l'occasion de voir celui qui m'avait fait la nuit sa déclaration d'amour ; et, le considérant, je ne le trouvai haïssable que de sa condition, laquelle lui donna tout ce jour-là une grande retenue, et il me regardait continuellement. Tous les jours ensuivants se passèrent avec de grands soins qu'il prenait de s'ajuster bien pour me plaire. Il est vrai aussi qu'il était fort aimable, et que ses actions ne procédaient pas du lieu d'où il était sorti, car il avait le cœur très haut et très courageux. »

Ce jeune homme, comme nous l'apprend le récit d'un père célestin, cousin d'Angélique[2], se nommait La Corbinière et n'était autre que le fils d'un charcutier de Clermont-sur-Oise, engagé au service du comte d'Haraucourt. Il est vrai que le comte, maréchal des camps et armées du roi, avait monté sa maison sur un pied militaire, et chez lui les serviteurs, portant moustaches et éperons, n'avaient pour livrée que l'uniforme. Ceci explique jusqu'à un certain point l'illusion d'Angélique.

Elle vit avec chagrin partir La Corbinière, qui s'en allait, à la suite de son maître, retrouver à Charleville monseigneur de Longueville, malade d'une dysenterie.

---

1. Ce nom est ici correctement graphié. 2. Ce récit se trouve également dans le dossier manuscrit conservé aux Archives nationales. Nerval y fera encore allusion plus loin.

— Triste maladie, pensait naïvement la jeune fille, triste
maladie, qui l'empêchait de voir celui « dont l'affection
ne lui déplaisait pas ». Elle le revit plus tard à Verneuil[1].
Cette rencontre se fit à l'église. Le jeune homme avait
gagné de belles manières à la cour du duc de Longueville.
Il était vêtu de drap d'Espagne gris de perle, avec un
collet de point coupé et un chapeau gris orné de plumes
gris de perle et jaunes. Il s'approcha d'elle un moment
sans que personne le remarquât et lui dit : « Prenez,
madame, ces bracelets de senteur[2] que j'ai apportés de
Charleville, où *il m'a grandement ennuyé.* »

La Corbinière reprit ses fonctions au château. Il fei-
gnait toujours d'aimer la chambrière Beauregard, et lui
faisait accroire qu'il ne venait chez sa maîtresse que pour
elle. « Cette simple fille, — dit Angélique, — le croyait
fermement... Ainsi, nous passions deux ou trois heures à
rire tous trois ensemble tous les soirs, dans le donjon de
Verneuil, en la chambre tendue de blanc. »

La surveillance et les soupçons d'un valet de chambre
nommé Dourdillie interrompit[3] ces rendez-vous. Les
amoureux ne purent plus correspondre que par lettres.
Cependant, le père d'Angélique, étant allé à Rouen pour
retrouver le duc de Longueville, dont il était le lieutenant,
— La Corbinière s'échappa la nuit, monta sur une
muraille par une brèche, et, arrivé près de la fenêtre d'Angélique, jeta une pierre à la vitre.

La demoiselle le reconnut et dit, en dissimulant encore,
à sa chambrière Beauregard : « Je crois que votre amoureux est fou. Allez vitement lui ouvrir la porte de la salle
basse qui donne dans le parterre, car il y est entré. Cependant, je vais m'habiller et allumer de la chandelle. »

Il fut question de donner à souper au jeune homme,
« lequel ne fut que de confitures liquides. Toute cette nuit,

---

1. Verneuil-sous-Coucy, où le château du XVIᵉ siècle qui abritait les
Haraucourt fut abattu en 1860. — Le duc de Longueville évoqué peu
après est Henri II d'Orléans (1595-1663), filleul de Henri IV et qui
reçut dès le berceau le gouvernement de la Picardie. Il obtint aussi
en 1619 la Normandie et joua plus tard un rôle important pendant la
Fronde.   **2.** Manchettes parfumées, selon une mode précieuse. (Note
de Jacques Bony et René Pintard.)   **3.** Il faudrait le pluriel.

— ajoute la demoiselle, — nous la passâmes tous trois à rire ».

Mais, ce qu'il y eut de malheureux pour la pauvre Beauregard, c'est que la demoiselle et La Corbinière *se riaient* surtout en secret de la confiance qu'elle avait d'être aimée de lui.

Le jour venu, on cacha le jeune homme dans la chambre dite *du roy*, où jamais personne n'entrait ; — puis à la nuit on l'allait quérir. « Son manger, dit Angélique, fut, ces trois jours, de poulet frais que je lui portais entre ma chemise et ma cotte. »

La Corbinière fut forcé enfin d'aller rejoindre le comte, qui alors séjournait à Paris. Un an se passa, pour Angélique, dans une mélancolie — distraite seulement par les lettres qu'elle écrivait à son amant. « Je n'avais pas d'autre divertissement, dit-elle, car les belles pierres, ni les belles tapisseries et beaux habits, sans la conversation des honnêtes gens, ne me pouvaient plaire... Notre *revue* fut à Saint-Rimaut[1], avec des contentements si grands, que personne ne peut le savoir que ceux qui ont aimé. Je le trouvai encore plus aimable dans cet habit, qu'il avait d'écarlate... »

Les rendez-vous du soir recommencèrent. Le valet Dourdillie n'était plus au château, et sa chambre était occupée par un fauconnier nommé Lavigne qui faisait semblant de ne s'apercevoir de rien.

Les relations se continuèrent ainsi, toujours chastement, du reste, — et ne laissant regretter que les mois d'absence de La Corbinière, forcé souvent de suivre le comte aux lieux où l'appelait son service militaire. « Dire, écrit Angélique, tous les contentements que nous eûmes en trois ans de temps *en France**, il serait impossible. »

Un jour, La Corbinière devint plus hardi. Peut-être les

---

* On disait alors ces mots : *en France*, de tous les lieux compris dans l'Île-de-France. Plus loin commençait[2] la Picardie et le Soissonnais. Cela se dit encore pour distinguer certaines localités.

---

1. *Sic* pour « Saint-Rimault ». — Dans le sens d'« action de se revoir », le mot « revue » n'était plus guère usité au XIXᵉ siècle que dans l'expression « nous sommes gens de revue » (c'est-à-dire : nous avons souvent l'occasion de nous revoir). **2.** Il faudrait le pluriel.

compagnies de Paris l'avaient-elles un peu gâté. — Il entra dans la chambre d'Angélique fort tard. Sa suivante était couchée à terre, elle dans son lit. Il commença par embrasser la suivante d'après la supposition habituelle, puis il lui dit : « Il faut que je fasse peur à madame. »

« Alors, ajoute Angélique, — comme je dormais, il se glissa tout d'un temps en mon lit, avec seulement un caleçon. Moi, plus effrayée que contente, je le suppliai, par la passion qu'il avait pour moi, de s'en aller bien vite, parce qu'il était impossible de marcher ni de parler dans ma chambre que mon papa ne l'entendît. J'eus beaucoup de peine à le faire sortir. »

L'amoureux, un peu confus, retourna à Paris. Mais, à son retour, l'affection mutuelle s'était encore augmentée ; — et les parents en avaient quelque soupçon vague. — La Corbinière se cacha sous un grand tapis de Turquie recouvrant une table, un jour que la demoiselle était couchée dans la chambre dite du Roi, « et vint se mettre près d'elle ». Cinquante fois elle le supplia, craignant toujours de voir son père entrer. — Du reste, même endormis l'un près de l'autre, leurs caresses étaient pures...

CINQUIÈME LETTRE

Suite de l'histoire de la grand-tante de l'abbé de Bucquoy.

C'était l'esprit du temps, — où la lecture des poètes italiens faisait régner encore, dans les provinces surtout, un platonisme digne de celui de Pétrarque[1]. On voit des traces de ce genre d'esprit dans le style de la belle péni-tente à qui nous devons ces confessions.

Cependant, le jour étant venu, La Corbinière sortit un peu tard par la grande salle. Le comte, qui s'était levé de bonne heure, l'aperçut, sans pouvoir être sûr au juste qu'il sortît de chez sa fille, mais le soupçonnant très fort.

---

1. Poète et humaniste italien (1304-1374), célèbre pour les sonnets qu'il composa en l'honneur d'une femme nommée Laure.

« Ce pourquoi, ajoute la demoiselle, mon très cher papa resta ce jour-là très mélancolique et ne faisait autre que de parler avec maman ; pourtant l'on ne me dit rien du tout. »

Le troisième jour, le comte était obligé de se rendre aux funérailles de son beau-frère Manicamp. Il se fit suivre de La Corbinière, — ainsi que d'un fils, d'un palefrenier et de deux laquais, et se trouvant au milieu de la forêt de Compiègne, il s'approcha tout à coup de l'amoureux, lui tira par surprise l'épée du baudrier, et, lui mettant le pistolet sur la gorge, dit au laquais : « Ôtez les éperons à ce traître, et vous en allez un peu devant... »

INTERRUPTION

Je ne voudrais pas imiter ici le procédé des narrateurs de Constantinople ou des conteurs du Caire, qui, par un artifice vieux comme le monde, suspendent une narration à l'endroit le plus intéressant, afin que la foule revienne le lendemain au même café. — L'histoire de l'abbé Bucquoy existe ; je finirai par la trouver.

Seulement, je m'étonne que dans une ville comme Paris, centre des lumières, et dont les bibliothèques publiques contiennent deux millions de livres, on ne puisse rencontrer un livre français, que j'ai pu lire à Francfort, — et que j'avais négligé d'acheter.

Tout disparaît peu à peu, grâce au système de prêt des livres, — et aussi parce que la race des collectionneurs littéraires et artistiques ne s'est pas renouvelée depuis la Révolution. Tous les livres curieux volés, achetés ou perdus, se retrouvent en Hollande, en Allemagne et en Russie. — Je crains un long voyage dans cette saison, et je me contente de faire encore des recherches dans un rayon de quarante kilomètres autour de Paris.

J'ai appris que la poste de Senlis avait mis dix-sept heures pour vous transmettre une lettre qui, en trois heures, pouvait être rendue à Paris. Je pense que cela ne tient pas à ce que je sois mal vu dans ce pays, où j'ai été élevé ; mais voici un détail curieux.

Il y a quelques semaines, je commençais déjà à faire le

plan du travail que vous voulez bien publier, et je faisais quelques recherches préparatoires sur les Bucquoy, — dont le nom a toujours résonné dans mon esprit comme un souvenir d'enfance. Je me trouvais à Senlis avec un ami, un ami breton, très grand et à la barbe noire. Arrivés de bonne heure par le chemin de fer, qui s'arrête à Saint-Maixent[1], et ensuite par un omnibus, qui traverse les bois, en suivant la vieille route de Flandre, — nous eûmes l'imprudence d'entrer au café le plus apparent de la ville, pour nous y réconforter.

Ce café était plein de gendarmes, dans l'état gracieux qui, après le service, leur permet de prendre quelques divertissements. Les uns jouaient aux dominos, les autres au billard.

Ces militaires s'étonnèrent sans doute de nos façons et de nos barbes parisiennes. Mais ils n'en manifestèrent rien ce soir-là.

Le lendemain, nous déjeunions à l'hôtel excellent de la Truite qui file (je vous prie de croire que je n'invente rien), lorsqu'un brigadier vint nous demander très poliment nos passeports.

Pardon de ces minces détails, — mais cela peut intéresser tout le monde...

Nous lui répondîmes à la manière dont un certain soldat répondit à la maréchaussée, — selon une chanson de ce pays-là même... (J'ai été bercé avec cette chanson.)

> *On lui a demandé :*
> *Où est votre congé ?*
> *— Le congé que j'ai pris,*
> *Il est sous mes souliers !*

La réponse est jolie. Mais le refrain est terrible :

> *Spiritus sanctus,*
> *Quoniam bonus*[2] *!*

Ce qui indique suffisamment que le soldat n'a pas bien

---

1. Il n'existe aucun Saint-Maixent dans le Valois. Jacques Bony a proposé de lire ici : Pont-Sainte-Maxence (parfois appelé Sainte-Maxence ou Sainte-Maixence).   2. Sur cette chanson, voir aussi la p. 280. Le sens du refrain latin est obscur.

fini... Notre affaire a eu un dénouement moins grave. Aussi, avions-nous répondu très honnêtement qu'on ne prenait pas d'ordinaire de passeport pour visiter la grande banlieue de Paris. Le brigadier avait salué sans faire d'observation.

Nous avions parlé à l'hôtel d'un dessein vague d'aller à Ermenonville. Puis, le temps étant devenu mauvais, l'idée a changé, et nous sommes allés retenir nos places à la voiture de Chantilly, qui nous rapprochait de Paris.

Au moment de partir, nous voyons arriver un commissaire orné de deux gendarmes qui nous dit : « Vos papiers ? »

Nous répétons ce que nous avions dit déjà.

« Hé bien ! messieurs, dit ce fonctionnaire, vous êtes en état d'arrestation. »

Mon ami le Breton fronçait le sourcil, ce qui aggravait notre situation.

Je lui ai dit : « Calme-toi. Je suis presque un diplomate... J'ai vu de près, — à l'étranger, — des rois, des pachas et même des padischas [1], et je sais comment on parle aux autorités.

« Monsieur le commissaire, dis-je alors (parce qu'il faut toujours donner leurs titres aux personnes), j'ai fait trois voyages en Angleterre, et l'on ne m'a jamais demandé de passeport que pour me conférer le droit de sortir de France... Je reviens d'Allemagne, où j'ai traversé dix pays souverains, — y compris la Hesse : — on ne m'a pas même demandé mon passeport en Prusse [2].

— Eh bien ! je vous le demande en France.

— Vous savez que les malfaiteurs ont toujours des papiers en règle...

— Pas toujours... »

Je m'inclinai.

_____

1. Le pluriel est curieux : le padischah, ou padisha, désigne l'empereur des Turcs. Les pachas étaient des gouverneurs de province, dans l'empire turc. **2.** Allusion au voyage en Allemagne d'août-septembre 1850. À noter d'autre part qu'on ne connaît que deux voyages de Nerval en Angleterre : durant l'été de 1846 et en juin 1849.

« J'ai vécu sept ans dans ce pays ; j'y ai même quelques restes de propriétés [1]...

— Mais vous n'avez pas de papiers ?

— C'est juste... Croyez-vous maintenant que des gens suspects iraient prendre un bol de punch dans un café où les gendarmes font leur partie le soir ?

— Cela pourrait être un moyen de se déguiser mieux. »

Je vis que j'avais affaire à un homme d'esprit.

« Eh bien ! monsieur le commissaire, ajoutai-je, je suis tout bonnement un écrivain ; je fais des recherches sur la famille des Bucquoy de Longueval, et je veux préciser la place, ou retrouver les ruines des châteaux qu'ils possédaient dans la province. »

Le front du commissaire s'éclaircit tout à coup :

« Ah ! vous vous occupez de littérature ? Et moi aussi, monsieur ! J'ai fait des vers dans ma jeunesse... une tragédie. »

Un péril succédait à un autre ; — le commissaire paraissait disposé à nous inviter à dîner pour nous lire sa tragédie. Il fallut prétexter des affaires à Paris pour être autorisé à monter dans la voiture de Chantilly, dont le départ était suspendu par notre arrestation.

Je n'ai pas besoin de vous dire que je continue à ne vous donner que des détails exacts sur ce qui m'arrive dans ma recherche assidue.

Ceux qui ne sont pas chasseurs ne comprennent point assez la beauté des paysages d'automne. — En ce moment, malgré la brume du matin, nous apercevons des tableaux dignes des grands maîtres flamands. Dans les châteaux et dans les musées, on retrouve encore l'esprit des peintres du Nord. Toujours des points de vue aux teintes roses ou bleuâtres dans le ciel, aux arbres à demi effeuillés, — avec des champs dans le lointain ou sur le premier plan des scènes champêtres.

---

1. Probable allusion au clos Nerval, à Mortefontaine, d'où l'auteur a tiré son pseudonyme littéraire.

Le *Voyage à Cythère* de Watteau[1] a été conçu dans les brumes transparentes et colorées de ce pays. C'est une Cythère calquée sur un îlot de ces étangs créés par les débordements de l'Oise et de l'Aisne, — ces rivières si calmes et si paisibles en été.

Le lyrisme de ces observations ne doit pas vous étonner ; — fatigué des querelles vaines et des stériles agitations de Paris, je me repose en revoyant ces campagnes si vertes et si fécondes ; — je reprends des forces sur cette terre maternelle.

Quoi qu'on puisse dire philosophiquement, nous tenons au sol par bien des liens. On n'emporte pas les cendres de ses pères à la semelle de ses souliers[2], — et le plus pauvre garde quelque part un souvenir sacré qui lui rappelle ceux qui l'ont aimé. Religion ou philosophie, tout indique à l'homme ce culte éternel des souvenirs.

SIXIÈME LETTRE

Le jour des Morts. — Senlis. — Les tours des Romains. — Les jeunes filles. — Delphine.

C'est le jour des Morts que je vous écris ; — pardon de ces idées mélancoliques. Arrivé à Senlis la veille, j'ai passé par les paysages les plus beaux et les plus tristes qu'on puisse voir dans cette saison. La teinte rougeâtre des chênes et des trembles sur le vert foncé des gazons, les troncs blancs des bouleaux se détachant du milieu des bruyères et des broussailles, — et surtout la majestueuse longueur de cette route de Flandre, qui s'élève parfois de façon à vous faire admirer un vaste horizon de forêts brumeuses, tout cela m'avait porté à la rêverie. En arrivant à Senlis, j'ai vu la ville en fête. Les cloches, — dont

---

1. Le peintre Antoine Watteau (1684-1721) a souvent traité des sujets champêtres et des fêtes galantes. Le tableau auquel pense Nerval s'intitule : *L'Embarquement pour l'île de Cythère*. Cythère, évoquée longuement dans le *Voyage en Orient*, est une île grecque où se trouve un temple dédié à Aphrodite. **2.** Souvenir d'un mot prêté à Danton (« Est-ce que l'on emporte sa patrie à la semelle de ses souliers ? »).

Rousseau aimait tant le son lointain[1], — résonnaient de tous côtés ; les jeunes filles se promenaient par compagnies dans la ville, ou se tenaient devant les portes des maisons en souriant et caquetant. Je ne sais si je suis victime d'une illusion : je n'ai pu rencontrer encore une fille laide à Senlis... celles-là peut-être ne se montrent pas !

Non : — le sang est beau généralement, ce qui tient sans doute à l'air pur, à la nourriture abondante, à la qualité des eaux. Senlis est une ville isolée de ce grand mouvement du chemin de fer du Nord qui entraîne les populations vers l'Allemagne. — Je n'ai jamais su pourquoi le chemin de fer du Nord ne passait pas par nos pays, — et faisait un coude énorme qui encadre en partie Montmorency, Luzarches, Gonesse et autres localités, privées du privilège qui leur aurait assuré un trajet direct[2]. Il est probable que les personnes qui ont institué ce chemin auront tenu à le faire passer par leurs propriétés. — Il suffit de consulter la carte pour apprécier la justesse de cette observation.

Il est naturel, un jour de fête à Senlis, d'aller voir la cathédrale. Elle est fort belle, et nouvellement restaurée, avec l'écusson semé de fleurs de lis qui représente les armes de la ville, et qu'on a eu soin de replacer sur la porte latérale. L'évêque officiait en personne, — et la nef était remplie des notabilités châtelaines et bourgeoises qui se rencontrent encore dans cette localité.

LES JEUNES FILLES

En sortant, j'ai pu admirer, sous un rayon de soleil couchant, les vieilles tours des fortifications romaines, à

---

1. Le son des cloches rappelait à Rousseau le temps heureux de son séjour aux Charmettes, chez Mme de Warens (voir le « Livre troisième » des *Confessions*, in *Œuvres complètes*, éd. B. Gagnebin et M. Raymond, Paris, Gallimard / « Bibliothèque de la Pléiade », t. I, 1959, p. 107-108).   **2.** La ligne Paris-Creil suivait alors la vallée de l'Oise ; la ligne actuelle, par Chantilly, ne sera mise en service qu'en 1859. (Note de J. Bony.)

demi démolies et revêtues de lierre. — En passant près du prieuré, j'ai remarqué un groupe de petites filles qui s'étaient assises sur les marches de la porte.

Elles chantaient sous la direction de la plus grande, qui, debout devant elles, frappait des mains en réglant la mesure.

« Voyons, mesdemoiselles, recommençons ; les petites ne vont pas !... Je veux entendre cette petite-là qui est à gauche, la première sur la seconde marche : — allons, chante toute seule. »

Et la petite se met à chanter avec une voix faible, mais bien timbrée :

> *Les canards dans la rivière...* etc.

Encore un air avec lequel j'ai été bercé. Les souvenirs d'enfance se raivent quand on a atteint la moitié de la vie. — C'est comme un manuscrit palympseste [1] dont on fait reparaître les lignes par des procédés chimiques.

Les petites filles reprirent ensemble une autre chanson, — encore un souvenir :

> *Trois filles dedans un pré...*
> *Mon cœur vole* (bis) *!*
> *Mon cœur vole à votre gré !*

« Scélérats d'enfants ! dit un brave paysan qui s'était arrêté près de moi à les écouter... Mais vous êtes trop gentilles !... Il faut danser à présent. »

Les petites filles se levèrent de l'escalier et dansèrent une danse singulière qui m'a rappelé celle des filles grecques dans les îles.

Elles se mettent toutes, — comme on dit chez nous, — *à la queue leleu* [2] ; puis un jeune garçon prend les mains de la première et la conduit en reculant, pendant que les autres se tiennent les bras, que chacune saisit derrière sa compagne. Cela forme un serpent qui se meut d'abord en spirale et ensuite en cercle, et qui se resserre de plus en plus autour de l'auditeur, obligé d'écouter le chant, et quand la ronde se resserre, d'embrasser les

---

1. Graphie nervalienne. Il faudrait « palimpseste ». **2.** Forme étymologique de l'expression (« à la queue [de] le loup »).

pauvres enfants, qui font cette gracieuseté à l'étranger qui passe.

Je n'étais pas un étranger, mais j'étais ému jusqu'aux larmes en reconnaissant, dans ces petites voix, des intonations, des roulades, des finesses d'accent, autrefois entendues, — et qui, des mères aux filles, se conservent les mêmes...

La musique, dans cette contrée, n'a pas été gâtée par l'imitation des opéras parisiens, des romances de salon ou des mélodies exécutées par les orgues. On en est encore, à Senlis, à la musique du XVIᵉ siècle, conservée traditionnellement depuis les Médicis. L'époque de Louis XIV a aussi laissé des traces. Il y a, dans les souvenirs des filles de la campagne, des complaintes — d'un mauvais goût ravissant. On trouve là des restes de morceaux d'opéras, du XVIᵉ siècle, peut-être, — ou d'oratorios du XVIIᵉ.

DELPHINE [1]

J'ai assisté autrefois à une représentation donnée à Senlis dans une pension de demoiselles.

On jouait un mystère, — comme aux temps passés. — La vie du Christ avait été représentée dans tous ses détails, et la scène dont je me souviens était celle où l'on attendait la descente du Christ dans les Enfers.

Une très belle fille blonde parut avec une robe blanche, une coiffure de perles, une auréole et une épée dorée, sur un demi globe, qui figurait un astre éteint.

Elle chantait :

> *Anges ! descendez promptement,*
> *Au fond du purgatoire !...*

Et elle parlait de la gloire du Messie, qui allait visiter ces sombres lieux. — Elle ajoutait :

---

1. Une scène analogue est évoquée dans « Sylvie » (voir p. 249-251), où la jeune fille est Adrienne.

> *Vous le verrez distinctement*
> *Avec une couronne...*
> *Assis dessus un trône !*

Ceci se passait dans une époque monarchique. La demoiselle blonde était d'une des plus grandes familles du pays et s'appelait Delphine. — Je n'oublierai jamais ce nom !

... Le sire de Longueval dit à ses gens : « Fouillez ce traître, car il a des lettres de ma fille », — et il ajoutait en lui parlant : « Dis, perfide, d'où venais-tu quand tu sortais si bonne heure de la grand-salle ?

— Je venais, disait-il, de la chambre de M. de La Porte, et ne sais ce que vous voulez me dire de lettres. »

Heureusement La Corbinière avait brûlé les lettres précédemment reçues, de sorte qu'on ne trouva rien. Cependant le comte de Longueval dit à son fils, — en tenant toujours le pistolet à la main : « Coupe-lui la moustache et les cheveux ! »

Le comte s'imaginait qu'après cette opération, La Corbinière ne plairait plus à sa fille.

Voici ce qu'elle a écrit à ce sujet :

« Ce garçon se voyant de cette sorte, voulut mourir, car il croyait, en effet, que je ne l'aimerais plus ; mais, au contraire, lorsque je le vis en cet état pour l'amour de moi, mon affection redoubla de telle sorte que j'avais juré, si mon père le traitait plus mal, de me tuer devant lui ; — lequel usa de prudence, comme homme d'esprit qu'il était, car, sans éclater davantage, il l'envoya avec un bon cheval en Beauvoisis, avertir ces MM. les gendarmes de se tenir prêts à venir en garnison à Orbaix[1]. »

La demoiselle ajoute :

« Le mauvais traitement que lui avait fait mon père, et le commandement qu'il lui avait enjoint de se tenir dans les bornes de son devoir, ne purent empêcher qu'il ne passât toute cette nuit-là avec moi par cette invention : mon père lui ayant commandé de s'en aller en Beauvoisis, il monta à cheval, et au lieu de s'en aller vivement, il

---

1. Orbais-l'Abbaye, près d'Épernay.

s'arrêta dans le bois de Guny jusqu'à ce qu'il fût nuit, et alors il s'en vint chez Tancar, à Coucy-la-Ville, et lorsqu'il eut soupé, il prit ses deux pistolets et s'en vint à Verneuil, grimper par le petit jardin, où je l'attendais avec assurance et sans peur, sachant qu'on croyait qu'il fût bien loin. Je le menai dans ma chambre ; alors il me dit : "Il ne faut pas perdre cette bonne occasion sans nous embrasser : c'est pourquoi il faut nous déshabiller... Il n'y a nul danger." »

La Corbinière fit une maladie, ce qui rendit le comte moins sévère envers lui, — mais pour l'éloigner de sa fille, il lui dit : « Il vous en faut aller à la garnison à Orbaix, car déjà les autres gendarmes y sont. »

Çe qu'il fit avec grand déplaisir.

À Orbaix, le fauconnier du comte ayant envoyé à Verneuil son valet, nommé Toquette, La Corbinière lui donna une lettre pour Angélique de Longueval. Mais, craignant qu'elle ne fût vue, il lui recommanda de la mettre sous une pierre avant d'entrer au château, afin que si on le fouillait, on ne trouvât rien.

Une fois admis, il devenait très simple d'aller quérir la lettre sous la pierre, et de la remettre à la demoiselle. Le petit garçon fit bien son message, et, s'approchant d'Angélique de Longueval, lui dit : « J'ai quelque chose pour vous. »

Elle eut un grand contentement de cette lettre. Il témoignait qu'il avait quitté de grands avantages en Allemagne pour venir la voir, et qu'il lui était impossible de vivre sans qu'elle lui donnât commodité de la voir.

Ayant été menée par son frère au château de la Neuville[1], Angélique dit à un laquais qui était à sa mère et qui s'appelait *Court-Toujours* : « Oblige-moi d'aller trouver La Corbinière, lequel est revenu d'Allemagne, et lui porte cette lettre de ma part bien secrètement. »

---

1. À La Neuville-en-Hez, près de Saint-Rimault, les Haraucourt possédaient une maison en ville, non un château.

SEPTIÈME LETTRE

Observations. — Le roi Loys. — Dessous les rosiers blancs.

Avant de parler des grandes résolutions d'Angélique de Longueval, je demande la permission de placer encore un mot. Ensuite, je n'interromprai plus que rarement le récit. Puisqu'il nous est défendu de faire du *roman* historique, nous sommes forcé de servir la sauce sur un autre plat que le poisson ; — c'est-à-dire les descriptions locales, le sentiment de l'époque, l'analyse des caractères, — en dehors du récit matériellement vrai.

Je me rends compte difficilement du voyage qu'a fait La Corbinière en Allemagne. La demoiselle de Longueval n'en dit qu'un mot. À cette époque, on appelait l'Allemagne les pays situés dans la haute Bourgogne, — où nous avons vu que M. de Longueville avait été malade de la dysenterie. Probablement La Corbinière était allé quelque temps près de lui.

Quant au caractère des pères de la province que je parcours, il a été éternellement le même si j'en crois les légendes que j'ai entendu chanter dans ma jeunesse. C'est un mélange de rudesse et de bonhomie tout patriarcal. Voici une des chansons que j'ai pu recueillir dans ce vieux pays de l'Île-de-France, qui, du *Parisis*, s'étend jusqu'aux confins de la Picardie :

> *Le roi Loys est sur son pont* [1]
> *Tenant sa fille en son giron.*
> *Elle lui demande un cavalier...*
> *Qui n'a pas vaillant six deniers !*
>
> *« Oh ! oui, mon père, je l'aurai*
> *Malgré ma mère qui m'a porté.*
> *Aussi malgré tous mes parents*
> *Et vous, mon père... que j'aime tant !*

---

[1]. Son pont-levis. Sur cette chanson, voir également « Chansons et légendes du Valois » (p. 276-277) ; l'auteur y raconte la fin — surprenante — de l'histoire. Les évocations des chansons populaires dans l'œuvre de Nerval ont fait l'objet d'une étude majeure de Paul Bénichou, en 1970 (*Nerval et la chanson folklorique*, éd. Corti).

> — *Ma fille, il faut changer d'amour,*
> *Ou vous entrerez dans la tour...*
> — *J'aime mieux rester dans la tour,*
> *Mon père ! que de changer d'amour !*

> — *Vite... où sont mes estafiers,*
> *Aussi bien que mes gens de pied ?*
> *Qu'on mène ma fille à la tour,*
> *Elle n'y verra jamais le jour ! »*

> *Elle y resta sept ans passés*
> *Sans que personne pût la trouver :*
> *Au bout de la septième année*
> *Son père vint la visiter.*

> *« Bonjour, ma fille ! comme vous en va ?*
> — *Ma foi, mon père... ça va bien mal ;*
> *J'ai les pieds pourris dans la terre,*
> *Et les côtés mangés des vers.*

> — *Ma fille, il faut changer d'amour...*
> *Ou vous resterez dans la tour.*
> — *J'aime mieux rester dans la tour,*
> *Mon père, que de changer d'amour ! »*

Nous venons de voir le père féroce ; — voici maintenant le père indulgent.

Il est malheureux de ne pouvoir vous faire entendre les airs, — qui sont aussi poétiques que ces vers, mêlés d'assonances, dans le goût espagnol, sont musicalement rythmés :

> *Dessous le rosier blanc*
> *La belle se promène...*
> *Blanche comme la neige,*
> *Belle comme le jour :*
> *Au jardin de son père*
> *Trois cavaliers l'ont pris.*

On a gâté depuis cette légende en y refaisant des vers, et en prétendant qu'elle était du Bourbonnais. On l'a même dédiée, avec de jolies illustrations, à l'ex-reine des

Français[1]... Je ne puis vous la donner entière ; voici encore les détails dont je me souviens :

Trois capitaines passent à cheval près du rosier blanc :

> *Le plus jeune des trois*
> *La prit par sa main blanche :*
> *« Montez, montez la belle,*
> *Dessus mon cheval gris. »*

On voit encore, par ces quatre vers, qu'il est possible de ne pas rimer en poésie ; — c'est ce que savent les Allemands, qui, dans certaines pièces, emploient seulement les longues et les brèves, à la manière antique.

Les trois cavaliers et la jeune fille, montée en croupe derrière le plus jeune, arrivent à Senlis. « Aussitôt arrivés, l'hôtesse la regarde » :

> *« Entrez, entrez, la belle ;*
> *Entrez sans plus de bruit,*
> *Avec trois capitaines*
> *Vous passerez la nuit ! »*

Quand la belle comprend qu'elle a fait une démarche un peu légère, — après avoir présidé au souper, elle *fait la morte*, et les trois cavaliers sont assez naïfs pour se prendre à cette feinte. — Ils se disent : « Quoi ! notre mie est morte ! » et se demandent où il faut la reporter :

> *« Au jardin de son père ! »*

---

1. Cette chanson est évoquée aussi dans l'appendice de « Sylvie » (voir p. 277-279). *L'Ancien Bourbonnais* d'Achille Allier était paru en deux tomes à Moulins (1833-1838). Le tome II, achevé par Adolphe Michel, comprend un « Voyage pittoresque », paginé à part et où on trouve des chansons. Confusions et réfections foisonnaient dans ce « Voyage pittoresque », mais il s'agit, historiquement, du premier recueil de chansons populaires françaises. « La Jolie Fille de la Garde » (Nerval écrit plus loin : « La Jeune Fille de la Garde ») avait été éditée par Achille Allier en 1836 (Bourbon-l'Archambaud, grand in-folio), avec le sous-titre « Chant populaire bourbonnais », une eau-forte de Célestin Nanteuil et une dédicace adressée à la reine Marie-Amélie, épouse de Louis-Philippe (Achille Allier était mort la même année, à 29 ans, et n'avait donc pu terminer le t. II de *L'Ancien Bourbonnais*). — Nerval reprend ici certaines considérations qui figuraient déjà en 1852 dans *La Bohême galante*.

dit le plus jeune ; et c'est sous le rosier blanc qu'ils s'en vont déposer le corps.

Le narrateur continue :

> *Et au bout des trois jours*
> *La belle ressuscite !*

> « *Ouvrez, ouvrez, mon père,*
> *Ouvrez, sans plus tarder ;*
> *Trois jours j'ai fait la morte*
> *Pour mon honneur garder.* »

Le père est en train de souper avec toute la famille. On accueille avec joie la jeune fille dont l'absence avait beaucoup inquiété ses parents depuis trois jours, — et il est probable qu'elle se maria plus tard fort honorablement.

Revenons à Angélique de Longueval.

« Mais pour parler de la résolution que je fis de quitter ma patrie, elle fut en cette sorte : lorsque celui* qui était allé au Maine[1] fut revenu à Verneuil, mon père lui demanda avant le souper : "Avez-vous force d'argent ?" à quoi il répondit : "J'ai tant." Mon père non content, prit un couteau sur la table, parce que le couvert était mis, et se jetant sur lui pour le blesser, ma mère et moi y accourûmes ; mais déjà celui qui devait être cause de tant de peine, s'était blessé lui-même au doigt en voulant ôter le couteau à mon père... et encore qu'il ait reçu ce mauvais traitement, l'amour qu'il avait pour moi l'empêchait de s'en aller, comme était son devoir.

« Huit jours se passèrent que mon père ne lui disait ni bien ni mal, pendant lequel temps il me sollicitait par lettres de prendre résolution de nous en aller ensemble, à quoi je n'étais encore résolue, mais les huit jours étant

---

* Elle ne nomme jamais La Corbinière, dont nous n'avons appris le nom que par le récit du moine célestin, cousin d'Angélique.

---

1. Un passage non cité du manuscrit indique que le père d'Angélique a envoyé La Corbinière « à Saint-Messan au Maine », c'est-à-dire dans la Sarthe. La précision fournie en note est inexacte : le manuscrit d'Angélique nomme La Corbinière.

passés, mon père lui dit dans le jardin : "Je m'étonne de votre effronterie, que vous restiez encore dans ma maison après ce qui s'est passé ; allez-vous-en vitement, et ne venez jamais à pas une de mes maisons, car vous ne serez jamais le bienvenu."

« Il s'en vint donc vitement faire seller un cheval qu'il avait, et monta à sa chambre pour y prendre ses hardes ; il m'avait fait signe de monter à la chambre d'Haraucourt, où dans l'antichambre il y avait une porte fermée, où l'on pouvait néanmoins parler. Je m'y en allai vitement et il me dit ces paroles : "C'est cette fois qu'il faut prendre résolution, ou bien vous ne me verrez jamais."

« Je lui demandai trois jours pour y penser ; il s'en alla donc à Paris et revint au bout de trois jours à Verneuil, pendant lequel temps je fis tout ce que je pus pour me pouvoir résoudre à laisser cette affection, mais il me fut impossible, encore que toutes les misères que j'ai souffertes se présentèrent devant mes yeux avant de partir. L'amour et le désespoir passèrent sur toutes ces considérations ; me voilà donc résolue. »

Au bout de trois jours, La Corbinière vint au château et entra par le petit jardin. Angélique de Longueval l'attendait dans le petit jardin et entra par la chambre basse, où il fut *ravi de joie* en apprenant la résolution de la demoiselle.

Le départ fut fixé au premier dimanche de carême, et elle lui dit, sur l'observation qu'il fit, « qu'il fallait avoir de l'argent et un cheval », qu'elle ferait ce qu'elle pourrait.

Angélique chercha dans son esprit le moyen d'avoir de la vaisselle d'argent, car pour de la monnaie il n'y fallait pas songer, le père ayant tout son argent avec lui à Paris.

Le jour venu elle dit à un palefrenier nommé Breteau :

« Je voudrais bien que tu me prêtasses un cheval pour envoyer à Soissons, cette nuit, quérir du taffetas pour me faire un corps-de-cotte [1], te promettant que le cheval sera

---

1. Le « corps » désignait les vêtements qui s'appliquent à la partie supérieure du corps ; le « corps de cotte » était le corps piqué que les femmes portaient sous leurs robes et où elles attachaient leurs jupes ou cottes.

ici avant que maman se lève ; et ne t'étonne pas si je te
le demande pour la nuit, car c'est afin qu'elle ne te crie. »

Le palefrenier consentit *à la volonté* de sa demoiselle.
Il s'agissait encore d'avoir la clef de la première porte
du château. Elle dit au portier qu'elle voulait faire sortir
quelqu'un de nuit pour aller chercher quelque chose à la
ville et qu'il ne fallait pas que madame le sût... qu'ainsi
il ôtât du trousseau de clefs celle de la première porte, et
qu'elle ne s'en apercevrait pas.

Le principal était d'avoir l'argenterie. La comtesse qui,
ainsi que le dit sa fille, semblait en ce moment « inspirée
de Dieu », dit au souper à celle qui *l'avait en garde* :
« Huberde, à cette heure que M. d'Haraucourt n'est point
ici, serrez presque toute la vaisselle d'argent dans ce
coffre et m'apportez la clef. »

La demoiselle changea de couleur, — et il fallut
remettre le jour du départ. Cependant, sa mère étant allée
se promener dans la campagne le dimanche suivant, elle
eut l'idée de faire venir un maréchal du village pour *lever*
la serrure[1] du coffre, — sous prétexte que la clef était
perdue.

« Mais, dit-elle, ce ne fut pas tout, car mon frère le
chevalier, qui était seul resté avec moi, et qui était petit,
me dit, lorsqu'il vit que j'avais donné des commissions à
tous, et que j'avais fermé moi-même la première porte du
château : "Ma sœur, si vous voulez voler papa et maman,
pour moi, je ne le veux pas faire ; je m'en vais trouver
vitement maman. — Va, lui dis-je, petit impudent, car
aussi bien le saura-t-elle de ma bouche ; et si elle ne me
fait raison, je me la ferai bien moi-même." — Mais c'était
au plus loin de ma pensée que je disais ces paroles. Cet
enfant s'en courait pour aller dire ce que je voulais tenir
caché ; mais se retournant toujours pour voir si je ne le
regardais pas, il s'imagina que je ne m'en souciais guère,
ce qui le fit revenir. Je le faisais exprès, sachant qu'aux
enfants tant plus on leur montre de crainte, et plus ils ont
d'ardeur à dire ce qu'on leur prie de taire. »

La nuit étant venue, et l'heure du coucher approchant,
Angélique donna le bonsoir à sa mère avec un grand sen-

---

1. Lever une serrure : l'enlever, l'ôter.

timent de douleur en elle-même, — et, rentrant chez elle, dit à sa fille de chambre :

« Jeanne, couchez-vous ; j'ai quelque chose qui me travaille l'esprit ; je ne puis me déshabiller encore... »

Elle se jeta toute vêtue sur son lit en attendant minuit ; — La Corbinière fut exact.

« Oh Dieu ! quelle heure ! — écrit Angélique ; — je tressaillis toute lorsque j'entendis qu'il jetait une petite pierre à ma fenêtre... car il était entré dans le petit jardin. »

Quand La Corbinière fut dans la salle, Angélique lui dit :

« Notre affaire va bien mal, car madame a pris la clef de la vaisselle d'argent, ce qu'elle n'avait jamais fait ; mais pourtant j'ai la clef de la dépense [1] où est le coffre. »

« Sur ces paroles il me dit :

« "Il faut commencer à t'habiller, et puis nous regarderons comme nous ferons."

« Je commençai donc à mettre les chausses, et les bottes et éperons lesquels il m'aidait à mettre. Sur cela le palefrenier vint à la porte de la salle avec le cheval ; moi, tout éperdue, je me mis vitement ma cotte de ratine pour couvrir mes habits d'homme que j'avais jusques à la ceinture, et m'en vins prendre le cheval des mains de Breteau, et le menai hors de la première porte du château, à un ormeau sous lequel dansaient aux fêtes les filles du village, et m'en retournai à la salle, où je trouvai *mon cousin* qui m'attendait avec grande impatience (tel était le nom que je le devais appeler pour le voyage), lequel me dit : "Allons donc voir si nous pourrons avoir quelque chose, ou, sinon, nous ne laisserons de nous en aller avec rien." — À ces paroles je m'en allai dans la cuisine, qui était près de la dépense, et, ayant découvert le feu pour voir clair, j'aperçus une grande pelle à feu, de fer, laquelle je pris, et puis lui dis :

« "Allons à la dépense", et étant proche du coffre, nous mîmes la main au couvercle, lequel *ne serrait tout près*. Alors je lui dis : "Mets un peu la pelle entre le couvercle

---

1. Lieu où l'on serrait les provisions et différents objets destinés à la table. (Littré.)

et ce coffre." Alors, haussant tous deux les bras, nous n'y fîmes rien ; mais la seconde fois, les deux ressorts de serrure se rompirent, et soudain je mis la main dedans. »

Elle trouva une pile de plats d'argent qu'elle donna à La Corbinière, et, comme elle voulait en prendre d'autres, il lui dit : « N'en tirez plus dehors, car le sac de moquette est plein. »

Elle en voulait prendre davantage, comme bassins, chandeliers, aiguières ; mais il dit : « Cela est embarrassant. »

Et il l'engagea à s'aller vêtir en homme avec un pourpoint et une casaque, — afin qu'ils ne fussent pas reconnus.

Ils allèrent droit à Compiègne, où le cheval d'Angélique de Longueval fut vendu quarante écus. Puis, ils prirent la poste, et arrivèrent le soir à Charenton.

La rivière était débordée, de sorte qu'il fallut attendre jusqu'au jour. — Là, Angélique, dans son costume d'homme, put faire illusion à l'hôtesse, qui dit « comme le postillon lui tirait les bottes » :

« *Messieurs*, que vous plaît-il de souper ?

— Tout ce que vous aurez de bon, madame », fut la réponse.

Cependant Angélique se mit au lit, si lasse qu'il lui fut impossible de manger. Elle craignait surtout le comte de Longueval, son père, « qui alors se trouvait à Paris ».

Le jour venu, ils se mirent dans le bateau jusqu'à Essonne, où la demoiselle se trouva tellement lasse, qu'elle dit à La Corbinière :

« Allez-vous [1] toujours devant m'attendre à Lyon, avec la vaisselle. »

Ils restèrent trois jours à Essonne, d'abord pour attendre le coche, puis pour guérir les écorchures que la

---

1. Il faudrait « Allez-vous-en », comme dans le manuscrit.

demoiselle s'était faites aux cuisses en courant à franc-étrier[1].

Passé Moulins, un homme qui était dans le coche et qui se disait gentilhomme, commença à dire ces paroles :
« N'y a-t-il pas une demoiselle vêtue en homme ? »

À quoi La Corbinière répondit :
« Oui-dà, Monsieur... Pourquoi avez-vous quelque chose à dire là-dessus ? Ne suis-je pas maître de faire habiller ma femme comme il me plaît ? »

Le soir, ils arrivèrent à Lyon, au *Chapeau rouge*, où ils vendirent la vaisselle pour trois cents écus ; sur quoi La Corbinière se fit faire, « encore qu'il n'en eût du tout besoin, — un fort bel habit d'écarlate, avec les aiguillettes[2] d'or et d'argent ».

Ils descendirent sur le Rhône, et s'étant arrêtés le soir à une hôtellerie, La Corbinière voulut essayer ses pistolets. Il le fit si maladroitement, qu'il adressa une balle dans le pied droit d'Angélique de Longueval, — et il dit seulement à ceux qui le blâmaient de son imprudence : « C'est un malheur qui m'est arrivé... *je puis dire à moi-même*, puisque c'est ma femme. »

Angélique resta trois jours au lit, puis ils se remirent dans la barque du Rhône, et purent atteindre Avignon, où Angélique se fit traiter pour sa blessure, et ayant pris une nouvelle barque lorsqu'elle se sentit mieux, ils arrivèrent enfin à Toulon le jour de Pâques.

Une tempête les accueillit en sortant du port pour aller à Gênes ; ils s'arrêtèrent dans un havre, au château dit de *Saint-Soupir*[3], dont la dame, les voyant sauvés, fit chanter le *Salve regina*[4]. Puis elle leur fit faire collation à la mode du pays, avec olives et câpres, — et commanda que l'on donnât à leur valet des artichauts.

---

1. Courir à franc étrier : courir autant que le cheval peut aller (Littré ne signale pas de trait d'union entre « franc » et « étrier »).   2. Petits cordons ou rubans ferrés aux deux extrémités, servant à fermer ou garnir un vêtement.   3. Saint-Jean-Cap-Ferrat, comme l'a établi Jacques Bony.   4. Prière ou antienne en l'honneur de la Vierge ; d'où morceau de plain-chant ou de musique sur les paroles de cette prière.

« Voyez, dit Angélique, ce que c'est *de l'amour* ;
— encore que nous étions à un lieu qui n'était habité
par personne, il fallut y jeûner les trois jours que nous
attendîmes le bon vent. Néanmoins les heures me semblaient des minutes, encore que j'étais bien affamée. Car
à Villefranche, peur de la peste, ils ne voulurent nous
laisser prendre des vivres. Ainsi tous bien affamés, nous
fîmes voile ; mais auparavant, de crainte de faire nau-
frage, je me voulus confesser à un bon père cordelier qui
était en notre compagnie, et lequel venait à Gênes aussi.

« Car mon mari (elle l'appelle toujours ainsi de ce
moment), voyant entrer dans notre chambre un gentilhomme génois, lequel écorchait un peu le français, lui
demanda : "Monsieur, vous plaît-il quelque chose ?
— Monsieur, dit ce Génois, je voudrais bien parler à
Madame." Mon mari, tout d'un temps, mettant l'épée à
la main, lui dit : "La connaissez-vous ? Sortez d'ici, car
autrement je vous tuerai."

« Incontinent, M. Audiffret[1] nous vint voir, lequel lui
conseilla de nous en aller le plus promptement qu'il se
pourrait, parce que ce Génois, très assurément, lui ferait
faire du déplaisir.

« Nous arrivâmes à Civita-Vecchia, puis à Rome, où
nous descendîmes à la meilleure hôtellerie, attendant de
trouver la commodité de se mettre en chambre garnie,
laquelle on nous fit trouver en la rue des Bourguignons,
chez un Piémontais, duquel la femme était romaine. Et
un jour étant à sa fenêtre, le neveu de Sa Sainteté passant
avec dix-neuf estafiers[2], en envoya un qui me dit ces
paroles en italien : "Mademoiselle, Son Éminence m'a
commandé de venir savoir si vous aurez agréable qu'il
vous vienne voir." Toute tremblante, je lui réponds : "Si
mon mari était ici, j'accepterais cet honneur ; mais n'y
étant pas, je supplie très humblement votre maître de
m'excuser."

« Il avait fait arrêter son carrosse à trois maisons de la

---

1. Marchand de Marseille, habitant Gênes, selon Nicolas Popa.
2. Laquais armés.

nôtre, attendant la réponse, laquelle soudain qu'il l'eût entendue, il fit marcher son carrosse, et depuis je n'entendis plus parler de lui. »

La Corbinière lui raconta peu après qu'il avait rencontré un fauconnier de son père qui s'appelait La Roirie. Elle eut un grand désir de le voir ; et, en la voyant, « il resta sans parler » ; puis, s'étant rassuré, il lui dit que Mme l'ambassadrice avait entendu parler d'elle et désirait la voir.

Angélique de Longueval fut bien reçue par l'ambassadrice. — Toutefois, elle craignit, d'après certains détails, que le fauconnier n'eût dit quelque chose et qu'on n'arrêtât La Corbinière et elle.

Ils furent fâchés d'être restés vingt-neuf jours à Rome, et d'avoir fait toutes les diligences pour s'épouser sans pouvoir y parvenir. « Ainsi, — dit Angélique, — je partis sans voir le pape... »

C'est à Ancône qu'ils s'embarquèrent pour aller à Venise. Une tempête les accueillit dans l'Adriatique ; puis ils arrivèrent et allèrent loger sur le grand canal.

« Cette ville, quoique admirable — dit Angélique de Longueval, — ne pouvait me plaire à cause de la mer — et il m'était impossible d'y boire et d'y manger que pour m'empêcher de mourir. »

Cependant, l'argent se dépensait, et Angélique dit à La Corbinière : « Mais, que ferons-nous ? Il n'y a tantôt plus d'argent ! »

Il répondit : « Lorsque nous serons en terre ferme, Dieu y pourvoira... Habillez-vous, et nous irons à la messe de Saint-Marc. »

Arrivés à Saint-Marc, les époux s'assirent, au banc des sénateurs ; et là, quoique étrangers, personne n'eut l'idée de leur contester cette place ; — car La Corbinière avait des chausses de petit velours noir, avec le pourpoint de toile d'argent blanc, le manteau pareil..., et la petite oie [1] d'argent.

---

1. Le *TLF* cite ce passage (à l'entrée « oie ») avec cette définition : « garnitures qui agrémentaient les habits au XVIIe siècle ».

Angélique était bien ajustée, et elle fut ravie, — car son habit à la française faisait que les sénateurs avaient toujours l'œil sur elle.

L'ambassadeur de France, qui marchait dans la procession avec le doge, la salua.

À l'heure du dîner, Angélique ne voulut plus sortir de son hôtel, — aimant mieux reposer que d'aller en mer en gondole.

Quant à La Corbinière, il alla se promener sur la place Saint-Marc, et y rencontra M. de La Morte, qui lui fit des offres de service, et qui, sur ce qu'il lui parla de la difficulté que lui et Angélique avaient à s'épouser, lui dit qu'il serait bon de se rendre à sa garnison de Palma-Nova [1], où l'on pourrait en conférer, et où La Corbinière pourrait se mettre au service.

Là, M. de La Morte présenta les futurs époux à *Son Excellence le général*, qui ne voulut pas croire qu'un homme *si bien couvert* [2] s'offrît de *prendre une pique* dans une compagnie. Celle qu'il avait choisie était commandée par M. Ripert de Montélimart.

Son Excellence le général consentit cependant à servir de témoin au mariage [3]... après lequel on fit un petit festin où s'écoulèrent *les dernières vingt pistoles* dont les conjoints étaient encore chargés.

Au bout de huit jours, le sénat donna ordre au général d'envoyer la compagnie à Vérone, ce qui mit Angélique de Longueval au désespoir, car elle se plaisait à Palma-Nova, où les vivres étaient à bon marché.

En repassant à Venise, ils achetèrent du ménage, « deux paires de draps pour deux pistoles, sans compter une couverte, un matelas, six plats de faïence et six assiettes ».

---

1. Près d'Udine.   **2.** Au sens de « vêtu ».   **3.** Nicolas Popa a retrouvé l'acte de mariage. La cérémonie eut lieu le dimanche 20 juin 1632 dans l'église paroissiale de Palma-Nova. Les témoins étaient le capitaine Ripert de Montélimart et son lieutenant M. de La Morte. Le « général » de l'armée vénitienne n'est pas cité dans l'acte. Nerval l'évoque à nouveau plus bas : il s'agit de Luigi Giorgio ou, sous sa forme vénitienne, Alluisi Zorzi (Angélique l'appelle « Alluisi Georges »).

En arrivant à Vérone, ils trouvèrent plusieurs officiers français. — M. de Breunel, enseigne, les recommanda à M. de Beaupuis, qui les logea sans s'incommoder, — les maisons étant à un grand bon marché. Vis-à-vis de la maison, il y avait un couvent de religieuses qui prièrent Angélique de Longueval d'aller les voir, — « et lui firent tant de caresses, qu'elle en était confuse ».

À cette époque, elle accoucha de son premier enfant[1], qui fut tenu au baptême par S. E. Alluisi Georges et par la comtesse Bevilacqua. Son Excellence, après qu'Angélique de Longueval fut relevée de couches, lui envoyait son carrosse assez souvent.

À un bal donné plus tard, elle étonna toutes les dames de Vérone en dansant avec le général Alluisi, — en costume français. — Elle ajoute :

« Tous les Français officiers de la République étaient ravis de voir que ce grand général, craint et redouté partout, me faisait tant d'honneur. »

Le général, tout en dansant, ne manquait pas de parler à Angélique de Longueval « à part de son mari ». Il lui disait : « Qu'attendez-vous en Italie ?... La misère avec lui pour le reste de vos jours. Si vous dites qu'il vous aime, vous ne pouvez croire que je ne fasse plus encore... moi qui vous achèterai les plus belles perles qui seront ici, et d'abord des cottes de brocard telles qu'il vous plaira. Pensez, mademoiselle, à laisser votre amour pour une personne qui parle pour votre bien et pour vous remettre en bonne grâce de messieurs vos parents[2]. »

Cependant ce général conseillait à La Corbinière de s'engager dans les guerres d'Allemagne, lui disant qu'il trouverait *beaucoup d'avantage* à Innsbruck, qui n'était qu'à sept journées de Vérone, et que là il *attraperait* une compagnie...

---

1. Angélique eut deux filles et deux garçons. Les filles et un des garçons moururent à Vérone. Nicolas Popa n'a retrouvé dans les archives familiales aucune mention de l'enfant survivant ramené en France. **2.** D'après le manuscrit, ce n'est pas le général, mais un lieutenant-colonel, M. de La Tour, qui est tombé amoureux d'Angélique. Voir ci-après l'allusion aux « discours du lieutenant-colonel ».

HUITIÈME LETTRE

Réflexions. — Souvenirs de la Ligue. — Les Sylvanectes et les Francs. — La Ligue.

J'ai vu, en me promenant, sur une affiche bleue une représentation de *Charles VII* annoncée, — par Beauvallet et Mlle Rimblot[1]. Le spectacle était bien choisi. Dans ce pays-ci on aime le souvenir des princes du Moyen Âge et de la Renaissance, — qui ont créé les cathédrales merveilleuses que nous y voyons, et de magnifiques châteaux, — moins épargnés cependant par le temps et les guerres civiles.

C'est qu'il y a eu ici des luttes graves à l'époque de la Ligue... Un vieux noyau de protestants qu'on ne pouvait dissoudre, — et, plus tard, un autre noyau de catholiques non moins fervents pour repousser le *parpayot* dit *Henri IV*.

L'animation allait jusqu'à l'extrême, — comme dans toutes les grandes luttes politiques. Dans ces contrées — qui faisaient partie des anciens apanages de Marguerite de Valois et des Médicis, — qui y avaient fait du bien, — on avait contracté une haine *constitutionnelle* contre la race qui les avait remplacés[2]. Que de fois j'ai entendu ma grand-mère, parlant d'après ce qui lui avait été transmis, me dire de l'épouse de Henri II : « Cette grande Madame Catherine de Médicis... à qui on a tué ses pauvres enfants ! »

Cependant, des mœurs se sont conservées dans cette province à part, qui indiquent et caractérisent les vieilles luttes du passé. La fête principale, dans certaines localités, est la *Saint-Barthélemy*. C'est pour ce jour que sont

---

1. Le *Journal de Senlis* du 2 novembre 1850 rend compte de cette représentation de *Charles VII chez ses grands vassaux* d'Alexandre Dumas (création à l'Odéon le 20 octobre 1831). Lors des reprises de la pièce à la Comédie-Française, en 1845-1846, Pierre François Beauvallet (1801-1873), sociétaire depuis 1832, et Julie Rimblot, élève de Beauvallet, pensionnaire depuis 1845, interprétaient les rôles de Yaquob et de Bérengère. (D'après une note de J. Bony.)   **2.** C'est-à-dire la famille des Bourbons. — À noter que Senlis s'était cependant déclaré pour Henri IV (voir p. 408 et note 3).

fondés surtout de grand prix pour le tir de l'arc [1]. — L'arc, aujourd'hui, est une arme assez légère. Eh bien, elle symbolise et rappelle d'abord l'époque où ces rudes tribus des *Sylvanectes* formaient une branche redoutable des races celtiques.

Les pierres druidiques d'Ermenonville, les haches de pierre et les tombeaux, où les squelettes ont toujours le visage tourné vers l'orient, ne témoignent pas moins des origines du peuple qui habite ces régions entrecoupées de forêts et couvertes de marécages, — devenus des lacs aujourd'hui.

Le *Valois* et l'ancien petit pays nommé *la France* semblent établir par leur division l'existence de races bien distinctes. La France, division spéciale de l'Île-de-France, a, dit-on, été peuplée par les Francs primitifs, venus de Germanie, dont ce fut, comme disent les chroniques, le premier *arrêt*. Il est reconnu aujourd'hui que les Francs n'ont nullement subjugué la Gaule, et n'ont pu que se trouver mêlés aux luttes de certaines provinces entre elles. Les Romains les avaient fait venir pour peupler certains points, et surtout pour défricher les grandes forêts ou assainir les pays de marécages. Telles étaient alors les contrées situées au nord de Paris. Issus généralement de la race caucasienne, ces hommes vivaient sur un pied d'égalité, d'après les mœurs patriarcales. Plus tard, on créa des fiefs, quand il fallut défendre le pays contre les invasions du Nord. Toutefois, les cultivateurs conservaient libres les terres qui leur avaient été concédées et qu'on appelait terres de franc-alleu.

La lutte de deux races différentes est évidente surtout dans les guerres de la Ligue. On peut penser que les descendants des Gallo-Romains favorisaient le Béarnais, tandis que l'autre race, plus indépendante de sa nature, se tournait vers Mayenne, d'Épernon, le cardinal de Lorraine et les Parisiens. On retrouve encore dans certains coins,

---

1. Voir le début de « Sylvie » (le jour de la saint Barthélemy est le 24 août). Plus bas — ainsi que dans *Promenades et Souvenirs* (p. 406) — sont évoqués les Sylvanectes. Habitants des forêts, les Sylvanectes étaient établis aux confins de la Celtique et de la Belgique. Pline, travaillant d'après des auteurs anciens, les cite dans sa description de la Gaule, en 71 après J.-C.

surtout à Montépilloy, des amas de cadavres, résultat des
massacres ou des combats de cette époque dont le principal fut la bataille de Senlis [1].

Et même ce grand comte Longueval de Bucquoy [2],
— qui a fait les guerres de Bohême, aurait-il gagné l'illustration qui causa bien des peines à son descendant,
— l'abbé de Bucquoy, — s'il n'eût, à la tête des ligueurs,
protégé longtemps Soissons, Arras et Calais contre les
armées de Henri IV ? Repoussé jusque dans la Frise après
avoir tenu trois ans dans les pays de Flandre, il obtint
cependant un traité d'armistice de dix ans en faveur de
ces provinces, que Louis XIV dévasta plus tard.

Étonnez-vous maintenant des persécutions qu'eut à
subir l'abbé de Bucquoy, — sous le ministère de Pontchartrain.

Quant à Angélique de Longueval, c'est l'opposition
même en cotte-hardie [3]. Cependant elle aime son père,
— et ne l'avait abandonné qu'à regret. Mais du moment
qu'elle avait choisi l'homme qui semblait lui convenir,
— comme la fille du duc Loys choisissant Lautrec pour
cavalier [4], — elle n'a pas reculé devant la fuite et le malheur, et même, ayant aidé à soustraire l'argenterie de son
père, elle s'écriait : « Ce que c'est de l'amour ! »

Les gens du Moyen Âge croyaient aux charmes. Il

---

1. Le « Béarnais » est Henri IV, roi de France en 1589, avant sa
conversion au catholicisme et son entrée à Paris (1593-1594). Il y eut
deux batailles de Senlis, en mai 1589 et en 1590 (voir ci-dessous la
note 3 de la p. 408). Le cardinal de Lorraine et Mayenne ne sont qu'une
seule et même personne : Charles de Lorraine, duc de Mayenne (1554-
1611), qui prit en 1589 la succession de son frère Henri, duc de Guise,
à la tête de la Ligue (confédération des catholiques français) ; il fut
vaincu à Arques et à Ivry, puis fit sa soumission à Henri IV. Jean Louis
de Nogaret de La Valette, duc d'Épernon (1554-1642), un des mignons
de Henri III, refusa de reconnaître Henri IV et fut peut-être un des
instigateurs de l'acte de Ravaillac. Montépilloy (on trouve aujourd'hui
Montepilloy) se situe à trois kilomètres de Senlis.   **2.** Voir p. 150-
151. Les événements qui sont évoqués ensuite sont postérieurs aux
guerres de Religion.   **3.** Littré ignore l'expression, qui appartient à la
langue du XVIe siècle et apparaît chez Rabelais dans le sens de « robe ser-
rée à la taille et à jupe flottante » (d'après E. Huguet, *Dictionnaire de la
langue française du seizième siècle*, 1932).   **4.** Lorsqu'il évoque cette
chanson, Nerval parle tantôt du duc, tantôt du roi Loys (voir p. 171-172
et 276-277).

semble qu'un charme l'ait en effet attachée à ce fils de charcutier, — qui était beau s'il faut l'en croire ; — mais qui ne semble pas l'avoir rendue très heureuse. Cependant en constatant quelques malheureuses dispositions de *celui* qu'elle ne nomme jamais, elle n'en dit pas de mal un instant. Elle se borne à constater les faits, — et l'aime toujours, en épouse platonicienne et soumise à son sort par le raisonnement.

Les discours du lieutenant-colonel, qui voulait éloigner La Corbinière de Venise, avaient *donné dans la vue* de ce dernier. Il vend tout à coup son enseigne pour se rendre à Innsbruck et chercher fortune en laissant sa femme à Venise.

« Voilà donc, dit Angélique, l'enseigne vendue à cet homme qui m'aimait, content (le lieutenant-colonel) en croyant que je ne m'en pouvais plus dédire ; mais l'amour, qui est la reine* de toutes les passions, se moqua bien de la charge, car lorsque je vis que mon mari faisait son préparatif pour s'en aller, il me fut impossible de penser seulement de vivre sans lui. »

Au dernier moment, pendant que le lieutenant-colonel se réjouissait déjà du succès de cette ruse, qui lui livrait une femme isolée de son mari, — Angélique se décida à suivre La Corbinière à Innsbruck. « Ainsi, dit-elle, l'amour nous ruina en Italie aussi bien qu'en France, quoiqu'en *celle* d'Italie je n'y avais point de coulpe *(faute)*. »

Les voilà partis de Vérone avec un nommé Boyer, auquel La Corbinière avait promis de faire sa dépense jusqu'en Allemagne, parce qu'il n'avait point d'argent. (Ici, La Corbinière se relève un peu.) À vingt-cinq milles de Vérone, à un lieu où, par le lac, on va à la rive de Trente, Angélique faiblit un instant, et pria son mari de revenir vers quelque ville du bon pays vénitien, — comme Brescia. — Cette admiratrice de Pétrarque quittait avec peine ce doux pays d'Italie pour les montagnes brumeuses qui cernent l'Allemagne. « Je pensais bien, dit-elle, que les cinquante pistoles qui nous restaient

---

* *L'amour* se disait au féminin à cette époque.

ne nous dureraient guère ; mais mon amour était plus grand que toutes ces considérations. »

Ils passèrent huit jours à Innsbruck, où le duc de Feria passa, et dit à La Corbinière qu'il fallait aller plus loin pour trouver de l'emploi, — dans une ville nommée *Fisch*[1]. Là Angélique eut un grand flux de sang, et l'on appela une femme, qui lui fit comprendre qu'elle s'était « gâtée d'un enfant ». — C'est une locution bien chrétienne, — qu'il faut pardonner au langage du temps et du pays.

On a toujours considéré comme une souillure, — dans la manière de voir des hommes d'Église, le fait, légitime pourtant, — puisque Angélique s'était mariée, — de produire au monde un nouveau pécheur[2]. Ce n'est pourtant pas là l'esprit de l'Évangile. — Mais passons.

La pauvre Angélique, un peu rétablie, fut forcée de se remettre à cheval sur l'unique haquenée que possédait le ménage : « Toute débile que j'étais, dit-elle, ou, pour dire la vérité, demi-morte, je montai à cheval pour aller avec mon mari rejoindre l'armée, où je fus si étonnée de voir autant de femmes que d'hommes, entre beaucoup de celles de colonels et capitaines. »

Son mari alla faire la révérence au grand colonel

---

1. Il faudrait Fiecht, près d'Innsbruck. Le duc de Feria était aussi gouverneur de Milan et vice-roi de Valence et de Sicile.   **2.** Nerval commet un contresens, voyant un accouchement là où le manuscrit original évoquait une fausse couche, et alors que la première maternité d'Angélique était encore récente (voir p. 183). L'auteur ne semble pas étonné que la suite du récit ne fasse — et pour cause — nulle allusion à cet enfant. La jeune femme ne se préoccupe pas plus de l'enfant qu'elle avait eu précédemment que de celui que Gérard lui attribue ici. En outre, elle se voit « forcée » de monter à cheval, « demi-morte » après l'« accouchement », pour accompagner son mari qui rejoint l'armée. Qu'il soit volontaire ou non, le contresens sur l'expression « se gâter d'un enfant » fait correspondre exactement ce passage d'« Angélique » et le scénario de la perte de la mère, après la naissance de l'auteur. L'histoire d'Angélique a réveillé la mémoire du drame personnel de Nerval. On lira avec d'autant plus d'intérêt les réflexions de la p. 190 sur « la masse des femmes françaises [qui] redoute la guerre, à cause de l'amour qu'elles ont pour leurs enfants ».

nommé Gildase [1], lequel, comme wallon, avait entendu parler du comte Longueval de Bucquoy, qui avait défendu la Frise contre Henri IV. Il fit *grande caresse* au mari d'Angélique, et lui dit qu'en attendant une compagnie, il lui donnerait une lieutenance, — et qu'il allait mettre Mlle de Longueval dans le carrosse de sa sœur, qui était mariée au premier capitaine de son régiment.

Le malheur ne se lassait pas de frapper les nouveaux époux. La Corbinière prit la fièvre, et il fallut le soigner. — Il y a de bonnes gens partout : Angélique ne se plaint que d'avoir été promenée, « tantôt à un lieu, tantôt à un autre », par le malheur de la guerre, — à la façon des Égyptiennes, — ce qui ne pouvait lui plaire, encore qu'elle eût plus de sujets de se contenter que pas une femme, puisqu'elle était la seule qui mangeât à la table du colonel avec seulement sa sœur. — « Et le colonel encore montrait trop de bonté à La Corbinière, — en ce qu'il lui donnait les meilleurs morceaux de la table... à cause qu'il le voyait malade. »

Une nuit, les troupes étant en marche, le meilleur logement qu'on pût offrir aux dames fut une écurie, où il ne fallait coucher qu'habillés à cause de la crainte de l'ennemi. « En me réveillant au milieu de la nuit, dit Angélique, je ressentis un si grand frais que je ne pus m'empêcher de dire tout haut : "Mon Dieu ! je meurs de frais !" » Le colonel allemand lui jeta alors sa casaque, se découvrant lui-même, car il n'avait pas autre chose sur son uniforme.

Ici arrive une observation bien profonde :

« Tous ces honneurs, dit-elle, pouvaient bien arrêter une Allemande, mais non pas les Françaises, à qui la guerre ne peut plaire... »

Rien n'est plus vrai que cette observation. Les femmes allemandes sont encore celles de l'époque des Romains. Trusnelda combattait avec Hermann [2]. À la bataille des

---

1. Gilles De Haes (1597-1657), né à Gand, n'était pas wallon. Homme de guerre, il servait à l'époque les Autrichiens et fut nommé par l'archiduchesse d'Innsbruck général de l'armée du Tyrol.
2. Dans le volume qu'il consacra en 1830 aux *Poésies allemandes*, Nerval avait donné la traduction d'un texte de Klopstock intitulé « Hermann und Thusnelda ». En 1830, puis dans *Les Faux Saulniers* et « An-

Cimbres, où vainquit Marius, il y avait autant de femmes que d'hommes.

Les femmes sont courageuses dans les événements de famille, devant la souffrance, la mort. Dans nos troubles civils, elles plantent des drapeaux sur les barricades ; — elles portent vaillamment leur tête à l'échafaud. Dans les provinces qui se rapprochent du Nord ou de l'Allemagne, on a pu trouver des Jeanne d'Arc et des Jeanne Hachette[1]. Mais la masse des femmes françaises redoute la guerre, à cause de l'amour qu'elles ont pour leurs enfants.

Les femmes guerrières sont de la race franque. Chez cette population originairement venue d'Asie, il existe une tradition qui consiste à exposer des femmes dans les batailles, pour animer le courage des combattants par la récompense offerte. Chez les Arabes, on retrouve la même coutume. La vierge qui se dévoue s'appelle la *kadra*[2] et s'avance au premier rang, entourée de ceux qui sont résolus à se faire tuer pour elle. — Mais chez les Francs on en exposait plusieurs.

Le courage et souvent même la cruauté de ces femmes étaient tels qu'ils ont été cause de l'adoption de la loi salique. Et cependant, les femmes, guerrières ou non, ne perdirent jamais leur empire en France, soit comme reines, soit comme favorites.

La maladie de La Corbinière fut cause qu'il se résolut à retourner en Italie. Seulement, il oublia de prendre un passeport. « Nous fûmes bien confus, dit Angélique, lorsque nous fûmes à une forteresse nommée Reistre[3], où l'on ne voulut plus nous laisser passer, et où l'on retint

---

gélique », il transforme — sans que l'on puisse expliquer pourquoi — « Thusnelda » en « Trusnelda ». Hermann (sous le nom d'Arminius) et Thusnelda sont évoqués dans les *Annales* de Tacite ; ils représentent symboliquement l'Allemand qui refuse de se soumettre devant l'ennemi.
1. Jeanne Laisné, dite Jeanne Hachette (env. 1454- ?), prit la tête de la défense de Beauvais contre Charles le Téméraire, qu'elle força à la retraite, en 1472.   **2.** Transcription de l'arabe « 'adra' » (la vierge). Le mot apparaît aussi dans le *Voyage en Orient*.   **3.** Reistre, ou Reitz (voir plus bas), est sans doute Brixen (Bressanone), au sud d'Innsbruck.

mon mari malgré sa maladie. » Comme elle avait
conservé sa liberté, elle put aller à Innsbruck se jeter aux
pieds de l'archiduchesse Léopold[1] pour obtenir la grâce
de La Corbinière, — qu'on peut supposer avoir un peu
déserté, quoique sa femme ne l'avoue pas.

Munie de la grâce signée par l'archiduchesse, Angélique retourna au lieu où était détenu son mari. Elle
demanda aux gens de ce bourg de Reitz s'ils n'avaient
rien entendu dire d'un gentilhomme français prisonnier.
On lui enseigna le lieu où il était, où elle le trouva contre
un poêle, demi-mort, — et le ramena à Vérone.

Là elle retrouva M. de La Tour (de Périgord)[2] et lui
reprocha d'avoir fait vendre à son mari son enseigne, ce
qui était cause de son malheur. « Je ne sais, ajoute-t-elle,
s'il avait encore de l'amour pour moi, ou si ce fut de la
pitié, tant il y a qu'il m'envoya vingt pistoles et tout un
ameublement de maison où mon mari se gouverna si mal,
qu'en peu de temps il mangea entièrement tout. »

Il avait repris un peu de santé et vivait continuellement
en débauche avec deux de ses camarades, M. de La Perle
et M. Escutte. Cependant l'affection de sa femme ne s'af-
faiblit pas. Elle se résolut, « pour ne pas vivre tout à fait
dans l'incommodité, à prendre *des gens en pension* »,
— ce qui lui réussit ; — seulement La Corbinière dépensait tout le *gagnage* hors du logis, « ce qui, dit-elle, m'af-
fligeait jusqu'à la mort ; il finit par vendre les meubles, —
de sorte que la maison ne pouvait plus aller.

« Cependant, dit la pauvre femme, je sentais toujours
mon affection aussi grande que lorsque nous partîmes de
France. Il est vrai qu'après avoir reçu la première lettre
de ma mère, cette affection se partagea en deux... Mais,
j'avoue que l'amour que j'avais pour cet homme surpas-
sait l'affection que je portais à mes parents. »

---

1. C'est-à-dire Claude de Médicis, épouse en secondes noces du
premier archiduc d'Innsbruck qui venait de mourir en 1632. En fait,
Angélique ne la rencontra pas. (Note de Jacques Bony.)   **2.** C'est le
lieutenant-colonel de l'armée vénitienne qui a été évoqué plus haut.

NEUVIÈME LETTRE

Nouveaux détails inédits. — Manuscrit du célestin Goussencourt. — Dernières aventures d'Angélique. — Mort de La Corbinière. — Lettres.

Le manuscrit que les Archives nationales conservent écrit de la main d'Angélique s'arrête là[1].

Mais nous trouvons annexées au même dossier les observations suivantes écrites par son cousin, le moine célestin Goussencourt. Elles n'ont point la même grâce que le récit d'Angélique de Longueval, mais elles ont aussi la marque d'une honnête naïveté.

Voici un passage des observations du moine célestin Goussencourt :

« La nécessité les contraignit d'être taverniers, — où les soldats français allaient boire et manger avec un tel respect, qu'ils ne voulaient point être servis d'elle. Elle cousait des collets de toile où elle ne gagnait tous les jours que huit sous, et avec cela descendait à toute heure à la cave, et lui se donnait à boire avec ses hôtes, de telle façon qu'il devint tout couperosé.

« Un jour, elle étant à la porte, un capitaine vint à passer et lui fit une grande révérence, et elle à lui, — ce qui fut aperçu de son mari jaloux. Il l'appelle et la prend par la gorge. Elle parvient à jeter un cri. Les buveurs arrivent et la trouvent à demi morte couchée par terre, — à laquelle il avait donné des coups de pied aux côtes qui lui avaient ôté la parole, et dit, pour s'excuser, qu'il lui avait défendu de parler à celui-là, et que, si elle lui eût parlé, il l'eût enfilée de son épée. »

Il devint étique par ses débauches. À cette époque elle écrivit à sa mère pour lui demander pardon. Sa mère lui répondit qu'elle lui pardonnait et lui conseillait de revenir et qu'elle ne l'oublierait pas dans son testament.

Ce testament était gardé à l'église de Neuville-en-Hez, et contient un legs de huit mille livres.

---

1. En fait, c'est la publication de la *Revue rétrospective* et non le manuscrit d'Angélique qui s'arrête en cet endroit.

Pendant l'absence d'Angélique de Longueval il y eut une demoiselle en Picardie qui voulut usurper sa place, et se donna pour elle. — Elle eut même la hardiesse de se présenter à Mme d'Haraucourt, mère d'Angélique, laquelle dit qu'elle n'était pas sa fille. Elle racontait tant de choses, que plusieurs des parents finirent par la prendre pour ce qu'elle se donnait...

Le célestin, son cousin, lui écrivit de revenir. — Mais La Corbinière n'en voulait pas entendre parler, craignant d'être pris et exécuté s'il rentrait en France. Il n'y faisait pas bon pour lui non plus ; — car la faute d'Angélique fut cause que M. d'Haraucourt chassa des faubourgs de Clermont-sur-Oise sa mère et ses frères, « qui vivaient de leur boutique, étant charcutiers ».

Mme d'Haraucourt, enfin, étant morte en décembre 1636 [1], à la Neuville-en-Hez, où elle repose (M. d'Haraucourt était mort en 1632), leur fille fit tant près de son mari, qu'il consentit à revenir en France.

Arrivés à Ferrare, ils tombent malades tous deux, — où ils furent douze jours ; — s'embarquent à Livourne, arrivent à Avignon, où ils sont toujours malades. La Corbinière y meurt, le 5 d'août 1642 ; il repose à Sainte-Madeleine ; — il meurt avec des repentances très grandes de l'avoir si mal traitée, et lui dit : « Pour votre consolation et ôter votre tristesse, souvenez-vous comme je vous ai traitée. »

« Là, continue le moine célestin, elle a été en si grande nécessité qu'elle m'a dit par écrit et de bouche, qu'elle fût morte de faim n'eût été les célestins qui l'ont aidée.

« Elle arrive à Paris le dimanche 19 d'octobre, par le coche, et manda à Mme Boulogne, sa grande amie, de la venir quérir. N'y estant pas, son hostellier y fut. Le lendemain après dîner, elle vint me trouver avec ladite Boulogne et sa belle-mère, la mère de La Corbinière, servante de cuisine chez M. Ferrant, estat qu'elle a été contrainte de faire depuis qu'elle a été bannie de Clermont, à cause de son fils.

---

1. En réalité, elle mourut en 1640. C'est son testament qui est daté de décembre 1636.

« La première chose qu'elle fit, elle vint se jeter à mes pieds, les mains jointes, me demandant pardon, ce qui fit pleurer les femmes. Je lui dis que je ne lui pardonnerais pas (ce qui la fit soupirer et respirer, ayant entendu le reste), car elle ne m'avait pas offensée. Et la prenant par la main, lui dis-je : "Levez-vous", et la fis asseoir auprès de moi, où elle me répéta ce qu'elle m'avait souvent écrit : qu'après Dieu et sa mère, elle tenait la vie de moi. »

Quatre ans après, elle était retirée à Nivillers[1], et très malheureuse, n'ayant chemise au dos, comme il paraît par la lettre ci-contre.

LETTRE QU'ELLE ÉCRIT AU CÉLESTIN SON COUSIN,
QUATRE ANS APRÈS SON RETOUR, DE NIVILLIERS

Le 7 janvier 1646.

Monsieur mon bon papa (elle appelait ainsi le célestin),

Je vous supplie, très humblement, de n'attribuer mon silence à manque du ressentiment que j'aurai toute ma vie de vos bontés, mais bien de honte de n'avoir encore que des paroles pour vous le témoigner. Vous protestant que la mauvaise fortune me persécute au point de n'avoir de chemise au dos. Ces misères m'ont empêchée jusqu'ici de vous écrire et à Mme Boulogne, car il me semble que vous deviez recevoir autant de satisfaction de moi comme vous en avez été travaillés tous deux. Accusez donc mon malheur et non ma volonté, et me faites l'honneur, mon cher papa, de me mander de vos nouvelles.

Votre très humble servante.

A. DE LONGUEVAL.
(À M. de Goussencourt, aux Célestins, à Paris.)

On ne sait rien de plus. — Voici une réflexion générale du célestin Goussencourt sur l'histoire de cet amour, dans lequel l'imagination simple du moine ne pouvant

---

1. Près de Beauvais (Nerval écrit par erreur « Nivilliers » quatre lignes plus bas).

admettre, du reste, l'amour de sa cousine pour un petit *charcutier*, rapportait tout à la magie ; — voici sa méditation :

« La nuit du premier dimanche de carême 1632 fut leur départ ; — retour en 1642, en carême. — Leurs affections commencèrent trois ans avant leur fuite. — Pour se faire aimer, il lui donna des confitures qu'il avait fait faire à Clermont, et où il y avait des mouches cantharides [1], qui ne firent qu'échauffer la fille, mais non aimer ; puis, il lui donna d'un coing cuit, et depuis elle fut grandement affectionnée. »

Rien ne prouve que le frère Goussencourt ait donné une chemise à sa cousine. — Angélique n'était pas en odeur de sainteté dans sa famille, — et cela paraît en ce fait qu'elle n'a pas même été nommée dans la généalogie de sa famille, qui énonce les noms de Jacques-Annibal de Longueval, gouverneur de Clermont-en-Beauvoisis, et de Suzanne d'Arquenvilliers [2], dame de Saint-Rimault. Ils ont laissé deux Annibal, dont le dernier, qui a le prénom d'Alexandre, est le même enfant qui ne voulait pas que sa sœur *volât papa et maman*, — puis encore deux autres garçons. — On ne parle pas de la fille.

DIXIÈME LETTRE

Mon ami Sylvain. — Le château de Longueval en Soissonnais. — Correspondance. — Post-scriptum.

Je ne voyage jamais dans ces contrées sans me faire accompagner d'un ami, que j'appellerai, de son petit nom, Sylvain.

C'est un nom très commun dans cette province, — le féminin est le gracieux nom de Sylvie, — illustré par un

---

1. La poudre de cantharide, produite à partir des insectes coléoptères de ce nom, passait pour aphrodisiaque. 2. Il faudrait « Arquinvilliers ». Nerval ne semble pas soupçonner la complexité de la généalogie des Haraucourt. Angélique avait huit frères et non quatre ; deux étaient effectivement prénommés Annibal (Annibal-Alexandre et Annibal-Jacques), mais ils étaient tous deux plus âgés qu'Angélique.

bouquet de bois de Chantilly, dans lequel allait rêver si souvent le poète Théophile de Viau[1].

J'ai dit à Sylvain : « Allons-nous à Chantilly ? »

Il m'a répondu : « Non... tu as dit toi-même hier qu'il fallait aller à Ermenonville pour gagner de là Soissons, visiter ensuite les ruines du château de Longueval en Soissonnais, sur la limite de Champagne[2].

— Oui, répondis-je ; hier soir je m'étais monté la tête à propos de cette belle Angélique de Longueval, et je voulais voir le château d'où elle a été enlevée par La Corbinière, — en habits d'homme, sur un cheval.

— Es-tu sûr, du moins, que ce soit là le Longueval véritable, car il y a des Longueval et des Longueville partout... de même que des Bucquoy...

— Je n'en suis pas convaincu quant à ces derniers ; mais lis seulement ce passage du manuscrit d'Angélique :

« Le jour étant venu duquel il me devait quérir la nuit, je dis à un palefrenier qui avait nom Breteau : "Je voudrais bien que tu me prêtasses un cheval pour envoyer à Soissons cette nuit quérir pour me faire un corps de cotte, te promettant que le cheval sera ici avant que maman se lève..." »

— Il semblerait donc prouvé — me dit Sylvain — que le château de Longueval était situé aux environs de Soissons, donc ce ne serait pas le moment de revenir vers Chantilly. Ce changement de direction a déjà risqué de te

---

1. Nouvelle allusion à « La Maison de Sylvie » de Théophile de Viau (voir p. 62), poème en dix odes commencé sans doute au château de Chantilly, terminé en 1624 en prison, et publié en plaquette vers le mois de septembre de la même année. Sous le nom de Sylvie, Théophile désignait Marie-Félice des Ursins, parente de Marie de Médicis et épouse d'Henri II de Montmorency, protecteur du poète. La princesse aimait à séjourner au château de Chantilly et à se rendre au « logis du parc ». Ce logis fut démoli par le Grand Condé et remplacé par un pavillon qui, à son tour, fut démoli et remplacé au XVIIIᵉ siècle par celui qui existe toujours et qui a gardé le nom de « Maison de Sylvie » (voir l'édition Guido Saba des *Œuvres poétiques* de Théophile de Viau, Paris, Bordas / « Classiques Garnier », 1990, p. 298-338).
2. Nerval modifie les données historiques : la confession d'Angélique montrait bien que le château familial était situé à Verneuil-sous-Coucy ; celui de Longueval, près de Braine, était sorti de la famille, par un mariage, en 1531. (Note de J. Bony.)

faire arrêter une fois, — parce que des gens qui changent d'idée tout à coup paraissent toujours des gens suspects... »

CORRESPONDANCE

Vous m'envoyez deux lettres concernant mes premiers articles sur l'abbé de Bucquoy. La première, d'après une biographie abrégée, établit que Bucquoy et Bucquoi ne représentent pas le même nom. — À quoi je répondrai que les noms anciens n'ont pas d'orthographe. L'identité des familles ne s'établit que d'après les armoiries, et nous avons déjà donné celles de cette famille (l'écusson bandé de vair et de gueules de six pièces[1]). Cela se retrouve dans toutes les branches, soit de Picardie, soit de l'Île-de-France, soit de Champagne, d'où était l'abbé de Bucquoi. Longueval touche à la Champagne, comme on le sait déjà. — Il est inutile de prolonger cette discussion héraldique.

Je reçois de vous une seconde lettre qui vient de Belgique :

Lecteur sympathique de M. Gérard de Nerval et désirant lui être agréable, je lui communique le document ci-joint, qui lui sera peut-être de quelque utilité pour la suite de ses humoristiques pérégrinations à la recherche de l'abbé de Bucquoy, cet insaisissable moucheron issu de l'amendement Riancey :

« *156 Olivier de Wree,* de vermoerde oorlogh-stucken van den woonderdadighen velt-heer Carel de Longueval, grave van Busquoy, Baron de Vaux. *Brugge, 1625. — Ej. mengheldichten : fyghes noeper ; Bacchus-Cortryck.* Ibid, *1625. — Ej. Venus-Ban.* Ibid, *1625, in-12, oblong, vél*.*

---

* La note imprimée est extraite d'un catalogue. Ainsi nous avions déjà cinq manières d'orthographier le nom de Bucquoy : voici la sixième : *Busquoy.*

---

1. « Bandé » : qui porte plusieurs bandes. Le vair est une des deux fourrures du blason, composée de petites pièces en forme de clochetons, disposées tête-bêche sur des lignes horizontales. « Gueules » : la

« *Livre rare et curieux. L'exemplaire est taché d'eau*[1]. »

Je ne chercherai pas à traduire cet article de bibliographie flamande ; — seulement, je remarque qu'il fait partie du prospectus d'une bibliothèque qui doit être vendue le 5 décembre et jours suivants, sous la direction de M. Héberlé, — 5, rue des Paroissiens, à Bruxelles.

J'aime mieux attendre la vente de Techener, — qui, je l'espère, aura toujours lieu le 20.

LES RUINES. — LES PROMENADES. — CHÂALIS. — ERMENONVILLE. — LA TOMBE DE ROUSSEAU.

Dans une de mes lettres j'ai employé à faux le mot *réaction* en parlant d'*abus de l'autorité* qui amènent des réactions *en sens contraire*[2].

La faute paraît simple au premier abord ; — mais il y a plusieurs sortes de réactions : les unes prennent des *biais*, les autres sont des réactions qui consistent à s'arrêter. J'ai voulu dire qu'un excès amenait d'autres excès. Ainsi il est impossible de ne point blâmer les incendies, et les dévastations privées, — rares pourtant de nos jours. Il se mêle toujours à la foule en rumeur un élément hostile

---

couleur rouge. Les « pièces » désignent chacune des figures géométriques obtenues en divisant l'écu en lignes verticales, horizontales ou diagonales.
1. Olivier de Wrée (et non de Wree), ou Vredius (1596-1652), né à Bruges, auteur d'une œuvre poétique abondante en flamand et de travaux d'érudition et d'histoire en latin. Son ouvrage sur le comte de Bucquoy est en vers, comme les autres œuvres évoquées dans l'article (*Les Prodigieuses Expéditions militaires du célèbre général en chef Charles de Longueval, comte de Busquoy, baron de Vaux*, Bruges, 1625 ; *Mélanges poétiques*, Courtrai, 1625 ; *Exil d'amour*, 1625).
2. Allusion à un passage des *Faux Saulniers* supprimé dans « Angélique » : Nerval y rapportait l'histoire d'un archéologue arrêté dans un village alors qu'il contemplait une église du XIIIe siècle. Reconduit à Paris comme un voleur, il fut relâché. Et Gérard concluait : « Cette anecdote, — complètement historique, — n'indique que la sottise d'un maire de village, mais peut faire comprendre combien il est dans le caractère du fonctionnaire français d'abuser de l'autorité ; — c'est ce qui amène peut-être des réactions en sens contraire. » (*NPl* II, p. 85.)

ou étranger qui conduit les choses au-delà des limites que le bon sens général aurait imposées, et qu'il finit toujours par tracer.

Je n'en veux pour preuve qu'une anecdote qui m'a été racontée par un bibliophile fort connu, — et dont un autre bibliophile a été le héros.

Le jour de la révolution de Février, on brûla quelques voitures, — dites de la liste civile ; — ce fut, certes, un grand tort, qu'on reproche durement aujourd'hui à cette foule mélangée qui, derrière les combattants, entraînait aussi des traîtres...

Le bibliophile dont je parle se rendit ce soir-là au Palais-National[1]. Sa préoccupation ne s'adressait pas aux voitures ; il était inquiet d'un ouvrage en quatre volumes in-folio intitulé *Perceforest*.

C'était un de ces *roumans* du cycle d'Artus, — ou du cycle de Charlemagne, — où sont contenues les épopées de nos plus anciennes guerres chevaleresques.

Il entra dans la cour du palais, se frayant un passage au milieu du tumulte. — C'était un homme grêle, d'une figure sèche, mais ridée parfois d'un sourire bienveillant, correctement vêtu d'un habit noir, et à qui l'on ouvrit passage avec curiosité.

« Mes amis, dit-il, a-t-on brûlé le *Perceforest* ?

— On ne brûle que les voitures.

— Très bien ! continuez. Mais la bibliothèque ?

— On n'y a pas touché... Ensuite, qu'est-ce que vous demandez ?

— Je demande que l'on respecte l'édition en quatre volumes du *Perceforest*, — un héros d'autrefois... ; édition unique, avec deux pages transposées et une énorme tache d'encre au troisième volume. »

On lui répondit :

---

1. C'est-à-dire au Palais-Royal. — Le *Perceforest* est un roman en prose à insertions lyriques, composé par un clerc du Hainaut vers 1330-1340 : on en connaît quatre manuscrits et deux éditions (incomplètes) du XVIe siècle. Cette œuvre relie le cycle arthurien au cycle antique d'Alexandre le Grand et fait d'Arthur (ou Artus) de Bretagne le lointain descendant du héros grec. On retrouve dans le *Perceforest* des données du *Lancelot-Graal* ; Perceforest renvoie par son nom à Perceval.

« Montez au premier. »

Au premier, il trouva des gens qui lui dirent :

« Nous déplorons ce qui s'est fait dans le premier moment... On a, dans le tumulte, abîmé quelques tableaux...

« Oui, je sais, un Horace Vernet, un Gudin[1]... Tout cela n'est rien : — le *Perceforest* ? ... »

On le prit pour un fou. Il se retira et parvint à découvrir la concierge du palais, qui s'était retirée chez elle.

« Madame, si l'on n'a pas pénétré dans la bibliothèque, assurez-vous d'une chose : c'est de l'existence du *Perceforest*, — édition du XVIᵉ siècle, reliure en parchemin, de Gaume[2]. Le reste de la bibliothèque, ce n'est rien... mal choisi ! — des gens qui ne lisent pas ! Mais le *Perceforest* vaut quarante mille francs sur les tables. »

La concierge ouvrit de grands yeux.

« Moi, j'en donnerais, aujourd'hui, vingt mille... malgré la dépréciation des fonds que doit amener nécessairement une révolution.

— Vingt mille francs !

— Je les ai chez moi. Seulement ce ne serait que pour rendre le livre à la nation. C'est un monument. »

La concierge étonnée, éblouie, consentit avec courage à se rendre à la bibliothèque et à y pénétrer par un petit escalier. L'enthousiasme du savant l'avait gagnée.

Elle revint, après avoir vu le livre sur le rayon où le bibliophile savait qu'il était placé.

« Monsieur, le livre est en place. Mais il n'y a que trois volumes... Vous vous êtes trompé.

— Trois volumes !... Quelle perte !... Je m'en vais trouver le gouvernement provisoire, — il y en a toujours un... Le *Perceforest* incomplet ! Les révolutions sont épouvantables ! »

Le bibliophile courut à l'Hôtel de Ville. On avait autre chose à faire que de s'occuper de bibliographie. Pourtant

---

1. Horace Vernet (1789-1863), peintre de batailles. Théodore Jean Antoine Gudin (1802-1880), peintre de marines.   2. La Gaume est une région de Belgique, au-dessus de Longwy. Mais on ne sait si Nerval désigne ici un lieu ou une personne. J. Bony indique que, dans les ventes aux enchères, l'expression « valoir sur les tables » évoque l'estimation des ouvrages.

il parvint à prendre à part M. Arago, qui comprit l'importance de sa réclamation, et des ordres furent donnés immédiatement.

Le *Perceforest* n'était incomplet que parce qu'on en avait prêté précédemment un volume.

Nous sommes heureux de penser que cet ouvrage a pu rester en France.

Celui de l'*Histoire de l'abbé de Bucquoy*, qui doit être vendu le 20, n'aura peut-être pas le même sort !

Et maintenant, tenez compte, je vous prie, des fautes qui peuvent être commises, dans une tournée rapide, souvent interrompue par la pluie ou par le brouillard...

Je quitte Senlis à regret ; — mais mon ami le veut pour me faire obéir à une pensée que j'avais manifestée imprudemment...

Je me plaisais tant dans cette ville, où la Renaissance, le Moyen Âge et l'époque romaine se retrouvent çà et là, — au détour d'une rue, dans une écurie, dans une cave. — Je vous parlais « de ces tours des Romains recouvertes de lierre ! » — L'éternelle verdure dont elles sont vêtues fait honte à la nature inconstante de nos pays froids. — En Orient, les bois sont toujours verts ; — chaque arbre a sa saison de mue ; mais cette saison varie selon la nature de l'arbre. C'est ainsi que j'ai vu au Caire les sycomores perdre leurs feuilles en été. En revanche, ils étaient verts au mois de janvier.

Les allées qui entourent Senlis et qui remplacent les antiques fortifications romaines, — restaurées plus tard, par suite du long séjour des rois carlovingiens, — n'offrent plus aux regards que des feuilles rouillées d'ormes, et de tilleuls. Cependant la vue est encore belle, aux alentours, par un beau coucher de soleil. — Les forêts de Chantilly, de Compiègne et d'Ermenonville ; — les bois de Châalis et de Pont-Armé, se dessinent avec leurs masses rougeâtres sur le vert clair des prairies qui les séparent. Des châteaux lointains élèvent encore leurs tours, — solidement bâties en pierres *de Senlis*, et qui, généralement, ne servent plus que de pigeonniers.

Les clochers aigus, hérissés de saillies régulières, qu'on appelle dans le pays des *ossements* (je ne sais pourquoi), retentissent encore de ce bruit de cloches qui portait une douce mélancolie dans l'âme de Rousseau[1]...

Accomplissons le pèlerinage que nous nous sommes promis de faire, non pas près de ses cendres, qui reposent au Panthéon, — mais près de son tombeau, situé à Ermenonville, dans l'île dite des Peupliers.

La cathédrale de Senlis ; l'église Saint-Pierre, qui sert aujourd'hui de caserne aux cuirassiers ; le château de Henri IV, adossé aux vieilles fortifications de la ville ; les cloîtres byzantins de Charles le Gros et de ses successeurs, n'ont rien qui doive nous arrêter... C'est encore le moment de parcourir les bois, malgré la brume obstinée du matin.

Nous sommes partis de Senlis, à pied, à travers les bois, aspirant avec bonheur la brume d'automne.

Nous avions parcouru une route qui aboutit aux bois et au château de Mont-l'Évêque. — Des étangs brillaient çà et là à travers les feuilles rouges relevées par la verdure sombre des pins. Sylvain me chanta ce vieil air du pays :

> *Courage ! mon ami, courage !*
> *Nous voici près du village !*
> *À la première maison,*
> *Nous nous rafraîchirons !*

On buvait dans le village un petit vin qui n'était pas désagréable pour des voyageurs. L'hôtesse nous dit, voyant nos barbes : « Vous êtes des artistes... vous venez donc pour voir Châalis ? »

Châalis[2], — à ce nom je me ressouvins d'une époque

---

1. Voir p. 166.   2. Châalis, dont l'ancien nom est Kaeliez, est un prieuré cistercien transformé par Louis VI, en 1136, en abbaye (et nommé Karilocus en souvenir de son frère Charles le Bon, comte de Flandre, assassiné à Bruges). Les évêques de Senlis y reçurent leur sépulture, de 1145 à 1274. L'église fut commencée avant 1202, et dédiée le 20 octobre 1219 par le chancelier Guérin. La chapelle attenante au cimetière date de 1278 ; la chapelle de l'abbé, du XIIIe siècle (on y voit des peintures attribuées à Niccolo dell'Abate, mais qui sont plutôt du Primatice). La Renaissance apporta à Châalis les raffinements du goût et de l'esprit. Le premier abbé commendataire fut le cardinal Hippolyte d'Este. Son souvenir subsiste sous la forme d'un portique crénelé, dont le fronton est orné d'un écusson aux armes de la célèbre

bien éloignée... celle où l'on me conduisait à l'abbaye, une fois par an, pour entendre la messe, et pour voir la foire qui avait lieu près de là.

« Châalis, dis-je... Est-ce que cela existe encore ? »

La Chapelle-en-Serval[1], ce 20 novembre.

De même qu'il est bon dans une symphonie même pastorale de faire revenir de temps en temps le motif principal, gracieux, tendre ou terrible, pour enfin le faire tonner au finale[2] avec la tempête graduée de tous les instruments, — je crois utile de vous parler encore de l'abbé Bucquoy, sans m'interrompre dans la course que je fais en ce moment vers le château de ses pères, avec cette intention de mise en scène exacte et descriptive sans laquelle ses aventures n'auraient qu'un faible intérêt.

Le finale se recule encore, et vous allez voir que c'est encore malgré moi...

Et d'abord, réparons une injustice à l'égard de ce bon M. Ravenel de la Bibliothèque nationale, qui, loin de s'occuper légèrement de la recherche du livre, a remué tous les *fonds* des huit cent mille volumes que nous y possédons. Je l'ai appris depuis ; mais, ne pouvant trouver la chose absente, il m'a donné officieusement avis de la vente de Techener, ce qui est le procédé d'un véritable savant.

Sachant bien que toute vente de grande bibliothèque se continue pendant plusieurs jours, j'avais demandé avis du jour désigné pour la vente du livre, voulant, si c'était justement le 20, me trouver à la vacation du soir.

Mais ce ne sera que le 30 !

Le livre est bien classé sous la rubrique : « Histoire » et sous le numéro 3584. *Événement des plus rares, etc.*, l'intitulé que vous savez.

La note suivante y est annexée.

---

famille ferraraise. Louis d'Este, neveu d'Hippolyte et fils d'Hercule et de Renée de France, fit en 1570 venir à Châalis le Tasse, qu'il patronnait (mais il n'est pas sûr que Nerval était au courant de cette tradition). — L'abbaye de Châalis jouera un rôle majeur dans « Sylvie ».
1. Près d'Orry-la-Ville.   **2.** *Les Filles de Feu* portent, ici et plus bas : « final ».

204 Les Filles du Feu

« Rare. — Tel est le titre de ce livre bizarre, en tête duquel se trouve une gravure représentant L'Enfer des vivants, ou la Bastille. Le reste du volume est composé des choses les plus singulières.

« Catalogue de la bibliothèque de M. M***, etc. »

Je puis encore vous donner un avant-goût de l'intérêt de cette histoire, dont quelques personnes semblaient douter, en reproduisant des notes que j'ai prises dans la bibliographie Michaud[1].

Après la biographie de Charles Bonaventure, comte de Bucquoy, généralissime et membre de l'ordre de la Toison d'or[2], célèbre par ses guerres en France, en Bohême et en Hongrie, et dont le petit-fils, Charles, fut créé prince de l'Empire, — on trouve l'article sur l'abbé de Bucquoy, — indiqué comme étant de la même famille que le précédent. Sa vie politique commença par cinq années de services militaires. Échappé comme par miracle à un grand danger, il fit vœu de quitter le monde et se retira à la Trappe. L'abbé de Rancé, sur lequel Chateaubriand a écrit son dernier livre[3], le renvoya comme peu croyant. Il reprit son habit galonné, qu'il troqua bientôt contre les haillons d'un mendiant.

À l'exemple des faquirs et des derviches, il parcourait le monde, pensant donner des exemples d'humilité et d'austérité. Il se faisait appeler le Mort, et tint même à Rouen, sous ce nom, une école gratuite.

Je m'arrête de peur de déflorer le sujet. Je ne veux que faire remarquer encore, pour prouver que cette histoire a du sérieux, qu'il proposa plus tard aux états unis de Hol-

---

1. Il faudrait « biographie ». Il s'agit de la monumentale Biographie universelle ancienne et moderne ou Histoire, par ordre alphabétique, de la vie publique ou privée de tous les hommes qui se sont fait remarquer par leurs écrits, leurs actions, leurs talents, leurs vertus ou leurs crimes, dirigée par Louis-Gabriel Michaud. La première édition parut de 1811 à 1828 (52 volumes ; il parut 33 volumes de supplément entre 1832 et 1862). **2.** Ordre fondé en 1429 par Philippe le Bon, duc de Bourgogne. Il est passé à la maison d'Autriche après la mort de Charles le Téméraire, puis à l'Espagne avec Charles Quint. **3.** Armand Jean Le Bouthillier de Rancé (1626-1700) fut le réformateur de l'abbaye cistercienne de Notre-Dame-de-la-Trappe. La Vie de Rancé de Chateaubriand était parue en 1844.

lande, en guerre avec Louis XIV, « un projet pour *faire de la France une république*, et y détruire, disait-il, le *pouvoir* arbitraire ». Il mourut à Hanovre, à quatre-vingt-dix ans, laissant son mobilier et ses livres à l'Église catholique, dont il n'était jamais sorti. — Quant à ses seize années de voyages dans l'Inde, je n'ai encore là-dessus de données que par le livre en hollandais de la Bibliothèque nationale.

Nous sommes allés à Châalis pour voir en détail le domaine, avant qu'il soit restauré. Il y a d'abord une vaste enceinte entourée d'ormes ; puis, on voit à gauche un bâtiment dans le style du XVIe siècle, restauré sans doute plus tard selon l'architecture lourde du petit château de Chantilly.

Quand on a vu les offices et les cuisines, l'escalier suspendu du temps de Henri IV vous conduit aux vastes appartements des premières galeries, — grands appartements et petits appartements donnant sur les bois. Quelques peintures enchâssées, le Grand Condé à cheval et des vues de la forêt, voilà tout ce que j'ai remarqué. Dans une salle basse, on voit un portrait d'Henri IV à trente-cinq ans.

C'est l'époque de Gabrielle, — et probablement ce château a été témoin de leurs amours. — Ce prince qui, au fond, m'est peu sympathique [1], demeura longtemps à Senlis, surtout dans la première époque du siège, et l'on y voit, au-dessus de la porte de la mairie et des trois mots : LIBERTÉ, ÉGALITÉ, FRATERNITÉ, son portrait en bronze avec une devise gravée, dans laquelle il est dit que son premier bonheur fut à Senlis, — en 1590. — Ce n'est pourtant pas là que Voltaire a placé la scène principale, imitée de l'Arioste, de ses amours avec Gabrielle d'Estrées [2].

Ne trouvez-vous pas étrange que *les d'Estrées* se trouvent être encore des parents de l'abbé de Bucquoy ? C'est

---

1. Le narrateur d'« Angélique » partage la défiance des Valoisiens à l'égard des Bourbons. — Gabrielle est Gabrielle d'Estrées (1573-1599), favorite de Henri IV, dont elle eut deux fils.   **2.** Allusion à *La Henriade* (1728), épopée de Voltaire consacrée à Henri IV (les amours de Henri et de Gabrielle sont évoqués au chant IX). L'Arioste a déjà été cité.

cependant ce que révèle encore la généalogie de sa famille... Je n'invente rien.

C'était le fils du garde qui nous faisait voir le château, — abandonné depuis longtemps. — C'est un homme qui, sans être lettré, comprend le respect que l'on doit aux antiquités. Il nous fit voir dans une des salles *un moine* qu'il avait découvert dans les ruines. À voir ce squelette couché dans une auge de pierre, j'imaginai que ce n'était pas un moine, mais un guerrier celte ou frank couché selon l'usage, — avec le visage tourné vers l'orient, dans cette localité, où les noms d'*Erman* ou d'*Armen** sont communs dans le voisinage, sans parler même d'*Ermenonville*, située près de là, — et qu'on appelle dans le pays *Arme-Nonville* ou *Nonval*, qui est le terme ancien.
Le pâté des ruines principales forme les restes de l'ancienne abbaye, bâtie probablement vers l'époque de Charles VII[1], dans le style du gothique fleuri, sur des voûtes carlovingiennes aux piliers lourds, qui recouvrent les tombeaux. Le cloître n'a laissé qu'une longue galerie d'ogives qui relie l'abbaye à un premier monument, où l'on distingue encore des colonnes byzantines taillées à l'époque de Charles le Gros, et engagées dans de lourdes murailles du XVIᵉ siècle.
« On veut, nous dit le fils du garde, abattre le mur du cloître pour que, du château, l'on puisse avoir une vue sur les étangs. C'est un conseil qui a été donné à Madame[2].
— Il faut conseiller, dis-je, à votre dame de faire ouvrir seulement les arcs des ogives qu'on a remplis de maçonnerie, et alors la galerie se découpera sur les étangs, ce qui sera beaucoup plus gracieux. »
Il a promis de s'en souvenir.

---

* Hermann, Arminius, ou peut-être Hermès[3].

---

1. Charles VII fut roi de France de 1422 à 1461. Un peu plus bas, « l'époque de Charles le Gros » est le IXᵉ siècle.   **2.** Il s'agit sans doute de Mme de Vatry, qui avait racheté le domaine en 1850.   **3.** Sur Hermann-Arminius, voir p. 189. Le renvoi à Hermès est nervalien.

La suite des ruines amenait encore une tour et une chapelle. Nous montâmes à la tour. De là l'on distinguait
toute la vallée, coupée d'étangs et de rivières, avec les
longs espaces dénudés qu'on appelle le désert d'Ermenonville, et qui n'offrent que des grès de teinte grise,
entremêlés de pins maigres et de bruyères.

Des carrières rougeâtres se dessinaient encore çà et là
à travers les bois effeuillés, et ravivaient la teinte verdâtre
des plaines et des forêts, — où les bouleaux blancs, les
troncs tapissés de lierre et les dernières feuilles d'automne, se détachaient encore sur les masses rougeâtres
des bois encadrés des teintes bleues de l'horizon.

Nous redescendîmes pour voir la chapelle ; c'est une
merveille d'architecture. L'élancement des piliers et des
nervures, l'ornement sobre et fin des détails, révélaient
l'époque intermédiaire entre le gothique fleuri et la
Renaissance. Mais, une fois entrés, nous admirâmes les
peintures, qui m'ont semblé être de cette dernière époque.

« Vous allez voir des saintes un peu décolletées », nous
dit le fils du garde. En effet, on distinguait une sorte de
Gloire peinte en fresque du côté de la porte, parfaitement
conservée, malgré ses couleurs pâlies, sauf la partie inférieure couverte de peintures à la détrempe, mais qu'il ne
sera pas difficile de restaurer.

Les bons moines de Châalis auraient voulu supprimer
quelques nudités trop voyantes du *style Médicis*. — En
effet, tous ces anges et toutes ces saintes faisaient l'effet
d'amours et de nymphes aux gorges et aux cuisses nues.
L'abside de la chapelle offre dans les intervalles de ses
nervures d'autres figures mieux conservées encore et du
style allégorique usité postérieurement à Louis XII[1].
— En nous retournant pour sortir, nous remarquâmes au-
dessus de la porte des armoiries qui devaient indiquer
l'époque des dernières ornementations.

Il nous fut difficile de distinguer les détails de l'écusson écartelé[2], qui avait été repeint postérieurement en
bleu et en blanc. Au 1 et au 4, c'étaient d'abord des

---

1. Louis XII fut roi de France de 1498 à 1515.   **2.** C'est-à-dire
partagé en quatre quartiers égaux.

oiseaux que le fils du garde appelait des cygnes, — disposés par deux et un ; mais ce n'étaient pas des cygnes.

Sont-ce des aigles déployés, des merlettes ou des alérions ou des ailettes attachées à des foudres[1] ?

Au 2 et au 3, ce sont des fers de lance, ou des fleurs de lis, ce qui est la même chose. Un chapeau de cardinal recouvrait l'écusson et laissait tomber des deux côtés ses résilles[2] triangulaires ornées de glands ; mais n'en pouvant compter les rangées, parce que la pierre était fruste, nous ignorions si ce n'était pas un chapeau d'abbé.

Je n'ai pas de livres ici. Mais il me semble que ce sont là les armes de Lorraine, écartelées[3] de celles de France. Seraient-ce les armes du cardinal de Lorraine, qui fut proclamé roi dans ce pays, sous le nom de Charles X, ou celles de l'autre cardinal qui aussi était soutenu par la Ligue ?... Je m'y perds, n'étant encore, je le reconnais, qu'un bien faible historien[4].

ONZIÈME LETTRE

Le château d'Ermenonville. — Les Illuminés. — Le roi de Prusse. — Gabrielle et Rousseau. — Les tombes. — Les abbés de Châalis.

En quittant Châalis, il y a encore à traverser quelques bouquets de bois, puis nous entrons dans le désert. Il y a assez de désert pour que, du centre, on ne voie point d'autre horizon, — pas assez pour qu'en une demi-heure

---

1. On lit « aigles éployés » dans *Les Faux Saulniers* (c'est l'expression correcte). Merlettes : oiseaux représentés sans bec et sans pieds. L'alérion est un petit aigle aux ailes étendues. Les foudres sont des faisceaux figurés sur l'écu, mais le mot « ailettes » ne semble pas appartenir au vocabulaire de l'héraldique. **2.** Le sens de ce mot fait ici problème. Il faut peut-être lire « houppes » (touffes de soie qui terminent un cordon de soie entrelacé et pendant du chapeau). **3.** Ici, « écarteler » signifie modifier la partition d'un écusson ou la disposition de ses symboles afin d'y faire figurer les symboles d'un autre écusson. — Ce n'est pas le cardinal de Lorraine, mais le cardinal Charles de Bourbon (1523-1590) qui en 1589 fut couronné roi par les ligueurs, sous le nom de Charles X. **4.** On trouvera des corrections à ce développement à la fin d'« Angélique ».

de marche on n'arrive au paysage le plus calme, le plus charmant du monde... Une nature suisse découpée au milieu du bois, par suite de l'idée qu'a eue René de Girardin d'y transplanter l'image du pays dont sa famille était originaire [1].

Quelques années avant la Révolution, le château d'Ermenonville était le rendez-vous des Illuminés qui préparaient silencieusement l'avenir. Dans les *soupers* célèbres d'Ermenonville, on a vu successivement le comte de Saint-Germain, Mesmer et Cagliostro, développant, dans des causeries inspirées, des idées et des paradoxes dont l'école dite de Genève hérita plus tard. — Je crois bien que M. de Robespierre, le fils du fondateur de la loge écossaise d'Arras, — tout jeune encore, — peut-être encore plus tard Sénancour, Saint-Martin, Dupont de Nemours et Cazotte [2], vinrent exposer, soit dans ce châ-

_____

1. René de Girardin (1735-1808) fut capitaine des gardes du roi Stanislas, puis il s'installa à Ermenonville dans la propriété qui avait été la demeure de Dominique de Vic, compagnon d'Henri IV. Il décida d'orner le parc en s'inspirant de ce qu'il avait vu en Angleterre, chez William Shenstone, près de Birmingham, et employa l'architecte Morel ainsi qu'une équipe de jardiniers écossais. De ce terrain aride, ils firent un décor à la fois sauvage et idyllique, peuplé de cinquante-six curiosités. Certaines n'existent plus : ainsi l'obélisque de la Muse pastorale, la grotte de James Thomson (l'auteur des *Saisons*) ou encore l'autel du Druide. Le marquis de Girardin fit de son domaine un des lieux les plus appréciés des environs de Paris et il y accueillit Jean-Jacques Rousseau. Mais il a démenti formellement les légendes qui circulaient, dès 1785, sur le caractère illuminé et maçonnique des « soupers » qui avaient lieu dans son château (voir notamment Jean Roussel, « De Girardin à Nerval : la célébrité des soupers d'Ermenonville », *Œuvres et critiques*, 1985, p. 7-18). — René de Girardin est né à Paris mais la « Biographie Michaud » signale qu'il appartenait à « une famille originaire de Florence, où elle est encore connue sous le nom de *Gherardini* ». 2. Ces figures sont évoquées plus longuement dans *Les Illuminés*, Le Livre de Poche nº 9631). C'est là notamment que Nerval mentionne le père de Robespierre, franc-maçon à Arras. Le comte de Saint-Germain est un aventurier qui fut célèbre dans les salons parisiens entre 1750 et 1760 ; il prétendait vivre depuis le temps de Jésus-Christ. Franz Anton Mesmer (1734-1815) connut aussi un grand succès : il prétendait avoir découvert le « magnétisme animal » — fluide dont il fit le remède à toutes les maladies. Joseph Balsamo, dit Cagliostro (1743-1795), était connu pour ses talents de guérisseur et sa pratique des sciences occultes. Étienne Pivert de Senancour (1770-1846) est l'auteur d'*Oberman* (1804). Louis Claude de Saint-Martin (1743-1803), dit « le Philosophe inconnu », franc-

teau, soit dans celui de Le Peletier de Morfontaine[1], les idées bizarres qui se proposaient les réformes d'une société vieillie, laquelle dans ses modes même, avec cette poudre qui donnait aux plus jeunes fronts un faux air de la vieillesse, indiquait la nécessité d'une complète transformation.

Saint-Germain appartient à une époque antérieure, mais il est venu là. C'est lui qui avait fait voir à Louis XV dans un miroir d'acier son petit-fils sans tête, comme Nostradamus avait fait voir à Marie de Médicis[2] les rois de sa race, dont le quatrième était également décapité.

Ceci est de l'enfantillage. Ce qui révèle[3] les mystiques, c'est le détail rapporté par Beaumarchais, que les Prussiens, — arrivés jusqu'à Verdun, — se replièrent tout à coup d'une manière inattendue d'après l'effet d'une apparition dont leur roi fut surpris, et qui lui fit dire : « N'allons pas outre ! » comme en certains cas disaient les chevaliers.

Les Illuminés français et allemands s'entendaient par des rapports d'affiliation. Les doctrines de Weisshaupt et

---

maçon, contribua à répandre en France le mysticisme et l'illuminisme de Swedenborg. Pierre-Samuel Dupont de Nemours (1739-1817), auteur d'ouvrages d'économie politique, est ici évoqué pour sa *Philosophie de l'univers* (1796). Jacques Cazotte (1719-1792), auteur du *Diable amoureux* (1772), versa à la fin de sa vie dans le mysticisme. Il est peu probable que tous ces personnages soient venus régulièrement à Ermenonville (voir J. Roussel, article cité). **1.** Nerval écrit « Le Pelletier ». Nous corrigeons. Mortefontaine a connu une période de gloire avec les Le Peletier, une grande famille de robe qui avait accédé aux plus hautes charges de l'État. Louis (1662-1730) devint par mariage le propriétaire du château et du domaine à la fin du XVIIe siècle. Son petit-fils, Louis Le Peletier (1730-1799) — appelé Le Peletier de Mortefontaine pour le distinguer de son cousin, Le Peletier de Saint-Fargeau —, procéda à de grandes transformations, créa le petit parc et le grand parc en s'inspirant des paysagistes de jardins anglais, et reçut beaucoup (Hubert Robert, l'abbé Delille, Mme Vigée-Lebrun...). Vendue une première fois en 1790, la propriété fut acquise en 1798 par Joseph Bonaparte, qui remit en état l'intérieur et le parc, et fit du domaine l'un des plus beaux de France. **2.** Erreur pour *Catherine* de Médicis. L'anecdote qui suit, à laquelle on n'a pu découvrir aucun fondement historique, pas plus que de source chez Beaumarchais, provient d'un article anonyme de la *Revue britannique*, en février 1839. (Note de J. Bony, qui a reproduit ce texte dans *Le Dossier des « Faux Saulniers »*, ouvrage cité, p. 73-81.) **3.** *Les Faux Saulniers* portaient ici « relève ».

de Jakob Böhme[1] avaient pénétré, chez nous, dans les anciens pays franks et bourguignons, par l'antique sympathie et les relations séculaires des races de même origine. Le premier ministre du neveu de Frédéric II[2] était lui-même un Illuminé. Beaumarchais suppose qu'à Verdun, sous couleur d'une séance de magnétisme, on fit apparaître devant Frédéric-Guillaume son oncle, qui lui aurait dit : « Retourne ! » comme le fit un fantôme à Charles VI.

Ces données bizarres confondent l'imagination ; seulement, Beaumarchais, qui était un sceptique, a prétendu que, pour cette scène de fantasmagorie, on fit venir de Paris l'acteur Fleury[3], qui avait joué précédemment aux Français le rôle de Frédéric II, et qui aurait ainsi fait illusion au roi de Prusse, lequel, depuis, se retira, comme on sait, de la confédération des rois ligués contre la France.

Les souvenirs des lieux où je suis m'oppressent moi-même, de sorte que je vous envoie tout cela au hasard, mais d'après des données sûres. Un détail plus important à recueillir, c'est que le général prussien qui, dans nos désastres de la Restauration, prit possession du pays, ayant appris que la tombe de Jean-Jacques Rousseau se trouvait à Ermenonville, exempta toute la contrée, depuis Compiègne, des charges de l'occupation militaire. C'était, je crois, le prince d'Anhalt[4] : souvenons-nous au besoin de ce trait.

Rousseau n'a séjourné que peu de temps à Ermenonville. S'il y a accepté un asile, c'est que depuis longtemps, dans les promenades qu'il faisait en partant de l'*Ermitage* de Montmorency, il avait reconnu que cette contrée présentait à un herborisateur des familles de plantes remarquables, dues à la variété des terrains.

---

1. Jakob Böhme, ou Boehme (1575-1624), mystique allemand de confession luthérienne ; Adam Weishaupt (1748-1830), philosophe allemand, fonda en 1776 une secte mystique (l'ordre des Illuminés) qui fut interdite. **2.** Frédéric-Guillaume II régna de 1786 à 1797 ; il succédait sur le trône de Prusse à son oncle Frédéric II. **3.** Abraham Joseph Bénard, dit Fleury (1750-1822) : sa ressemblance avec Frédéric II participait du succès des comédies où il apparaissait. **4.** Il s'agit de Blücher (1742-1819), qui n'était pas prince d'Anhalt mais prince de Wahlstadt.

Nous sommes allés descendre à l'auberge de la Croix-Blanche, où il demeura lui-même quelque temps, à son arrivée. Ensuite, il logea encore de l'autre côté du château, dans une maison occupée aujourd'hui par un épicier. M. René de Girardin lui offrit un pavillon inoccupé, faisant face à un autre pavillon qu'occupait le concierge du château. Ce fut là qu'il mourut.

En nous levant, nous allâmes parcourir les bois encore enveloppés des brouillards d'automne, que peu à peu nous vîmes se dissoudre en laissant reparaître le miroir azuré des lacs. J'ai vu de pareils effets de perspective sur des tabatières du temps... Je revis l'île des Peupliers, au-delà des bassins qui surmontent une grotte factice, sur laquelle l'eau tombe, quand elle tombe... Sa description pourrait se lire dans les idylles de Gessner [1].

Les rochers qu'on rencontre en parcourant les bois sont couverts d'inscriptions poétiques. Ici :

> *Sa masse indestructible a fatigué le temps.*

ailleurs :

> *Ce lieu sert de théâtre aux courses valeureuses*
> *Qui signalent du cerf les fureurs amoureuses.*

ou encore, avec un bas-relief représentant des druides qui coupent le *gui* :

> *Tels furent nos aïeux dans leurs bois solitaires !*

Ces vers ronflants me semblent être de Roucher [2]... Delille les aurait faits moins solides.

---

1. Salomon Gessner (1730-1788), poète suisse de langue allemande, dont les idylles en prose rythmée connurent un succès très grand au XVIIIe et au XIXe siècle. Elles peignent l'image d'un âge d'or retrouvé : dans des paysages sereins évoluent des personnages sensibles et bons. « Sylvie » renferme une autre allusion à Gessner (voir p. 268).
2. Jean-Antoine Roucher (1745-1794), auteur du poème rustique en douze chants *Les Mois* ; l'abbé Jacques Delille (1738-1813), traducteur de Virgile, auteur de poèmes didactiques et descriptifs. Nicolas Popa a noté que Gérard plaçait à Ermenonville des inscriptions figurant dans le parc de Mortefontaine. En outre, le premier vers cité (« Sa masse indestructible a fatigué le temps ») serait signé « abbé de Lille ». La fontaine évoquée ensuite est un monument adossé au mur du parc de Mortefontaine.

M. René de Girardin faisait aussi des vers. — C'était
en outre un homme de bien. Je pense qu'on lui doit les
vers suivants, sculptés sur une fontaine d'un endroit voisin, que surmontent un Neptune et une Amphytrite [1], légèrement *décolletée* comme les anges et les saints de
Châalis :

> *Des bords fleuris où j'aimais à répandre*
> *Le plus pur cristal de mes eaux,*
> *Passant, je viens ici me rendre*
> *Aux désirs, aux besoins de l'homme et des troupeaux.*

> *En puisant les trésors de mon urne féconde,*
> *Songe que tu les dois à des soins bienfaisants,*
> *Puissé-je n'abreuver du tribut de mes ondes*
> *Que des mortels paisibles et contents !*

Je ne m'arrête pas à la forme des vers ; — c'est la
pensée d'un honnête homme que j'admire. L'influence de
son séjour est profondément sentie dans le pays. — Là,
ce sont des salles de danse, — où l'on remarque encore
le banc des vieillards ; là, des tirs à l'arc, avec la tribune
d'où l'on distribuait des prix... Au bord des eaux, des
temples ronds, à colonnes de marbre, consacrés soit à
Vénus génitrice, soit à Hermès consolateur. — Toute
cette mythologie avait alors un sens philosophique et
profond.

La tombe de Rousseau est restée telle qu'elle était, avec
sa forme antique et simple, et les peupliers, effeuillés,
accompagnent encore d'une manière pittoresque le monument, qui se reflète dans les eaux dormantes de l'étang.
Seulement la barque qui y conduisait les visiteurs est
aujourd'hui submergée... Les cygnes, je ne sais pourquoi,
au lieu de nager gracieusement autour de l'île, préfèrent
se baigner dans un ruisseau d'eau bourbeuse, qui coule,
dans un rebord, entre des saules aux branches rougeâtres,
et qui aboutit à un lavoir, situé le long de la route.

Nous sommes revenus au château. — C'est encore un
bâtiment de l'époque de Henri IV, refait vers Louis XV,

---

1. Déesse de la mer, épouse de Poséidon (Neptune). Il faudrait
« Amphitrite ».

et construit probablement sur des ruines antérieures,
— car on a conservé une tour crénelée qui jure avec le
reste, et les fondements massifs sont entourés d'eau, avec
des poternes et des restes de ponts-levis.

Le concierge ne nous a pas permis de visiter les appartements, parce que les maîtres y résidaient. — Les artistes
ont plus de bonheur dans les châteaux princiers, dont les
hôtes sentent qu'après tout, ils doivent quelque chose à
la nation.

On nous laissa seulement parcourir les bords du grand
lac, dont la vue, à gauche, est dominée par la tour dite de
Gabrielle, reste d'un ancien château. Un paysan qui nous
accompagnait nous dit : « Voici la tour où était enfermée
la belle Gabrielle... tous les soirs Rousseau venait pincer
de la guitare sous sa fenêtre, et le roi, qui était jaloux, le
guettait souvent, et a fini par le faire mourir. »

Voilà pourtant comment se forment les légendes. Dans
quelques centaines d'années, on croira cela. — Henri IV,
Gabrielle et Rousseau sont les grands souvenirs du pays.
On a confondu déjà, — à deux cents ans d'intervalle,
— les deux souvenirs, et Rousseau devient peu à peu le
contemporain d'Henri IV. Comme la population l'aime,
elle suppose que le roi a été jaloux de lui, et trahi par sa
maîtresse, — en faveur de l'homme sympathique aux
races souffrantes. Le sentiment qui a dicté cette pensée
est peut-être plus vrai qu'on ne croit. Rousseau, qui a
refusé cent louis de Mme de Pompadour [1], a ruiné profondément l'édifice royal fondé par Henri. Tout a croulé.
— Son image immortelle demeure debout sur les ruines.

Quant à ses chansons, dont nous avons vu les dernières
à Compiègne, elles célébraient d'autres que Gabrielle.
Mais le type de la beauté n'est-il pas éternel comme le
génie ?

---

1. En fait, Rousseau refusa une pension et non une gratification.
Louis XV et Mme de Pompadour avaient assisté à la création du *Devin
de village* à Fontainebleau, le 18 octobre 1752. Le succès de l'opéra
devait valoir une pension à Rousseau, qu'il esquiva par la fuite. Toutefois, content de son travail, le roi lui fit porter cent louis, et sa favorite
cinquante louis. Rousseau remercia celle-ci par un compliment entor-
tillé.

En sortant du parc, nous nous sommes dirigés vers l'église, située sur la hauteur. Elle est fort ancienne, mais moins remarquable que la plupart de celles du pays. Le cimetière était ouvert ; nous y avons vu principalement le tombeau de De Vic, — ancien compagnon d'armes de Henri IV, — qui lui avait fait présent du domaine d'Erme-nonville. C'est un tombeau de famille, dont la légende s'arrête à un abbé. — Il reste ensuite des filles qui s'unissent à des bourgeois. — Tel a été le sort de la plupart des anciennes maisons. Deux tombes plates d'abbés, très vieilles, dont il est difficile de déchiffrer les légendes, se voient encore près de la terrasse. Puis, près d'une allée, une pierre simple sur laquelle on trouve inscrit : « Ci-gît *Almazor*. » Est-ce un fou ? — Est-ce un laquais ? — Est-ce un chien ? La pierre ne dit rien de plus.

Du haut de la terrasse du cimetière, la vue s'étend sur la plus belle partie de la contrée ; les eaux miroitent à travers les grands arbres roux, les pins et les chênes verts. Les grès du désert prennent à gauche un aspect druidique. La tombe de Rousseau se dessine à droite, et plus loin, sur le bord, le temple de marbre d'une déesse absente, — qui doit être la Vérité.

Ce dut être un beau jour[1] que celui où une députation, envoyée par l'Assemblée nationale, vint chercher les cendres du philosophe pour les transporter au Panthéon. — Lorsqu'on parcourt le village, on est étonné de la fraîcheur et de la grâce des petites filles, — avec leurs grands chapeaux de paille, elles ont l'air de Suissesses... Les idées sur l'éducation de l'auteur d'*Émile* semblent avoir été suivies ; les exercices de force et d'adresse, la danse, les travaux de précision encouragés par des fondations diverses, ont donné sans doute à cette jeunesse la santé, la vigueur et l'intelligence des choses utiles.

J'aime beaucoup cette chaussée, — dont j'avais conservé un souvenir d'enfance, — et qui, passant devant le château, rejoint les deux parties du village, ayant quatre tours basses à ses deux extrémités.

Sylvain me dit : « Nous avons vu la tombe de Rous-

---

1. Le 10 octobre 1794.

seau : il faudrait maintenant gagner Dammartin, où nous trouverons des voitures pour nous mener à Soissons, et de là, à Longueval. Nous allons nous informer du chemin aux laveuses qui travaillent devant le château.

— Allez tout droit par la route à gauche, nous dirent-elles, ou, également, par la droite... Vous arriverez, soit à *Ver*, soit à *Ève*, — vous passerez par *Othis*, et en deux heures de marche vous gagnerez Dammartin. »

Ces jeunes filles fallacieuses nous firent faire une route bien étrange ; — il faut ajouter qu'il pleuvait.

La route était fort dégradée, avec des ornières pleines d'eau, qu'il fallait éviter en marchant sur les gazons. D'énormes chardons, qui nous venaient à la poitrine, — chardons à demi gelés, mais encore vivaces, — nous arrêtaient quelquefois.

Ayant fait une lieue, nous comprîmes que ne voyant ni *Ver*, ni *Ève*, ni *Othis*, ni seulement la plaine, nous pouvions nous être fourvoyés.

Une éclaircie se manifesta tout à coup à notre droite, — quelqu'une de ces coupes sombres qui éclaircissent singulièrement les forêts...

Nous aperçûmes une hutte fortement construite en branches rechampies de terre, avec un toit de chaume tout à fait primitif. Un bûcheron fumait sa pipe devant la porte.

« Pour aller à Ver ?...

— Vous en êtes bien loin... En suivant la route, vous arriverez à Montaby.

— Nous demandons Ver, — ou Ève...

— Eh bien ! vous allez retourner... vous ferez une demi-lieue (on peut traduire cela si l'on veut en mètres, à cause de la loi[1]), puis, arrivés à la place où l'on tire l'arc, vous prendrez à droite. Vous sortirez du bois, vous

---

1. Rappel d'un passage des *Faux Saulniers* supprimé ici : « Je réfléchis à des fautes nombreuses que j'ai commises dans les lettres que je viens de vous adresser : une erreur de vingt kilomètres, ce n'est rien ; — j'ai peine à me familiariser avec ces nouvelles mesures... et je sais pourtant qu'il est défendu de se servir du mot *lieues* dans les papiers publics. » (*NPl* II, p. 87.) L'emploi exclusif du système métrique avait été rendu obligatoire en 1840.

trouverez la plaine, et ensuite *tout le monde* vous indiquera Ver. »

Nous avons retrouvé la place du tir, avec sa tribune et son hémicycle destiné aux sept vieillards. Puis nous nous sommes engagés dans un sentier qui doit être fort beau quand les arbres sont verts. Nous chantions encore, pour aider la marche et peupler la solitude, quelques chansons du pays.

La route se prolongeait *comme le diable* ; je ne sais trop jusqu'à quel point le diable se prolonge, — ceci est la réflexion d'un Parisien. — Sylvain, avant de quitter le bois, chanta cette ronde de l'époque de Louis XIV :

> *C'était un cavalier*
> *Qui revenait de Flandre...*

Le reste est difficile à raconter. — Le refrain s'adresse au tambour, et lui dit :

> *Battez la générale*
> *Jusqu'au point du jour !*

Quand Sylvain, — homme taciturne — se met à chanter, on n'en est pas quitte facilement. — Il m'a chanté je ne sais quelle chanson des *Moines rouges* qui habitaient primitivement Châalis. — Quels moines ! C'étaient des Templiers ! — Le roi et le pape se sont entendus pour les brûler.

Ne parlons plus de ces moines rouges.

Au sortir de la forêt, nous nous sommes trouvés dans les terres labourées. Nous emportions beaucoup de notre patrie à la semelle de nos souliers[1] ; — mais nous finissions par le rendre plus loin dans les prairies... Enfin, nous sommes arrivés à Ver. — C'est un gros bourg.

L'hôtesse était aimable et sa fille fort avenante, — ayant de beaux cheveux châtains, une figure régulière et douce, et ce *parler* si charmant des pays de brouillard, qui donne aux plus jeunes filles des intonations de *contralto*, par moments !

« Vous voilà, mes enfants, dit l'hôtesse... Eh bien, on va mettre un fagot dans le feu !

---

1. On se souvient du mot de Danton cité p. 165.

— Nous vous demandons à souper, sans indiscrétion.

— Voulez-vous, dit l'hôtesse, qu'on vous fasse d'abord une soupe à l'oignon ?

— Cela ne peut pas faire de mal, et ensuite ?

— Ensuite, il y a aussi *de la chasse.* »

Nous vîmes là que nous étions bien tombés.

Sylvain a un talent, c'est un garçon pensif, — qui n'ayant pas eu beaucoup d'éducation, se préoccupe pourtant de *parfaire* ce qu'il n'a reçu qu'*imparfait* du peu de leçons qui lui ont été données.

Il a des idées sur tout. — Il est capable de composer une montre... ou une boussole. — Ce qui le gêne dans la montre, c'est la *chaîne*, qui ne peut se prolonger assez... Ce qui le gêne dans la boussole, c'est que cela fait seulement reconnaître que l'aimant polaire du globe attire forcément les aiguilles ; — mais que sur le reste, — sur la cause et sur les moyens de s'en servir, les documents sont imparfaits !

L'auberge, un peu isolée, mais solidement bâtie, où nous avons pu trouver asile, offre à l'intérieur une cour à galeries d'un système entièrement valaque... Sylvain a embrassé la fille, qui est assez bien découplée, et nous prenons plaisir à nous chauffer les pieds en caressant deux chiens de chasse, attentifs au tourne-broche, — qui est l'espoir d'un souper prochain...

DOUZIÈME LETTRE

M. Toulouse. — Les deux bibliophiles. — Saint-Médard de Soissons. — Le château des Longueval de Bucquoy. — Réflexions.

Je n'ai pas à me reprocher d'avoir suspendu pendant dix jours le cours du récit historique que vous m'aviez demandé. L'ouvrage qui devait en être la base, c'est-à-dire l'histoire *officielle* de l'abbé de Bucquoy, devait être vendu le 20 novembre, et ne l'a été que le 30, soit qu'il ait été retiré d'abord (comme on me l'a dit), soit que l'ordre même de la vente, énoncé dans le catalogue, n'ait pas permis de le présenter plus tôt aux enchères.

L'ouvrage pouvait, comme tant d'autres, prendre le chemin de l'étranger, et les renseignements qu'on m'avait adressés des pays du Nord indiquaient seulement des traductions hollandaises du livre, sans donner aucune indication sur l'édition originale, imprimée à Francfort, avec l'allemand en regard [1].

J'avais vainement, vous le savez, cherché le livre à Paris. Les bibliothèques publiques ne le possédaient pas. Les libraires spéciaux ne l'avaient point vu depuis longtemps. Un seul, M. Toulouse, m'avait été indiqué comme pouvant le posséder.

M. Toulouse a la spécialité des livres de controverse religieuse. Il m'a interrogé sur la nature de l'ouvrage ; puis il m'a dit : « Monsieur, je ne l'ai point... Mais, si je l'avais, peut-être ne vous le vendrais-je pas ? »

J'ai compris que vendant d'ordinaire des livres à des ecclésiastiques, il ne se souciait pas d'avoir affaire à un *fils de Voltaire*.

Je lui ai répondu que je m'en passerais bien, ayant déjà des notions générales sur le personnage dont il s'agissait.

« Voilà pourtant comme on écrit l'histoire ! » m'a-t-il répondu*.

Vous me direz que j'aurais pu me faire communiquer l'histoire de l'abbé de Bucquoy par quelques-uns de ces bibliophiles qui subsistent encore, tels M. de Montmerqué [2] et autres. À quoi je répondrai qu'un bibliophile sérieux ne communique pas ses livres. Lui-même ne les lit pas, de crainte de les fatiguer.

Un bibliophile connu avait un ami ; — cet ami était devenu amoureux d'un Anacréon *in-16*, édition lyonnaise du XVIe siècle, augmentée des poésies de Bion, de

---

* M. Toulouse, rue du Foin-Saint-Jacques [3], en face la caserne des gendarmes.

---

1. Il n'y a aucune mention d'imprimeur sur les exemplaires du « Bucquoy » que nous avons pu examiner.   2. Louis Jean Nicolas Monmerqué — et non *de* Montmerqué — (1780-1860), membre de l'Académie des Inscriptions et Belles-Lettres, était connu pour ses travaux d'histoire et de bibliophilie.   3. L'ouverture du boulevard Saint-Germain a fait disparaître la rue du Foin-Saint-Jacques, qui débouchait dans la rue de la Harpe.

Moschus et de Sapho[1]. Le possesseur du livre n'eût pas défendu sa femme aussi fortement que son in-16. Presque toujours son ami, venant déjeuner chez lui, traversait indifféremment la bibliothèque ; mais il jetait à la dérobée un regard sur l'*Anacréon*.

Un jour, il dit à son ami : « Qu'est-ce que tu fais de cet in-16 mal relié... et coupé ? Je te donnerais volontiers le *Voyage de Polyphile* en italien, *édition princeps* des Aldes, avec les gravures de Belin[2], pour cet in-16... Franchement, c'est pour compléter ma collection des poètes grecs. »

Le possesseur se borna à sourire.

« Que te faut-il encore ?

— Rien. Je n'aime pas à échanger mes livres.

— Si je t'offrais encore mon *Roman de la Rose*[3], grandes marges, avec des annotations de Marguerite de Valois.

— Non... ne parlons plus de cela.

— Comme argent, je suis pauvre, tu le sais ; mais j'offrirais bien mille francs.

— N'en parlons plus...

— Allons ! Mille cinq cents livres.

— Je n'aime pas les questions d'argent entre amis. »

La résistance ne faisait qu'accroître les désirs de l'ami du bibliophile. Après plusieurs offres, encore repoussées, il lui dit, arrivé au dernier paroxysme de la passion :

« Eh bien ! j'aurai le livre à *ta vente*.

---

1. Anacréon et Bion ont déjà été mentionnés dans les *Petits Châteaux de Bohême*. Moschus, ou Moschos, est un poète grec du IIe siècle avant J.-C., disciple de Bion. Sapho, ou Sappho, poétesse grecque (VIe siècle avant J.-C.) : on ne conserve aujourd'hui que quelques fragments de son œuvre. **2.** Giovanni Bellini. Les Aldes sont une famille d'imprimeurs italiens fondée par Alde Manuce (1449-1515), qui s'établit en 1489 à Venise. C'est en 1499 que celui-ci publia *L'Hypnérotomachie*, ou *Le Songe de Poliphile* — et non *Le Voyage de Polyphile* —, récit allégorique du dominicain Francesco Colonna (1433-1527). Cet ouvrage est évoqué aussi dans le *Voyage en Orient* et dans « Sylvie » (voir p. 265). Il a fait l'objet du dernier conte de Nodier.-

3. Poème allégorique du XIIIe siècle, exposant la doctrine de l'amour courtois. — Marguerite de Valois, dite la reine Margot (1553-1615), épouse répudiée du futur Henri IV, a laissé des *Mémoires* et des *Poésies*.

— À ma vente ?... mais, je suis plus jeune que toi...

— Oui, mais tu as une mauvaise toux.

— Et toi... ta sciatique ?

— On vit quatre-vingts ans avec cela !... »

Je m'arrête, monsieur. Cette discussion serait une scène de Molière ou une de ces analyses tristes de la folie humaine, qui n'ont été traitées gaiement que par Érasme... En résultat, le bibliophile mourut quelques mois après, et son ami eut le livre pour six cents francs.

« Et il m'a refusé de me le laisser pour mille cinq cents francs ! » disait-il plus tard toutes les fois qu'il le faisait voir. Cependant, quand il n'était plus question de ce volume, qui avait projeté un seul nuage sur une amitié de cinquante ans, son œil se mouillait au souvenir de l'homme excellent qu'il avait aimé.

Cette anecdote est bonne à rappeler dans une époque où le goût des collections de livres, d'autographes et d'objets d'art, n'est plus généralement compris en France. Elle pourra, néanmoins, vous expliquer les difficultés que j'ai éprouvées à me procurer l'*Abbé de Bucquoy*.

Samedi dernier, à 7 heures, je revenais de Soissons, — où j'avais cru pouvoir trouver des renseignements sur les Bucquoy, — afin d'assister à la vente, faite par Techener, de la bibliothèque de M. Motteley, qui dure encore, et sur laquelle on a publié, avant-hier, un article dans *L'Indépendance de Bruxelles*[1].

Une vente de livres ou de curiosités a, pour les amateurs, l'attrait d'un tapis vert. Le râteau du commissaire, qui pousse les livres et ramène l'argent, rend cette comparaison fort exacte.

Les enchères étaient vives. Un volume isolé parvint jusqu'à six cents francs. À 10 heures moins un quart, l'*Histoire de l'abbé de Bucquoy* fut mise sur table à vingt-cinq francs... À cinquante-cinq francs, les habitués et

---

1. En fait *L'Indépendance belge*. Dans son numéro du 1er décembre 1850, ce journal publia un « Courrier de Paris » où il était notamment traité des collections du bibliophile Motteley. Cet article a induit Nerval en erreur, en lui faisant croire que le « M*** » possesseur de la bibliothèque qui était alors vendue et où figurait un exemplaire du « Bucquoy » se confondait avec Motteley. On a établi que le « M*** » cachait en réalité un certain Maréchal, bibliophile messin.

M. Techener lui-même abandonnèrent le livre : une seule personne poussait contre moi.

À soixante-cinq francs, l'amateur a manqué d'haleine.

Le marteau du commissaire priseur m'a adjugé le livre pour soixante-six francs.

On m'a demandé ensuite trois francs vingt centimes pour les frais de la vente.

J'ai appris depuis que c'était un délégué de la Bibliothèque nationale qui m'avait fait concurrence jusqu'au dernier moment.

Je possède donc le livre et je me trouve en mesure de continuer mon travail.

Votre, etc.

De Ver à Dammartin, il n'y a guère qu'une heure et demie de marche. — J'ai eu le plaisir d'admirer, par une belle matinée, l'horizon de dix lieues qui s'étend autour du vieux château, si redoutable autrefois, et dominant toute la contrée. Les hautes tours sont démolies, mais l'emplacement se dessine encore sur ce point élevé, où l'on a planté des allées de tilleuls servant de promenade, au point même où se trouvaient les entrées et les cours. Des charmilles d'épine-vinette et de belladone empêchent toute chute dans l'abîme que forment encore les fossés. — Un tir a été établi pour les archers dans un des fossés qui se rapprochent de la ville.

Sylvain est retourné dans son pays : — j'ai continué ma route vers Soissons à travers la forêt de Villers-Cotterêts, entièrement dépouillée de feuilles, mais reverdie çà et là par des plantations de pins qui occupent aujourd'hui les vastes espaces des *coupes sombres* pratiquées naguère. — Le soir, j'arrivai à Soissons, la vieille *Augusta Suessonium*, où se décida le sort de la nation française au VIe siècle [1].

On sait que c'est après la bataille de Soissons, gagnée par Clovis, que ce chef des Francs subit l'humiliation de ne pouvoir garder un vase d'or, produit du pillage de

---

1. La bataille de Soissons eut lieu en 486, soit au Ve siècle. Il faudrait « *Suessionium* » : le terme latin *Suessiones* désignait le peuple de la Gaule qui vivait aux environs de la ville actuelle ; *Augusta* est un mot entrant dans de nombreux noms de villes.

Reims. Peut-être songeait-il déjà à faire sa paix avec l'Église, en lui rendant un objet saint et précieux. Ce fut alors qu'un de ses guerriers voulut que ce vase entrât dans le partage, car l'égalité était le principe fondamental de ces tribus franques, originaires d'Asie. — Le vase d'or fut brisé, et plus tard la tête du Franc égalitaire eut le même sort, sous la *francisque* dc son chef. Telle fut l'origine de nos monarchies.

Soissons, ville forte de seconde classe, renferme de curieuses antiquités. La cathédrale a sa haute tour, d'où l'on découvre sept lieues de pays ; — un beau tableau de Rubens[1], derrière son maître-autel. L'ancienne cathédrale est beaucoup plus curieuse, avec ses clochers festonnés et découpés en guipure. Il n'en reste que la façade et les tours, malheureusement. Il y a encore une autre église qu'on restaure avec cette belle pierre et ce béton romain, qui font l'orgueil de la contrée. Je me suis entretenu là avec les tailleurs de pierre, qui déjeunaient autour d'un feu de bruyère et qui m'ont paru très forts sur l'histoire de l'art. Ils regrettaient, comme moi, qu'on ne restaurât point l'ancienne cathédrale, Saint-Jean-des-Vignes, plutôt que l'église lourde où on les occupait. — Mais cette dernière est, dit-on, plus *logeable*. Dans nos époques de foi restreinte, on n'attire plus les fidèles qu'avec l'élégance et le confort.

Les compagnons m'ont indiqué comme chose à voir *Saint-Médard*, situé à une portée de fusil de la ville, au-delà du pont et de la gare de l'Aisne. Les constructions les plus modernes forment l'établissement des sourds-muets. Une surprise m'attendait là. C'était d'abord la tour en partie démolie où Abailard[2] fut prisonnier quelque temps. On montre encore sur les murs des inscriptions latines de sa main ; — puis de vastes caveaux déblayés depuis peu, où l'on a retrouvé la tombe de Louis le Débonnaire[3], — formée d'une vaste cuve de pierre qui m'a rappelé les tombeaux égyptiens.

---

1. *L'Adoration des bergers.*   2. Pierre Abélard, ou Abailard (1079-1142), théologien et philosophe scolastique, célèbre par sa passion pour Héloïse.   3. Louis Ier le Pieux, ou le Débonnaire, empereur d'Occident et roi des Francs de 814 à 840, fils de Charlemagne.

Près de ces caveaux, composés de cellules souterraines avec des niches çà et là comme dans les tombeaux romains, on voit la prison même où cet empereur fut retenu par ses enfants, l'enfoncement où il dormait sur une natte et autres détails parfaitement conservés, parce que la terre calcaire et les débris de pierres fossiles qui remplissaient ces souterrains les ont préservés de toute humidité. On n'a eu qu'à déblayer, et ce travail dure encore, amenant chaque jour de nouvelles découvertes.

— C'est un *Pompéi* carlovingien.

En sortant de Saint-Médard, je me suis un peu égaré sur les bords de l'Aisne, qui coule entre les oseraies rougeâtres et les peupliers dépouillés de feuilles. Il faisait beau, les gazons étaient verts, et, au bout de deux kilomètres, je me suis trouvé dans un village nommé Cuffy, d'où l'on découvrait parfaitement les tours dentelées de la ville et ses toits flamands bordés d'escaliers de pierre.

On se rafraîchit dans ce village avec un petit vin blanc mousseux qui ressemble beaucoup à la tisane de Champagne [1].

En effet, le terrain est presque le même qu'à Épernay. C'est un filon de la Champagne voisine qui, sur ce coteau exposé au midi, produit des vins rouges et blancs qui ont encore assez de feu. Toutes les maisons sont bâties en pierres meulières trouées comme des éponges par les vrilles et les limaçons marins. L'église est vieille, mais rustique. Une verrerie est établie sur la hauteur.

Il n'était plus possible de ne pas retrouver Soissons. J'y suis retourné pour continuer mes recherches, en visitant la bibliothèque et les archives. — À la bibliothèque, je n'ai rien trouvé que l'on ne pût avoir à Paris. Les archives sont à la sous-préfecture et doivent être curieuses, à cause de l'antiquité de la ville. Le secrétaire m'a dit : « Monsieur, nos archives sont là-haut, — dans les greniers ; mais elles ne sont pas classées.

— Pourquoi ?

— Parce qu'il n'y a pas de fonds attribués à ce travail

---

1. Vin de Champagne plus doux, plus sucré, moins spiritueux. (Littré.)

par la ville. La plupart des pièces sont en gothique et en latin... Il faudrait qu'on nous envoyât quelqu'un de Paris. »

Il est évident que je ne pouvais espérer de trouver facilement là des renseignements sur les Bucquoy. Quant à la situation actuelle des archives de Soissons, je me borne à la dénoncer aux paléographes, — si la France est assez riche pour payer l'examen des souvenirs de son histoire, je serai heureux d'avoir donné cette indication.

Je vous parlerais bien encore de la grande foire qui avait lieu en ce moment-là dans la ville, — du théâtre, où l'on jouait *Lucrèce Borgia*[1], des mœurs locales, assez bien conservées dans ce pays situé hors du mouvement des chemins de fer, — et même de la contrariété qu'éprouvent les habitants par suite de cette situation. Ils ont espéré quelque temps être rattachés à la ligne du Nord, ce qui eût produit de fortes économies... Un personnage puissant aurait obtenu de faire passer la ligne de Strasbourg par ses[2] bois, auxquels elle offre des débouchés, — mais ce sont là de ces exigences locales et de ces suppositions intéressées qui peuvent ne pas être de toute justice.

Le but de ma tournée est atteint maintenant. La diligence de Soissons à Reims m'a conduit à Braine. Une heure après, j'ai pu gagner Longueval, le berceau des Bucquoy. Voilà donc le séjour de la belle Angélique et le *château-chef* de son père[3], qui paraît en avoir eu autant que son aïeul, le grand comte de Bucquoy, a pu en conquérir dans les guerres de Bohême. — Les tours sont rasées, comme à Dammartin. Cependant les souterrains existent encore. L'emplacement, qui domine le village, situé dans une gorge allongée, a été couvert de constructions depuis sept ou huit ans, époque où les ruines ont été vendues. Empreint suffisamment de ces souvenirs de localité qui peuvent donner de l'attrait à une composition romanesque, — et qui ne sont pas inutiles au point de vue positif de l'histoire, j'ai gagné Château-Thierry, où

---

1. Drame en prose de Hugo créé en 1833.   2. Leçon des *Faux Saulniers*. *Les Filles du Feu* portent : « ces ».   3. On a vu qu'à l'époque d'Angélique ce château n'appartenait plus à sa famille.

l'on aime à saluer la statue rêveuse du bon La Fontaine, placée au bord de la Marne et en vue du chemin de fer de Strasbourg.

RÉFLEXIONS

« Et puis... » (C'est ainsi que Diderot commençait un conte, me dira-t-on.)

— Allez toujours !
— Vous avez imité Diderot lui-même.
— Qui avait imité Sterne [1]...
— Lequel avait imité Swift.
— Qui avait imité Rabelais.
— Lequel avait imité Merlin Coccaïe...
— Qui avait imité Pétrone...
— Lequel avait imité Lucien. Et Lucien en avait imité bien d'autres... Quand ce ne serait que l'auteur de l'*Odyssée*, qui fait promener son héros pendant dix ans autour de la Méditerranée, pour l'amener enfin à cette fabuleuse Ithaque, dont la reine, entourée d'une cinquantaine de prétendants, défaisait chaque nuit ce qu'elle avait tissé le jour.

— Mais Ulysse a fini par retrouver Ithaque.
— Et j'ai retrouvé l'abbé de Bucquoy.
— Parlez-en.
— Je ne fais pas autre chose depuis un mois. Les lecteurs doivent être déjà fatigués, — du comte de Bucquoi le ligueur, plus tard généralissime des armées d'Autriche ; — de M. de Longueval de Bucquoy et de sa fille Angélique, — enlevée par La Corbinière, — du château de cette famille, dont je viens de fouler les ruines...

Et enfin de l'abbé comte de Bucquoy lui-même, dont j'ai rapporté une courte biographie, — et que M. d'Ar-

---

1. Lawrence Sterne (1713-1768), écrivain anglais, auteur de *Vie et Opinions de Tristam Shandy* et du *Voyage sentimental* ; Jonathan Swift (1667-1745), écrivain irlandais, auteur des *Voyages de Gulliver* ; Merlin Coccaïe (pseudonyme de Teofilo Folengo, 1491-1544), poète burlesque italien ; Pétrone (1er siècle après J.-C.), écrivain latin, auteur du *Satiricon* ; Lucien de Samosate (env. 125-env. 192 après J.-C.), écrivain grec, auteur des *Dialogues des morts* et de nombreuses œuvres où il raille les traditions et les préjugés.

genson, dans sa correspondance, appelle : *le prétendu*
abbé de Bucquoy.

Le livre que je viens d'acheter à la vente Motteley vaudrait beaucoup plus de soixante-six francs vingt centimes,
s'il n'était cruellement rogné. La reliure, toute neuve,
porte en lettres d'or ce titre attrayant : *Histoire du sieur*
abbé comte de Bucquoy, etc. La valeur de l'in-12 vient
peut-être de trois maigres brochures en vers et en prose,
composées par l'auteur, et qui étant d'un plus grand format, ont les marges coupées jusqu'au texte, qui cependant
reste lisible.

Le livre a tous les titres cités déjà qui se trouvent
énoncés dans Brunet, dans Quérard et dans la Biographie
de Michaud. En regard du titre est une gravure représentant la Bastille, avec ce titre au-dessus : *L'Enfer des*
vivants, et cette citation : *Facilis descensus Averni* [1].

On peut lire l'histoire de l'abbé de Bucquoi dans mon
livre intitulé : *Les Illuminés* (Paris, Victor Lecou). On
peut consulter aussi l'ouvrage in-12 dont j'ai fait présent
à la Bibliothèque impériale [2].

Je me suis peut-être trompé dans l'examen de l'écusson du
fondateur de la chapelle de Châalis.

On m'a communiqué des notes sur les abbés de Châalis.
« Robert de la Tourette, notamment, qui fut abbé là, de 1501 à

---

1. « Il est facile de descendre à l'Averne » (Virgile, *Énéide*, VI,
126) : extrait du discours de la Sibylle de Cumes, qui explique à Énée
que s'il est aisé de se rendre aux Enfers, il ne l'est point d'en revenir.
La citation est en fait plus longue dans le « Bucquoy », où on trouve
aussi le vers suivant.   2. L'« Histoire de l'abbé de Bucquoy » avait
paru dans *Les Faux Saulniers* en 1850, puis dans *Les Illuminés* en 1852
(Nerval a laissé imprimer « Lecoû » ; nous corrigeons). On la trouvera
dans Le Livre de Poche n° 9631, p. 79-132. — Datée du 9 décembre
1851, la lettre de Nerval qui accompagnait le don du « Bucquoy » a
été conservée (voir *NPl* II, p. 1295). Le registre de correspondance de
la Bibliothèque nationale, au Cabinet des manuscrits, contient sous la
date du 12 décembre 1850 et le n° 532 cette mention : « Gérard de
Nerval. Remerciements pour le don au dép[artemen]t des Imprimés de
l'ouvrage de l'abbé de Buquoy [*sic*]. »

1522, fit de grandes restaurations... » On voit sa tombe devant le maître-autel.

« Ici arrivent les Médicis : Hippolyte d'Est, cardinal de Ferrare, 1554 ; — Aloys d'Est, 1586.

« Ensuite : Louis, cardinal de Guise, 1601 ; Charles-Louis de Lorraine, 1630. »

Il faut remarquer que les d'Est n'ont qu'un alérion au 2 et au 3, et que j'en ai vu trois au 1 et au 4 dans l'écusson écartelé[1].

« Charles II, cardinal de Bourbon (depuis Charles X, — l'ancien), lieutenant général de l'Île-de-France depuis 1551, eut un fils appelé Poullain. »

Je veux bien croire que ce cardinal-roi eut un fils naturel ; mais je ne comprends pas les trois alérions posés 2 et 1. Ceux de Lorraine sont sur une bande. Pardon de ces détails, mais la connaissance du blason est la clef de l'histoire de France... Les pauvres auteurs n'y peuvent rien !

---

1. Voir p. 207-208. Charles de Bourbon — l'éphémère Charles X — est présenté dans la note 3 de la p. 208.

SYLVIE
Souvenirs du Valois[1]

I

NUIT PERDUE

Je sortais d'un théâtre où tous les soirs je paraissais aux avant-scènes en grande tenue de soupirant[2]. Quelquefois tout était plein, quelquefois tout était vide. Peu m'importait d'arrêter mes regards sur un parterre peuplé seulement d'une trentaine d'amateurs forcés, sur des loges garnies de bonnets ou de toilettes surannées, — ou bien de faire partie d'une salle animée et frémissante couronnée à tous ses étages de toilettes fleuries, de bijoux étincelants et de visages radieux. Indifférent au spectacle de la salle, celui du théâtre ne m'arrêtait guère, — excepté lorsqu'à la seconde ou à la troisième scène d'un maussade chef-d'œuvre d'alors, une apparition bien connue illuminait l'espace vide, rendant la vie d'un souffle et d'un mot à ces vaines figures qui m'entouraient.

Je me sentais vivre en elle, et elle vivait pour moi seul. Son sourire me remplissait d'une béatitude infinie ; la vibration de sa voix si douce et cependant fortement timbrée me faisait tressaillir de joie et d'amour. Elle avait pour moi toutes les perfections, elle répondait à tous mes enthousiasmes, à tous mes caprices, — belle comme le jour aux feux de la rampe qui l'éclairait d'en bas, pâle comme la nuit, quand la rampe baissée la laissait éclairée d'en haut sous les rayons du lustre et la montrait plus naturelle, brillant dans l'ombre de sa seule beauté, comme

---

1. Lors de sa première publication, dans *La Revue des Deux Mondes* du 15 août 1853, la nouvelle avait paru seule, sans « Chansons et Légendes du Valois ». **2.** La scène d'ouverture de « Sylvie » est à rapprocher du début des « Confidences de Nicolas », dans *Les Illuminés*.

les Heures divines qui se découpent, avec une étoile au front, sur les fonds bruns des fresques d'Herculanum[1] !

Depuis un an, je n'avais pas encore songé à m'informer de ce qu'elle pouvait être d'ailleurs ; je craignais de troubler le miroir magique qui me renvoyait son image, — et tout au plus avais-je prêté l'oreille à quelques propos concernant non plus l'actrice, mais la femme. Je m'en informais aussi peu que des bruits qui ont pu courir sur la princesse d'Élide ou sur la reine de Trébizonde[2], — un de mes oncles qui avait vécu dans les avant-dernières années du XVIIIe siècle, comme il fallait y vivre pour le bien connaître, m'ayant prévenu de bonne heure que les actrices n'étaient pas des femmes, et que la nature avait oublié de leur faire un cœur. Il parlait de celles de ce temps-là sans doute ; mais il m'avait raconté tant d'histoires de ses illusions, de ses déceptions, et montré tant de portraits sur ivoire, médaillons charmants qu'il utilisait depuis à parer des tabatières, tant de billets jaunis, tant de faveurs fanées, en m'en faisant l'histoire et le compte définitif, que je m'étais habitué à penser mal de toutes sans tenir compte de l'ordre des temps.

Nous vivions alors dans une époque étrange, comme celles qui d'ordinaire succèdent aux révolutions ou aux

---

1. Le sonnet « Artémis » porte, sur le manuscrit Lombard, le titre « Ballet des Heures » (voir p. 434-435) ; des vers apparaissant au troisième acte de *L'Imagier de Harlem* sont également ainsi intitulés. Selon la tradition la plus connue, les Heures, au nombre de trois, étaient filles de Zeus et de Thémis ; divinités de l'ordre de la nature, elles représentaient les saisons ou le cycle de la végétation ; dans la tradition tardive, elles furent associées aux heures du jour et leur nombre fut porté à douze. **2.** L'Élide est une région de la Grèce ancienne, située sur la côte ouest du Péloponnèse et ayant pour capitale Olympie ; Trébizonde (actuellement Trabzon) est une ville de la Turquie d'Asie, sur la mer Noire. Mais Jacques Bony a observé que Nerval faisait peut-être ici allusion à des œuvres dramatiques : *La Princesse d'Élide* est une comédie galante de Molière représentée pour les « plaisirs de l'île enchantée » en 1664 ; *La Princesse de Trébizonde* apparaît au titre de plusieurs ouvrages dramatiques. — L'« oncle » dont il est ensuite question a pour modèle le grand-oncle Antoine Boucher, frère de la grand-mère maternelle de Gérard. La figure de cet « oncle » revient chaque fois que l'auteur évoque les sources de son attirance pour le platonisme et le mysticisme.

abaissements des grands règnes[1]. Ce n'était plus la galan-
terie héroïque comme sous la Fronde, le vice élégant et
paré comme sous la Régence, le scepticisme et les folles
orgies du Directoire ; c'était un mélange d'activité, d'hésitation et de paresse, d'utopies brillantes, d'aspirations
philosophiques ou religieuses, d'enthousiasmes vagues,
mêlés de certains instincts de renaissance ; d'ennuis des
discordes passées, d'espoirs incertains, — quelque chose
comme l'époque de Pérégrinus et d'Apulée[2]. L'homme
matériel aspirait au bouquet de roses qui devait le régénérer par les mains de la belle Isis ; la déesse éternellement
jeune et pure nous apparaissait dans les nuits, et nous
faisait honte de nos heures de jour perdues. L'ambition
n'était cependant pas de notre âge, et l'avide curée qui se
faisait alors des positions et des honneurs nous éloignait
des sphères d'activité possibles. Il ne nous restait pour
asile que cette tour d'ivoire des poètes, où nous montions
toujours plus haut pour nous isoler de la foule. À ces
points élevés où nous guidaient nos maîtres, nous respi-
rions enfin l'air pur des solitudes, nous buvions l'oubli
dans la coupe d'or des légendes, nous étions ivres de poésie et d'amour. Amour, hélas ! des formes vagues, des
teintes roses et bleues, des fantômes métaphysiques ! Vue

---

1. Il est malaisé de dater exactement l'époque qui se trouve ici évoquée. Le « cercle » (p. 232) auquel le narrateur dit appartenir n'est
guère identifiable non plus.   **2.** Pérégrinus est un philosophe grec du
IIe siècle ap. J.-C., que l'on avait surnommé « Protée » pour la facilité
avec laquelle il changeait de doctrine. Lucien a laissé des souvenirs sur
ce personnage, qui est également au centre d'un roman de l'écrivain
allemand Christoph Martin Wieland (traduction française par Griffet
de Labaume en 1795). Pérégrinus revient dans le manuscrit du « Comte
de Saint-Germain » (*NPl* III, p. 771-775). — L'écrivain latin Apulée
est l'auteur d'un roman en 11 livres, connu sous le double titre des
Métamorphoses et de *L'Âne d'or*. Sous une apparence de récit pica-
resque, *L'Âne d'or* a une signification religieuse. Lucius, le héros, a
voulu obtenir de force, par la magie, la vision du divin. Cette faute de
curiosité est aussitôt punie : il tombe de l'état d'homme à celui d'animal. Dans cet état, les épreuves l'assaillent, la chair le persécute. Mais
au terme de ses errances, s'étant purifié, il obtient de la déesse Isis
(divinité unique que tous les cultes païens traditionnels appelaient de
noms divers) de pouvoir manger le « bouquet de roses » et de revenir
ainsi à l'état initial dont il était déchu. Il est également question de
L'Âne d'or dans *Les Illuminés* et surtout dans « Isis », ci-dessous.

de près, la femme réelle révoltait notre ingénuité ; il fallait qu'elle apparût reine ou déesse, et surtout n'en pas approcher.

Quelques-uns d'entre nous néanmoins prisaient peu ces paradoxes platoniques, et à travers nos rêves renouvelés d'Alexandrie [1] agitaient parfois la torche des dieux souterrains, qui éclaire l'ombre un instant de ses traînées d'étincelles. — C'est ainsi que, sortant du théâtre avec l'amère tristesse que laisse un songe évanoui, j'allais volontiers me joindre à la société d'un cercle où l'on soupait en grand nombre, et où toute mélancolie cédait devant la verve intarissable de quelques esprits éclatants, vifs, orageux, sublimes parfois, — tels qu'il s'en est trouvé toujours dans les époques de rénovation ou de décadence, et dont les discussions se haussaient à ce point, que les plus timides d'entre nous allaient voir parfois aux fenêtres si les Huns, les Turcomans [2] ou les Cosaques n'arrivaient pas enfin pour couper court à ces arguments de rhéteurs et de sophistes.

« Buvons, aimons, c'est la sagesse ! » Telle était la seule opinion des plus jeunes. Un de ceux-là me dit : « Voici bien longtemps que je te rencontre dans le même théâtre, et chaque fois que j'y vais. Pour *laquelle* y viens-tu ? »

Pour laquelle ?... Il ne me semblait pas que l'on pût aller là pour une *autre*. Cependant j'avouai un nom. — « Eh bien ! dit mon ami avec indulgence, tu vois là-bas l'homme heureux qui vient de la reconduire, et qui, fidèle aux lois de notre cercle, n'ira la retrouver peut-être qu'après la nuit. »

Sans trop d'émotion, je tournai les yeux vers le personnage indiqué. C'était un jeune homme correctement vêtu, d'une figure pâle et nerveuse, ayant des manières convenables et des yeux empreints de mélancolie et de douceur. Il jetait de l'or sur une table de whist et le perdait avec indifférence. — « Que m'importe, dis-je, lui ou tout autre ? Il fallait qu'il y en eût un, et celui-là me paraît

---

1. Alexandrie est ici évoquée comme le berceau du néo-platonisme, au IIIe siècle ap. J.-C.   2. Peuple apparenté aux Turcs.

digne d'avoir été choisi. — Et toi ? — Moi ? C'est une image que je poursuis, rien de plus. »

En sortant, je passai par la salle de lecture, et machinalement je regardai un journal. C'était, je crois, pour y voir le cours de la Bourse. Dans les débris de mon opulence se trouvait une somme assez forte en titres étrangers. Le bruit avait couru que, négligés longtemps, ils allaient être reconnus ; — ce qui venait d'avoir lieu à la suite d'un changement de ministère. Les fonds se trouvaient déjà cotés très haut ; je redevenais riche [1].

Une seule pensée résulta de ce changement de situation, celle que la femme aimée si longtemps était à moi si je voulais. — Je touchais du doigt mon idéal. N'était-ce pas une illusion encore, une faute d'impression railleuse ? Mais les autres feuilles parlaient de même. — La somme gagnée se dressa devant moi comme la statue d'or de Moloch [2]. « Que dirait maintenant, pensais-je, le jeune homme de tout à l'heure, si j'allais prendre sa place près de la femme qu'il a laissée seule ?... » Je frémis de cette pensée, et mon orgueil se révolta.

Non ! ce n'est pas ainsi, ce n'est pas à mon âge que l'on tue l'amour avec de l'or : je ne serai pas un corrupteur. D'ailleurs ceci est une idée d'un autre temps. Qui me dit aussi que cette femme soit vénale ? — Mon regard parcourait vaguement le journal que je tenais encore, et j'y lus ces deux lignes : « *Fête du Bouquet provincial.* — Demain, les archers de Senlis doivent rendre le bouquet à ceux de Loisy [3]. » Ces mots, fort simples, réveillèrent en moi toute une nouvelle série d'impressions : c'était un souvenir de la province depuis longtemps oubliée, un écho lointain des fêtes naïves de la jeunesse. — Le cor et le tambour résonnaient au loin dans les hameaux et dans les bois ; les jeunes filles tressaient des guirlandes et assortissaient, en chantant, des bouquets ornés de rubans.

---

1. Ce récit ne semble avoir aucun fondement autobiographique.
2. Divinité cananéenne connue pour recevoir des sacrifices humains.
3. Loisy possédait, depuis 1837, une compagnie d'archers et un jeu d'arc, encore visible en 1970. Le déroulement de la fête du bouquet est aujourd'hui toujours conforme aux détails donnés par Nerval ici et au début du chapitre IV, mais ces traditions ne remontent qu'au XIVe siècle. (Note de Jacques Bony.)

— Un lourd chariot, traîné par des bœufs, recevait ces présents sur son passage, et nous, enfants de ces contrées, nous formions le cortège avec nos arcs et nos flèches, nous décorant du titre de chevaliers, — sans savoir alors que nous ne faisions que répéter d'âge en âge une fête druidique survivant aux monarchies et aux religions nouvelles.

II

ADRIENNE

Je regagnai mon lit et je ne pus y trouver le repos. Plongé dans une demi-somnolence, toute ma jeunesse repassait en mes souvenirs. Cet état, où l'esprit résiste encore aux bizarres combinaisons du songe, permet souvent de voir se presser en quelques minutes les tableaux les plus saillants d'une longue période de la vie.

Je me représentais un château du temps de Henri IV avec ses toits pointus couverts d'ardoises et sa face rougeâtre aux encoignures dentelées de pierres jaunies, une grande place verte encadrée d'ormes et de tilleuls, dont le soleil couchant perçait le feuillage de ses traits enflammés [1]. Des jeunes filles dansaient en rond sur la pelouse en chantant de vieux airs transmis par leurs mères, et d'un français si naturellement pur, que l'on se sentait bien exister dans ce vieux pays du Valois, où, pendant plus de mille ans, a battu le cœur de la France.

J'étais le seul garçon dans cette ronde, où j'avais amené ma compagne toute jeune encore, Sylvie, une petite fille du hameau voisin, si vive et si fraîche, avec ses yeux noirs, son profil régulier et sa peau légèrement hâlée !... Je n'aimais qu'elle, je ne voyais qu'elle — jusque-là ! À peine avais-je remarqué, dans la ronde où nous dansions, une blonde, grande et belle, qu'on appelait Adrienne. Tout d'un coup, suivant les règles de

1. C'est le décor du sonnet « Fantaisie » (voir p. 71-72).

la danse, Adrienne se trouva placée seule avec moi au milieu du cercle. Nos tailles étaient pareilles. On nous dit de nous embrasser, et la danse et le chœur tournaient plus vivement que jamais. En lui donnant ce baiser, je ne pus m'empêcher de lui presser la main. Les longs anneaux roulés de ses cheveux d'or effleuraient mes joues. De ce moment, un trouble inconnu s'empara dc moi. — La belle devait chanter pour avoir le droit de rentrer dans la danse. On s'assit autour d'elle, et aussitôt, d'une voix fraîche et pénétrante, légèrement voilée, comme celles des filles de ce pays brumeux, elle chanta une de ces anciennes romances pleines de mélancolie et d'amour, qui racontent toujours les malheurs d'une princesse enfermée dans sa tour par la volonté d'un père qui la punit d'avoir aimé [1]. La mélodie se terminait à chaque stance par ces trilles chevrotants que font valoir si bien les voix jeunes, quand elles imitent par un frisson modulé la voix tremblante des aïeules.

À mesure qu'elle chantait, l'ombre descendait des grands arbres, et le clair de lune naissant tombait sur elle seule, isolée de notre cercle attentif. — Elle se tut, et personne n'osa rompre le silence. La pelouse était couverte de faibles vapeurs condensées, qui déroulaient leurs blancs flocons sur les pointes des herbes. Nous pensions être en paradis. — Je me levai enfin, courant au parterre du château, où se trouvaient des lauriers, plantés dans de grands vases de faïence peints en camaïeu. Je rapportai deux branches, qui furent tressées en couronne et nouées d'un ruban. Je posai sur la tête d'Adrienne cet ornement, dont les feuilles lustrées éclataient sur ses cheveux blonds aux rayons pâles de la lune. Elle ressemblait à la Béatrice de Dante [2] qui sourit au poète errant sur la lisière des saintes demeures.

Adrienne se leva. Développant sa taille élancée, elle nous fit un salut gracieux, et rentra en courant dans le château. — C'était, nous dit-on, la petite-fille de l'un des descendants d'une famille alliée aux anciens rois de France ; le sang des Valois coulait dans ses veines. Pour

---

1. On aura reconnu le thème de la chanson du roi, ou du duc, Loys (voir p. 171-172).   2. Voir p. 118 et note 4.

ce jour de fête, on lui avait permis de se mêler à nos jeux ; nous ne devions plus la revoir, car le lendemain elle repartit pour un couvent où elle était pensionnaire.

Quand je revins près de Sylvie, je m'aperçus qu'elle pleurait. La couronne donnée par mes mains à la belle chanteuse était le sujet de ses larmes. Je lui offris d'en aller cueillir une autre, mais elle dit qu'elle n'y tenait nullement, ne la méritant pas. Je voulus en vain me défendre, elle ne me dit plus un seul mot pendant que je la reconduisais chez ses parents.

Rappelé moi-même à Paris pour y reprendre mes études, j'emportai cette double image d'une amitié tendre tristement rompue, — puis d'un amour impossible et vague, source de pensées douloureuses que la philosophie de collège était impuissante à calmer.

La figure d'Adrienne resta seule triomphante, — mirage de la gloire et de la beauté, adoucissant ou partageant les heures des sévères études. Aux vacances de l'année suivante, j'appris que cette belle à peine entrevue était consacrée par sa famille à la vie religieuse.

III

RÉSOLUTION

Tout m'était expliqué par ce souvenir à demi rêvé. Cet amour vague et sans espoir, conçu pour une femme de théâtre, qui tous les soirs me prenait à l'heure du spectacle, pour ne me quitter qu'à l'heure du sommeil, avait son germe dans le souvenir d'Adrienne, fleur de la nuit éclose à la pâle clarté de la lune, fantôme rose et blond glissant sur l'herbe verte à demi baignée de blanches vapeurs. — La ressemblance d'une figure oubliée depuis des années se dessinait désormais avec une netteté singulière ; c'était un crayon estompé par le temps qui se faisait peinture, comme ces vieux croquis de maîtres admirés dans un musée, dont on retrouve ailleurs l'original éblouissant.

Aimer une religieuse sous la forme d'une actrice !... et si c'était la même ! — Il y a de quoi devenir fou ! c'est un entraînement fatal où l'inconnu vous attire comme le feu follet fuyant sur les joncs d'une eau morte... Reprenons pied sur le réel.

Et Sylvie que j'aimais tant, pourquoi l'ai-je oubliée depuis trois ans ?... C'était une bien jolie fille, et la plus belle de Loisy !

Elle existe, elle, bonne et pure de cœur sans doute. Je revois sa fenêtre où le pampre s'enlace au rosier, la cage de fauvettes suspendue à gauche ; j'entends le bruit de ses fuseaux sonores et sa chanson favorite :

> *La belle était assise*
> *Près du ruisseau coulant*[1]...

Elle m'attend encore... Qui l'aurait épousée ? elle est si pauvre !

Dans son village et dans ceux qui l'entourent, de bons paysans en blouse, aux mains rudes, à la face amaigrie, au teint hâlé ! Elle m'aimait seul, moi le petit Parisien, quand j'allais voir près de Loisy mon pauvre oncle, mort aujourd'hui. Depuis trois ans, je dissipe en seigneur le bien modeste qu'il m'a laissé et qui pouvait suffire à ma vie[2]. Avec Sylvie, je l'aurais conservé. Le hasard m'en rend une partie. Il est temps encore.

À cette heure, que fait-elle ? Elle dort... Non, elle ne dort pas ; c'est aujourd'hui la fête de l'arc, la seule de l'année où l'on danse toute la nuit. — Elle est à la fête...

Quelle heure est-il ?

Je n'avais pas de montre.

Au milieu de toutes les splendeurs de bric-à-brac qu'il était d'usage de réunir à cette époque pour restaurer dans sa couleur locale un appartement d'autrefois, brillait d'un éclat rafraîchi une de ces pendules d'écaille de la Renaissance, dont le dôme doré surmonté de la figure du Temps

---

1. Cette chanson est aussi évoquée, et citée plus longuement, dans « Chansons et légendes du Valois », p. 280-281. **2.** Les fondements autobiographiques de ce passage sont à nouveau imaginaires. Les seuls biens dont Nerval ait hérités lui venaient de son grand-père paternel, en 1834 : ils furent engloutis par un voyage dans le sud de la France et en Italie, puis par l'entreprise du *Monde dramatique*, en 1835-1836.

est supporté par des cariatides du style Médicis, reposant
à leur tour sur des chevaux à demi cabrés. La Diane historique, accoudée sur son cerf, est en bas-relief sous le
cadran, où s'étalent sur un fond niellé les chiffres émaillés
des heures. Le mouvement, excellent sans doute, n'avait
pas été remonté depuis deux siècles. — Ce n'était pas
pour savoir l'heure que j'avais acheté cette pendule en
Touraine[1].

Je descendis chez le concierge. Son coucou marquait
1 heure du matin. — En quatre heures, me dis-je, je puis
arriver au bal de Loisy. Il y avait encore sur la place
du Palais-Royal cinq ou six fiacres stationnant pour les
habitués des cercles et des maisons de jeu[2] : « À Loisy !
dis-je au plus apparent. — Où cela est-il ? — Près de
Senlis, à huit lieues. — Je vais vous conduire à la poste »,
dit le cocher, moins préoccupé que moi.

Quelle triste route, la nuit, que cette route de Flandres,
qui ne devient belle qu'en atteignant la zone des forêts !
Toujours ces deux files d'arbres monotones qui grimacent
des formes vagues ; au-delà, des carrés de verdure et de
terres remuées, bornés à gauche par les collines bleuâtres
de Montmorency, d'Écouen, de Luzarches. Voici Gonesse,
le bourg vulgaire plein des souvenirs de la Ligue et de la
Fronde[3]...

Plus loin que Louvres est un chemin bordé de pom-
miers dont j'ai vu bien des fois les fleurs éclater dans la
nuit comme des étoiles de la terre : c'était le plus court
pour gagner les hameaux. — Pendant que la voiture
monte les côtes, recomposons les souvenirs du temps où
j'y venais si souvent.

1. On se souvient que le fameux lit sculpté évoqué dans *Petits Châteaux de Bohême* (voir p. 65) aurait lui aussi été acheté en Touraine.
2. Jacques Bony a fait observer que les maisons de jeu du Palais-Royal
furent fermées à partir du 31 décembre 1836.   **3.** Bourg « vulgaire »
parce que connu pour son pain, très apprécié à Paris ? Gonesse est cité
deux fois dans les *Mémoires* du cardinal de Retz, qui se rapportent à
l'époque de la Fronde.

IV

UN VOYAGE À CYTHÈRE

Quelques années s'étaient écoulées ; l'époque où j'avais rencontré Adrienne devant le château n'était plus déjà qu'un souvenir d'enfance. Je me retrouvai à Loisy au moment de la fête patronale. J'allai de nouveau me joindre aux chevaliers de l'arc, prenant place dans la compagnie dont j'avais fait partie déjà. Des jeunes gens appartenant aux vieilles familles qui possèdent encore là plusieurs de ces châteaux perdus dans les forêts, qui ont plus souffert du temps que des révolutions, avaient organisé la fête. De Chantilly, de Compiègne et de Senlis accouraient de joyeuses cavalcades qui prenaient place dans le cortège rustique des compagnies de l'arc. Après la longue promenade à travers les villages et les bourgs, après la messe à l'église, les luttes d'adresse et la distribution des prix, les vainqueurs avaient été conviés à un repas qui se donnait dans une île ombragée de peupliers et de tilleuls, au milieu de l'un des étangs alimentés par la Nonette et la Thève[1]. Des barques pavoisées nous conduisirent à l'île, — dont le choix avait été déterminé par l'existence d'un temple ovale à colonnes qui devait servir de salle pour le festin. — Là, comme à Ermenonville, le pays est semé de ces édifices légers de la fin du XVIIIᵉ siècle, où des millionnaires philosophes se sont inspirés dans leurs plans du goût dominant d'alors. Je crois bien que ce temple avait dû être primitivement dédié à Uranie[2]. Trois colonnes avaient succombé emportant dans leur chute une partie de l'architrave ; mais on avait déblayé l'intérieur de la salle, suspendu des guirlandes

---

1. Les commentateurs identifient généralement cette île avec l'île Molton, située dans le grand parc de Mortefontaine et créée artificiellement sur ordre du roi Joseph (voir la n. 1 de la p. 210). Par contre, le « temple ovale à colonnes qui devait servir de salle pour le festin » et qui « avait dû être primitivement dédié à Uranie » paraît devoir son existence littéraire à un rêve grec ou à un souvenir d'Ermenonville ; il n'y a sur l'île Molton qu'une maisonnette. **2.** Surnom de Vénus ; ce n'est pas la muse de l'Astronomie qui est ici évoquée.

entre les colonnes, on avait rajeuni cette ruine moderne,
— qui appartenait au paganisme de Boufflers ou de Chaulieu[1] plutôt qu'à celui d'Horace.

La traversée du lac avait été imaginée peut-être pour
rappeler le *Voyage à Cythère* de Watteau. Nos costumes
modernes dérangeaient seuls l'illusion. L'immense bouquet de la fête, enlevé du char qui le portait, avait été
placé sur une grande barque ; le cortège des jeunes filles
vêtues de blanc qui l'accompagnent selon l'usage avait
pris place sur les bancs, et cette gracieuse *théorie*[2] renouvelée des jours antiques se reflétait dans les eaux calmes
de l'étang qui la séparait du bord de l'île si vermeil aux
rayons du soir avec ses halliers d'épine, sa colonnade et
ses clairs feuillages. Toutes les barques abordèrent en peu
de temps. La corbeille portée en cérémonie occupa le
centre de la table, et chacun prit place, les plus favorisés
auprès des jeunes filles : il suffisait pour cela d'être connu
de leurs parents. Ce fut la cause qui fit que je me retrouvai
près de Sylvie. Son frère m'avait déjà rejoint dans la fête,
il me fit la guerre de n'avoir pas depuis longtemps rendu
visite à sa famille. Je m'excusai sur mes études, qui me
retenaient à Paris, et l'assurai que j'étais venu dans cette
intention. « Non, c'est moi qu'il a oubliée, dit Sylvie.
Nous sommes des gens de village, et Paris est si au-
dessus ! » Je voulus l'embrasser pour lui fermer la bouche ; mais elle me boudait encore, et il fallut que son frère
intervînt pour qu'elle m'offrît sa joue d'un air indifférent.
Je n'eus aucune joie de ce baiser dont bien d'autres obte-
naient la faveur, car dans ce pays patriarcal où l'on salue
tout homme qui passe, un baiser n'est autre chose qu'une
politesse entre bonnes gens.

Une surprise avait été arrangée par les ordonnateurs de
la fête. À la fin du repas, on vit s'envoler du fond de la
vaste corbeille un cygne sauvage, jusque-là captif sous
les fleurs, qui de ses fortes ailes, soulevant des lacis de
guirlandes et de couronnes, finit par les disperser de tous

---

1. Le marquis Stanislas Jean de Boufflers (1738-1815), connu sous
le nom de chevalier de Boufflers ; Guillaume Amfrye, abbé de Chaulieu
(1639-1720). Ils pratiquaient tous deux une poésie légère, gracieuse et
facile, où apparaît une Antiquité de convention.   2. Procession.

côtés. Pendant qu'il s'élançait joyeux vers les dernières lueurs du soleil, nous rattrapions au hasard les couronnes, dont chacun parait aussitôt le front de sa voisine. J'eus le bonheur de saisir une des plus belles, et Sylvie souriante se laissa embrasser cette fois plus tendrement que l'autre. Je compris que j'effaçais ainsi le souvenir d'un autre temps. Je l'admirai cette fois sans partage, elle était devenue si belle ! Ce n'était plus cette petite fille de village que j'avais dédaignée pour une plus grande et plus faite aux grâces du monde. Tout en elle avait gagné : le charme de ses yeux noirs, si séduisants dès son enfance, était devenu irrésistible ; sous l'orbite arquée de ses sourcils, son sourire, éclairant tout à coup des traits réguliers et placides, avait quelque chose d'athénien. J'admirais cette physionomie digne de l'art antique au milieu des minois chiffonnés de ses compagnes. Ses mains délicatement allongées, ses bras qui avaient blanchi en s'arrondissant, sa taille dégagée, la faisaient tout autre que je ne l'avais vue. Je ne pus m'empêcher de lui dire combien je la trouvais différente d'elle-même, espérant couvrir ainsi mon ancienne et rapide infidélité.

Tout me favorisait d'ailleurs, l'amitié de son frère, l'impression charmante de cette fête, l'heure du soir et le lieu même où, par une fantaisie pleine de goût, on avait reproduit une image des galantes solennités d'autrefois. Tant que nous pouvions, nous échappions à la danse pour causer de nos souvenirs d'enfance et pour admirer en rêvant à deux les reflets du ciel sur les ombrages et sur les eaux. Il fallut que le frère de Sylvie nous arrachât à cette contemplation en disant qu'il était temps de retourner au village assez éloigné qu'habitaient ses parents.

V

LE VILLAGE

C'était à Loisy, dans l'ancienne maison du garde. Je les conduisis jusque-là, puis je retournai à Montagny[1], où je demeurais chez mon oncle. En quittant le chemin pour traverser un petit bois qui sépare Loisy de Saint-S***, je ne tardai pas à m'engager dans une *sente* profonde qui longe la forêt d'Ermenonville ; je m'attendais ensuite à rencontrer les murs d'un couvent qu'il fallait suivre pendant un quart de lieue. La lune se cachait de temps à autre sous les nuages, éclairant à peine les roches de grès sombre et les bruyères qui se multipliaient sous mes pas. À droite et à gauche, des lisières de forêts sans routes tracées, et toujours devant moi ces roches druidiques de la contrée qui gardent le souvenir des fils d'Armen[2] exterminés par les Romains ! Du haut de ces entassements sublimes, je voyais les étangs lointains se découper comme des miroirs sur la plaine brumeuse, sans pouvoir distinguer celui même où s'était passée la fête.

L'air était tiède et embaumé ; je résolus de ne pas aller plus loin et d'attendre le matin, en me couchant sur des touffes de bruyères. — En me réveillant, je reconnus peu à peu les points voisins du lieu où je m'étais égaré dans

---

1. Plusieurs commentateurs ont affirmé que « Montagny » dissimulait ici « Mortefontaine » (où habitait Antoine Boucher). Les deux villages sont distants d'une douzaine de kilomètres, Montagny se trouvant à l'est d'Ermenonville et Mortefontaine à l'ouest. Cette substitution ne résout pas, cependant, le problème posé par ce passage : au contraire de ce que laisse penser le texte, Nerval n'avait plus alors d'oncle vivant dans le Valois. Son grand-oncle Antoine Boucher était mort en 1820, alors que l'auteur avait douze ans. Sa maison n'était pas restée inoccupée après son décès. Et plus tard, elle fut achetée — le 11 octobre 1835 — par Mme de Feuchères (voir p. 267 et note 1) pour compléter le domaine de Mortefontaine. — Le couvent de « Saint-S*** » pourrait avoir pour modèle le couvent de Saint-Sulpice-du-Désert, tout près de Loisy ; à noter toutefois que ce couvent abritait des hommes et qu'il était depuis longtemps sécularisé à l'époque du récit, la communauté des moines ayant été dispersée en 1778.   **2.** Sur Armen, voir « Angélique », p. 190 et 206.

la nuit. À ma gauche, je vis se dessiner la longue ligne des murs du couvent de Saint-S***, puis de l'autre côté de la vallée, la butte aux Gens-d'Armes, avec les ruines ébréchées de l'antique résidence carlovingienne. Près de là, au-dessus des touffes de bois, les hautes masures de l'abbaye de Thiers découpaient sur l'horizon leurs pans de muraille percés de trèfles et d'ogives. Au-delà, le manoir gothique de Pontarmé, entouré d'eau comme autrefois, refléta bientôt les premiers feux du jour, tandis qu'on voyait se dresser au midi le haut donjon de la Tournelle et les quatre tours de Bertrand-Fosse sur les premiers coteaux de Montmélian [1].

Cette nuit m'avait été douce, et je ne songeais qu'à Sylvie ; cependant l'aspect du couvent me donna un instant l'idée que c'était celui peut-être qu'habitait Adrienne. Le tintement de la cloche du matin était encore dans mon oreille et m'avait sans doute réveillé. J'eus un instant l'idée de jeter un coup d'œil par-dessus les murs en gravissant la plus haute pointe des rochers ; mais en y réfléchissant, je m'en gardai comme d'une profanation. Le jour en grandissant chassa de ma pensée ce vain souvenir et n'y laissa plus que les traits rosés de Sylvie. « Allons la réveiller », me dis-je, et je repris le chemin de Loisy.

Voici le village au bout de la sente qui côtoie la forêt : vingt chaumières dont la vigne et les roses grimpantes festonnent les murs. Des fileuses matinales, coiffées de mouchoirs rouges, travaillent réunies devant une ferme. Sylvie n'est point avec elles. C'est presque une demoiselle depuis qu'elle exécute de fines dentelles, tandis que ses parents sont restés de bons villageois. — Je suis monté à sa chambre sans étonner personne ; déjà levée depuis longtemps, elle agitait les fuseaux de sa dentelle, qui claquaient avec un doux bruit sur le carreau [2] vert que soutenaient ses genoux. « Vous voilà, paresseux, dit-elle

---

1. Jacques Boulenger a suivi les traces du narrateur de « Sylvie » (*Au pays de Gérard de Nerval*, Paris, Champion, 1914) et a montré que cette description était exacte, à l'exception de la mention des ruines qui couronneraient la butte aux Gens-d'Armes. **2.** Carreau, ou coussin : nom, suivant les pays, de métier de la dentelle à fuseaux, lequel est une boîte carrée, garnie et rembourrée extérieurement. (Littré, d'après Ch. Blanc, *L'Art dans la parure*, p. 290.)

avec son sourire divin, je suis sûre que vous sortez seulement de votre lit ! » Je lui racontai ma nuit passée sans
sommeil, mes courses égarées à travers les bois et les
roches. Elle voulut bien me plaindre un instant. « Si vous
n'êtes pas fatigué, je vais vous faire courir encore. Nous
irons voir ma grand-tante à Othys. » J'avais à peine
répondu qu'elle se leva joyeusement, arrangea ses cheveux devant un miroir et se coiffa d'un chapeau de paille
rustique. L'innocence et la joie éclataient dans ses yeux.
Nous partîmes en suivant les bords de la Thève à travers
les prés semés de marguerites et de boutons d'or, puis le
long des bois de Saint-Laurent, franchissant parfois les
ruisseaux et les halliers pour abréger la route. Les merles
sifflaient dans les arbres, et les mésanges s'échappaient
joyeusement des buissons frôlés par notre marche.

Parfois nous rencontrions sous nos pas les pervenches
si chères à Rousseau [1], ouvrant leurs corolles bleues parmi
ces longs rameaux de feuilles accouplées, lianes modestes
qui arrêtaient les pieds furtifs de ma compagne. Indifférente aux souvenirs du philosophe genevois, elle cherchait çà et là les fraises parfumées, et moi, je lui parlais
de *La Nouvelle Héloïse*, dont je récitais par cœur quelques
passages. « Est-ce que c'est joli ? dit-elle. — C'est
sublime. — Est-ce mieux qu'Auguste Lafontaine [2] ?
— C'est plus tendre. — Oh ! bien, dit-elle, il faut que je
lise cela. Je dirai à mon frère de me l'apporter la première
fois qu'il ira à Senlis. » Et je continuais à réciter des fragments de l'*Héloïse* pendant que Sylvie cueillait des
fraises.

---

1. La vue d'une pervenche, à Neuchâtel, fait pousser à Rousseau un
« cri de joie » : il est reporté près de trente ans en arrière, à l'époque
où il vivait aux Charmettes avec Mme de Warens ; elle avait un jour
fait remarquer au jeune homme la présence de « quelque chose de bleu
dans la haie » — de la pervenche en fleur. (*Confessions*, livre VI,
éd. citée, p. 226.) **2.** Prolifique romancier allemand (1758-1831),
auteur de récits sentimentaux. *Julie, ou La Nouvelle Héloïse*, roman
épistolaire de Jean-Jacques Rousseau, avait paru en 1761 et raconte
l'amour passionné de Saint-Preux et de Julie, qui ne peuvent s'épouser,
à cause de la différence de leurs conditions.

VI

OTHYS

Au sortir du bois, nous rencontrâmes de grandes touffes de digitale pourprée ; elle en fit un énorme bouquet en me disant : « C'est pour ma tante ; elle sera si heureuse d'avoir ces belles fleurs dans sa chambre. » Nous n'avions plus qu'un bout de plaine à traverser pour gagner Othys. Le clocher du village pointait sur les coteaux bleuâtres qui vont de Montmélian à Dammartin. La Thève bruissait de nouveau parmi les grès et les cailloux, s'amincissant au voisinage de sa source, où elle se repose dans les prés, formant un petit lac au milieu des glaïeuls et des iris [1]. Bientôt nous gagnâmes les premières maisons. La tante de Sylvie habitait une petite chaumière bâtie en pierres de grès inégales que revêtaient des treillages de houblon et de vigne vierge ; elle vivait seule de quelques carrés de terre que les gens du village cultivaient pour elle depuis la mort de son mari. Sa nièce arrivant, c'était le feu dans la maison. « Bonjour, la tante ! Voici vos enfants ! dit Sylvie ; nous avons bien faim ! » Elle l'embrassa tendrement, lui mit dans les bras la botte de fleurs, puis songea enfin à me présenter, en disant : « C'est mon amoureux ! »

J'embrassai à mon tour la tante, qui dit : « Il est gentil... C'est donc un blond !... — Il a de jolis cheveux fins, dit Sylvie. — Cela ne dure pas, dit la tante ; mais vous avez du temps devant vous, et toi qui es brune, cela t'assortit bien. — Il faut le faire déjeuner, la tante, dit Sylvie. » Et elle alla cherchant dans les armoires, dans la huche, trouvant du lait, du pain bis, du sucre, étalant sans trop de soin sur la table les assiettes et les plats de faïence émaillés de larges fleurs et de coqs au vif plumage. Une jatte en

---

1. Description exacte au XIXᵉ siècle. Mais les cultures ont déplacé, depuis, la source de la Thève.

porcelaine de Creil[1], pleine de lait, où nageaient les fraises, devint le centre du service, et après avoir dépouillé le jardin de quelques poignées de cerises et de groseilles, elle disposa deux vases de fleurs aux deux bouts de la nappe. Mais la tante avait dit ces belles paroles : « Tout cela, ce n'est que du dessert. Il faut me laisser faire à présent. » Et elle avait décroché la poêle et jeté un fagot dans la haute cheminée. « Je ne veux pas que tu touches à cela ! dit-elle à Sylvie, qui voulait l'aider ; abîmer tes jolis doigts qui font de la dentelle plus belle qu'à Chantilly ! tu m'en as donné, et je m'y connais. — Ah ! oui, la tante !... Dites donc, si vous en avez, des morceaux de l'ancienne, cela me fera des modèles. — Eh bien ! va voir là-haut, dit la tante, il y en a peut-être dans ma commode. — Donnez-moi les clefs, reprit Sylvie. — Bah ! dit la tante, les tiroirs sont ouverts. — Ce n'est pas vrai, il y en a un qui est toujours fermé. » Et pendant que la bonne femme nettoyait la poêle après l'avoir passée au feu, Sylvie dénouait des pendants de sa ceinture une petite clef d'un acier ouvragé qu'elle me fit voir avec triomphe.

Je la suivis, montant rapidement l'escalier de bois qui conduisait à la chambre. — Ô jeunesse, ô vieillesse saintes ! — qui donc eût songé à ternir la pureté d'un premier amour dans ce sanctuaire des souvenirs fidèles ? Le portrait d'un jeune homme du bon vieux temps souriait avec ses yeux noirs et sa bouche rose, dans un ovale au cadre doré, suspendu à la tête du lit rustique. Il portait l'uniforme des gardes-chasse de la maison de Condé ; son attitude à demi martiale, sa figure rose et bienveillante, son front pur sous ses cheveux poudrés, relevaient ce pastel, médiocre peut-être, des grâces de la jeunesse et de la simplicité. Quelque artiste modeste invité aux chasses princières s'était appliqué à le *pourtraire* de son mieux, ainsi que sa jeune épouse, qu'on voyait dans un autre médaillon, attrayante, maligne, élancée dans son corsage ouvert à échelle de rubans, agaçant de sa mine retroussée un

---

1. En 1762 fut établie à Creil une fabrique de glaces de Saint-Gobain, qui devint fabrique de faïence en 1800 et fut ensuite transférée à Montereau.

oiseau posé sur son doigt. C'était pourtant la même bonne
vieille qui cuisinait en ce moment, courbée sur le feu de
l'âtre. Cela me fit penser aux fées des Funambules qui
cachent, sous leur masque ridé, un visage attrayant,
qu'elles révèlent au dénouement, lorsqu'apparaît le
temple de l'Amour et son soleil tournant qui rayonne de
feux magiques[1]. « Ô bonne tante, m'écriai-je, que vous
étiez jolie ! — Et moi donc ? » dit Sylvie, qui était parvenue à ouvrir le fameux tiroir. Elle y avait trouvé une
grande robe en taffetas flambé, qui criait du froissement
de ses plis. « Je veux essayer si cela m'ira, dit-elle. Ah !
je vais avoir l'air d'une vieille fée !

— La fée des légendes éternellement jeune !... » dis-je
en moi-même. — Et déjà Sylvie avait dégrafé sa robe
d'indienne et la laissait tomber à ses pieds. La robe étof-
fée de la vieille tante s'ajusta parfaitement sur la taille
mince de Sylvie, qui me dit de l'agrafer. « Oh ! les
manches plates, que c'est ridicule ! » dit-elle. Et cependant les sabots[2] garnis de dentelles découvraient admirablement ses bras nus, la gorge s'encadrait dans le pur
corsage aux tulles jaunis, aux rubans passés, qui n'avait
serré que bien peu les charmes évanouis de la tante.
« Mais finissez-en ! Vous ne savez donc pas agrafer une
robe ? » me disait Sylvie. Elle avait l'air de l'accordée de
village de Greuze[3]. « Il faudrait de la poudre, dis-je.
— Nous allons en trouver. » Elle fureta de nouveau dans
les tiroirs. Oh ! que de richesses ! que cela sentait bon,
comme cela brillait, comme cela chatoyait de vives couleurs et de modeste clinquant ! deux éventails de nacre un
peu cassés, des boîtes de pâte à sujets chinois, un collier
d'ambre et mille fanfreluches, parmi lesquelles éclataient

---

1. Nerval, qui fut longtemps critique de théâtre, appréciait particulièrement les Funambules, où les Deburau père et fils excellaient dans
l'art de la pantomime et les rôles de Pierrot.   **2.** En histoire du costume, le mot désigne une manche de vêtement courte et évasée, ou la
garniture de dentelle ou de tulle ajoutée au bas d'une manche courte.
(*TLF*, qui cite un exemple tiré de la *Béatrix* de Balzac, ainsi que ce
passage de l'*Histoire du costume* de Villard [1956, p. 98] : « La robe
Watteau à traîne, à manches à sabots ou à pagodes, fait des essais
de résurrection ».)   **3.** Le peintre Jean-Baptiste Greuze (1725-1805),
auteur de compositions sur des sujets domestiques et moralisants.

deux petits souliers de droguet[1] blanc avec des boucles incrustées de diamants d'Irlande ! « Oh ! je veux les mettre, dit Sylvie, si je trouve les bas brodés ! »

Un instant après, nous déroulions des bas de soie rose tendre à coins verts ; mais la voix de la tante, accompagnée du frémissement de la poêle, nous rappela soudain à la réalité. « Descendez vite ! » dit Sylvie, et quoi que je pusse dire, elle ne me permit pas de l'aider à se chausser. Cependant la tante venait de verser dans un plat le contenu de la poêle, une tranche de lard frite avec des œufs. La voix de Sylvie me rappela bientôt. « Habillez-vous vite ! » dit-elle, et entièrement vêtue elle-même, elle me montra les habits de noces du garde-chasse réunis sur la commode. En un instant, je me transformai en marié de l'autre siècle. Sylvie m'attendait sur l'escalier, et nous descendîmes tous deux en nous tenant par la main. La tante poussa un cri en se retournant : « Ô mes enfants ! » dit-elle, et elle se mit à pleurer, puis sourit à travers ses larmes. — C'était l'image de sa jeunesse, — cruelle et charmante apparition ! Nous nous assîmes auprès d'elle, attendris et presque graves, puis la gaieté nous revint bientôt, car, le premier moment passé, la bonne vieille ne songea plus qu'à se rappeler les fêtes pompeuses de sa noce. Elle retrouva même dans sa mémoire les chants alternés, d'usage alors, qui se répondaient d'un bout à l'autre de la table nuptiale, et le naïf épithalame qui accompagnait les mariés rentrant après la danse. Nous répétions ces strophes si simplement rythmées, avec les hiatus et les assonances du temps ; amoureuses et fleuries comme le cantique de l'Ecclésiaste[2] ; — nous étions l'époux et l'épouse pour tout un beau matin d'été.

---

1. Étoffe brochée (de laine et coton, ou de laine, coton et soie, ou quelquefois de soie), dont les fils, formant les dessins brochés, passent à l'envers d'un dessin à l'autre sans être tissés dans le fond de l'étoffe. (Littré.) **2.** Le Cantique des Cantiques.

VII

CHÂALIS[1]

Il est 4 heures du matin ; la route plonge dans un pli de terrain ; elle remonte. La voiture va passer à Orry, puis à La Chapelle. À gauche, il y a une route qui longe le bois d'Hallate[2]. C'est par là qu'un soir le frère de Sylvie m'a conduit dans sa carriole à une solennité du pays. C'était, je crois, le soir de la Saint-Barthélemy[3]. À travers les bois, par des routes peu frayées, son petit cheval volait comme au sabbat. Nous rattrapâmes le pavé à Mont-Lévêque, et quelques minutes plus tard nous nous arrêtions à la maison du garde, à l'ancienne abbaye de Châalis. — Châalis, encore un souvenir !

Cette vieille retraite des empereurs n'offre plus à l'admiration que les ruines de son cloître aux arcades byzantines, dont la dernière rangée se découpe encore sur les étangs, — reste oublié des fondations pieuses comprises parmi ces domaines qu'on appelait autrefois les métairies de Charlemagne. La religion, dans ce pays isolé du mouvement des routes et des villes, a conservé des traces particulières du long séjour qu'y ont fait les cardinaux de la maison d'Este à l'époque des Médicis : ses attributs et ses usages ont encore quelque chose de galant et de poétique, et l'on respire un parfum de la Renaissance sous les arcs des chapelles à fines nervures, décorées par les artistes de l'Italie. Les figures des saints et des anges se profilent en rose sur les voûtes peintes d'un bleu tendre, avec des airs d'allégorie païenne qui font songer aux sentimentalités de Pétrarque et au mysticisme fabuleux de Francesco Colonna.

Nous étions des intrus, le frère de Sylvie et moi, dans la fête particulière qui avait lieu cette nuit-là. Une per-

---

1. Le volume de 1854 montre les graphies « Châalis » dans « Angélique » et « Chaâlis » dans « Sylvie ». Nous unifions. On rencontre, aujourd'hui encore, les deux graphies. **2.** Il faudrait « Halatte ». L'itinéraire décrit semble fantaisiste. **3.** Le 24 août, s'il s'agit du jour anniversaire du massacre.

sonne de très illustre naissance, qui possédait alors ce domaine[1], avait eu l'idée d'inviter quelques familles du pays à une sorte de représentation allégorique où devaient figurer quelques pensionnaires d'un couvent voisin. Ce n'était pas une réminiscence des tragédies de Saint-Cyr[2], cela remontait aux premiers essais lyriques importés en France du temps des Valois. Ce que je vis jouer était comme un mystère des anciens temps. Les costumes, composés de longues robes, n'étaient variés que par les couleurs de l'azur, de l'hyacinthe ou de l'aurore. La scène se passait entre les anges, sur les débris du monde détruit. Chaque voix chantait une des splendeurs de ce globe éteint, et l'ange de la mort définissait les causes de sa destruction. Un esprit montait de l'abîme, tenant en main l'épée flamboyante, et convoquait les autres à venir admirer la gloire du Christ vainqueur des Enfers. Cet esprit, c'était Adrienne transfigurée par son costume, comme elle l'était déjà par sa vocation. Le nimbe de carton doré qui ceignait sa tête angélique nous paraissait bien naturellement un cercle de lumière ; sa voix avait gagné en force et en étendue, et les fioritures infinies du chant italien brodaient de leurs gazouillements d'oiseau les phrases sévères d'un récitatif pompeux.

En me retraçant ces détails, j'en suis à me demander s'ils sont réels, ou bien si je les ai rêvés. Le frère de Sylvie était un peu gris ce soir-là. Nous nous étions arrêtés quelques instants dans la maison du garde, — où, ce qui m'a frappé beaucoup, il y avait un cygne éployé sur la porte, puis au-dedans de hautes armoires en noyer sculpté, une grande horloge dans sa gaine, et des trophées d'arcs et de flèches d'honneur au-dessus d'une carte de tir rouge et verte. Un nain bizarre, coiffé d'un bonnet chinois, tenant d'une main une bouteille et de l'autre une bague, semblait inviter les tireurs à viser juste. Ce nain, je le crois bien, était en tôle découpée. Mais l'apparition

---

1. Jacques Bony a noté que le domaine appartenait, de 1824 à 1850, au marquis de la Briffe, qui n'est pas exactement une « personne de très illustre naissance ». Du reste, on se trouve d'autant moins autorisé à chercher un fondement historique à cet épisode qu'« Angélique » situait une scène semblable dans une pension de demoiselles, à Senlis (voir p. 168-169).   **2.** Voir p. 122 et note 2.

d'Adrienne est-elle aussi vraie que ces détails et que l'existence incontestable de l'abbaye de Châalis ? Pourtant c'est bien le fils du garde qui nous avait introduits dans la salle où avait lieu la représentation ; nous étions près de la porte, derrière une nombreuse compagnie assise et gravement émue. C'était le jour de la Saint-Barthélemy, — singulièrement lié au souvenir des Médicis, dont les armes accolées à celles de la maison d'Este décoraient ces vieilles murailles... Ce souvenir est une obsession peut-être ! — Heureusement voici la voiture qui s'arrête sur la route du Plessis ; j'échappe au monde des rêveries, et je n'ai plus qu'un quart d'heure de marche pour gagner Loisy par des routes bien peu frayées.

VIII

LE BAL DE LOISY

Je suis entré au bal de Loisy à cette heure mélancolique et douce encore où les lumières pâlissent et tremblent aux approches du jour. Les tilleuls, assombris par en bas, prenaient à leurs cimes une teinte bleuâtre. La flûte champêtre ne luttait plus si vivement avec les trilles du rossignol. Tout le monde était pâle, et dans les groupes dégarnis j'eus peine à rencontrer des figures connues. Enfin j'aperçus la grande Lise, une amie de Sylvie. Elle m'embrassa. « Il y a longtemps qu'on ne t'a vu, Parisien ! dit-elle. — Oh ! oui, longtemps. — Et tu arrives à cette heure-ci ? — Par la poste. — Et pas trop vite ! — Je voulais voir Sylvie ; est-elle encore au bal ? — Elle ne sort qu'au matin ; elle aime tant à danser. »

En un instant, j'étais à ses côtés. Sa figure était fatiguée ; cependant son œil noir brillait toujours du sourire athénien d'autrefois. Un jeune homme se tenait près d'elle. Elle lui fit signe qu'elle renonçait à la contredanse suivante. Il se retira en saluant.

Le jour commençait à se faire. Nous sortîmes du bal, nous tenant par la main. Les fleurs de la chevelure de

Sylvie se penchaient dans ses cheveux dénoués ; le bouquet de son corsage s'effeuillait aussi sur les dentelles fripées, savant ouvrage de sa main. Je lui offris de l'accompagner chez elle. Il faisait grand jour, mais le temps était sombre. La Thève bruissait à notre gauche, laissant à ses coudes des remous d'eau stagnante où s'épanouissaient les nénuphars jaunes et blancs, où éclatait comme des pâquerettes la frêle broderie des étoiles d'eau. Les plaines étaient couvertes de javelles et de meules de foin, dont l'odeur me portait à la tête sans m'enivrer, comme faisait autrefois la fraîche senteur des bois et des halliers d'épines fleuries.

Nous n'eûmes pas l'idée de les traverser de nouveau. « Sylvie, lui dis-je, vous ne m'aimez plus ! » Elle soupira. « Mon ami, me dit-elle, il faut se faire une raison ; les choses ne vont pas comme nous voulons dans la vie. Vous m'avez parlé autrefois de *La Nouvelle Héloïse*, je l'ai lue, et j'ai frémi en tombant d'abord sur cette phrase : "Toute jeune fille qui lira ce livre est perdue[1]". Cependant j'ai passé outre, me fiant sur ma raison. Vous souvenez-vous du jour où nous avons revêtu les habits de noces de la tante ?... Les gravures du livre présentaient aussi les amoureux sous de vieux costumes du temps passé, de sorte que pour moi vous étiez Saint-Preux, et je me retrouvais dans Julie. Ah ! que n'êtes-vous revenu alors ! Mais vous étiez, disait-on, en Italie. Vous en avez vu là de bien plus jolies que moi ! — Aucune, Sylvie, qui ait votre regard et les traits purs de votre visage. Vous êtes une nymphe antique qui vous ignorez. D'ailleurs les bois de cette contrée sont aussi beaux que ceux de la campagne romaine. Il y a là-bas des masses de granit non moins sublimes, et une cascade qui tombe du haut des rochers comme celle de Terni[2]. Je n'ai rien vu là-bas que je puisse regretter ici. — Et à Paris ? dit-elle. — À Paris... »

---

1. La « Préface » de *La Nouvelle Héloïse* dit exactement : « Jamais fille chaste n'a lu de romans, et j'ai mis à celui-ci un titre assez décidé pour qu'en l'ouvrant on sût à quoi s'en tenir. Celle qui, malgré ce titre, en osera lire une seule page est une fille perdue ; [...]. » Sur ce roman, voir aussi la note 2 de la p. 244. **2.** En Ombrie.

Je secouai la tête sans répondre.

Tout à coup je pensai à l'image vaine qui m'avait égaré si longtemps.

« Sylvie, dis-je, arrêtons-nous ici, le voulez-vous ? »

Je me jetai à ses pieds ; je confessai en pleurant à chaudes larmes mes irrésolutions, mes caprices ; j'évoquai le spectre funeste qui traversait ma vie.

« Sauvez-moi ! ajoutai-je, je reviens à vous pour toujours. »

Elle tourna vers moi ses regards attendris...

En ce moment, notre entretien fut interrompu par de violents éclats de rire. C'était le frère de Sylvie qui nous rejoignait avec cette bonne gaieté rustique, suite obligée d'une nuit de fête, que des rafraîchissements nombreux avaient développée outre mesure. Il appelait le galant du bal, perdu au loin dans les buissons d'épines et qui ne tarda pas à nous rejoindre. Ce garçon n'était guère plus solide sur ses pieds que son compagnon, il paraissait plus embarrassé encore de la présence d'un Parisien que de celle de Sylvie. Sa figure candide, sa déférence mêlée d'embarras, m'empêchaient de lui en vouloir d'avoir été le danseur pour lequel on était resté si tard à la fête. Je le jugeais peu dangereux.

« Il faut rentrer à la maison, dit Sylvie à son frère. À tantôt ! » me dit-elle en me tendant la joue.

L'amoureux ne s'offensa pas.

IX

ERMENONVILLE

Je n'avais nulle envie de dormir. J'allai à Montagny pour revoir la maison de mon oncle [1]. Une grande tristesse

1. Voir p. 242 et la note 1. Mais ici le personnage de l'oncle correspond bien à la figure du grand-oncle Antoine Boucher : on note plus bas l'évocation de la « petite bibliothèque pleine de livres choisis » (rappel de la « Bibliothèque de mon oncle », dans *Les Illuminés*) et de la collection de « débris antiques trouvés dans son jardin » (il sera à

me gagna dès que j'en entrevis la façade jaune et les
contrevents verts. Tout semblait dans le même état qu'autrefois ; seulement il fallut aller chez le fermier pour avoir
la clef de la porte. Une fois les volets ouverts, je revis
avec attendrissement les vieux meubles conservés dans le
même état et qu'on frottait de temps en temps, la haute
armoire de noyer, deux tableaux flamands qu'on disait
l'ouvrage d'un ancien peintre, notre aïeul[1] ; de grandes
estampes d'après Boucher, et toute une série encadrée de
gravures de l'*Émile* et de *La Nouvelle Héloïse*, par
Moreau[2] ; sur la table, un chien empaillé que j'avais
connu vivant, ancien compagnon de mes courses dans les
bois, le dernier carlin peut-être, car il appartenait à cette
race perdue.

« Quant au perroquet, me dit le fermier, il vit toujours ;
je l'ai retiré chez moi. »

Le jardin présentait un magnifique tableau de végétation sauvage. J'y reconnus, dans un angle, un jardin d'enfant que j'avais tracé jadis. J'entrai tout frémissant dans
le cabinet, où se voyait encore la petite bibliothèque
pleine de livres choisis, vieux amis de celui qui n'était
plus, et sur le bureau quelques débris antiques trouvés
dans son jardin, des vases, des médailles romaines, collection locale qui le rendait heureux.

« Allons voir le perroquet, dis-je au fermier. » — Le
perroquet demandait à déjeuner comme en ses plus beaux
jours, et me regarda de cet œil rond, bordé d'une peau
chargée de rides, qui fait penser au regard expérimenté
des vieillards.

Plein des idées tristes qu'amenait ce retour tardif en
des lieux si aimés, je sentis le besoin de revoir Sylvie,
seule figure vivante et jeune encore qui me rattachât à ce

---

nouveau question de ces antiquités dans *Aurélia*). Voir Le Livre de
Poche n° 9631, p. 55-56 et 455. Antoine Boucher n'a cependant jamais
habité à Montagny.
  1. Voir, *Promenades et Souvenirs*, p. 392, et, dans Le Livre de
Poche n° 9631, *Aurélia*, p. 422.   **2.** Jean-Michel Moreau, dit Moreau
le Jeune (1741-1814), fut parmi les nombreux graveurs du XVIIIᵉ et du
XIXᵉ siècle qui illustrèrent les œuvres de Rousseau ; *Émile* fut publié
en 1762. — François Boucher (1703-1770), peintre, auteur de scènes
pastorales et mythologiques.

pays. Je repris la route de Loisy. C'était au milieu du jour ; tout le monde dormait fatigué de la fête. Il me vint l'idée de me distraire par une promenade à Ermenonville, distant d'une lieue par le chemin de la forêt. C'était par un beau temps d'été. Je pris plaisir d'abord à la fraîcheur de cette route qui semble l'allée d'un parc. Les grands chênes d'un vert uniforme n'étaient variés que par les troncs blancs des bouleaux au feuillage frissonnant. Les oiseaux se taisaient, et j'entendais seulement le bruit que fait le pivert en frappant les arbres pour y creuser son nid. Un instant, je risquai de me perdre, car les poteaux dont les palettes annoncent diverses routes n'offrent plus, par endroits, que des caractères effacés. Enfin, laissant le *Désert* à gauche, j'arrivai au rond-point de la danse, où subsiste encore le banc des vieillards. Tous les souvenirs de l'antiquité philosophique, ressuscités par l'ancien possesseur du domaine [1], me revenaient en foule devant cette réalisation pittoresque de l'*Anacharsis* et de l'*Émile*.

Lorsque je vis briller les eaux du lac à travers les branches des saules et des coudriers, je reconnus tout à fait un lieu où mon oncle, dans ses promenades, m'avait conduit bien des fois : c'est le *Temple de la Philosophie*, que son fondateur n'a pas eu le bonheur de terminer. Il a la forme du temple de la sibylle Tiburtine, et, debout encore, sous l'abri d'un bouquet de pins, il étale tous ces grands noms de la pensée qui commencent par Montaigne et Descartes, et qui s'arrêtent à Rousseau [2]. Cet édifice inachevé n'est déjà plus qu'une ruine ; le lierre le fes-

---

1. René de Girardin, déjà évoqué dans « Angélique ». L'*Émile* de Rousseau s'inspire des préceptes de Plutarque. Quant à l'« *Anacharsis* », il s'agit du *Voyage du jeune Anacharsis en Grèce, vers le milieu du quatrième siècle avant l'ère vulgaire* de l'abbé Barthélemy (Paris, Debure, 4 vol. in-4). L'ouvrage s'attache à peindre la langue, les mœurs, les conceptions esthétiques, les croyances religieuses ainsi que les institutions civiles et politiques du monde grec, et il tranche sur les productions du XVIIIe siècle par l'érudition qui s'y trouve déployée.
2. Sur la « sibylle de Tibur » (Tivoli), voir plus loin « Octavie », p. 316. Nicolas Popa précise que le temple d'Ermenonville fut construit d'après celui de Tivoli. Dédié à Montaigne *« qui omnia dixit »* (« qui a tout dit »), il porte sur six colonnes toscanes les noms de Newton, Descartes, Voltaire, W. Penn, Montesquieu et Rousseau, accompagnés d'inscriptions symboliques.

tonne avec grâce, la ronce envahit les marches disjointes.
Là, tout enfant, j'ai vu des fêtes où les jeunes filles vêtues
de blanc venaient recevoir des prix d'étude et de sagesse.
Où sont les buissons de roses qui entouraient la colline ?
L'églantier et le framboisier en cachent les derniers
plants, qui retournent à l'état sauvage. — Quant aux lauriers, les a-t-on coupés, comme le dit la chanson des
jeunes filles qui ne veulent plus aller au bois ? Non, ces
arbustes de la douce Italie ont péri sous notre ciel brumeux. Heureusement le troène de Virgile fleurit encore,
comme pour appuyer la parole du maître inscrite au-
dessus de la porte : *Rerum cognoscere causas*[1] ! — Oui,
ce temple tombe comme tant d'autres, les hommes
oublieux ou fatigués se détourneront de ses abords, la
nature indifférente reprendra le terrain que l'art lui dispu-
tait ; mais la soif de connaître restera éternelle, mobile de
toute force et de toute activité !

Voici les peupliers de l'île, et la tombe de Rousseau, vide
de ses cendres. Ô sage ! tu nous avais donné le lait des forts,
et nous étions trop faibles pour qu'il pût nous profiter. Nous
avons oublié tes leçons que savaient nos pères, et nous
avons perdu le sens de ta parole, dernier écho des sagesses
antiques. Pourtant ne désespérons pas, et comme tu fis à ton
suprême instant, tournons nos yeux vers le soleil[2] !

J'ai revu le château, les eaux paisibles qui le bordent,
la cascade qui gémit dans les roches, et cette chaussée
réunissant les deux parties du village, dont quatre colom-
biers marquent les angles, la pelouse qui s'étend au-delà
comme une savane, dominée par des coteaux ombreux ;
la tour de Gabrielle[3] se reflète de loin sur les eaux d'un

---

1. *Géorgiques*, II, 490. Le contexte est celui-ci : « Heureux qui a pu
connaître les raisons des choses [*rerum cognoscere causas*], qui a foulé
aux pieds toutes les craintes, la croyance en un destin inexorable et
tout le bruit fait autour de l'avare Achéron [les Enfers, c'est-à-dire
l'au-delà] ! » (Trad. H. Goelzer.)   **2.** Selon une tradition popularisée
par une gravure de Moreau le Jeune (*Les Derniers Moments de Rousseau*), le philosophe mourant aurait demandé d'ouvrir la fenêtre. On
note aussi qu'*Émile* contient un épisode célèbre, montrant l'adolescent
s'agenouiller devant le soleil, en geste d'adoration spontané envers son
Créateur. Voir enfin la parole de l'oncle rapportée dans *Aurélia* :
« Dieu, c'est le soleil » (Le Livre de Poche n° 9631, p. 455).   **3.** Voir
« Angélique », p. 214.

lac factice étoilé de fleurs éphémères ; l'écume bouil-
lonne, l'insecte bruit... Il faut échapper à l'air perfide qui
s'exhale en gagnant les grès poudreux du désert et les
landes où la bruyère rose relève le vert des fougères. Que
tout cela est solitaire et triste ! Le regard enchanté de
Sylvie, ses courses folles, ses cris joyeux, donnaient
autrefois tant de charme aux lieux que je viens de parcourir ! C'était encore une enfant sauvage, ses pieds étaient
nus, sa peau hâlée, malgré son chapeau de paille, dont le
large ruban flottait pêle-mêle avec ses tresses de cheveux
noirs. Nous allions boire du lait à la ferme suisse, et l'on
me disait : « Qu'elle est jolie, ton amoureuse, petit Parisien ! » Oh ! ce n'est pas alors qu'un paysan aurait dansé
avec elle ! Elle ne dansait qu'avec moi, une fois par an,
à la fête de l'arc.

X

LE GRAND FRISÉ

J'ai repris le chemin de Loisy ; tout le monde était
réveillé. Sylvie avait une toilette de demoiselle, presque
dans le goût de la ville. Elle me fit monter à sa chambre
avec toute l'ingénuité d'autrefois. Son œil étincelait toujours dans un sourire plein de charme, mais l'arc prononcé de ses sourcils lui donnait par instants un air
sérieux. La chambre était décorée avec simplicité, pourtant les meubles étaient modernes, une glace à bordure
dorée avait remplacé l'antique trumeau, où se voyait un
berger d'idylle offrant un nid à une bergère bleue et rose.
Le lit à colonnes chastement drapé de vieille perse à
ramage était remplacé par une couchette de noyer garnie
du rideau à flèche ; à la fenêtre, dans la cage où jadis
étaient les fauvettes, il y avait des canaris. J'étais pressé
de sortir de cette chambre où je ne trouvais rien du passé.
« Vous ne travaillerez point à votre dentelle aujour-
d'hui ?... dis-je à Sylvie. — Oh ! je ne fais plus de dentelle, on n'en demande plus dans le pays ; même à

Chantilly, la fabrique est fermée. — Que faites-vous
donc ? — Elle alla chercher dans un coin de la chambre
un instrument en fer qui ressemblait à une longue pince.
— Qu'est-ce que c'est que cela ? — C'est ce qu'on
appelle la mécanique ; c'est pour maintenir la peau des
gants afin de les coudre. — Ah ! vous êtes gantière, Sylvie ? — Oui, nous travaillons ici pour Dammartin, cela
donne beaucoup dans ce moment ; mais je ne fais rien
aujourd'hui ; allons où vous voudrez. » Je tournais les
yeux vers la route d'Othys : elle secoua la tête ; je
compris que la vieille tante n'existait plus. Sylvie appela
un petit garçon et lui fit seller un âne. « Je suis encore
fatiguée d'hier, dit-elle, mais la promenade me fera du
bien ; allons à Châalis. » Et nous voilà traversant la forêt,
suivis du petit garçon armé d'une branche. Bientôt Sylvie
voulut s'arrêter, et je l'embrassai en l'engageant à s'asseoir. La conversation entre nous ne pouvait plus être bien
intime. Il fallut lui raconter ma vie à Paris, mes voyages...
« Comment peut-on aller si loin ? dit-elle. — Je m'en
étonne en vous revoyant. — Oh ! cela se dit ! — Et
convenez que vous étiez moins jolie autrefois. — Je n'en
sais rien. — Vous souvenez-vous du temps où nous étions
enfants et vous la plus grande ? — Et vous le plus sage !
— Oh ! Sylvie ! — On nous mettait sur l'âne chacun dans
un panier. — Et nous ne nous disions pas *vous*... Te rap-
pelles-tu que tu m'apprenais à pêcher des écrevisses sous
les ponts de la Thève et de la Nonette ? — Et toi, te
souviens-tu de ton frère de lait qui t'a un jour retiré *de
l'ieau*. — Le *grand frisé* ! c'est lui qui m'avait dit qu'on
pouvait la passer... *l'ieau* ! »

Je me hâtai de changer la conversation. Ce souvenir
m'avait vivement rappelé l'époque où je venais dans le
pays, vêtu d'un petit habit à l'anglaise qui faisait rire les
paysans. Sylvie seule me trouvait bien mis ; mais je
n'osais lui rappeler cette opinion d'un temps si ancien. Je
ne sais pourquoi ma pensée se porta sur les habits de
noces que nous avions revêtus chez la vieille tante à
Othys. Je demandai ce qu'ils étaient devenus. « Ah ! la
bonne tante, dit Sylvie, elle m'avait prêté sa robe pour
aller danser au carnaval à Dammartin, il y a de cela deux
ans. L'année d'après, elle est morte, la pauvre tante ! »

Elle soupirait et pleurait, si bien que je ne pus lui demander par quelle circonstance elle était allée à un bal masqué ; mais, grâce à ses talents d'ouvrière, je comprenais assez que Sylvie n'était plus une paysanne. Ses parents seuls étaient restés dans leur condition, et elle vivait au milieu d'eux comme une fée industrieuse, répandant l'abondance autour d'elle.

XI

RETOUR

La vue se découvrait au sortir du bois. Nous étions arrivés au bord des étangs de Châalis. Les galeries du cloître, la chapelle aux ogives élancées, la tour féodale et le petit château qui abrita les amours de Henri IV et de Gabrielle se teignaient des rougeurs du soir sur le vert sombre de la forêt. « C'est un paysage de Walter Scott, n'est-ce pas ? disait Sylvie. — Et qui vous a parlé de Walter Scott ? lui dis-je. Vous avez donc bien lu depuis trois ans !... Moi, je tâche d'oublier les livres, et ce qui me charme, c'est de revoir avec vous cette vieille abbaye, où, tout petits enfants, nous nous cachions dans les ruines. Vous souvenez-vous, Sylvie, de la peur que vous aviez quand le gardien nous racontait l'histoire des moines rouges ? — Oh ! ne m'en parlez pas. — Alors chantez-moi la chanson de la belle fille enlevée au jardin de son père, sous le rosier blanc[1]. — On ne chante plus cela. — Seriez-vous devenue musicienne ? — Un peu. — Sylvie, Sylvie, je suis sûr que vous chantez des airs d'opéra ! — Pourquoi vous plaindre ? — Parce que j'aimais les vieux airs, et que vous ne saurez plus les chanter. »

---

1. Ces deux chansons ont déjà été évoquées dans « Angélique » (pp. 172-174 et 217).

Sylvie modula quelques sons d'un grand air d'opéra moderne... Elle *phrasait*[1] !

Nous avions tourné les étangs voisins. Voici la verte pelouse, entourée de tilleuls et d'ormeaux, où nous avons dansé souvent ! J'eus l'amour-propre de définir les vieux murs carlovingiens et déchiffrer les armoiries de la maison d'Este. « Et vous ! comme vous avez lu plus que moi ! dit Sylvie. Vous êtes donc un savant ? »

J'étais piqué de son ton de reproche. J'avais jusque-là cherché l'endroit convenable pour renouveler le moment d'expansion du matin ; mais que lui dire avec l'accompagnement d'un âne et d'un petit garçon très éveillé, qui prenait plaisir à se rapprocher toujours pour entendre parler un Parisien ? Alors j'eus le malheur de raconter l'apparition de Châalis, restée dans mes souvenirs. Je menai Sylvie dans la salle même du château où j'avais entendu chanter Adrienne. « Oh ! que je vous entende ! lui dis-je ; que votre voix chérie résonne sous ces voûtes et en chasse l'esprit qui me tourmente, fût-il divin ou bien fatal ! » Elle répéta les paroles et le chant après moi :

> *Anges, descendez promptement*
> *Au fond du purgatoire !...*

« C'est bien triste ! me dit-elle.

— C'est sublime... Je crois que c'est du Porpora[2], avec des vers traduits au XVIᵉ siècle.

— Je ne sais pas », répondit Sylvie.

Nous sommes revenus par la vallée, en suivant le chemin de Charlepont, que les paysans, peu étymologistes de leur nature, s'obstinent à appeler *Châllepont*. Sylvie, fatiguée de l'âne, s'appuyait sur mon bras. La route était déserte ; j'essayai de parler des choses que j'avais dans le cœur, mais, je ne sais pourquoi, je ne trouvais que des expressions vulgaires, ou bien tout à coup quelque phrase pompeuse de roman, — que Sylvie pouvait avoir lue. Je

---

1. On rapprochera cette scène du passage des *Nuits d'octobre* évoqué dans l'Introduction.   **2.** Nicola Antonio Giacinto Porpora (1686-1768), musicien baroque, a laissé des opéras et de nombreux ouvrages religieux. Sa musique porte la marque de l'école napolitaine : tout y est sacrifié à la virtuosité.

m'arrêtais alors avec un goût tout classique, et elle s'étonnait parfois de ces effusions interrompues. Arrivés aux murs de Saint-S***, il fallait prendre garde à notre marche. On traverse des prairies humides où serpentent les ruisseaux. « Qu'est devenue la religieuse ? dis-je tout à coup.

— Ah ! vous êtes terrible avec votre religieuse... Eh bien !... eh bien ! cela a mal tourné. »

Sylvie ne voulut pas m'en dire un mot de plus.

Les femmes sentent-elles vraiment que telle ou telle parole passe sur les lèvres sans sortir du cœur ? On ne le croirait pas, à les voir si facilement abusées, à se rendre compte des choix qu'elles font le plus souvent : il y a des hommes qui jouent si bien la comédie de l'amour ! Je n'ai jamais pu m'y faire, quoique sachant que certaines acceptent sciemment d'être trompées. D'ailleurs un amour qui remonte à l'enfance est quelque chose de sacré... Sylvie, que j'avais vue grandir, était pour moi comme une sœur. Je ne pouvais tenter une séduction... Une tout autre idée vint traverser mon esprit. « À cette heure-ci, me dis-je, je serais au théâtre... Qu'est-ce qu'Aurélie (c'était le nom de l'actrice) doit donc jouer ce soir ? Évidemment le rôle de la princesse dans le drame nouveau. Oh ! le troisième acte, qu'elle y est touchante !... Et dans la scène d'amour du second ! avec ce jeune premier tout ridé...

— Vous êtes dans vos réflexions ? » dit Sylvie, et elle se mit à chanter :

> *À Dammartin l'y a trois belles filles :*
> *L'y en a z'une plus belle que le jour...*

« Ah ! méchante ! m'écriai-je, vous voyez bien que vous en savez encore des vieilles chansons.

— Si vous veniez plus souvent ici, j'en retrouverais, dit-elle, mais il faut songer au solide. Vous avez vos affaires de Paris, j'ai mon travail ; ne rentrons pas trop tard : il faut que demain je sois levée avec le soleil. »

XII

LE PÈRE DODU

J'allais répondre, j'allais tomber à ses pieds, j'allais offrir la maison de mon oncle, qu'il m'était possible encore de racheter, car nous étions plusieurs héritiers, et cette petite propriété était restée indivise[1] ; mais en ce moment nous arrivions à Loisy. On nous attendait pour souper. La soupe à l'oignon répandait au loin son parfum patriarcal. Il y avait des voisins invités pour ce lendemain de fête. Je reconnus tout de suite un vieux bûcheron, le père Dodu, qui racontait jadis aux veillées des histoires si comiques ou si terribles. Tour à tour berger, messager, garde-chasse, pêcheur, braconnier même, le père Dodu fabriquait à ses moments perdus des coucous et des tourne-broches. Pendant longtemps il s'était consacré à promener les Anglais dans Ermenonville, en les conduisant aux lieux de méditation de Rousseau et en leur racontant ses derniers moments. C'était lui qui avait été le petit garçon que le philosophe employait à classer ses herbes, et à qui il donna l'ordre de cueillir les ciguës dont il exprima le suc dans sa tasse de café au lait[2]. L'aubergiste de *La Croix d'or* lui contestait ce détail ; de là des haines prolongées. On avait longtemps reproché au père Dodu la possession de quelques secrets bien innocents, comme de guérir les vaches avec un verset dit à rebours et le signe de croix figuré du pied gauche, mais il avait de

---

1. Sur la maison de l'oncle, voir la note 1 de la p. 242.   **2.** Dans *Les Faux Saulniers*, en 1850, Nerval avait publié le scénario d'un drame sur « La Mort de Rousseau » (*NPl* II, p. 109-112 ; passage supprimé dans « Angélique »). On y trouvait les lignes suivantes : « Rousseau, assis devant une petite cabane [à Ermenonville], cause avec un jeune enfant. L'enfant va, vient, apporte des plantes. "Quelle est celle-ci ? — C'est de la ciguë ? — Apporte-moi toutes celles que tu rencontreras." [...]. L'enfant revient ; Rousseau dit à Thérèse de sortir : celle-ci, sans bouger, lui montre le pistolet. Rousseau le lui donne : elle sort. Puis, en causant avec l'enfant, il exprime le jus des ciguës dans son café, qu'il boit tranquillement en caressant l'enfant. »

bonne heure renoncé à ces superstitions, « grâce au souvenir, disait-il, des conversations de Jean-Jacques ».

« Te voilà ! petit Parisien, me dit le père Dodu. Tu
viens pour débaucher nos filles ? — Moi, père Dodu ?
— Tu les emmènes dans les bois pendant que le loup n'y
est pas ? — Père Dodu, c'est vous qui êtes le loup. — Je
l'ai été tant que j'ai trouvé des brebis ; à présent je ne
rencontre plus que des chèvres, et qu'elles savent bien se
défendre ! Mais vous autres, vous êtes des malins à Paris.
Jean-Jacques avait bien raison de dire : "L'homme se corrompt dans l'air empoisonné des villes." — Père Dodu,
vous savez trop bien que l'homme se corrompt partout. »

Le père Dodu se mit à entonner un air à boire ; on
voulut en vain l'arrêter à un certain couplet scabreux que
tout le monde savait par cœur. Sylvie ne voulut pas chanter, malgré nos prières, disant qu'on ne chantait plus à
table. J'avais remarqué déjà que l'amoureux de la veille
était assis à sa gauche. Il y avait je ne sais quoi dans sa
figure ronde, dans ses cheveux ébouriffés, qui ne m'était
pas inconnu. Il se leva et vint derrière ma chaise en
disant : « Tu ne me reconnais donc pas, Parisien ? » Une
bonne femme, qui venait de rentrer au dessert après nous
avoir servis, me dit à l'oreille : « Vous ne reconnaissez
pas votre frère de lait ? » Sans cet avertissement, j'allais
être ridicule. « Ah ! c'est toi, *grand frisé* ! dis-je, c'est
toi, le même qui m'a retiré de *l'ieau* ! » Sylvie riait aux
éclats de cette reconnaissance. « Sans compter, disait ce
garçon en m'embrassant, que tu avais une belle montre
en argent, et qu'en revenant tu étais bien plus inquiet de
ta montre que de toi-même, parce qu'elle ne marchait
plus ; tu disais : "la *bête* est *nayée*, ça ne fait plus tic-tac ;
qu'est-ce que mon oncle va dire ?..." »

— Une bête dans une montre ! dit le père Dodu, voilà
ce qu'on leur fait croire à Paris, aux enfants ! »

Sylvie avait sommeil, je jugeai que j'étais perdu dans
son esprit. Elle remonta à sa chambre, et pendant que je
l'embrassais, elle dit : « À demain, venez nous voir ! »

Le père Dodu était resté à table avec Sylvain et mon
frère de lait ; nous causâmes longtemps autour d'un fla-

con de *ratafiat*[1] de Louvres. « Les hommes sont égaux, dit le père Dodu entre deux couplets, je bois avec un pâtissier comme je ferais avec un prince. — Où est le pâtissier ? dis-je. — Regarde à côté de toi ! un jeune homme qui a l'ambition de s'établir. »

Mon frère de lait parut embarrassé. J'avais tout compris. — C'est une fatalité qui m'était réservée d'avoir un frère de lait dans un pays illustré par Rousseau, — qui voulait supprimer les nourrices ! — Le père Dodu m'apprit qu'il était fort question du mariage de Sylvie avec le *grand frisé*, qui voulait aller former un établissement de pâtisserie à Dammartin. Je n'en demandai pas plus. La voiture de Nanteuil-le-Haudoin me ramena le lendemain à Paris.

XIII

AURÉLIE

À Paris ! — La voiture met cinq heures. Je n'étais pressé que d'arriver pour le soir. Vers 8 heures, j'étais assis dans ma stalle accoutumée ; Aurélie répandit son inspiration et son charme sur des vers faiblement inspirés de Schiller, que l'on devait à un talent de l'époque[2]. Dans la scène du jardin, elle devint sublime. Pendant le quatrième acte, où elle ne paraissait pas, j'allai acheter un bouquet chez Mme Prévost[3]. J'y insérai une lettre fort tendre signée : *Un inconnu*. Je me dis : « Voilà quelque chose de fixé pour l'avenir », — et le lendemain j'étais sur la route d'Allemagne.

---

1. Il faudrait « ratafia ».   **2.** Certains commentateurs ont identifié cette pièce non nommée avec la tragédie *Marie Stuart* de Pierre Lebrun, adaptation d'une pièce de l'écrivain allemand Friedrich von Schiller (1759-1805). Pourtant, créée au Théâtre-Français le 6 mars 1820, cette *Marie Stuart* ne constituait pas exactement un « drame nouveau » (voir p. 261) à l'époque où se déroulait le récit.   **3.** Fleuriste à la mode, au 13-14, galerie de Nemours, donc à côté du Théâtre-Français. (Note de Jacques Bony.)

Qu'allais-je y faire ? Essayer de remettre de l'ordre dans mes sentiments. — Si j'écrivais un roman, jamais je ne pourrais faire accepter l'histoire d'un cœur épris de deux amours simultanés[1]. Sylvie m'échappait par ma faute ; mais la revoir un jour avait suffi pour relever mon âme : je la plaçais désormais comme une statue souriante dans le temple de la Sagesse. Son regard m'avait arrêté au bord de l'abîme. — Je repoussais avec plus de force encore l'idée d'aller me présenter à Aurélie, pour lutter un instant avec tant d'amoureux vulgaires qui brillaient un instant près d'elle et retombaient brisés. « Nous verrons quelque jour, me dis-je, si cette femme a un cœur. »

Un matin, je lus dans un journal qu'Aurélie était malade. Je lui écrivis des montagnes de Salzbourg[2]. La lettre était si empreinte de mysticisme germanique, que je n'en devais pas attendre un grand succès, mais aussi je ne demandais pas de réponse. Je comptais un peu sur le hasard et sur — *l'inconnu*.

Des mois se passent. À travers mes courses et mes loisirs, j'avais entrepris de fixer dans une action poétique les amours du peintre Colonna pour la belle Laura, que ses parents firent religieuse, et qu'il aima jusqu'à la mort[3]. Quelque chose dans ce sujet se rapportait à mes préoccupations constantes. Le dernier vers du drame écrit, je ne songeai plus qu'à revenir en France.

Que dire maintenant qui ne soit l'histoire de tant d'autres ? J'ai passé par tous les cercles de ces lieux d'épreuves qu'on appelle théâtres. « J'ai mangé du tambour et bu de la cymbale », comme dit la phrase dénuée de sens apparent des initiés d'Éleusis[4]. — Elle signifie sans doute qu'il faut au besoin passer les bornes du non-sens et de l'absurdité : la raison pour moi, c'était de conquérir et de fixer mon idéal.

---

1. Le pluriel « amours » n'est pas nécessairement féminin.
2. Nerval est passé à Salzbourg en novembre 1839. Mais rien ne dit que le récit évoque précisément ce séjour. 3. Un tel ouvrage n'existe qu'à l'état de projet dans la bibliographie de l'auteur (voir *NPl* III, p. 786 et 800-801). 4. Cette phrase est citée aussi dans la lettre à George Sand du 22 novembre 1853 (voir *NPl* III, p. 825). Éleusis est une ville de Grèce, au nord-ouest d'Athènes, où se trouvaient célébrés les mythes fondateurs de la religion grecque.

Aurélie avait accepté le rôle principal dans le drame que je rapportais d'Allemagne. Je n'oublierai jamais le jour où elle me permit de lui lire la pièce. Les scènes d'amour étaient préparées à son intention. Je crois bien que je les dis avec âme, mais surtout avec enthousiasme. Dans la conversation qui suivit, je me révélai comme l'*inconnu* des deux lettres. Elle me dit : « Vous êtes bien fou : mais revenez me voir... Je n'ai jamais pu trouver quelqu'un qui sût m'aimer. »

Ô femme ! tu cherches l'amour... Et moi, donc ?

Les jours suivants, j'écrivis les lettres les plus tendres, les plus belles que sans doute elle eût jamais reçues. J'en recevais d'elle qui étaient pleines de raison. Un instant elle fut touchée, m'appela près d'elle, et m'avoua qu'il lui était difficile de rompre un attachement plus ancien. « Si c'est bien *pour moi* que vous m'aimez, dit-elle, vous comprendrez que je ne puis être qu'à un seul. »

Deux mois plus tard, je reçus une lettre pleine d'effusion. Je courus chez elle. — Quelqu'un me donna dans l'intervalle un détail précieux. Le beau jeune homme que j'avais rencontré une nuit au cercle venait de prendre un engagement dans les spahis.

L'été suivant, il y avait des courses à Chantilly. La troupe du théâtre où jouait Aurélie donnait là une représentation. Une fois dans le pays, la troupe était pour trois jours aux ordres du régisseur. — Je m'étais fait l'ami de ce brave homme, ancien Dorante des comédies de Marivaux [1], longtemps jeune premier de drame, et dont le dernier succès avait été le rôle d'amoureux dans la pièce imitée de Schiller, où mon binocle me l'avait montré si ridé. De près, il paraissait plus jeune, et, resté maigre, il produisait encore de l'effet dans les provinces. Il avait du feu. J'accompagnais la troupe en qualité de *seigneur poète* ; je persuadai au régisseur d'aller donner des représentations à Senlis et à Dammartin. Il penchait d'abord

---

1. Dorante est le héros du *Jeu de l'amour et du hasard* (1730). On rencontre aussi — toujours chez Marivaux — des personnages portant ce nom dans *L'Heureux Stratagème* (1732), *La Mère confidente* (1735), *Les Fausses Confidences* (1737), *Les Sincères* (1739) et *Le Préjugé vaincu* (1746).

pour Compiègne ; mais Aurélie fut de mon avis. Le lendemain, pendant que l'on allait traiter avec les propriétaires des salles et les autorités, je louai des chevaux, et
nous prîmes la route des étangs de Commelle pour aller
déjeuner au château de la reine Blanche. Aurélie, en ama-
zone, avec ses cheveux blonds flottants, traversait la forêt
comme une reine d'autrefois, et les paysans s'arrêtaient
éblouis. — Mme de F***[1] était la seule qu'ils eussent
vue si imposante et si gracieuse dans ses saluts —. Après
le déjeuner, nous descendîmes dans des villages rappelant
ceux de la Suisse, où l'eau de la Nonette[2] fait mouvoir
des scieries. Ces aspects chers à mes souvenirs l'intéres-
saient sans l'arrêter. J'avais projeté de conduire Aurélie
au château, près d'Orry[3], sur la même place verte où pour
la première fois j'avais vu Adrienne. — Nulle émotion
ne parut en elle. Alors je lui racontai tout ; je lui dis la
source de cet amour entrevu dans les nuits, rêvé plus tard,
réalisé en elle. Elle m'écoutait sérieusement et me dit :
« Vous ne m'aimez pas ! Vous attendez que je vous dise :
"La comédienne est la même que la religieuse" ; vous
cherchez un drame, voilà tout, et le dénouement vous
échappe. Allez, je ne vous crois plus ! »

Cette parole fut un éclair. Ces enthousiasmes bizarres
que j'avais ressentis si longtemps, ces rêves, ces pleurs,
ces désespoirs et ces tendresses, ... ce n'était donc pas
l'amour ? Mais où donc est-il ?

Aurélie joua le soir à Senlis. Je crus m'apercevoir
qu'elle avait un faible pour le régisseur, — le jeune premier ridé. Cet homme était d'un caractère excellent et lui
avait rendu des services.

---

1. Sophie Dawes, épouse du baron de Feuchères. Le domaine de
Mortefontaine avait été acquis en 1827 par le prince de Condé puis
légué par lui à Sophie Daw, ou Dawes, sa maîtresse anglaise, à qui il
avait fait épouser le baron de Feuchères. Mme de Feuchères était morte
à Londres en 1840.   2. Confusion. C'est la Thève qui arrose les
étangs de Mortefontaine et ceux de Commelle dans la forêt de Chantilly, tandis que la Nonette — dont le cours à cet endroit est plus ou
moins parallèle à celui de la Thève — arrose Senlis et le château de
Chantilly. (D'après une note de Jacques Bony.)   3. La précision,
absente de la première évocation du château (p. 234), n'éclaire pas la
topographie du récit : il n'y a pas de château près d'Orry qui rappelât
celui qui est décrit au chapitre II.

Aurélie m'a dit un jour : « Celui qui m'aime, le voilà ! »

XIV

DERNIER FEUILLET

Telles sont les chimères qui charment et égarent au matin de la vie. J'ai essayé de les fixer sans beaucoup d'ordre, mais bien des cœurs me comprendront. Les illusions tombent l'une après l'autre, comme les écorces d'un fruit, et le fruit, c'est l'expérience. Sa saveur est amère ; elle a pourtant quelque chose d'âcre qui fortifie, — qu'on me pardonne ce style vieilli. Rousseau dit que le spectacle de la nature console de tout. Je cherche parfois à retrouver mes bosquets de Clarens[1] perdus au nord de Paris, dans les brumes. Tout cela est bien changé !

Ermenonville ! pays où fleurissait encore l'idylle antique, — traduite une seconde fois d'après Gessner[2] ! tu as perdu ta seule étoile, qui chatoyait pour moi d'un double éclat. Tour à tour bleue et rose comme l'astre trompeur d'Aldébaran[3], c'était Adrienne ou Sylvie, — c'étaient les deux moitiés d'un seul amour. L'une était l'idéal sublime, l'autre la douce réalité. Que me font maintenant tes ombrages et tes lacs, et même ton désert ?

---

1. Souvenir de *La Nouvelle Héloïse*. Clarens est l'image idéalisée de la Suisse agreste ; le domaine de Julie constitue une retraite où règnent l'ordre, la paix, l'abondance et la pureté des mœurs. **2.** On a déjà rencontré Gessner dans « Angélique » (p. 212 et note 1). La formule « l'idylle antique, — traduite une seconde fois d'après Gessner » évoque sans doute le fait que l'idylle antique se trouve une première fois traduite dans les œuvres du poète suisse — qui écrivait en allemand —, puis une seconde fois dans les versions françaises de ce poète. **3.** Aldébaran, ou Œil-du-Taureau, étoile de première grandeur, est connue pour sa lumière orangée. Au XIXᵉ siècle, on semble avoir retenu un changement de couleur de cet astre ; Victor Hugo y fait plusieurs fois allusion : « l'étoile-caméléon » (éd. Massin, t. III, p. 1184) est utilisée pour de nombreuses comparaisons (*Amy Robsart*, t. II, p. 902 ; *Le Rhin*, t. IV, p. 220 ; etc.). (Note de Jacques Bony.)

Othys, Montagny, Loisy, pauvres hameaux voisins, Châalis, — que l'on restaure, — vous n'avez rien gardé de
tout ce passé ! Quelquefois j'ai besoin de revoir ces lieux
de solitude et de rêverie. J'y relève tristement en moi-
même les traces fugitives d'une époque où le naturel était
affecté ; je souris parfois en lisant sur le flanc des granits
certains vers de Roucher[1], qui m'avaient paru sublimes,
— ou des maximes de bienfaisance au-dessus d'une fontaine ou d'une grotte consacrée à Pan. Les étangs, creusés
à si grands frais, étalent en vain leur eau morte que le
cygne dédaigne. Il n'est plus, le temps où les chasses de
Condé passaient avec leurs amazones fières, où les cors
se répondaient de loin, multipliés par les échos !... Pour
se rendre à Ermenonville, on ne trouve plus aujourd'hui
de route directe. Quelquefois j'y vais par Creil et Senlis,
d'autres fois par Dammartin.

À Dammartin, l'on n'arrive jamais que le soir. Je vais
coucher alors à l'*Image Saint-Jean*. On me donne d'ordinaire une chambre assez propre tendue en vieille tapisse-
rie avec un trumeau au-dessus de la glace. Cette chambre
est un dernier retour vers le bric-à-brac, auquel j'ai depuis
longtemps renoncé. On y dort chaudement sous l'édre-
don, qui est d'usage dans ce pays. Le matin, quand
j'ouvre la fenêtre, encadrée de vigne et de roses, je
découvre avec ravissement un horizon vert de dix lieues,
où les peupliers s'alignent comme des armées. Quelques
villages s'abritent çà et là sous leurs clochers aigus,
construits, comme on dit là, en pointes d'ossements. On
distingue d'abord Othys, — puis Ève, puis Ver ; on dis-
tinguerait Ermenonville à travers le bois, s'il avait un clocher, — mais dans ce lieu philosophique on a bien négligé
l'église. Après avoir rempli mes poumons de l'air si pur
qu'on respire sur ces plateaux, je descends gaiement et je
vais faire un tour chez le pâtissier. « Te voilà, grand frisé ! — Te voilà, petit Parisien ! » Nous nous donnons les
coups de poings amicaux de l'enfance, puis je gravis un
certain escalier où les joyeux cris de deux enfants accueillent ma venue. Le sourire athénien de Sylvie illumine ses

---

1. Sur Roucher, voir « Angélique », p. 212.

traits charmés. Je me dis : « Là était le bonheur peut-être ; cependant... »

Je l'appelle quelquefois Lolotte, et elle me trouve un peu de ressemblance avec Werther, moins les pistolets, qui ne sont plus de mode[1]. Pendant que le *grand frisé* s'occupe du déjeuner, nous allons promener les enfants dans les allées de tilleuls qui ceignent les débris des vieilles tours de brique du château. Tandis que ces petits s'exercent, au tir des compagnons de l'arc, à ficher dans la paille les flèches paternelles, nous lisons quelques poésies ou quelques pages de ces livres si courts qu'on ne fait plus guère.

J'oubliais de dire que le jour où la troupe dont faisait partie Aurélie a donné une représentation à Dammartin, j'ai conduit Sylvie au spectacle, et je lui ai demandé si elle ne trouvait pas que l'actrice ressemblait à une personne qu'elle avait connue déjà. « À qui donc ? — Vous souvenez-vous d'Adrienne ? »

Elle partit d'un grand éclat de rire en disant : « Quelle idée ! » Puis, comme se le reprochant, elle reprit en soupirant : « Pauvre Adrienne ! elle est morte au couvent de Saint-S***, vers 1832[2]. »

CHANSONS ET LÉGENDES DU VALOIS[3]

Chaque fois que ma pensée se reporte aux souvenirs de cette province du Valois, je me rappelle avec ravissement les chants et les récits qui ont bercé mon enfance. La maison de mon oncle était toute pleine de voix mélo-

---

1. Allusion aux *Souffrances du jeune Werther*, roman de jeunesse de Goethe où apparaît le même « triangle » amoureux. Le dénouement tragique évoque le suicide de Werther ; Lolotte est le diminutif de Charlotte, le personnage féminin.   **2.** En l'absence d'autres indications chronologiques, cet élément est difficile à interpréter. Sans doute l'auteur veut-il indiquer qu'Adrienne était morte, déjà, au chapitre I, quand commence le récit.   **3.** Cet appendice à « Sylvie » a connu de nombreuses publications antérieures (voir ci-dessous l'« Histoire des textes »).

dieuses, et celles des servantes qui nous avaient suivi[1] à Paris chantaient tout le jour les ballades joyeuses de leur jeunesse, dont malheureusement je ne puis citer les airs. J'en ai donné plus haut quelques fragments. Aujourd'hui, je ne puis arriver à les compléter, car tout cela est profondément oublié ; le secret en est demeuré dans la tombe des aïeules. On publie aujourd'hui les chansons patoises de Bretagne ou d'Aquitaine[2], mais aucun chant des vieilles provinces où s'est toujours parlée la vraie langue française ne nous sera conservé. C'est qu'on n'a jamais voulu admettre dans les livres des vers composés sans souci de la rime, de la prosodie et de la syntaxe ; la langue du berger, du marinier, du charretier qui passe, est bien la nôtre, à quelques élisions près, avec des tournures douteuses, des mots hasardés, des terminaisons et des liaisons de fantaisie, mais elle porte un cachet d'ignorance qui révolte l'homme du monde, bien plus que ne fait le patois. Pourtant ce langage a ses règles, ou du moins ses habitudes régulières, et il est fâcheux que des couplets tels que ceux de la célèbre romance : *Si j'étais hirondelle*, soient abandonnés, pour deux ou trois consonnes singulièrement placées, au répertoire chantant des concierges et des cuisinières.

Quoi de plus gracieux et de plus poétique pourtant :

Si j'étais hirondelle ! — Que je puisse voler, — Sur votre sein, la belle, — J'irais me reposer !

Il faut continuer, il est vrai, par : *J'ai z'un coquin de frère...* , ou risquer un hiatus terrible ; mais pourquoi aussi la langue a-t-elle repoussé ce *z* si commode, si liant, si séduisant qui faisait tout le charme du langage de l'ancien Arlequin, et que la jeunesse dorée du Directoire a tenté en vain de faire passer dans le langage des salons[3] ?

---

1. Il faudrait « suivis », Nerval n'utilisant pas pour lui-même le « nous » majestatif, dans *Les Filles du Feu* en tout cas. Il évoque sans doute ici son père et lui. **2.** Allusion au *Barzaz-Breiz* de Théodore Hersart de La Villemarqué (1839) et au recueil des *Chansons et airs populaires du Béarn*, recueillis par Frédéric Vivarès (Pau, Vignaucour, 1844, grand in-8°). **3.** Les « Incroyables », qui affectaient leur prononciation, en supprimant les *r* et en recherchant les *z* de liaison. — L'« ancien Arlequin » fait allusion aux succès nombreux du comé-

Ce ne serait rien encore, et de légères corrections rendraient à notre poésie légère, si pauvre, si peu inspirée, ces charmantes et naïves productions de poètes modestes ; mais la rime, cette sévère rime française, comment s'arrangerait-elle du couplet suivant :

La fleur de l'olivier — Que vous avez aimé, — Charmante beauté ! — Et vos beaux yeux charmants, — Que mon cœur aime tant, — Les faudra-t-il quitter[1] ?

Observez que la musique se prête admirablement à ces hardiesses ingénues, et trouve dans les assonances, ménagées suffisamment d'ailleurs, toutes les ressources que la poésie doit lui offrir. Voilà deux charmantes chansons, qui ont comme un parfum de la Bible, dont la plupart des couplets sont perdus, parce que personne n'a jamais osé les écrire ou les imprimer. Nous en dirons autant de celle où se trouve la strophe suivante :

Enfin vous voilà donc, — Ma belle mariée, — Enfin vous voilà donc — À votre époux liée, — Avec un long fil d'or — Qui ne rompt qu'à la mort !

Quoi de plus pur d'ailleurs comme langue et comme pensée ; mais l'auteur de cet épithalame ne savait pas écrire, et l'imprimerie nous conserve les gravelures de Collé, de Piis et de Panard[2] !

Les richesses poétiques n'ont jamais manqué au marin, ni au soldat français, qui ne rêvent dans leurs chants que

dien Laporte (1775-1841) dans les rôles d'Arlequin : il avait débuté au Vaudeville le 12 janvier 1792 et se retira en 1827.
1. Paul Bénichou a procédé à l'examen de toutes les chansons citées par Nerval (*Nerval et la chanson folklorique*, ouvrage cité, 1970). **2.** Chansonniers et vaudevillistes — Charles Collé (1709-1783) ; Pierre Antoine Auguste, chevalier de Piis (1755-1832) ; Charles François Panard (1694-1765) —, dont certaines œuvrettes ornaient les *Chants et chansons populaires de la France* de l'éditeur Delloye (1843), ainsi que les recueils de *Chansons et rondes enfantines* et de *Chansons nationales et populaires de la France* publiés par Dumersan (1846-1852). Les débuts de l'ethnomusicologie, au XIXᵉ siècle, étaient marqués par une grande confusion : on amalgamait allègrement chansons populaires, romances à la mode, refrains de vaudevilles et même ballades du Moyen Âge. Répandues par l'imprimé, ces confusions eurent la vie dure.

filles de roi, sultanes, et même présidentes, comme dans la ballade trop connue :

C'est dans la ville de Bordeaux — Qu'il est arrivé trois vaisseaux, etc.

Mais le tambour des gardes françaises, où s'arrêtera-t-il, celui-là ?

Un joli tambour s'en allait à la guerre, etc.

La fille du roi est à sa fenêtre, le tambour la demande en mariage : « Joli tambour, dit le roi, tu n'es pas assez riche ! — Moi ? » dit le tambour sans se déconcerter,

« *J'ai trois vaisseaux sur la mer gentille, — L'un chargé d'or, l'autre de perles fines, — Et le troisième pour promener ma mie !* »

« Touche là, tambour, lui dit le roi, tu n'auras pas ma fille ! — Tant pis ! dit le tambour, j'en trouverai de plus gentilles !... »

Après tant de richesses dévolues à la verve un peu gasconne du militaire et du marin, envierons-nous le sort du simple berger ? Le voilà qui chante et qui rêve :

Au jardin de mon père, — Vole, mon cœur vole ! — Il y a z'un pommier doux, — Tout doux !
Trois belles princesses, — Vole, mon cœur vole, — Trois belles princesses — Sont couchées dessous, etc.

Est-ce donc la vraie poésie, est-ce la soif mélancolique de l'idéal qui manque à ce peuple pour comprendre et produire des chants dignes d'être comparés à ceux de l'Allemagne et de l'Angleterre[1] ? Non, certes ; mais il est

---

1. À l'époque, l'Allemagne et l'Angleterre avaient depuis longtemps commencé à recueillir et à honorer leur patrimoine populaire. Les deux volumes des *Volkslieder* de Herder avaient paru dès 1778 et 1779. Suivirent *Das Knaben Wunderhorn. Alte deutsche Lieder* de Brentano et von Arnim (3 vol., 1806-1808) et *Stimmen der Völker in Liedern* (1807) de Herder à nouveau. En Angleterre, le recueil de Walter Scott,

arrivé qu'en France la littérature n'est jamais descendue au niveau de la grande foule ; les poètes académiques du XVIIe et du XVIIIe siècle n'auraient pas plus compris de telles inspirations, que les paysans n'eussent admiré leurs odes, leurs épîtres et leurs poésies fugitives, si incolores, si gourmées. Pourtant comparons encore la chanson que je vais citer à tous ces bouquets à Chloris[1] qui faisaient vers ce temps l'admiration des belles compagnies.

Quand Jean Renaud de la guerre revint, — Il en revint triste et chagrin ; — « Bonjour, ma mère. — Bonjour, mon fils ! — Ta femme est accouchée d'un petit. »

« Allez, ma mère, allez devant, — Faites-moi dresser un beau lit blanc ; — Mais faites-le dresser si bas — Que ma femme ne l'entende pas ! »

Et quand ce fut vers le minuit, — Jean Renaud a rendu l'esprit.

Ici la scène de la ballade change et se transporte dans la chambre de l'accouchée :

« Ah ! dites, ma mère, ma mie, — Ce que j'entends pleurer ici ? — Ma fille, ce sont les enfants — Qui se plaignent du mal de dents. »

The Minstrelsy of the Scottish Border, avait été publié en 1802 et 1803. En France, seule la poésie populaire étrangère trouva grâce, d'abord, aux yeux des érudits : les *Chants populaires de la Grèce moderne* de Claude Fauriel (1824-1825, 2 vol.), le recueil de *Ballades, légendes et chants populaires de l'Angleterre et de l'Écosse* de Loève-Weimars (1825) et la traduction française, due à Nicolas-Louis Artaud, des deux volumes de Walter Scott (*Chants populaires des frontières méridionales de l'Écosse recueillis et commentés par sir Walter Scott*, 1826). On notera que plus de dix années s'écoulèrent encore avant la publication du tome II de *L'Ancien Bourbonnais* d'Achille Allier (1837 ; voir p. 173 et note 1) et du *Barzaz-Breiz* de La Villemarqué (1839).
 1. Nom grec de la déesse des Fleurs. Chloris — de même qu'Iris — étaient deux pseudonymes souvent utilisés par les poètes pour désigner la femme aimée.

« Ah ! dites, ma mère, ma mie, — Ce que j'entends clouer ici ? — Ma fille, c'est le charpentier, — Qui raccommode le plancher ! »

« Ah ! dites, ma mère, ma mie, — Ce que j'entends chanter ici ? — Ma fille, c'est la procession — Qui fait le tour de la maison ! »

« Mais dites, ma mère, ma mie, — Pourquoi donc pleurez-vous ainsi ? — Hélas ! je ne puis le cacher ; — C'est Jean Renaud qui est décédé. »

« Ma mère ! dites au fossoyeux [1] *— Qu'il fasse la fosse pour deux, — Et que l'espace y soit si grand, — Qu'on y renferme aussi l'enfant ! »*

Ceci ne le cède en rien aux plus touchantes ballades allemandes, il n'y manque qu'une certaine exécution de détail qui manquait aussi à la légende primitive de Lénore et à celle du roi des Aulnes, avant Goethe et Burger [2]. Mais quel parti encore un poète eût tiré de la complainte de saint Nicolas, que nous allons citer en partie.

Il était trois petits enfants — Qui s'en allaient glaner aux champs,

S'en vont au soir chez un boucher. — « Boucher, voudrais-tu nous loger ? — Entrez, entrez, petits enfants, — Il y a de la place assurément. »

Ils n'étaient pas sitôt entrés, — Que le boucher les a tués, — Les a coupés en petits morceaux, — Mis au saloir comme pourceaux.

---

1. Équivalent rare de « fossoyeur ».   2. Nerval a traduit ces deux ballades (à huit reprises même, dans le cas de la « Lénore » du poète allemand Gottfried August Bürger [1747-1794]).

Saint Nicolas au bout d'sept ans, — Saint Nicolas vint dans ce champ. — Il s'en alla chez le boucher : — « Boucher, voudrais-tu me loger ? »

« Entrez, entrez, saint Nicolas, — Il y a d'la place, il n'en manque pas. » — Il n'était pas sitôt entré, — Qu'il a demandé à souper.

« Voulez-vous un morceau d'jambon ? — Je n'en veux pas, il n'est pas bon. — Voulez-vous un morceau de veau ? — Je n'en veux pas, il n'est pas beau !

« Du p'tit salé je veux avoir, — Qu'il y a sept ans qu'est dans l'saloir ! — » Quand le boucher entendit cela, — Hors de sa porte il s'enfuya.

« Boucher, boucher, ne t'enfuis pas, — Repens-toi, Dieu te pardonn'ra. » — Saint Nicolas posa trois doigts — Dessus le bord de ce saloir :

Le premier dit : « J'ai bien dormi ! » — Le second dit : « Et moi aussi ! » — Et le troisième répondit : — « Je croyais être en paradis ! »

N'est-ce pas là une ballade d'Uhland[1], moins les beaux vers ? Mais il ne faut pas croire que l'exécution manque toujours à ces naïves inspirations populaires.

La chanson que nous avons citée plus haut (p. 171-172) : *Le roi Loys est sur son pont* a été composée sur un des plus beaux airs qui existent ; c'est comme un chant d'église croisé par un chant de guerre ; on n'a pas conservé la seconde partie de la ballade, dont pourtant nous connaissons vaguement le sujet[2]. Le beau Lautrec,

---

1. Voir, dans *Petits Châteaux de Bohême*, l'adaptation par Nerval d'un poème de Ludwig Uhland [1787-1862] (p. 111-112). **2.** En fait, comme Paul Bénichou l'a montré (*Nerval et la chanson folklorique*, p. 267), il s'agit d'une autre chanson, mais Nerval n'était pas le seul à l'avoir amalgamée à « La Fille du roi Louis » (« Le roi Loys est sur son pont »). Le résumé qu'il en fournit est cependant original. C'est l'époux (il s'appelle « Dion » dans les versions connues ; le nom de « Lautrec » est nervalien) qui jette sa femme à l'eau puis, se trouvant

l'amant de cette noble fille, revient de la Palestine au moment où on la portait en terre. Il rencontre l'escorte sur le chemin de Saint-Denis. Sa colère met en fuite prêtres et archers, et le cercueil reste en son pouvoir. « Donnez-moi, dit-il à sa suite, donnez-moi mon couteau d'or fin, que je découse ce drap de lin ! » Aussitôt délivrée de son linceul, la belle revient à la vie. Son amant l'enlève et l'emmène dans son château au fond des forêts. Vous croyez *qu'ils vécurent heureux* et que tout se termina là ; mais une fois plongé dans les douceurs de la vie conjugale, le beau Lautrec n'est plus qu'un mari vulgaire, il passe tout son temps à pêcher au bord de son lac, si bien qu'un jour sa fière épouse vient doucement derrière lui et le pousse résolument dans l'eau noire, en lui criant :

Va-t'en, vilain pêche-poissons, — Quand ils seront bons — Nous en mangerons.

Propos mystérieux, digne d'Arcabonne[1] ou de Mélusine. — En expirant, le pauvre châtelain a la force de détacher ses clefs de sa ceinture et de les jeter à la fille du roi, en lui disant qu'elle est désormais maîtresse et souveraine, et qu'il se trouve heureux de mourir par sa volonté !... Il y a dans cette conclusion bizarre quelque chose qui frappe involontairement l'esprit, et qui laisse douter si le poète a voulu finir par un trait de satire, ou si cette belle morte que Lautrec a tirée du linceul n'était pas une sorte de femme vampire, comme les légendes nous en présentent souvent.

Du reste, les variantes et les interpolations sont fréquentes dans ces chansons ; chaque province possédait une version différente. On a recueilli comme une légende du Bourbonnais *La Jeune Fille de la Garde*[2], qui commence ainsi :

---

joué par elle, se noie lui-même. De Barbe-Bleue puni, Nerval transforme le héros en une victime innocente de sa femme.

1. Arcabonne est une magicienne de l'*Amadis de Gaule* ; Mélusine est liée à la légende des Lusignan (voir à ce dernier nom dans le « Petit lexique de "Mysticisme" et des "Chimères" »). **2.** Sur cette chanson, voir p. 173 et note 1.

*Au château de la Garde — Il y a trois belles filles, — Il
y en a une plus belle que le jour, — Hâte-toi, capitaine,
— Le duc va l'épouser.*

C'est celle que nous avons citée (p. 172), qui
commence ainsi :

Dessous le rosier blanc — La belle se promène.

Voilà le début, simple et charmant ; où cela se passe-
t-il ? Peu importe ! Ce serait si l'on voulait la fille d'un
sultan rêvant sous les bosquets de Schiraz[1]. Trois cavaliers passent au clair de la lune : « Montez, dit le plus
jeune, sur mon beau cheval gris. » N'est-ce pas là la
course de Lénore, et n'y a-t-il pas une attraction fatale
dans ces cavaliers inconnus[2] !

Ils arrivent à la ville, s'arrêtent à une hôtellerie éclairée
et bruyante. La pauvre fille tremble de tout son corps :

---

1. Ville d'Iran. On écrirait aujourd'hui « Chiraz ». 2. La
« course de Lénore », dans la ballade de Bürger, est liée au drame
intime de Nerval. Le personnage éponyme de la ballade attend le retour
de son fiancé, Wilhelm, parti faire la guerre. La paix est conclue et les
troupes reviennent. Lénore parcourt les rangs, Wilhelm ne paraît pas.
Alors elle blasphème et maudit la justice de Dieu avec des paroles
désespérées. Mais voici qu'au milieu de la nuit suivante, le fiancé
frappe à sa porte. Il arrive à cheval de Bohême, il doit y retourner à
l'instant avec Lénore. Elle s'élance en croupe, derrière le cavalier couvert d'une armure noire. C'est le début d'une longue course à travers
champs où interviennent divers incidents fantastiques et où les paroles
du cavalier, toujours les mêmes, répandent une atmosphère étrange. La
course aboutit à un cimetière où s'arrête le cavalier. Tout à coup son
armure tombe, sa chair s'envole et découvre un squelette. Alors
commence, sous le titre intermédiaire « Le Bal des morts », une ronde
infernale, qui rappelle à Lénore le blasphème qu'elle a lancé contre le
ciel, et que l'enfer punit. — On note que la chevauchée mise en scène
dans l'œuvre de Bürger, qui réunit un cavalier en armes et son épouse,
dans les plaines de l'Allemagne, et se termine tragiquement, semble
faire allusion à la destinée du couple formé par le père et la mère de
Gérard — cette mère qui, pour avoir suivi son mari, devait connaître
dans la « froide Silésie », sur un pont chargé de cadavres, un autre bal
des morts. De même que l'histoire d'Angélique de Longueval (voir la
note 1 de la p. 188), la ballade de Bürger a réveillé la mémoire du
drame personnel de Nerval.

Aussitôt arrivée, — L'hôtesse la regarde. — « Êtes-vous ici par force — Ou pour votre plaisir ? — Au jardin de mon père — Trois cavaliers m'ont pris. »

Sur ce propos le souper se prépare : « Soupez, la belle, et soyez heureuse ;

Avec trois capitaines, — Vous passerez la nuit. »
Mais le souper fini, — La belle tomba morte. — Elle tomba morte — Pour ne plus revenir !

« Hélas ! ma mie est morte ! s'écria le plus jeune cavalier, qu'en allons-nous faire !... » Et ils conviennent de la reporter au château de son père, sous le rosier blanc.

Et au bout de trois jours — La belle ressuscite : — « Ouvrez, ouvrez, mon père, — Ouvrez sans plus tarder ! — Trois jours j'ai fait la morte — Pour mon honneur garder. »

La vertu des filles du peuple attaquée par des seigneurs félons a fourni encore de nombreux sujets de romances. Il y a, par exemple, la fille d'un pâtissier, que son père envoie porter des gâteaux chez un galant châtelain. Celui-ci la retient jusqu'à la nuit close, et ne veut plus la laisser partir. Pressée de son déshonneur, elle feint de céder, et demande au comte son poignard pour couper une agrafe de son corset. Elle se perce le cœur, et les pâtissiers instituent une fête pour cette martyre boutiquière [1].

Il y a des chansons *de causes célèbres* qui offrent un intérêt moins romanesque, mais souvent plein de terreur et d'énergie. Imaginez un homme qui revient de la chasse et qui répond à un autre qui l'interroge :

« J'ai tant tué de petits lapins blancs — Que mes souliers sont pleins de sang », — T'en as menti, faux traître ! — Je te ferai connaître. — Je vois, je vois à tes pâles couleurs — Que tu viens de tuer ma sœur ! »

---

1. Autre évocation de cette chanson dans *Promenades et Souvenirs*, p. 405.

Quelle poésie sombre en ces lignes qui sont à peine des vers ! Dans une autre, un déserteur rencontre la maréchaussée, cette terrible Némésis[1] au chapeau bordé d'argent.

On lui a demandé — « Où est votre congé ? » — Le congé que j'ai pris, — Il est sous mes souliers. »

Il y a toujours une amante éplorée mêlée à ces tristes récits.

La belle s'en va trouver son capitaine. — Son colonel et aussi son sergent...

Le refrain est une mauvaise phrase latine[2], sur un ton de plain-chant, qui prédit suffisamment le sort du malheureux soldat.

Quoi de plus charmant que la chanson de Biron, si regretté dans ces contrées :

Quand Biron voulut danser, — Quand Biron voulut danser, — Ses souliers fit apporter — Ses souliers fit apporter ; — Sa chemise — De Venise, — Son pourpoint — Fait au point, — Son chapeau tout rond ; — Vous danserez, Biron !

Nous avons cité deux vers de la suivante :

La belle était assise — Près du ruisseau coulant, — Et dans l'eau qui frétille, — Baignait ses beaux pieds blancs : — « Allons, ma mie, légèrement ! — Légèrement[3] ! »

---

1. Déesse grecque de la Vengeance.   **2.** C'est le refrain au sens obscur cité dans « Angélique », p. 162. On rapprochera Biron, le personnage de la chanson évoquée ensuite, du v. 9 d'« El Desdichado » (p. 365 ; voir aussi le « Petit lexique de "Mysticisme" et des "Chimères" »).   **3.** C'est, on s'en souvient, la « chanson favorite » de Sylvie (p. 237). On n'en connaît aucune autre version et elle pourrait avoir été inventée par Nerval. La mystérieuse allusion à Percival et Griselidis a été percée par Paul Bénichou (*Nerval et la chanson folklorique*, p. 313) qui a découvert que cette allusion renvoyait au drame allemand *Griseldis* de Münch-Bellingshausen (1835). Percival est Perceval, le chevalier de la Table ronde.

C'est une jeune fille des champs qu'un seigneur surprend au bain comme Percival surprit Griselidis. Un enfant sera le résultat de leur rencontre. Le seigneur dit :

« *En ferons-nous un prêtre, — Ou bien un président ?* »

« Non, répond la belle, ce ne sera qu'un paysan :

« *On lui mettra la hotte — Et trois oignons dedans... — Il s'en ira criant : — "Qui veut mes oignons blancs ?..." — Allons, ma mie, légèrement* », etc.

Voici un conte de veillée que je me souviens d'avoir entendu réciter par les vanniers :

LA REINE DES POISSONS [1]

Il y avait dans la province du Valois, au milieu des bois de Villers-Cotterêts, un petit garçon et une petite fille qui se rencontraient de temps en temps sur les bords des petites rivières du pays, l'un obligé par un bûcheron nommé Tord-Chêne, qui était son oncle [2], à aller ramasser du bois mort, l'autre envoyée par ses parents pour saisir de petites anguilles que la baisse des eaux permet d'entrevoir dans la vase en certaines saisons. Elle devait encore, faute de mieux, atteindre entre les pierres les écrevisses, très nombreuses dans quelques endroits.

Mais la pauvre petite fille, toujours courbée et les pieds dans l'eau, était si compatissante pour les souffrances des animaux, que, le plus souvent, voyant les contorsions des poissons qu'elle tirait de la rivière, elle les y remettait

---

1. On n'a pas retrouvé l'original de ce conte. À noter que lorsque Nerval publia pour la première fois ce récit (dans *Le National* du 29 décembre 1850), il ne le donnait pas pour une légende du Valois. Cette modification — dans *Les Filles du Feu*, mais aussi dans *La Bohême galante* et dans *Contes et Facéties*, en 1852 — l'a contraint à quelques adaptations : ainsi les fleuves évoqués p. 284 (la Marne, l'Oise et l'Aisne) étaient, en 1850, la Marne, la Meuse et la Moselle (voir *NPl* II, p. 1255).   **2.** On note que l'oncle est ici ouvertement malveillant.

et ne rapportait guère que les écrevisses, qui souvent lui pinçaient les doigts jusqu'au sang, et pour lesquelles elle devenait alors moins indulgente.

Le petit garçon, de son côté, faisant des fagots de bois mort et des bottes de bruyère, se voyait exposé souvent aux reproches de Tord-Chêne, soit parce qu'il n'en avait pas assez rapporté, soit parce qu'il s'était trop occupé à causer avec la petite pêcheuse.

Il y avait un certain jour dans la semaine où ces deux enfants ne se rencontraient jamais... Quel était ce jour ? Le même sans doute où la fée Mélusine se changeait en poisson, et où les princesses de l'Edda [1] se transformaient en cygnes.

Le lendemain d'un de ces jours-là, le petit bûcheron dit à la pêcheuse : « Te souviens-tu qu'hier je t'ai vue passer là-bas dans les eaux de Challepont [2] avec tous les poissons qui te faisaient cortège... jusqu'aux carpes et aux brochets ; et tu étais toi-même un beau poisson rouge avec les côtés tout reluisants d'écailles en or.

— Je m'en souviens bien, dit la petite fille, puisque je t'ai vu, toi qui étais sur le bord de l'eau, et que tu ressemblais à un beau *chêne-vert*, dont les branches d'en haut étaient d'or..., et que tous les arbres du bois se courbaient jusqu'à terre en te saluant.

— C'est vrai, dit le petit garçon, j'ai rêvé cela.

— Et moi aussi j'ai rêvé ce que tu m'as dit : mais comment nous sommes-nous rencontrés deux dans le rêve [3] ?... »

En ce moment, l'entretien fut interrompu par l'apparition de Tord-Chêne, qui frappa le petit avec un gros gourdin, en lui reprochant de n'avoir pas seulement lié encore un fagot.

« Et puis, ajouta-t-il, est-ce que je ne t'ai pas recom-

---

1. Ce nom, dont le sens reste contesté, s'applique à deux recueils qui contiennent presque tous les grands poèmes mythologiques et héroïques de la Germanie ancienne, sous leur forme septentrionale. **2.** Ce toponyme apparaissait déjà dans *Le National*, en 1850. Voir également « Sylvie », p. 260.   **3.** Il faut sans doute lire « tous deux », comme dans *La Bohême galante* et *Contes et Facéties. Le National* donnait en 1850 : « [...] comment nous sommes-nous supposés deux dans le rêve ?... » (*NPI* II, p. 1253.)

mandé de tordre les branches qui cèdent facilement, et de les ajouter à tes fagots ?

— C'est que, dit le petit, le garde me mettrait en prison, s'il trouvait dans mes fagots du bois vivant... Et puis, quand j'ai voulu le faire, comme vous me l'aviez dit, j'entendais l'arbre qui se plaignait.

— C'est comme moi, dit la petite fille, quand j'emporte des poissons dans mon panier, je les entends qui chantent si tristement, que je les rejette dans l'eau... Alors on me bat chez nous !

— Tais-toi, petite masque[1] ! dit Tord-Chêne, qui paraissait animé par la boisson, tu déranges mon neveu de son travail. Je te connais bien, avec tes dents pointues couleur de perle... Tu es la reine des poissons... Mais je saurai bien te prendre à un certain jour de la semaine, et tu périras dans l'osier... dans l'osier ! »

Les menaces que Tord-Chêne avait faites dans son ivresse ne tardèrent pas à s'accomplir. La petite fille se trouva prise sous la forme de poisson rouge, que le destin l'obligeait à prendre à de certains jours. Heureusement, lorsque Tord-Chêne voulut, en se faisant aider de son neveu, tirer de l'eau la nasse d'osier, ce dernier reconnut le beau poisson rouge à écailles d'or qu'il avait vu en rêve, comme étant la transformation accidentelle de la petite pêcheuse.

Il osa la défendre contre Tord-Chêne et le frappa même de sa galoche. Ce dernier, furieux, le prit par les cheveux, cherchant à le renverser ; mais il s'étonna de trouver une grande résistance : c'est que l'enfant tenait des pieds à la terre avec tant de force que son oncle ne pouvait venir à bout de le renverser ou de l'emporter, et le faisait en vain virer dans tous les sens.

Au moment où la résistance de l'enfant allait se trouver vaincue, les arbres de la forêt frémirent d'un bruit sourd, les branches agitées laissèrent siffler les vents, et la tempête fit reculer Tord-Chêne, qui se retira dans sa cabane de bûcheron.

---

1. Au féminin : terme familier d'injure dont on se sert quelquefois pour qualifier une jeune fille, une femme, et lui reprocher sa laideur ou sa malice. (Littré.)

Il en sortit bientôt, menaçant, terrible et transfiguré comme un fils d'Odin ; dans sa main brillait cette hache scandinave qui menace les arbres, pareille au marteau de Thor brisant les rochers [1].

Le jeune roi des forêts, victime de Tord-Chêne — son oncle, usurpateur — savait déjà quel était son rang, qu'on voulait lui cacher. Les arbres le protégeaient, mais seulement par leur masse et leur résistance passive...

En vain les broussailles et les surgeons s'entrelaçaient de tous côtés pour arrêter les pas de Tord-Chêne, celui-ci a appelé ses bûcherons et se trace un chemin à travers ces obstacles. Déjà plusieurs arbres, autrefois sacrés du temps des vieux druides, sont tombés sous les haches et les cognées.

Heureusement, la reine des poissons n'avait pas perdu de temps. Elle était allée se jeter aux pieds de la *Marne*, de l'*Oise* et de l'*Aisne*, — les trois grandes rivières voisines, leur représentant que si l'on n'arrêtait pas les projets de Tord-Chêne et de ses compagnons, les forêts trop éclaircies n'arrêteraient plus les vapeurs qui produisent les pluies et qui fournissent l'eau aux ruisseaux, aux rivières et aux étangs ; que les sources elles-mêmes seraient taries et ne feraient plus jaillir l'eau nécessaire à alimenter les rivières ; sans compter que tous les poissons se verraient détruits en peu de temps, ainsi que les bêtes sauvages et les oiseaux.

Les trois grandes rivières prirent là-dessus de tels arrangements que le sol où Tord-Chêne, avec ses terribles bûcherons, travaillait à la destruction des arbres, — sans toutefois avoir pu atteindre encore le jeune prince des forêts, — fut entièrement noyé par une immense inondation, qui ne se retira qu'après la destruction entière des agresseurs.

Ce fut alors que le roi des forêts et la reine des poissons purent de nouveau reprendre leurs innocents entretiens.

---

1. Dans les Eddas, Odin est le chef des douze dieux de la mythologie scandinave ; il a conquis le Nord (Suède, Danemark, Norvège). Époux de Freya, déesse du Plaisir, il compte parmi ses descendants Thor, dieu du Tonnerre et de la Guerre, représenté avec un marteau entre les mains.

Ce n'étaient plus un petit bûcheron et une petite pêcheuse, — mais un sylphe et une ondine, lesquels, plus tard, furent unis légitimement.

Nous nous arrêtons dans ces citations si incomplètes, si difficiles à faire comprendre sans la musique et sans la poésie des lieux et des hasards, qui font que tel ou tel de ces chants populaires se grave ineffaçablement dans l'esprit. Ici ce sont des compagnons qui passent avec leurs longs bâtons ornés de rubans ; là des mariniers qui descendent un fleuve ; des buveurs d'autrefois (ceux d'aujourd'hui ne chantent plus guère), des lavandières, des faneuses, qui jettent au vent quelques lambeaux des chants de leurs aïeules. Malheureusement on les entend répéter plus souvent aujourd'hui les romances à la mode, platement spirituelles, ou même franchement incolores, variées sur trois à quatre thèmes éternels. Il serait à désirer que de bons poètes modernes missent à profit l'inspiration naïve de nos pères, et nous rendissent, comme l'ont fait les poètes d'autres pays, une foule de petits chefs-d'œuvre qui se perdent de jour en jour avec la mémoire et la vie des bonnes gens du temps passé.

JEMMY [1]

I

COMMENT JACQUES TOFFEL ET JEMMY O'DOUGHERTY TIRÈRENT À LA FOIS DEUX ÉPIS ROUGES DE MAÏS

À moins de cent milles de distance du confluent de l'Alleghany et du Monongahela [2], est situé un vallon délicieux, ou ce qu'on appelle dans la langue du pays un *bottom* [3], véritable paradis borné de tous côtés par des montagnes et par le cours de l'Ohio, que les Français ont surnommé *Belle-Rivière*. Le versant et la cime des hauteurs qui s'étagent doucement vers l'horizon sont revêtus d'une riche végétation de sycomores centenaires, d'aunes et d'acacias, tous unis par le tissu de la vigne sauvage, et sous lesquels on respire une douce fraîcheur. Sur le premier plan, les deux rivières réunies dans l'Ohio roulent paisiblement leurs eaux jumelles, offrant çà et là une barque qui glisse sur les eaux tranquilles, ou parfois quelque bateau à vapeur, volant comme une flèche, qui fait surgir des bandes effarouchées de canards et d'oies sauvages établis sous l'ombre des sycomores et des saules pleureurs. Un seul sentier conduit à la partie supérieure du canton, à ce qu'on appelle le haut pays, où, depuis soixante ans, des Anglais, des Irlandais, des Allemands, et autres races européennes, se sont établis, alliés et fondus ensemble complètement. Ce n'est pas à dire pourtant que

---

1. Récit publié deux fois antérieurement sous le titre « Jemmy O'Dougherty » ; sur ces publications, et sur les sources du récit (qui est l'adaptation d'un texte allemand), voir l'« Histoire des textes », p. 441-443.   **2.** Nerval a laissé imprimer, dans les trois états du texte, « Alléghany » et « Monongehala ». Nous corrigeons. L'Ohio se forme à Pittsburgh, dans l'État de Pennsylvanie, au confluent de l'Alleghany, qui prend sa source dans le même État, et de la Monongahela, issue de la Virginie. Le nom de l'Ohio serait l'abréviation de *Ohiopek-Hanne*, nom indien que l'on a traduit par « belle rivière ».   **3.** Fond.

cette grande famille républicaine ne manifeste plus par aucun signe sa diversité d'origine. Le descendant allemand, par exemple, tient encore fortement à sa *Sauerkraut**; il préfère encore son *Blockhaus*, simple et rustique comme lui, à l'élégante *franchouse* de ses voisins ; la couleur favorite de son habit à larges pans est toujours bleue ; ses bas sont de cette couleur ; ses gros souliers ronds portent le dimanche d'épaisses boucles d'argent, et comme ses aïeux encore, il affectionne les *inexpressibles*[1] en peau nouées au-dessous du genou avec des courroies.

La mode tyrannique, ou, comme on l'appelle là-bas, la *fashion*, n'a encore trouvé que peu d'occasions d'étendre son empire, et un chapeau très simple en paille et en soie, une robe encore plus simple d'une étoffe fabriquée dans le pays, forment toute la parure dont les familles permettent aux jeunes demoiselles d'augmenter le pouvoir de leurs charmes.

Malgré cette résistance obstinée des têtes allemandes, les différents partis vivent dans la plus parfaite union ; peut-être même ces nuances contribuent-elles à l'agrément de leurs réunions et fêtes assez fréquentes, connues en général sous le nom de *frohlics*[2]. On appelle ainsi en effet les assemblées qui ont lieu chez l'un ou chez l'autre pour écosser en commun les épis de maïs. Il faut voir les couples joyeux accourant par une belle soirée d'automne des quatre points cardinaux, franchissant les haies, se frayant une route à travers les broussailles, sortant enfin des bois avec des joues rouges comme l'écarlate, et se secouant les mains en arrivant à faire craquer leurs os. Puis ils s'asseyent en demi-cercle devant la maison du rendez-vous, ayant en face une montagne de tiges de

---

* « Choucroute[3] ». *Blockhaus*, maison construite en troncs d'arbre équarris. *Franchouse*, maison de charpente revêtue de pierres et de plâtre.

1. Le mot est expliqué p. 293. **2.** De l'allemand *fröhlich*, « joyeux », « gai ». **3.** « Choucroûte » dans le texte de 1854, d'après l'erreur courante qui fait appartenir ce mot à la famille de « croûte ». Peu après, dans la note de Nerval et dans le texte, il faudrait « *framehouse* » au lieu de « *franchouse* ».

maïs, et derrière eux le vieux Bambo, destiné à couronner
la fête par son talent musical, mais qui, couché en attendant sur le banc du poêle, s'abandonne provisoirement à
un sommeil tant soit peu bruyant.

Il y a environ quarante ans qu'il y eut une de ces réunions dans la colonie, chez Jacques Blocksberger. Parmi
les jeunes gens qui y accoururent de plus de cinq milles
à la ronde, il s'en trouva surtout deux qu'on salua avec
un empressement particulier. C'était d'abord une fraîche
miss irlandaise, portant le nom sonore de Jemmy O'Dougherty, ronde et fraîche jeune fille, ayant une gracieuse
figure de lutin, des joues bien roses, un cou de cygne, des
yeux d'un bleu grisâtre, dont certains regards faisaient
mal, enfin un petit nez tant soit peu aquilin, qui faisait
supposer à celle à qui il appartenait une certaine dose de
sagacité et aussi d'assurance et d'inflexibilité irlandaises,
dont son futur époux devait attendre quelque signification
en bien ou en mal. Mais, si elle ne semblait pas aussi
patiente que Job, elle était du moins aussi pauvre, ce qui
ne l'empêchait pas de savoir arranger les choses de
manière à paraître partout avec avantage, et dans une toilette irréprochable pour le pays.

Le second personnage dont nous avions à parler était
mister Christophorus, ou, comme on l'appelait ordinaire-
ment, le riche Toffel (abréviation allemande de *Chris-
tophe*), garçon de six pieds six pouces américains[1], en
apparence un peu lâche, mais nerveux et solidement
constitué. Indépendamment de ces avantages, et ils
n'étaient pas à dédaigner, Christophorus possédait encore
une métairie de trois cents acres, tout le vallon de l'Ohio
dont nous avons fait une description, une grange bâtie en
pierre, une maison ornée de jalousies peintes en vert, et
pourvue d'un toit en bardeaux également peints en rouge,
et, à ce qu'on disait encore, deux bas de laine bleue que lui
avait laissés son père, et qui étaient entièrement remplis de
bons dollars espagnols. Aussi, lorsque Toffel passait
devant quelque ferme sur son cheval gris, en sifflant un air

---

1. Dans les pays anglo-saxons, un pied mesure un peu plus de
30 centimètres et vaut douze pouces. — Un acre représente plus ou
moins 40 ares.

allemand, le cœur de plus d'une blondine se mettait à battre plus vite.

Il arriva donc que Jemmy se trouva placée à côté de Toffel. Comment cela se fit, c'est ce que la chronique ne dit pas bien clairement ; mais ce qui paraît certain, c'est que la volonté de ce dernier ne fut pour rien dans ce hasard. Toffel, comme nous l'avons dit, était un grand garçon à larges épaules, et comme les bancs du local n'étaient rien moins que commodes, il s'assit sur le tronc d'un hickory[1] ; Jemmy choisit sa place tout à côté de lui, comme pour se séparer d'un certain groupe de jeunes gens plus bruyants et plus entreprenants que notre héros. En effet, celui-ci siégeait sans mauvaise pensée, paisible comme un citoyen sensé des États-Unis, écossant des épis de maïs, et pensant à son énorme cheval, à son bétail, et à ses bas bleus, ainsi qu'à mille autres choses, excepté à sa gentille voisine. Nous ne voulons pas dire que sa voisine pensât à lui ; seulement, avec toute la complaisance d'une âme chrétienne, elle entassait d'une main leste un grand nombre de tiges devant son voisin, qui, long et maladroit qu'il était, n'avait plus qu'à étendre le bras pour les écosser commodément. Mais Toffel ne faisait nulle attention à cette main amicale, et continuait d'écosser jusqu'à ce que le tas diminuant, il lui fallait se courber et s'étendre à sa grande gêne ; mais alors ce fut encore elle qui se courba gracieusement, et rassembla quelques douzaines d'épis dans son tablier pour les poser en petit tas devant lui, le tout avec une grâce si enchanteresse qu'il était presque impossible de lui résister. Mais soyez assuré que toute cette attention eût encore échappé aux regards de notre tête carrée d'Allemand, si, précisément dans l'instant où elle tournait d'une manière si attrayante devant lui, son œil n'eût rencontré par hasard celui de Toffel, et cet œil, dirent quelques mauvaises langues, avait alors une expression si irrésistible, que Toffel, pour la première fois, ouvrit grandement les siens.

Sur quoi, il se remit à écosser son maïs, et à prendre de temps en temps une gorgée de whisky[2], sans un mot

---

1. Espèce de noyer d'Amérique du Nord. 2. « [W]hiskey » dans le texte de Nerval.

de remerciement à sa gentille et complaisante voisine. Faut-il s'étonner si elle se lassa d'aider à la paresse d'une bûche si insensible ? Donc, quand le troisième tas fut écossé, Jemmy ne s'occupa pas davantage de Toffel. Quoi qu'il en soit, celui-ci commençait à se trouver assez bien, et à prendre plus souvent sa gorgée de whisky, quand le sort jaloux le menaça de le priver de cette consolation.

Plusieurs heures s'étaient déjà envolées depuis que la société s'était livrée au travail, quand le hasard voulut que les deux voisins tirassent à la fois chacun deux épis de grain rouge. Mais il faut savoir que, suivant un usage respectable établi aux États-Unis, deux épis rouges qui sont tirés et écossés en même temps par deux individus qualifiés, comme Jemmy O'Dougherty et Jacques Toffel, confèrent au plus fort des deux le droit de donner et même au besoin de prendre un baiser à l'autre.

Toffel était donc en possession d'un titre aussi valable qu'aucun autre au monde, mais peu s'en fallut qu'il ne le perdît, en négligeant d'en user. En effet, déjà il avait laissé tomber sa tige, quand Jemmy, brave fille ! s'avisa d'avoir des yeux pour lui. « Deux épis rouges ! » s'écria-t-elle dans une naïve ignorance de ce qu'elle faisait. « Deux épis rouges ! » s'écrièrent aussitôt cinquante gosiers, et toute la société se mit debout comme si la foudre était tombée au milieu d'elle. Ici il fut impossible à notre Toffel de ne pas comprendre la cause de cette émotion générale. Aussi parut-il enfin jaloux du droit que le hasard lui avait conféré ; mais il fallait encore vaincre la résistance de tout le corps féminin, qui forma autour de Jemmy un carré qui aurait défié tout un bataillon de freluquets de la ville. Cependant Toffel n'était pas homme à se laisser arrêter par de vaines démonstrations ; il s'avança vers les conjurées, saisit commodément chacune de ses adversaires après l'autre, en jeta une demi-douzaine sur un tas d'épis à sa droite, une demi-douzaine sur un autre tas à sa gauche, et se fraya ainsi la route jusqu'à Jemmy, qui, il faut le dire, lui résista bravement ; mais la citadelle la plus forte finit par se rendre, et ainsi céda enfin notre Irlandaise, qui laissa Toffel imprimer paisiblement ses lèvres larges d'un pouce sur les siennes, bien qu'elle eût pu, à ce que prétendirent quelques compagnes jalouses, éviter en partie ce terrible contact.

Il arriva que peu de temps après, par un beau soir de décembre, Toffel sella son étalon gris pommelé, et monta au petit trot les sinuosités qui conduisent encore aujourd'hui de Toffelsville [1] au pays haut, à travers les montagnes de l'Ohio.

C'était une chose réjouissante que de voir les belles fermes au milieu desquelles il eut à passer dans sa course. Plus d'une fille fraîche et gentille, et, ce qui veut dire plus, mainte jeune fille ayant une bonne dot, vivait dans ces habitations d'un extérieur grossier ; plus d'une jolie bouche cria à Toffel : « Eh ! Toffel ! encore en route si tard ? Ne voulez-vous pas entrer ? » Mais Toffel n'avait ni yeux ni oreilles, et continuait son chemin ; et les fermes prirent un aspect toujours plus chétif, jusqu'à ce qu'enfin il arrivât à une pièce de terre, couverte de châtaigniers, où sa patience semblait sur le point de l'abandonner. C'est qu'il ne pouvait jamais voir sans humeur cette espèce d'arbres, qu'il regardait avec raison comme le signe le plus certain de l'infécondité du sol. « Et pourtant, Toffel, tu continues encore à trotter ; es-tu donc tellement indifférent à ton repos que tu te laisses ensorceler par les yeux de ce gentil lutin aux cheveux dorés, que le malin esprit lui-même ne parviendrait pas à maîtriser, qui, semblable au chat, sait à la fois égratigner et caresser, rire et pleurer, le tout dans un seul et même instant ? Réfléchis, cher Toffel, suspends ton pèlerinage ! L'eau et le feu, le whisky et le thé, des gâteaux de maïs, tout cela irait-il ensemble ?... » Mais le voici à l'extrémité du plant de châtaigniers, et même devant un, comment le nommerons-nous ? devant une espèce d'édifice qui semble dater des guerres des Indiens. Toffel secoua la tête d'un air pensif ; c'est la maison du vieux Davy O'Dougherty, et c'est une maison d'un misérable aspect. Et sa grange ? il n'en a pas ; ses haies ? on a honte de les regarder. Oui, sa ferme offre un triste tableau de l'industrie irlandaise ;

---

1. Ce nom apparaît aussi dans le texte allemand adapté par Nerval — où il désigne la ville principale de la colonie — mais il est absent des encyclopédies américaines.

point de cheval, point de charrue ; toute la fortune agri-
cole de Davy se réduit à quelques pièces étroites de terre,
semées de maïs et de pommes de terre.

Toffel fit une longue pause, indécis, pensif ; mais justement le vieux Davy était assis près de sa porte, avec sa
vénérable moitié aux cheveux roux, et une demi-douzaine
de petits monstres de la même couleur. Jemmy seule... il
serait peu galant de ne pas la dire franchement blonde,
était la grâce et l'ornement de la triste cabane. Elle prépa-
rait le thé, et mettait sur la table des gâteaux de maïs.
Toffel alla s'asseoir devant la cheminée sans avoir à peine
desserré les lèvres, et n'eût point bougé de cette place, si
en sa qualité d'Allemand, l'odeur de la fumée du charbon
de terre ne l'eût désagréablement affecté ; il se leva brus-
quement pour chercher une atmosphère plus pure, pendant que Jemmy, le voyant à moitié aveuglé, s'enfuyait
dans la cuisine avec un rire moqueur. Toffel hésita un
instant entre les deux portes, mais involontairement il se
trouva transporté devant le feu de la cuisine, qui, étant de
bois, lui plut davantage que l'autre, et auquel Jemmy dai-
gna bientôt prendre place à ses côtés.

Un quart d'heure s'était écoulé, et pas une pensée
immodeste ou quelconque n'avait traversé le cerveau de
notre cavalier. La seule licence qu'il se permit de prendre
consistait de transporter son chapeau d'un genou sur
l'autre. Enfin cependant il prit courage, et regardant
fixement sa voisine, il lui demanda en anglais si elle ne
voulait pas le prendre pour mari.

« Que voulez-vous que je fasse d'un Allemand ? »
Telle fut la réponse un peu dure de la malicieuse Irlandaise, qui, en rabaissant la marchandise qu'elle convoi-
tait, n'avait d'autre but que de se l'assurer à meilleur
marché. Mais songez bien à ce qu'était une telle réponse
adressée par une petite créature comme Jemmy à un
homme comme Toffel, garçon de six pieds, possesseur de
trois cents acres de terre et de deux bas bleus garnis.

Toffel n'était rien moins que fier, mais cependant il se
leva fort déconcerté, tira son chapeau, et s'apprêtait à sortir en soupirant de la cuisine, lorsque la rusée jeune fille,
se glissant entre lui et la porte, lui dit en lui prenant la
main : « Et si je vous prends, me promettez-vous d'être

bon enfant ? » Le dialogue dès lors prit des formes plus précises, et Toffel ne tarda pas à aller rejoindre son gris pommelé, après avoir rudement serré la main de sa future.

Quelques jours après, le ministre protestant Gaspard Ledermaul, ancien tailleur, bénissait le mariage de Jacques Toffel et de Jemmy O'Dougherty, ce qui semblerait devoir mettre fin à notre histoire, si nous en voulions abandonner légèrement les héros, et si l'on ne savait d'ailleurs que les mariages n'offrent pas moins de péripéties que les amours les plus traversés [1].

II

COMMENT JEMMY O'DOUGHERTY EUT TORT D'ALLER À UN MEETING SUR UN TROP GRAND CHEVAL

Jacques Toffel n'avait pas encore accompli sa vingt et unième année, quand il entra dans la lune de miel, et ici nous devons dire à sa louange qu'il sut jouir du bonheur avec sa modération accoutumée. Nous n'avons pas laissé voir qu'il fût dissipé ; et, assurément, nulle tentation ne lui vint d'introduire sa femme dans la haute société du Saratoga [2], et de vider ainsi les deux bas bleus. Quant à Mrs. Toffel, ce n'était pas, certes, une méchante fille ; il y avait en elle toujours cette sorte de diablerie irlandaise qui ne lui permettait pas d'être en repos, tant que son mari n'avait pas fait sa volonté. Pour tout dire en un mot, c'était elle qui portait les culottes ou les *inexpressibles*, selon la chaste locution anglaise. D'ailleurs notre couple vivait heureux ; un jeune Toffel ne tarda pas à faire son

---

1. Voir la note 1 de la p. 265. **2.** Nerval écrit, dans *Les Filles du Feu* et dans les deux états antérieurs de la nouvelle, « Saragota ». Saratoga est le nom d'un lac et d'une ville de l'État de New York, au nord d'Albany : c'était le lieu de réunion d'une société élégante, qui venait éprouver l'effet salutaire des sources minérales (Saratoga Springs).

apparition dans le monde, et surtout alors l'heureux fermier ne regretta pas d'avoir tiré son épi rouge.

Or, il advint qu'un missionnaire se présenta vers ce temps dans la colonie, avec la prétention d'enseigner à nos bonnes gens un chemin plus court que par le passé pour gagner la porte du ciel. Afin de donner à son projet l'impulsion nécessaire, il avait annoncé un meeting, après s'être assuré préalablement de l'assentiment des dames. Mrs. Toffel, dont le respectable pasteur avait recherché surtout le patronage, avait décidé, pour répondre à cet égard flatteur, que son jeune fils serait baptisé en cette occasion, et que le père le transporterait dans ses bras au meeting.

Jusqu'ici tout était bien, et Toffel n'y trouvait guère à redire ; toutefois, en sellant ses deux chevaux, il éprouva une sorte de malaise, et comme un pressentiment fâcheux lorsqu'il s'occupa de son grand cheval gris. Mrs. Toffel avait conçu pour cet animal une telle prédilection, qu'elle avait déclaré n'en pas vouloir monter d'autre. À la vérité, comparés au grand cheval entier de Toffel, les autres n'étaient que des chats ; mais Jemmy n'était pas une géante, et les petits chevaux lui eussent convenu mieux toujours qu'à son mari. Celui-ci était, depuis peu, devenu ambitieux, et aspirait aux emplois publics ; et il fallait qu'il arrivât disgracieusement sur une de ses rosses, en s'exposant aux railleries et aux suppositions de la foule ! En tirant les chevaux de l'écurie, il vit précisément sa femme sur le seuil de la maison ; mais sur son front était écrite cette inflexible résolution à laquelle le pauvre homme n'avait guère l'usage de résister. Il la laissa donc monter sur un tronc d'arbre, d'où elle s'élança sur le gris pommelé, dont elle saisit la bride avec grâce et autorité.

La voilà sur cet animal immense, semblable à un malicieux babouin [1] qui s'apprête à mettre à l'épreuve la mansuétude d'un patient dromadaire. Toffel la regardait la bouche ouverte et les yeux fixes.

« Ma chère ! » dit-il après un long combat intérieur, « je vous en prie, prenez le petit cheval, et me laissez le plus grand.

---

1. « [B]aboin » dans le texte de Nerval.

— Toffel, s'écria sa moitié, sûrement vous n'êtes pas assez fou pour songer à cela précisément en ce moment.

— Si, je suis assez fou pour cela, et si je prends ce veau irlandais, je serai à la fois à pied et à cheval. »

Ses paroles, ses regards étonnèrent la dame ; ils indiquaient une sorte de révolte contre son pouvoir, et elle sentit que tout son règne dépendait de la résolution qu'elle prendrait en ce moment décisif, et c'est dans cette idée qu'elle donna un grand coup de fouet à son cheval, qui, en deux élans, l'emporta hors de la cour.

Toffel n'eut donc rien de mieux à faire que de monter sur la rosse, en soupirant et en murmurant quelques phrases de sa langue incomprise, comme « *sapperment ! verflucht*[1] *!* » et autres aménités germaniques dont il pouvait, au besoin, dissimuler le sens. Tout à coup il fut interrompu dans son monologue par un cri parti du haut de la montagne. Toffel jeta les yeux autour de lui, puis il regarda la hauteur, mais il n'aperçut rien ; rien ne se faisait plus entendre, et pourtant la voix qui avait percé ses oreilles était la voix aiguë et sonore de sa femme, il en était certain. Elle l'avait devancé au galop de quelques centaines de pas, et bientôt les sinuosités de la route, à travers les montagnes, l'avaient dérobée à ses regards. « Le cheval gris l'a certainement jetée à bas », se dit le loyal garçon ; et à peine cette idée s'était-elle présentée à son esprit, qu'il vit, en effet, son coursier favori descendre à grands bonds la montagne. Toffel fut saisi de frayeur ; il se jeta, des deux jambes à la fois, à bas de sa rosse, et courut au devant du cheval fougueux, qui, reconnaissant son maître, s'arrêta tranquillement jusqu'à ce qu'il l'eût débarrassé de la selle de Jemmy, et qu'il eût monté dessus avec son rejeton. Alors Toffel se dirigea au grandissime trot vers le haut de la montagne, et courut au secours de sa moitié, de laquelle bien d'autres ne se seraient guère plus inquiétés après la manière dont elle s'était comportée ; mais Toffel était d'une bonne pâte d'Allemand ; et il se hâta de tout son pouvoir d'arriver à l'endroit fatal où elle devait avoir établi sa couche. Une seconde fois il entendit crier, mais ce n'était pas sa voix ordinaire, c'était

---

1. « Sacrebleu ! malédiction ! »

plutôt un cri de détresse. Ce cri se renouvela, et, trempé d'une sueur froide, Toffel alors lança son cheval ventre à terre du côté d'où semblait venir la voix de sa femme ; mais point de traces. Il regarda à droite, à gauche, puis à terre, et enfin il remarqua avec un horrible serrement de cœur des traces de pas d'hommes, et à côté les empreintes des pieds de sa femme. Des hommes étaient venus là, c'était évident ; mais dire ce qu'était devenue sa femme, c'était une chose bien difficile, les traces se perdaient dans la forêt. Il examina de nouveau ces traces, et il reconnut avec consternation la large empreinte des mocassins des Indiens. Un regard vers la forêt lui fit apercevoir quelque chose d'un gris noir, c'était une plume d'aigle : plus de doute, sa malheureuse Jemmy venait d'être surprise et enlevée par les Indiens.

Toffel aimait sincèrement sa femme ; cependant il n'eut point d'évanouissement, et toute la force de son amour ne put lui arracher une larme ; et, au lieu de perdre du temps en vaines lamentations, il courut au grand galop rejoindre le meeting, apprit à ses voisins que les Indiens avaient surpris et enlevé sa femme tandis qu'elle se rendait à l'assemblée, ajoutant qu'il fallait qu'il la recouvrât à tout prix, et que s'ils étaient bons voisins, et s'ils voulaient être des hommes libres, il fallait qu'ils vinssent courir en toute hâte avec lui sur les traces de ces Peaux-Rouges pour leur reprendre sa Jemmy. Comme ceux à qui il s'adressait étaient en effet des hommes de cœur, Toffel, en peu d'heures, se vit à la tête de cinquante jeunes gens, qui, tenant d'une main leurs carabines et de l'autre la bride de leurs chevaux, juraient de venger dignement l'enlèvement de la nouvelle Hélène.

Il n'était pas rare, en ce temps, que les colons des États-Unis eussent à poursuivre des Indiens pour un semblable motif ; mais pendant que Toffel et ses vaillants compagnons sont occupés à retrouver les traces des Peaux-Rouges qui avaient enlevé Jemmy Bœrenhenter[1], nous allons, nous conformant encore plus directement aux

---

1. Occurrence étonnante du nom que porte le héros dans le texte allemand original. Nerval semble ici oublier qu'il a transformé « Bœrenhenter » (en fait « Bärenhäuter ») en « Toffel ».

usages chevaleresques, rejoindre notre dame, pour lui prêter au besoin aide et secours.

Donc, Jemmy, l'entêtée Jemmy, avait été seule en avant
de quelques centaines de pas, ainsi que nous l'avons déjà
dit. C'était d'abord une chose qu'une femme raisonnable
n'aurait jamais faite : elle se serait tenue à côté de son mari,
d'un aussi bon mari surtout que l'était incontestablement
Toffel, notamment dans des temps si critiques, où les
sauvages parcouraient encore en partisans tout l'État
d'Ohio, et s'avançaient même jusqu'au fort Pitt [1], attendu
que, précisément à cette époque, les États-Unis étaient
engagés avec eux dans une guerre sanglante. Sans doute
elle cria vaillamment, mais il était trop tard ; probablement
les Indiens en avaient déjà trop vu pour renoncer, en faveur
de ses cris, à une si belle proie. L'un monta sur le cheval
gris et la prit en croupe, pendant qu'un second obligeait la
belle à enlacer ses bras autour de son cavalier ; un troisième, lui voyant des dispositions à résister, établit entre
son coup de cygne et un coutelas qu'il tira de sa ceinture
un voisinage dangereux, si bien que la pauvre créature se
résigna à son sort, et ne songea plus qu'à ne pas se laisser
tomber de cheval pendant la longue course qui s'ensuivit.

Toutefois, elle ne pouvait s'empêcher de s'écrier par
instants : « Le grand cheval ! le grand cheval ! » mais sa
tenue modeste et résolue à la fois inspirait quelque respect
à ses ravisseurs, et surtout à Tomahawk leur chef, qui, en
arrivant à Miami [2], quartier général des Peaux-Rouges, la

---

1. La future Pittsburgh. 2. Il ne s'agit pas, bien sûr, de la ville
de Floride. Dans l'Ohio, une ville (New Miami), un comté et deux
cours d'eau (la Great Miami et la Little Miami) portent ce nom. Il n'est
pas simple de déterminer où se trouve exactement le camp des Peaux-
Rouges, d'autant que les indications fournies ensuite par Nerval,
conformément au texte allemand, apparaissent contradictoires. D'après
l'itinéraire emprunté par Jemmy pour rentrer chez elle (voir p. 302-
303), le camp indien semble se trouver à l'emplacement actuel de New
Miami, à une trentaine de kilomètres au nord de Cincinnati, au bord
de la Great Miami, affluent de l'Ohio. Plus loin, le texte place le camp
« aux sources du grand Miami » (p. 310), soit dans la région de Bellefontaine, beaucoup plus au nord. Nouveau renseignement peu clair
fourni p. 314 : le camp serait « près des sources du Miami », « entre
Columbus et Dayton » ; il faudrait alors entendre la Little Miami, qui
prend effectivement sa source entre ces deux villes. Mais ni l'hypothèse Bellefontaine, ni l'hypothèse Little Miami (outre qu'elles se

plaça sous la protection de sa mère, avec le titre de dame d'honneur. Sans doute, ce poste n'eût pas été à dédaigner, si le fils de la princesse mère avait eu à gouverner quelque chose qui en valût la peine ; mais le roi des Shawneeses[1], frère aîné de Tomahawk, n'étendait guère son empire que sur un territoire de quelques centaines de milles carrés. Ses sujets étaient des sauvages non encore civilisés, qui, dans leur intelligence bornée, n'avaient aucune idée du droit divin de leur souverain, c'est-à-dire qu'ils ne voulaient pas travailler pour lui, disant qu'il avait, comme eux, reçu du grand Esprit deux bras propres au travail.

Nos bienveillants lecteurs comprendront qu'au milieu d'une réunion d'hommes si déraisonnables, Mrs. Toffel ne pouvait compter sur de grands avantages, malgré la place honorable qu'elle occupait. Du reste, elle vit bien que des pleurs et des jérémiades ne pouvaient qu'empirer sa position, et qu'il valait mieux l'accepter bravement et chercher à se rendre utile. Aussi, avec une mine où l'on ne pouvait méconnaître un trait d'ironie, elle saisit le lendemain matin la marmite remplie de gibier, et se mit à préparer elle-même le repas des Indiens. Ceux-ci s'assirent bientôt à l'entour en croisant les jambes : « Whoo ! s'écria le souverain, qu'avons-nous là ? » De sa vie, il n'avait fait un aussi délicieux déjeuner *à la fourchette*[2], dirions-nous, si les sauvages avaient des fourchettes. La princesse mère indiqua de sa main, et en souriant gracieusement, sa dame d'honneur, qui, pour sa récompense, reçut une côtelette. Jemmy avait une contenance fière, comme si elle se fût trouvée assise sur le grand cheval. Peu de temps après, les sauvages entreprirent une nouvelle excursion, de laquelle ils rentrèrent au bout de quinze jours chargés de butin de toute espèce : des robes de femme, des spencers, des chapeaux, des corsets, etc. Une garde-robe complète était échue en partage à Toma-

---

contredisent l'une l'autre) ne s'accordent avec le trajet de l'héroïne, qui dans le premier cas serait descendue très au sud au lieu d'aller vers l'est, et dans le second aurait rebroussé chemin.
   1. Tribu indienne de la famille des Algonquins. Nerval a écrit ensuite « Thomahawk » puis, dans le reste du texte, « Tomahawk ». Nous harmonisons.   **2.** « Déjeuner à la fourchette » signifie prendre de la viande ou des aliments solides au petit déjeuner.

hawk. Le lendemain, il parut vêtu d'une robe de *linsey-woolsey*[1] couleur rouge, et la tête ornée d'un chapeau en soie verte, par-dessus lequel il lui avait paru de bon goût de mettre le bonnet d'une femme en couches : le chef lui-même se montra dans une petite robe *à l'enfant*, avec un spencer coquelicot par-dessus, et un capuchon du temps de Louis XV. À peine Jemmy avait-elle jeté les yeux sur ses maîtres métamorphosés, qu'elle fit signe aux *squaws* de la suivre dans la forêt, où se trouvaient beaucoup de plantes de lin sauvage. Elle en fit cueillir une certaine quantité, qu'elle fit rapporter au camp par ses compagnes. Elle obligea ensuite celles-ci à préparer le lin pour le filage, qu'elle leur enseigna, et en peu de semaines, des habits de chasse, ornés de rubans de soie et de calicot, remplacèrent les robes de femmes sur les corps de ses ravisseurs. Une quinzaine de jours après, les hommes firent une nouvelle expédition, dans laquelle le souverain fut tué et son frère Tomahawk blessé. Jemmy, à l'instar d'autres sujets loyaux, prit le deuil, pansa les plaies du survivant, et, quand le jeune chef fut rétabli, elle lui présenta un costume neuf qu'elle avait confectionné pour lui pendant sa maladie. Elle y mit tant de grâce, selon l'avis de l'Indien, que, dès ce moment, il devint son admirateur et son fidèle paladin. Quand, le lendemain, il se fut vêtu de son costume neuf, il se trouva si agréablement surpris et tourné, qu'il mit pour la première fois de côté ces habitudes de respect qu'il avait contractées vis-à-vis de Mrs. Toffel, et qui l'avaient empêché jusque-là de déclarer un peu plus ouvertement l'affection qu'il ressentait pour elle. Il alla lui rendre une visite. Toute la résidence fut en révolution ; les dames rouges étaient au désespoir. Elles comprirent que ce n'était pas en leur honneur que le nouveau souverain s'était revêtu d'une si brillante toilette, et que ses attentions s'adressaient à la fière Américaine, qui, dans leur opinion, ne pouvait naturellement résister à ce somptueux accoutrement. Et vraiment ni Londres, ni Paris, ni New York n'auraient pu se vanter d'avoir vu, sur une seule et même personne, une prodiga-

---

1. « Tiretaine » (étoffe grossière en laine, ou en laine et coton, et lin).

lité d'objets de luxe comme il plut ce jour-là à Tomahawk
d'en étaler aux yeux de sa fidèle sujette. Mais aussi il était
lui-même resté trois heures, jambes croisées et miroir en
main, à admirer avec des yeux brillants de joie ses
charmes irrésistibles. Trois larges paillettes d'argent
entouraient artistement son nez, auquel était encore suspendu un dollar espagnol ; deux autres dollars pendaient à
ses oreilles, et, par une spirituelle inspiration, l'Indien avait
orné sa lèvre inférieure d'une sixième pièce de monnaie.
Ses cheveux étaient richement entremêlés d'aiguilles de
porcs-épics, et du sommet de sa tête descendaient majestueusement trois queues de buffles. Un collier de pas
moins de cinquante dents d'alligators ornait son cou,
autour duquel serpentait encore un collier plus petit de
grandes perles de cristal, trophée qu'il avait conquis dans
un combat avec les Chikasaws[1]. Il n'avait pas moins
soigné l'habillement des parties inférieures de son corps :
ses jambes étaient jusqu'à la cheville entourées de petits
cercles de cuivre et de fer-blanc qui résonnaient prodi-
gieusement à chacun de ses pas ; le reste de sa toilette
consistait en un chapeau anglais à trois cornes. Lorsque,
avec la conscience de ses perfections, il approcha de la
résidence de madame mère, il leva haut les jambes et en
fit deux fois le tour en dansant, pour se régaler de la
musique dont il était le créateur ; arrivé à la porte, il jeta
un dernier coup d'œil sur son miroir de poche en se regardant de la tête aux pieds, puis il entra.

Nous sommes malheureusement sans information
aucune sur le succès de tant d'efforts et de combinaisons
de bon goût ; tout ce qui est devenu notoire, c'est que le
haut prétendant fut bien moins satisfait de lui-même,
quand il quitta la résidence de sa mère, qu'il ne l'avait
été en y entrant. La chronique ajoute que, dès ce moment,
Jemmy eut sur le souverain indien un empire pour le
moins aussi illimité que celui qu'elle avait déjà exercé
sur Toffel ; et il paraît qu'elle ne tarda pas à en faire
usage, sans doute par de bonnes raisons, attendu qu'elle
eut à repousser des tentations assez vives. Mais, dit

---

1. Tribu indienne primitivement établie entre le Tennessee et le Mis-
sissippi.

encore notre document, elle résista héroïquement. Comment en effet pouvait-elle agir autrement, elle dont la pensée tendait à un autre but ? Oui, son regard était sans cesse fixé sur le soleil couchant, sur cette partie du monde où vivait son cher Toffel. Depuis cinq années entières, elle avait supporté sa captivité avec un courage, avec une fermeté héroïques et vraiment irlandaises ; mais présentement elle sentait chaque jour davantage l'amertume de sa position. Pendant la première année, elle avait été tenue en mouvement par la nouveauté de sa destinée ; elle avait, en outre, été stimulée par le sentiment de la conservation. Durant les années suivantes, elle s'était peut-être sentie flattée des attentions de son adorateur indien ; — mais faire la coquette avec un sauvage, ce n'était, après tout, qu'un pauvre passe-temps, et cela ne pouvait durer à la longue. Ainsi, le vif désir de revoir les lieux sur lesquels se concentraient ses souvenirs prenait chaque jour en elle plus de force. Songer à fuir, c'eût été de sa part une folie pendant la première année ; on l'avait surveillée, durant l'été, avec des yeux d'argus, car son adresse en toute chose la rendait indispensable aux sauvages, et une fuite dans le cours de l'hiver n'était pas plus exécutable. Où aurait-elle trouvé des vivres, un lieu de repos ? Son voyage jusqu'au camp des sauvages avait duré vingt jours ; elle devait donc être à une énorme distance de chez elle, et si, par malheur, on avait connu son projet, son sort eût été horrible.

III

COMMENT JEMMY REVIENT CHEZ JACQUES TOFFEL

Enfin, l'occasion favorable que Jemmy désirait si vivement vint se présenter à l'expiration du cinquième été après son enlèvement. Les hommes étaient partis pour la chasse d'automne ; leurs femmes les avaient accompagnés ; il n'était resté au camp que les plus faibles et les plus âgés. Par le contentement apparent qu'elle avait fait

paraître pendant cinq ans, Jemmy était parvenue à calmer
les méfiances des Indiens, dont la vigilance s'était affaiblie. Elle avait appris que, par suite de l'accroissement de
la population, la colonie avait étendu ses limites, et
qu'elle se trouvait dès lors à une moindre distance de
celle des sauvages ; elle espérait donc rencontrer de ses
compatriotes, sinon au bout de la première semaine, du
moins au bout de la seconde. Elle résolut sa fuite, et réalisa sur-le-champ son projet. Un petit sac rempli de vivres
fut tout ce qu'elle emporta avec elle ; elle avait quatre
cents longs milles à faire depuis le grand Miami jusqu'à
l'Ohio supérieur ; mais son courage était à la hauteur de
sa grande entreprise. Elle aimait son Toffel ; elle l'aimait
maintenant plus que jamais, ce garçon si bon, si patient,
et pourtant si sensé. Son courage fut rudement mis à
l'épreuve dans le cours de son voyage ; elle eut à lutter
contre d'incroyables fatigues. Bien près d'être asphyxiée
dans les marais de Franklin[1], elle courut un grand danger
de se noyer dans le Sciota[2], et, en errant pendant plusieurs
jours dans les solitudes qui séparent Columbus, capitale
de l'État de l'Ohio, de New Lancaster[3], d'être dévorée
par les ours et les panthères ; mais elle se tira heureusement des marais, des rivières et des lieux déserts. Pendant
les cinq premiers jours, elle vécut de sa provision de
gibier fumé ; puis elle se régala de *papaws*[4], de châtaignes et de raisins sauvages, et, au bout de dix jours de
peines et de fatigues inexprimables, elle trouva, pour la

---

1. Ville située entre New Miami et Dayton. Nous rétablissons la
portion de texte, absente dans le volume de 1854, comprise entre « à
l'épreuve dans » et « les marais de Franklin ». L'absence de ces mots,
qui figurent dans les deux publications antérieures de la nouvelle,
semble résulter d'un bourdon (dans le *Journal du dimanche*, les
groupes « à l'épreuve dans » et « asphyxiée dans » se trouvent tous
deux en fin de ligne).   **2.** Il s'agit sans doute de la Scioto, qui arrose
Columbus (Nerval écrit plus bas « Colombus » ; nous corrigeons) et se
jette dans l'Ohio à Portsmouth.   **3.** Le texte allemand porte aussi
« New Lancaster », et une note de Sealsfield désigne cette ville comme
« eine Countystadt ». Il s'agit sans doute de Lancaster, ville située à
une cinquantaine de kilomètres au sud-est de Columbus. Logiquement,
Jemmy devrait plutôt se diriger vers le nord-est. Mais la direction de
Lancaster est effectivement le plus court chemin, à partir de Columbus,
pour qui veut rejoindre les bords de l'Ohio.   **4.** Papayes.

première fois, un abri sûr dans un blockhaus. Même ici, son esprit irlandais indomptable ne l'abandonna pas, et elle aborda les *Hinterwœldler**[1] d'un air aussi assuré et aussi ouvert que si elle se fût présentée à la tête des Shawneeses[2], et leur demanda des vivres. Ceux-ci ouvrirent d'assez grands yeux, comme on peut le présumer, mais ils donnèrent ce qu'ils avaient. Dès lors notre bonne Jemmy n'eut plus qu'à suivre les bords de l'Ohio, et ne tarda pas à voir les charmantes hauteurs qui cachaient son heureux *chez elle* sortir du bleu vaporeux qui les enveloppait. Elle double le pas ; la voilà sur les premiers coteaux. Pour la première fois, son cœur battit plus fort ; un instant arrêtée au souvenir du grand cheval, elle reprit sa course et s'élança dans les sinuosités boisées du coteau. Voilà bien devant elle le magnifique Ohio, poursuivant son cours en deux larges bras ; puis les eaux de l'Alleghany, limpides comme la source qui jaillit d'un roc ; puis enfin, tout à côté, celles du Monongahela, troubles et bourbeuses, et offrant assez bien l'image d'un mari grognon auquel est enchaînée une vive et douce compagne. La voilà arrivée à la dernière éminence, d'où l'on peut contempler toutes ses possessions : voici le magnifique vallon, le plus fertile des *bottoms*, enclavé parmi les promontoires de montagnes ; voilà la grange bâtie en pierre, le toit et les persiennes reluisant de l'éclat d'une fraîche peinture. Là, à main gauche, le vieux verger ; puis, à droite, le nouveau, à la plantation duquel elle avait aidé, et dont les arbres pliaient déjà sous le poids des fruits. Elle regardait, elle n'osait s'en fier à ses yeux, et elle voyait plus encore... Non, ce n'était pas une illusion, c'était son cher Toffel qui sortait justement de la maison, et derrière lui, un petit bambin aux cheveux blonds, qui le tenait ferme aux basques de son habit. Oui, c'était bien Toffel dans sa culotte de peau, avec ses bas bleus à coins rouges et ses souliers ornés de boucles énormes. Elle n'y

---

* Mot allemand composé, qui veut dire « habitants des bords des forêts ».

---

1. Il faudrait « *Hinterwäldler* ».   **2.** Le texte de Nerval porte ici « Shawnesées ». Nous harmonisons.

tint pas plus longtemps, descendit d'un pas ferme du
coteau, et, ayant traversé rapidement le potager, elle se
trouva tout à coup devant Toffel.

« Tous les bons esprits louent le Seigneur ! » s'écria
celui-ci, usant, dans son anxiété, de la formule légale par
laquelle, de temps immémorial, les honnêtes Allemands
ont l'habitude de conjurer les spectres, les sorcières et les
esprits malins.

Et, dans le fait, nous n'aurions pas trop le droit de
blâmer Toffel, si le Blocksberg* se présentait en ce
moment à sa pensée. Cinq années d'absence et de séjour
parmi les sauvages habitants des bords du grand Miami,
jointes au voyage abominable que Jemmy venait de faire,
n'avaient pas précisément beaucoup contribué à relever
ses charmes, ni à rendre sa toilette assez élégante pour lui
prêter quelque attrait de plus. Même Toffel, de tous les
hommes le moins *fashionable*, put à peine comprendre
que ce pouvait être là sa Jemmy, l'oracle du bon goût en
toute chose. L'imprévu de son apparition répandait sur sa
personne, un peu décharnée, quelque chose de surnaturel ;
de sorte que, nous le répétons, nous ne sommes nullement
surpris de ce que le cerveau de Toffel se troubla subite-
ment et de ce qu'il se souvint du Blocksberg, dont feu
son père lui avait raconté tant de choses. Jemmy, à ce
qu'il paraissait, ne fut pas très flattée de sa surprise, de
ses exclamations ni de son effroi, et elle lui dit, du ton le
plus doux qu'il lui fut possible de prendre.

« Eh bien ! quoi, Toffel, as-tu perdu la raison ? ne me
connais-tu plus, moi, ta Jemmy ? »

Toffel ouvrit les yeux le plus qu'il pouvait, et, peu à
peu, reconnaissant le nez contourné, l'œil brillant qui lan-
çait, comme de coutume, des regards hardis et étincelants,
ne put, à ces signes, douter de la réalité :

« *Mein Gott ! Mein Schatz*[1] *!* » s'écria-t-il dans son
plus doux allemand. Puis deux larmes coulèrent le long
de ses joues, et il embrassa Jemmy avec effusion.

Jemmy était réellement bien charmée de voir son Tof-

---

* Montagne du sabbat.

1. « Mon Dieu ! mon trésor ! »

fel de si bonne humeur. Cependant, dit le proverbe, trop ne vaut rien, et, suivant toutes les apparences, il semblait à Jemmy que Toffel était inépuisable dans ses manifestations de tendresse, et, en effet, elle commençait déjà à perdre patience et à souhaiter de voir son fils, comme aussi de savoir où en étaient les affaires du ménage ; de sorte que, tout en exprimant ce double désir, elle se dégagea des bras de son mari pour se diriger vers la porte. Toffel la saisit par sa robe, et, se plaçant devant elle, l'empêcha de sortir.

« Ma bien-aimée, lui dit-il, arrête-toi encore quelques moments, jusqu'à ce que je t'aie appris...

— Appris quoi ? reprit-elle avec impatience ; que peux-tu avoir à me dire ? Je désire voir mon garçon et comment tu as conduit les affaires de la maison ; j'espère que tout est en ordre... »

Son œil jeta un regard scrutateur sur le pauvre Toffel, qui ne semblait nullement être à son aise.

« Mon cœur, ma femme ! continua-t-il, aie seulement un peu de patience !

— Je ne veux pas avoir de patience, répliqua-t-elle ; pourquoi ne veux-tu pas entrer dans la maison ? » Et, en disant ces mots, elle s'approcha de la porte. Toffel, au dernier point embarrassé, lui barra de nouveau le chemin, en prenant ses deux mains.

« Eh ! *by Jasus**, et de par toutes les autorités ! » s'écria-t-elle étonnée d'une conduite si singulière, « je serais tentée de croire que tout n'est point ici en règle et que tu n'es pas bien aise de me voir !

— Moi, ne pas être bien aise de te voir ! mon cœur, ma bien-aimée ! Oui, oui, tu seras de nouveau ma femme ! répondit le brave garçon.

— Je serai de nouveau, de nouveau ta femme ! » répéta-t-elle ; et ses yeux étaient étincelants, et son petit nez se tordait. « Être de nouveau sa femme », se dit-elle encore à voix basse, en s'arrachant avec force de ses mains ; puis, montant l'escalier avec la rapidité de l'éclair, elle se précipita sur la porte, pressa le loquet, ouvrit et vit, se berçant doucement dans un fauteuil,

* Exclamation irlandaise.

Marie Lindthal, la plus jolie blondine de toute la colonie, jadis sa rivale, et maintenant l'heureuse usurpatrice de ses droits matrimoniaux.

IV

CE QU'IL ARRIVA DE JACQUES TOFFEL ET DE SES DEUX FEMMES

Il faudrait une plume très familiarisée avec les peintures psychologiques pour décrire les symptômes des diverses passions qui se dessinaient d'une manière énergique sur le visage de notre héroïne. Le mépris, la fureur, la vengeance en étaient encore les plus faibles ; il sortait de ses yeux des étincelles si vives, que, pour nous servir d'une phrase à l'usage des *Yankees*, la chambre commençait à en être embrasée ; ses poings se fermèrent convulsivement, ses dents grincèrent, et, semblable au chat qui voit son territoire occupé par l'ennemi mortel de sa race, elle s'apprêta à fondre sur le sien, ce qui aurait pu devenir d'autant plus fatal pour les jolis traits de Marie Lindthal, que depuis un mois entier Mrs. Toffel n'avait pas rogné ses ongles.

Toffel, qui avait suivi Jemmy, vit avec un juste effroi ces terribles préparatifs, et se jeta de toute sa longueur entre les deux puissances belligérantes. Mais il n'était pas sûr encore que sa médiation fût très efficace, lorsque tout à coup la porte s'ouvrit pour donner entrée au jeune Toffel, suivi de toute une bande d'héritiers d'un autre lit. Cinq années s'étaient écoulées depuis que Jemmy n'avait tenu son jeune fils dans ses bras ; oubliant son ennemie, elle sauta sur lui pour l'embrasser. Le jeune garçon s'effraya, cria très haut, et courut à sa belle-mère. La pauvre Jemmy resta immobile à sa place ; la fureur et le désir de la vengeance l'avaient abandonnée ; une douleur indicible pénétra son cœur ; elle se dirigea en tremblant vers la porte, saisit le loquet et fut sur le point de tomber à terre. La pauvre femme souffrait horriblement en cet instant ;

elle était devenue une étrangère pour son fils, une étrangère pour sa maison, une étrangère dans le monde entier. Elle se remit cependant. Des âmes comme la sienne ne sont pas facilement abattues.

« Comment va mon père ? demanda-t-elle brièvement.

— Mort, répondit Toffel.

— Et ma mère ?

— Morte, fut encore la réponse.

— Et mes frères, mes sœurs ?

— Dispersés dans le monde.

— Ainsi, je les ai tous perdus ! » dit-elle de manière à pouvoir à peine être comprise.

« J'ai, reprit Toffel d'un son de voix plus doux, j'ai attendu toute une année ton retour, en demandant de tes nouvelles dans tous les journaux allemands et anglais, et comme tu ne vins pas, ajouta-t-il en hésitant, te croyant morte, je pris Marie.

— Alors garde-la », répliqua Jemmy d'un ton ferme, en accompagnant ces paroles d'un regard où se peignait le mépris le plus profond ; puis elle s'élança encore une fois sur son enfant, le saisit et l'embrassa avec exaltation, puis elle ouvrit la porte...

« Arrête ! arrête ! pour l'amour de Dieu ! » s'écria Toffel d'une voix qui faisait deviner ce qu'il avait souffert : il est vrai de dire qu'il l'aimait sincèrement, et n'avait rien négligé pour la retrouver. On avait battu le pays à vingt lieues à la ronde, les annonces des journaux lui avaient aussi coûté maints dollars ; malheureusement, ils circulaient plus particulièrement dans la partie orientale du pays, tandis que Jemmy figurait comme dame d'honneur dans la partie occidentale. Et, malheureusement encore, au bout d'une année, le révérend pasteur Gaspard fit un sermon sur ce beau texte : *Melius est nubere quam uri* [1], qu'il rendit très disertement en langue allemande à Toffel. Celui-ci crut agir en bon protestant, prit une femme bonne et jolie, mais à laquelle manquait cet esprit de contradiction, d'agacerie, ces boutades, ces propos piquants qui réveillaient jadis si à propos son caractère nonchalant.

---

1. « [I]l vaut mieux se marier que de brûler » (première Épître aux Corinthiens, VII, 9).

Telle était la position de notre Toffel, le mari à deux femmes, entre lesquelles il semblait fortement balancer. Les garder toutes deux, comme le patriarche Lamech[1], quelle apparence ? Enfin, il s'écria : « Allons chez le squire[2] et chez le docteur Gaspard ; allons entendre ce que disent la loi humaine et la loi de Dieu. »

En disant cela, Toffel agit en bon et loyal Allemand qui pensait qu'il valait mieux ne pas prendre un parti de son propre chef, et mettre toute la responsabilité de sa position sur l'autorité divine et humaine.

Jemmy tressaillit ; le mot de loi, ou, ce qui en est la conséquence, un procès, résonnait désagréablement à ses oreilles, et elle hésitait, quand sa rivale, qui s'était retirée dans la chambre voisine, reparut tenant dans ses bras les deux lourds bas remplis de dollars de la communauté.

« Prends-les, dit-elle d'une voix douce à Jemmy, prends-les, et Jeremias Hawthorn est encore garçon ; sois heureuse, bonne Jemmy. »

Il y avait quelque chose de touchant dans sa voix et dans sa proposition sincère. Tout autre cœur que celui de la femme irlandaise se serait ému ; mais la vue de la femme heureuse sembla ranimer les transports de Jemmy. Jetant sur Marie un regard du plus profond mépris, elle s'approcha de Toffel, lui serra la main en lui disant adieu, et sortit précipitamment de la chambre.

« Cours, cours, cher Toffel, de toutes tes forces, s'écria Marie ; cours, pour l'amour de Dieu ! elle pourrait attenter à elle-même. »

Toffel était resté immobile, privé, pour ainsi dire, de sentiment ; on aurait pu croire que tout lui paraissait un songe : la voix de sa femme le rappela à la réalité. Il se mit à courir de toutes ses forces après la pauvre fugitive ; mais celle-ci avait déjà gagné beaucoup d'espace sur lui. Redoublant ses longs pas, il était sur le point de l'atteindre, lorsqu'elle se

---

1. Cinquième descendant de Caïn, Lamech est le père de Jabel, de Jubal, de Tubalcaïn et de Noéma. La Genèse apprend qu'il eut deux femmes, Ada et Sella. À noter que cette figure biblique est introduite dans le récit par Nerval, qui met l'accent sur la question des deux femmes, ou des deux amours, de Toffel, alors que cet aspect reste secondaire dans le récit allemand. **2.** Juge de paix, magistrat, aux États-Unis.

retourna et lui ordonna de regagner sa maison. Elle proféra cet ordre d'un ton si ferme, que Toffel, encore habitué à obéir à ses volontés, s'y conforma en reprenant lentement le chemin de chez lui. Après avoir fait quelques pas, il s'arrêta néanmoins, suivit d'un œil fixe la marche rapide de Jemmy jusqu'à ce qu'elle eût disparu dans les profondeurs du coteau ; alors il secoua la tête, et pensa... quoi ? C'est ce que nous ne saurions dire.

Jemmy poursuivait maintenant, comme un chevreuil qu'on a effrayé, sa course vers le haut de la montagne ; la voilà arrivée encore à cette fatale saillie où son bonheur d'ici-bas avait, il faut bien le dire, par sa propre faute, reçu une si terrible atteinte. Là était la maison qui renfermait les deux Toffel ; là paissaient ses vaches et ses génisses et une demi-douzaine des plus grands chevaux qu'elle eût jamais vus. Maintenant elle en eût eu à choisir ! Et il fallait renoncer à tout cela ! Cette pensée lui fit verser des larmes amères. Et maintenant plus de famille, plus d'amis peut-être ; que dirait-on de cette Jemmy si longtemps perdue, Jemmy la *squaw* indienne ?... Insensiblement, ses sens se calmèrent ; une nouvelle pensée sembla germer en elle, et à chaque seconde cette résolution semblait se raffermir. Enfin, comme pour échapper à la possibilité d'un changement d'idées, elle se redressa tout à coup avec force, courut à toutes jambes vers la forêt, et pénétra toujours plus avant dans ses profondeurs.

V

OÙ L'ON DÉMONTRE COMMENT LES DEUX
ÉPIS ROUGES ÉTAIENT POURTANT
UN PRÉSAGE

Ce fut vers l'année 1826 [1] que Jemmy recommença son long voyage pour retourner vers ceux qu'elle avait fuis

---

1. L'auteur allemand donnait ici la date de 1796. On voit mal à quelle intention répond le changement effectué par Nerval.

naguère. Elle retrouva le même courage inflexible pour aborder les colons avancés, établis dans la partie nord-ouest des États-Unis (État actuel d'Ohio). Elle leur demanda l'hospitalité sans solliciter une compassion superflue ; lorsqu'elle eut dépassé les dernières habitations, elle eut de nouveau recours aux *papaws*, au raisin et aux châtaignes sauvages, et acheva ainsi sa course de quatre cents milles jusqu'aux sources du grand Miami, où, deux mois après sa fuite, elle se présenta avec aussi peu de trouble et de crainte que si elle rentrait d'une visite du matin.

Jamais le quartier général des Squaws n'avait retenti de si grands cris d'allégresse que lorsque Jemmy entra dans la cabane de la mère de Tomahawk. Toute la population des Wigwams[1] était en mouvement ; Tomahawk ne se possédait plus de joie. Il avait été son admirateur fidèle pendant cinq années entières, et, ce qui n'est pas peu de chose de la part d'un sauvage, durant tout ce temps, il n'avait pas osé prendre la moindre liberté avec elle. Elle ne s'était pas acquis une légère influence sur ce petit peuple ; elle était l'institutrice des femmes, le tailleur et la cuisinière des hommes, le factotum de tous, et, si les derniers (les hommes) ne ressemblaient plus à des orangs-outangs, c'était son ouvrage à elle. Tomahawk sautait et dansait de bonheur : « Hommes blancs, pas bons ! disait-il ; hommes rouges, bons ! » s'écriait-il. Et sa mère et tous les hommes s'unissaient à ces transports de joie.

Cependant, malgré la résolution ferme que Jemmy avait prise, sa prudence ne lui permettait pas de donner trop beau jeu au sauvage amoureux : non, elle réfléchit longtemps avant de lui permettre seulement l'espoir le plus éloigné. Depuis vingt jours déjà, elle se tenait renfermée auprès de la mère de Tomahawk, et, pendant ce temps, il n'avait pu la voir que deux fois. Enfin, le matin du vingt et unième jour, il fut mandé auprès de la souveraine de son cœur. Il s'y rendit peut-être plus bizarrement accoutré encore que lors de sa première demande, et, en

---

1. Mot anglais d'Amérique, emprunté à l'algonquin « wikiwam », pour désigner la hutte ou la tente des Indiens, et, par extension, un village.

balbutiant, il lui exprima de nouveau ses vœux. Jemmy l'écouta avec le sérieux d'un juge d'appel ; quand il eut terminé, elle lui montra silencieusement la table sur laquelle était étalé un habillement américain complet. Tomahawk retourna à sa cabane en poussant des cris de joie, et une demi-heure après, il parut un autre homme devant sa maîtresse. Il n'avait vraiment pas si mauvaise mine ; c'était un garçon bien fait, d'une taille élancée ; — Toffel n'était rien en comparaison ; — de plus, c'était le chef de plusieurs centaines de familles, et l'on ne pouvait voir en lui un mari si fort à dédaigner. Elle voulut bien alors tendre la main : il s'agissait encore d'une autre épreuve. Deux chevaux amenés par ordre de madame mère se trouvaient à la porte : Jemmy ordonna à Tomahawk de les seller. Il obéit tout de suite en silence. Elle monta sur l'un, en lui faisant signe d'en faire autant et de la suivre. Le chef sauvage était surpris ; il la regarda fixement, mais suivit néanmoins sa maîtresse, qui, quittant le canton de Wigwam, dirigea leur course vers le sud ; plusieurs fois il se hasarda à lui demander où ils allaient, mais elle lui répondit par un geste, montrant d'un air significatif le lointain, et il se taisait et suivait. La paix s'était rétablie entre les Indiens et les colons pendant la captivité de Jemmy, et le dernier voyage de celle-ci lui avait été utile à quelque chose. Elle avait appris qu'une colonie américaine s'était formée, dans la direction du sud, à environ quarante milles de distance des sources du Miami, et c'est sur cette nouvelle colonie qu'elle se dirigeait en ce moment.

Dès qu'elle y fut arrivée, elle s'informa du juge de paix. Le squire ne fut pas peu surpris quand il vit tout à coup entrer chez lui une jeune et jolie femme (Jemmy avait repris sa bonne mine pendant sa retraite de vingt jours) et un jeune et beau sauvage, habillé comme un gentleman. Du reste, Jemmy ne lui laissa guère le temps de se livrer à son étonnement ; mais, se tournant sans longs détours vers son compagnon, elle lui dit : « Tomahawk ! pendant les cinq années de notre connaissance, je t'ai vu donner tant de preuves de bon sens, que j'ai tout lieu d'espérer de faire de toi un mari, et j'ai donc résolu de te prendre pour tel. »

Tomahawk ne savait s'il veillait ou non, et il en était de même du squire ; mais la demande formelle que lui adressa Jemmy, de la marier, elle, Jemmy O'Dougherty, avec Tomahawk, le chef de la peuplade des Squaws, et dix dollars reluisants qu'elle joignit à cette demande, firent cesser tous les doutes du juge de paix, et, prononçant sur eux la formule matrimoniale, il unit leurs mains. La chose était finie, le pauvre sauvage ne comprenait point encore ce que signifiait cette cérémonie ; mais quand Jemmy lui prit la main, et lui fit connaître qu'elle était maintenant sa femme et lui son mari, il était comme tombé des nues.

Le lendemain, Tomahawk et sa femme s'en retournèrent chez eux, et, à partir de leur retour, commencèrent aussi les mois de miel du nouvel époux. Or, Mrs. Tomahawk fut à peine installée dans sa nouvelle habitation, qu'elle vint à reconnaître que cette misérable cabane était beaucoup trop étroite pour eux deux, et, de plus, trop malpropre ; et, dans le fait, cette cabane était plutôt à comparer à l'antre d'un ours qu'à une habitation humaine. Tomahawk et ceux dont il disposait avaient donc maintenant des arbres à abattre, travail auquel les gens de Tomahawk ne se soumirent que contre de certains honoraires en bouteilles de whisky, dont Jemmy avait fait provision au chef-lieu de la colonie. Elle avait en outre attiré quelques-uns de ses compatriotes, qui aidèrent à la construction de la maison neuve. Tomahawk, à la vérité, sauta encore quand il lui fallut pendant quinze jours manier la hache : seulement ce n'était plus de joie ; il fit même la grimace ; mais ni sauts ni grimaces n'y purent : il fallut s'exécuter. Au bout de quatre semaines il se vit couché dans une habitation commode, aussi commode que celle de Toffel. Tomahawk eut alors du repos pendant quatre semaines entières ; mais le printemps s'annonçait : le champ consacré à la culture du blé était évidemment trop petit ; il était même dépourvu de haie, et les chevaux, ainsi que les porcs, y venaient dévorer les jeunes tiges longtemps avant qu'elles eussent seulement formé leurs épis. Les choses ne pouvaient pas rester en cet état, et il fallait donc que la sauvage moitié de Mrs. Tomahawk abattît encore quelques milliers d'arbres et qu'il fît des haies autour d'une demi-douzaine de champs. — Cette besogne faite, Tomahawk eut encore quelques semaines de repos. Cependant, de temps immémorial, on avait bien mal mené les choses quant aux peaux de renard, de cerf, de castor et d'ours. Tomahawk avait une grande réputation comme chasseur ; mais le fruit de plusieurs semaines de chasse, il n'était pas rare qu'il le donnât pour quelques gallons de whisky. À l'instar de beaucoup de ses frères rouges, son côté faible était le plaisir qu'il trouvait à prendre une et même un grand nombre de gorgées de whisky, quand l'occasion s'en présentait. Toutefois il éprouvait à cet égard une telle crainte de sa compagne, qu'adroitement il cachait les bouteilles d'eau-de-vie dans des creux d'arbres. Mais Mrs. Tomahawk eut bientôt découvert la fraude, et, afin de mettre dorénavant Tomahawk à l'abri de toute tentation, elle décida qu'à l'avenir toutes les peaux seraient apportées au camp et mises à sa disposition. Elle se chargea alors du commerce de pelleterie. Bien peu de temps après, plusieurs vaches paissaient sur les bords du Miami, et Tomahawk goûta pour la première fois du café et des gâteaux de farine de maïs. Mais les choses allèrent de pire en pire. Un jeune Tomahawk vit la lumière du monde, et les vieux Squaws ne tardèrent pas à se présenter chez sa mère, les mains remplies de fumier et de graisse d'ours, pour admettre solennellement le nouveau chef de la peuplade dans la communauté religieuse et politique. Mais Jemmy leur montra un visage renfrogné, et quand elle vit que cela ne suffisait pas, elle se saisit si résolument de son sceptre, c'est-à-dire d'un grand balai, que jeunes et vieux se sauvèrent à toutes jambes, se croyant poursuivis du malin esprit. Lorsqu'elle fut rétablie de ses couches, elle ordonna encore à Tomahawk d'apprêter deux chevaux.

Cette fois-ci encore, leur course se dirigea vers la colonie, mais ils abordèrent non à la maison du juge de paix, mais à celle du curé. Tomahawk accédait à tout tranquillement ; mais lorsqu'il vit le curé répandre de l'eau sur son fils, la patience lui échappa, il entra dans une sorte de fureur, et appela Mrs. Tomahawk sorcière, mauvais génie, *médecin* (terme très fort chez les Peaux-Rouges). Jemmy, sans perdre une parole, fronça les sourcils, releva son nez, et le jeune Tomahawk fut baptisé comme d'autres enfants chrétiens.

Le voyageur que son chemin conduira dans la direction du nord, à travers la bruyère située entre Columbus et Dayton, remarquera, au-dessous et tout près des sources du Miami, une grande habitation, construite en madriers, flanquée de granges et d'écuries, environnée de superbes champs de maïs et de prairies, sur lesquelles paissent de magnifiques vaches, des chevaux et des poulains, sans compter les vergers remplis d'arbres fruitiers. Autour de la maison, on voit folâtrer une demi-douzaine de jeunes garçons et de jeunes filles d'un teint rouge clair, et vêtus comme s'ils sortaient du magasin de Stubbs à Philadelphie [1]. Le dimanche, ils lisent la Bible ou sellent leurs chevaux pour aller accompagner Tomahawk à l'église ; ils lisent et expliquent les gazettes au chef de la tribu, qui s'accommode parfaitement de sa nouvelle existence, et se demande avec orgueil s'il fera de ses fils aînés des docteurs ou des avocats. Deux fois l'année, Mrs. Tomahawk se rend à Cincinnati sur une voiture à six chevaux, qui, chargée de beurre, de sucre d'érable, de farine et de fruits, forme un cortège aussi pompeux que celui d'un gouverneur. Deux de ses fils à cheval lui servent toujours d'avant-coureurs, et elle est autant devenue l'effroi de tous les inspecteurs des marchés, qu'elle s'est rendue l'oracle et la favorite de toutes les femmes... et de tous les hommes.

(Imité de l'allemand.)

---

1. *Les Filles du Feu* portent « Stubls », le texte allemand, « Stubbs ». Nous corrigeons. Il a bien existé au XIXᵉ siècle, à Philadelphie, un établissement répondant au nom de Stubbs, mais ce n'était pas un magasin de vêtements.

OCTAVIE [1]

Ce fut au printemps de l'année 1835 [2] qu'un vif désir me prit de voir l'Italie. Tous les jours en m'éveillant j'aspirais d'avance l'âpre senteur des marronniers alpins ; le soir la cascade de Terni, la source écumante du Téverone [3] jaillissaient pour moi seul entre les portants éraillés des coulisses d'un petit théâtre... Une voix délicieuse, comme celle des syrènes [4], bruissait à mes oreilles, comme si les roseaux de Trasimène eussent tout à coup pris une voix... il fallut partir, laissant à Paris un amour contrarié, auquel je voulais échapper par la distraction.

C'est à Marseille que je m'arrêtai d'abord. Tous les matins, j'allais prendre les bains de mer au Château-Vert, et j'apercevais de loin en nageant les îles riantes du golfe. Tous les jours aussi, je me rencontrais dans la baie azurée avec une jeune fille anglaise, dont le corps délié fendait l'eau verte auprès de moi. Cette fille des eaux, qui se nommait Octavie, vint un jour à moi toute glorieuse d'une pêche étrange qu'elle avait faite. Elle tenait dans ses blanches mains un poisson qu'elle me donna.

Je ne pus m'empêcher de sourire d'un tel présent. Cependant le choléra régnait alors dans la ville, et pour éviter les quarantaines, je me résolus à prendre la route de terre. Je vis Nice, Gênes et Florence ; j'admirai le Dôme et le Baptistère, les chefs-d'œuvre de Michel-Ange, la tour penchée et le Campo santo de Pise. Puis, prenant la route de Spolette [5], je m'arrêtai dix jours à Rome. Le dôme de Saint-Pierre, le Vatican, le Colisée m'apparurent ainsi qu'un rêve. Je me hâtai de prendre

---

1. Récit paru antérieurement, sous le même titre, dans *Le Mousquetaire* du 17 décembre 1853, soit peu de temps avant la publication des *Filles du Feu* (janvier 1854). **2.** « 1832 » dans *Le Mousquetaire*. Deux séjours de Nerval à Naples sont connus : en 1834 et au retour d'Orient, à la fin de 1843. **3.** Ancienne dénomination de l'Aniene, qui traverse Tivoli, près de Rome. Terni, en Ombrie, a déjà été évoqué dans « Sylvie » (p. 252). **4.** Graphie nervalienne. — Le lac Trasimène est en Ombrie. **5.** Ou plutôt Spolète (Spoleto), en Ombrie.

la poste pour Civita-Vecchia, où je devais m'embarquer.
— Pendant trois jours, la mer furieuse retarda l'arrivée
du bateau à vapeur. Sur cette plage désolée où je me promenais pensif, je faillis un jour être dévoré par les chiens.
— La veille du jour où je partis, on donnait au théâtre un
vaudeville français[1]. Une tête blonde et sémillante attira
mes regards. C'était la jeune Anglaise qui avait pris place
dans une loge d'avant-scène. Elle accompagnait son père,
qui paraissait infirme, et à qui les médecins avaient
recommandé le climat de Naples.

Le lendemain matin je prenais tout joyeux mon billet
de passage. La jeune Anglaise était sur le pont, qu'elle
parcourait à grands pas, et impatiente de la lenteur du
navire, elle imprimait ses dents d'ivoire dans l'écorce
d'un citron : « Pauvre fille, lui dis-je, vous souffrez de la
poitrine, j'en suis sûr, et ce n'est pas ce qu'il faudrait. »
Elle me regarda fixement et me dit : « Qui l'a appris à
vous ? — La sibylle de Tibur[2] », lui dis-je sans me déconcerter. « Allez ! me dit-elle, je ne crois pas un mot de
vous. »

Ce disant, elle me regardait tendrement et je ne pus
m'empêcher de lui baiser la main. « Si j'étais plus forte,
dit-elle, je vous apprendrais à mentir !... » Et elle me
menaçait, en riant, d'une badine à tête d'or qu'elle tenait
à la main.

Notre vaisseau touchait au port de Naples et nous tra-
versions le golfe, entre Ischia et Nisida, inondées des feux
de l'Orient. « Si vous m'aimez, reprit-elle, vous irez m'attendre demain à Portici. Je ne donne pas à tout le monde
de tels rendez-vous. »

Elle descendit sur la place du Môle et accompagna son
père à l'hôtel de Rome, nouvellement construit sur la
jetée. Pour moi, j'allai prendre mon logement derrière le
théâtre des Florentins. Ma journée se passa à parcourir la

---

1. Il y avait à Civitavecchia un théâtre construit en 1786 (voir
Monique Streiff Moretti, « Les Chiens de Civitavecchia », *Cahiers
Gérard de Nerval*, n° 10, 1987, p. 56-59). Stendhal fut consul dans
cette ville à partir de 1831.   **2.** Nom ancien de Tivoli. Le temple
rond de la Sibylle domine les cascatelles que forment les eaux, en partie
détournées, du Teverone. Voir, dans « Sylvie », p. 255, l'évocation du
temple de la sibylle Tiburtine.

rue de Tolède, la place du Môle, à visiter le musée des
Études ; puis j'allai le soir voir le ballet à San-Carlo. J'y
fis rencontre du marquis Gargallo, que j'avais connu à
Paris et qui me mena après le spectacle prendre le thé
chez ses sœurs[1].

Jamais je n'oublierai la délicieuse soirée qui suivit. La
marquise faisait les honneurs d'un vaste salon rempli
d'étrangers. La conversation était un peu celle des Pré-
cieuses ; je me croyais dans la chambre bleue de l'hôtel
Rambouillet[2]. Les sœurs de la marquise, belles comme
les Grâces, renouvelaient pour moi les prestiges de l'ancienne Grèce. On discuta longtemps sur la forme de la
pierre d'Éleusis[3], se demandant si sa forme était triangu-
laire ou carrée. La marquise aurait pu prononcer en toute
assurance, car elle était belle et fière comme Vesta[4]. Je
sortis du palais la tête étourdie de cette discussion philosophique, et je ne pus parvenir à retrouver mon domicile.
À force d'errer dans la ville, je devais y être enfin le
héros de quelque aventure. La rencontre que je fis cette
nuit-là est le sujet de la lettre suivante[5], que j'adressai

---

1. Le marquis Francesco Gargallo, archéologue, avait trois sœurs :
Anna (née en 1803 ; c'est elle sans doute que le narrateur appelle « la
marquise »), Isabelle (née en 1806) et Maria Carmela (née en 1809).
On ne sait rien d'une éventuelle rencontre parisienne entre Nerval et le
marquis Gargallo. Par contre, la soirée napolitaine repose sur un souvenir vécu : « La famille Gargallo m'a reçu d'une manière très aimable ;
j'ai trouvé là des savants, et même des savantes, car les trois sœurs
savent le latin. C'est un intérieur qui rappelle ceux du temps de
Louis XIII, et où l'on se tient loin au moins des frivolités de conversation de nos jours » (lettre au docteur Labrunie, vers le 3 décembre
1843 ; *NPl* I, p. 1408).   **2.** Allusion à la société qui se réunissait, à
l'initiative de Catherine de Vivonne, marquise de Rambouillet, dans la
« Chambre bleue » de l'hôtel Rambouillet, pendant la première moitié
du XVIIᵉ siècle. L'idéal précieux est un idéal de purification.   **3.** *Les
Filles du Feu* portent ici « Ébeusis ». Nous corrigeons. Les mystères
d'Éleusis sont aussi évoqués dans « Sylvie » (voir p. 265).   **4.** Fille
aînée de Cronos et de Réa, Vesta rejeta les alliances de Neptune et
d'Apollon, et demeura vierge, comme Minerve.   **5.** Avant 1853,
cette lettre avait paru dans *La Sylphide* du 24 décembre 1842 (c'est la
« Troisième lettre » d'« Un roman à faire ») puis dans *L'Artiste* du
6 juillet 1845 (sous le titre « L'Illusion » et avec la dédicace « À Madame*** »). On connaît également une mise au net et un brouillon
manuscrits correspondant à ce texte (voir *NPl* I, p. 722-723 et 1755-
1757).

plus tard à celle dont j'avais cru fuir l'amour fatal en m'éloignant de Paris.

Je suis dans une inquiétude extrême. Depuis quatre jours, je ne vous vois pas ou je ne vous vois qu'avec tout le monde ; j'ai comme un fatal pressentiment. Que vous ayez été sincère avec moi, je le crois ; que vous soyez changée depuis quelques jours, je l'ignore, mais je le crains. Mon Dieu ! prenez pitié de mes incertitudes, ou vous attirerez sur nous quelque malheur. Voyez, ce serait moi-même que j'accuserais pourtant. J'ai été timide et dévoué plus qu'un homme ne le devrait montrer. J'ai entouré mon amour de tant de réserve, j'ai craint si fort de vous offenser, vous qui m'en aviez tant puni une fois déjà, que j'ai peut-être été trop loin dans ma délicatesse, et que vous avez pu me croire refroidi. Eh bien, j'ai respecté un jour important pour vous, j'ai contenu des émotions à briser l'âme, et je me suis couvert d'un masque souriant, moi dont le cœur haletait et brûlait. D'autres n'auront pas eu tant de ménagement, mais aussi nul ne vous a peut-être prouvé tant d'affection vraie, et n'a si bien senti tout ce que vous valez.

Parlons franchement : je sais qu'il est des liens qu'une femme ne peut briser qu'avec peine, des relations incommodes qu'on ne peut rompre que lentement. Vous ai-je demandé de trop pénibles sacrifices ? Dites-moi vos chagrins, je les comprendrai. Vos craintes, votre fantaisie, les nécessités de votre position, rien de tout cela ne peut ébranler l'immense affection que je vous porte, ni troubler même la pureté de mon amour. Mais nous verrons ensemble ce qu'on peut admettre ou combattre, et s'il était des nœuds qu'il fallût trancher et non dénouer, reposez-vous sur moi de ce soin. Manquer de franchise en ce moment serait de l'inhumanité peut-être ; car, je vous l'ai dit, ma vie ne tient à rien qu'à votre volonté, et vous savez bien que ma plus grande envie ne peut être que de mourir pour vous !

Mourir, grand Dieu ! pourquoi cette idée me revient-elle à tout propos, comme s'il n'y avait que ma mort qui fût l'équivalent du bonheur que vous promettez ? La mort ! ce mot ne répand cependant rien de sombre dans

*ma pensée. Elle m'apparaît couronnée de roses pâles,
comme à la fin d'un festin ; j'ai rêvé quelquefois qu'elle
m'attendait en souriant au chevet d'une femme adorée,
après le bonheur, après l'ivresse, et qu'elle me disait :
« Allons, jeune homme ! tu as eu toute ta part de joie en
ce monde. À présent, viens dormir, viens te reposer dans
mes bras. Je ne suis pas belle, moi, mais je suis bonne et
secourable, et je ne donne pas le plaisir, mais le calme
éternel. »*

*Mais où donc cette image s'est-elle déjà offerte à moi ?
Ah ! je vous l'ai dit, c'était à Naples, il y a trois ans.
J'avais fait rencontre dans la nuit, près de la Villa-Reale,
d'une jeune femme qui vous ressemblait, une très bonne
créature dont l'état était de faire des broderies d'or pour
les ornements d'église ; elle semblait égarée d'esprit ; je
la reconduisis chez elle, bien qu'elle me parlât d'un
amant qu'elle avait dans les gardes suisses, et qu'elle
tremblait de voir arriver. Pourtant, elle ne fit pas de difficulté de m'avouer que je lui plaisais davantage... Que
vous dirai-je ? Il me prit fantaisie de m'étourdir pour
tout un soir, et de m'imaginer que cette femme, dont je
comprenais à peine le langage, était vous-même, descendue à moi par enchantement. Pourquoi vous tairais-je
toute cette aventure et la bizarre illusion que mon âme
accepta sans peine, surtout après quelques verres de
lacrima-christi[1] mousseux qui me furent versés au souper ? La chambre où j'étais entré avait quelque chose de
mystique par le hasard ou par le choix singulier des
objets qu'elle renfermait. Une madone noire couverte
d'oripeaux, et dont mon hôtesse était chargée de rajeunir
l'antique parure, figurait sur une commode près d'un lit
aux rideaux de serge verte ; une figure de sainte Rosalie,
couronnée de roses violettes, semblait plus loin protéger
le berceau d'un enfant endormi ; les murs, blanchis à la
chaux, étaient décorés de vieux tableaux des quatre élé-*

---

1. C'est la leçon du *Mousquetaire* ; *Les Filles du Feu* portent « cris-
ti ». Sainte Rosalie, évoquée plus bas, est vénérée à Naples ; elle pourrait être la « sainte napolitaine » d'« Artémis » (p. 368-369). La plupart
des lieux de Naples mentionnés dans cette lettre apparaissent aussi dans
le texte de « Corilla » (p. 83-103).

ments représentant des divinités mythologiques. *Ajoutez à cela un beau désordre d'étoffes brillantes, de fleurs artificielles, de vases étrusques ; des miroirs entourés de clinquant qui reflétaient vivement la lueur de l'unique lampe de cuivre, et sur une table un* Traité de la divination et des songes *qui me fit penser que ma compagne était un peu sorcière ou bohémienne pour le moins.*

Une bonne vieille aux grands traits solennels allait, venait, nous servant ; je crois que ce devait être sa mère ! Et moi, tout pensif, je ne cessais de regarder sans dire un mot celle qui me rappelait si exactement votre souvenir.

Cette femme me répétait à tout moment : « Vous êtes triste ? » Et je lui dis : « Ne parlez pas, je puis à peine vous comprendre ; l'italien me fatigue à écouter et à prononcer. — Oh ! dit-elle, je sais encore parler autrement. » Et elle parla tout à coup dans une langue que je n'avais pas encore entendue. C'était des syllabes sonores, gutturales, des gazouillements pleins de charme, une langue primitive sans doute ; de l'hébreu, du syriaque, je ne sais. Elle sourit de mon étonnement, et s'en alla à sa commode, d'où elle tira des ornements de fausses pierres, colliers, bracelets, couronne ; s'étant parée ainsi, elle revint à table, puis resta sérieuse fort longtemps. La vieille, en rentrant, poussa de grands éclats de rire et me dit, je crois, que c'était ainsi qu'on la voyait aux fêtes. En ce moment, l'enfant se réveilla et se prit à crier. Les deux femmes coururent à son berceau, et bientôt la jeune revint près de moi tenant fièrement dans ses bras le bambino *soudainement apaisé.*

Elle lui parlait dans cette langue que j'avais admirée, elle l'occupait avec des agaceries pleines de grâce ; et moi, peu accoutumé à l'effet des vins brûlés du Vésuve, je sentais tourner les objets devant mes yeux : cette femme, aux manières étranges, royalement parée, fière et capricieuse, m'apparaissait comme une de ces magiciennes de Thessalie[1] *à qui l'on donnait son âme pour un rêve. Oh ! pourquoi n'ai-je pas craint de vous faire ce récit ? C'est que vous savez bien que ce n'était aussi qu'un rêve, où seule vous avez régné !*

---

1. Région située au nord de la Grèce.

Je m'arrachai à ce fantôme qui me séduisait et m'effrayait à la fois ; j'errai dans la ville déserte jusqu'au son des premières cloches ; puis, sentant le matin, je pris par les petites rues derrière Chiaia, et je me mis à gravir le Pausilippe au-dessus de la grotte. Arrivé tout en haut, je me promenais en regardant la mer déjà bleue, la ville où l'on n'entendait encore que les bruits du matin, et les îles de la baie, où le soleil commençait à dorer le haut des villas. Je n'étais pas attristé le moins du monde ; je marchais à grands pas, je courais, je descendais les pentes, je me roulais dans l'herbe humide ; mais dans mon cœur il y avait l'idée de la mort.

Ô dieux ! je ne sais quelle profonde tristesse habitait mon âme, mais ce n'était autre chose que la pensée cruelle que je n'étais pas aimé. J'avais vu comme le fantôme du bonheur, j'avais usé de tous les dons de Dieu, j'étais sous le plus beau ciel du monde, en présence de la nature la plus parfaite, du spectacle le plus immense qu'il soit donné aux hommes de voir, mais à quatre cents lieues de la seule femme qui existât pour moi, et qui ignorait jusqu'à mon existence. N'être pas aimé et n'avoir pas l'espoir de l'être jamais ! C'est alors que je fus tenté d'aller demander compte à Dieu de ma singulière existence. Il n'y avait qu'un pas à faire : à l'endroit où j'étais, la montagne était coupée comme une falaise, la mer grondait au bas, bleue et pure ; ce n'était plus qu'un moment à souffrir. Oh ! l'étourdissement de cette pensée fut terrible. Deux fois je me suis élancé, et je ne sais quel pouvoir me rejeta vivant sur la terre, que j'embrassai. Non, mon Dieu ! vous ne m'avez pas créé pour mon éternelle souffrance. Je ne veux pas vous outrager par ma mort ; mais donnez-moi la force, donnez-moi le pouvoir, donnez-moi surtout la résolution, qui fait que les uns arrivent au trône, les autres à la gloire, les autres à l'amour !

Pendant cette nuit étrange, un phénomène assez rare s'était accompli. Vers la fin de la nuit, toutes les ouvertures de la maison où je me trouvais s'étaient éclairées, une poussière chaude et soufrée[1] m'empêchait de respi-

---

1. *Les Filles du Feu* portent ici « soufrée ».

rer, et, laissant ma facile conquête endormie sur la terrasse, je m'engageai dans les ruelles qui conduisent au
château Saint-Elme ; — à mesure que je gravissais la
montagne, l'air pur du matin venait gonfler mes poumons ; je me reposais délicieusement sous les treilles des
villas, et je contemplais sans terreur le Vésuve couvert
encore d'une coupole de fumée.

C'est en ce moment que je fus saisi de l'étourdissement
dont j'ai parlé ; la pensée du rendez-vous qui m'avait été
donné par la jeune Anglaise m'arracha aux fatales idées
que j'avais conçues. Après avoir rafraîchi ma bouche
avec une de ces énormes grappes de raisin que vendent
les femmes du marché, je me dirigeai vers Portici et j'allai
visiter les ruines d'Herculanum. Les rues étaient toutes
saupoudrées d'une cendre métallique. Arrivé près des
ruines, je descendis dans la ville souterraine et je me pro-
menai longtemps d'édifice en édifice demandant à ces
monuments le secret de leur passé. Le temple de Vénus,
celui de Mercure, parlaient en vain à mon imagination. Il
fallait que cela fût peuplé de figures vivantes. — Je
remontai à Portici et m'arrêtai pensif sous une treille en
attendant mon inconnue.

Elle ne tarda pas à paraître, guidant la marche pénible
de son père, et me serra la main avec force en me disant :
« C'est bien. » Nous choisîmes un voiturin[1] et nous
allâmes visiter Pompéi. Avec quel bonheur je la guidai
dans les rues silencieuses de l'antique colonie romaine.
J'en avais d'avance étudié les plus secrets passages.
Quand nous arrivâmes au petit temple d'Isis, j'eus le bonheur de lui expliquer fidèlement les détails du culte et
des cérémonies que j'avais lues[2] dans Apulée. Elle voulut
jouer elle-même le personnage de la Déesse, et je me vis
chargé du rôle d'Osiris dont j'expliquai les divins mystères.

En revenant, frappé de la grandeur des idées que nous
venions de soulever, je n'osai lui parler d'amour... Elle
me vit si froid qu'elle m'en fit reproche. Alors je lui
avouai que je ne me sentais plus digne d'elle. Je lui contai
le mystère de cette apparition qui avait réveillé un ancien

---

1. Voiture attelée.   **2.** Il faudrait « lus ».

amour dans mon cœur, et toute la tristesse qui avait succédé à cette nuit fatale où le fantôme du bonheur n'avait été que le reproche d'un parjure.

Hélas ! que tout cela est loin de nous ! Il y a dix ans, je repassais à Naples, venant d'Orient[1]. J'allai descendre à l'hôtel de Rome, et j'y retrouvai la jeune Anglaise. Elle avait épousé un peintre célèbre qui, peu de temps après son mariage, avait été pris d'une paralysie complète ; couché sur un lit de repos, il n'avait rien de mobile dans le visage que deux grands yeux noirs, et jeune encore il ne pouvait même espérer la guérison sous d'autres climats. La pauvre fille avait dévoué son existence à vivre tristement entre son époux et son père, et sa douceur, sa candeur de vierge ne pouvaient réussir à calmer l'atroce jalousie qui couvait dans l'âme du premier. Rien ne put jamais l'engager à laisser sa femme libre dans ses promenades, et il me rappelait ce géant noir qui veille éternellement dans la caverne des génies, et que sa femme est forcée de battre pour l'empêcher de se livrer au sommeil[2]. Ô mystère de l'âme humaine ! Faut-il voir dans un tel tableau les marques cruelles de la vengeance des dieux !

Je ne pus donner qu'un jour au spectacle de cette douleur. Le bateau qui me ramenait à Marseille emporta comme un rêve le souvenir de cette apparition chérie, et je me dis que peut-être j'avais laissé là le bonheur. Octavie en a gardé près d'elle le secret.

1. Allusion au passage à Naples de novembre-décembre 1843. Mais c'est lors de ce passage qu'eut lieu la soirée chez les Gargallo. On voit qu'il est vain d'essayer de faire correspondre les récits en « je » des nouvelles et la chronologie réelle. **2.** Les commentateurs n'ont pu découvrir à quel récit Nerval faisait allusion.

ISIS [1]

I

Avant l'établissement du chemin de fer de Naples à Résina, une course à Pompéi était tout un voyage [2]. Il fallait une journée pour visiter successivement Herculanum, le Vésuve, — et Pompéi, situé à deux milles plus loin ; souvent même on restait sur les lieux jusqu'au lendemain, afin de parcourir Pompéi pendant la nuit, à la clarté de la lune, et de se faire ainsi une illusion complète. Chacun pouvait supposer en effet que, remontant le cours des siècles, il se voyait tout à coup admis à parcourir les rues et les places de la ville endormie ; la lune paisible convenait mieux peut-être que l'éclat du soleil à ces ruines, qui n'excitent tout d'abord ni l'admiration ni la surprise, et où l'Antiquité se montre pour ainsi dire dans un déshabillé modeste.

Un des ambassadeurs résidant à Naples donna, il y a quelques années, une fête assez ingénieuse [3]. — Muni de toutes les autorisations nécessaires, il fit costumer à l'antique un grand nombre de personnes ; les invités se conformèrent à cette disposition, et, pendant un jour et

---

1. Texte publié à deux reprises avant 1854 : dans la revue fouriériste *La Phalange* de novembre-décembre 1845 (sous le titre « Le Temple d'Isis. Souvenir de Pompéi ») ; ensuite dans *L'Artiste-Revue de Paris* des 27 juin et 4 juillet 1847 (sous le titre « L'Iséum. Souvenir de Pompéi »). Une grande partie du texte publié par *La Phalange* (quatre des sept chapitres) était constitué par la traduction d'une étude de l'archéologue allemand Carl August Böttiger (« *Die Isis-Vesper* »). Deux ans plus tard, dans *L'Artiste*, Nerval supprime plusieurs passages empruntés à l'allemand. Même évolution dans *Les Filles du Feu*, où de nombreux morceaux traduits disparaissent encore. Le texte s'en trouve réduit d'autant : en 1854, « Isis » ne renferme plus que quatre chapitres. — Hisashi Mizuno a découvert une autre source du récit de Nerval : le *Voyage à Pompéi* de l'abbé Dominique Romanelli (traduit de l'italien pour la première fois par M. P*** [Préjan ?], Paris, Houdaille et Veniger, 1829). 2. La ligne de chemin de fer Naples-Portici fut inaugurée le 3 octobre 1839 et prolongée, à partir du 1er mai 1841, jusqu'à Torre Annunziata. La ville de Résina se trouve près d'Herculanum et de Portici. 3. Une telle fête ne semble pas avoir eu lieu.

une nuit, l'on essaya diverses représentations des usages de l'antique colonie romaine. On comprend que la science avait dirigé la plupart des détails de la fête ; des chars parcouraient les rues, des marchands peuplaient les boutiques ; des collations réunissaient, à certaines heures, dans les principales maisons, les diverses compagnies des invités. Là, c'était l'édile Pansa, là Salluste, là Julia Felix, l'opulente fille de Scaurus[1], qui recevaient les convives et les admettaient à leurs foyers. — La maison des Vestales avait ses habitantes voilées ; celle des Danseuses ne mentait pas aux promesses de ses gracieux attributs. Les deux théâtres offrirent des représentations comiques et tragiques, et sous les colonnades du Forum des citoyens oisifs échangeaient les nouvelles du jour, tandis que, dans la basilique ouverte sur la place, on entendait retentir l'aigre voix des avocats ou les imprécations des plaideurs. — Des toiles et des tentures complétaient, dans tous les lieux où de tels spectacles étaient offerts, l'effet de décoration, que le manque général des toitures aurait pu contrarier ; mais on sait qu'à part ce détail, la conservation de la plupart des édifices est assez complète pour que l'on ait pu prendre grand plaisir à cette tentative palingénésique. — Un des spectacles les plus curieux fut la cérémonie qui s'exécuta au coucher du soleil dans cet admirable petit temple d'Isis, qui, par sa parfaite conservation, est peut-être la plus intéressante de toutes ces ruines[2].

Cette fête donna lieu aux recherches suivantes, touchant les formes qu'affecta le culte égyptien lorsqu'il en vint à lutter directement avec la religion naissante du Christ[3].

Si puissant et si séduisant que fût ce culte régénéré d'Isis pour les hommes énervés de cette époque, il agissait principalement sur les femmes. — Tout ce que les

---

1. Il faut lire « l'opulente fille de Spurius ». L'édile Pansa, Salluste et Julia Felix ont donné leur nom à des maisons de Pompéi. **2.** Nerval a supprimé un long passage qui suivait et qui évoquait notamment le marquis Gargallo (voir « Octavie », p. 317). — La palingénésie est la renaissance, la résurrection. **3.** Le texte qui vient ensuite (jusqu'à la fin du chapitre II, p. 330) est constitué de passages traduits de l'étude de Böttiger.

étranges cérémonies et mystères des Cabires[1] et des dieux
d'Éleusis, de la Grèce, tout ce que les bacchanales du
Liber Pater et de l'*Hébon*[2] de la Campagnie avait offert
séparément à la passion du merveilleux et à la superstition
même se trouvait, par un religieux artifice, rassemblé
dans le culte secret de la déesse égyptienne, comme en
un canal souterrain qui reçoit les eaux d'une foule d'af-
fluents.

Outre les fêtes particulières mensuelles et les grandes
solennités, il y avait deux fois par jour assemblée et office
publics pour les croyants des deux sexes. Dès la première
heure du jour, la déesse était sur pied, et celui qui voulait
mériter ses grâces particulières devait se présenter à son
lever pour la prière du matin. — Le temple était ouvert
avec grande pompe. Le grand prêtre sortait du sanctuaire
accompagné de ses ministres. L'encens odorant fumait
sur l'autel ; de doux sons de flûte se faisaient entendre. —
Cependant la communauté s'était partagée en deux rangs,
dans le vestibule, jusqu'au premier degré du temple. —
La voix du prêtre invite à la prière, une sorte de litanie
est psalmodiée ; puis on entend retentir dans les mains
de quelques adorateurs les sons éclatants du sistre d'Isis.
Souvent une partie de l'histoire de la déesse est représentée au moyen de pantomimes et de danses symboliques.
Les éléments de son culte sont présentés avec des invoca-
tions au peuple agenouillé, qui chante ou qui murmure
toutes sortes d'oraisons.

Mais si l'on avait, au lever du soleil, célébré les
matines de la déesse, on ne devait pas négliger de lui
offrir ses salutations du soir et de lui souhaiter une nuit
heureuse, formule particulière qui constituait une des parties importantes de la liturgie. On commençait par annon-
cer à la déesse elle-même l'*heure du soir*.

Les Anciens ne possédaient pas, il est vrai, la commodité de l'horloge sonnante ni même de l'horloge muette ;
mais ils suppléaient, autant qu'ils le pouvaient, à nos

---

1. Les Cabires étaient des divinités de la haute Antiquité, adorées
en Égypte, en Phénicie, en Asie Mineure et en Grèce. **2.** Autres
noms de Bacchus.

machines d'acier et de cuivre par des machines vivantes, par des esclaves chargés de crier l'heure d'après la clepsydre et le cadran solaire ; — il y avait même des hommes qui, rien qu'à la longueur de leur ombre, qu'ils savaient estimer à vue d'œil, pouvaient dire l'heure exacte du jour ou du soir. — Cet usage de crier les déterminations du temps était également admis dans les temples. Il y avait des gens pieux à Rome qui remplissaient auprès de Jupiter capitolin ce singulier office de lui dire les heures. — Mais cette coutume était principalement observée aux matines et aux vêpres de la grande Isis, et c'est de cela que dépendait l'ordonnance de la liturgie quotidienne.

II

Cela se faisait dans l'après-midi, au moment de la fermeture solennelle du temple, vers 4 heures, selon la division moderne du temps, ou, selon la division antique, après la huitième heure du jour. — C'était ce que l'on pourrait proprement appeler le petit coucher de la déesse. De tous temps, les dieux durent se conformer aux us et coutumes des hommes. — Sur son Olympe, le *Zeus* d'Homère mène l'existence patriarcale, avec ses femmes, ses fils et ses filles, et vit absolument comme Priam et Arsinoüs[1] aux pays troyen et phéacien. Il fallut également que les deux grandes divinités du Nil, Isis et Sérapis[2], du moment qu'elles s'établirent à Rome et sur les rivages d'Italie, s'accommodassent à la manière de vivre des Romains. — Même du temps des derniers empereurs, on se levait de bon matin à Rome, et, vers la première ou la deuxième heure du jour, tout était en mouvement sur les places, dans les cours de justice et sur les marchés.

---

1. Priam était le roi de Troie. — Il faut sans doute lire « Alcinoüs », comme dans l'original de Böttiger et *La Phalange*. Alcinoüs était le roi de l'île des Phéaciens (sans doute Corfou), où aborda Ulysse. 2. On lit dans le traité *Isis et Osiris* de Plutarque (chap. XXVIII) que Sérapis doit être identifié à Osiris, lequel aurait reçu ce nouveau nom lorsqu'il devint le dieu des Morts. Voir au début d'« Angélique » l'allusion au *Sérapéon* d'Alexandrie (p. 137).

— Mais ensuite, vers la huitième heure de la journée ou
la quatrième de l'après-midi, toute activité avait cessé.
Plus tard Isis était encore glorifiée dans un office solennel
du soir.

Les autres parties de la liturgie étaient la plupart de
celles qui s'exécutaient aux matines, avec cette différence
toutefois que les litanies et les hymnes étaient entonnées
et chantées[1], au bruit des sistres, des flûtes et des trom-
pettes, par un psalmiste ou préchantre qui, dans l'ordre
des prêtres, remplissait les fonctions d'hymnode[2]. — Au
moment le plus solennel, le grand prêtre, debout sur le
dernier degré, devant le tabernacle, accosté à droite et à
gauche de deux diacres ou pastophores, élevait le principal élément du culte, le symbole du Nil fertilisateur, *l'eau
bénite*, et la présentait à la fervente adoration des fidèles.
La cérémonie se terminait par la formule de congé ordinaire.

Les idées superstitieuses attachées à de certains jours,
les ablutions, les jeûnes, les expiations, les macérations
et les mortifications de la chair étaient le prélude de la
consécration à la plus sainte des déesses de mille qualités
et vertus, auxquelles hommes et femmes, après maintes
épreuves et mille sacrifices, s'élevaient par trois degrés.
Toutefois l'introduction de ces mystères ouvrit la porte à
quelques déportements. — À la faveur des préparations
et des épreuves qui, souvent, duraient un grand nombre
de jours et qu'aucun époux n'osait refuser à sa femme,
aucun amant à sa maîtresse, dans la crainte du fouet
d'Osiris ou des vipères d'Isis, se donnaient dans les sanc-
tuaires des rendez-vous équivoques, recouverts par les
voiles impénétrables de l'initiation. — Mais ce sont là
des excès communs à tous les cultes dans leurs époques
de décadence. Les mêmes accusations furent adressées
aux pratiques mystérieuses et aux agapes des premiers
chrétiens[3]. — L'idée d'une *terre sainte* où devait se ratta-

---

1. Il faudrait plutôt le masculin. « Hymne » n'est féminin que pour
désigner les cantiques de l'Église catholique.   **2.** Celui qui chante
les hymnes. Préchantre : premier chantre d'une église. Pastophore :
prêtre porteur de statuettes.   **3.** On trouve des mises au point analogues dans le *Voyage en Orient*.

cher pour tous les peuples le souvenir des traditions premières et une sorte d'adoration filiale, — d'une eau sainte propre aux consécrations et purifications des fidèles, — présente des rapports plus nobles à étudier entre ces deux cultes, dont l'un a pour ainsi dire servi de transition vers l'autre.

Toute eau était douce pour l'Égyptien, mais surtout celle qui avait été puisée au fleuve, émanation d'Osiris. — À la fête annuelle d'Osiris retrouvé, où, après de longues lamentations, on criait : « Nous l'avons trouvé et nous nous réjouissons tous ! », tout le monde se jetait à terre devant la cruche remplie d'eau du Nil nouvellement puisée que portait le grand prêtre ; on levait les mains vers le ciel, exaltant le miracle de la miséricorde divine.

La sainte eau du Nil, conservée dans la cruche sacrée, était aussi à la fête d'Isis le plus vivant symbole du père des vivants et des morts. Isis ne pouvait être honorée sans Osiris. — Le fidèle croyait même à la présence réelle d'Osiris dans l'eau du Nil, et, à chaque bénédiction du soir et du matin, le grand prêtre montrait au peuple l'*Hydria*, la sainte cruche, et l'offrait à son adoration. — On ne négligeait rien pour pénétrer profondément l'esprit des spectateurs du caractère de cette divine transsubstantiation. — Le prophète lui-même, quelque grande que fût la sainteté de ce personnage, ne pouvait saisir avec ses mains nues le vase dans lequel s'opérait le divin mystère. — Il portait sur son étole, de la plus fine toile, une sorte de pèlerine (piviale [1]) également de lin ou de mousseline, qui lui couvrait les épaules et les bras, et dans laquelle il enveloppait son bras et sa main. — Ainsi ajusté, il prenait le saint vase, qu'il portait ensuite, au rapport de saint Clément d'Alexandrie, serré contre son sein [2]. — D'ailleurs, quelle était la vertu que le Nil ne possédât pas aux yeux du pieux Égyptien ? On en parlait partout comme d'une source de guérisons et de miracles. — Il y avait des vases où son eau se conservait plusieurs années. « J'ai dans ma

---

1. Terme latin que le *Glossaire* de Du Cange donne pour équivalent à *vestis episcopalis*.   **2.** « En serrant contre lui le vase présenté aux fidèles » (*Stromates*, VI). Clément d'Alexandrie (env. 150-env. 214), docteur de l'Église, fut le maître d'Origène.

cave de l'eau du Nil de quatre ans », disait avec orgueil
le marchand égyptien à l'habitant de Byzance ou de
Naples qui lui vantait son vieux vin de Falerne ou de
Chios [1]. Même après la mort, sous ses bandelettes et dans
sa condition de momie, l'Égyptien espérait qu'Osiris lui
permettrait encore d'étancher sa soif avec son onde vénérée. « Osiris te donne de l'eau fraîche ! » disaient les épi-
taphes des morts. — C'est pour cela que les momies
portaient une coupe peinte sur la poitrine [2].

III

Peut-être faut-il craindre, en voyage, de gâter par des
lectures faites d'avance l'impression première des lieux
célèbres. J'avais visité l'Orient avec les seuls souvenirs,
déjà vagues, de mon éducation classique [3]. — Au retour
de l'Égypte, Naples était pour moi un lieu de repos et
d'étude, et les précieux dépôts de ses bibliothèques et de
ses musées me servaient à justifier ou à combattre les
hypothèses que mon esprit s'était formées à l'aspect de
tant de ruines inexpliquées ou muettes. — Peut-être ai-je
dû au souvenir éclatant d'Alexandrie, de Thèbes et des
Pyramides, l'impression presque religieuse que me causa
une seconde fois la vue du temple d'Isis de Pompéi.
J'avais laissé mes compagnons de voyage admirer dans
tous ses détails la maison de Diomède [4], et, me dérobant
à l'attention des gardiens, je m'étais jeté au hasard dans
les rues de la ville antique, évitant çà et là quelque invalide qui me demandait de loin où j'allais, et m'inquiétant
peu de savoir le nom que la science avait retrouvé pour

---

1. Falerne : vignoble de Campanie, célèbre chez les anciens
Romains. Chios, ou Chio : île grecque de la mer Égée.   **2.** Nerval a
supprimé ensuite un très long développement qui figurait dans *La Phalange* et *L'Artiste*.   **3.** Avant son voyage de 1843, Nerval s'est en
réalité abondamment documenté sur l'Orient. Mais sans doute le narrateur d'« Isis » veut-il signifier qu'il a avant tout visité l'Orient pour y
retrouver les traces de la mythologie grecque.   **4.** La maison de Diomède se trouve dans la rue des Tombeaux, au-delà de la porte d'Herculanum. On ne sait rien des « compagnons de voyage » qui auraient
accompagné l'auteur à Pompéi, en 1834 ou en 1843.

tel ou tel édifice, pour un temple, pour une maison, pour une boutique. N'était-ce pas assez que les drogmans et les Arabes m'eussent gâté les pyramides, sans subir encore la tyrannie des *ciceroni*[1] napolitains ? J'étais entré par la rue des tombeaux ; il était clair qu'en suivant cette voie pavée de lave, où se dessine encore l'ornière profonde des roues antiques, je retrouverais le temple de la déesse égyptienne, situé à l'extrémité de la ville, auprès du théâtre tragique. Je reconnus l'étroite cour jadis fermée d'une grille, les colonnes encore debout, les deux autels à droite et à gauche, dont le dernier est d'une conservation parfaite, et au fond l'antique *cella* s'élevant sur sept marches autrefois revêtues de marbre de Paros.

Huit colonnes d'ordre dorique, sans base, soutiennent les côtés, et dix autres le fronton ; l'enceinte est découverte, selon le genre d'architecture dit *hypœtron*[2], mais un portique couvert régnait alentour. Le sanctuaire a la forme d'un petit temple carré, voûté, couvert en tuiles, et présente trois niches destinées aux images de la Trinité égyptienne ; — deux autels placés au fond du sanctuaire portaient les tables isiaques, dont l'une a été conservée, et sur la base de la principale statue de la déesse, placée au centre de la nef intérieure, on a pu lire que *L. C. Phœbus* l'avait érigée dans ce lieu par décret des décurions[3].

Près de l'autel de gauche, dans la cour, était une petite loge destinée aux purifications ; quelques bas-reliefs en décoraient les murailles. Deux vases contenant l'eau lustrale se trouvaient en outre placés à l'entrée de la porte intérieure, comme le sont nos bénitiers. Des peintures sur

---

1. Guides, en italien (le mot vient du nom de l'orateur romain célèbre). **2.** Il faudrait « *hypœthron* ». Ce terme — que l'on a rendu en français par « hypèthre » — désigne un temple dont la cella (c'est-à-dire l'endroit où se trouvait la statue du dieu) est, totalement ou en partie, dépourvue de toiture. Ce passage est emprunté à l'abbé Romanelli (voir la note 1 de la p. 324), que Nerval ne copie pas toujours exactement : Hisashi Mizuno a observé que le texte original portait « six autres [colonnes soutiennent] le fronton » et non « dix autres [colonnes soutiennent] le fronton ». **3.** Cette statue, qui est au musée de Naples, représente la déesse debout, portant dans sa main gauche le nilomètre et dans la droite le sistre. Le donateur, L. Cæcilius Phœbus, a fait graver son nom sur la plinthe.

stuc décoraient l'intérieur du temple et représentaient des tableaux de la campagne, des plantes et des animaux de l'Égypte, — la terre sacrée.

J'avais admiré au musée les richesses qu'on a retirées de ce temple, les lampes, les coupes, les encensoirs, les burettes, les goupillons, les mitres et les crosses brillantes des prêtres, les sistres, les clairons et les cymbales, une Vénus dorée, un Bacchus, des Hermès, des sièges d'argent et d'ivoire, des idoles de basalte et des pavés de mosaïque ornés d'inscriptions et d'emblèmes. La plupart de ces objets, dont la matière et le travail précieux indiquent la richesse du temple, ont été découverts dans le lieu saint le plus retiré, situé derrière le sanctuaire, et où l'on arrive en passant sous cinq arcades. Là, une petite cour oblongue conduit à une chambre qui contenait des ornements sacrés. L'habitation des ministres isiatiques, située à gauche du temple, se composait de trois pièces, et l'on trouva dans l'enceinte plusieurs cadavres de ces prêtres à qui l'on suppose que leur religion fit un devoir de ne pas abandonner le sanctuaire.

Ce temple est la ruine la mieux conservée de Pompéi, parce qu'à l'époque où la ville fut ensevelie, il en était le monument le plus nouveau. L'ancien temple avait été renversé quelques années auparavant par un tremblement de terre [1], et nous voyons là celui qu'on avait rebâti à sa place. — J'ignore si quelqu'une des trois statues d'Isis du musée de Naples aura été retrouvée dans ce lieu même, mais je les avais admirées la veille, et rien ne m'empêchait, en y joignant le souvenir des deux tableaux [2], de reconstruire dans ma pensée toute la scène de la cérémonie du soir.

Justement le soleil commençait à s'abaisser vers Caprée [3], et la lune montait lentement du côté du Vésuve, couvert de son léger dais de fumée. — Je m'assis sur une pierre, en contemplant ces deux astres qu'on avait

---

1. En 63 ap. J.-C.   **2.** Le lecteur des *Filles du Feu* voit évoquer pour la première fois ces deux tableaux, qui représentent des cérémonies du culte d'Isis ; toutes les mentions précédentes de ces œuvres figuraient dans des passages de la nouvelle supprimés en 1854. Il s'agit de deux peintures murales retrouvées à Herculanum, et dont la description faisait l'objet de l'article de Böttiger.   **3.** Capri.

longtemps adorés dans ce temple sous les noms d'Osiris et d'Isis, et sous des attributs mystiques faisant allusion à leurs diverses phases, et je me sentis pris d'une vive émotion. Enfant d'un siècle sceptique plutôt qu'incrédule, flottant entre deux éducations contraires, celle de la révolution, qui niait tout, et celle de la réaction sociale, qui prétend ramener l'ensemble des croyances chrétiennes, me verrais-je entraîné à tout croire, comme nos pères les philosophes l'avaient été à tout nier ? — Je songeais à ce magnifique préambule des *Ruines* de Volney[1], qui fait apparaître le Génie du passé sur les ruines de Palmyre, et qui n'emprunte à des inspirations si hautes que la puissance de détruire pièce à pièce tout l'ensemble des traditions religieuses du genre humain ! Ainsi périssait, sous l'effort de la raison moderne, le Christ lui-même, ce dernier des révélateurs, qui, au nom d'une raison plus haute, avait autrefois dépeuplé les cieux. Ô nature ! ô mère éternelle ! était-ce là vraiment le sort réservé au dernier de tes fils célestes ? Les mortels en sont-ils venus à repousser toute espérance et tout prestige, et, levant ton voile sacré, déesse de Saïs[2] ! le plus hardi de tes adeptes s'est-il donc trouvé face à face avec l'image de la Mort ?

Si la chute successive des croyances conduisait à ce résultat, ne serait-il pas plus consolant de tomber dans l'excès contraire et d'essayer de se reprendre aux illusions du passé ?

---

1. *Les Ruines, ou Méditations sur les révolutions des empires* (Desenne, 1791) de Constantin François de Chassebœuf, comte de Volney (1757-1820). Le préambule, à Palmyre, s'attachait à montrer que les sociétés mouraient et que l'Occident pouvait à son tour disparaître comme avait disparu avant lui la civilisation orientale (écrasée par le christianisme, qui a fait triompher l'Occident). 2. Neith-Athena, identifiée à Isis par Plutarque qui signale que la statue se trouvant à l'intérieur du temple de Saïs (dans le delta du Nil) porte l'inscription suivante : « *Je suis tout ce qui a esté, qui est, et qui sera jamais, et n'y a encore eu home mortel qui m'ait descouverte de mon voile* » (« Isis et Osiris », in *Œuvres morales de Plutarque traduites par Amyot*, nouvelle éd. revue et corrigée, Paris, Janet et Cotelle, t. V, 1819, p. 234). Ce sont les romantiques allemands — et en premier lieu Schiller et Novalis — qui contribuèrent à répandre l'image — inconnue dans l'Égypte antique — de la déesse voilée.

IV

Il est évident que dans les derniers temps le paganisme s'était retrempé dans son origine égyptienne, et tendait de plus en plus à ramener au principe de l'unité les diverses conceptions mythologiques. Cette éternelle Nature, que Lucrèce, le matérialiste, invoquait lui-même sous le nom de Vénus céleste, a été préférablement nommée Cybèle par Julien, Uranie ou Cérès par Plotin, Proclus et Porphyre ; — Apulée [1], lui donnant tous ces noms, l'appelle plus volontiers Isis ; c'est le nom qui, pour lui, résume tous les autres ; c'est l'identité primitive de cette reine du ciel, aux attributs divers, au masque changeant ! Aussi lui apparaît-elle vêtue à l'égyptienne, mais dégagée des allures raides, des bandelettes et des formes naïves du premier temps.

Ses cheveux épais et longs, terminés en boucles, inondent en flottant ses divines épaules ; une couronne multiforme et multiflore pare sa tête, et la lune argentée brille sur son front ; des deux côtés se tordent des serpents parmi de blonds épis, et sa robe aux reflets indécis passe, selon le mouvement de ses plis, de la blancheur la plus pure au jaune de safran, ou semble emprunter sa rougeur à la flamme ; son manteau, d'un noir foncé, est semé d'étoiles et bordé d'une frange lumineuse ; sa main droite tient le sistre, qui rend un son clair, sa main gauche un vase d'or en forme de gondole [2].

Telle, exhalant les plus délicieux parfums de l'Arabie Heureuse, elle apparaît à Lucius, et lui dit : « Tes prières m'ont touchée ; moi, la mère de la nature, la maîtresse des éléments, la source première des siècles, la plus

---

1. Apulée a déjà été mentionné. Lucrèce, poète latin (env. 98-55 avant J.-C.), auteur du poème *De natura rerum*, exposé du système d'Épicure ; Julien, dit l'Apostat (331-363), empereur romain, a laissé de nombreux écrits, parmi lesquels des pamphlets contre les chrétiens ; Plotin (env. 205-env. 270), philosophe néo-platonicien, disciple de l'école d'Alexandrie ; Proclus (412-485), auteur d'ouvrages sur le platonisme ; Porphyre (234-env. 305), disciple de Plotin.   **2.** Ces données, de même que celles qui suivent, viennent de *L'Âne d'or* d'Apulée. Nerval a utilisé la traduction française (avec le texte latin en regard) publiée en 1822 par J. A. Maury (Paris, Bastien, 2 tomes).

grande des divinités, la reine des mânes ; moi, qui confonds en moi-même et les dieux et les déesses ; moi, dont l'univers a adoré sous mille formes l'unique et toute-puissante divinité. Ainsi, l'on me nomme en Phrygie, Cybèle ; à Athènes, Minerve ; en Chypre, Vénus paphienne[1] ; en Crète, Diane dictynne ; en Sicile, Proserpine stygienne ; à Éleusis, l'antique Cérès ; ailleurs, Junon, Bellone, Hécate ou Némésis, tandis que l'Égyptien, qui dans les sciences précéda tous les autres peuples, me rend hommage sous mon vrai nom de la déesse Isis.

« Qu'il te souvienne », dit-elle à Lucius après lui avoir indiqué les moyens d'échapper à l'enchantement dont il est victime, « que tu dois me consacrer le reste de ta vie, et, dès que tu auras franchi le sombre bord, tu ne cesseras encore de m'adorer, soit dans les ténèbres de l'Achéron ou dans les Champs Élysées ; et si, par l'observation de mon culte et par une inviolable chasteté, tu mérites bien de moi, tu sauras que je puis seule prolonger ta vie spirituelle au-delà des bornes marquées. » — Ayant prononcé ces adorables paroles, l'invincible déesse disparaît et se recueille *dans sa propre immensité*[2].

Certes, si le paganisme avait toujours manifesté une conception aussi pure de la divinité, les principes religieux issus de la vieille terre d'Égypte régneraient encore selon cette forme sur la civilisation moderne. — Mais n'est-il pas à remarquer que c'est aussi de l'Égypte que nous viennent les premiers fondements de la foi chrétienne ? Orphée et Moïse, initiés tous deux aux mystères isiaques[3], ont simplement annoncé à des races diverses des vérités sublimes, — que la différence des mœurs, des langages et l'espace des temps a ensuite peu à peu altérées ou transformées entièrement. — Aujourd'hui, il semble que le catholicisme lui-même ait subi, selon les pays, une

---

1. De Paphos (ville ancienne de l'île de Chypre, célèbre pour son temple d'Aphrodite). Dictynne : chasseresse. Stygienne : du Styx (fleuve des Enfers). **2.** « Cet adorable oracle prononcé, l'invincible Déité disparut et rentra dans sa propre immensité » (*L'Âne d'or*, trad. J. A. Maury, t. II, p. 371). Le texte latin porte plus simplement, pour les derniers mots, *in se recessit* (« se recueillit en elle-même »). **3.** Le *Voyage en Orient* exploite aussi ces hypothèses (voir *NPl* II, p. 394-395).

réaction analogue à celle qui avait lieu dans les dernières années du polythéisme. En Italie, en Pologne, en Grèce, en Espagne, chez tous les peuples les plus sincèrement attachés à l'Église romaine, la dévotion à la Vierge n'est-elle pas devenue une sorte de culte exclusif ? N'est-ce pas toujours la Mère sainte, tenant dans ses bras l'enfant sauveur et médiateur qui domine les esprits, — et dont l'apparition produit encore des conversions comparables à celle du héros d'Apulée ? Isis n'a pas seulement ou l'enfant dans les bras, ou la croix à la main comme la Vierge : le même signe zodiacal leur est consacré, la lune est sous leurs pieds ; le même nimbe brille autour de leur tête ; nous avons rapporté plus haut mille détails analogues dans les cérémonies ; — même sentiment de chasteté dans le culte isiaque, tant que la doctrine est restée pure ; institutions pareilles d'associations et de confréries. Je me garderai certes de tirer de tous ces rapprochements les mêmes conclusions que Volney et Dupuis[1]. Au contraire, aux yeux du philosophe, sinon du théologien, — ne peut-il pas sembler qu'il y ait eu, dans tous les cultes intelligents, une certaine part de révélation divine ? Le christianisme primitif a invoqué la parole des sibylles et n'a point repoussé le témoignage des derniers oracles de Delphes[2]. Une évolution nouvelle des dogmes pourrait faire concorder sur certains points les témoignages religieux des divers temps. Il serait si beau d'absoudre et d'arracher aux malédictions éternelles les héros et les sages de l'Antiquité !

Loin de moi, certes, la pensée d'avoir réuni les détails qui précèdent en vue seulement de prouver que la religion chrétienne a fait de nombreux emprunts aux dernières formules du paganisme : ce point n'est nié de personne. Toute religion qui succède à une autre respecte longtemps

---

1. Sur Volney, voir p. 333 et n. 1. Charles François Dupuis (1742-1809) est l'auteur de *L'Origine de tous les cultes* (1794), sorte de manuel de l'histoire des religions qui n'attribue au christianisme qu'une valeur légendaire. **2.** « On prétend que, quand le paganisme tomba, le dernier Oracle émit cette parole : *Les dieux s'en vont*, que les chrétiens interprétèrent en disant que les démons qui, suivant eux, étaient ces faux dieux, cédaient la terre à Jésus-Christ. » (Pierre Leroux, *De l'humanité*, Paris, Fayard, 1985 [reprod. de l'éd. de 1845], p. 345.)

certaines pratiques et formes de culte, qu'elle se borne à harmoniser avec ses propres dogmes. Ainsi la vieille théogonie des Égyptiens et des Pélasges s'était seulement modifiée et traduite chez les Grecs, parée de noms et d'attributs nouveaux [1] ; — plus tard encore, dans la phase religieuse que nous venons de dépeindre, Sérapis, qui était déjà une transformation d'Osiris, en devenait une de Jupiter ; Isis, qui n'avait, pour entrer dans le mythe grec, qu'à reprendre son nom d'Io, fille d'Inachus, — le fondateur des mystères d'Éleusis [2], — repoussait désormais le masque bestial, symbole d'une époque de lutte et de servitude. Mais voyez combien d'assimilations aisées le christianisme allait trouver dans ces rapides transformations des dogmes les plus divers ! — Laissons de côté la *croix* de Sérapis et le séjour aux enfers de ce dieu *qui juge les âmes* ; — le *Rédempteur* promis à la terre, et que pressentaient depuis longtemps les poètes et les oracles, est-ce l'enfant Horus allaité par la mère divine, et qui sera le *Verbe* (logos) des âges futurs ? — Est-ce l'Iacchus-Iésus des mystères d'Éleusis, plus grand déjà, et s'élançant des bras de Déméter, la déesse *panthée* [3] ? ou plutôt n'est-il pas vrai qu'il faut réunir tous ces modes divers d'une même idée, et que ce fut toujours une admirable pensée théogonique de présenter à l'adoration des hommes une Mère céleste dont l'enfant est l'espoir du monde ?

Et maintenant pourquoi ces cris d'ivresse et de joie,

---

1. Les Pélasges sont les habitants primitifs de l'Égéïde, avant l'arrivée des Hellènes. — Victor Cousin, qui venait de doter la France de sa première traduction complète de Platon (1822-1840), avait répandu l'hypothèse de l'origine orientale de la civilisation, de la pensée et des mythes grecs (voir par exemple l'argument de sa traduction du *Phédon*, in *Œuvres de Platon*, t. I, Paris, Bossange Frères, 1822, p. 179-180). **2.** Les pérégrinations d'Io (qui avait été transformée par Zeus en génisse) auraient conduit celle-ci en Égypte, où elle aurait été identifiée à Isis. Par contre, si le roi Inachus est bien le père d'Io, il n'est pas associé à la fondation des mystères d'Éleusis. **3.** Horus a été identifié à Apollon. — Iacchus est l'un des noms de Dionysos. Le rapprochement avec Iésus-Jésus n'appartient pas seulement au syncrétisme nervalien : des théories fondées sur ce rapprochement ont circulé au XVIIIe et au XIXe siècle. — Panthée : qui réunit les attributs ou les pouvoirs de plusieurs, ou de toutes les divinités.

ces chants du ciel, ces palmes qu'on agite, ces gâteaux sacrés qu'on se partage à de certains jours de l'année ? C'est que l'enfant sauveur est né jadis en ce même temps. — Pourquoi ces autres jours de pleurs et de chants lugubres où l'on cherche le corps d'un dieu meurtri et sanglant, — où les gémissements retentissent des bords du Nil aux rives de la Phénicie, des hauteurs du Liban aux plaines où fut Troie ? Pourquoi celui qu'on cherche et qu'on pleure s'appelle-t-il ici Osiris, plus loin Adonis, plus loin Atys[1] ? et pourquoi une autre clameur qui vient du fond de l'Asie cherche-t-elle aussi dans les grottes mystérieuses les restes d'un dieu immolé ? — Une femme divinisée, mère, épouse ou amante, baigne de ses larmes ce corps saignant et défiguré, victime d'un principe hostile qui triomphe par sa mort, mais qui sera vaincu un jour ! La victime céleste est présentée par le marbre ou la cire, avec ses chairs ensanglantées, avec ses plaies vives, que les fidèles viennent toucher et baiser pieusement. Mais le troisième jour tout change : le corps a disparu, l'immortel s'est révélé ; la joie succède aux pleurs, l'espérance renaît sur la terre ; c'est la fête renouvelée de la jeunesse et du printemps.

Voilà le culte oriental, primitif et postérieur à la fois aux fables de la Grèce, qui avait fini par envahir et absorber peu à peu le domaine des dieux d'Homère. Le ciel mythologique rayonnait d'un trop pur éclat, il était d'une beauté trop précise et trop nette, il respirait trop le bonheur, l'abondance et la sérénité, il était, en un mot, trop bien conçu au point de vue des gens heureux, des peuples riches et vainqueurs, pour s'imposer longtemps au monde agité et souffrant. — Les Grecs l'avaient fait triompher par la victoire dans cette lutte presque cosmogonique

---

1. La légende de Cybèle et d'Atys (Attis) a pour cadre la Phrygie ; celle d'Adonis (blessé mortellement par un sanglier) est située tantôt sur le mont Idalion, à Chypre, tantôt dans le Liban. Ces figures reviennent dans « Le Christ aux Oliviers » (voir p. 371). — L'allusion à l'Asie, dans les lignes qui suivent, n'est pas claire. Nerval évoque peut-être le culte de Mithra, issu du mazdéisme persan, et qui eut des adeptes dans la société romaine. Dupuis, l'auteur de *L'Origine de tous les cultes*, consacre de longues pages à montrer les analogies existant entre Mithra et la figure du Christ.

qu'Homère a chantée, et depuis encore la force et la gloire des dieux s'étaient incarnées dans les destinées de Rome ; — mais la douleur et l'esprit de vengeance agissaient sur le reste du monde, qui ne voulait plus s'abandonner qu'aux religions du désespoir. — La philosophie accomplissait d'autre part un travail d'assimilation et d'unité morale ; la chose attendue dans les esprits se réalisa dans l'ordre des faits. Cette Mère divine, ce Sauveur, qu'une sorte de mirage prophétique avait annoncés çà et là d'un bout à l'autre du monde, apparurent enfin comme le grand jour qui succède aux vagues clartés de l'aurore.

CORILLA

[Voir *Petits Châteaux de Bohême*, page 83-103.]

ÉMILIE [1]

... Personne n'a bien su l'histoire du lieutenant Desroches, qui se fit tuer l'an passé au combat de Hambergen [2], deux mois après ses noces. Si ce fut là un véritable suicide, que Dieu veuille lui pardonner ! Mais, certes, celui qui meurt en défendant sa patrie ne mérite pas que son action soit nommée ainsi, quelle qu'ait été sa pensée d'ailleurs.

« Nous voilà retombés, dit le docteur, dans le chapitre des capitulations de consciences. Desroches était un philosophe décidé à quitter la vie : il n'a pas voulu que sa mort fût inutile ; il s'est élancé bravement dans la mêlée ; il a tué le plus d'Allemands qu'il a pu, en disant : "Je ne puis mieux faire à présent ; je meurs content" ; et il a crié : "Vive l'empereur !" en recevant le coup de sabre qui l'a abattu. Dix soldats de sa compagnie vous le diront.

— Et ce n'en fut pas moins un suicide, répliqua Arthur. Toutefois, je pense qu'on aurait eu tort de lui fermer l'église...

— À ce compte, vous flétririez le dévouement de Curtius [3]. Ce jeune chevalier romain était peut-être ruiné par

---

1. La nouvelle avait paru déjà en 1839 dans *Le Messager* (sous le titre : « Le Fort de Bitche. Souvenir de la Révolution française » ; numéros des 25, 26 et 28 juin). De même que pour « Le Roi de Bicêtre », dans *Les Illuminés*, Auguste Maquet semble être intervenu au stade de la rédaction du texte — le plan appartenant en propre à Nerval (voir p. 485, et *Les Illuminés*, Le Livre de Poche n° 9631). — Bitche est une ville du département de la Moselle, où se dressait une forteresse réputée inexpugnable ; ainsi, dans la nuit du 16 au 17 novembre 1793, la garnison réduite du fort, appartenant au 2e bataillon du Cher et sous les ordres du commandant Augier, avait repoussé un coup de main hardi de Prussiens faisant partie de l'armée du prince Frédéric Louis de Hohenlohe-Ingelfingen (1746-1818). C'est à cet épisode que fait — très librement — allusion le récit. **2.** « Hausbergen » dans *Le Messager*. Hambergen est une petite ville au nord de Brême. On ne signale point que s'y déroula une bataille. **3.** Au livre VII de l'*Histoire romaine*, Tite-Live raconte que, sous le consulat de Servilius Ahala et de Génucius, le sol s'écroula au milieu du forum et ouvrit un vaste gouffre, que rien ne put combler. Sur un avis des dieux, le jeune Curtius, qui s'était distingué à la guerre, se précipita avec son cheval dans le gouffre, et la terre se referma.

le jeu, malheureux dans ses amours, las de la vie, qui sait ? Mais, assurément, il est beau en songeant à quitter le monde de rendre sa mort utile aux autres, et voilà pourquoi cela ne peut s'appeler un suicide, car le suicide n'est autre chose que l'acte suprême de l'égoïsme, et c'est pour cela seulement qu'il est flétri parmi les hommes... À quoi pensez-vous, Arthur ?

— Je pense à ce que vous disiez tout à l'heure, que Desroches, avant de mourir, avait tué le plus d'Allemands possible...

— Eh bien ?

— Eh bien, ces braves gens sont allés rendre devant Dieu un triste témoignage de la belle mort du lieutenant, vous me permettrez de dire que c'est là un *suicide* bien *homicide*.

— Eh ! qui va songer à cela ? Des Allemands, ce sont des ennemis.

— Mais y en a-t-il pour l'homme résolu à *mourir* ? À ce moment-là, tout instinct de nationalité s'efface, et je doute que l'on songe à un autre pays que l'autre monde, et à un autre empereur que Dieu. Mais l'abbé nous écoute sans rien dire, et cependant j'espère que je parle ici selon ses idées. Allons, l'abbé, dites-nous votre opinion, et tâchez de nous mettre d'accord ; c'est là une mine de controverse assez abondante, et l'histoire de Desroches, ou plutôt ce que nous en croyons savoir, le docteur et moi, ne paraît pas moins ténébreuse que les profonds raisonnements qu'elle a soulevés parmi nous.

— Oui, dit le docteur, Desroches, à ce qu'on prétend, était très affligé de sa dernière blessure, celle qui l'avait si fort défiguré ; et peut-être a-t-il surpris quelque grimace ou quelque raillerie de sa nouvelle épouse ; les philosophes sont susceptibles. En tous cas, il est mort et volontairement.

— Volontairement, puisque vous y persistez ; mais n'appelez pas suicide la mort qu'on trouve dans une bataille ; vous ajouteriez un contresens de mots à celui que peut-être vous faites en pensée ; on meurt dans une mêlée parce qu'on y rencontre quelque chose qui tue ; ne meurt pas qui veut.

— Eh bien ! voulez-vous que ce soit la fatalité ?

— À mon tour », interrompit l'abbé, qui s'était recueilli pendant cette discussion : « il vous semblera singulier peut-être que je combatte vos paradoxes ou vos suppositions...

— Eh bien ! parlez, parlez ; vous en savez plus que nous, assurément. Vous habitez Bitche depuis longtemps ; on dit que Desroches vous connaissait, et peut-être même s'est-il confessé à vous...

— En ce cas, je devrais me taire ; mais il n'en fut rien malheureusement, et toutefois la mort de Desroches fut chrétienne, croyez-moi ; et je vais vous en raconter les causes et les circonstances, afin que vous emportiez cette idée que ce fut là encore un honnête homme ainsi qu'un bon soldat, mort à temps pour l'humanité, pour lui-même, et selon les desseins de Dieu.

« Desroches était entré dans un régiment à quatorze ans, à l'époque où la plupart des hommes s'étant fait tuer sur la frontière, notre armée républicaine se recrutait parmi les enfants. Faible de corps, mince comme une jeune fille, et pâle, ses camarades souffraient de lui voir porter un fusil sous lequel ployait son épaule. Vous devez avoir entendu dire qu'on obtint du capitaine l'autorisation de le lui rogner de six pouces. Ainsi accommodée à ses forces, l'arme de l'enfant fit merveille dans les guerres de Flandre ; plus tard, Desroches fut dirigé sur Haguenau [1], dans ce pays où nous faisions, c'est-à-dire où vous faisiez la guerre depuis si longtemps.

« À l'époque dont je vais vous parler, Desroches était dans la force de l'âge et servait d'enseigne au régiment bien plus que le numéro d'ordre et le drapeau, car il avait à peu près seul survécu à deux renouvellements, et il venait enfin d'être nommé lieutenant quand, à Bergheim [2], il y a vingt-sept mois, en commandant une charge à la baïonnette, il reçut un coup de sabre prussien tout au tra-

---

1. « [L]es guerres de Flandre » évoquent sans doute la victoire de Jemmappes (novembre 1792) et la conquête de la Belgique par les armées de la République. Haguenau, dans le département du Bas-Rhin, constituait le siège des divisions des armées républicaines, dans la campagne du Rhin de 1793. **2.** Ce toponyme peut désigner diverses localités, en Alsace, en Allemagne et en Autriche, mais aucune ne semble avoir été le théâtre d'une bataille.

vers de la figure. La blessure était affreuse ; les chirur-
giens de l'ambulance, qui l'avaient souvent plaisanté, lui
vierge encore d'une égratignure, après trente combats,
froncèrent le sourcil quand on l'apporta devant eux. S'il
guérissait, dirent-ils, le malheureux deviendra[1] imbécile
ou fou.

« C'est à Metz que le lieutenant fut envoyé pour se
guérir. La civière avait fait plusieurs lieues sans qu'il s'en
aperçût ; installé dans un bon lit et entouré de soins, il lui
fallut cinq ou six mois pour arriver à se mettre sur son
séant, et cent jours encore pour ouvrir un œil et distinguer
les objets. On lui commanda bientôt les fortifiants, le
soleil, puis le mouvement, enfin la promenade, et un
matin, soutenu par deux camarades, il s'achemina tout
vacillant, tout étourdi, vers le quai Saint-Vincent, qui
touche presque à l'hôpital militaire[2], et là, on le fit asseoir
sur l'esplanade, au soleil du midi, sous les tilleuls du jardin public : le pauvre blessé croyait voir le jour pour la
première fois.

« À force d'aller ainsi, il put bientôt marcher seul, et
chaque matin il s'asseyait sur un banc, au même endroit
de l'esplanade, la tête ensevelie dans un amas de taffetas
noir, sous lequel à peine on découvrait un coin de visage
humain, et sur son passage, lorsqu'il se croisait avec des
promeneurs, il était assuré d'un grand salut des hommes,
et d'un geste de profonde commisération des femmes, ce
qui le consolait peu.

« Mais une fois assis à sa place, il oubliait son infortune pour ne plus songer qu'au bonheur de vivre après un
tel ébranlement, et au plaisir de voir en quel séjour il
vivait. Devant lui la vieille citadelle, ruinée sous
Louis XVI, étalait ses remparts dégradés ; sur sa tête les
tilleuls en fleur projetaient leur ombre épaisse, à ses
pieds, dans la vallée qui se déploie au-dessous de l'esplanade, les prés Saint-Symphorien que vivifie, en les

---

1. On lisait « deviendrait » dans *Le Messager*.   **2.** Il n'y a pas de
quai Saint-Vincent à Metz, mais il existe en revanche une place, une
rue et une abbaye portant ce nom. H. Tribout de Morembert nous
signale que l'hôpital militaire se trouvait au Fort-Moselle mais qu'en
1814 — et jusque vers 1820 — une succursale de cet hôpital fut installée dans l'ancienne abbaye de Saint-Vincent.

noyant, la Moselle débordée, et qui verdissent entre ses deux bras ; puis le petit îlot, l'oasis de la poudrière [1], cette île du Saulcy, semée d'ombrages, de chaumières, enfin, la chute de la Moselle et ses blanches écumes, ses détours étincelant au soleil, puis tout au bout, bornant le regard, la chaîne des Vosges, bleuâtre et comme vaporeuse au grand jour, voilà le spectacle qu'il admirait toujours davantage, en pensant que là était son pays, non pas la terre conquise, mais la province vraiment française, tandis que ces riches départements nouveaux, où il avait fait la guerre, n'étaient que des beautés fugitives, incertaines, comme celles de la femme gagnée hier, qui ne nous appartiendra plus demain.

« Vers le mois de juin, aux premiers jours, la chaleur était grande, et le banc favori de Desroches se trouvant bien à l'ombre, deux femmes vinrent s'asseoir près du blessé. Il salua tranquillement et continua de contempler l'horizon, mais sa position inspirait tant d'intérêt, que les deux femmes ne purent s'empêcher de le questionner et de le plaindre.

« L'une des deux, fort âgée, était la tante de l'autre qui se nommait Émilie, et qui avait pour occupation de broder des ornements d'or sur de la soie ou du velours. Desroches questionna comme on lui en avait donné l'exemple, et la tante lui apprit que la jeune fille avait quitté Haguenau [2] pour lui faire compagnie, qu'elle brodait pour les églises, et qu'elle était depuis longtemps privée de tous ses autres parents.

« Le lendemain, le banc fut occupé comme la veille : au bout d'une semaine, il y avait traité d'alliance entre les trois propriétaires de ce banc favori, et Desroches, tout faible qu'il fût, tout humilié par les attentions que la jeune fille lui prodiguait comme au plus inoffensif vieillard, Desroches se sentit léger, en fonds de plaisanteries, et plus près de se réjouir que de s'affliger de cette bonne fortune inattendue.

---

1. En fait la Poudrerie. Construite en 1675, elle a aujourd'hui disparu. **2.** *Les Filles du Feu* portent ici « Hagueneau ». Nous harmonisons. On note qu'Émilie est brodeuse, comme la jeune fille rencontrée à Naples, dans « Octavie ».

« Alors, de retour à l'hôpital, il se rappela sa hideuse blessure, cet épouvantail dont il avait souvent gémi en lui-même, lui, et que l'habitude et la convalescence[1] lui avaient rendu depuis longtemps moins déplorable.

« Il est certain que Desroches n'avait pu encore ni soulever l'appareil inutile de sa blessure, ni se regarder dans un miroir. De ce jour-là cette idée le fit frémir plus que jamais. Cependant il se hasarda à écarter un coin du taffetas protecteur, et il trouva dessous une cicatrice un peu rose encore, mais qui n'avait rien de trop repoussant. En poursuivant cette observation, il reconnut que les différentes parties de son visage s'étaient recousues convenablement entre elles, et que l'œil demeurait fort limpide et fort sain. Il manquait bien quelques brins du sourcil, mais c'était si peu de chose ! cette raie oblique qui descendait du front à l'oreille en traversant la joue, c'était... Eh bien ! c'était un coup de sabre reçu à l'attaque des lignes de Bergheim, et rien n'est plus beau, les chansons l'ont assez dit.

« Donc, Desroches fut étonné de se retrouver si présentable après la longue absence qu'il avait faite de lui-même. Il ramena fort adroitement ses cheveux qui grisonnaient du côté blessé, sous les cheveux noirs abondants du côté gauche, étendit sa moustache sur la ligne de la cicatrice, le plus loin possible, et ayant endossé son uniforme neuf, il se rendit le lendemain à l'esplanade d'un air assez triomphant.

« Dans le fait, il s'était si bien redressé, si bien tourné, son épée avait si bonne grâce à battre sa cuisse, et il portait le schako si martialement incliné en avant, que personne ne le reconnut dans le trajet de l'hôpital au jardin ; il arriva le premier au banc des tilleuls, et s'assit comme à l'ordinaire, en apparence, mais au fond bien plus troublé et bien plus pâle, malgré l'approbation du miroir.

« Les deux dames ne tardèrent pas à arriver ; mais elles s'éloignèrent tout à coup en voyant un bel officier occuper leur place habituelle. Desroches fut tout ému.

---

1. « [C]onvalence » dans *Les Filles du Feu*. Nous corrigeons.

« "Eh quoi ! leur cria-t-il, vous ne me reconnaissez pas ?..."

« Ne pensez pas que ces préliminaires nous conduisent à une de ces histoires où la pitié devient de l'amour [1], comme dans les opéras du temps. Le lieutenant avait désormais des idées plus sérieuses. Content d'être encore jugé comme un cavalier passable, il se hâta de rassurer les deux dames, qui paraissaient disposées, d'après sa transformation, à revenir sur l'intimité commencée entre eux trois. Leur réserve ne put tenir devant ses franches déclarations. L'union était sortable de tous points, d'ailleurs : Desroches avait un petit bien de famille près d'Épinal ; Émilie possédait, comme héritage de ses parents, une petite maison à Haguenau, louée au café de la ville, et qui rapportait encore cinq à six cents francs de rente. Il est vrai qu'il en revenait la moitié à son frère Wilhelm, principal clerc du notaire de Schennberg [2].

« Quand les dispositions furent bien arrêtées, on résolut de se rendre pour la noce à cette petite ville, car là était le domicile réel de la jeune fille, qui n'habitait Metz depuis quelque temps que pour ne point quitter sa tante. Toutefois, on convint de revenir à Metz après le mariage. Émilie se faisait un grand plaisir de revoir son frère. Desroches s'étonna à plusieurs reprises que ce jeune homme ne fût pas aux armées comme tous ceux de notre temps ; on lui répondit qu'il avait été réformé pour cause de santé. Desroches le plaignit vivement.

« Voici donc les deux fiancés et la tante en route pour Haguenau, ils ont pris des places dans la voiture publique qui relaie à Bitche, laquelle était alors une simple patache [3] composée de cuir et d'osier. La route est belle, comme vous savez. Desroches, qui ne l'avait jamais faite qu'en uniforme, un sabre à la main, en compagnie de trois à quatre mille hommes, admirait les solitudes, les roches

---

1. On lisait dans *Le Messager* : « une de ces histoires de séduction où la pitié devient de l'amour ». **2.** Il s'agit peut-être de Belmont-de-la-Roche (qui correspond au toponyme alémanique « Schönenberg », ou « Schoenenberg »), dans l'arrondissement de Molsheim, nous signale Jean Ziegler. *Le Messager* donne ici « Schumburg », graphie qui ne semble correspondre à aucune localité existante. **3.** Voiture de transport, non suspendue et coûtant peu.

bizarres, les horizons bornés par cette dentelure des monts revêtus d'une sombre verdure, que de longues vallées interrompent seulement de loin en loin. Les riches plateaux de Saint-Avold, les manufactures de Sarreguemines, les petits taillis compacts de Limblingne[1], où les frênes, les peupliers et les sapins étalent leur triple couche de verdure nuancée du gris au vert sombre ; vous savez combien tout cela est d'un aspect magnifique et charmant.

« À peine arrivés à Bitche, les voyageurs descendirent à la petite auberge du Dragon, et Desroches me fit demander au fort. J'arrivai avec empressement ; je vis sa nouvelle famille, et je complimentai la jeune demoiselle, qui était d'une rare beauté, d'un maintien doux, et qui paraissait fort éprise de son futur époux. Ils déjeunèrent tous trois avec moi, à la place où nous sommes assis dans ce moment. Plusieurs officiers, camarades de Desroches, attirés par le bruit de son arrivée, le vinrent chercher à l'auberge et le retinrent à dîner chez l'hôtelier de la redoute, où l'état-major payait pension. Il fut convenu que les deux dames se retireraient de bonne heure, et que le lieutenant donnerait à ses camarades sa dernière soirée de garçon.

« Le repas fut gai ; tout le monde savourait sa part du bonheur et de la gaieté que Desroches ramenait avec lui. On lui parla de l'Égypte, de l'Italie, avec transport, en faisant des plaintes amères sur cette mauvaise fortune qui confinait tant de bons soldats dans des forteresses de frontière.

« "Oui, murmuraient quelques officiers, nous étouffons ici, la vie est fatigante et monotone, autant vaudrait être sur un vaisseau, que de vivre ainsi sans combats, sans distractions, sans avancement possible. 'Le fort est imprenable', a dit Bonaparte quand il a passé ici en rejoignant l'armée d'Allemagne, nous n'avons donc rien que la chance de mourir d'ennui.

« — Hélas ! mes amis, répondit Desroches, ce n'était guère plus amusant de mon temps ; car j'ai été ici comme vous, et je me suis plaint comme vous aussi. Moi soldat

---

1. Sans doute Lemberg, sur la route de Sarreguemines. (Note de Nicolas Popa.)

parvenu jusqu'à l'épaulette à force d'user les souliers du gouvernement dans tous les chemins du monde, je ne savais guère alors que trois choses : l'exercice, la direction du vent et la grammaire, comme on l'apprend chez le magister. Aussi, lorsque je fus nommé sous-lieutenant et envoyé à Bitche avec le 2e bataillon du Cher, je regardais ce séjour comme une excellente occasion d'études sérieuses et suivies. Dans cette pensée, je m'étais procuré une collection de livres, de cartes et de plans. J'ai étudié la théorie et appris l'allemand sans étude, car dans ce pays français et bon français, on ne parle que cette langue. De sorte que ce temps, si long pour vous qui n'avez plus tant à apprendre, je le trouvais court et insuffisant, et quand la nuit venait, je me réfugiais dans un petit cabinet de pierre sous la vis du grand escalier ; j'allumais ma lampe en calfeutrant hermétiquement les meurtrières, et je travaillais ; une de ces nuits-là..."

« Ici Desroches s'arrêta un instant, passa la main sur ses yeux, vida son verre, et reprit son récit sans terminer sa phrase.

« "Vous connaissez tous, dit-il, ce petit sentier qui monte de la plaine ici, et que l'on a rendu tout à fait impraticable, en faisant sauter un gros rocher, à la place duquel à présent s'ouvre un abîme. Eh bien ! ce passage a toujours été meurtrier pour les ennemis toutes les fois qu'ils ont tenté d'assaillir le fort ; à peine engagés dans ce sentier, les malheureux essuyaient le feu de quatre pièces de vingt-quatre, qu'on n'a pas dérangées sans doute, et qui rasaient le sol dans toute la longueur de cette pente... — Vous avez dû vous distinguer, dit un colonel à Desroches, est-ce là que vous avez gagné la lieutenance ? — Oui, colonel, et c'est là que j'ai tué le premier, le seul homme que j'aie frappé en face et de ma propre main. C'est pourquoi la vue de ce fort me sera toujours pénible.

« — Que nous dites-vous là ? s'écria-t-on ; quoi ! vous avez fait vingt ans la guerre, vous avez assisté à quinze batailles rangées, à cinquante combats peut-être, et vous prétendez n'avoir jamais tué qu'un seul ennemi ?

« — Je n'ai pas dit cela, messieurs : des dix mille cartouches que j'ai bourrées dans mon fusil, qui sait si la moitié n'a pas lancé une balle au but que le soldat cherche ? mais j'affirme qu'à Bitche, pour la première fois, ma main s'est rougie du sang d'un ennemi, et que j'ai fait le cruel essai d'une pointe de sabre que le bras pousse jusqu'à ce qu'elle crève une poitrine humaine et s'y cache en frémissant.

« — C'est vrai, interrompit l'un des officiers, le soldat tue beaucoup et ne le sent presque jamais. Une fusillade n'est pas, à vrai dire, une exécution, mais une intention mortelle. Quant à la baïonnette, elle fonctionne peu dans les charges les plus désastreuses ; c'est un conflit dans lequel l'un des deux ennemis tient ou cède sans porter de coups, les fusils s'entrechoquent, puis se relèvent quand la résistance cesse ; le cavalier, par exemple, frappe réellement...

« — Aussi, reprit Desroches, de même que l'on n'oublie pas le dernier regard d'un adversaire tué en duel, son dernier râle, le bruit de sa lourde chute, de même, je porte en moi presque comme un remords, riez-en si vous pouvez, l'image pâle et funèbre du sergent prussien que j'ai tué dans la petite poudrière du fort."

« Tout le monde fit silence, et Desroches commença son récit.

« "C'était la nuit, je travaillais, comme je l'ai expliqué tout à l'heure. À 2 heures tout doit dormir, excepté les sentinelles. Les patrouilles sont fort silencieuses, et tout bruit fait esclandre. Pourtant je crus entendre comme un mouvement prolongé dans la galerie qui s'étendait sous ma chambre ; on heurtait à une porte, et cette porte craquait. Je courus, je prêtai l'oreille au fond du corridor, et j'appelai à demi-voix la sentinelle ; pas de réponse. J'eus bientôt réveillé les canonniers, endossé l'uniforme, et prenant mon sabre sans fourreau, je courus du côté du bruit. Nous arrivâmes trente à peu près dans le rond-point que forme la galerie vers son centre, et à la lueur de quelques lanternes, nous reconnûmes les Prussiens, qu'un traître avait introduits par la poterne fermée. Ils se pressaient avec désordre, et en nous apercevant ils tirèrent quelques coups de fusil, dont l'éclat fut effroyable dans cette pénombre et sous ces voûtes écrasées.

« "Alors on se trouva face à face ; les assaillants continuaient d'arriver ; les défenseurs descendirent précipitamment dans la galerie ; on en vint à pouvoir à peine se remuer, mais il y avait entre les deux partis un espace de six à huit pieds, un champ clos que personne ne songeait à occuper, tant il y avait de stupeur chez les Français surpris, et de défiance chez les Prussiens désappointés.

« "Pourtant l'hésitation dura peu. La scène se trouvait éclairée par des flambeaux et des lanternes ; quelques canonniers avaient suspendu les leurs aux parois ; une sorte de combat antique s'engagea ; j'étais au premier rang, je me trouvais en face d'un sergent prussien de haute taille, tout couvert de chevrons et de décorations. Il était armé d'un fusil, mais il pouvait à peine le remuer, tant la presse était compacte ; tous ces détails me sont encore présents, hélas ! Je ne sais s'il songeait même à me résister ; je m'élançai vers lui, j'enfonçai mon sabre dans ce noble cœur ; la victime ouvrit horriblement les yeux, crispa ses mains avec effort, et tomba dans les bras des autres soldats.

« "Je ne me rappelle pas ce qui suivit ; je me retrouvai dans la première cour tout mouillé de sang ; les Prussiens, refoulés par la poterne, avaient été reconduits à coups de canon jusqu'à leurs campements."

« Après cette histoire, il se fit un long silence, et puis l'on parla d'autre chose. C'était un triste et curieux spectacle pour le penseur, que toutes ces physionomies de soldats assombries par le récit d'une infortune si vulgaire en apparence... et l'on pouvait savoir au juste ce que vaut la vie d'un homme, même d'un Allemand, docteur, en interrogeant les regards intimidés de ces tueurs de profession.

— Il est certain », répondit le docteur un peu étourdi, « que le sang de l'homme crie bien haut, de quelque façon qu'il soit versé ; cependant Desroches n'a point fait de mal ; il se défendait.

— Qui le sait ? murmura Arthur.

— Vous qui parliez de capitulation de conscience, docteur, dites-nous si cette mort du sergent ne ressemble pas un peu à un assassinat. Est-il sûr que le Prussien eût tué Desroches ?

— Mais c'est la guerre, que voulez-vous ?

— À la bonne heure, oui, c'est la guerre. On tue à trois

cents pas dans les ténèbres un homme qui ne vous connaît pas et ne vous voit pas ; on égorge en face et avec la fureur dans le regard des gens contre lesquels on n'a pas de haine, et c'est avec cette réflexion qu'on s'en console et qu'on s'en glorifie ! Et cela se fait honorablement entre des peuples chrétiens !...

« L'aventure de Desroches sema donc différentes impressions dans l'esprit des assistants. Et puis l'on fut se mettre au lit. Notre officier oublia le premier sa lugubre histoire, parce que de la petite chambre qui lui était donnée on apercevait parmi les massifs d'arbres une certaine fenêtre de l'hôtel du Dragon éclairée de l'intérieur par une veilleuse. Là dormait tout son avenir. Lorsqu'au milieu de la nuit, les rondes et le qui-vive venaient le réveiller, il se disait qu'en cas d'alarme son courage ne pourrait plus comme autrefois galvaniser tout l'homme, et qu'il s'y mêlerait un peu de regret et de crainte. Avant l'heure de la diane[1], le lendemain, le capitaine de garde lui ouvrit là une porte, et il trouva ses deux amies qui se promenaient en l'attendant le long des fossés extérieurs. Je les accompagnai jusqu'à Neunhoffen[2], car ils devaient se marier à l'état civil d'Haguenau, et revenir à Metz pour la bénédiction nuptiale.

« Wilhelm, le frère d'Émilie, fit à Desroches un accueil assez cordial. Les deux beaux-frères se regardaient parfois avec une attention opiniâtre. Wilhelm était d'une taille moyenne, mais bien prise. Ses cheveux blonds étaient rares déjà, comme s'il eût été miné par l'étude ou par les chagrins ; il portait des lunettes bleues à cause de sa vue, si faible, disait-il, que la moindre lumière le faisait souffrir. Desroches apportait une liasse de papiers que le jeune praticien examina curieusement, puis il produisit lui-même tous les titres de sa famille, en forçant Desroches à s'en rendre compte, mais il avait affaire à un homme confiant, amoureux et désintéressé, les enquêtes ne furent donc pas longues. Cette manière de procéder parut flatter quelque peu Wilhelm ; aussi commença-t-il

---

1. Batterie de tambour, sonnerie de clairon ou de trompette, exécutées à la pointe du jour pour réveiller les soldats.   **2.** Village situé un peu au nord de l'actuelle route Bitche-Haguenau.

à prendre le bras de Desroches, à lui offrir une de ses meilleures pipes, et à le conduire chez tous ses amis d'Haguenau.

« Partout on fumait et l'on buvait force bière. Après dix présentations, Desroches demanda grâce, et on lui permit de ne plus passer ses soirées qu'auprès de sa fiancée.

« Peu de jours après, les deux amoureux du banc de l'esplanade étaient deux époux unis par M. le maire d'Haguenau, vénérable fonctionnaire qui avait dû être bourgmestre[1] avant la Révolution française, et qui avait tenu dans ses bras bien souvent la petite Émilie, que peut-être il avait enregistrée lui-même à sa naissance ; aussi lui dit-il bien bas, la veille de son mariage : "Pourquoi n'épousez-vous donc pas un bon Allemand ?"

« Émilie paraissait peu tenir à ces distinctions. Wilhelm lui-même s'était réconcilié avec la moustache du lieutenant, car, il faut le dire, au premier abord, il y avait eu réserve de la part de ces deux hommes ; mais Desroches y mettant beaucoup du sien, Wilhelm faisant un peu pour sa sœur, et la bonne tante pacifiant et adoucissant toutes les entrevues, on réussit à fonder un parfait accord. Wilhelm embrassa de fort bonne grâce son beau-frère après la signature du contrat. Le jour même, car tout s'était conclu vers 9 heures, les quatre voyageurs partirent pour Metz. Il était 6 heures du soir quand la voiture s'arrêta à Bitche, au grand hôtel du Dragon.

« On voyage difficilement dans ce pays entrecoupé de ruisseaux et de bouquets de bois ; il y a dix côtes par lieue, et la voiture du messager secoue rudement ses voyageurs. Ce fut là peut-être la meilleure raison du malaise qu'éprouva la jeune épouse en arrivant à l'auberge. Sa tante et Desroches s'installèrent auprès d'elle, et Wilhelm, qui souffrait d'une faim dévorante, descendit

---

1. Nom donné au maire en Allemagne, en Belgique et aux Pays-Bas. La nouvelle repose sur une donnée historique controvée : la région de Haguenau aurait été, au début du XIXᵉ siècle, une conquête française récente, et les personnages d'Émilie et de Wilhelm, originaires de Haguenau, seraient allemands par leur naissance. En réalité, les futurs départements du Haut et du Bas-Rhin furent annexés à la France dès 1648, par le traité de Westphalie, et restèrent français jusqu'en 1871.

354   *Les Filles du Feu*

dans la petite salle où l'on servait à 8 heures le souper des officiers.

« Cette fois, personne ne savait le retour de Desroches. La journée avait été employée par la garnison à des excursions dans les taillis de Huspoletden[1]. Desroches, pour n'être pas enlevé au poste qu'il occupait près de sa femme, défendit à l'hôtesse de prononcer son nom. Réunis tous trois près de la petite fenêtre de la chambre, ils virent rentrer les troupes au fort, et la nuit s'approchant, les glacis se bordèrent de soldats en négligé qui savouraient le pain de munition et le fromage de chèvre fourni par la cantine.

« Cependant Wilhelm, en homme qui veut tromper l'heure et la faim, avait allumé sa pipe, et sur le seuil de la porte il se reposait entre la fumée du tabac et celle du repas, double volupté pour l'oisif et pour l'affamé. Les officiers, à l'aspect de ce voyageur bourgeois dont la casquette était enfoncée jusqu'aux oreilles et les lunettes bleues braquées vers la cuisine, comprirent qu'ils ne seraient pas seuls à table et voulurent lier connaissance avec l'étranger ; car il pouvait venir de loin, avoir de l'esprit, raconter des nouvelles, et dans ce cas c'était une bonne fortune ; ou arriver des environs, garder un silence stupide, et alors c'était un niais dont on pouvait rire.

« Un sous-lieutenant des écoles s'approcha de Wilhelm avec une politesse qui frisait l'exagération.

« "Bonsoir, monsieur, savez-vous des nouvelles de Paris ?

« — Non, monsieur, et vous ? dit tranquillement Wilhelm.

« — Ma foi, monsieur, nous ne sortons pas de Bitche, comment saurions-nous quelque chose ?

« — Et moi, monsieur, je ne sors jamais de mon cabinet.

« — Seriez-vous dans le génie ?..."

« Cette raillerie dirigée contre les lunettes de Wilhelm égaya beaucoup l'assemblée.

« "Je suis clerc de notaire, monsieur.

---

1. Sans doute Haspelscheidt, au nord de Bitche. (Note de Nicolas Popa.)

« — En vérité ? À votre âge c'est surprenant.

« — Monsieur, dit Wilhelm, est-ce que vous voudriez voir mon passeport ?

« — Non, certainement.

« — Eh bien ! dites-moi que vous ne vous moquez pas de ma personne et je vais vous satisfaire sur tous les points."

« L'assemblée reprit son sérieux.

« "Je vous ai demandé, sans intention maligne, si vous faisiez partie du génie, parce que vous portiez des lunettes. Ne savez-vous pas que les officiers de cette arme ont seuls le droit de se mettre des verres sur les yeux ?

« — Et cela prouve-t-il que je sois soldat ou officier, comme vous voudrez...

« — Mais tout le monde est soldat aujourd'hui. Vous n'avez pas vingt-cinq ans, vous devez appartenir à l'armée ; ou bien vous êtes riche, vous avez quinze ou vingt mille francs de rente, vos parents ont fait des sacrifices... et dans ce cas-là, on ne dîne pas à une table d'hôte d'auberge.

« — Monsieur", dit Wilhelm, en secouant sa pipe, "peut-être avez-vous le droit de me soumettre à cette inquisition, alors je dois vous répondre catégoriquement. Je n'ai pas de rentes, puisque je suis un simple clerc de notaire, comme je vous l'ai dit. J'ai été réformé pour cause de mauvaise vue. Je suis myope, en un mot."

« Un éclat de rire général et intempéré accueillit cette déclaration.

« "Ah ! jeune homme, jeune homme !" s'écria le capitaine Vallier en lui frappant sur l'épaule, "vous avez bien raison, vous profitez du proverbe : 'Il vaut mieux être poltron et vivre plus longtemps !'"

« Wilhelm rougit jusqu'aux yeux : "Je ne suis pas un poltron, monsieur le capitaine ! et je vous le prouverai quand il vous plaira. D'ailleurs, mes papiers sont en règle, et si vous êtes officier de recrutement, je puis vous les montrer.

« — Assez, assez, crièrent quelques officiers, laisse ce bourgeois tranquille, Vallier. Monsieur est un particulier paisible, il a le droit de souper ici.

« — Oui, dit le capitaine, ainsi mettons-nous à table,

et sans rancune, jeune homme. Rassurez-vous, je ne suis pas chirurgien examinateur, et cette salle à manger n'est pas une salle de révision. Pour vous prouver ma bonne volonté, je m'offre à vous découper une aile de ce vieux dur à cuire [1] qu'on nous donne pour un poulet.

« — Je vous remercie", dit Wilhelm, à qui la faim avait passé, "je mangerai seulement de ces truites qui sont au bout de la table". Et il fit signe à la servante de lui apporter le plat.

« "Sont-ce des truites, vraiment ?" dit le capitaine à Wilhelm, qui avait ôté ses lunettes en se mettant à table. "Ma foi, monsieur, vous avez meilleure vue que moi-même, tenez, franchement, vous ajusteriez votre fusil tout aussi bien qu'un autre... Mais vous avez eu des protections, vous en profitez, très bien. Vous aimez la paix, c'est un goût tout comme un autre. Moi, à votre place, je ne pourrais pas lire un bulletin de la grande armée, et songer que les jeunes gens de mon âge se font tuer en Allemagne, sans me sentir bouillir le sang dans les veines. Vous n'êtes donc pas français ?

« — Non", dit Wilhelm, avec effort et satisfaction à la fois, "je suis né à Haguenau ; je ne suis pas français, je suis allemand.

« — Allemand ? Haguenau est situé en deçà de la frontière rhénane, c'est un bon et beau village de l'Empire français, département du Bas-Rhin. Voyez la carte.

« — Je suis de Haguenau, vous dis-je, village d'Allemagne il y a dix ans [2], aujourd'hui village de France ; et moi je suis allemand toujours, comme vous seriez français jusqu'à la mort, si votre pays appartenait jamais aux Allemands.

« — Vous dites là des choses dangereuses, jeune homme, songez-y.

« — J'ai tort peut-être, dit impétueusement Wilhelm ; mon sentiment à moi est de ceux qu'il importe, sans doute, de garder dans son cœur, si l'on ne peut les changer. Mais c'est vous-même qui avez poussé si loin les choses, qu'il faut, à tout prix, que je me justifie ou que

---

1. « [C]uir » dans *Les Filles du Feu* ; « cuire » dans *Le Messager*.
2. Voir la note 1 de la p. 353.

je passe pour un lâche. Oui, tel est le motif qui, dans ma conscience, légitime le soin que j'ai mis à profiter d'une infirmité réelle, sans doute, mais qui peut-être n'eût pas dû arrêter un homme de cœur. Oui, je l'avouerai, je ne me sens point de haine contre les peuples que vous combattez aujourd'hui. Je songe que si le malheur eût voulu que je fusse obligé de marcher contre eux, j'aurais dû, moi aussi, ravager des campagnes allemandes, brûler des villes, égorger des compatriotes ou d'anciens compatriotes, si vous aimez mieux, et frapper, au milieu d'un groupe de prétendus ennemis, oui, frapper, qui sait ? des parents, d'anciens amis de mon père... Allons, allons, vous voyez bien qu'il vaut mieux pour moi écrire des rôles chez le notaire d'Haguenau... D'ailleurs, il y a assez de sang versé dans ma famille ; mon père a répandu le sien jusqu'à la dernière goutte, voyez-vous, et moi...

« — Votre père était soldat ? interrompit le capitaine Vallier.

« — Mon père était sergent dans l'armée prussienne, et il a défendu longtemps ce territoire que vous occupez aujourd'hui. Enfin, il fut tué à la dernière attaque du fort de Bitche.''

« Tout le monde était fort attentif à ces dernières paroles de Wilhelm, qui arrêtèrent l'envie qu'on avait, quelques minutes auparavant, de rétorquer ses paradoxes touchant le cas particulier de sa nationalité.

« ''C'était donc en 93 ?

« — En 93, le 17 novembre, mon père était parti la veille de Pirmasen[1] pour rejoindre sa compagnie. Je sais qu'il dit à ma mère qu'au moyen d'un plan hardi, cette citadelle serait emportée sans coup férir. On nous le rapporta mourant vingt-quatre heures après ; il expira sur le seuil de la porte, après m'avoir fait jurer de rester auprès de ma mère, qui lui survécut quinze jours.

« ''J'ai su que dans l'attaque qui eut lieu cette nuit-là, il reçut dans la poitrine le coup de sabre d'un jeune soldat,

---

1. Leçon du *Messager*. Dans *Les Filles du Feu*, on lit « Sirmasen ». Pirmasen est une localité allemande à 30 km au nord de Bitche, dans le Palatinat.

qui abattit ainsi l'un des plus beaux grenadiers de l'armée du prince de Hohenlohe[1].

« — Mais on nous a raconté cette histoire, dit le major...

« — Eh bien ! dit le capitaine Vallier, c'est toute l'aventure du sergent prussien tué par Desroches.

« — Desroches ! s'écria Wilhelm ; est-ce du lieutenant Desroches que vous parlez ?

« — Oh ! non, non", se hâta de dire un officier, qui s'aperçut qu'il allait y avoir là quelque révélation terrible ; "ce Desroches dont nous parlons était un chasseur de la garnison, mort il y a quatre ans, car son premier exploit ne lui a pas porté bonheur.

« — Ah ! il est mort", dit Wilhelm en appuyant son front[2] d'où tombaient de larges gouttes de sueur.

« Quelques minutes après, les officiers le saluèrent et le laissèrent seul. Desroches ayant vu par la fenêtre qu'ils s'étaient tous éloignés, descendit dans la salle à manger, où il trouva son beau-frère accoudé sur la longue table et la tête dans ses mains.

« "Eh bien, eh bien, nous dormons déjà ?... Mais je veux souper, moi, ma femme s'est endormie enfin, et j'ai une faim terrible... Allons, un verre de vin, cela nous réveillera et vous me tiendrez compagnie.

« — Non, j'ai mal à la tête, dit Wilhelm, je monte à ma chambre. À propos, ces messieurs m'ont beaucoup parlé des curiosités du fort. Ne pourriez-vous pas m'y conduire demain ?

« — Mais sans doute, mon ami.

« — Alors demain matin je vous éveillerai."

« Desroches soupa[3], puis il alla prendre possession du second lit qu'on avait préparé dans la chambre où son beau-frère venait de monter (car Desroches couchait seul, n'étant mari qu'au civil). Wilhelm ne put dormir de la nuit, et tantôt il pleurait en silence, tantôt il dévorait de regards furieux le dormeur, qui souriait dans ses songes.

---

1. Voir la note 1 de la p. 341.　**2.** On attendrait plutôt : « en essuyant son front ». Mais *Le Messager* et *Les Filles du Feu* montrent bien : « appuyant ».　**3.** Leçon du *Messager*. *Les Filles du Feu* montrent ici « soupira », qui ne s'accorde guère avec la suite de la phrase.

« Ce qu'on appelle le pressentiment ressemble fort au poisson précurseur qui avertit les cétacés immenses et presque aveugles que là pointille une roche tranchante, ou qu'ici est un fond de sable. Nous marchons dans la vie si machinalement que certains caractères, dont l'habitude est insouciante, iraient se heurter ou se briser sans avoir pu se souvenir de Dieu, s'il ne paraissait un peu de limon à la surface de leur bonheur. Les uns s'assombrissent au vol du corbeau, les autres sans motifs, d'autres, en s'éveillant, restent soucieux sur leur séant, parce qu'ils ont fait un rêve sinistre. Tout cela est pressentiment. Vous allez courir un danger, dit le rêve ; prenez garde, crie le corbeau ; soyez triste, murmure le cerveau qui s'alourdit.

« Desroches, vers la fin de la nuit, eut un songe étrange. Il se trouvait au fond d'un souterrain, derrière lui marchait une ombre blanche dont les vêtements frôlaient ses talons ; quand il se retournait, l'ombre reculait ; elle finit par s'éloigner à une telle distance que Desroches ne distinguait plus qu'un point blanc, ce point grandit, devint lumineux, emplit toute la grotte et s'éteignit. Un léger bruit se faisait entendre, c'était Wilhelm qui rentrait dans la chambre, le chapeau sur la tête et enveloppé d'un long manteau bleu.

« Desroches se réveilla en sursaut.

« "Diable ! s'écria-t-il, vous étiez déjà sorti ce matin ?

« — Il faut vous lever, répondit Wilhelm.

« — Mais nous ouvrira-t-on au fort ?

« — Sans doute, tout le monde est à l'exercice ; il n'y a plus que le poste de garde.

« — Déjà ! eh bien, je suis à vous... Le temps seulement de dire bonjour à ma femme.

« — Elle va bien, je l'ai vue ; ne vous occupez pas d'elle."

« Desroches fut surpris de cette réponse, mais il la mit sur le compte de l'impatience, et plia encore une fois devant cette autorité fraternelle qu'il allait bientôt pouvoir secouer.

« Comme ils passaient sur la place pour aller au fort, Desroches jeta les yeux sur les fenêtres de l'auberge. Émilie dort sans doute, pensa-t-il. Cependant le rideau tremble, se ferme, et le lieutenant crut remarquer qu'on s'était éloigné du carreau pour n'être pas aperçu de lui.

« Les guichets s'ouvrirent sans difficulté. Un capitaine invalide, qui n'avait pas assisté au souper de la veille, commandait l'avant-poste. Desroches prit une lanterne et se mit à guider de salle en salle son compagnon silencieux.

« Après une visite de quelques minutes sur différents points où l'attention de Wilhelm ne trouva guère à se fixer : "Montrez-moi donc les souterrains, dit-il à son beau-frère.

« — Avec plaisir, mais ce sera, je vous jure, une promenade peu agréable ; il règne là-dessous une grande humidité. Nous avons les poudres sous l'aile gauche, et là, on ne saurait pénétrer sans ordre supérieur. À droite sont les conduits d'eau réservés et les salpêtres bruts ; au milieu, les contre-mines et les galeries... Vous savez ce que c'est qu'une voûte ?

« — N'importe, je suis curieux de visiter des lieux où se sont passés tant d'événements sinistres... où même vous avez couru des dangers, à ce qu'on m'a dit.

« — Il ne me fera pas grâce d'un caveau, pensa Desroches. — Suivez-moi, frère, dans cette galerie qui mène à la poterne ferrée."

« La lanterne jetait une triste lueur aux murailles moisies, et tremblait en se reflétant sur quelques lames de sabres et quelques canons de fusil rongés par la rouille.

« "Qu'est-ce que ces armes ? demanda Wilhelm.

« — Les dépouilles des Prussiens tués à la dernière attaque du fort, et dont mes camarades ont réuni les armes en trophées.

« — Il est donc mort plusieurs Prussiens ici ?

« — Il en est mort beaucoup dans ce rond-point...

« — N'y tuâtes-vous pas un sergent, vieillard de haute taille, à moustaches rousses ?

« — Sans doute, ne vous en ai-je pas conté l'histoire ?

« — Non, pas vous ; mais hier à table on m'a parlé de cet exploit... que votre modestie nous avait caché.

« — Qu'avez-vous donc, frère, vous pâlissez ?"

« Wilhelm répondit d'une voix forte :

« "Ne m'appelez pas frère, mais ennemi !... Regardez,

je suis un Prussien ! Je suis le fils de ce sergent que vous
avez assassiné.

« — Assassiné !

« — Ou tué, qu'importe ! Voyez ; c'est là que votre
sabre a frappé."

« Wilhelm avait rejeté son manteau et indiquait une
déchirure dans l'uniforme vert qu'il avait revêtu, et qui
était l'habit même de son père, pieusement conservé.

« "Vous êtes le fils de ce sergent ! Oh ! mon Dieu, me
raillez-vous ?

« — Vous railler ? Joue-t-on avec de pareilles hor-
reurs ?... Ici a été tué mon père, son noble sang a rougi
ces dalles ; ce sabre est peut-être le sien ! Allons, prenez-
en un autre et donnez-moi la revanche de cette partie !...
Allons, ce n'est pas un duel, c'est le combat d'un Allemand contre un Français ; en garde !

« — Mais vous êtes fou, cher Wilhelm, laissez donc ce
sabre rouillé. Vous voulez me tuer, suis-je coupable ?

« — Aussi, vous avez la chance de me frapper à mon
tour, et elle est double pour le moins de votre côté.
Allons, défendez-vous.

« — Wilhelm ! tuez-moi sans défense ; je perds la raison moi-même, la tête me tourne... Wilhelm ! j'ai fait
comme tout soldat doit faire ; mais songez-y donc...
D'ailleurs, je suis le mari de votre sœur ; elle m'aime !
Oh ! ce combat est impossible.

« — Ma sœur !... et voilà justement ce qui rend impossible que nous vivions tous deux sous le même ciel ! Ma
sœur ! elle sait tout ; elle ne reverra jamais celui qui l'a
faite orpheline. Hier, vous lui avez dit le dernier adieu."

« Desroches poussa un cri terrible et se jeta sur
Wilhelm pour le désarmer ; ce fut une lutte assez longue,
car le jeune homme opposait aux secousses de son adversaire la résistance de la rage et du désespoir.

« "Rends-moi ce sabre, malheureux, criait Desroches,
rends-le-moi ! Non, tu ne me frapperas pas, misérable
fou !... rêveur cruel !...

« — C'est cela", criait Wilhelm d'une voix étouffée,
"tuez aussi le fils dans la galerie !... Le fils est un Allemand... un Allemand !"

« En ce moment des pas retentirent et Desroches lâcha prise. Wilhelm abattu ne se relevait pas...

« Ces pas étaient les miens, messieurs, ajouta l'abbé. Émilie était venue au presbytère me raconter tout pour se mettre sous la sauvegarde de la religion, la pauvre enfant. J'étouffai la pitié qui parlait au fond de mon cœur, et lorsqu'elle me demanda si elle pouvait aimer encore le meurtrier de son père, je ne répondis pas. Elle comprit, me serra la main et partit en pleurant. Un pressentiment me vint ; je la suivis, et quand j'entendis qu'on lui répondait à l'hôtel que son frère et son mari étaient allés visiter le fort, je me doutai de l'affreuse vérité. Heureusement j'arrivai à temps pour empêcher une nouvelle péripétie entre ces deux hommes égarés par la colère et par la douleur.

« Wilhelm, bien que désarmé, résistait toujours aux prières de Desroches ; il était accablé, mais son œil gardait encore toute sa fureur.

« "Homme inflexible ! lui dis-je, c'est vous qui réveillez les morts et qui soulevez des fatalités effrayantes ! N'êtes-vous pas chrétien, et voulez-vous empiéter sur la justice de Dieu ? Voulez-vous devenir ici le seul criminel et le seul meurtrier ? L'expiation sera faite, n'en doutez point ; mais ce n'est pas à nous qu'il appartient de la prévoir, ni de la forcer."

« Desroches me serra la main et me dit : "Émilie sait tout. Je ne la reverrai pas. Mais je sais ce que j'ai à faire pour lui rendre sa liberté.

« — Que dites-vous, m'écriai-je, un suicide ?"

« À ce mot, Wilhelm s'était levé et avait saisi la main de Desroches.

« "Non ! disait-il, j'avais tort. C'est moi seul qui suis coupable, et qui devais garder mon secret et mon désespoir !"

« Je ne vous peindrai pas les angoisses que nous souffrîmes dans cette heure fatale ; j'employai tous les raisonnements de ma religion et de ma philosophie, sans faire naître d'issue satisfaisante à cette cruelle situation ; une séparation était indispensable dans tous les cas, mais le moyen d'en déduire les motifs devant la justice ! Il y avait là, non seulement un débat pénible à subir, mais encore un danger politique à révéler ces fatales circonstances. Je m'appliquai surtout à combattre les projets sinistres de Desroches et à faire pénétrer dans son cœur les sentiments religieux qui font un crime du suicide. Vous savez que ce malheureux avait été nourri à l'école des matérialistes du XVIIIe siècle [1]. Toutefois, depuis sa blessure, ses idées avaient changé beaucoup. Il était devenu l'un de ces chrétiens à demi sceptiques comme nous en avons tant, qui trouvent qu'après tout un peu de religion ne peut nuire, et qui se résignent même à consulter un prêtre *en cas* qu'il y ait un Dieu ! C'est en vertu de cette religiosité vague qu'il acceptait mes consolations. Quelques jours s'étaient passés. Wilhelm et sa sœur n'avaient pas quitté l'auberge ; car Émilie était fort malade après tant de secousses. Desroches logeait au presbytère et lisait toute la journée des livres de piété que je lui prêtais. Un jour il alla seul au fort, y resta quelques heures et, en revenant, il me montra une feuille de papier où son nom était inscrit ; c'était une commission de capitaine dans un régiment qui partait pour rejoindre la division Partouneaux [2].

« Nous reçûmes au bout d'un mois la nouvelle de sa mort glorieuse autant que singulière. Quoi qu'on puisse dire de l'espèce de frénésie qui le jeta dans la mêlée, on sent que son exemple fut un grand encouragement pour tout le bataillon qui avait perdu beaucoup de monde à la première charge... »

Tout le monde se tut après ce récit, chacun gardait la pensée étrange qu'excitait une telle vie et une telle mort. L'abbé reprit en se levant : « Si vous voulez, messieurs, que nous changions ce soir la direction habituelle de nos promenades, nous suivrons cette allée de peupliers jaunis par le soleil couchant, et je vous conduirai jusqu'à la

---

1. *Le Messager* donnait ici : « l'école des philosophes du XVIIIe siècle ». **2.** Le général comte Louis Partouneaux (1770-1835) occupa des postes importants dans les armées d'Italie jusqu'en 1811. En 1812, il rejoignit la Grande Armée, pour l'invasion de la Russie, et fut chargé de protéger la retraite des troupes françaises. On notera que le docteur Labrunie a précisément été affecté, en 1812, à la douzième division d'infanterie commandée par le général Partouneaux.

Butte-aux-Lierres, d'où nous pourrons apercevoir la croix du couvent où s'est retirée Mme Desroches[1]. »

---

1. Il y avait aux environs de Bitche, à Siersthal, un petit noviciat des sœurs de la Providence, fondé par l'abbé Lacombe, curé de Bitche. Pour se rendre à Siersthal, il faut monter une côte couverte de lierre. À la mort de l'abbé Lacombe, en 1815, le noviciat fut transféré à Saint-Jean-de-Bassel. (Note de Nicolas Popa.)

LES CHIMÈRES [1]

EL DESDICHADO [2]

Je suis le ténébreux, — le veuf, — l'inconsolé,
Le prince d'Aquitaine à la tour abolie :
Ma seule *étoile* est morte, — et mon luth constellé
Porte le *Soleil noir* de la *Mélancolie*.

Dans la nuit du tombeau, toi qui m'as consolé,
Rends-moi le Pausilippe et la mer d'Italie,
La *fleur* qui plaisait tant à mon cœur désolé,
Et la treille où le pampre à la rose s'allie.

Suis-je Amour ou Phébus ?... Lusignan ou Biron ?
Mon front est rouge encor du baiser de la reine ;
J'ai rêvé dans la grotte où nage la syrène...

Et j'ai deux fois vainqueur traversé l'Achéron :
Modulant tour à tour sur la lyre d'Orphée
Les soupirs de la sainte et les cris de la fée.

---

1. Les notes d'érudition concernant les sonnets ont été regroupées en fin de volume, dans un « Lexique de "Mysticisme" et des "Chimères" » (p. 411-414). Voir aussi l'« Histoire des textes », p. 433-455.
2. On connaît, de ce poème, deux états manuscrits (ms Lombard ; ms Éluard) — sur le ms Éluard, le texte est intitulé « Le Destin » —, une publication dans *Le Mousquetaire* du 10 décembre 1853 et une autre dans *L'Artiste* du 1er janvier 1854.

MYRTHO[1]

Je pense à toi, Myrtho, divine enchanteresse,
Au Pausilippe altier, de mille feux brillant,
À ton front inondé des clartés d'Orient,
Aux raisins noirs mêlés avec l'or de ta tresse.

C'est dans ta coupe aussi que j'avais bu l'ivresse,
Et dans l'éclair furtif de ton œil souriant,
Quand aux pieds d'Iacchus on me voyait priant,
Car la Muse m'a fait l'un des fils de la Grèce.

Je sais pourquoi là-bas le volcan s'est rouvert...
C'est qu'hier tu l'avais touché d'un pied agile,
Et de cendres soudain l'horizon s'est couvert.

Depuis qu'un duc normand brisa tes dieux d'argile,
Toujours, sous les rameaux du laurier de Virgile,
Le pâle Hortensia s'unit au Myrthe vert !

HORUS[2]

Le dieu Kneph en tremblant ébranlait l'univers :
Isis, la mère, alors se leva sur sa couche,
Fit un geste de haine à son époux farouche,
Et l'ardeur d'autrefois brilla dans ses yeux verts.

« Le voyez-vous, dit-elle, il meurt, ce vieux pervers,
Tous les frimas du monde ont passé par sa bouche,
Attachez son pied tors, éteignez son œil louche,
C'est le dieu des volcans et le roi des hivers !

---

1. On ne connaît aucun autre état imprimé de ce texte. Les tercets de « Myrtho » proviennent du sonnet « À J-Y Colonna » du manuscrit Dumesnil de Gramont α. À noter aussi qu'en 1924, un recueil nervalien proposa une version de « Myrtho » copiée « d'un autographe communiqué par M. Dumesnil de Gramont » : la « Myrtho » de 1924 comprend les quatrains de la « Myrtho » des « Chimères », suivis des deux tercets de « Delfica ». Ce mystérieux autographe n'a jamais reparu. **2.** On ne connaît aucun autre état imprimé de ce texte. Le sonnet « À Louise d'Or Reine » du manuscrit Dumesnil de Gramont α en constitue une version antérieure.

L'aigle a déjà passé, l'esprit nouveau m'appelle,
J'ai revêtu pour lui la robe de Cybèle...
C'est l'enfant bien-aimé d'Hermès et d'Osiris ! »

La Déesse avait fui sur sa conque dorée,
La mer nous renvoyait son image adorée,
Et les cieux rayonnaient sous l'écharpe d'Iris.

ANTÉROS[1]

Tu demandes pourquoi j'ai tant de rage au cœur
Et sur un col flexible une tête indomptée ;
C'est que je suis issu de la race d'Antée,
Je retourne les dards contre le dieu vainqueur.

Oui, je suis de ceux-là qu'inspire le Vengeur,
Il m'a marqué le front de sa lèvre irritée,
Sous la pâleur d'Abel, hélas ! ensanglantée,
J'ai parfois de Caïn l'implacable rougeur !

Jéhovah ! le dernier, vaincu par ton génie,
Qui, du fond des enfers, criait : « Ô tyrannie ! »
C'est mon aïeul Bélus ou mon père Dagon...

Ils m'ont plongé trois fois dans les eaux du Cocyte,
Et protégeant tout seul ma mère Amalécyte,
Je ressème à ses pieds les dents du vieux dragon.

DELFICA[2]

La connais-tu, DAFNÉ, cette ancienne romance,
Au pied du sycomore, ou sous les lauriers blancs,

---

1. On a retrouvé depuis peu, grâce à Claude Pichois, un état manuscrit de ce poème dans une lettre à Loubens de [la fin de 1841] (voir *NPl* III, p. 1489).   **2.** C'est le poème qui porte le titre « Daphné » dans *Petits Châteaux de Bohême* (voir p. 108). Il est composé des quatrains du sonnet « À J-Y Colonna » et du deuxième tercet de « À Madᵉ Aguado » (manuscrit Dumesnil de Gramont α). Ce tercet appartient aussi à « Érythréa » (ms Éluard), dont le texte reprend celui de

Sous l'olivier, le myrthe ou les saules tremblants,
Cette chanson d'amour... qui toujours recommence !

Reconnais-tu le TEMPLE, au péristyle immense,
Et les citrons amers où s'imprimaient tes dents ?
Et la grotte, fatale aux hôtes imprudents,
Où du dragon vaincu dort l'antique semence.

Ils reviendront ces dieux que tu pleures toujours !
Le temps va ramener l'ordre des anciens jours ;
La terre a tressailli d'un souffle prophétique...

Cependant la sibylle au visage latin
Est endormie encor sous l'arc de Constantin :
— Et rien n'a dérangé le sévère portique.

ARTÉMIS [1]

La Treizième revient... C'est encor la première ;
Et c'est toujours la seule, — ou c'est le seul moment :
Car es-tu reine, ô toi ! la première ou dernière ?
Es-tu roi, toi le seul ou le dernier amant ?...

Aimez qui vous aima du berceau dans la bière ;
Celle que j'aimai seul m'aime encor tendrement :
C'est la mort — ou la morte... Ô délice ! ô tourment !
La rose qu'elle tient, c'est la *Rose trémière*.

Sainte napolitaine aux mains pleines de feux,
Rose au cœur violet, fleur de sainte Gudule :
As-tu trouvé ta croix dans le désert des cieux ?

« À Mad{e} Aguado ». — Les quatrains de « Delfica » démarquent très
librement la « Chanson de Mignon » de Goethe (dans *Les Années d'ap-*
prentissage de Wilhelm Meister ; voir la note 2 de la p. 409), qui célé-
brait les bonheurs de l'Italie.
   1. On connaît de ce poème deux états manuscrits (ms Lombard
et ms Éluard). Sur le ms Éluard (qui porte aussi « El Desdichado »),
le sonnet est intitulé « Ballet des Heures ».

Roses blanches, tombez ! vous insultez nos dieux :
Tombez fantômes blancs de votre ciel qui brûle :
— La sainte de l'abîme est plus sainte à mes yeux !

LE CHRIST AUX OLIVIERS[1]

Dieu est mort ! le ciel est vide...
Pleurez ! enfants, vous n'avez plus de père !

JEAN-PAUL.

I

Quand le Seigneur, levant au ciel ses maigres bras,
Sous les arbres sacrés, comme font les poètes,
Se fut longtemps perdu dans ses douleurs muettes,
Et se jugea trahi par des amis ingrats ;

Il se tourna vers ceux qui l'attendaient en bas
Rêvant d'être des rois, des sages, des prophètes...
Mais engourdis, perdus dans le sommeil des bêtes,
Et se prit à crier : « Non, Dieu n'existe pas ! »

Ils dormaient. « Mes amis, savez-vous *la nouvelle* ?
J'ai touché de mon front à la voûte éternelle ;
Je suis sanglant, brisé, souffrant pour bien des jours !

Frères, je vous trompais : Abîme ! abîme ! abîme !
Le dieu manque à l'autel, où je suis la victime...
Dieu n'est pas ! Dieu n'est plus ! » Mais ils dormaient
[toujours !

II

Il reprit : « Tout est mort ! J'ai parcouru les mondes ;
Et j'ai perdu mon vol dans leurs chemins lactés,

---

1. Ces cinq sonnets figuraient aussi dans *Petits Châteaux de Bohême*
(p. 105-107 et la note 2 de la p. 105). Un état manuscrit complet de ce

Aussi loin que la vie, en ses veines fécondes,
Répand des sables d'or et des flots argentés :

Partout le sol désert côtoyé par des ondes,
Des tourbillons confus d'océans agités...
Un souffle vague émeut les sphères vagabondes,
Mais nul esprit n'existe en ces immensités.

En cherchant l'œil de Dieu, je n'ai vu qu'un orbite
Vaste, noir et sans fond ; d'où la nuit qui l'habite
Rayonne sur le monde et s'épaissit toujours ;

Un arc-en-ciel étrange entoure ce puits sombre,
Seuil de l'ancien chaos dont le néant est l'ombre,
Spirale, engloutissant les Mondes et les Jours ! »

III

« Immobile Destin, muette sentinelle,
Froide Nécessité !... Hasard qui t'avançant,
Parmi les mondes morts sous la neige éternelle,
Refroidis, par degrés l'univers pâlissant,

Sais-tu ce que tu fais, puissance originelle,
De tes soleils éteints, l'un l'autre se froissant...
Es-tu sûr de transmettre une haleine immortelle,
Entre un monde qui meurt et l'autre renaissant ?...

Ô mon père ! est-ce toi que je sens en moi-même ?
As-tu pouvoir de vivre et de vaincre la mort ?
Aurais-tu succombé sous un dernier effort

De cet ange des nuits que frappa l'anathème...
Car je me sens tout seul à pleurer et souffrir,
Hélas ! et si je meurs, c'est que tout va mourir ! »

---

poème est connu (ms Marsan), ainsi que deux états partiels (ms Loubens, ms Berès) et un état imprimé (*L'Artiste*, 31 mars 1844).

IV

Nul n'entendait gémir l'éternelle victime,
Livrant au monde en vain tout son cœur épanché ;
Mais prêt à défaillir et sans force penché,
Il appela le *seul* — éveillé dans Solyme :

« Judas ! lui cria-t-il, tu sais ce qu'on m'estime,
Hâte-toi de me vendre, et finis ce marché :
Je suis souffrant, ami ! sur la terre couché...
Viens ! ô toi qui, du moins, as la force du crime ! »

Mais Judas s'en allait mécontent et pensif,
Se trouvant mal payé, plein d'un remords si vif
Qu'il lisait ses noirceurs sur tous les murs écrites...

Enfin Pilate seul, qui veillait pour César,
Sentant quelque pitié, se tourna par hasard :
« Allez chercher ce fou ! » dit-il aux satellites.

V

C'était bien lui, ce fou, cet insensé sublime...
Cet Icare oublié qui remontait les cieux,
Ce Phaéton perdu sous la foudre des dieux,
Ce bel Atys meurtri que Cybèle ranime !

L'augure interrogeait le flanc de la victime,
La terre s'enivrait de ce sang précieux...
L'univers étourdi penchait sur ses essieux,
Et l'Olympe un instant chancela vers l'abîme.

« Réponds ! criait César à Jupiter Ammon,
Quel est ce nouveau dieu qu'on impose à la terre ?
Et si ce n'est un dieu, c'est au moins un démon... »

Mais l'oracle invoqué pour jamais dut se taire ;
Un seul pouvait au monde expliquer ce mystère :
— Celui qui donna l'âme aux enfants du limon.

VERS DORÉS [1]

> Eh quoi ! tout est sensible !
>
> PYTHAGORE.

Homme, libre penseur ! te crois-tu seul pensant
Dans ce monde où la vie éclate en toute chose ?
Des forces que tu tiens ta liberté dispose,
Mais de tous tes conseils l'univers est absent.

Respecte dans la bête un esprit agissant :
Chaque fleur est une âme à la Nature éclose ;
Un mystère d'amour dans le métal repose ;
« Tout est sensible ! » Et tout sur ton être est puissant.

Crains, dans le mur aveugle, un regard qui t'épie :
À la matière même un verbe est attaché...
Ne la fais pas servir à quelque usage impie !

Souvent dans l'être obscur habite un Dieu caché ;
Et comme un œil naissant couvert par ses paupières,
Un pur esprit s'accroît sous l'écorce des pierres !

---

1. Sonnet repris de *Petits Châteaux de Bohême* (p. 108, et la note 2). Il existe un état manuscrit (ms Nadar). Une version imprimée a été publiée le 16 mars 1845 dans *L'Artiste* (sous le titre « Pensée antique »). Et le 28 décembre de la même année, toujours dans *L'Artiste*, Nerval a utilisé le titre « Vers dorés » pour une version préoriginale de « Delfica ».

PROMENADES ET SOUVENIRS

I

LA BUTTE MONTMARTRE

Il est véritablement difficile de trouver à se loger dans Paris. — Je n'en ai jamais été si convaincu que depuis deux mois. Arrivé d'Allemagne après un court séjour dans une villa de la banlieue, je me suis cherché un domicile plus assuré que les précédents, dont l'un se trouvait sur la place du Louvre et l'autre dans la rue du Mail[1]. — Je ne remonte qu'à six années. — Évincé du premier avec vingt francs de dédommagement, que j'ai négligé, je ne sais pourquoi, d'aller toucher à la Ville, j'avais trouvé dans le second ce qu'on ne trouve plus guère au centre de Paris : — une vue sur deux ou trois arbres occupant un certain espace, qui permet à la fois de respirer et de se délasser l'esprit en regardant autre chose qu'un échiquier de fenêtres noires, où de jolies figures n'apparaissent que par exception.

Je respecte la vie intime de mes voisins, et ne suis pas de ceux qui examinent avec des longues-vues le galbe d'une femme qui se couche, ou surprennent à l'œil nu les silhouettes particulières aux incidents et accidents de la vie conjugale. — J'aime mieux tel horizon « à souhait pour le plaisir des yeux », comme dirait Fénelon[2], où l'on

---

1. Nerval a résidé de 1848 à 1850 au 4 de la rue Saint-Thomas-du-Louvre ; en 1852 et en 1853 il habitait une « turne » (le terme est sien) située au 9, rue du Mail. Entre ces deux séjours, il y eut le 66, rue des Martyrs. — L'auteur a évoqué son déménagement forcé du quartier du Louvre dans *Les Faux Saulniers* (voir *NPl* II, p. 95-96 ; passages non repris dans « Angélique »). **2.** Souvenir du livre I des *Aventures de Télémaque* de Fénelon (1651-1715) : « On aperçoit de loin des collines et des montagnes qui se perdoient dans les nues et dont la figure bizarre formoit un horizon à souhait pour le plaisir des yeux. » (Éd. J.-L. Goré, Garnier, 1987, p. 123.)

peut jouir, soit d'un lever, soit d'un coucher de soleil,
mais plus particulièrement du lever. Le coucher ne m'embarrasse guère ; je suis sûr de le rencontrer partout ailleurs
que chez moi. Pour le lever, c'est différent : j'aime à voir
le soleil découper des angles sur les murs, à entendre au-
dehors des gazouillements d'oiseaux, fût-ce de simples
moineaux francs... Grétry offrait un louis pour entendre
une chanterelle [1], je donnerais vingt francs pour un merle ;
— les vingt francs que la ville de Paris me doit encore !

J'ai longtemps habité Montmartre [2] ; on y jouit d'un air
très pur, de perspectives variées, et l'on y découvre des
horizons magnifiques, soit « qu'ayant été vertueux, l'on
aime à voir lever l'aurore [3] », qui est très belle du côté de
Paris, soit qu'avec des goûts moins simples on préfère ces
teintes pourprées du couchant, où les nuages déchiquetés et
flottants peignent des tableaux de bataille et de transfigura-
tion au-dessus du grand cimetière, entre l'arc de l'Étoile et
les coteaux bleuâtres qui vont d'Argenteuil à Pontoise.
— Les maisons nouvelles s'avancent toujours, comme la
mer diluvienne, qui a baigné les flancs de l'antique montagne, gagnant peu à peu les retraites où s'étaient réfugiés
les monstres informes reconstruits depuis par Cuvier [4].

---

1. La chanterelle est la corde la plus mince et rendant les sons les plus
aigus dans un instrument à manche. Comme l'a noté Claude Pichois, la
phrase du compositeur André-Ernest-Modeste Grétry (1741-1813) est
citée dans le *GDU*, qui en indique le contexte : dans *Uthal*, opéra de
Méhul créé en 1806, ce compositeur avait eu l'idée — pour donner plus
de gravité à son instrumentation — d'écrire les parties de violon seulement sur les trois cordes basses et de ne point se servir de la chanterelle.
Au sortir de la première représentation, quelqu'un demandait à Grétry ce
qu'il pensait d'*Uthal* et celui-ci répondit : « Je pense que j'aurais donné
un louis pour entendre une *chanterelle* ». Gautier rappelait déjà ce mot
dans son feuilleton dramatique de *La Presse* du 19 janvier
1846.   **2.** Chez Gautier, rue de Navarin et, de mars à novembre 1841,
dans la clinique du docteur Esprit Blanche, au 22 de la rue de Norvins
(alors rue Traînée). Il y eut peut-être encore d'autres adresses : tous les
endroits où Nerval a habité ne sont pas connus.   **3.** Expression
empruntée à Mme de Sévigné ; elle est utilisée aussi dans *Les Nuits d'octobre* (*NPI* III, p. 341). (Note de Claude Pichois.)   **4.** Georges Cuvier
(1769-1832), paléontologue, fondateur de l'anatomie comparée et auteur
de travaux nombreux sur les ossements fossiles. Il avait notamment porté
ses investigations sur les fossiles découverts dans les carrières de Montmartre. En 1852, *Les Nuits d'octobre* faisaient également allusion aux
recherches menées par Cuvier à Montmartre.

— Attaqué d'un côté par la rue de l'Empereur[1], de l'autre
par le quartier de la mairie, qui sape les âpres montées et
abaisse les hauteurs du versant de Paris, le vieux mont de
Mars aura bientôt le sort de la butte des Moulins[2], qui au
siècle dernier ne montrait guère un front moins superbe.
— Cependant il nous reste encore un certain nombre de
coteaux ceints d'épaisses haies vertes, que l'épine-vinette
décore tour à tour de ses fleurs violettes et de ses baies
pourprées. Il y a là des moulins, des cabarets et des ton-
nelles, des élysées champêtres et des ruelles silencieuses
bordées de chaumières, de granges et de jardins touffus,
des plaines vertes coupées de précipices, où les sources
filtrent dans la glaise, détachant peu à peu certains îlots de
verdure où s'ébattent des chèvres, qui broutent l'acanthe
suspendue aux rochers. Des petites filles à l'œil fier, au
pied montagnard, les surveillent en jouant entre elles. On
rencontre même une vigne, la dernière du cru célèbre de
Montmartre, qui luttait, du temps des Romains, avec
Argenteuil et Suresnes. Chaque année cet humble coteau
perd une rangée de ses ceps rabougris, qui tombe dans
une carrière. — Il y a dix ans, j'aurais pu l'acquérir au
prix de trois mille francs... On en demande aujourd'hui
trente mille. C'est le plus beau point de vue des environs
de Paris.

Ce qui me séduisait dans ce petit espace abrité par les
grands arbres du château des Brouillards[3], c'était d'abord
ce reste de vignoble lié au souvenir de saint Denis, qui,
au point de vue des philosophes, était peut-être le second
Bacchus (Διονύσιος[4]), et qui a eu trois corps, dont l'un
a été enterré à Montmartre, le second à Ratisbonne et le
troisième à Corinthe. — C'était ensuite le voisinage de

---

   1. La rue de l'Empereur ne s'appela ainsi que de 1852 à 1864. C'est
aujourd'hui la rue Lepic.   2. Butte artificielle située au bout de l'actuelle rue des Moulins et arasée dans la deuxième moitié du XVIIe siècle
(et non au XVIIIe comme le laisse penser le texte de Nerval).   3. Bal
champêtre transformé en riche maison de plaisance à la fin du
XVIIIe siècle. Le château des Brouillards était situé près de la rue des
Brouillards (voir ci-dessous), l'actuelle rue Girardon.   4. Dionysios,
donc Denys, ou Denis. Ces théories syncrétistes, plus ou moins farfelues, circulaient au XIXe siècle. « Isis » nous en a montré d'autres exemples. — Ratisbonne (Regensburg) est en Bavière, sur le Danube.

l'abreuvoir, qui le soir s'anime du spectacle de chevaux et de chiens que l'on y baigne, et d'une fontaine construite dans le goût antique, où les laveuses causent et chantent comme dans un des premiers chapitres de *Werther*[1]. Avec un bas-relief consacré à Diane, et peut-être deux figures de naïades sculptées en demi-bosse, on obtiendrait, à l'ombre des vieux tilleuls qui se penchent sur le monument, un admirable lieu de retraite, silencieux à ses heures, et qui rappellerait certains points d'étude de la campagne romaine. Au-dessus se dessine et serpente la rue des Brouillards, qui descend vers le chemin des Bœufs[2], puis le jardin du restaurant Gaucher, avec ses kiosques, ses lanternes et ses statues peintes. — La plaine Saint-Denis a des lignes admirables, bornées par les coteaux de Saint-Ouen et de Montmorency, avec des reflets de soleil ou de nuages qui varient à chaque heure du jour. À droite est une rangée de maisons, la plupart fermées pour cause de craquements dans les murs. C'est ce qui assure la solitude relative de ce site : car les chevaux et les bœufs qui passent, et même les laveuses, ne troublent pas les méditations d'un sage, et même s'y associent. — La vie bourgeoise, ses intérêts et ses relations vulgaires, lui donnent seuls l'idée de s'éloigner le plus possible des grands centres d'activité.

Il y a à gauche de vastes terrains, recouvrant l'emplacement d'une carrière éboulée, que la commune a concédés à des hommes industrieux qui en ont transformé l'aspect. Ils ont planté des arbres, créé des champs où verdissent la pomme de terre et la betterave, où l'asperge montée étalait naguère ses panaches verts décorés de perles rouges.

On descend le chemin et l'on tourne à gauche. Là sont encore deux ou trois collines vertes, entaillées par une route qui plus loin comble des ravins profonds, et qui tend à rejoindre un jour la rue de l'Empereur entre les buttes et le cimetière. On rencontre là un hameau qui sent

---

1. Le texte des *Souffrances du jeune Werther* de Goethe n'est pas divisé en chapitres. Le passage évoqué par Nerval se trouve au livre I, à la date du « 12 mai ».   **2.** Chemin absorbé par l'actuelle rue Marcadet.

fortement la campagne, et qui a renoncé depuis trois ans aux travaux malsains d'un atelier de *poudrette*[1].
— Aujourd'hui l'on y travaille les résidus des fabriques de bougies stéariques. — Que d'artistes repoussés du prix de Rome sont venus sur ce point étudier la campagne romaine et l'aspect des marais pontins ! Il y reste même un marais animé par des canards, des oisons et des poules.

Il n'est pas rare aussi d'y trouver des haillons pittoresques sur les épaules des travailleurs. Les collines, fendues çà et là, accusent le tassement du terrain sur d'anciennes carrières ; mais rien n'est plus beau que l'aspect de la grande butte, quand le soleil éclaire ses terrains d'ocre rouge veinés de plâtre et de glaise, ses roches dénudées et quelques bouquets d'arbres encore assez touffus, où serpentent des ravins et des sentiers. La plupart des terrains et des maisons éparses de cette petite vallée appartiennent à de vieux propriétaires, qui ont calculé sur l'embarras des Parisiens à se créer de nouvelles demeures, et sur la tendance qu'ont les maisons du quartier Montmartre à envahir, dans un temps donné, la plaine Saint-Denis. C'est une écluse qui arrête le torrent ; quand elle s'ouvrira, le terrain vaudra cher. — Je regrette d'autant plus d'avoir hésité, il y a dix ans, à donner trois mille francs du dernier vignoble de Montmartre.

Il n'y faut plus penser. Je ne serai jamais propriétaire ; et pourtant que de fois, au 8 ou au 15 de chaque trimestre (près de Paris, du moins), j'ai chanté le refrain de M. Vautour :

Quand on n'a pas de quoi payer son terme,
Il faut avoir une maison à soi[2] !

J'aurais fait faire dans cette vigne une construction si légère !... Une petite villa dans le goût de Pompéi, avec un *impluvium* et une *cella*, quelque chose comme la mai-

---

1. Nom donné aux excréments humains desséchés et préparés pour la fumure des terres. Stéarique : se dit d'un acide produit à partir du suif.   **2.** *M. Vautour, ou le Propriétaire sous le scellé* (an XIII/1805), vaudeville en un acte de Désaugiers, George-Duval et Tournay. Les deux vers appartiennent à la scène V. (Note de Claude Pichois.) On les trouve cités aussi dans *Le Livre de bord* d'Alphonse Karr, 1880, t. III, p. 239.

son du poète tragique[1]. Le pauvre Laviron, mort depuis
sur les murs de Rome, m'en avait dessiné le plan. — À
dire le vrai pourtant, il n'y a pas de propriétaires aux
buttes Montmartre. On ne peut asseoir légalement une
propriété sur des terrains minés par des cavités peuplées
dans leurs parois de mammouths et de mastodontes. La
commune concède un droit de possession qui s'éteint au
bout de cent ans... On est campé comme les Turcs ; et les
doctrines les plus avancées auraient peine à contester un
droit si fugitif, où l'hérédité ne peut longuement
s'établir*.

II

LE CHÂTEAU DE SAINT-GERMAIN

J'ai parcouru les quartiers de Paris qui correspondent à
mes relations, et n'ai rien trouvé qu'à des prix impossibles, augmentés par les conditions que formulent les
concierges. Ayant rencontré un seul logement au-dessous
de trois cents francs, on m'a demandé si j'avais un état
pour lequel il fallût du jour. — J'ai répondu, je crois,
qu'il m'en fallait pour l'état de ma santé. — C'est, m'a
dit le concierge, que la fenêtre de la chambre s'ouvre sur
un corridor qui n'est pas bien clair. Je n'ai pas voulu en
savoir davantage, et j'ai même négligé de visiter une *cave
à louer*, me souvenant d'avoir vu à Londres cette même

---

* Certains propriétaires nient ce détail, qui m'a été affirmé par
d'autres. N'y aurait-il pas eu là aussi des usurpations pareilles à celles
qui ont rendu les fiefs héréditaires sous Hugues Capet !

---

1. Maison de Pompéi (l'impluvium était dans les villas romaines le
bassin creusé pour recueillir les eaux de pluie). « Le pauvre Laviron »
est le peintre Gabriel Laviron (1806-1849), collaborateur de *L'Artiste*
et que Nerval connaissait depuis l'époque du Doyenné ; en 1849, il
s'était engagé dans les troupes de Garibaldi et fut tué durant le siège
de Rome.

inscription, suivie de ces mots : « Pour un gentleman seul ».

Je me suis dit : « Pourquoi ne pas aller demeurer à Versailles ou à Saint-Germain ? » La banlieue est encore plus chère que Paris ; mais, en prenant un abonnement du chemin de fer, on peut sans doute trouver des logements dans la plus déserte ou dans la plus abandonnée de ces deux villes. En réalité, qu'est-ce qu'une demi-heure de chemin de fer le matin et le soir ? On a là les ressources d'une cité, et l'on est presque à la campagne. Vous vous trouvez logé par le fait rue Saint-Lazare, n° 130. Le trajet n'offre que de l'agrément, et n'équivaut jamais, comme ennui ou comme fatigue, à une course d'omnibus. — Je me suis trouvé très heureux de cette idée, et j'ai choisi Saint-Germain, qui est pour moi une ville de souvenirs. Quel voyage charmant ! Asnières, Chatou, Nanterre et Le Pecq ; la Seine trois fois repliée, des points de vue d'îles vertes, de plaines, de bois, de chalets et de villas ; à droite, les coteaux de Colombes, d'Argenteuil et de Carrières ; à gauche, le mont Valérien, Bougival, Lucienne[1] et Marly ; puis la plus belle perspective du monde : la terrasse et les vieilles galeries du château de Henri IV, couronnées par le profil sévère du château de François I[er 2]. J'ai toujours aimé ce château bizarre, qui sur le plan a la forme d'un *D* gothique, en l'honneur, dit-on, du nom de la belle Diane[3]. — Je regrette seulement de n'y pas voir ces grands toits écaillés d'ardoises, ces clochetons à jour où se déroulaient des escaliers en spirales, ces

---

1. Nom ancien de Louveciennes.   2. Nerval confond en un seul deux châteaux : le Château-vieux, qui subsiste, construit principalement par François Ier (par Henri II, pour Diane de Poitiers, dit la tradition) ; le Château-neuf élevé par Henri IV — pour Gabrielle d'Estrées, dit-on encore — et détruit peu avant la Révolution, à l'exception du pavillon Henri IV, où naquit Louis XIV et qui, à l'époque de Nerval, était déjà transformé en hôtel-restaurant. Depuis la Révolution, le Château-vieux était quasiment laissé à l'abandon. En 1835, le maréchal Soult en fit un pénitencier militaire. C'est sous Napoléon III que le château fut restauré et devint musée des Antiquités. Jacques II Stuart, obligé de fuir l'Angleterre, fut accueilli par Louis XIV au Château-vieux, où il vécut de 1688 à 1701. Son mausolée est dans l'église de Saint-Germain. (Note de Jacques Bony et Claude Pichois.)   3. Diane de Poitiers (1499-1566), favorite d'Henri II.

hautes fenêtres sculptées s'élançant d'un fouillis de toits anguleux qui caractérisent l'architecture valoise. Des maçons ont défiguré, sous Louis XVIII, la face qui regarde le parterre. Depuis, l'on a transformé ce monument en pénitencier, et l'on a déshonoré l'aspect des fossés et des ponts antiques par une enceinte de murailles couvertes d'affiches. Les hautes fenêtres et les balcons dorés, les terrasses où ont paru tour à tour les beautés blondes de la cour des Valois et de la cour des Stuarts, les galants chevaliers des Médicis et les Écossais fidèles de Marie Stuart et du roi Jacques n'ont jamais été restaurés ; il n'en reste rien que le noble dessin des baies, des tours et des façades, que cet étrange contraste de la brique et de l'ardoise, s'éclairant des feux du soir ou des reflets argentés de la nuit, et cet aspect moitié galant, moitié guerrier d'un château fort, qui en dedans contenait un palais splendide dressé sur une montagne, entre une vallée boisée où serpente un fleuve, et un parterre qui se dessine sur la lisière d'une vaste forêt.

Je revenais là, comme Ravenswood[1] au château de ses pères ; j'avais eu des parents parmi les hôtes de ce château, — il y a vingt ans déjà ; d'autres, habitants de la ville ; en tout, quatre tombeaux... Il se mêlait encore à ces impressions des souvenirs d'amour et de fêtes remontant à l'époque des Bourbons ; — de sorte que je fus tour à tour heureux et triste tout un soir !

Un incident vulgaire vint m'arracher à la poésie de ces

---

1. Personnage de *La Fiancée de Lammermoor* de Walter Scott. — Nerval dira, plus loin, qu'il a habité à Saint-Germain en 1827 (p. 389), sans doute chez Gérard Dublanc, oncle maternel du docteur Labrunie et parrain du futur écrivain. Gérard Dublanc s'était retiré 2 bis, rue de Mantes, à Saint-Germain, avec son épouse en 1818 et il y mourra le 30 novembre 1829. À Saint-Germain vivaient aussi les Paris de Lamaury, auxquels étaient liés les Dublanc puisqu'en juillet 1816, Joseph, fils de Gérard Dublanc, avait épousé Henriette Paris de Lamaury. Les jeunes cousines d'Henriette, Justine (née en 1804) et Sophie (née en 1806), connurent Gérard enfant, et Sophie est sans doute évoquée dans *Pandora* (Le Livre de Poche n° 9631, p. 398-399). D'autre part, une tante d'Henriette, Geneviève Sophie, épousa en premières noces Louis Chédeville, qui appartenait au début de la Restauration aux gardes du corps du roi, 3ᵉ compagnie, dite compagnie de Gramont ; celle-ci était casernée au Château-vieux de Saint-Germain.

rêves de jeunesse. La nuit étant venue, après avoir parcouru les rues et les places, et salué des demeures aimées jadis, donné un dernier coup d'œil aux côtes de l'Étang de Mareil et de Chambourcy[1], je m'étais enfin reposé dans un café qui donne sur la place du marché. On me servit une chope de bière. Il y avait au fond trois cloportes ; — un homme qui a vécu en Orient est incapable de s'affecter d'un pareil détail : « Garçon ! dis-je, il est possible que j'aime les cloportes ; mais une autre fois, si j'en demande, je désirerais qu'on me les servît à part. » Le mot n'était pas neuf, s'étant déjà appliqué à des cheveux servis sur une omelette, — mais il pouvait encore être goûté à Saint-Germain. Les habitués, bouchers ou conducteurs de bestiaux, le trouvèrent agréable.

Le garçon me répondit imperturbablement : « Monsieur, cela ne doit pas vous étonner : on fait en ce moment des réparations au château, et ces insectes se réfugient dans les maisons de la ville. Ils aiment beaucoup la bière et y trouvent leur tombeau. — Garçon, lui dis-je, vous êtes plus beau que nature et votre conversation me séduit... Mais est-il vrai que l'on fasse des réparations au château ? — Monsieur vient d'en être convaincu. — Convaincu grâce à votre raisonnement ; mais êtes-vous sûr du fait en lui-même ? — Les journaux en ont parlé. »

Absent de France pendant longtemps, je ne pouvais contester ce témoignage. Le lendemain, je me rendis au château pour voir où en était la restauration. Le sergent-concierge me dit, avec un sourire qui n'appartient qu'à un militaire de ce grade : « Monsieur, seulement pour raffermir les fondations du château il faudrait neuf millions ; les apportez-vous ? » Je suis habitué à ne m'étonner de rien : « Je ne les ai pas sur moi, observai-je, mais cela pourrait encore se trouver ! — Eh bien ! dit-il, quand vous les apporterez, nous vous ferons voir le château. »

J'étais piqué ; ce qui me fit retourner à Saint-Germain deux jours après. J'avais trouvé l'idée : Pourquoi, me disais-je, ne pas faire une souscription ? La France est

---

1. Comme le signale Claude Pichois, une virgule a sans doute été omise entre « de l'Étang » et « de Mareil » (« l'Étang-Mareil » n'existe pas). L'Étang est L'Étang-la-Ville.

pauvre : mais il viendra beaucoup d'Anglais l'année prochaine pour l'Exposition des Champs-Élysées[1]. Il est
impossible qu'ils ne nous aident pas à sauver de la destruction un château qui a hébergé plusieurs générations de
leurs reines et de leurs rois. Toutes les familles jacobites y
ont passé, — la ville encore est à moitié pleine d'Anglais ; j'ai chanté tout enfant les chansons du roi Jacques
et pleuré Marie Stuart, en déclamant les vers de Ronsard
et de Du Bellay... La race des *king-charles* emplit les rues
comme une preuve vivante encore des affections de tant
de races disparues... Non ! me dis-je, les Anglais ne refu-
seront pas de s'associer à une souscription doublement
nationale. Si nous contribuons par des monacos[2], ils trou-
veront bien des couronnes et des guinées !

Fort de cette combinaison, je suis allé la soumettre aux
habitués du café du marché. Ils l'ont accueillie avec
enthousiasme, et quand j'ai demandé une chope de bière
sans cloportes, le garçon m'a dit : « Oh ! non, Monsieur,
plus aujourd'hui ! »

Au château je me suis présenté la tête haute. Le sergent
m'a introduit au corps de garde, où j'ai développé mon
idée avec succès, et le commandant, qu'on a averti, a bien
voulu permettre que l'on me fît voir la chapelle et les
appartements des Stuarts, fermés aux simples curieux.
Ces derniers sont dans un triste état, et, quant aux galeries, aux salles antiques et aux chambres des Médicis, il
est impossible de les reconnaître depuis des siècles, grâce
aux clôtures, aux maçonneries et aux faux plafonds qui
ont approprié ce château aux convenances militaires.

Que la cour est belle, pourtant ! ces profils sculptés,
ces arceaux, ces galeries chevaleresques, l'irrégularité
même du plan, la teinte rouge des façades, tout cela fait
rêver aux châteaux d'Écosse et d'Irlande, à Walter Scott
et à Byron[3]. On a tant fait pour Versailles et tant pour
Fontainebleau... pourquoi donc ne pas relever ce débris

---

1. L'Exposition universelle de 1855, qui s'ouvrira après la mort de
Nerval et fera l'objet d'un texte critique célèbre de Baudelaire.
2. Selon Littré, le terme « monaco », employé pour « sou », appartenait
au langage familier.   3. George Gordon, lord Byron (1788-1824),
poète anglais, modèle du héros et de l'écrivain romantiques.

précieux de notre histoire ? La malédiction de Catherine de Médicis, jalouse du monument construit en l'honneur de Diane, s'est continuée sous les Bourbons. Louis XIV craignait de voir la flèche de Saint-Denis ; ses successeurs ont tout fait pour Saint-Cloud et Versailles[1]. Aujourd'hui Saint-Germain attend encore le résultat d'une promesse que la guerre a peut-être empêché de réaliser.

III

UNE SOCIÉTÉ CHANTANTE

Ce que le concierge m'a fait voir avec le plus d'amour, c'est une série de petites loges qu'on appelle *les cellules*, où couchent quelques militaires du pénitencier. Ce sont de véritables boudoirs, ornés de peintures à fresque représentant des paysages. Le lit se compose d'un matelas de crin, soutenu par des élastiques ; le tout très propre et très coquet, comme une cabine d'officier de vaisseau. Seulement le jour y manque, comme dans la chambre qu'on m'offrait à Paris, — et l'on ne pourrait pas y demeurer *ayant un état* pour lequel il faudrait du jour. « J'aimerais, dis-je au sergent, une chambre moins bien décorée et plus près des fenêtres. — Quand on se lève avant le jour, c'est bien indifférent ! » me répondit-il. Je trouvai cette observation de la plus grande justesse.

En repassant par le corps de garde, je n'eus qu'à remercier le commandant de sa politesse, et le sergent ne voulut accepter aucune *buona mano*[2]. Mon idée de souscription

---

1. Certaines de ces remarques avaient déjà été formulées par Nerval en 1846 dans un article de critique dramatique : voir *NPl* I, p. 1067-1068 (*L'Artiste-Revue de Paris*, 27 septembre 1846). Catherine de Médicis était l'épouse d'Henri II. — La « guerre » évoquée peu après est la guerre de Crimée. **2.** *Buona mano*, ou mieux *buonamano*, pouvait signifier « pourboire » ou « aumône » dans la langue italienne du XIXe siècle. On trouve également l'expression sous la plume de Michelet (*Journal*, éd. P. Viallaneix, Paris, Gallimard, t. I, 1959, p. 272). Le terme actuel est *mancia*. Rainier Grutman nous fait observer que Hugo place dans la bouche d'un mendiant de *Notre-Dame de*

anglaise me trottait dans la tête, et j'étais bien aise d'en
essayer l'effet sur des habitants de la ville. De sorte qu'al-
lant à dîner au pavillon de Henri IV, d'où l'on jouit de la
plus admirable vue qui soit en France, dans un kiosque
ouvert sur un panorama de dix lieues, j'en fis part à trois
Anglais et à une Anglaise, qui en furent émerveillés, et
trouvèrent ce plan très conforme à leurs idées nationales.
— Saint-Germain a cela de particulier que tout le monde
s'y connaît, qu'on y parle haut dans les établissements
publics, et que l'on peut même s'y entretenir avec des
dames anglaises sans leur être présenté. On s'ennuierait
tellement sans cela ! Puis c'est une population à part,
classée, il est vrai, selon les conditions, mais entièrement
locale. Il est très rare qu'un habitant de Saint-Germain
vienne à Paris ; certains d'entre eux ne font pas ce voyage
une fois en dix ans. Les familles étrangères vivent aussi
là entre elles avec la familiarité qui existe dans les villes
d'eaux. Et ce n'est pas l'eau, c'est l'air pur que l'on vient
chercher à Saint-Germain. Il y a des maisons de santé
charmantes, habitées par des gens très bien portants, mais
fatigués du bourdonnement et du mouvement insensés de
la capitale. La garnison, qui était autrefois de gardes du
corps[1], et qui est aujourd'hui de cuirassiers de la garde,
n'est pas étrangère peut-être à la résidence de quelques
jeunes beautés, filles ou veuves, qu'on rencontre à cheval
ou à âne sur la route des Loges ou du château du Val.
— Le soir, les boutiques s'éclairent rue de Paris et rue au
Pain ; on cause d'abord sur la porte, on rit, on chante
même. — L'accent des voix est fort distinct de celui de
Paris ; les jeunes filles ont la voix pure et bien timbrée,
comme dans les pays de montagnes. En passant dans la
rue de l'Église, j'entendis chanter au fond d'un petit café.
J'y voyais entrer beaucoup de monde, et surtout des
femmes. En traversant la boutique, je me trouvai dans une
grande salle toute pavoisée de drapeaux et de guirlandes,

Paris : « *La buona mancia, signor ! la buona mancia !* » (II, 6 ; « La
Cruche cassée ») ; il n'est pas exclu que « *buona mano* » soit, dans
Promenades et Souvenirs, une coquille pour « *buona mancia* », mais
on notera que cette dernière expression semble appartenir à Hugo et
est inconnue des dictionnaires italiens.
1. Les gardes du corps du roi (voir la note 1 de la p. 382).

avec les insignes maçonniques et les inscriptions d'usage.
— J'ai fait partie autrefois des *Joyeux* et des Bergers de
Syracuse[1] ; je n'étais donc pas embarrassé de me pré-
senter.

Le bureau était majestueusement établi sous un dais
orné de draperies tricolores, et le président me fit le salut
cordial qui se doit à un *visiteur*. — Je me rappellerai
toujours qu'aux Bergers de Syracuse on ouvrait généralement la séance par ce toast : « Aux Polonais !... et à ces
dames ! » Aujourd'hui, les Polonais sont un peu oubliés[2].
— Du reste, j'ai entendu de fort jolies chansons dans cette
réunion, mais surtout des voix de femmes ravissantes. Le
Conservatoire n'a pas terni l'éclat de ces intonations
pures et naturelles, de ces trilles empruntés aux chants du
rossignol ou du merle, ou n'a pas faussé avec les leçons
du solfège ces gosiers si frais et si riches en mélodie[3].
Comment se fait-il que ces femmes chantent si juste ? Et
pourtant tout musicien de profession pourrait dire à chacune d'elles : « Vous ne savez pas chanter ! »

Rien n'est amusant comme les chansons que les jeunes
filles composent elles-mêmes, et qui font, en général,
allusion aux trahisons des amoureux ou aux caprices de
l'autre sexe. Quelquefois il y a des traits de raillerie locale

---

1. Il s'agit de deux sociétés chantantes ; celle des Bergers de Syracuse exista de 1804 à 1829. Nerval a évoqué longuement ces sociétés
en 1838, dans un compte rendu dramatique de *La Charte de 1830* (voir
NPl I, p. 399-401]. **2.** « Les murs de ces salles de réunion [des
sociétés chantantes] étaient ornés d'inscriptions et d'emblèmes : *Respect aux dames ! Honneur aux visiteurs ! Amour et Pologne*, etc. Dans
les dernières années de la Restauration, ces sociétés, qui avaient fini
par prendre une couleur politique assez dangereuse, furent souvent
poursuivies, et surtout au nom de la loi qui défendait les rassemble-
ments de plus de vingt personnes. La complète liberté qui succéda aux
journées de Juillet fut plus puissante encore à détruire les goguettes et
sociétés lyriques. Du moment que chacun put chanter ce qu'il voulait
en plein air, chansonner l'église et célébrer Napoléon, sans induire
aucun commissaire au déploiement d'une écharpe quelconque, on
s'aperçut qu'après tout la chanson était bien morte en France, [...]. »
(*NPl* I, p. 400 ; *La Charte de 1830*, 30 avril 1838.) On voit que, dans
Promenades et Souvenirs, cette évocation des sociétés chantantes participe aussi de la recherche du temps perdu. **3.** À rapprocher de
« Sylvie », p. 259-260, et du passage des *Nuits d'octobre* évoqué dans
l'Introduction.

qui échappent au visiteur étranger. Souvent un jeune homme et une jeune fille se répondent, comme Daphnis et Chloé, comme Myrtil et Sylvie[1]. En m'attachant à cette pensée, je me suis trouvé tout ému, tout attendri comme à un souvenir de la jeunesse... C'est qu'il y a un âge, — âge *critique*, comme on le dit pour les femmes, où les souvenirs renaissent si vivement, où certains dessins oubliés reparaissent sous la trame froissée de la vie ! On n'est pas assez vieux pour ne plus songer à l'amour, on n'est plus assez jeune pour penser toujours à plaire. — Cette phrase, je l'avoue, est un peu Directoire. Ce qui l'amène sous ma plume, c'est que j'ai entendu un ancien jeune homme qui, ayant décroché du mur une guitare, exécuta admirablement la vieille romance de Garat[2] :

> *Plaisir d'amour ne dure qu'un instant...*
> *Chagrin d'amour dure toute la vie !*

Il avait les cheveux frisés à l'incroyable, une cravate blanche, une épingle de diamant sur son jabot et des bagues à lacs d'amour. Ses mains étaient blanches et fines comme celles d'une jolie femme. Et, si j'avais été femme, je l'aurais aimé, malgré son âge : car sa voix allait au cœur.

Ce brave homme m'a rappelé mon père, qui, jeune encore, chantait avec goût des airs italiens à son retour de Pologne. Il y avait perdu sa femme, et ne pouvait s'empêcher de pleurer en s'accompagnant de la guitare aux paroles d'une romance qu'elle avait aimée, et dont j'ai toujours retenu ce passage :

> *Mamma mia, medicate*
> *Questa piaga, per pietà !*

---

1. *Daphnis et Chloé*, roman de Longus (env. 150-env. 225) ; par contre, on ne voit pas à quelle œuvre renvoie l'allusion à « Myrtil et Sylvie ». **2.** Dominique-Pierre-Jean Garat (1764-1823) fut professeur de chant au Conservatoire de Paris et auteur de nombreuses romances. Il appartenait sous le Directoire au groupe des « Incroyables » qui supprimaient avec affectation les *r* (ils sont évoqués dans « Chansons et légendes du Valois », p. 272 et note 1). Claude Pichois a cependant noté que la romance citée par Nerval n'est pas de Garat, mais de Florian, musique de Martini.

> *Melicerto fu l'arciero*
> *Perchè pace in cor non ho*...*

Malheureusement la guitare est aujourd'hui vaincue par le piano, ainsi que la harpe ; ce sont là des galanteries et des grâces d'un autre temps. Il faut aller à Saint-Germain pour retrouver, dans le petit monde paisible encore, les charmes effacés de la société d'autrefois.

Je suis sorti par un beau clair de lune, m'imaginant vivre en 1827, époque où j'ai quelque temps habité Saint-Germain. Parmi les jeunes filles présentes à cette petite fête, j'avais reconnu des yeux accentués, des traits réguliers, et, pour ainsi dire, classiques, des intonations particulières au pays qui me faisaient rêver à des cousines, à des amies de cette époque, comme si dans un autre monde j'avais retrouvé mes premiers amours. Je parcourais au clair de lune ces rues et ces promenades endormies. J'admirais les profils majestueux du château, j'allais respirer l'odeur des arbres presques effeuillés à la lisière de la forêt, je goûtais mieux à cette heure l'architecture de l'église où repose l'épouse de Jacques II, et qui semble un temple romain **.

Vers minuit j'allai frapper à la porte d'un hôtel où je couchais souvent il y a quelques années. Impossible d'éveiller personne. Des bœufs passaient silencieusement, et leurs conducteurs ne purent me renseigner sur les moyens de passer la nuit. En revenant sur la place du marché, je demandai au factionnaire s'il connaissait un hôtel où l'on pût recevoir un Parisien relativement attardé. « Entrez au poste, on vous dira cela », me répondit-il.

Dans le poste, je rencontrai de jeunes militaires qui me dirent : « C'est bien difficile : on se couche ici à 10 heures ; mais chauffez-vous un instant. » On jeta du bois dans le poêle ; je me mis à causer de l'Afrique et de l'Asie. Cela les intéressait tellement que l'on réveillait pour

---

* « Ô ma mère ! guérissez-moi cette blessure, par pitié ! Mélicerte fut l'archer par qui j'ai perdu la paix de mon cœur ! »   ** L'intérieur est aujourd'hui restauré dans le style byzantin, et l'on commence à y découvrir des fresques remarquables commencées depuis plusieurs années.

m'écouter ceux qui s'étaient endormis. Je me vis conduit à chanter des chansons arabes et grecques : car la société chantante m'avait mis dans cette disposition. Vers 2 heures, un des soldats me dit : « Vous avez bien couché sous la tente... Si vous voulez, prenez place sur le lit de camp. » On me fit un traversin avec un sac de munition, je m'enveloppai de mon manteau, et je m'apprêtais à dormir quand le sergent rentra et dit : « Où est-ce qu'ils ont encore ramassé cet homme-là ? — C'est un homme qui parle assez bien, dit un des fusiliers ; il a été en Afrique. — S'il a été en Afrique, c'est différent, dit le sergent ; mais on admet quelquefois ici des individus qu'on ne connaît pas : c'est imprudent... Ils pourraient enlever quelque chose ! — Ce ne serait pas les matelas toujours ! murmurai-je. — Ne faites pas attention, me dit l'un des soldats : c'est son caractère ; et puis il vient de recevoir *une politesse*[1]..., ça le rend grognon. »

J'ai dormi fort bien jusqu'au point du jour ; et, remerciant ces braves soldats, ainsi que le sergent, tout à fait radouci, je m'en allai faire un tour vers les coteaux de Mareil, pour admirer les splendeurs du soleil levant.

Je le disais tout à l'heure : — mes jeunes années me reviennent, — et l'aspect des lieux aimés rappelle en moi le sentiment des choses passées. Saint-Germain, Senlis et Dammartin sont les trois villes qui, non loin de Paris, correspondent à mes souvenirs les plus chers. La mémoire de vieux parents morts se rattache mélancoliquement à la pensée de plusieurs jeunes filles dont l'amour m'a fait poète, ou dont les dédains m'ont fait parfois ironique et songeur. J'ai appris le style en écrivant des lettres de tendresse ou d'amitié, et, quand je relis celles qui ont été conservées, j'y retrouve fortement tracée l'empreinte de mes lectures d'alors, surtout de Diderot, de Rousseau et de Senancour[2]. Ce que je viens de dire expliquera le sentiment dans lequel ont été écrites les pages suivantes. Je m'étais repris à aimer Saint-Germain par ces derniers beaux jours d'automne. Je m'établis à l'Ange Gardien, et,

---

1. Le sens paraît clair mais les dictionnaires ne signalent pas que l'on peut utiliser ce mot par antiphrase.   **2.** « Sénancourt » (graphie fréquente à l'époque) dans le texte original. Nous corrigeons.

dans les intervalles de mes promenades, j'ai tracé quelques souvenirs que je n'ose intituler Mémoires, et qui seraient plutôt conçus selon le plan des promenades solitaires de Jean-Jacques. Je les terminerai dans le pays même où j'ai été élevé, et où il est mort.

IV

JUVENILIA

Le hasard a joué un si grand rôle dans ma vie, que je ne m'étonne pas en songeant à la façon singulière dont il a présidé à ma naissance. C'est, dira-t-on, l'histoire de tout le monde. Mais tout le monde n'a pas occasion de raconter son histoire.

Et, si chacun le faisait, il n'y aurait pas grand mal. L'expérience de chacun est le trésor de tous.

Un jour, un cheval s'échappa d'une pelouse verte qui bordait l'Aisne, et disparut bientôt entre les halliers ; il gagna la région sombre des arbres et se perdit dans la forêt de Compiègne. Cela se passait vers 1770.

Ce n'est pas un accident rare qu'un cheval échappé à travers une forêt. Et cependant je n'ai guère d'autre titre à l'existence. Cela est probable du moins, si l'on croit à ce que Hoffmann [1] appelait *l'enchaînement des choses*.

Mon grand-père [2] était jeune alors. Il avait pris le cheval dans l'écurie de son père, puis il s'était assis sur le bord de la rivière, rêvant à je ne sais quoi, pendant que le soleil se couchait dans les nuages empourprés du Valois et du Beauvoisis.

L'eau verdissait et châtoyait de reflets sombres ; des bandes violettes striaient les rougeurs du couchant. Mon

---

1. E.T.A. Hoffmann (1776-1822), écrivain et compositeur allemand, auteur d'opéras et de récits fantastiques, dont Nerval a traduit certains fragments. « L'Enchaînement des choses » est le titre d'un conte d'Hoffmann, dans *Les Frères de Saint-Sérapion*. **2.** Pierre Charles Laurent (1757-1834), le père de la mère de Nerval.

grand-père, en se retournant pour partir, ne trouva plus le
cheval qui l'avait amené. En vain il le chercha, l'appela
jusqu'à la nuit. Il lui fallut revenir à la ferme.

Il était d'un naturel silencieux ; il évita les rencontres,
monta à sa chambre et s'endormit, comptant sur la Providence et sur l'instinct de l'animal qui pouvait bien lui
faire retrouver la maison.

C'est ce qui n'arriva pas. Le lendemain matin, mon
grand-père descendit de sa chambre et rencontra dans la
cour son père qui se promenait à grands pas. Il s'était
aperçu déjà qu'il manquait un cheval à l'écurie. Silencieux comme son fils, il n'avait pas demandé quel était
le coupable ; il le reconnut en le voyant devant lui.

Je ne sais ce qui se passa. Un reproche trop vif fut
cause sans doute de la résolution que prit mon grand-père.
Il monta à sa chambre, fit un paquet de quelques habits,
et, à travers la forêt de Compiègne, il gagna un petit pays
situé entre Ermenonville et Senlis, près des étangs de
Châalis, vieille résidence carlovingienne. Là vivait un de
ses oncles qui descendait, dit-on, d'un peintre flamand
du XVIIe siècle[1]. Il habitait un ancien pavillon de chasse
aujourd'hui ruiné, qui avait fait partie des apanages de
Marguerite de Valois. Le champ voisin, entouré de halliers qu'on appelle *les bosquets*, était situé sur l'emplacement d'un ancien camp romain et a conservé le nom du
dixième des Césars. On y récolte du seigle dans les parties
qui ne sont pas couvertes de granits et de bruyères. Quel-

---

1. Ce lointain oncle de Nerval semble cité dans une lettre au docteur
Labrunie du 22 octobre 1853 : « Olivier Béga » (voir *NPl* III, p. 818).
La ressemblance de ce nom avec celui porté par plusieurs peintres a
conduit Nerval à attribuer à ce parent une ascendance prestigieuse : on
connaît un Cornelis-Pietersz Bega (1620-1664), peintre hollandais,
élève d'Adrien van Ostade, et un Abraham-Jansz Begeyn, dit aussi
Bega (1637-1697), autre peintre hollandais, qui devint à la fin du
XVIIe siècle peintre officiel à la cour de Berlin. À ces deux figures,
Aurélia en joindra encore une troisième, celle de Carl Joseph Begas
der Altere (1794-1854), auteur du tableau *Die Lureley* (1835), dont une
reproduction orne le frontispice de *Lorely* (1852). — Le douzième —
et non le dixième — empereur romain est Nerva (30-98 ; il succéda à
Domitien et précéda Trajan). Sur Marguerite de Valois, voir p. 220 et
note 3.

quefois on y a rencontré, en *traçant*[1], des pots étrusques, des médailles, des épées rouillées ou des images informes de dieux celtiques.

Mon grand-père aida le vieillard à cultiver ce champ, et fut récompensé patriarcalement en épousant sa cousine[2]. Je ne sais pas au juste l'époque de leur mariage, mais comme il se maria avec l'épée, comme aussi ma mère reçut le nom de Marie-Antoinette avec celui de Laurence, il est probable qu'ils furent mariés un peu avant la Révolution. Aujourd'hui mon grand-père repose avec sa femme et sa plus jeune fille au milieu de ce champ qu'il cultivait jadis. Sa fille aînée est ensevelie bien loin de là, dans la froide Silésie, au cimetière catholique polonais de Gross-Glogaw[3]. Elle est morte à vingt-cinq ans des fatigues de la guerre, d'une fièvre qu'elle gagna en traversant un pont chargé de cadavres où sa voiture manqua d'être renversée. Mon père, forcé de rejoindre l'armée à Moscou, perdit plus tard ses lettres et ses bijoux dans les flots de la Bérésina[4].

Je n'ai jamais vu ma mère, ses portraits ont été perdus ou volés ; je sais seulement qu'elle ressemblait à une gravure du temps, d'après Prud'hon ou Fragonard, qu'on appelait *La Modestie*[5]. La fièvre dont elle est morte m'a saisi trois fois à des époques qui forment, dans ma vie, des divisions régulières, périodiques. Toujours, à ces

---

1. Les emplois intransitifs de « tracer » sont rares. Le *TLF* attribue à la présente occurrence le sens de « parcourir (un endroit) ». **2.** La fille de l'oncle, si l'on suit bien le texte et si l'on sait que la grand'mère de Nerval, Marie *Marguerite* Victoire Boucher, avait, au moment de son mariage, en 1782, vingt-cinq ans. Elle ne pouvait donc être la « cousine » du « vieillard », mais bien la cousine (au sens large) du grand'père. On note que la destinée de ce grand'père ressemble curieusement à celle de Nerval, et la figure de l'oncle ici évoqué à celle d'Antoine Boucher. On note aussi qu'un manuscrit préparatoire d'*Aurélia* assimile la femme aimée et la fille de l'oncle (voir Le Livre de Poche n° 9631, la note 1 de la p. 423). **3.** Il faudrait « Gross-Glogau », sur l'Oder, dans une partie de la Silésie qui est polonaise depuis la fin de la Seconde Guerre mondiale. **4.** Ainsi que l'observe Claude Pichois, on voit mal pourquoi — la mère accompagnant son mari — celui-ci aurait porté avec lui des lettres de celle-là. **5.** Il existe effectivement — sous ce titre — une gravure à la roulette de Lefèvre d'après Lemire aîné (vers 1805). Pierre-Paul Prud'hon (1758-1823) ; Jean Honoré Fragonard (1732-1806).

époques, je me suis senti l'esprit frappé des images de
deuil et de désolation qui ont entouré mon berceau. Les
lettres qu'écrivait ma mère des bords de la Baltique ou
des rives de la Sprée[1] ou du Danube, m'avaient été lues
tant de fois ! Le sentiment du merveilleux, le goût des
voyages lointains ont été sans doute pour moi le résultat
de ces impressions premières, ainsi que du séjour que j'ai
fait longtemps dans une campagne isolée au milieu des
bois. Livré souvent aux soins des domestiques et des paysans, j'avais nourri mon esprit de croyances bizarres, de
légendes et de vieilles chansons. Il y avait là de quoi faire
un poète, et je ne suis qu'un rêveur en prose.

J'avais sept ans, et je jouais, insoucieux, sur la porte
de mon oncle, quand trois officiers parurent devant la
maison ; l'or noirci de leurs uniformes brillait à peine
sous leurs capotes de soldat. Le premier m'embrassa avec
une telle effusion que je m'écriai : « Mon père !... tu me
fais mal ! » De ce jour mon destin changea.

Tous trois revenaient du siège de Strasbourg[2]. Le plus
âgé, sauvé des flots de la Bérésina glacée, me prit avec
lui pour m'apprendre ce qu'on appelait mes devoirs.
J'étais faible encore, et la gaieté de son plus jeune frère
me charmait pendant mon travail. Un soldat qui les ser-

---

1. Rivière d'Allemagne qui passe par Bautzen, Cottbus, Fürsten-
walde, Berlin, et rejoint la Havel à Spandau.   **2.** Un manuscrit préparatoire porte ici « Mayence ». Le siège de Strasbourg dura du
6 janvier au 13 avril 1814, avant que Napoléon fût obligé d'abdiquer.
L'auteur semble mêler les époques, puisqu'il avait six ans (et non sept)
en 1814. De plus, au début du chapitre suivant, il passe sans transition à
l'évocation d'une fête qui eut lieu pendant les Cent-Jours (voir Claude
Pichois, « Souvenir du 4 juin 1815. Du dysfonctionnement de la
mémoire », *Équinoxe*, Kyoto, hiver 1991, n° 8, p. 15-17). — Le présent
passage de *Promenades et Souvenirs* semble avoir été imité imprimé antérieur, dans un article consacré à Nerval par Louis de Cormenin. Sans doute à partir d'informations fournies par l'auteur, Cormenin écrivait dans *La Presse* du 30 août 1852 : « À sept ans, élevé à la
campagne, Gérard ignorait encore ce que c'était qu'un père. Un homme
arrive du fond de la Russie, délivré par les traités de 1815. Sous sa
capote grise brillait à peine l'or noirci de son habit d'officier. Il avait
pensé à son fils en traversant l'Allemagne, où il laissait sa femme
morte de fièvre et ensevelie dans les fossés d'une ville de guerre. » On
notera la réapparition, dans *Promenades et Souvenirs*, de « l'or noirci »
des uniformes.

vait eut l'idée de me consacrer une partie de ses nuits. Il me réveillait avant l'aube et me promenait sur les collines voisines de Paris, me faisant déjeuner de pain et de crème dans les fermes ou dans les laiteries.

V

PREMIÈRES ANNÉES

Une heure fatale sonna pour la France. Son héros, captif lui-même au sein d'un vaste empire, voulut réunir dans le champ de Mai l'élite de ses héros fidèles. Je vis ce spectacle sublime dans la loge des généraux. On distribuait aux régiments des étendards ornés d'aigles d'or, confiés désormais à la fidélité de tous.

Un soir je vis se dérouler, sur la plus grande place de la ville, une immense décoration qui représentait un vaisseau en mer. La nef se mouvait sur une onde agitée et semblait voguer vers une tour qui marquait le rivage. Une rafale violente détruisit l'effet de cette représentation. Sinistre augure, qui prédisait à la patrie le retour des étrangers.

Nous revîmes les fils du Nord, et les cavales de l'Ukraine rongèrent encore une fois l'écorce des arbres de nos jardins[1]. Mes sœurs du hameau revinrent à tire d'aile, comme des colombes plaintives, et m'apportèrent dans leurs bras une tourterelle aux pieds roses, que j'aimais comme une autre sœur.

Un jour, une des belles dames qui visitaient mon père[2] me demanda un léger service : j'eus le malheur de lui répondre avec impatience. Quand je retournai sur la terrasse, la tourterelle s'était envolée.

J'en conçus un tel chagrin, que je faillis mourir d'une fièvre purpurine qui fit porter à l'épiderme tout le sang

---

1. Allusion à la deuxième occupation de la France, après Waterloo.
2. Revenu à la vie civile, le docteur Labrunie s'était spécialisé dans la gynécologie.

de mon cœur. On crut me consoler en me donnant pour
compagnon un jeune sapajou rapporté d'Amérique par un
capitaine, ami de mon père. Cette jolie bête devint la
compagne de mes jeux et de mes travaux.

J'étudiais à la fois l'italien, le grec et le latin, l'allemand, l'arabe et le persan[1]. Le *Pastor fido, Faust*, Ovide
et Anacréon étaient mes poèmes et mes poètes favoris.
Mon écriture, cultivée avec soin, rivalisait parfois de
grâce et de correction avec les manuscrits les plus
célèbres de l'Iram. Il fallait encore que le trait de l'amour
perçât mon cœur d'une de ses flèches les plus brûlantes !
Celle-là partit de l'arc délié et du sourcil noir d'une vierge
à l'œil d'ébène, qui s'appelait Héloïse. — J'y reviendrai
plus tard.

J'étais toujours entouré de jeunes filles ; — l'une
d'elles était ma tante[2] ; deux femmes de la maison, Jean-
nette et Fanchette, me comblaient aussi de leurs soins.
Mon sourire enfantin rappelait celui de ma mère, et mes
cheveux blonds, mollement ondulés, couvraient avec
caprice la grandeur précoce de mon front. Je devins épris
de Fanchette, et je conçus l'idée singulière de la prendre
pour épouse selon les rites des aïeux. Je célébrai moi-
même le mariage, en figurant la cérémonie au moyen
d'une vieille robe de ma grand-mère que j'avais jetée sur
mes épaules. Un ruban pailleté d'argent ceignait mon
front, et j'avais relevé la pâleur ordinaire de mes joues
d'une légère couche de fard. Je pris à témoin le dieu de
nos pères et la Vierge sainte dont je possédais une image,
et chacun se prêta avec complaisance à ce jeu naïf d'un
enfant.

Cependant j'avais grandi ; un sang vermeil colorait
mes joues ; j'aimais à respirer l'air des forêts profondes.
Les ombrages d'Ermenonville, les solitudes de Morfon-

---

1. Étonnante déclaration, pour l'arabe et le persan. Le *Pastor fido*
évoque la dédicace des *Petits Châteaux de Bohême* (voir p. 55 et
note 2). Le *Faust*, œuvre majeure de Goethe, traduite par Nerval. Ovide
(43 avant J.-C.-env. 17 après J.-C.), poète latin, auteur d'une œuvre où
dominent l'amour et la mythologie.   **2.** Eugénie Laurent, sœur de la
mère. Née en 1800, Eugénie mourut à Paris le 26 août 1826. L'auteur
fait plus loin allusion à ce décès prématuré (voir p. 404).

taine[1] n'avaient plus de secrets pour moi. Deux de mes cousines habitaient par là. J'étais fier de les accompagner dans ces vieilles forêts, qui semblaient leur domaine.

Le soir, pour divertir de vieux parents, nous représentions les chefs-d'œuvre des poètes, et un public bienveillant nous comblait d'éloges et de couronnes. Une jeune fille vive et spirituelle, nommée Louise[2], partageait nos triomphes ; on l'aimait dans cette famille, où elle représentait la gloire des arts.

Je m'étais rendu très fort sur la danse. Un mulâtre nommé Major m'enseignait à la fois les premiers éléments de cet art et ceux de la musique, pendant qu'un peintre de portraits, nommé Mignard[3], me donnait des leçons de dessin. Mlle Nouvelle était l'*étoile* de notre salle de danse. Je rencontrai un rival dans un joli garçon nommé Provost. Ce fut lui qui m'enseigna l'art dramatique : nous représentions ensemble de petites comédies, qu'il improvisait avec esprit. Mlle Nouvelle était naturellement notre actrice principale et tenait une balance si exacte entre nous deux, que nous soupirions sans espoir... Le pauvre Provost s'est fait depuis acteur sous le nom de Raymond ; il se souvint de ses premières tentatives, et se mit à composer des féeries, dans lesquelles il eut pour collaborateurs les frères Cogniard[4]. — Il a fini bien triste-

---

1. Mortefontaine.   2. Un manuscrit préparatoire portait ici « Augustine », cancellé en « Louise ».   3. On sait que deux peintres du xviie siècle, Nicolas et Pierre, portaient ce nom. Sur le manuscrit préparatoire, ce maître de dessin est nommé « Muller ».   4. Mlle Nouvelle est inconnue des répertoires. Par contre, on a pu retrouver la trace de Provost, qui avait sans doute choisi le pseudonyme de Raymond pour ne pas être confondu avec le grand Provost (1798-1865), acteur de la Comédie-Française. Raymond débuta à l'Ambigu en 1824 et il appartenait à la troupe du Cirque-Olympique quand on le retrouva mort, le 13 décembre 1842, à l'âge de 36 ans. Célibataire, il laissait cependant une fille. — Les frères Cogniard (Charles-Théodore [1806-1872] et Jean-Hippolyte [1807-1882]) écrivirent, très souvent en collaboration, un grand nombre de comédies, de vaudevilles et de féeries, notamment *La Fille de l'air*, avec « P. Raymond », mélodrame créé au théâtre des Folies-Dramatiques le 3 août 1837. — Il est piquant de noter que Nerval compta lui aussi au nombre des collaborateurs des frères Cogniard : ceux-ci firent jouer au théâtre du Gymnase, le 30 mai 1850, un vaudeville en un acte, *Pruneau de Tours*, dont le sujet aurait appartenu à Gérard. Quelques mois plus tard, notre auteur évoqua avec

ment en se prenant de querelle avec un régisseur de la Gaîté, auquel il donna un soufflet. Rentré chez lui, il réfléchit amèrement aux suites de son imprudence, et, la nuit suivante, se perça le cœur d'un coup de poignard.

VI

HÉLOÏSE

La pension que j'habitais avait un voisinage de jeunes brodeuses. L'une d'elles, qu'on appelait la Créole, fut l'objet de mes premiers vers d'amour ; son œil sévère, la sereine placidité de son profil grec, me réconciliaient avec la froide dignité des études ; c'est pour elle que je composai des traductions versifiées de l'ode d'Horace, « À Tyndaris[1] », et d'une mélodie de Byron, dont je traduisais ainsi le refrain :

> Dis-moi jeune fille d'Athènes,
> Pourquoi m'as-tu ravi mon cœur !

Quelquefois je me levais dès le point du jour et je prenais la route de***, courant et déclamant mes vers au milieu d'une pluie battante. La cruelle se riait de mes amours errantes et de mes soupirs ! C'est pour elle que je

---

humour ce vaudeville, dont il était « sourdement coupable pour un tiers » (*NPl* II, p. 1186).

1. Cette traduction se trouve effectivement dans les manuscrits réunissant les essais de jeunesse de l'auteur (voir *NPl* I, p. 18 et 77-78). Par contre, et même si ces essais contiennent des adaptations de Byron, la traduction de la « mélodie » évoquée ensuite n'a pas été retrouvée. Claude Pichois a découvert de quel texte original il s'agit : daté d'Athènes, 1810, il fut recueilli d'abord dans *Childe Harold's Pilgrimage* (1812) et a pour titre « Maid of Athens, ere we part ». Dans ce qu'il appelle refrain, Gérard a contaminé le titre, qui est aussi le premier vers, et le deuxième vers (« *Give, oh give me back my heart !* »). Le « [p]ourquoi » est nervalien. (Note de Claude Pichois.)

composai la pièce suivante, imitée d'une mélodie de Thomas Moore [1] :

> Quand le plaisir brille en tes yeux
> Pleins de douceur et d'espérance ;
> Quand le charme de l'existence
> Embellit tes traits gracieux, —
> Bien souvent alors je soupire
> En songeant que l'amer chagrin,

Aujourd'hui, loin de toi, peut t'atteindre demain,
Et de ta bouche aimable effacer le sourire ;
Car le Temps, tu le sais, entraîne sur ses pas
> Les illusions dissipées,
Et les feux refroidis, et les amis ingrats,
> Et les espérances trompées !

Mais, crois-moi, mon amour ! tous ces charmes naissants,
> Que je contemple avec ivresse,
S'ils s'évanouissaient sous mes bras caressants,
> Tu conserverais ma tendresse ! —
> Si tes attraits étaient flétris,
> Si tu perdais ton doux sourire,
> La grâce de tes traits chéris
> Et tout ce qu'en toi l'on admire,
> Va, mon cœur n'est pas incertain :
De sa sincérité tu pourrais tout attendre
Et mon amour, vainqueur du Temps et du Destin
S'enlacerait à toi, plus ardent et plus tendre !

Oui ! si tous tes attraits te quittaient aujourd'hui,
J'en gémirais pour toi ; mais en ce cœur fidèle
Je trouverais peut-être une douceur nouvelle,

---

1. Poésie publiée dans l'*Almanach des Muses* de 1828 (sous le titre
« À Aug. H... Y ») ; le dédicataire n'a pu être identifié ainsi que dans
le recueil *Les Poëtes de l'amour* constitué par Julien Lemer (Garnier
Frères, 1850). Il existe également une version manuscrite, dans l'« Album amicorum » de Regina Lhomme. La version reproduite ici est
celle de 1828, plus longue de huit vers que les deux autres. Le terme
« imitée » est important : Nerval ne traduit pas un texte précis de l'écrivain irlandais Thomas Moore (1779-1852).

Et lorsque loin de toi les amants auraient fui,
Chassant la jalousie en tourments si féconde,
Une plus vive ardeur me viendrait animer.
Elle est donc à moi seul, dirais-je, puisqu'au monde
Il ne reste que moi qui puisse encor l'aimer !

Mais qu'osé-je prévoir ? tandis que la jeunesse
T'entoure d'un éclat, hélas ! bien passager,
Tu ne peux te fier à toute la tendresse
D'un cœur en qui le temps ne pourra rien changer.
Tu le connaîtras mieux : s'accroissant d'âge en âge,
L'amour constant ressemble à la fleur du Soleil
Qui rend à son déclin, le soir, le même hommage
Dont elle a, le matin, salué son réveil !

J'échappe à ces amours volages pour raconter mes premières peines. Jamais un mot blessant, un soupir impur
n'avaient souillé l'hommage que je rendais à mes cousines. Héloïse, la première, me fit connaître la douleur.
Elle avait pour gouvernante une bonne vieille Italienne
qui fut instruite de mon amour. Celle-ci s'entendit avec
la servante de mon père pour nous procurer une entrevue.
On me fit descendre en secret dans une chambre où la
figure d'Héloïse était représentée par un vaste tableau.
Une épingle d'argent perçait le nœud touffu de ses cheveux d'ébène, et son buste étincelait comme celui d'une
reine, pailleté de tresses d'or sur un fond de soie et de
velours. Éperdu, fou d'ivresse, je m'étais jeté à genoux
devant l'image ; une porte s'ouvrit, Héloïse vint à ma rencontre et me regarda d'un œil souriant. « Pardon, reine,
m'écriai-je, je me croyais le Tasse aux pieds d'Éléonore,
ou le tendre Ovide aux pieds de Julie [1] !... »

Elle ne put rien me répondre, et nous restâmes tous
deux muets dans une demi-obscurité. Je n'osai lui baiser
la main, car mon cœur se serait brisé. — Ô douleurs et

---

1. On ne sait rien d'Héloïse, ni du tableau qui la représentait. Éléonore est Éléonore d'Este, la sœur du duc de Ferrare, protecteur du
Tasse ; Julie est la petite-fille de l'empereur Auguste. — On ne sait
si Sylvie et Adrienne, évoquées plus bas, doivent être identifiées aux
personnages portant ces noms dans la nouvelle des *Filles du Feu*.

regrets de mes jeunes amours perdus, que vos souvenirs
sont cruels ! « Fièvres éteintes de l'âme humaine, pourquoi revenez-vous encore échauffer un cœur qui ne bat
plus ? » Héloïse est mariée aujourd'hui ; Fanchette, Sylvie et Adrienne sont à jamais perdues pour moi : — le
monde est désert. Peuplé de fantômes aux voix plaintives,
il murmure des chants d'amour sur les débris de mon
néant ! Revenez pourtant, douces images ! j'ai tant aimé,
j'ai tant souffert ! « Un oiseau qui vole dans l'air a dit
son secret au bocage, qui l'a redit au vent qui passe, — et
les eaux plaintives ont répété le mot suprême :
— Amour ! amour ! »

VII

VOYAGE AU NORD [1]

Que le vent enlève ces pages écrites dans des instants
de fièvre ou de mélancolie, — peu importe : il en a déjà
dispersé quelques-unes, et je n'ai pas le courage de les
récrire. En fait de Mémoires, on ne sait jamais si le public
s'en soucie, — et cependant je suis du nombre des écrivains dont la vie tient intimement aux ouvrages qui les
ont fait connaître. N'est-on pas aussi, sans le vouloir, le
sujet de biographies directes ou déguisées ? Est-il plus
modeste de se peindre dans un roman sous le nom de
Lélio, d'Octave ou d'Arthur, ou de trahir ses plus intimes
émotions dans un volume de poésies ? Qu'on nous pardonne ces élans de personnalité, à nous qui vivons sous
le regard de tous, et qui, glorieux ou perdus, ne pouvons
plus atteindre au bénéfice de l'obscurité !

Si je pouvais faire un peu de bien en passant, j'es-
sayerais d'appeler quelque attention sur ces pauvres villes
délaissées dont les chemins de fer ont détourné la circula-
tion et la vie. Elles s'asseyent tristement sur les débris de

---

1. Les deux derniers chapitres de *Promenades et Souvenirs* ont paru
après la mort de Nerval, dans *L'Illustration* du 3 février 1855.

402   *Promenades et Souvenirs*

leur fortune passée, et se concentrent en elles-mêmes,
jetant un regard désenchanté sur les merveilles d'une civilisation qui les condamne ou les oublie. Saint-Germain
m'a fait penser à Senlis, et comme c'était un mardi, j'ai
pris l'omnibus de Pontoise, qui ne circule plus que les
jours de marché. J'aime à contrarier les chemins de fer,
— et Alexandre Dumas, que j'accuse d'avoir un peu
brodé dernièrement sur mes folies de jeunesse, a dit avec
vérité que j'avais dépensé deux cents francs et mis huit
jours pour l'aller voir à Bruxelles, par l'ancienne route de
Flandre, — et en dépit du chemin de fer du Nord[1].

Non, je n'admettrai jamais, quelles que soient les difficultés des terrains, que l'on fasse huit lieues, ou, si vous
voulez, trente-deux kilomètres[2] pour aller à Poissy en évitant Saint-Germain, et trente lieues pour aller à
Compiègne en évitant Senlis. Ce n'est qu'en France que
l'on peut rencontrer des chemins si contrefaits. Quand le
chemin belge perçait douze montagnes pour arriver à Spa,
nous étions en admiration devant ces faciles contours de
notre principale artère, qui suivent tour à tour les lits
capricieux de la Seine et de l'Oise, pour éviter une ou
deux pentes de l'ancienne route du Nord.

Pontoise est encore une de ces villes situées sur des
hauteurs, qui me plaisent par leur aspect patriarcal, leurs
promenades, leurs points de vue, et la conservation de
certaines mœurs, qu'on ne rencontre plus ailleurs. On y
joue encore dans les rues, on cause, on chante le soir sur
le devant des portes ; les restaurateurs sont des pâtissiers ;
on trouve chez eux quelque chose de la vie de famille ;
les rues, en escaliers, sont amusantes à parcourir ; la promenade tracée sur les anciennes tours domine la magnifique vallée où coule l'Oise. De jolies femmes et de beaux
enfants s'y promènent. On surprend en passant, on envie
tout ce petit monde paisible qui vit à part dans ses vieilles

---

1. Le 7 juillet 1854, dans *Le Pays*, Dumas avait évoqué en ces
termes le voyage de Nerval en Belgique, en 1852 : « [...] il arrive chez
moi enfin à Bruxelles, après avoir, en agissant contre les détours du
chemin de fer, qui lui paraissaient des longueurs inutiles, mis quinze
jours et dépensé quatre cents francs à faire le chemin qu'il eût fait en
dix heures et pour un louis. » (*Causeries d'un voyageur*.) **2.** Sur
l'emploi du système métrique, voir p. 216 et la note 1.

maisons, sous ses beaux arbres, au milieu de ces beaux aspects et de cet air pur. L'église est belle et d'une conservation parfaite. Un magasin de nouveautés parisiennes s'éclaire auprès, et ses demoiselles sont vives et rieuses comme dans *La Fiancée* de M. Scribe [1]... Ce qui fait le charme, pour moi, des petites villes un peu abandonnées, c'est que j'y retrouve quelque chose du Paris de ma jeunesse. L'aspect des maisons, la forme des boutiques, certains usages, quelques costumes... À ce point de vue, si Saint-Germain rappelle 1830, Pontoise rappelle 1820 ; — je vais plus loin encore retrouver mon enfance et le souvenir de mes parents.

Cette fois je bénis le chemin de fer, — une heure au plus me sépare de Saint-Leu : — le cours de l'Oise, si calme et si verte, découpant au clair de lune ses îlots de peupliers, l'horizon festonné de collines et de forêts, les villages aux noms connus qu'on appelle à chaque station, l'accent déjà sensible des paysans qui montent d'une distance à l'autre, les jeunes filles coiffées de madras, selon l'usage de cette province, tout cela m'attendrit et me charme ; il me semble que je respire un autre air ; et en mettant le pied sur le sol, j'éprouve un sentiment plus vif encore que celui qui m'animait naguère en repassant le Rhin : la terre paternelle, c'est deux fois la patrie.

J'aime beaucoup Paris, où le hasard m'a fait naître, — mais j'aurais pu naître aussi bien sur un vaisseau, — et Paris, qui porte dans ses armes la *bari* ou nef mystique des Égyptiens [2], n'a pas dans ses murs cent mille Parisiens véritables. Un homme du Midi, s'unissant là par hasard à une femme du Nord, ne peut produire un enfant de nature

---

1. *La Fiancée*, opéra-comique de Scribe et Auber, créé le 10 janvier 1829.   2. À la fin du XVIIIe et au début du XIXe siècle, de nombreux ouvrages — en particulier *L'Origine de tous les cultes* de Dupuis, déjà cité, et *De l'esprit des religions* de Nicolas de Bonneville (1791) — avaient rappelé la légende médiévale d'une Isis française dont le culte serait arrivé en France par la voie maritime et qui aurait donné son nom à Paris, la ville d'Ys. On faisait dériver « Paris » de « para Isis », en arguant que la ville aurait été bâtie auprès d'un temple de la déesse. Napoléon accepta, le 20 janvier 1811, que la nef d'Isis figure sur les armoiries de la ville de Paris. Le terme *bari*, ou *baris*, désigne les barques sacrées, chez les Égyptiens, notamment celles qui servent à passer le fleuve des morts.

lutécienne. On dira à cela, qu'importe ! Mais demandez un peu aux gens de province s'il importe d'être de tel ou tel pays.

Je ne sais si ces observations ne semblent pas bizarres, — cherchant à étudier les autres dans moi-même, je me dis qu'il y a dans l'attachement à la terre beaucoup de l'amour de la famille. Cette piété qui s'attache aux lieux est aussi une portion du noble sentiment qui nous unit à la patrie. En revanche, les cités et les villages se parent avec fierté des illustrations qui proviennent de leur sol. Il n'y a plus là division ou jalousie locale, tout se rapporte au centre national, et Paris est le foyer de toutes ces gloires. Me direz-vous pourquoi j'aime tout le monde dans ce pays, où je retrouve des intonations connues autrefois, où les vieilles ont les traits de celles qui m'ont bercé, où les jeunes gens et les jeunes filles me rappellent les compagnons de ma première jeunesse ? Un vieillard passe : il m'a semblé voir mon grand-père ; il parle, c'est presque sa voix ; — cette jeune personne a les traits de ma tante, morte à vingt-cinq ans ; une plus jeune me rappelle une petite paysanne qui m'a aimé, et qui m'appelait son petit mari, — qui dansait et chantait toujours, et qui, le dimanche, au printemps, se faisait des couronnes de marguerites. Qu'est-elle devenue, la pauvre Célénie, avec qui je courais dans la forêt de Chantilly, et qui avait si peur des gardes-chasses et des loups !

VIII

CHANTILLY

Voici les deux tours de Saint-Leu, le village sur la hauteur, séparé par le chemin de fer de la partie qui borde l'Oise. On monte vers Chantilly en côtoyant de hautes collines de grès d'un aspect solennel ; puis c'est un bout de la forêt ; la Nonette brille dans les prés bordant les dernières maisons de la ville. — La Nonette ! une des chères petites rivières où j'ai pêché des écrevisses ; — de l'autre côté de la forêt coule sa sœur la Thève, où je me suis presque noyé pour n'avoir pas voulu paraître poltron devant la petite Célénie[1] !

Célénie m'apparaît souvent dans mes rêves comme une nymphe des eaux, tentatrice naïve ; follement enivrée de l'odeur des prés, couronnée d'ache et de nénuphar, découvrant, dans son rire enfantin, entre ses joues à fossettes, les dents de perles de la nixe germanique. Et certes, l'ourlet de sa robe était très souvent mouillé comme il convient à ses pareilles... Il fallait lui cueillir des fleurs aux bords marneux des étangs de Commelle, ou parmi les joncs et les oseraies qui bordent les métairies de Coye. Elle aimait les grottes perdues dans les bois, les ruines des vieux châteaux, les temples écroulés aux colonnes festonnées de lierre, le foyer des bûcherons, où elle chantait et racontait les vieilles légendes du pays : — Mme de Montfort, prisonnière dans sa tour, qui tantôt s'envolait en cygne, et tantôt frétillait en beau poisson d'or dans les fossés de son château ; — la fille du pâtissier, qui portait des gâteaux au comte d'Ory[2], et qui, forcée à passer la nuit chez son seigneur, lui demanda son poignard pour ouvrir le nœud d'un lacet et s'en perça le cœur ; — les moines rouges, qui enlevaient les femmes, et les plongeaient dans des souterrains ; — la fille du sire de Pontarmé, éprise du beau Lautrec, et enfermée sept ans par son père, après quoi elle meurt ; et le chevalier, revenant de la croisade, fait découdre avec un couteau d'or fin son linceul de fine toile. Elle ressuscite, mais ce n'est plus qu'une goule affamée de sang[3]... Henri IV et Gabrielle, Biron et Marie de Loches[4], et que sais-je encore de tant de récits dont sa

---

1. On pense ici à un épisode de « Sylvie » (voir p. 258).   **2.** Il faut peut-être lire « Orry » ; Nerval a évoqué cette chanson dans *La Bohême galante* (où c'est « le seigneur de Dammartin » qui est en cause ; *NPl* III, p. 289) et dans les « Chansons et légendes du Valois » (p. 279, le seigneur n'est pas nommé).   **3.** Voir « Chansons et légendes du Valois », p. 276-277.   **4.** Sur la « chanson de Biron », voir « Chansons et légendes du Valois », p. 280. Jean Guillaume a identifié Marie de Loches avec Marie Bruneau, dame des Loges (env. 1584-1641), dont la maison parisienne fut au début du XVIIe siècle une sorte d'académie ouverte à tous les beaux esprits ; Biron était son contemporain (voir *Nerval. Masques et visage*, Namur, Presses Universitaires / « Études nervaliennes et romantiques IX », 1988, p. 80-81).

mémoire était peuplée ! Saint Rieul parlant aux grenouilles, saint Nicolas ressuscitant les trois petits enfants
hachés comme chair à pâté par un boucher de Clermont-
sur-Oise. Saint Léonard, saint Loup et saint Guy ont
laissé dans ces cantons mille témoignages de leur sainteté
et de leurs miracles ; Célénie montait sur les roches ou
sur les dolmens druidiques, et les racontait aux jeunes
bergers. Cette petite Velléda[1] du vieux pays des Sylvanectes m'a laissé des souvenirs que le temps ravive.
Qu'est-elle devenue ? Je m'en informerai du côté de La
Chapelle-en-Serval ou de Charlepont, ou de Montmé-
liant[2]... Elle avait des tantes partout, des cousines sans
nombre ; que de morts dans tout cela, que de malheureux
sans doute dans ces pays si heureux autrefois !

Au moins Chantilly porte noblement sa misère ;
comme ces vieux gentilshommes au linge blanc, à la
tenue irréprochable, il a cette fière attitude qui dissimule
le chapeau déteint ou les habits râpés... Tout est propre,
rangé, circonspect ; les voix résonnent harmonieusement
dans les salles sonores. On sent partout l'habitude du respect, et la cérémonie qui régnait jadis au château règle
un peu les rapports des placides habitants. C'est plein
d'anciens domestiques retraités, conduisant des chiens
invalides, — quelques-uns sont devenus des maîtres, et
ont pris l'aspect vénérable des vieux seigneurs qu'ils ont
servi.

Chantilly est comme une longue rue de Versailles. Il
faut voir cela l'été, par un splendide soleil, en passant à
grand bruit sur ce beau pavé qui résonne. Tout est préparé
là pour les splendeurs princières et pour la foule privilé-
giée des chasses et des courses. Rien n'est étrange comme
cette grande porte qui s'ouvre sur la pelouse du château

— Saint Rieul (lat. Regulus), évoqué ensuite, fut l'apôtre du Valois, à
la fin du IIIᵉ siècle. Son souvenir est attaché à Senlis, où il fonda plusieurs églises.

1. Prêtresse et prophétesse de Germanie, au Iᵉʳ siècle après J.-C. À
l'époque de Vespasien, elle soutint la révolte des Bataves contre les
Romains, refusa de se soumettre, fut livrée et figura à Rome dans un
triomphe. Chateaubriand s'est inspiré de cette figure dans *Les Martyrs*.
Sur les Sylvanectes, voir la note 1 de la p. 185. **2.** Il faudrait
« Montmélian ».

et qui semble un arc de triomphe, comme le monument voisin qui paraît une basilique et qui n'est qu'une écurie. Il y a là quelque chose encore de la lutte des Condés contre la branche aînée des Bourbons. — C'est la chasse qui triomphe à défaut de la guerre, et où cette famille trouva encore une gloire après que Clio eut déchiré les pages de la jeunesse guerrière du grand Condé, comme l'exprime le mélancolique tableau qu'il a fait peindre lui-même[1].

À quoi bon maintenant revoir ce château démeublé qui n'a plus à lui que le cabinet satirique de Watteau et l'ombre tragique du cuisinier Vatel se perçant le cœur dans un fruitier ! J'ai mieux aimé entendre les regrets sincères de mon hôtesse touchant ce bon prince de Condé qui est encore le sujet des conversations locales. Il y a dans ces sortes de villes quelque chose de pareil à ces cercles du purgatoire de Dante immobilisés dans un seul souvenir, et où se refont dans un centre plus étroit les actes de la vie passée. — « Et qu'est devenue votre fille qui était si blonde et gaie, lui ai-je dit ; elle s'est sans doute mariée ? — Mon Dieu oui, et depuis elle est morte de la poitrine... » J'ose à peine dire que cela me frappa plus vivement que les souvenirs du prince de Condé. Je l'avais vue toute jeune, et certes je l'aurais aimée, si à cette époque je n'avais eu le cœur occupé d'une autre... Et maintenant voilà que je pense à la ballade allemande : *La Fille de l'hôtesse*, et aux trois compagnons dont l'un disait : « Oh ! si je l'avais connue, comme je l'aurais aimée ! » — et le second : « Je t'ai connue, et je t'ai tendrement aimée ! » — et le troi-

---

1. Mme Nicole Ferrier a retrouvé ce tableau, qui représente Clio déchirant le livre de l'Histoire, avec Condé en *imperator*. C'est une toile qui avait été commandée à Michel de Corneille par le fils du grand Condé pour la galerie des batailles du château de Chantilly. Dans le paragraphe suivant, il n'est plus question du grand Condé mais du duc de Bourbon, dernier prince du nom de Condé, que, le 27 août 1830, on trouva pendu à l'espagnolette d'une fenêtre de son château de Saint-Leu. Sa maîtresse, Sophie Dawes, baronne de Feuchères, qui héritait d'une partie des biens, fut soupçonnée, mais le procès conclut au suicide. (Note de Claude Pichois.) — Le suicide de Vatel est évoqué plusieurs fois par Nerval (voir notamment *Pandora*, Le Livre de Poche nº 9631).

sième : « Je ne t'ai pas connue... mais je t'aime et t'aimerai pendant l'éternité[1] ! »

Encore une figure blonde qui pâlit, se détache et tombe glacée à l'horizon de ces bois baignés de vapeurs grises. J'ai pris la voiture de Senlis qui suit le cours de la Nonette en passant par Saint-Firmin et par Courteuil, nous laissons à gauche Saint-Léonard et sa vieille chapelle, et nous apercevons déjà le haut clocher de la cathédrale. À gauche est le champ des *Raines*[2], où saint Rieul, interrompu par les grenouilles dans une de ses prédications, leur imposa silence, et, quand il eut fini, permit à une seule de se faire entendre à l'avenir. Il y a quelque chose d'oriental dans cette naïve légende et dans cette bonté du saint qui permet du moins à une grenouille d'exprimer les plaintes des autres.

J'ai trouvé un bonheur indicible à parcourir les rues et les ruelles de la vieille cité romaine, si célèbre encore depuis par ses sièges et ses combats. « Ô pauvre ville, que tu es enviée ! » disait Henri IV[3]. — Aujourd'hui personne n'y pense, et ses habitants paraissent peu se soucier du reste de l'univers. Ils vivent plus à part encore que ceux de Saint-Germain. Cette colline aux antiques constructions domine fièrement son horizon de prés verts bordés de quatre forêts[4] : Halatte, Apremont, Pontarmé, Ermenonville dessinent au loin leurs masses ombreuses où pointent çà et là les ruines des abbayes et des châteaux.

En passant devant la porte de Reims, j'ai rencontré une de ces énormes voitures de saltimbanques qui promènent de foire en foire toute une famille artistique, son matériel et son ménage. Il s'était mis à pleuvoir, et l'on m'offrit cordialement un abri. Le local était vaste, chauffé par un

1. La fin de cette évocation du poème d'Uhland (« Der Wirthin Töchterlein ») ne doit rien au texte original. Voir Jean Guillaume, *Nerval. Masques et visage*, ouvrage cité, p. 103-107.   **2.** La mare de Rully. « Raine » est un équivalent ancien de « grenouille ».   **3.** Senlis, que les ligueurs avaient attaqué à deux reprises (1589 et 1590), était resté fidèle au roi Henri ; d'où l'exclamation de celui-ci, ainsi rapportée par Casimir Vatin : « Ô pauvre ville, combien tu es enviée ! » (*Senlis et Chantilly, anciens et modernes*, Senlis, Duriez, 1847, p. 118.) (Note de Jacques Bony.)   **4.** Cinq en réalité, si l'on compte la forêt de Chantilly (voir p. 201).

poêle, éclairé par huit fenêtres, et six personnes paraissaient y vivre assez commodément. Deux jolies filles
s'occupaient de repriser leurs ajustements pailletés, une
femme encore belle faisait la cuisine, et le chef de la
famille donnait des leçons de maintien à un jeune homme
de bonne mine qu'il dressait à jouer les amoureux. C'est
que ces gens ne se bornaient pas aux exercices d'agilité,
et jouaient aussi la comédie. On les invitait souvent dans
les châteaux de la province, et ils me montrèrent plusieurs
attestations de leurs talents signés de noms illustres. Une
des jeunes filles se mit à déclamer des vers d'une vieille
comédie du temps au moins de Montfleury[1], car le nouveau répertoire leur est défendu. Ils jouent aussi des
pièces à l'impromptu sur des canevas à l'italienne avec
une grande facilité d'invention et de répliques. En regardant les deux jeunes filles, l'une, vive et brune, l'autre,
blonde et rieuse, je me mis à penser à Mignon et Philine
dans *Wilhelm Meister*[2], et voilà un rêve germanique qui
me revient entre la perspective des bois et l'antique profil
de Senlis. Pourquoi ne pas rester dans cette maison
errante à défaut d'un domicile parisien ? Mais il n'est plus
temps d'obéir à ces fantaisies de la verte Bohême[3] ; et
j'ai pris congé de mes hôtes, car la pluie avait cessé.

---

1. Le comédien Zacharie Jacob, dit Montfleury (env. 1600-1667),
de la troupe de l'Hôtel de Bourgogne ; il excellait dans les rôles comiques.   **2.** *Les Années d'apprentissage de Wilhelm Meister*, roman de
Goethe (1795-1796) où le héros, accompagné par Mignon (une très
jeune fille habillée en petit garçon), se lie à une troupe de comédiens
ambulants, dont Philine fait partie.   **3.** Il faudrait aujourd'hui « bohème ». Mais on sait que Nerval tenait à la polysémie de ce terme (voir
l'Introduction).

DOSSIER

PETIT LEXIQUE DE
« MYSTICISME » ET DES « CHIMÈRES »

Achéron : nom d'un fleuve des Enfers. Orphée avait reçu la permission de le traverser deux fois. Voir aussi la citation de Virgile trouvée dans le « Bucquoy » par le narrateur d'« Angélique » (p. 227 et note 1).

Amalécyte : ce nom est connu au pluriel seulement — les Amalécites — pour désigner une tribu sémitique nomadisant dans le Néguev. La Bible les montre barrant le passage aux Hébreux venus d'Égypte, puis battus par Saül et par David.

Amour : le dieu Amour (Éros chez les Grecs).

Antée (la race d') : la race des Géants.

Antéros : Fils d'Aphrodite et d'Arès (Mars), il peut être soit l'ennemi de l'Amour, soit le Vengeur de ceux qui méprisent l'Amour.

Aquitaine (le prince d') : à rapprocher d'un passage des lettres réunies sous le titre « Un roman à faire », dans lesquelles le narrateur se décrit comme un « pauvre et obscur descendant d'un châtelain du Périgord » (*NPl* I, p. 698). C'est le côté du père qui est ici évoqué.

Artémis : la Diane des Latins.

Atys : berger phrygien aimé de Cybèle ; sa légende — qui veut qu'il ressuscite à chaque printemps — est aussi évoquée dans « Isis ».

Bélus : divinité des Babyloniens.

Biron : la leçon « Byron » qui apparaît dans *Le Mousquetaire* et dans *L'Artiste* constitue sans doute une erreur. Ce n'est pas l'auteur anglais qui est ici évoqué, mais Charles de Gontaut, duc de Biron (1561-1602) et appartenant à une ancienne famille du Périgord. Nommé amiral

de France par Henri IV, il fut ensuite accusé de conspiration et condamné à avoir la tête tranchée. Voir p. 280
l'évocation de la chanson de Biron.

César : empereur romain (et non Jules César).

Cocyte (le) : l'un des fleuves des Enfers.

Constantin (l'arc de) : monument érigé en 315 à Rome,
près du Colisée, par l'empereur Constantin à la suite de sa
victoire sur Maxence. Constantin est célèbre pour s'être
converti au christianisme et pour avoir, par l'édit de
Milan (313), favorisé les adeptes de la nouvelle religion.

Dagon : idole des Philistins.

Daphné, ou Dafné : autre nom de Manto (voir s.v.
« Lusignan »), fille de Tirésias et célèbre prophétesse de
Thèbes ; elle fut ensuite emmenée à Delphes pour être
consacrée à Apollon. Daphné est aussi le nom d'une
nymphe aimée d'Apollon qui, pour échapper au dieu, fut
transformée en laurier (d'où son nom).

Delfica : nom d'une sibylle de l'Antiquité qui prophéti-
sait à Delphes (elle se confondait avec la pythie).

Desdichado : ce mot signifie en fait « malheureux »
— et non déshérité — en espagnol. C'est l'*Ivanhoé*
(1819) de Walter Scott qui a imposé le sens de déshérité.

Dragon (le vieux) [au v. 14 d'« Antéros »] : dans plusieurs traditions légendaires de l'Antiquité, des guerriers
naissent de dents semées par un dragon.

Étoile : voir les allusions à l'Étoile et au Destin, personnages du *Roman comique* de Scarron, dans « Le
Roman tragique » (p. 119-127) et dans *Pandora* (Le Livre
de Poche n° 9631, p. 406). « Le Destin » est le titre que
porte « El Desdichado » sur le manuscrit Éluard.

Fleur (au v. 7 d'« El Desdichado ») : sur le manuscrit
Éluard, l'auteur a précisé en marge, à cet endroit :
« L'Ancolie ». Et en marge du vers 8, le même manuscrit
porte la mention : « Jardin du Vatican ».

Gudule (sainte), dans « Artémis » : le manuscrit Lombard porte « sœur de sainte Gudule », *Les Filles du Feu*,
« fleur de sainte Gudule ». Sainte Gudule est la patronne
de Bruxelles.

Hermès : dieu grec qui a été identifié au Thot égyptien
(dieu de l'Écriture et de l'Interprétation) et parfois considéré comme le père d'Isis.

Horus : fils d'Isis et d'Osiris (voir *Isis* p. 324 et suiv.).

Iacchus : autre nom de Bacchus (voir *Isis*).

Iris (l'écharpe d') : l'arc-en-ciel.

Jupiter Ammon : résultat de l'identification établie entre Jupiter, chef des dieux, et Ammon, honoré à Thèbes et — sous le nom de Khnoum — fabricateur des dieux et des hommes. Dans ce rôle, on le représente façonnant l'homme sur un tour de potier (voir l'allusion, dans le tercet suivant, aux « enfants du limon »).

Kneph : ancêtre des dieux égyptiens, créateur du monde.

Lusignan : la famille des Lusignan est liée à la légende de la fée Mélusine, épouse de Raimondin, comte de Poitiers ; elle se cachait lorsqu'elle se métamorphosait en serpent. Ce sont ses « cris » qui sont sans doute évoqués au dernier vers d'« El Desdichado », d'autant que le manuscrit Éluard porte en marge du v. 14 : « Mélusine ou Manto ». Chateaubriand : « [...] : Mélusine bâtit le château de Lusignan. Mais enfin Raimondin s'étant mis en tête de voir sa femme un samedi, lorsqu'elle était demi-serpent, elle s'envola par une fenêtre, et elle demeura fée jusqu'au jour du jugement dernier. Lorsque le manoir de Lusignan change de maître, ou qu'il doit mourir quelqu'un de la famille seigneuriale, Mélusine paraît trois jours sur les tours du château, et pousse de grands cris » (*Analyse raisonnée de l'histoire de France* [éd. originale : 1850], in *Œuvres de Chateaubriand*, Paris, Legrand, Troussel et Pomey, s. d., t. XI, p. 238). — Sur Manto, voir *Daphné*.

Mélancolie : « Le soleil noir de la mélancolie, qui verse des rayons obscurs sur le front de l'ange rêveur d'Albert Dürer, se lève aussi parfois aux plaines lumineuses du Nil, comme sur les bords du Rhin, dans un froid paysage d'Allemagne. » (*Voyage en Orient, NPl* II, p. 301.) On trouve une autre évocation de la gravure *Melancholia* de Dürer dans *Aurélia* (Le Livre de Poche n° 9631, p. 417).

Myrtho : ce nom, qui évoque le myrthe (voir le v. 14 du sonnet de ce titre), reste mystérieux. On a trouvé une « Myrto » dans « La Jeune Tarentine » d'André Chénier. — Le cadre du poème est napolitain : le Pausilippe, le Vésuve, la tombe de Virgile.

Pausilippe : montagne de Naples où est enterré Virgile (voir « Octavie »).

Phaéton : fils d'Apollon, foudroyé par Jupiter.

Phébus : allusion possible à Apollon ou au personnage de *Notre-Dame de Paris*. À noter cependant que, le 22 novembre 1853, Nerval signe une lettre à George Sand « Gaston Phoebus d'Aquitaine » (*NPl* III, p. 825) ; il s'agit de Gaston III, comte de Foix, surnommé Phébus (1331-1391).

Reine (le baiser de la) [au v. 8 d'« El Desdichado »] : sur le manuscrit Éluard, l'auteur a écrit en marge « Reine Candace » (reine d'Éthiopie, à rapprocher de la reine de Saba).

Sainte napolitaine [au v. 9 d'« Artémis »] : on peut penser à sainte Philomène (citée en note sur le manuscrit Éluard) et à sainte Rosalie.

Soleil noir : voir *Mélancolie*.

Solyme : nom donné à Jérusalem par les Romains.

Treizième (la) [au v. 1 d'« Artémis »] : l'heure qui revient une fois que les douze autres sont passées ; sur le manuscrit Éluard, l'auteur a spécifié en marge : « La XIIIe heure (pivotale) ».

Virgile (le laurier de) : allusion à la tombe de Virgile, primitivement abritée par un laurier, sur le Pausilippe.

HISTOIRE DES TEXTES

ABRÉVIATIONS

Album 1993 — *Album Gérard de Nerval*, iconographie choisie et commentée par Éric Buffetaud et Claude Pichois, Paris, Gallimard / « Bibliothèque de la Pléiade », 1993, 285 pages.

BF — *Bibliographie de la France*.

Bohème galante (La), 1855. — G. de Nerval, *La Bohème galante*, Paris, Michel Lévy Frères, 1855, VII-315 pages, « Collection Michel Lévy. 1 franc le volume ».

Chimères (Les), 1966 — Jean Guillaume, « *Les Chimères* » *de Nerval. Édition critique*, Bruxelles, Palais des Académies, 1966, 171 pages et 12 planches.

Exposition 1955 — *Gérard de Nerval. Exposition organisée pour le centième anniversaire de sa mort*, Paris, Bibliothèque nationale, 1955, X-86 pages et huit planches hors-texte.

Exposition 1981-1982 — Ville de Paris. Maison de Balzac, *[Catalogue de l'exposition] Gérard de Nerval*, 18 décembre 1981-21 mars 1982, XVIII-119 pages.

Exposition 1996 — Bibliothèque historique de la Ville de Paris, *Exposition Gérard de Nerval*, choix des documents et rédaction du catalogue par Éric Buffetaud, 1996, 200 pages.

Herne (L'), 1980 — *Gérard de Nerval*, cahier de l'Herne dirigé par Jean Richer, Paris, Éditions de l'Herne, 1980, 434 pages.

LOV — Fonds Spoelberch de Lovenjoul, Bibliothèque de l'Institut de France.

NPl I, II, III — G. de Nerval, *Œuvres complètes*, éd.

dirigée par Jean Guillaume et par Claude Pichois, Paris,
Gallimard / « Bibliothèque de la Pléiade », 3 tomes
(1984-1993).

OC Champion, 1926-1932 — G. de Nerval, *Œuvres
complètes*, publiées sous la direction d'Aristide Marie,
Jules Marsan et Édouard Champion, Paris, Librairie
Ancienne Honoré Champion, 6 tomes, 1926-1932 /
Tome I : *Petits Châteaux de Bohême. La Bohême
galante*, texte établi et annoté par Jules Marsan, Paris,
Librairie ancienne Honoré Champion, 1926, XV-309
pages / Tome II : *Nouvelles et Fantaisies*, texte établi et
annoté, avec une introduction, par Jules Marsan, Paris,
Champion, 1928, XXIV-322 pages / Tome III : *Les
Illuminés. Récits et portraits*, texte établi et annoté,
avec une introduction, par Aristide Marie, Paris, Champion, 1929, XXXI-485 pages / Tomes IV-V : *Les Filles
du Feu*, texte établi et annoté, avec une étude critique,
par Nicolas I. Popa, Paris, Champion, 1931, 2 volumes
/ *Les Deux Faust de Goethe*, texte établi et annoté avec
des introductions par Fernand Baldensperger, Paris,
Champion, 1932, XVI-536 pages.

OC Lévy, 1867-1876, 6 volumes — Tome I : *Faust et le
Second Faust de Goethe, suivis d'un choix de ballades
et des poésies [...]*. Traductions précédées d'une notice
par Théophile Gautier. Paris, Michel Lévy Frères,
1867, XXVII-482 pages. / Tomes II et III : *Voyage en
Orient*, Paris, Michel Lévy Frères, 1867, 2 volumes /
Tome IV : *Les Illuminés. Les Faux Saulniers*, Paris,
Michel Lévy Frères, 1868, 472 pages. / Tome V : *Le
Rêve et la Vie. Les Filles du Feu. La Bohême galante*,
Paris, Michel Lévy Frères, 1868, 399 pages. /
Tome VI : *Poésies complètes*, Paris, Calmann-Lévy,
1877, 315 pages.

Poésies Helleu et Sergent, 1924 — G. de Nerval, *Poésies.
Odelettes, Les Chimères, Chansons et vieilles ballades*,
édition augmentée de quatre sonnets inédits et ornée
d'un portrait, d'en-têtes et de culs-de-lampe de Jean
Perrier, Paris, Édition d'Art Édouard Pelletan / Helleu
et Sergent, éditeurs, 1924, 193 pages.

Rêve et la Vie (Le), 1855 — G. de Nerval, *Le Rêve et la
Vie*, Paris, Victor Lecou, 1855, 359 pages.

Vente Marsan, 1976 — *Collection Jules Marsan. Exceptionnel ensemble de manuscrits de Gérard de Nerval. [...]*, Vente à Paris, Drouot Rive gauche, 3 décembre 1976, Mes É. et A. Ader, J.-L. Picard, J. Tajan, commissaires-priseurs, Claude Guérin et Marc Loliée experts.

Vente Sickles, 1989-1996, vingt parties — [*Bibliothèque du colonel Daniel Sickles. Trésors de la littérature française du XIXe siècle. Livres et manuscrits*, Vente à Paris (Drouot-Montaigne, puis Drouot-Richelieu), Mes Laurin-Guilloux-Buffetaud-Tailleur (Laurin-Guilloux-Buffetaud dans la « Vingtième partie »), commissaires-priseurs associés, Mme J. Vidal-Mégret et Thierry Bodin experts].

I. PETITS CHÂTEAUX DE BOHÊME

Les *Petits Châteaux de Bohême* ne peuvent être simplement considérés — nous l'avons vu dans l'Introduction — comme la deuxième édition, ou la reprise en volume, de *La Bohême galante*. Les deux œuvres témoignent de la complexité des modes nervaliens de création littéraire. On notera au reste que *La Bohême galante* présentait déjà un texte qui n'était que partiellement original. Et certains des éléments figurant dans *Petits Châteaux* prendront place, en janvier 1854, dans le recueil des *Filles du Feu* : ainsi « Corilla » et les sonnets de « Mysticisme » (lesquels entreront dans « Les Chimères »)[1].

A. MANUSCRITS AUTOGRAPHES

1. Manuscrit Lovenjoul α, LOV., D. 741, folios 36-43 (le folio 42 est blanc).

Ce manuscrit correspond au début de *La Bohême galante* et de *Petits Châteaux*, jusqu'au milieu du chapitre III. On observe que Houssaye avait écrit sur le manuscrit « Bohè-me » et que *L'Artiste* imprimera (à la demande de Nerval ?) « Bohême ».

2. Manuscrit Lovenjoul ß, LOV., D. 741, folios 3 et 4.

« Avril » (le titre est écrit au crayon, d'une main qui ne semble pas nervalienne ; comme dans *La Bohême galante*,

---

1. On se reportera, pour les renseignements bibliographiques concernant ces textes, aux pages 433-455.

l'odelette est précédée du chiffre romain « I »), « La Sérénade (d'Uhland) » (sous le titre « La Mère et la f[ille] ») et le début de « La Grand'mère » (premier vers et début du deuxième). « La Mère et la f. » et « La Grand'mère » sont écrits à la hâte, au crayon.

3. Manuscrit Barthou, 2 pages in-8°.
« Avril » (sous le titre « Le vingt-cinq mars »), « La Grand'mère », « Fantaisie » (sous le titre « Fantaisies » [*sic ?*]) et « Nobles et valets » (non repris dans *La Bohème galante* ou dans *Petits Châteaux*). Ce manuscrit, dont on ne connaît aucune reproduction photographique, était joint à un exemplaire du volume Lévy de *La Bohème galante* (1855), lequel exemplaire figurait en 1935 dans le catalogue de la *Vente de la bibliothèque de M. Louis Barthou* (Blaizot et fils, 1935, t. I, p. 168, n° 255).

4. Manuscrit reproduit dans le catalogue n° 41 de la librairie Lardanchet, Lyon, H. Lardanchet, 1937, p. 204.
« Fantaisie » (sans titre, mais daté de « 1833 » et signé « Gérard de Nerval »). La signature et les variantes textuelles semblent indiquer que ce manuscrit est tardif, en tout cas postérieur à 1833. Voir le commentaire de Jean-Luc Steinmetz (*NPl* I, p. 1635), à qui nous avons emprunté plus d'un renseignement sur la tradition manuscrite des poésies insérées dans les *Petits Châteaux*.

5. Album Auguste Préault, folio 30.
« Fantaisie » (sans titre ; signé « Gérard de Nerval »). Voir J.-L. Debauve, « Une rencontre inopinée : Baudelaire et Gérard de Nerval. En feuilletant un album inédit », *Études nervaliennes et romantiques*, Presses Universitaires de Namur, t. II, 1979, p. 33-39. L'Album Préault aurait été constitué en 1853. Il a figuré à l'*Exposition 1996* sous le n° 441.

6. Manuscrit reproduit dans *L'Herne*, 1980, figure 5, et dans le catalogue de l'*Exposition 1981-1982*, n° 47 (voir aussi l'*Exposition 1996*, n° 101).

« Fantaisie » (sans titre, signé « Gérard de Nerval »). Une page in-folio (287 x 211 mm). Ce document se confond sans doute avec le manuscrit mis en vente le 29 juin 1938 dans un catalogue de la librairie Cornuau. Il pourrait aussi — simple hypothèse — provenir de l'album de Mme N. Martin mentionné ci-dessous.

7. Manuscrit de la collection du marquis de L'Aigle (Vente Drouot, 5 février 1946 ; Me Ét. Ader, P. Cornuau expert ; n° 52).

« Fantaisie » (les six premiers vers sont mentionnés, ainsi que le format de la feuille : « 1/2 p. in-8 »). Le catalogue n'évoque point la présence d'un titre ou d'une signature.

8. Album de Mme N. Martin.

« Fantaisie ». Le 20 mai 1855, dans *L'Artiste*, Édouard Houssaye mentionne les écrivains et les dessinateurs qui figurent dans les pages de l'album de Mme N. Martin[1] ; parmi les noms cités apparaît celui de Nerval, dont la mort remontait alors à quelques mois : « Hélas ! dans cette écriture si soignée, si coquette, dans ces quatre strophes d'un accent si pénétrant, je reconnais et retrouve tout Gérard de Nerval : / "Il est un air pour qui je donnerais / Tout Rossini, tout Mozart et tout Weber, / Un air très-vieux, languissant et funèbre / Qui pour moi seul a des charmes secrets..." / Vous savez le reste, et qu'il est impossible de mettre plus de larmes cachées, plus de *heimweh*, comme disent les Allemands, dans des lignes harmonieuses. » L'album de Mme N. Martin ne semble pas avoir réapparu depuis.

9. Album de Mélanie Gaume.

« La Sérénade (d'Uhland) » (sous le titre « La Malade ») et « Fantaisie ». Ces vers ont été inscrits en octobre 1831 et précèdent donc la première publication connue du sonnet « Fantaisie » (dans les *Annales romantiques* pour 1832 ; *BF* du 17 décembre 1831 [voir ci-dessous]). Mélanie Gaume deviendra l'épouse d'Alexandre Bixio.

---

1. Sans doute l'épouse de Nicolas Martin (1814- ?), poète et auteur de travaux nombreux sur la littérature allemande.

10. Manuscrit mentionné dans le Catalogue n° 287 (juin 1898) d'autographes à prix marqués de Charavay, pièce 42536 : « *Vision ; Chœur d'opéra*, deux pièces de vers sur le même feuillet, 1 p. in-8. *Très jolies pièces.* »

Aucune reproduction photographique de ce manuscrit n'est connue. « Vision » est le titre donné à « Fantaisie » dans *La Sylphide* du 31 décembre 1842. L'identification de « Chœur d'opéra » est plus hasardeuse.

11. Manuscrit Matarasso, 1 page in-4°.

« La Grand-mère » (sous le titre « Ma Grand'mère »), « Notre-Dame » (poème non repris dans *La Bohême galante* ou *Petits Châteaux*) et « Politique. 1832 » (sous le titre « Cour de prison »). Le titre général est « Odelettes ». Signé « Gérard ». Le manuscrit Matarasso a figuré au catalogue de la vente Charavay du 25 mai 1882 (n° 269), au *Catalogue de livres modernes [...] provenant de la bibliothèque de M. J. L. P. [Jules Le Petit]* (deuxième partie, Paris, H. Leclerc, 1918, n° 2402) et dans *Excellents débuts en bibliophilie* (Georges Andrieux, libraire-expert, 1926, n° 146).

12. Manuscrit Clayeux.

« Gaieté », au crayon (sous le titre « Gaîté »). Sous le poème, Nerval a indiqué : « écrit à Chatou devant la maison de Méry » ; et ce dernier a ajouté : « par Gérard de Nerval ».

13. Manuscrit Loliée.

« Gaieté » (sous le titre « Gaîté »). Signé « Gérard de Nerval ». Il s'agit sans doute d'une page d'album : au verso figurent deux sizains d'Octave Lacroix intitulés « Imités de Goethe ».

14. Manuscrit Marsan α, 1 page in-8°.

« Politique. 1832 » (sous le titre « Prison ») et « La Sérénade (d'Uhland) ». Sous le titre général « Odelettes ». Au bas de ce manuscrit non signé figure la mention « autographe de Gérard de Nerval / F. de G. [on a proposé de lire le nom de Ferdinand de Gramont] ».

15. Manuscrit Mirecourt.

« Les Cydalises[1] ». Sans titre et signé « Gérard de Nerval ». Reproduction en fac-similé, et hors-texte, dans la biographie d'Eugène de Mirecourt (Paris, J.-P. Roret et Cie, 1854 ; plusieurs rééditions) avec cette note erronée : « Ces vers sont complètement inédits. » — En 1923, Mme Édouard Dardonville possédait encore ce manuscrit, qu'elle avait joint à un exemplaire de l'édition originale des *Petits Châteaux*. Prêté par elle pour une exposition à la section moderne du Congrès du livre, le volume lui revint sans la pièce autographe (voir *Les Nouvelles littéraires* du 9 juin 1923 et *NPl* III, p. 1158).

16. Manuscrit Lovenjoul γ, LOV., D. 741, f° 49.

« Ni bonjour, ni bonsoir » (sous le titre « Air grec »).

17. Album Philoxène Boyer.

« Ni bonjour, ni bonsoir ». Sans titre et signé « Gérard de Nerval », qui a en outre indiqué, sous les vers, « Chanson grecque ».

18. Manuscrit Loliée, 1 page in-4°.

« La Sérénade (d'Uhland) » (sous le titre « La Sérénade des Anges / im^{on} d'Uhland »). Signé « Gérard de Nerval ».

19. Copie autographe du livret de *Piquillo*.

« Espagne » et « Chœur d'amour ». Il s'agit de la copie soumise à la censure, et que Jean Richer a retrouvée aux Archives nationales (cote F^{18}. 690).

20. Album Mathilde Bonnet[2].

« Espagne ». Sans titre et signé « Gérard ». Mathilde Bonnet n'a pu être identifiée.

L'« Album amicorum » de Mathilde Bonnet a figuré à l'*Exposition 1996* sous le n° 156.

---

1. Sur ce mot, voir la n. 1, p 58.   **2.** « Bonnet » d'après *NPl* III, p. 1168 ; « Bonet » d'après le catalogue de l'*Exposition 1996*, n° 156.

21. Manuscrit Le Petit (scénario des deux premiers actes des *Monténégrins* ; coll. particulière).

   « Chanson gothique ». Nerval a inscrit la première et la troisième strophe de cette chanson dans la marge droite d'une page du manuscrit (voir la reproduction photographique dans le catalogue de l'*Exposition 1981-1982*, n° 125).

B. copies manuscrites

1. Une « copie dramatique » du livret des *Monténégrins*, destinée aux censeurs, a été retrouvée aux Archives nationales (F^{18}. 734). Cette copie, qui offre de l'œuvre une version plus ancienne que celle qui a été représentée, a été publiée par J. Richer au tome III des *Œuvres complémentaires de Gérard de Nerval* (Paris, Minard, 1965, p. 207-333).

   « Chanson gothique » (sans titre ; *Œuvres complémentaires*, t. III, p. 269-270).

2. A. Dumas, « Nouveaux mémoires », archives du château de Kynzvart.

   Copie manuscrite par Dumas de « Fantaisie » (sous le titre « Souvenirs d'une autre vie »)[1] et des « Cydalises » (sans titre). Passage non reproduit dans l'édition en feuilletons de ce texte (*Le Soleil*, 1866). Voir A. Dumas, *Sur Gérard de Nerval. Nouveaux mémoires*, éd. Cl. Schopp, Bruxelles, Éditions Complexe, 1990, p. 179-180 et 187-188.

C. publications préoriginales

1. Gérard, *La France guerrière. Élégies nationales*. Seconde édition, corrigée et augmentée de pièces nou-

---

   1. Malgré les affirmations des « Nouveaux mémoires » (« Gérard finit par me dire les vers suivants que je copiai sous sa dictée : [...] », éd. Cl. Schopp, p. 179), Dumas s'est sans doute inspiré, pour

velles. Paris, chez Touquet et les marchands de nouveautés, janvier 1827, p. 77-79.

    « Pensée de Byron » (sous le titre « Élégie »). Ce poème
des *Élégies nationales* a été réduit de 5 à 2 strophes (soit
les vers 1-12 et 29-32 du poème original) pour entrer dans
La Bohême galante puis dans *Petits Châteaux*.

2. Gérard, *Élégies nationales et satires politiques*,
Paris, chez les Libraires du Palais-Royal, 1827, p. 77-79.

    Le corps du volume est identique à celui de *La France
guerrière*. Sur les trois tirages des *Élégies nationales* (en
mai et en novembre 1827), voir *NPl* I, p. 1530-1531.

3. *Le Mercure de France au xixᵉ siècle*, 13 février 1830
(t. XXVIII, p. 289-291).

    « Les Papillons ». Signé « Gérard ».

4. *Cabinet de lecture*, 29 décembre 1830.

    « La Sérénade (d'Uhland) » (sous le titre « La Malade »).
Signé « Gérard ».

5. *Almanach dédié aux demoiselles*, Paris, Louis Janet,
[1831], p. 12 (volume enregistré le 29 janvier 1831 dans
la *BF*).

    « Avril » (sous le titre « Odelette. Le 25 mars »). Signé
« Gérard ».

6. *Annales romantiques* pour 1831, Paris, Louis Janet,
1831, p. 109 (enregistrement dans la *BF* du 29 janvier
1831).

    « La Sérénade (d'Uhland) » (sous le titre « La Malade »).
Signé « Gérard ». Même texte que dans *Le Cabinet de
lecture* du 29 décembre 1830.

7. *Hommage aux dames*, Paris, Louis Janet, p. 59-69
(enregistrement dans la *BF* du 5 février 1831).

    « Les Papillons ». Signé « Gérard ». Même texte que

---

ce sonnet, du volume *Le Rêve et la Vie*, 1855, lequel reproduit
« Fantaisie » sous un tel titre, qui n'a jamais été utilisé par Nerval.

dans *Le Mercure de France au* XIXe *siècle* du 13 février 1830.

8. *Le Cabinet de lecture*, 4 décembre 1831.
« Politique. 1832 » (sous le titre « Cour de prison ») et « Le Point noir » (sous le titre « Le Soleil et la Gloire »). Les deux textes sont signés « GÉRARD ».

9. *Almanach des Muses* pour l'année 1832, Paris, chez Audin, 1832 (l'enregistrement dans la *BF* est du 17 décembre 1831).
« La Sérénade (d'Uhland) » (sous le titre « La Malade »), « Le Point noir » (sous le titre « Le Soleil et la Gloire »), « Le Réveil en voiture », « Le Relais », « Une allée du Luxembourg » et « Notre-Dame de Paris ». Titre général : « *Odelettes* ». Signé « GÉRARD ». Seuls les deux premiers poèmes ont été repris dans *Petits Châteaux*.

10. *Annales romantiques* pour 1832, Paris, Louis Janet, 1832, p. 73 (enregistrement dans la *BF* du 17 décembre 1831).
« Fantaisie » (sous le titre « Fantaisie. Odelette »). Signé « GÉRARD ».

11. *La France littéraire*, t. IX, septembre 1833, p. 193-196.
« Les Papillons ». Signé « GÉRARD ».

12. *Le Diamant. Souvenirs de littérature contemporaine*, Paris, Louis Janet, 1834, p. 135 (recueil enregistré le 7 décembre 1833 dans la *BF*).
« Fantaisie » (sous le titre « Odelette »). Signé « GÉRARD ». Texte des *Annales romantiques* pour 1832.

13. *Journal des gens du monde*, 12e livraison, 28 février 1834[1], p. 141.
« La Grand'mère ». Signé « GÉRARD ».

---

1. D'après l'exemplaire du *Journal des gens du monde* ayant appartenu au vicomte de Spoelberch de Lovenjoul et qui porte, de la main de celui-ci, une datation conjecturale au crayon.

14. *Journal des gens du monde*, 13ᵉ livraison, 7 mars 1834 [1], p. 150.

« Fantaisie ». Signé « GÉRARD ».

15. *Annales romantiques* pour 1835, Paris, Louis Janet, 1835, p. 153-156 (enregistrement dans la *BF* du 13 décembre 1834).

« Fantaisie », « Dans les bois ! ! ! », « Avril » (sous le titre « Le vingt-cinq mars ») et « La Grand'mère ». Sous le titre général « *Odelettes* » et la signature « GÉRARD ». « Dans les bois ! ! ! » ne sera repris ni dans *La Bohême galante*, ni dans *Petits Châteaux*.

16. Alexandre Dumas, *Piquillo*, opéra-comique en trois actes, musique de H. Monpou, Paris, Marchant, 1837, 82 pages (enregistrement dans la *BF* du 11 novembre 1837).

« Espagne », sans titre, appartient à la première scène de l'acte III ; « Chœur d'amour », sans titre, à la première scène de l'acte II. Voir aussi la réédition de 1838 au tome XIX du *Magasin théâtral*.

17. *L'Esprit. Miroir de la presse périodique*, Paris, 1840, p. 214 (volume enregistré dans la *BF* du 14 décembre 1839).

« Fantaisie » (sous le titre « Stances » ; le titre « Fantaisie » apparaît dans la table des matières du volume). Signé « GÉRARD ».

18. *La Sylphide*, 31 décembre 1842.

« Fantaisie » (sous le titre « Vision. À Théophile Gautier »). Signé « GÉRARD DE NERVAL ».

19. *Nouvelles parisiennes par MM. Briffault, Berlioz, Cormenin, [...]* [2], Paris, Abel Ledoux, 1843, p. 214 (ce volume n'a pas été enregistré dans la *BF*).

« Fantaisie » (sans titre ; à la table des matières figure le titre « Stances »). Signé « GÉRARD ». Ce volume paraît

---

1. Voir la note ci-dessus.   **2.** Le nom de Nerval n'est pas cité.

constituer un tirage, légèrement modifié, de *L'Esprit* (voir ci-dessus).

20. *Revue des Deux Mondes*, 15 août 1847.
« Ni bonjour, ni bonsoir » (sans titre, dans l'article « Les Druses. Scènes de la vie orientale », signé « GÉRARD DE NERVAL »).

21. *La Turquie. Mœurs et usages des Orientaux au dix-neuvième siècle. Scènes de leur vie intérieure et publique [...]*, Paris, chez l'auteur, Gide et Cie, Goupil et Vibert, Gihaut Frères, Aubert, 1847, p. 14.
« Ni bonjour, ni bonsoir » (sans titre). La chanson appartient au « texte descriptif », anonyme, de cet ouvrage présentant des lithographies de Camille Rogier.

22. *Scènes de la vie orientale* (exemplaires Sartorius [1848] ; exemplaires Souverain [1850]), t. II, p. 88.
« Ni bonjour, ni bonsoir ».

23. *Les Monténégrins*, opéra-comique en trois actes, paroles de MM. É. Alboize et Gérard, musique de M. Limnander, mise en scène de M. Henri. Paris, Imprimerie Lacrampe fils et Cie [M. Lévy], 1849, 54 pages. (Enregistrement dans la *Bibliographie de la France* du 28 avril 1849.)
« Chanson gothique » (p. 35-36 ; acte II, scène IV ; version plus longue que la chanson figurant dans *Petits Châteaux*).

24. *L'Artiste*, 1er août 1849.
« Fantaisie » (sous le titre « Odelette »). Signé « GÉRARD DE NERVAL ».

25. *La Silhouette*, 11 novembre 1849.
« Ni bonjour, ni bonsoir » (dans *Al-Kahira. Souvenirs d'Orient*, version préoriginale du *Voyage en Orient*).

26. *Voyage en Orient*, Charpentier, 1851, t. II, p. 32-33.
« Ni bonjour, ni bonsoir » (édition définitive du *Voyage en Orient*).

27. *L'Artiste*, 1ᵉʳ juillet 1852, p. 167-169.

La Bohême galante : dédicace à Arsène Houssaye, chapitres I (« Premier château »), II (« Le Théophile ») et III (« La Reine de Saba »). Signé « GÉRARD DE NERVAL ». Le texte correspond, avec des variantes, aux trois premiers chapitres du « Premier château », dans le recueil Didier.

28. *L'Artiste*, 15 juillet 1852, p. 180-184.

La Bohême galante. II. Chapitres IV (« Une femme en pleurs »), V (« Interruption ») et VI (« Les Poètes du seizième siècle »). Signé « GÉRARD DE NERVAL ». Les chapitres V et VI ne seront pas repris dans *Petits Châteaux*.

29. *L'Artiste*, 1ᵉʳ septembre 1852, p. 35-37.

La Bohême galante. V. Chapitre VII (« Explications »). Signé « GÉRARD DE NERVAL ». C'est dans ce chapitre qu'apparaissent les « Odelettes rhythmiques [*sic*] et lyriques » (« Avril », « Fantaisie », « La Grand'mère », « La Cousine », « Pensée de Byron », « Gaieté », « Politique. 1832 », « Le Point noir », « Les Cydalises » et « Ni bonjour, ni bonsoir »). On notera que « La Cousine », « Gaieté » et « Les Cydalises » n'ont pas d'état préoriginal connu et que le texte de « La Cousine » ne figure même sur aucun manuscrit conservé.

Le chapitre VII de *La Bohême galante* correspond plus ou moins au chapitre V (« Primavera ») du « Premier château », dans le recueil paru chez Didier.

30. *L'Artiste*, 15 septembre 1852, p. 52-54.

La Bohême galante. VI. Chapitre VIII (« Musique »). Signé « GÉRARD DE NERVAL ». Sont cités les six premiers vers des « Papillons » ainsi que « Le Roi de Thulé », « La Sérénade (d'Uhland) » et, sous l'intitulé « Vers d'opéra », « Espagne », « Chœur d'amour », « Chanson gothique », « Chant des femmes en Illyrie » et « Chœur souterrain ».

Les *Petits Châteaux* citeront la totalité du poème « Les Papillons » (dans le chapitre V, « Primavera » du « Premier château »), ainsi que « Chœur d'amour », « Chanson gothique » et « La Sérénade (d'Uhland) » (dans la section « Lyrisme » du « Troisième château »).

D. ÉDITION DÉFINITIVE

Petits Châteaux de Bohême. Prose et poésie, Paris, Eugène Didier, 1853, 96 pages (Imprimerie Simon Raçon et Cie), coll. « Diamant » (1 Fr. le volume).

> Enregistrement dans la *BF* le 1er janvier 1853. La page de titre est à la date de 1853 ; des couvertures — ainsi celle de l'exemplaire conservé à la Bibliothèque de l'Arsenal[1] — portent la date de 1852.
>
> Un exemplaire de l'édition originale serait orné de cet envoi : « À Philarète Chasles (le poète de *La Fiancée de Benarès*) », signé « Gérard de Nerval » (d'après le *Catalogue de la bibliothèque de M. Philippe Burty*, vente 9-14 mars 1891, no 955)[2].
>
> D'autre part, selon Étienne Cluzel (« Une édition fantôme des *Petits Châteaux de Bohême* », *Bulletin du bibliophile et du bibliothécaire*, 1956, p. 80-86), une erreur de pagination déparerait certains exemplaires de l'édition originale (lacune entre les pages 64 et 69 sans interruption du texte).

E. PRINCIPALES ÉDITIONS POSTHUMES

1. *Le Rêve et la Vie. Les Filles du Feu. La Bohème galante*, t. V des *OC Lévy*, 1868, p. 267-313.

> De *La Bohême galante* et de *Petits Châteaux*, le tome V des *OC Lévy* ne retient que les passages en prose, les poèmes étant renvoyés au volume de *Poésies complètes* (1877). Le retrait des ouvrages en vers n'est pas signalé. Le tome V des *OC Lévy* donne, sous le titre[3] *Petits châ-*

---

1. Voir aussi le *Catalogue de la bibliothèque d'un amateur*, vente à Orléans le 18 juin 1973, pièce 136, et la vente à Lille des 1er-3 juillet 1996, Me Philippe Desbuisson, Mme Vidal-Mégret expert, no 344.   **2.** Voir *NPl* III, p. 1147 (d'après une communication de Claude Pichois).   **3.** Le titre *« La Bohème galante »* est utilisé pour désigner une section regroupant plus ou moins la matière du volume paru en 1855 sous cet intitulé.

teaux de Bohême, un texte qui mélange *Petits Châteaux* et *La Bohême galante*. Le début est celui de *La Bohême galante*, sans l'épigraphe du *Pastor Fido* et sans les titres intermédiaires (on a recomposé artificiellement un texte continu ; les variantes introduites par le volume de 1855 sont conservées). P. 276, on revient au texte de *Petits Châteaux*, où cependant n'apparaissent ni *Corilla*, ni *Mysticisme*, ni *Lyrisme*. Après le « Troisième château » (où « le motif des vers suivants », non publiés, est devenu « le motif des *vers dorés* » [p. 277]), on retrouve le texte de *La Bohême galante*. Le texte prend fin après le chapitre VI (VIII dans l'original), « Musique », et les deux premiers paragraphes parus le 1er octobre 1852. Quelques lignes inventées par les éditeurs — dans lesquelles ils font s'exprimer l'auteur ! — renvoient pour la suite aux *Filles du Feu*.

2. *Poésies complètes*, t. VI des *OC Lévy*, 1877.

Les pièces en vers de *La Bohême galante* et de *Petits Châteaux* sont regroupées dans ce volume : voir les sections « Odelettes rhythmiques et lyriques » (p. 217-231) et « Vers d'opéra » (p. 233-244). « La Sérénade » est publiée dans les « Odelettes », « Pensée de Byron » dans une section « Élégies et satires » (p. 97-98). Les éditeurs ont introduit dans les textes des variantes de ponctuation et des indications de date (ainsi « Politique. 1832 » devient « Politique. 1831 »). Il n'y a pas de section « Mysticisme ». On trouve « Les Papillons » parmi les *Poésies diverses* (p. 283-286), avec l'indication « 1830 » et dans un texte qui amalgame les versions du 13 février 1830 (*Le Mercure de France au XIXe siècle*) et de 1853.

3. *Petits Châteaux de Bohême. Promenades et souvenirs*. Édition établie par Maurice Tourneux, préface d'Anatole France et gravures d'Alfred Prunaire. Paris, Émile Paul, 1912, p. 1-75.

Le texte est amalgamé avec celui de *La Bohême galante*, mais l'ouvrage vaut cependant par la personnalité du graveur : Alfred Prunaire est le fils de Joseph Prunaire, secrétaire du commissaire de police du quartier des Tuileries. Joseph Prunaire habitait en 1835 l'impasse du Doyenné et les « yeux espagnols » (p. 58) dont se souvient Nerval appartenaient à sa femme (et non à la femme du commissaire).

4. *Petits Châteaux de Bohême*, introduction de G. Jean-Aubry, « La Compagnie typographique », 1939, XIII-118 pages.
Texte complet.

5. *Petits Châteaux de Bohême. Prose et poésie*, Genève, Slatkine reprints, 1973, 96 pages.
Réimpression anastatique du texte de 1853.

6. *NPl* III, 1993.
P. 397-445 : *Petits Châteaux de Bohême. Prose et poésie*. Texte de 1853.

II. LES FILLES DU FEU. NOUVELLES
[ET « LES CHIMÈRES »]

A. MANUSCRITS AUTOGRAPHES

1. Manuscrit Lovenjoul α (LOV, D. 740, f°s 8-25).
« [Lettres d'amour] ». Ensemble formé de dix-huit folios manuscrits de dimension variable. Trois mises au net — identifiées par les lettres [A], [B] et [C] dans *NPl* I, p. 721-724 — occupent les folios 8 r° et v° et 9 r° ([A]), 12 r° et v° ([B]) et 19 r° ([C]). Le reste — ainsi que la moitié inférieure du folio 9 r° — est constitué de brouillons. La mise au net [B] offre, avec des variantes, une partie du texte de la lettre citée dans « Octavie ».

2. Manuscrit Lovenjoul ß (fragment contenant une phrase de *Sylvie*, LOV., D. 740, f° 51 ter).
Feuillet de 14 x 10 cm, déchiré au coin inférieur gauche. Sans rature. Ce fragment commence par une phrase du chapitre V (« Le Village ») de la nouvelle : « L'air était doux et parfumé [*imprimé :* tiède et embaumé] je résolus

de ne pas aller plus loin et d'attendre le matin [...] ». Voir la transcription complète de Jacques Bony, *NPl* III, p. 1222.

Selon Jacques Suffel (lettre à Jean Guillaume, 22 mai 1974), ce fragment aurait été donné en juin 1938 par le docteur Lucien-Graux à Louis Gillet. Déposé d'abord au château de Châalis, le document fut ensuite transféré dans le fonds Lovenjoul le 22 juin 1955. On observera que les 14, 15 et 16 juin 1938 était mise en vente la *Bibliothèque Marie*, dont la pièce 557 se trouvait ainsi décrite : « Fragment aut. monté sur papier blanc et déchiré ; in-12. /Fragment de *Sylvie*. » S'agit-il du fragment qui nous occupe ici ? Dans l'affirmative, la confrontation des dates impliquerait que le Dr Lucien-Graux ait acheté et donné le document au cours du même mois.

Le fonds LOV conserve aussi deux canevas manuscrits, difficilement lisibles, de *Sylvie* (D. 741, f°s 102 et 120). Voir *NPl* III, p. 1211.

Il faut enfin signaler que Joseph Méry affirme en 1864, dans une phrase curieusement construite, posséder « une belle copie d'un chef-d'œuvre de Gérard, *Sylvie*, et ce n'est pas celle-là qu'il a donnée à *La Revue des Deux Mondes*, elle n'était pas encore au degré de perfection qu'il voulait atteindre toujours. » (*Les Uns et les Autres*, Paris, Michel Lévy Frères, 1864, p. 216 ; voir aussi *L'Univers illustré* du 31 août 1864.) Ce manuscrit, s'il existe, n'a pu être retrouvé. Autre mystère relatif aux manuscrits de *Sylvie* : un « carnet rose » qui aurait été vendu en 1939 à un collectionneur américain (voir Pierre Borel, « *Sylvie, Aurélia* et le "carnet rose" de Gérard de Nerval », *Une semaine dans le monde*, 19 avril 1947). Il pourrait s'agir — simple hypothèse — du manuscrit évoqué par Méry.

3. Manuscrit Matarasso.

1 page. Fragment autographe de « Chansons et légendes du Valois ». Ce fragment, qui correspond à la version du texte publiée en 1854, contient notamment la « chanson de Biron », dont c'est la seule apparition dans l'œuvre de Nerval. Au bas de la page, on voit l'introduction et le titre de « La Reine des poissons ».

Ce fragment a figuré à l'*Exposition 1955* (pièce 287 ; « À M. H. Matarasso »).

4. Manuscrit Lombard.

Manuscrit composé de deux feuillets d'une même feuille (29 x 19 cm) pliée en deux, d'après un axe vertical. Seules sont utilisées les pages 1 (numérotée « 2 ») et 3 (numérotée « 3 »). Sur cet illogisme de pagination, voir *Les Chimères 1966*, p. 58 et suiv. Le manuscrit est rédigé en grande partie en rouge. Il donne à lire « El Desdichado » et « Ballet des Heures » (« Artémis »). Entre le dernier vers de « Ballet des Heures » et la signature « Gérard de Nerval », l'auteur a écrit ces mots, biffés : « Vous ne comprenez pas ? Lisez ceci : / D.M. — LUCIVS. AGATHO. PRISCIVS. / Nec maritus. » (Voir *NPl* III, p. 1276.)

Ce manuscrit a figuré à la Vente Georges Andrieux des 14 et 15 juin 1935 (pièce 26 ; la notice indique qu'il se trouvait dans « une chemise avec le nom de la main d'Anatole France ») et a été acquis par Alfred Lombard.

5. Manuscrit Éluard.

Manuscrit composé de trois feuilles séparées, de format in-8° (les deux premières 210 x 135 mm ; la dernière 190 x 124 mm), dont seul le recto est utilisé. Rédigé à l'encre rouge, le manuscrit Éluard comprend les sonnets « Le Destin » (« El Desdichado »), « Artémis » et « Érythréa » (ce texte, absent des *Chimères*, correspond au sonnet « À Mad^e Aguado » du manuscrit Dumesnil de Gramont α ; le dernier tercet est, avec des variantes, celui de « Delfica »). Chacun des trois sonnets est suivi de notes, qui répondent à autant d'appels (voir *Les Chimères 1966*, p. 74 et suiv., et *NPl* III, p. 1276).

L'original ou une copie de ce document fut communiqué à José Corti (voir son édition des *Chimères*, 1941, p. 31-33), à André Rousseaux (qui le transcrit partiellement et le commente dans « Sur trois manuscrits de Gérard de Nerval », *Domaine français*, Genève, Trois Collines, 1943) et à Albert Béguin (G. de Nerval, *Poésies*, Lausanne, Mermod, 1944, p. 49, 189, 191 et 193-194). Acheté à Paul Éluard par le libraire Marc Loliée, le manuscrit passe en vente dans le catalogue Loliée n° 79 (1952), pièce 404. Il a ensuite figuré à l'*Exposition 1955* (n° 294 ; « À M. Jean Richer ») ainsi qu'à l'*Exposition 1981-1982* (n° 178).

6. Manuscrit Dumesnil de Gramont α (feuillet de 21,3 x 13 cm, rédigé seulement au recto ; écriture très serrée).

Document intitulé « Sonnets » et sur lequel figurent six poèmes, disposés en deux colonnes : « À Made Aguado », « À Made Ida-Dumas », « À Hélène de Mecklembourg », « À J-Y Colonna », « À Louise d'Or Reine » et « À Made Sand ». On trouve en outre au bas du feuillet un message ainsi libellé : « En voilà 6, fais-les copier et envoie à diverses personnes. Va d'abord les lire (et la lettre au père L-y [)]. Tu verras si l'on peut révoquer ma lettre de cachet. Sinon je refais l'Erotica Biblion de M. de Mirabeau, car je n'ai pas même de Sophie pour venir me consoler (écrire à l'Archiduchesse). Si tu veux les 6 autres sonnets, viens vite les chercher demain. Adieu Muffe ! / Ton ami Lb Gérard de Nerval. » Sur ce texte, voir *NPl* I, p. 1761-1762.

Ce manuscrit fut longtemps daté de 1853 ; on considère actuellement qu'il est contemporain du premier internement connu (février-novembre 1841) et visait à obtenir la libération du poète. Hypothèse d'autant plus vraisemblable que les six dédicataires des sonnets se trouvaient toutes, en 1841, en vie et accessibles.

Des six sonnets que comprend le manuscrit, trois sont liés aux *Chimères* : « À Made Aguado » (le deuxième tercet passe, avec des variantes, dans « Delfica »), « À J-Y Colonna » (quatrains de « Delfica » et tercets de « Myrtho ») et « À Louise d'Or Reine » (version antérieure d'« Horus »).

L'existence de ce manuscrit a été révélée en 1924 dans le volume *Poésies. Helleu et Sergent*, où se trouvent transcrits les six sonnets autographes.

7. Manuscrit Dumesnil de Gramont ß.

En 1924, le volume *Poésies. Helleu et Sergent* publiait aussi une version de « Myrtho » (p. 76), copiée « d'un autographe communiqué par M. Dumesnil de Gramont » (p. 185). De ce manuscrit resté depuis introuvable — et qui ne peut se confondre avec celui qui est décrit ci-dessus —, il n'existe aucune reproduction photographique ou fac-similé connu. Le sonnet « Myrtho » reproduit en 1924 comprend les deux quatrains de la « Myrtho » des *Chimères*, suivis des deux tercets de « Delfica ». Voir *NPl* III, p. 1276.

8. Manuscrit Loubens, archives familiales du château de Loubens (Haute-Garonne).

La lettre à Victor Loubens de [fin de 1841] contient quatre sonnets, dont trois appartiendront en 1854 aux *Chimères* : deux sonnets du « Christ aux Oliviers » et « Antéros ». Première transcription en 1993 par Claude Pichois dans *NPl* III, p. 1485-1490. Voir aussi l'*Exposition 1996*, n° 249.

9. Manuscrit Bovet.

Seuls le titre et le premier vers de ce manuscrit sont connus. On lit, dans le *Catalogue de la précieuse collection d'autographes, composant le cabinet de M. Alfred Bovet* (Étienne Charavay, 1884, pièce 899) : « Gérard de Nerval / [...] / 2° *La Treizième*, sonnet autographe, 1 p. in-4. / Étrange pièce, commençait ainsi : "La treizième revient ; c'est encor la première..." » On aura reconnu le premier vers d'« Artémis ». Le document figurait encore, trois ans plus tard, à la Vente Charavay du 25 février 1887 (le texte du premier vers n'est plus reproduit). Voir Jean Guillaume, « Du neuf sur *Les Chimères* ? », *Les Études classiques*, 1983, p. 75-76.

10. Manuscrit Marsan.

1 page 1/4 in-8° (223 mm x 142 mm). *Vente Marsan* 1976, n° 3. Intitulé « Le Christ aux Oliviers. / Im^on de Jean-Paul » et signé « Gérard de Nerval ». Le texte de ce manuscrit s'accompagne d'une recommandation placée au bas de la demi-page sur laquelle s'achève le poème : « aux compositeurs : / Conserver les Capitales dans les mots où elles sont indiquées ». Cette recommandation n'a d'ailleurs pas toujours été respectée, comme le prouve la publication dans *L'Artiste* (10 mars 1844). Le manuscrit Marsan est cependant, selon toute vraisemblance, celui que Nerval confia aux rédacteurs de cette revue. Les variantes distin-

guant le manuscrit de la version imprimée en 1844 sont indiquées dans *NPl* III, p. 1783. Le texte a sans doute été amélioré sur épreuves.

11. Manuscrit Berès.

Feuille arrachée à un album, 32 x 23 cm, et figurant en 1996 dans une collection particulière. Intitulé « Imitation de Jean-Paul » et signé « Gérard de Nerval » (il s'agit du premier sonnet du « Christ aux Oliviers »). Le titre et le premier quatrain avaient été reproduits en 1937 dans le catalogue n° 17 (pièce 254) de Pierre Berès (voir *Les Chimères 1966*, p. 95-96 et pl. VII).

12. Manuscrit Nadar, Philadelphie.

Page de l'« Album Nadar » contenant notamment « Vers dorés », signé « Gérard de Nerval ». Ce texte était connu depuis 1864 grâce à une reproduction du sonnet manuscrit dans *L'Autographe* (1er août 1864, n° 17, p. 144). L'Album Nadar fut acquis par le Dr Evans, dentiste américain de Napoléon III et de l'impératrice, puis légué par lui à l'université de Pennsylvanie à Philadelphie, où il est maintenant conservé à la Van Pelt Library : voir Claude Pichois, « Nerval entre Charlemagne et Chateaubriand », *Revue d'Histoire littéraire de la France*, 1987, p. 1083-1084. Par rapport à la version des *Filles du Feu*, les « Vers dorés » du manuscrit Nadar ne portent pas d'épigraphe.

B. COPIES MANUSCRITES

1. Lot manuscrit de neuf folios, scindé entre l'université du Texas (Austin) et LOV., D. 741, f°s 45-47.

Cet ensemble, qui appartient à la documentation d'« Isis », figurait originellement dans un ensemble plus vaste puisque l'on a porté le mot « Suite » en tête du feuillet initial. Le premier folio est numéroté « 1 et 2 » ; les huit autres vont de « 3 » à « 10 ». Après être passés en vente à l'hôtel Drouot le 27 juin 1974 (Me Buffetaud, Mme J. Vidal Mégret expert ; pièce 178), les folios « 1 et 2 » à « 7 » appartiennent à l'université du Texas à Austin (voir le catalogue *Baudelaire to Beckett. A Century of French Art & Literature*, selected and described by Carlton Lake, Humanities Research Center, Austin, [1976], n° 327). Quant aux folios « 8 », « 9 » et « 10 », ils sont conservés dans le fonds Lovenjoul de l'Institut.

Le texte manuscrit correspond à une partie de l'article publié en 1845 dans *La Phalange* ; il s'agit en fait de la traduction d'une étude de l'érudit allemand Carl August Böttiger, « Die Isis-Vesper », insérée en 1809 dans l'almanach *Minerva. Taschenbuch für das Jahr 1809* (Leipzig, G. Flescher, p. 93-137) puis recueillie en 1838 au tome II des *Kleine Schriften, archäologischen und antiquarischen Inhalts* de Böttiger (Dresde, Arnold, 1838, p. 210-230)[1].

— On a cru longtemps reconnaître sur ces folios manuscrits l'écriture de Nerval : voir le catalogue de la vente Drouot du 27 juin 1974 ainsi que le fascicule de *Micromégas* (Rome) de septembre-décembre 1975 (édition de l'ensemble du texte par J. Richer). La forme des *t*, en finale des mots, dément toutefois pareille identification. Il n'est cependant pas exclu que certaines corrections apparaissant sur le manuscrit soient, elles, bien de Nerval. Celui-ci aurait revu, et intégré dans son récit, une traduction composée par un collaborateur. Certaines des erreurs qui ont pu être décelées dans le texte du « Temple d'Isis » (*La Phalange*, 1845) procéderaient alors, non point d'erreurs de traduction, mais bien de modifications imposées par Gérard au texte français utilisé[2]. — Quoi qu'il en soit, ces folios manuscrits posent un problème qui reste, pour l'heure, sans solution, puisqu'on ne voit guère qui a pu, en 1845, traduire pour Gérard tout ou partie de l'article de Böttiger. On observera seulement que l'écriture apparaissant sur le manus-

---

1. Voir Nicolas Popa, « Les Sources allemandes de deux *Filles du Feu*, "Jemmy" et "Isis" de Gérard de Nerval », *Revue de littérature comparée*, 1930, p. 486-520.   **2.** Ainsi, « *Kenner des ägyptischen Tempel-rituals* », dans le texte de Böttiger, correctement traduit par « Les personnes qui ont étudié les *rites* des temples égyptiens » sur le folio « 6 » manuscrit (nous soulignons), devient « Les personnes qui ont étudié les *restes* des temples égyptiens » dans l'article de *La Phalange* (nous soulignons).

crit d'« Isis » est aussi celle qu'on trouve sur des manuscrits préparatoires des traductions nervaliennes de Henri Heine.

2. Version d'« El Desdichado » de la main de Dumas, dans « Nouveaux mémoires, dernières amours », f°s 68-69, archives du château de Kynzvart (Tchéquie).

Texte (sans titre) proche de celui du *Mousquetaire* du 10 décembre 1853 (voir Jean Guillaume, *Aux origines de « Pandora » et d'« Aurélia »*, ouvrage cité, p. 27). Reproduction de ce passage, au XIXe siècle dans l'édition des *Nouveaux mémoires*, in *Le Soleil*, 9 avril 1866, et au XXe siècle dans A. Dumas, *Sur Gérard de Nerval. Nouveaux mémoires*, éd. Cl. Schopp, Bruxelles, Éditions Complexe, 1990, p. 98.

C. PUBLICATIONS PRÉORIGINALES

1. *Le Messager*, 25 juin 1839.
« Le Fort de Bitche. Souvenir de la Révolution française » (première version d'« Émilie »), anonyme.

2. *Le Messager*, 26 juin 1839.
« Le Fort de Bitche. Souvenir de la Révolution française », signé « G... ».

3. *Le Messager*, 28 juin 1839.
« Le Fort de Bitche. Souvenir de la Révolution française », signé « G... ». Seule publication préoriginale de ce texte, avant qu'il entre en 1854 dans *Les Filles du Feu*, sous le titre « Émilie ».
Si l'on en croit une note manuscrite révélée en 1919, Auguste Maquet affirme avoir écrit pour Nerval, outre « Raoul Spifame », « Le Fort de Bitche » (« Dans ce dernier travail, dont Gérard fournissait le plan, il me fut aisé de comprendre combien ce cerveau surexcité avait pris de vertige et d'ombres noires. Son plan confinait à la folie, le

dénouement était insensé. Je lui dis, Gérard persista. Il signait, je le laissai faire[1]. »)

4. *La Presse*, 15 août 1839.
« Les Deux Rendez-vous. Intermède », signé « GÉRARD ». Une note de bas de page indique : « L'Auteur se réserve la propriété de ce canevas dramatique, excepté aussi de tout traité relatif à la reproduction ».

5. *La Presse*, 16-17 août 1839.
« Les Deux Rendez-vous. Intermède », signé « GÉRARD ». Dans cette publication préoriginale de « Corilla », comme en 1844 dans la *Revue pittoresque*, la cantatrice se nomme Mercédès.

6. *La Sylphide*, 10 juillet 1842.
« Les Vieilles Ballades françaises », signé « GÉRARD DE NERVAL ». Première des sept publications de ce texte du vivant de Nerval.

7. *La Sylphide*, 25 décembre 1842.
« Un roman à faire », anonyme. La table des matières indique : « par M.***. » La « Troisième lettre » d'« Un roman à faire » sera publiée seule (*L'Artiste*, 6 juillet 1845) puis passera dans « Octavie ».

8. *La Sylphide*, 19 mars 1843.
« Jemmy O'Dougherty », signé « GÉRARD DE NERVAL ».

9. *La Sylphide*, 26 mars 1843.
« Jemmy O'Dougherty. Deuxième et dernière partie », signé « GÉRARD DE NERVAL ». La mention *« (Imité de l'allemand) »* figurant dans *Les Filles du Feu* à la fin de « Jemmy » ne se trouvait indiquée ni en 1843 ni en 1847 (*Journal du dimanche*). Il revient à Nicolas Popa[2] d'avoir

---

1. Gustave Simon, *Histoire d'une collaboration. Alexandre Dumas et Auguste Maquet*, Paris, Georges Crès et Cⁱᵉ, 1919, p. 15.   2. Voir son édition des *Filles du Feu* (1931), p. 227-231, ainsi que « Les Sources allemandes de deux *Filles du Feu*, "Jemmy" et "Isis" de Gérard de Nerval », article cité.

découvert l'original imité par Gérard dans l'œuvre de Karl Postl, écrivain autrichien plus connu sous le pseudonyme de Charles Sealsfield. En 1834, celui-ci avait publié anonymement, à Zurich, un recueil de nouvelles en deux volumes, *Transatlantische Reizeskizzen* : le récit correspondant à « Jemmy » s'intitule « *Christophorus Bärenhäuter im Amerikanerlande* » et figure aux pages 75-166 du deuxième volume des *Reizeskizzen*.

10. *L'Artiste*, 10 mars 1844.
« Le Roman tragique », signé « L'Illustre Brisacier », et, en dessous, « GÉRARD DE NERVAL ». Une note signale : « Cette lettre est l'entrée en matière d'un conte qui fera suite au *Roman comique*, en cherchant à peindre les mœurs des comédiens du temps de Louis XIV. » « Le Roman tragique » figurera en 1854 dans la lettre-préface des *Filles du Feu*.

11. *Revue pittoresque*, troisième livraison, février 1844, p. 125-133.
« Les Deux Rendez-vous. Intermède », signé « GÉRARD DE NERVAL » (« Corilla »).

12. *L'Artiste*, 31 mars 1844.
« Poésie. Le Christ aux Oliviers. Imitation de Jean-Paul », signé « GÉRARD DE NERVAL ». Des variantes distinguent cette version de celles de *Petits Châteaux de Bohême* et des *Filles du Feu*.

13. *L'Artiste*, 16 mars 1845.
« Poésie. Pensée antique », signé « GÉRARD DE NERVAL ». Ce sont les « Vers dorés » des « Chimères ». On note que ce dernier titre sera attribué le 28 décembre 1845 à une version préoriginale de « Delfica ».

14. *L'Artiste*, 6 juillet 1845.
« L'Illusion. À Madame*** », signé « GÉRARD DE NERVAL ». Déjà publiée en décembre 1842, cette lettre sera reprise dans « Octavie ».

15. *La Phalange*, sixième livraison, novembre-décembre 1845.

« Le Temple d'Isis. Souvenir de Pompéï », signé « GÉRARD DE NERVAL ». La sixième livraison de *La Phalange* constituait un numéro double. Elle aurait paru le 26 décembre 1845 d'après une réclame insérée ce jour-là dans *La Démocratie pacifique*, qui cite l'article de Nerval.

Le texte de *La Phalange* sera réduit en 1847 et davantage encore en 1854, l'auteur supprimant notamment les passages traduits de Böttiger.

Cette version d'« Isis » fit en 1997 l'objet d'une jolie édition due à Hisashi Mizuno (Tusson, Du Lérot) ; celui-ci a découvert une autre source du récit : le *Voyage à Pompéi* de l'abbé Dominique Romanelli (traduit de l'italien pour la première fois par M. P*** [Préjan ?], Paris, Houdaille et Veniger, 1829).

16. *L'Artiste-Revue de Paris*, 28 décembre 1845.

« Poésie. Vers dorés », signé « GÉRARD DE NERVAL ». Version préoriginale de « Delfica ». En 1854, le texte ne portera plus ni épigraphe, ni lieu, ni date, et le titre « Vers dorés » sera attribué à un autre sonnet.

17. *Journal du dimanche*, 25 avril 1847.

« Les Vieilles Ballades françaises », signé « GÉRARD DE NERVAL ». Même texte qu'en 1842, avec quelques petites variantes.

18. *Journal du dimanche*, 2 mai 1847.

« Jemmy O'Dougherty », signé « GÉRARD DE NERVAL ».

19. *Journal du dimanche*, 9 mai 1847.

« Jemmy O'Dougherty. Deuxième partie », signé « GÉRARD DE NERVAL ».

20. *L'Artiste-Revue de Paris*, 27 juin 1847.

« L'Iséum. Souvenir de Pompéï », signé « GÉRARD DE NERVAL ». (« Isis ».)

21. *L'Artiste-Revue de Paris*, 4 juillet 1847.

« L'Iséum. Souvenir de Pompéï [Suite et fin] », signé « GÉRARD DE NERVAL ».

22. *La Russie musicale*, 7 et 14 août 1847.
« Les Vieilles Ballades françaises », signé « GÉRARD DE NERVAL ». Texte du *Journal du dimanche* (25 avril 1847). *La Russie musicale* était un journal surtout reproducteur, publié en langue française à Saint-Pétersbourg.

23. *Le National*, 24 octobre 1850.
« Les Faux Saulniers. Histoire de l'abbé de Bucquoy. [Premier article.] », signé « GÉRARD DE NERVAL ». Moyennant des variantes (notamment la suppression des deux paragraphes initiaux du *National*), ce feuilleton constituera en 1854 la « Première lettre » d'*Angélique*.

24. *Le National*, 25 octobre 1850.
« Les Faux Saulniers. Histoire de l'abbé de Bucquoy. [Deuxième article.] », signé « GÉRARD DE NERVAL ». Début de la « Deuxième lettre » d'*Angélique*. Variantes.

25. *Le National*, 26 octobre 1850.
« Les Faux Saulniers. Histoire de l'abbé de Bucquoy. [Troisième article.] », signé « GÉRARD DE NERVAL ». Texte correspondant à la fin de la « Deuxième lettre » et à la « Troisième lettre » d'*Angélique*. Variantes.

26. *Le National*, 1er novembre 1850.
« Les Faux Saulniers. Histoire de l'abbé de Bucquoy. [Sixième article.] Les Masques d'Arlequin. — Hamlet, le Nain jaune. — Les privilèges », signé « GÉRARD DE NERVAL ». La fin de cet article figure dans la « Quatrième lettre » d'*Angélique*.

27. *Le National*, 3 novembre 1850.
« Les Faux Saulniers. Histoire de l'abbé de Bucquoy. [Septième article.] Départ pour Compiègne. — Les Archives et la Bibliothèque. — Vie d'Angélique de Longueval, de la famille de Bucquoy », signé « GÉRARD DE NERVAL ». Texte correspondant à la « Quatrième lettre »

d'*Angélique* et au début de la cinquième ; l'ordre de deux passages a été interverti.

28. *Le National*, 7 novembre 1850.

« Les Faux Saulniers. Histoire de l'abbé de Bucquoy. [Huitième article.] Interruption. — Réponse à M. Auguste Bernard, de l'Imprimerie nationale, membre de la Société des Antiquaires de France. — Une fable. — Compiègne. — Senlis. — Suite de l'Histoire de la grand'tante de l'abbé de Bucquoy », signé « GÉRARD DE NERVAL ». Citation de la chanson du déserteur, extraite des « Vieilles Ballades françaises ». Une partie de l'article du 7 novembre 1850, y compris le passage sur la chanson du déserteur, est reprise en 1854 dans la « Cinquième lettre » d'*Angélique*. Variantes.

29. *Le National*, 8 novembre 1850.

« Les Faux Saulniers. Histoire de l'abbé de Bucquoy. [Neuvième article.] », signé « GÉRARD DE NERVAL ». Texte correspondant à la fin de la « Cinquième lettre » et à la « Sixième lettre » d'*Angélique*. Variantes.

30. *Le National*, 9 novembre 1850.

« Les Faux Saulniers. Histoire de l'abbé de Bucquoy. [Dixième article.] Commentaire. — Légende française. — Suite de l'Histoire d'Angélique [de] Longueval », signé « GÉRARD DE NERVAL ». Reprise de passages appartenant aux « Vieilles Ballades françaises ». Le texte de l'article du 9 novembre 1850 correspond au début de la « Septième lettre » d'*Angélique*. Variantes.

31. *Le National*, 10 novembre 1850.

« Les Faux Saulniers. Histoire de l'abbé de Bucquoy. [Onzième article.] Le départ. — Le coffre à l'argenterie. — Arrivée à Charenton. — Descente du Rhône. — Gênes. — Venise », signé « GÉRARD DE NERVAL ». Texte correspondant à la fin de la « Septième lettre » d'*Angélique*. Variantes.

32. *Le National*, 15 novembre 1850.

« Les Faux Saulniers. Histoire de l'abbé de Bucquoy.

[Douzième article.] Réflexions. — Souvenirs de la Ligue. — Les Sylvanectes et les Francs. — La Ligue. », signé « GÉRARD DE NERVAL ». Texte correspondant à la « Huitième lettre » et aux deux premiers alinéas de la « Neuvième lettre » d'*Angélique*. Variantes.

33. *Le National*, 16 novembre 1850.
« Les Faux Saulniers. Histoire de l'abbé de Bucquoy. [Treizième article.] Le Moine Goussencourt. — Mort de La Corbinière. — Walter Scott. — Dialogue. — Un archéologue suspect. — Correspondance », signé « GÉRARD DE NERVAL ». Feuilleton daté par erreur du 15 novembre. Texte correspondant à la « Neuvième lettre » (moins les deux premiers alinéas de celle-ci) et au début de la « Dixième lettre » d'*Angélique*. Variantes.

34. *Le National*, 17 novembre 1850.
« Les Faux Saulniers. Histoire de l'abbé de Bucquoy. [Quatorzième article.] Post-Scriptum. — Les Ruines. — Les Promenades. — L'Abbaye de Châalis. — Ermenonville. — La Tombe de Rousseau », signé « GÉRARD DE NERVAL ». Une partie de cet article est reprise dans la « Dixième lettre » d'*Angélique*. Variantes.

35. *Le National*, 21 novembre 1850.
« Les Faux Saulniers. Histoire de l'abbé de Bucquoy. [Quinzième article.] », signé « GÉRARD DE NERVAL ». Texte correspondant à la fin de la « Dixième lettre » d'*Angélique*. Variantes.

36. *Le National*, 22 novembre 1850.
« Les Faux Saulniers. Histoire de l'abbé de Bucquoy. [Seizième article.] Le château d'Ermenonville. — Les Illuminés. — Le roi de Prusse. — Gabrielle et Rousseau. — Les tombes. — Les abbés de Châalis », signé « GÉRARD DE NERVAL ». Texte correspondant au début de la « Onzième lettre » d'*Angélique*. Variantes.

37. *Le National*, 23 novembre 1850.
« Les Faux Saulniers. Histoire de l'abbé de Bucquoy. [Dix-septième article.] », signé « GÉRARD DE NERVAL ».

Texte correspondant à la fin de la « Onzième lettre » d'*Angélique*. Variantes. Suppression en 1854 du scénario de « La Mort de Rousseau ».

38. *Le National*, 6 décembre 1850.
« [Les Faux Saulniers. Histoire de l'abbé de Bucquoy. Dix-huitième article.] À M. le directeur du *National* », signé « GÉRARD DE NERVAL ». Texte correspondant au début de la « Douzième lettre » d'*Angélique*.

39. *Le National*, 7 décembre 1850.
« Les Faux Saulniers. Histoire de l'abbé de Bucquoy. [Dix-neuvième article.] Suite et fin de l'Avant-propos. — St-Médard. — Les Archives. — Le château des Longueval de Bucquoy. — Réflexions, etc. », signé « GÉRARD DE NERVAL ». Le début de l'article correspond à la fin de la douzième — et dernière — lettre d'*Angélique*. À la fin de l'article du 7 décembre 1850 commence l'« Histoire de l'abbé de Bucquoy ».

40. *Le National*, 29 décembre 1850.
« Variétés. Les livres d'enfans. *Gribouille*, par G. Sand. — *Les Fées de la mer*, par Alph. Karr. — *Le Royaume des roses*, par Arsène Houssaye », signé « GÉRARD DE NERVAL ». Cet article contient la première publication de « La Reine des poissons », avec des commentaires qui seront absents des publications suivantes.

41. *La Chronique de Paris*, 3 août 1851.
« Les Vieilles Ballades françaises », signé « GÉRARD DE NERVAL ». Texte de *La Sylphide* (1842). On n'y retrouve pas les petites variantes du *Journal du dimanche*.

42. *Revue de Paris*, novembre 1851.
« Curiosités littéraires. Les Païens de la République. Quintus Aucler », signé « GÉRARD DE NERVAL ». Dans l'article sont cités deux vers de « Delfica ». Ce distique n'apparaît plus dans l'édition définitive des *Illuminés*.

43. *L'Artiste*, 1ᵉʳ octobre 1852, p. 70-72.
La Bohême galante. VII. ([Chapitre VIII. Fin.] Chapitre IX

— « Un jour à Senlis »). Chapitre X — « Vieilles légendes ». Signé « GÉRARD DE NERVAL ». Le chapitre IX
(« Un jour à Senlis ») formera dans *Angélique* la fin de la
« Cinquième lettre » et le début de la « Sixième lettre »
(*NPl* III, p. 487-490). Le chapitre X (« Vieilles légendes »)
évoque les chansons de la fille du duc Loys (1842 : « du
roi Louis ») et de « La Belle qui fait la morte pour son
honneur garder », déjà citées dans « Les Vieilles Ballades
françaises » (*La Sylphide*, 10 juillet 1842) ; ce chapitre de
La Bohême galante passera dans la « Septième lettre »
d'*Angélique*.

44. *L'Artiste*, 15 octobre 1852, p. 84-86.
La Bohême galante. VIII. Chapitre XI (« Vieilles légendes
françaises. Suite »). Signé « GÉRARD DE NERVAL ».
Reprend des extraits de l'article sur « Les Vieilles Ballades
françaises » (*La Sylphide*, 10 juillet 1842).

45. *L'Artiste*, 1er novembre 1852, p. 101-103.
La Bohême galante. IX. Chapitre XII (« Visite à Ermenonville »). Signé « GÉRARD DE NERVAL ». Ce chapitre sera
utilisé dans la « Dixième lettre » et dans la « Onzième lettre » d'*Angélique*.

46. *L'Artiste*, 15 novembre 1852, p. 116-118.
La Bohême galante. X. Chapitre XIII (« Ermenonville »).
Signé « GÉRARD DE NERVAL ». Ce chapitre constituera la
première partie de la « Onzième lettre » d'*Angélique*.

47. *L'Artiste*, 1er décembre 1852, p. 134-136.
La Bohême galante. XI. Chapitre XIV (« Ver »). Signé
« GÉRARD DE NERVAL ». Fin de la « Onzième lettre »
d'*Angélique*. Nerval supprime en 1854 plusieurs passages
qui n'apparaissent que dans *La Bohême galante*.

48. Gérard de Nerval, *Contes et Facéties*, Paris,
D. Giraud et J. Dagneau, Rue Vivienne, 7, 1852, 95 pages
(impr. Hennuyer, rue du Boulevard, 7, Batignolles),
coll. « Bibliothèque elzévirienne ».
Volume enregistré le 11 décembre 1852 dans la *BF*.

Contient, p. 89-95, « La Reine des poissons ». Plusieurs
variantes par rapport au texte de 1854.

49. *L'Artiste*, 15 décembre 1852, p. 151-152.
   La Bohême galante. XII. Chapitre XV (« Ver [1] »). Signé
   « GÉRARD DE NERVAL ». Conte de « La Reine des pois-
   sons ». Même texte que dans *Contes et Facéties*.

50. *Petits Châteaux de Bohême. Prose et poésie*, Paris,
Eugène Didier, 1853, 96 pages (Imprimerie Simon Raçon
et Cie), coll. « Diamant » (1 Fr. le volume).
   Voir ci-dessus. Enregistrement dans la *BF* le 1er janvier
   1853. Comprend « Corilla » (« Second château », p. 45-
   82) dans un texte presque identique à celui de 1854, ainsi
   qu'une section « Mysticisme » (« Troisième château »,
   p. 85-91) où on trouve « Le Christ aux Oliviers » (même
   texte qu'en 1854), « Daphné » (sonnet intitulé « Delfica »
   dans *Les Chimères*) et « Vers dorés » (même texte qu'en
   1854).

51. *Revue des Deux Mondes*, 15 août 1853, p. 745-771.
   « Sylvie. Souvenirs du Valois », signé « GÉRARD DE NER-
   VAL ». La nouvelle paraît seule, sans « Chansons et
   légendes du Valois ». Il existe des tirés à part de cette
   publication.
   La nouvelle est annoncée dans *La Presse* des 31 décembre
   1852 et 12 avril 1853 sous le titre « Sylvie, souvenirs de
   jeunesse ».

52. *Le Mousquetaire*, 10 décembre 1853.
   « Causerie avec mes lecteurs », signé « ALEX. DUMAS ».
   Première citation du sonnet « El Desdichado », dans une
   version qui s'apparente à celle du manuscrit Lombard. Des
   fragments, parfois transformés, de cet article sont repris
   dans la lettre-préface des *Filles du Feu*.

53. *Le Mousquetaire*, 17 décembre 1853.
   « Octavie », signé « GÉRARD DE NERVAL ». Première
   publication de cette nouvelle, qui reprend la lettre publiée

---

1. Même titre que le chapitre XIV.

en 1845 sous le titre « L'Illusion » et qui pourrait s'être appelée, à un moment de sa genèse, « Rosalie » (voir la lettre à Giraud du 22 octobre 1853 et *NPl* III, p. 1171).

54. *L'Artiste*, 1er janvier 1854.

Dans la rubrique « Le Monde parisien. Nouvelles vieilles et nouvelles », Édouard Houssaye cite « El Desdichado » dans le texte du *Mousquetaire* (10 décembre 1853) et présente le sonnet en ces termes : « Gérard de Nerval, ce charmant voyageur dans le monde visible et invisible, pour qui la folle du logis est toujours la maîtresse au logis, n'apparaît plus que çà et là dans le monde littéraire. Il s'est réfugié à Auteuil comme dans une oasis où il suit tout à son gré les méandres de ses rêves incertains. Voyez plutôt ce beau sonnet qu'il vient de rimer. »

D. ÉDITION DÉFINITIVE

Les Filles du Feu. Nouvelles, Paris, Giraud (rue Vivienne, 7), 1854, in-18 anglais de 10 feuilles (impr. de Gratiot), XIX-336 pages. Prix : 3,50 F.

Enregistrement dans la *BF* du 28 janvier 1854. Dès le 4 février, *L'Athenæum français* range *Les Filles du Feu* parmi les « Publications nouvelles françaises et étrangères ». — L'ouvrage se vendit, et eut même les honneurs d'un deuxième tirage : en témoigne la mention figurant sur la couverture de l'exemplaire des *Filles du Feu* conservé au Centre Nerval de Namur[1].

On connaît plusieurs exemplaires dédicacés des *Filles du Feu* : à Charles Asselineau (*Bibliothèque Charles Asselineau*, vente M. A. Voison des 1er, 2 et 3 décembre 1874 : *Premières éditions, 1803-1973, signes insignes*, catalogue Pierre Berès, 1974, pièce 363 ; *Exposition 1996*, no 474 [reproduction de la dédicace, p. 149]), à « Denis » (Vente Drouot du 19 novembre 1975, Me Buffetaud, Mme J. Vidal-Mégret expert, pièce 109 ; *Passionnément*

---

1. À noter qu'une telle mention n'apparaît pas sur l'exemplaire appartenant à la Bibliothèque nationale (cote : Y^2. 38 691).

littéraires : *romantiques, naturalistes et autres*, catalogue Pierre Berès, 1990, pièce 190), à Hippolyte Souverain (*Éditions originales. Livres illustrés. Autographes*, catalogue nº 10, Bernard Loliée, pièce 258) et à Alexandre Dumas (*Exposition Lucien Scheler*, Bruxelles, Bibliothèque Wittockiana, 1987 ; reproduction de la page qui porte l'envoi dans l'*Album Nerval*, p. 222 ; *Exposition 1996*, nº 475 [reproduction de la dédicace, p. 139]). Selon Éric Buffetaud[1], l'exemplaire des *Filles du Feu* dédicacé à Émile Blanche (*Livres provenant de la bibliothèque d'un amateur*, Vente Drouot des 21 et 22 mars 1939, Auguste Blaizot expert, pièce 184) serait détruit. Les pages portant les dédicaces de Nerval à Asselineau, à Denis, à Dumas et à Blanche sont reproduites dans le *Cahier Gérard de Nerval* nº 10 (1987), p. 13.

E. RÉÉDITION PARTIELLE
PUBLIÉE DU VIVANT DE L'AUTEUR

L'Artiste, 15 février 1854.
« Myrtho », signé « GÉRARD DE NERVAL ». Texte des *Chimères*.
Dans le même numéro de *L'Artiste*, la rubrique « Le Monde parisien[2] » signale la publication des *Filles du Feu* et reproduit un extrait de la lettre-préface à Dumas.

F. PRINCIPALES ÉDITIONS POSTHUMES

1. G. de Nerval, *Sylvie*, Paris, G. Gonet, [1855], in-16, 121 pages, coll. « Les Romans miniatures, 3 ».
Enregistrement dans la *BF* du 7 avril 1855. Manque le sous-titre. Texte de 1854, avec « Chansons et légendes du Valois » et « La Reine des poissons ». On notera que toute

---

1. « Les Exemplaires dédicacés des *Filles du Feu* », *Cahier Gérard de Nerval* nº 10 (1987), p. 11-13.   **2.** Signé « LORD PILGRIM » (signature collective des rédacteurs de *L'Artiste*).

édition séparée de « Sylvie », dans la version de 1854
— c'est-à-dire avec « Chansons et légendes du
Valois » —, est problématique : Nerval fait plusieurs ren-
vois ou allusions au texte d'*Angélique* dans les « Chansons
et légendes ».

2. G. de Nerval, *Les Filles du Feu*, nouvelle édition,
Paris, Michel Lévy Frères (imprimerie Vve Dondey-
Dupré), 1856, XIX-299 pages, « Collection Michel Lévy,
à 1 F le volume ».

Le 7 octobre 1854, Nerval avait signé avec Michel Lévy
un contrat portant sur les réimpressions des *Filles du
Feu*[1] : Lévy rachetait à Daniel Giraud les invendus de
l'édition originale — tout au moins du deuxième tirage —,
ainsi que les droits de l'œuvre. La mort de l'écrivain, le
26 janvier 1855, a sans doute retardé ce projet d'édition
nouvelle. C'est le 4 octobre 1856, seulement, que la
Bibliographie de la France enregistre la publication des
Filles du Feu dans la « Collection Michel Lévy, à 1 fr.
le volume ». La maison Michel Lévy frères ne s'est pas
contentée, en cette occasion, de recouvrir de ses couver-
tures les invendus de Daniel Giraud : le volume de 1856
a été entièrement recomposé et se différencie de l'édition
originale par la présence d'une table des matières et de
quelques variantes textuelles. Celles-ci introduisent toutefois dans l'œuvre plutôt des erreurs que des améliorations.
Il est donc peu probable que l'éditeur de 1856 ait eu à sa
disposition un exemplaire de 1854 corrigé par Gérard.

3. *Le Rêve et la Vie. Les Filles du Feu. La Bohème
galante*, t. V des *OC Lévy*, 1868, p. 75-217.

La mention « Nouvelles » a disparu du titre. Manquent
dans cette édition — et sans que les éditeurs eussent
signalé ces suppressions — « Angélique » (voir *Les Faux
Saulniers*, au t. IV), « Corilla » (qui devait paraître dans

---

1. Le texte de ce contrat est reproduit aux pages 236-237 de la
Bibliographie d'Aristide Marie (Champion, 1926). Le document a
figuré en 1976 à la vente Marsan (pièce n° 23). Voir aussi *NPl* III,
p. 893-894.

un volume consacré au théâtre) et « Les Chimères » (voir le volume de *Poésies complètes*, 1877).

Texte de l'édition Lévy de 1856 (mais celle-ci respectait au moins la structure originale), que déparent de très nombreuses coquilles, erreurs de lecture et interpolations. Par surcroît, des titres sont modifiés et des variantes d'états antérieurs sont réintroduites dans le texte.

4. *Poésies complètes*, t. VI des *OC Lévy*, 1877, p. 247-258.

« Les Chimères ». Les éditeurs ont ajouté les dates des publications préoriginales mais donnent à lire le texte de 1854 (qui n'est pas nécessairement le même). Ainsi, ils ont remis dans « Delfica » l'épigraphe et la mention « Tivoli, 1845 » qui accompagnaient le poème dans *L'Artiste*, en 1845 (mais le sonnet s'intitulait alors « Vers dorés »). On relève quelques coquilles et de nombreuses innovations dans la ponctuation, ainsi que dans le recours aux majuscules ou aux minuscules. À l'ensemble de 1854 est joint le sonnet « La Tête armée » avec la mention : « Inédit. Copié sur autographe ».

Les éditions des *Chimères* parues jusqu'en 1965 ont été comparées par Jean Guillaume dans un appendice à son édition critique de 1966, p. 125-128.

5. *Poésies Helleu et Sergent*, 1924.

P. 71-95 : « Les Chimères ». Sous cet intitulé se trouvent rassemblés les poèmes de 1854 (dont l'ordre n'est pas respecté), les sonnets des manuscrits Dumesnil de Gramont α et ß, et « La Tête armée », ainsi qu'un extrait de « À Alexandre Dumas ». On trouve dans le texte du « Christ aux Oliviers » des variantes de la version de 1844 (*L'Artiste*).

P. 145-170 : « Les Vieilles Ballades françaises ». Texte composite, où l'on a réuni toutes les chansons populaires citées par Nerval, en les accompagnant de quelques commentaires de l'auteur.

6. *Les Filles du Feu. Nouvelles*, texte établi et annoté avec une étude critique par Nicolas I. Popa, 2 tomes, 1931. [T. IV et V des *OC Champion*.]

Manquent « Corilla » et « Les Chimères ». Révision du texte sur l'édition de 1854.

7. G. de Nerval, *Les Filles du Feu*, édition établie et présentée par Claude Pichois, Paris, Le Club du Meilleur Livre, 1957, XVIII-313 pages et plusieurs gravures hors-texte.
Édition complète. Texte original. Voir *Les Chimères 1966*, p. 125.

8. Jean Guillaume, *« Les Chimères » de Nerval. Édition critique*, Bruxelles, Palais des Académies, 1966, 171 pages et 12 planches.
Transcription du texte de 1854 et de tous les états manuscrits ou préoriginaux connus à l'époque.

9. G. de Nerval, *Les Filles du Feu*, présentation de Roger Pierrot, Paris-Genève, Slatkine Reprints, 1979, XX-336 pages (la présentation ne porte pas de pagination).
Fac-similé de l'édition de 1854.

10. G. de Nerval, *Les Filles du Feu. Petits Châteaux de Bohême*, préface de Claude Pichois, commentaires de Gabrielle Chamarat-Malandain, Paris, « Le Livre de Poche », 1985, p. 13-311.
Recueil complet. Texte original.

11. *NPl* I, 1989.
P. 732-735 : sonnets du manuscrit Dumesnil de Gramont α. P. 736-738 : « Le Christ aux Oliviers » (version de *L'Artiste*, 1844). P. 739 : « Pensée antique » (préoriginale de « Vers dorés », *L'Artiste*, 1845). P. 740 : « Vers dorés » (préoriginale de « Delfica », *L'Artiste*, 1845).

12. *NPl* III, 1993, p. 447-651.
Les Filles du Feu. Nouvelles. Texte de 1854. Notes, notices et variantes, p. 1170-1283.

13. G. de Nerval, *Les Filles du Feu. Les Chimères*.

Sonnets manuscrits, édition de Jacques Bony, Paris, GF-Flammarion, 1994, 429 pages.

> Texte de 1854. On trouve, dans l'« Appendice I » (p. 329-342), la transcription des sonnets figurant sur les manuscrits Dumesnil de Gramont α, Lovenjoul (« La Tête armée »), Lombard et Éluard.

III. PROMENADES ET SOUVENIRS

A. MANUSCRITS AUTOGRAPHES

Deux séries de feuillets manuscrits se rapportant à *Promenades et Souvenirs* ont été conservées. Elles ont toutes deux figuré à la *Vente Marsan* du 3 décembre 1976 (pièce nº 8), à l'*Exposition 1981-1982* (pièce nº 203), à la *Vente Sickles*, première partie, des 20-21 avril 1989 (pièce nº 170) et à l'*Exposition 1996*, nº 491. La première série (6 feuillets paginés de 1 à 6) contient le texte du chapitre I et d'une partie du chapitre II. La deuxième série est constituée par un ensemble de huit fragments de tailles différentes, montés sur des feuilles de papier blanc et paginés 1, 2, 2bis, 3, 4, 4bis, 5 et 6. Ces fragments contiennent un texte non retenu par Nerval (sous le titre biffé « Paris-Mortefontaine » ; transcription par Claude Pichois dans *NPl* III, p. 1311-1312) [1], ainsi que des versions antérieures de passages figurant dans les chapitres IV, V et VI. La première page (où sont collés les fragments 1 et 2) porte comme titre, au crayon et d'une main non nervalienne : « Gérard de Nerval. Souvenirs de sa jeunesse ? » ; cet ensemble pourrait

---

1. On observera que ce fragment présente des liens thématiques avec la « Seconde Partie » d'*Aurélia* plutôt qu'avec *Promenades et Souvenirs*. Il reste à prouver, d'ailleurs, que « [Paris-Mortefontaine] » constitue bien un état préoriginal du récit de *L'Illustration*. L'inclusion, postérieure à la mort de Nerval, d'un tel fragment dans un lot manuscrit dont les autres composantes se rattachent à *Promenades et Souvenirs* ne constitue pas, de soi, un élément déterminant. (Voir M. Brix, « Note sur "[Paris-Mortefontaine]", fragment manuscrit de Nerval », à paraître dans *Romanische Forschungen*.)

avoir figuré dès le 16 février 1859 dans un catalogue d'Auguste Laverdet (où la pièce 261 est ainsi décrite : « "Souvenirs de jeunesse", manuscrit autographe de Nerval ayant servi à l'impression — 6 pages in-4° »).

À la documentation de *Promenades et Souvenirs* appartient aussi la copie de la « Mélodie imitée de Moore » (chapitre VI), insérée par Nerval en 1849 dans l'album manuscrit de Régina Lhomme. Cette version du poème (datée de « Londres, 2 juin 1849 » et proche de celle qui figure dans le recueil des *Poëtes de l'amour* [voir ci-dessous]) est connue seulement par la transcription d'Albert Dubeux, dans le « Supplément littéraire » du *Figaro* du 3 janvier 1925 [1].

B. PUBLICATIONS PRÉORIGINALES

1. « À Aug. H....Y », *Almanach des Muses*, Paris, Audin, 1828, p. 153-154.

> Recueil enregistré par la *BF* du 15 décembre 1827.
> Première version de la « Mélodie imitée de Moore ». La critique ne semble pas avoir identifié le dédicataire du poème.

2. « Mélodie / imitée de Moore », in *Les Poëtes de l'amour. Recueil de vers français des XVe, XVIe, XVIIe, XVIIIe et XIXe siècles*, précédé d'une introduction par Julien Lemer, Paris, Garnier Frères, 1850, p. 455-456.

> Nouvelle version, plus courte (Nerval a supprimé huit vers) de la « Mélodie imitée de Moore ». Au chapitre VI de *Promenades et Souvenirs*, Nerval reviendra à la version longue.
> En 1858, Lemer donna une édition nouvelle de son recueil, chez Gustave Havard ; le texte de Nerval figure aux

---

1. Voir aussi Madeleine Cottin, « Autour d'un album romantique » (*Les Nouvelles littéraires*, 1er septembre 1966) et Jean Ziegler, « Le Voyage de Gérard de Nerval à Londres en 1849 » (*Études nervaliennes et romantiques* III, Namur, p. 9-13).

pages 254-255. Enfin, en 1865, une édition conforme au volume Garnier de 1850 fut remise en vente.

C. ÉDITION ORIGINALE

1. « Promenades et Souvenirs », signé « GÉRARD DE NERVAL », *L'Illustration. Journal universel*, 30 décembre 1854.
Chapitres I (« La Butte Montmartre »), II (« Le Château de Saint-Germain ») et III (« Une société chantante »).

2. « Promenades et Souvenirs », signé « GÉRARD DE NERVAL », *L'Illustration. Journal universel*, 6 janvier 1855.
Chapitres IV (« Juvenilia »), V (« Premières années ») et VI (« Héloïse »). La « Mélodie imitée de Moore » apparaît dans le chapitre VI.

3. « Promenades et Souvenirs / Dernière page de Gérard de Nerval », signé « GÉRARD DE NERVAL », *L'Illustration. Journal universel*, 3 février 1855.
Après un court préambule anonyme, chapitres VII (« Voyage au Nord ») et VIII (« Chantilly »). Bien que partiellement posthume, la publication de *L'Illustration* constitue le texte de base de *Promenades et Souvenirs*.

D. PRINCIPALES ÉDITIONS POSTHUMES

1. *La Bohème galante*, 1855, p. 233-267.
Le texte de *Promenades et Souvenirs* est bien celui de *L'Illustration* mais il renferme plus de vingt erreurs de transcription.

2. *Le Rêve et la Vie* (t. V des *OC Lévy*), 1868, p. 370-398.
Le texte suivi est celui du volume de *La Bohème galante* (1855). De nouvelles erreurs de transcription sont ajoutées.

Certaines bévues tendent même à rendre le texte incompré-
hensible : ainsi, au chapitre IV (« Juvenilia »), « ma mère
reçut le nom de Marie-Antoinette » devient « ma grand-
mère reçut le nom de Marie-Antoinette ». — D'autre part,
disparaît du chapitre VI (« Héloïse ») la « Mélodie imitée
de Moore », que les éditeurs réservaient pour le volume
des *Poésies complètes*. La phrase de Nerval « C'est pour
elle que je composai la pièce suivante, imitée d'une mélodie de Thomas Moore » est modifiée en : « C'est pour
elle que je composai une poésie, imitée d'une mélodie de
Thomas Moore. » La suppression de la « Mélodie » n'est
pas signalée. Pareille intervention dans le texte nervalien,
outre qu'elle contrevient au dernier choix de Nerval, ne
présente aucune justification critique et aboutit à l'édition,
doublement lacunaire, d'une glose sans poème (au chapitre VI de *Promenades et Souvenirs*) et d'un poème sans
glose (dans les *Poésies complètes*).

3. « Mélodie (Imitée de Thomas Moore) », in *Poésies
complètes* (t. VI des *OC Lévy*), 1877, p. 261-262.
   Bien que la version reproduite soit celle de *L'Illustration*,
le texte est daté par les éditeurs de « 1828 ».

4. *NPl* III, 1993, p. 665-691.
   Texte de *L'Illustration*. Les variantes des manuscrits sont
données en notes ; voir l'appareil critique, p. 1309-1324.

CHRONOLOGIE

1808. — Naissance à Paris de Gérard Labrunie, fils d'Étienne Labrunie et de Marie Antoinette Marguerite Laurent (22 mai) ; l'enfant est baptisé à l'église de Saint-Merri le lendemain ; quelques semaines plus tard, le docteur Labrunie (nommé médecin adjoint [8 juin] puis médecin ordinaire [22 décembre] de la Grande Armée) et sa femme quittent la France ; jusqu'au retour du père, en 1814, l'enfant vit dans le Valois, à Paris et à Saint-Germain, à des dates non précisées.

1810. — Mort de la mère, à Gross-Glogau en Silésie.

1814. — Rendu à la vie civile, le docteur Labrunie s'installe avec son fils à Paris, 72, rue Saint-Martin.

1822. — Élève au Collège royal de Charlemagne (d'octobre 1822 à août 1827), où il rencontre Théophile Gautier ; opposition à son père, qui voudrait le voir médecin.

1826. — Premiers essais poétiques : *Napoléon et la France guerrière ; Monsieur Dentscourt ou le Cuisinier d'un grand homme ; Les Hauts Faits des jésuites ; La Mort de Talma ; Napoléon et Talma ; L'Académie, ou les Membres introuvables.*

1827. — *Élégies nationales et satires politiques* (mai) ; *Faust, tragédie de Goethe, nouvelle traduction complète en prose et en vers* (novembre ; l'ouvrage porte la date de 1828).

1829. — Berlioz utilise la récente traduction de Gérard pour ses *Huit scènes de « Faust »* (avril) ; Paul Lacroix et Amédée Pichot prennent la direction du *Mercure de France au XIXᵉ siècle* (octobre) : nombreuses contributions de Nerval dans ce périodique durant la direction Lacroix-Pichot (qui dure jusqu'en décembre 1831).

1830. — Poésies allemandes. Klopstock, Goethe, Schiller, Bürger. Morceaux choisis et traduits par M. Gérard (février) ; bataille d'*Hernani* (25 février) ; *Choix des poésies de Ronsard, Du Bellay, Baïf, Belleau, Dubartas, Chassignet, Desportes, Regnier ; précédé d'une introduction par M. Gérard* (octobre).

1831. — Nicolas Flamel (juin-juillet) ; *Odelettes* (décembre).

1832. — La Main de gloire (septembre) ; première inscription de Nerval à l'École de médecine de Paris (14 novembre) ; « Petit Cénacle » (avec Jehan Duseigneur, Pétrus Borel et Célestin Nanteuil notamment).

1834. — Décès du grand-père maternel de l'auteur (19 janvier) : celui-ci hérite d'une somme approchant les 30 000 francs ; voyage dans le sud de la France et en Italie (septembre-novembre).

1835. — Bohème du Doyenné (avec Arsène Houssaye, Camille Rogier et Théophile Gautier) ; fondation du *Monde dramatique*, dont le premier numéro paraît le 9 mai ; deuxième édition de la traduction du *Faust* de Goethe (décembre).

1836. — Premiers témoignages des ennuis financiers du *Monde dramatique* (janvier) ; malgré la fondation du *Carrousel*, revue destinée à renflouer l'entreprise du *Monde dramatique* (mars), Nerval doit vendre *Le Monde dramatique* et reste lourdement endetté (avril-mai) ; le 16 juin, il est assigné en déclaration de faillite ; voyage en Belgique avec Gautier (juillet-septembre) ; première apparition du pseudonyme « Gérard de Nerval », dans *Le Figaro* (décembre).

1837. — Collaboration à *La Presse*, *Le Figaro*, *La Charte de 1830* ; création de *Piquillo*, à l'Opéra-Comique, avec Jenny Colon (31 octobre).

1838. — Collaboration à *La Presse, La Charte de 1830* et au *Messager* ; pérégrinations dans l'est de la France puis, avec Dumas, en Allemagne (août-septembre) ; *Léo Burckart* est retenu par la censure.

1839. — Créations de *L'Alchimiste* (signé par Dumas) au théâtre de la Renaissance (10 avril), puis de *Léo*

Burckart, ou une Conspiration d'étudiants au théâtre de la Porte-Saint-Martin (16 avril) ; départ pour Vienne (novembre) et rencontre de Marie Pleyel à l'Ambassade de France.

1840. — Retour de Vienne (mars) ; Nerval remplace Gautier, qui voyage en Espagne, au feuilleton dramatique de *La Presse* (mai-octobre) ; troisième édition de la traduction du *Faust* de Goethe, augmentée de fragments du *Second Faust* et d'un choix de ballades et poésies (juillet) ; à la fin de l'année, voyage en Belgique (où il rencontre Jenny Colon et Marie Pleyel).

1841. — Retour à Paris (janvier) ; crise nerveuse et premiers internements (février-novembre) ; article de Janin dans le *Journal des Débats* (1er mars) ; *Les Amours de Vienne* (mars) ; poèmes du manuscrit Dumesnil de Gramont α.

1842. — *Les Vieilles Ballades françaises* (juillet) ; *Un roman à faire* (décembre) ; départ pour l'Orient (décembre).

1843. — Voyage en Orient : Alexandrie, Le Caire (janvier-mai), Beyrouth (mai-juillet), Constantinople (juillet-octobre), Malte (novembre), Naples (décembre). Retour à Paris dans les derniers jours de l'année ou au début de janvier 1844.

1844. — Collaboration à *L'Artiste*, dirigé par Arsène Houssaye ; publication des premiers articles relatifs au voyage en Orient ; voyage en Belgique et en Hollande, avec Houssaye (septembre-octobre).

1845. — Collaboration à *L'Artiste* (qui devient, à partir de juillet, *L'Artiste-Revue de Paris*) ; édition du *Diable amoureux* de Cazotte, par livraisons (avril-septembre) ; *intérim* de Gautier, qui voyage en Algérie, à *La Presse* (juin-septembre) ; *Le Temple d'Isis. Souvenir de Pompéi* (décembre).

1846. — *Les Femmes du Caire. Scènes de la vie égyptienne*, dans *La Revue des Deux Mondes* (à partir du 1er mai) ; bref séjour à Londres (où se trouve Marie Pleyel) et retour à Paris *via* Anvers et l'ouest de l'Allemagne (juillet-août) ; création à l'Opéra-Comique de *La Damnation de Faust* de Berlioz (6 décembre ; Nerval est cité comme coauteur du livret).

1847. — *L'Iséum. Souvenir de Pompéi*, dans *L'Artiste-Revue de Paris* (juin-juillet).

1848. — Publication du premier tome des *Scènes de la vie orientale*, chez Sartorius (février) ; les troubles politiques retardent la sortie du tome II ; *Les Poésies de Henri Heine* (juillet et septembre).

1849. — *Al-Kahira. Souvenirs d'Orient*, dans *La Silhouette* (à partir du 7 janvier) ; publication, inachevée, du *Marquis de Fayolle* dans *Le Temps* (mars-mai) ; création des *Monténégrins* à l'Opéra-Comique ; voyage à Londres (mai-juin).

1850. — Fin de *Al-Kahira* dans *La Silhouette* (27 janvier) ; *Les Nuits du Ramazan* dans *Le National* (mars-mai) ; création du *Chariot d'enfant* à l'Odéon ; *Scènes de la vie orientale*, en deux volumes, chez Souverain (août) ; mort de Balzac (18 août) ; *Les Confidences de Nicolas* dans *La Revue des Deux Mondes* (août-septembre) ; *intérim* de Gautier à *La Presse* et voyage en Allemagne (août-septembre) ; quatrième édition du *Faust* (octobre) ; publication des *Faux Saulniers* dans *Le National* (24 octobre-22 décembre).

1851. — Édition définitive du *Voyage en Orient* (juin) ; Arsène Houssaye et Maxime Du Camp ressuscitent la *Revue de Paris* (octobre) ; création de *L'Imagier de Harlem* à la Porte-Saint-Martin (27 décembre).

1852. — Nerval est hospitalisé à la maison municipale de santé, 110, rue du Faubourg-Saint-Denis, dite maison Dubois (janvier-février) ; voyage en Belgique et en Hollande (mai) ; publication des *Illuminés* (mai), des *Fêtes de mai en Hollande* (dans *La Revue des Deux Mondes* du 15 juin), de *Lorely. Souvenirs d'Allemagne* (été), de *La Bohême galante* (juillet-décembre), des *Nuits d'octobre* (octobre-novembre) et de *Contes et Facéties* (décembre).

1853. — Publication des *Petits Châteaux de Bohême* (janvier) ; hospitalisation à la maison Dubois (février-mars) ; *Sylvie*, dans *La Revue des Deux Mondes* (15 août) ; nouvel accès de délire à la fin du mois d'août et internement dans la clinique d'Émile Blanche, à Passy ; *Le Mousquetaire* publie un article de Dumas sur Nerval (10 décembre) puis *Octavie* (17 décembre).

1854. — Publication des *Filles du Feu* (janvier) ; voyage en Allemagne (juin-juillet) ; Nerval quitte la clinique Blanche le 19 octobre, contre l'avis du médecin mais sur intervention de ses amis de la Société des Gens de Lettres et à sa propre demande ; *Le Mousquetaire* publie le début de *Pandora* (31 octobre) ; décès de Stéphanie Bourgeois, épouse d'Arsène Houssaye (12 décembre 1854) ; début de *Promenades et Souvenirs*, dans *L'Illustration* (30 décembre).

1855. — Début d'*Aurélia*, dans la *Revue de Paris* (1er janvier) ; suite de *Promenades et Souvenirs* dans *L'Illustration* (6 janvier) ; Nerval est retrouvé pendu rue de la Vieille-Lanterne (26 janvier) ; obsèques religieuses, à Notre-Dame de Paris, et enterrement au cimetière du Père-Lachaise (30 janvier) ; *L'Illustration* publie encore deux chapitres de *Promenades et Souvenirs* (6 février), la *Revue de Paris* la « Seconde Partie » d'*Aurélia* (15 février).

CHOIX BIBLIOGRAPHIQUE

L'édition de référence est celle des *Œuvres complètes*, dirigée par Jean Guillaume et Claude Pichois, dans la « Bibliothèque de la Pléiade » (Paris, Gallimard, 3 tomes, 1984-1993).

A. OUVRAGES GÉNÉRAUX SUR NERVAL

BAILBÉ (Joseph-Marc). *Nerval*. Paris, Bordas, 1976.

BÉNICHOU, Paul. *Nerval et la chanson folklorique*. Paris, José Corti, 1970.

BÉNICHOU, Paul. *L'École du désenchantement. Sainte-Beuve, Nodier, Musset, Nerval, Gautier*, Paris, Gallimard / « Bibliothèque des Idées », 1992.

BONY, Jacques. *Le Récit nervalien. Une recherche des formes*, Paris, José Corti, 1990.

BONY, Jacques. *L'Esthétique de Nerval*, Paris, SEDES / « Esthétique », 1997.

BOWMAN, Frank Paul. *Gérard de Nerval. La conquête de soi par l'écriture*. Orléans, Paradigme, 1997.

BRIX, Michel, *Les Déesses absentes. Vérité et simulacre dans l'œuvre de Gérard de Nerval*. Paris, Klincksieck / « Bibliothèque du XIXᵉ siècle », 1997.

CELLIER, Léon. *Gérard de Nerval*. Paris, Hatier / « Connaissance des lettres », 2ᵉ édition, 1963.

CHAMARAT : voir MALANDAIN-CHAMARAT.

COLLOT, Michel. *Gérard de Nerval ou la Dévotion à l'imaginaire*. Paris, PUF / « Le Texte rêve », 1992.

GUILLAUME, Jean. *Nerval. Masques et visage*. Entretiens

avec Jean-Louis Préat. Namur, Presses Universitaires /
« Études nervaliennes et romantiques IX », 1988.

GUILLAUME, Jean. « Nerval en sa nuit », *Études nervaliennes et romantiques X*, Presses Universitaires de
Namur, 1993, p. 43-66.

GUILLAUME, Jean. « L'Évolution religieuse de Gérard
Labrunie devenu Gérard de Nerval », *Nouvelle Revue
théologique*, 1996, p. 385-397.

ILLOUZ, Jean-Nicolas. *Nerval, le « Rêveur en prose ».
Imaginaire et écriture*. Paris, PUF, 1997.

JEAN, Raymond. *Nerval par lui-même*. Paris, Seuil /
« Écrivains de toujours », 1964.

JEAN, Raymond. *La Poétique du désir*, Paris, Seuil /
« Pierres vives », 1974.

JEANNERET, Michel. *La Lettre perdue. Écriture et folie
dans l'œuvre de Nerval*. Paris, Flammarion / « Sciences
humaines », 1978.

LOKKE, Kari. *Gérard de Nerval. The Poet as Social Visio-
nary*, Lexington (Kentucky), French Forum, 1987.

MALANDAIN-CHAMARAT, Gabrielle. *Nerval, ou l'Incendie du théâtre. Identité et littérature dans l'œuvre en
prose de Gérard de Nerval*. Paris, José Corti, 1986.

MALANDAIN-CHAMARAT, Gabrielle. *Nerval, réalisme et
invention*. Orléans, Paradigme, 1997.

MARIE, Aristide. *Gérard de Nerval. Le poète, l'homme*.
Paris, Hachette, 1914 (rééd., 1955).

MAURON, Charles. *Des métaphores obsédantes au mythe
personnel. Introduction à la psychocritique*. Paris, José
Corti, 1962.

Nerval. Actes du colloque de la Sorbonne du
15 novembre 1997. Textes réunis et publiés par André
Guyaux. Paris, Presses de l'Université de Paris-Sorbonne, 1997.

Nerval. Préface de Jean-Luc Steinmetz. Paris, Presses de
l'Université de Paris-Sorbonne / « Mémoire de la critique », 1997.

Nerval. Une poétique du rêve. Actes du colloque de Bâle,
Mulhouse et Fribourg des 10, 11 et 12 novembre 1986.
Éd. Jacques Huré, Joseph Jurt et Robert Kopp. Paris-
Genève, Champion-Slatkine, 1989.

PEYROUZET, Édouard. *Gérard de Nerval inconnu*. Paris, José Corti, 1965.

PICHOIS, Claude, et Brix, Michel. *Gérard de Nerval*. Paris, Fayard, 1995.

SANGSUE, Daniel. *Le Récit excentrique*. Paris, José Corti, 1987.

TRITSMANS, Bruno. *Textualités de l'instable. L'écriture du Valois de Nerval*, Berne, Peter Lang, 1989.

TRITSMANS, Bruno. *Écritures nervaliennes*. Tübingen, Gunter Narr, 1993.

ZANELLI, Quarantini (Franca). *Sfogliando foreste*. Faenza, Edit Faenza, 1997 [un chapitre sur Nerval].

B. SUR *Petits Châteaux de Bohême*

BRIX, Michel. « Nerval, Houssaye et *La Bohême galante* », *Revue romane*, 1991, p. 69-77.

DESTRUEL, Philippe. « Origine, tradition et "mémoires littéraires" : Nerval, de *La Bohême galante* aux *Petits Châteaux de Bohême* », *Littérature et origine*, actes du colloque international de Clermont-Ferrand, éd. Simone Bernard-Griffiths et Christian Croisille, Saint-Genouph, Nizet, 1997.

TRITSMANS, Bruno. « Autobiographie et marginalité : à propos de *La Bohême galante* et de *Petits Châteaux de Bohême* », *Cahier Gérard de Nerval* n° 11, 1988, p. 76-85.

C. SUR *Les Filles du Feu*

BONNET, Henri. « *Sylvie* » *de Nerval*. Paris, Hachette / « Repères », 1996.

BONY, Jacques. *Le Dossier des « Faux Saulniers »*. Namur, Presses Universitaires / *Études nervaliennes et romantiques* VII, 1984.

DESTRUEL, Philippe. *Sylvie / Aurélia*, Paris, Nathan, 1994.

Eco, Umberto. *Sei passegiatte nei boschi narrativi*. Milano, Bompiani, 1994 [traduction française en 1996 sous le titre *Six promenades dans les bois du roman et d'ailleurs*, Grasset ; une étude sur *Sylvie*].

Eisenzweig, Uri. *L'Espace imaginaire d'un récit : « Sylvie » de Gérard de Nerval*. Neuchâtel, À la Baconnière / « Langages », 1976.

Geninasca, Jacques. *Analyse structurale des « Chimères » de Nerval*. Neuchâtel, À la Baconnière / « Langages », 1971.

Gérard de Nerval. « Les Filles du Feu », « Aurélia ». Soleil noir, textes réunis par José-Luis Diaz, Paris, SEDES, 1997.

Gundersen, Karin. *Textualité nervalienne. Remarques sur la lettre de l'Illustre Brisacier*, Oslo, 1980.

L'Imaginaire nervalien. L'Espace de l'Italie, textes recueillis et présentés par Monique Streiff-Moretti, Naples, Edizioni Scientifiche Italiane, 1988.

Jaton (Anne-Marie), « Gérard de Nerval et le mythe de Naples », in *Le Vésuve et la Sirène : le mythe de Naples de Mme de Staël à Nerval*, Pise, Pacini, 1988, p. 147-178.

Le Rêve et la Vie. « Aurélia », « Sylvie », « Les Chimères » de Gérard de Nerval, actes du colloque du 19 janvier 1986, Paris, SEDES / CDU, 1986.

Schaeffer, Gérald. *Une double lecture de Gérard de Nerval. « Les Illuminés » et « Les Filles du Feu »*. Neuchâtel, À la Baconnière, 1977.

D. SUR *Promenades et Souvenirs*

Brix, Michel. « Sur la *Mélodie imitée de Moore*, ou de la singulière infortune des œuvres de Nerval », *Les Lettres romanes*, 1989, p. 149-153.

Guillaume, Jean. « Vers le secret de Nerval », *Les Études classiques*, XLI, 1973, p. 426-433.

Guillaume, Jean. « Nerval chez les siens », *Cahiers de l'Institut de linguistique de Louvain*, 1984, p. 51-57 (Mélanges offerts à Willy Bal).

STREIFF-MORETTI, Monique. « Le *Pastor fido* et les thèmes de l'Arcadia dans *Promenades et Souvenirs* », *L'Imaginaire nervalien. L'espace de l'Italie*, éd. M. Streiff-Moretti, Naples, ESI, 1988, p. 261-272.

Table

Second château

Troisième château

Mysticisme

Lyrisme

LES FILLES DU FEU

Angélique

Sylvie

Table 475

Calgary French & International School
700 - 77th Street S.W.
Calgary, AB T3H 5R1
Ph: (403) 240-1500 Fax: (403) 249-5899

Composition réalisée par NORD COMPO

―――――――――――――――――――――――――――――――

IMPRIMÉ EN FRANCE PAR HÉRISSEY
N° d'imprimeur : 82791 - Dépôt légal ÉDIT. 2982 - 1/1999
LIBRAIRIE GÉNÉRALE FRANÇAISE - 43, quai de Grenelle - 75015 Paris.
ISBN : 2-253-93287-6